三晋百部长篇小说文库

科学遴选 权威论证
高峰展示山西长篇小说创作实绩
久经考验 再度锤炼
全面囊括中国当代小说山西经典

刘维颖 / 著

水旱码头

山西出版传媒集团
北岳文艺出版社
·太原

图书在版编目(CIP)数据

水旱码头 / 刘维颖著. — 太原：北岳文艺出版社，2018.1

ISBN 978-7-5378-5512-9

Ⅰ.①水… Ⅱ.①刘… Ⅲ.①长篇小说—中国—当代 Ⅳ.①I247.5

中国版本图书馆CIP数据核字(2017)第324111号

书　　名	水旱码头
著　　者	刘维颖
责任编辑	赵　勤
装帧设计	张永文

出版发行	山西出版传媒集团·北岳文艺出版社
地　　址	山西省太原市并州南路57号
邮　　编	030012
电　　话	0351-5628696（发行部）
	0351-5628688（总编办）
传　　真	0351-5628680
网　　址	http://www.bywy.com
E－mail	bywycbs@163.com
经销商	新华书店
印刷装订	山西人民印刷有限责任公司
开　　本	710mm×1000mm　1/16
字　　数	483千字
印　　张	33.75
版　　次	2018年1月第1版
印　　次	2018年1月山西第1次印刷
书　　号	ISBN 978-7-5378-5512-9
定　　价	72.00元

《三晋百部长篇小说文库》组织机构

策划
杜学文　张明旺　王宇鸿　梁宝印

专家审读小组
主任: 杨占平
副主任: 续小强
成员: 吕　新　晋原平　张石山　王西兰
　　　　毛守仁　王春林　孟绍勇　王保忠

编辑出版办公室
主任: 杨占平
副主任: 续小强
成员: 古卫红　陈学清　闫珊珊　王保忠　潘培江

序：现代化进程中的山西文学

杜学文

　　从传统社会向现代社会的转化是人类发展进程中的重大课题。每一个国家、每一个民族都将面对，难以回避。个人，作为社会的组成细胞，也同样如此。这并不以我们自己的意志来转移。综观世界各国，在这种转化的进程中，都有了不同的选择，并表现出各异的特色。但总的来说，还是目前我们称之为"发达国家"的率先实现了现代化。其成功的转化有诸多原因，但从文化的角度来看，与其自然环境的特殊性、农耕文明的不发达，以及突出的个人奋斗精神、重利思想、实用主义等有极大的关系。而目前世界上的欠发达国家或发展中国家，则在向现代化转化的历史进程中，又表现出各自不同的特色。就中国而言，在其漫长的历史进程中，农耕文明得到了充分发展，并达到了最为繁荣的境界。现在的发达国家在转型早期的生存压力等表现得并不明显，从而一种自给自足、自得其乐的生活方式逐渐固化。向现代化转型的原生性动力并不强大。从某种意义来看，中国实际上进入了一种人类最美好的发展境界，那就是，依靠劳动来创造财富，与大自然和谐共处，有剩余的时间来体验人生的乐趣等等。中国从传统社会向现代社会的转化主要靠外部的强力推动。就是说，因为先发国家对财富、权力、欲望的强烈追求，在吸纳了东方文化,其中非常重要的是中国文化之后,骤然表现出突飞猛进的发展状态。其商业首先得到了快速的发展。特别是依靠对海外市场的分割,使过去形成的传统的世界市场在大航海时代变得更加活跃。同时,工业技术得到了快速的进步。人类的新发明成几何级数增长。新技术的出现使社会生产力得到了空前的解放,物质生产表现出前所未有的丰富。而与之相应的是社会制度的进一步变革。一种能够服务新的生产力发展的社会管理系统逐渐建立,并在血与火之中不断完善。在这样的变革转型中,东方古老的中国受到了西方先发国家的强烈冲击。传统的农耕文明与新发的工业文明之间出现了严重了错位,并引发了控制、占有与反控制、反占有的残酷斗争。中国从农耕文明的辉煌顶峰跌落,中国人开始睁开眼睛看世界,并反思自身文明存在的问题。在外力的冲击下,中国不自觉地开始了向现代化转化的历史进程。一代又一代的中国人筚路蓝缕、奉献牺牲,前赴后继、求索奋斗,就是要重新找到国家独立、发展、进步的正确道路,实现民族的复兴。在不同的历史时期,他们承担了不同的历史使命。不同的人们从自己所从事的事业中为这样一个艰难而宏伟的目标做出了自己的贡献。而中国的文学,同样没有疏离民族的历史追求,甚至在许多关键的历史时刻,承担了开启民智、传播思想、激发斗志、重塑文明的历史重任。在这样一个艰难的充满了探索的转型进程中,中国人民表现出了自己最大的智慧与韧性。一直到新中国的建立,才基本形成了主权统一、独立自主的现代国家形态,并以超人的勇气与奋斗精神、惊人的创造力与发展速度迈向现代化。在这样一个伟大的转化进程中,中国虽然经历了失败、屈辱、挫折,但终于创造了他人所没有的成就。而我们的文学,正是这一历史的亲历者、推动者、表现者。就山西文学来说,是中国文学的重要方阵,当然也是这一历史的组成部分。其努力与贡献非常突出。

首先是推动了现代汉语的大众化，为现代汉语从知识阶层走向普通民众，并使二者有机结合做出了积极的贡献。在中国追求现代化的进程中，经历了一个从"器"到"道"的转变。所谓"器"，就是中国人在最初以为是西方发达国家的技术、器物先进，因而倡导"洋务运动"，开办现代工厂，引进西方设施，等等。这些努力从历史发展的必然来看，当然是非常重要的。但是，事实很快证明，仅仅引进西方的先进技术并不能解决问题。之后发生了制度层面的改革，包括推翻清王朝，建立立宪政权，仿效欧美三权分立及选举制度等等。但是，这种形式上的制度变革没有使中国强大起来，反而使中国成了一盘散沙，四分五裂。于是，更多的人开始反思中国的文化。一方面，对中国传统文化中的落后部分进行批判；一方面引进国外的思想如无政府主义、新村主义，包括马克思主义等等。新文化运动成为当时风生水起的社会思潮。从今天来看，其对中国传统文化的批判有许多过激之言。但是如果我们回到具体的历史场景，就会感到这些批判背后所表露的急切心情及历史合理性。在新文化运动中，一个最为突出的问题，也是最为重要的成果就是把中国人使用了数千年的文言文转化为白话文。从文化发展传承的角度来说，以文言文为代表的中国书面语言具有其重要的历史价值、文化价值、文明意义。可以说，文言文的简洁、精炼、典雅，以及其表情达意的丰富性，是世界上任何语言都难以企及的。这也正是其生命力之所在。但是，从历史发展的现实来看，文言文也具有非常严重的局限性，难以适应现代社会的发展要求。首先是缺乏精确性。由于中国传统文化中思维追求整体感、人文感、艺术感，中国的语言缺少对事物的准确表述。这种特点虽然具有非常强烈的人文色彩，以及超越了具体现象的整体感，但是与现代工业技术发展中对事物精确性表达的要求有很大的距离。语言的背后体现的是思维方式。如果语言难以体现精确性要求，人们的思维同样将不能适应时代发展的要求。其次是书面语言与口头语言的分离。虽然任何语言都会表现出书面与口头的差别,也就是说,人们不可能把口头语言照搬为书面语言。但这种差别在汉语中表现得尤为突出。这就是作为书面语言的文言文与口头语言的"白话"之间的区别。这种区别使更多的普通民众与书面书写脱离,对开启民智、提升大众的文化素养产生了障碍。而现代化的实现并不仅仅是少数"文化人"的事,而是全民族的事。因此,语言的变革,使之更能够适应现代化的需要就成为一种时代的必然。20世纪的新文化运动,除了其在价值观方面的追求如"科学""民主"等之外,对语言的解放也是一种非常强烈的期待。一些有识之士率先放弃了对古代汉语的使用,积极采用白话文来构建现代汉语。这其中,出现了许多具有代表性的人物,如鲁迅、胡适等。今天我们仍然能够感受到鲁迅的语言中存留有古代汉语的元素。这是中国语文从古代汉语向现代汉语过渡的典型表现。而胡适等人则努力使自己的书面语言更加通俗化、口语化,也显示出某种过分倾向于白话的特点。另外一些具有欧美留学背景的人则企望借鉴外来语言对中国的语言进行改造,因而出现了许多非常欧化的表达方式。就中国现代汉语的成熟完善来说,这些努力都是非常珍贵的。但是,真正使新生的现代汉语从古代汉语中出走,并吸纳了民间语言的丰富、生动的特质,使之成为一种既有古代汉语的节制、典雅,又有民间口头语言的生动、活泼,从而使现代汉语能够成为一种具有完整的语法体系、鲜活的表现力,以及体现民族语言特色的"现代汉语"形态,则是以赵树理为代表的作家们做出了重要的不可忽略的贡献。

就赵树理个人的创作而言,其早期也是走欧美语法特色浓重的路线。但是当他发现这条路难以被普通民众接受后,其语言表达发生了转化,开始更加注重民族语言与现代性的融合。他的语言生根于中国古代汉语与民间语言的丰厚土壤。在保持语言典雅品格的同时，至少从这样两个方面进行了努力。一是更多地吸收了民间语言的表达方式，使普通民众能够走进这样的语言，使用这样的语言。也正因此，他的语言表现出非常鲜活、生动的状态，使语言的活力大大增强，表现力得到了拓展甚至突破。二是他的语言在规范性方面进行了重大的努力。一方面剔除了民间语言、方言中粗俗的、生僻的元素，使之更加典雅、庄重，另一方面，他保持并强化了以北方方言为主的结构形式，使之在语法形态方面更加完善严谨。所以，今天我们读赵树理的作品，其语言的流畅、生动、鲜活仍然非常突出。可以说，在中国现代汉语出现、发展、完善的进程中，赵树理做出了不可跨越的贡献。当然，这种贡献不可能是他一个人完成的，而是在特定历史条件下，由包括他在内的一大批作家共同努力，并在一代又一代作家的接力中实现的。赵树理丰富了现代汉语的表现力，并使这种获得新生的语言成为广大民众自己的语言。这后一方面的贡献更为重要。因为如果一种新生的语言难以得到民众的认可，其生命力是非常值得怀疑的。可以这样说，如果没有这些作家的努力，中国的现代汉语很可能成为一种"精英"的语言。也就是说，很可能成为一种少数有"文化"的知识分子的语言。这不仅将使语言的普及受到阻碍，也将因为得不到大众的认可而导致中国现代化的迟滞。

　　山西的作家受赵树理的影响甚深。除了创作理念、题材选择等方面外，在语言的运用上也同样如此。这也就是说，从赵树理以来的几代山西作家不仅坚持了赵树理的创作方向，也共同为中国现代汉语的进一步完善、发展做出了努力。尽管今天我们可以说，这些作家个人的成就不同，在语言表达方面风格各异，但是他们有一个共同的特点，即在坚持语言的民族化方面都进行了非常积极的实践。进入新时期，随着改革开放的不断深化，各种创作观念竞相显现。山西作家虽然与全国的创作相比更多地表现出固守的姿态。但是新的创作手法、元素等也在自觉不自觉地借鉴当中。其中就语言表达的追求而言,大体表现出两种特点。一种是仍然坚持语言表达的民族风格,并随着时代的发展变化使之更加丰富生动起来。他们的语言,不仅缘于题材选择的民间性、地域性,以及人物、故事的原生性,更缘于吸纳了民间语言的鲜活元素,在叙述、描写等诸多方面更多地体现了植根于本土的语言活力。另一种虽然也注重题材的地域性选择,但在语言表达中更多地呈现出一种开放的意识,比较侧重吸纳外来语言中的合理成分。如修辞的繁复,语句的长结构,象征意象的频繁使用等等。虽然这两种追求表现出各自不同的倾向,但他们随着时代的发展而推动现代汉语不断进步的努力是一致的。

  需要我们重视的是,山西作家在自己的创作中表现了中国文化的原生态及其变化。这种原生态不是指文化最初形成的形态,而是指数千年来一直呈现出来的未经现代化浸染、改变的文化。从某种意义来看,它已经成为生活在这样的历史环境中每一个人不自觉的潜在意识,并支配着人们的思想与行为。文学的表达虽然是语言与形象的表达。但是隐藏在语言与形象背后的却是生成这种语言与形象的文化。如果一种文学性的描写没有隐晦地展示出某种文化及其价值观,我以为就是一种表面性的甚或肤浅的描写。山西作家在自己的创作中表现出一个非常突出的特点,即对自己生活的土地、家园有一种执着的关注。而就山西这一地域来说,其文化又具有某种典型性。这就是生根于黄土高原的农耕文化。在中国现代化的进程中,一个非常艰难的任务就是要改变这种文化,使之蜕变为一种新的文化:现代化。这一过程是非常艰难的,也是非常痛苦的。数千年的农耕劳作,已经形成了一种自足的完善的文明体系。但是,就在这种文明体系达到顶峰的时刻,我们突然发现她已经不能适应现代化的要求。于是,开始不自觉地改变自己。这一过程伴随着战争、灾难、屈辱、失去国土与家园等等。在经受这种外在考验的同时，还有我们内在的情感、思想、精神等诸多方面的考验。一方面，救亡与重生成为一种时代的必然使命。另一方面，精神与文化的重建、新生也面临着更大的挑战。就前者而言，山西作家的创作并不是真正的重点。而后者却是其在描写社会变革进步中隐藏的中心。山西是中国最早开始工业化、现代化建设的地区。但是我们很少能够看到山西作家所描写的这方面的作品。而曾经作为抗日战争敌后根据地中心的山西，实际上也没有太多的文学作品来表现。反倒是有许多作品在这样的社会背景下来描写当时的人们如何生活，并参与了这一影响世界文明进程的历史。可以说，这些作家们表面上看起来对社会变革更关心。但是一到拿起笔的时候，就情不自禁地流露出他们对于特定文化及其价值观的不自觉的关注。这实际上成就了他们，也局限了他们。如果就当代文学而言，最早的表达在于农民群体的觉醒。他们感受到了时代的变化，并参与、推动了这样的变化。比如小二黑，虽然具有了杀敌英雄的身份，但作家所要说的却是旧的文化观念，以及由此形成的生活方式对人性的伤害——当然是从爱情的角度切入的。作家的贡献不仅在于表现了时代变化中人性尊严的重新确立，更重要的是，作家生动地再现了这种旧的文化制约在人们劳动、生产、生活、情感，以及社会关系诸多方面的表现。也就是说，作家不是把一个关于追求自由恋爱、自主婚姻的故事作为一种孤立的现象展示出来，而是生动地表现了这种文化观念在旧的生活方式中的普遍性，以及其荒谬性。也就是表达了必须改变这种文化观念的必然要求。这当然是非常符合时代需要的，也是中国在现代化进程中必须跨越的。在山西作家的创作中，相当多地表现了劳动者——当然主要是农民，以及农民出身的、具有农耕文化背景的其他身份的人们对劳动的热爱，对土地的执着，对家庭的重视等等。从历史的层面来看，这些内容都构成了农耕文明的重要组成部分,也是这一文明能够发展、生长的原动力。但是从时代的要求来看,这种文化又成为那些最终必然要离开土地,不再是农民的人们内心世界与精神领域的时代痛苦。比如在改革开放之后,工业化的浪潮漫卷一切。在最具现代化特点的大型露天煤矿当工人的吴福却难以适应这种快节奏的标准化的生活方式。他无限怀恋地回到了自己的家乡。但是家乡已经不再是曾经的家乡,吴福也不再是过去的吴福。他身跨两界,无所归依,内心充满了痛苦。这是一种时代转换、文明更替的痛苦,是一种具有重大典型意义的内心再现。而在现代化程度日益加深的历史时期,农村也已不再是传统意义的农村。农民也不再是仅仅从事农业生产的农民。更大的市场与财富吸引了更多的农民,城市成为新的生活中心。虽然从某种意义来看,城市化可以作为现代化程度的一种标志。但是城市化也同时带来了传统文化的消失、传统生活方式的改变,以及传统人际关系的新建。老甘,这个仍然坚守在内心世界的"过去的农村"中的农民,痛苦地怀恋着昔日活色生香的农村及农村的生活。但是,过去的一切似乎已经义无反顾地过去了。他的农村已然不再。如果说这样的农村随着市场化程度的提高有新生的希望的话,也与过去的农村大不一样。老甘的痛苦同样是一种时代的痛苦,是我们在走向现代化进程中不可回避的痛苦。当然,山西的作家也描写了这种进程中人们的希望、新生,以及由此而来的快乐、自信。宋老大进城送公粮时那种发自内心的自豪感、主人感,那种终于直起了腰板的幸福感将永远感动我们。而在首都打工并学会说普通话的小雪也动人地透露出新一代农民美好的未来。

  山西的作家们也企图从比较宏大的层面来揭示中国文化的品格,以及由此而反映出来的中国精神。这些描写不在意于对现实生活具体人事的再现,而是企图通过某种具象化的人事具有隐喻意味地表达作家对民族性的理解。他们营造的人物生活环境不太具体，而是具有某种概括性，超越了具体的、实指的时间、空间。其中人物的行为，以及由这种行为所表现出来的文化内涵、价值选择体现出一种超越了具象的恒久性。由此可以使我们领略一种民族的生存状态与价值操守。其中的一部分作品甚至具有进行人生意义、价值意义探求的哲学性努力。这时，作家关注的不再是现实生活中具体的人事，以及其中透露出的社会文化内涵，而是超越其上的价值追寻。在临危受命的戴夫人身上，作者赋予她民族人格最为优秀的内涵。她不仅具有一般人所可能具有的大局观，以及人性的智慧，而且作为生命个体，她具有了一种古人所言的"浩然之气"。她在漫长艰难的商旅途中，没有感受到生命的渺小，而是站在太行山顶吟诵前人的诗篇。她感受到的是生命的博大、伟岸，以及大自然的神奇、浩渺，是一种天人合一、物我两忘的至高境界。这不仅是她个体生命的壮美华章，也是民族文化中价值体系的完美内化。张马丁的遭遇则从另一种角度表现了不同文化短兵相接所引发的一系列事件，以一种宏阔的视野描写了文化境遇背后各异的价值体系之间的交锋、错位、融合。还有许多作品通过对具体人物生命境遇的描写，表现了具有历史意味的在潜意识中特定价值观支配下的民族精神世界。

  读山西作家的作品，事实上也可以看到中国从农耕文明的顶峰跌落到重新崛起，实现现代化的历史进程。在当代文学中为数不多的抗日战争题材的作品中，我们可以看到以中国北方农民为主的人们如何从屈辱中觉醒、抗争，并取得了历史性意义的胜利。抗日战争的胜利，不仅仅是军事的胜利，而且是中华民族在经历了无数的失败、屈辱之后终于走向独立、自主，重新以一个文明民族的形象自立于世界民族之林的标志；也是中国在经历了种种探索，尝试了不同发展道路之后，终于表现出走向正确发展道路，迈出实质性转型步伐的标志。尽管一直以来我们都有这方面的创作,但是具有宏观性、历史深刻性的作品还不多。新中国的建立是中华民族终于在百余年的努力之后有了自己独立政权的大事,也是中国开始以超人预料的成就向现代化迈进的起点。山西的作家以自己敏锐的笔触描写了这一关键时刻中国普通人内心世界的喜悦、自豪,以及对未来的憧憬。还是在1949年10月1日,诗人高沐鸿就创作了诗歌《这是我们人民自己的胎生》,为新中国的建立而欢歌。之后的一系列文学作品生动地表现了站起来的普通民众内心世界的巨大变化,特别是其人格世界的变化。他们实实在在地感受到了新社会的进步,以及当家做主的自豪。他们不仅在经济上得到了解放,在政治上得到了翻身,而且在精神世界上发生了积极的蜕变。一个新的时代带来了新的发展与进步。也正是这些作品成就了这个新文学史上一个最具典型意义、产生重大影响的文学流派——"山药蛋派"。他们有共同的创作追求,有共同的题材选择,有以赵树理为代表的领军人物。这个流派出现的意义,不仅仅是属于文学的,更是属于中国文化的。他们在尊重并表现中国优秀传统文化价值观的前提下,呈现在这种价值体系影响下中国民众,主要是农民如何生活、生产、思考、发展。读这些作家的作品,不仅使我们能够了解到特定历史时期中国发生的事情,而且将使我们了解中国人是怎样的一种生活方式,中国人在新的历史时期发生了怎样的变化。在20世纪70年代末、80年代初,山西的作家们非常敏锐地感受到时代将要发生的巨变。这种感受不是源于理性的分析研究,而是源于他们对现实生活的关注与热爱,是他们从具体的生活中感受、发现了时代变革的动力。其中有他们对极"左"路线的批判,以及对中国变革发自内心世界的呼唤。这首先是已经成名的一批被称为"老作家"的人们走上了历史的舞台。而另一批将在中国文学园地表现出勃勃生机的作家以自己的敏锐发现了生活的变化。至20世纪80年代中期,以《当代》发表一组山西作家的作品为标志，文学"晋军崛起"成为中国文坛的一个重要事件，引起了广泛关注。这批作家一进入文坛即表现出不俗的活力，显得生龙活虎，风生水起。他们首先成为对极"左"路线的批判者。通过一系列生动的、充满生活意蕴的人物形象来揭示中国曾经走过的弯路，以及即将出现的变革。而后，出现了一系列呼唤改革的优秀作品。一些小说被改编为影视作品，在当时传媒欠发达的条件下产生了极大的轰动效应，甚至有万人空巷之叹。其中的朱克实、李向南、李高成等成为新的历史条件下拨乱反正、推进改革的典型人物。这些作品既是文学的，更是时代的、历史的。它们表达了中国人内心深处希望变革的期待，也呼唤着一个新的历史时期的到来！

中国的改革是中国从传统的农耕文明出走，迈向现代化的重大事件。随着改革开放的不断深化，中国表现出强劲的发展态势。同时，也遇到了许多需要解决的问题。一方面是现代化程度的不断提高，另一方面是这一进程的艰难演进。一个时期，那种充满浪漫主义色彩的乐观情调被现实生活中的艰难前行所生发的复杂性代替。改革并非一帆风顺，充满了困惑、曲折，有许多困难需要智慧与勇气来克服。这一时期，山西的文学创作沿两条主线展开。一方面是直面现实，表现新的发展时期人民的智慧力量，及时代的进步，如农村改革，国企改革，全球化背景下的商业博弈，以及反腐倡廉、环境保护、民主选举、基层生活、重大事件等等。总的来说，山西文学表现出社会的艰难进步，这种进步首先是积极的、正义的、人民的力量战胜了消极的、不义的、损害人民利益的力量。同时也表现出了中国传统社会在时代的发展进步历程中逐渐变化：如传统农村的式微与新盛；农村人口向城镇的转移；土地的工业化、商业化等等；商品经济的蔓延，城镇化的发展；以及身处其间人们内心世界的彷徨、痛苦、选择；人对土地以及建立其上的生产生活方式的依恋；对改革进程中传统国有企业的情感等等。从这些作品中，我们可以观察、感受到中国正在发生的翻天覆地的变化。另一方面，许多作家企图从超越现实的具有形而上意味的层面来探求中国的民族精神。一些作品甚至具有了某种哲学性品味。他们可能借助于某一历史事件，或者设计一个与现实生活隔离的故事来表现自己理解的民族精神。这一类作品可能表面上与现实生活没有直接的关联，但是对我们认识民族文化、民族品格具有积极的意义。事实上这些作品为我们提供了一种思想文化资源，是对现实生活中剧烈变革引发人的价值观的迷茫进行的某种文化性指引。它不涉及现实问题，不为我们思考感受现实生活提供具体的形象。但是，为我们提供观照现实、解决现实问题的精神力量、价值选择和思想资源。这其中也有一个如何认识人生、如何认识民族、如何面对个人价值的问题。

总之，不论是对现实生活的直接表现，还是以隐晦的笔法对现实生活提供精神资源，都可以看到山西作家对社会生活、人生价值的一种积极的态度。他们试图以自己的描写来表达某种具有积极意义的思想内涵，为今天的人们提供精神力量，以推动中国社会的发展、进步，以及在历史蜕变中人的完善。这些努力也可以视为是在现代化进程中对民族精神的一种回顾与追寻。读山西作家的作品，可以使我们从一个侧面感受到中国走向现代化的历史进程。

山西作家在艺术创造上也进行了积极的努力。就山西文学的当代面貌来看，表现出一种从一元向多样的发展态势。当代山西文学受以赵树理为代表的"山药蛋派"影响甚重。一代一代的作家不仅受到这一流派作家关注现实生活、关注社会民生的创作理念的影响，而且在表现手法上也多承续这一流派。因此，直至改革开放前，山西文学基本呈现出一种"山药蛋派"式的一元状态。但是，进入改革开放的新时期后，这种局面开始发生变化。一些人更注重语言描写、心理表达等等。不同于

"山药蛋派"风格的作品开始大量出现。首先是题材选择表现得更加多样,其次是表现手法更加多样,再次是创作观念也呈现出多样化的格局。山西文学终于形成了从一元走向多样的创作态势。那些坚持以农村为主要创作题材的作家们也积极地吸纳了其他的表现手法,使农村生活的表现领域大大拓展。另一方面,山西也出现了典型的所谓"现代派"小说。心理结构、借鉴侦探小说手法的"悬念"结构、无情节结构、意象结构、寓言式结构等等次第登场,宏大叙事与个人化叙事并存一体。这些作品有的已经产生了比较大的影响。无论如何,他们都是山西作家对文学自身进步的积极探索。

从某种角度来看,山西文学似乎为我们呈现出了中国走向现代化的百年变迁史。这不仅表现在人们广为关注的小说创作之中,同时也更加丰富地表现在文学的其他领域,如诗歌、散文、戏剧,以及逐渐从散文文体中独立出来的报告文学及传记文学之中。当我们追寻这种变迁的历史时,不能割断由山西而表现出来的中国五千年文明史。山西是华夏文明的主要发祥地,从远古以来,这一文明代代相传,承续不绝,其中涌现出众多的仁人贤士。作为个人,他们有自己所处的具体的历史环境、成长条件,对人类文明的进步做出了自己的贡献。但是,作为一种文化现象,他们似乎勾勒出中国文明发展进程的历史脉络。在他们身上体现了中华文明的历史贡献、价值选择,以及思维模式。对他们进行研究,并用传记的方式表现出来,使今天的人们了解并感受他们所具有的闪光的人文价值,不仅对今天的改革发展具有积极的意义,对我们现代化进程中的文明重建同样具有非常重要的意义。这将首先使我们看到历史发展进程中文化的影响力,进而使我们能够进一步确立文化的自信心与自觉性。在这些如星光一般闪烁的先人身上,我们将体会到中华文化的魅力、价值和绵延不绝的生命力。承续山西文学的精神品格,创作出新的能够表现时代精神的优秀作品,是我们这一代人的使命。而对五千年文明发展进程中那些曾经做出突出贡献的英杰才俊进行文学式的描述，也将是我们传承民族精神的一种努力。因此，组织编辑出版山西文学"双百工程"，有着非常积极的现实意义。

这一"工程"包含两个序列三个方面的内容。一是"百部长篇小说"，其中一部分是已经发表出版并产生了较大影响的现当代小说。通过集中编辑出版，可以使我们比较全面地回顾审视山西文学某一方面的成就与贡献。另一部分是新创作的长篇小说。其目的是推动山西长篇小说的不断繁荣。把它们列入这一工程，即是对文学发展的新推动，也可以延续已有的成果，使人们看到山西文学创作的最新成就及更加生动的面貌。二是"百部山西历史文化名人传记"。山西的报告文学近些年来表现出非常活跃的态势。不仅参与创作的作家比较多，出现的作品比较多，而且产生的影响也比较大。其中一些作家应该说是中国报告文学领域的领军人物。同时山西也是华夏文明的重要发祥地，在五千年的文明发展历程中涌现出许许多多的对中华文化发展进步做出重大贡献的英杰先贤。以传记的方式把这些先人在中华文化发展进程中的贡献表现出来，有助于我们重新认识中华文明对人类的重大贡献，有助于我们进一步追寻中华文化的精神、操守、品格，并使我们从先人的风采中找到自己前行的楷模和动力，激励我们推动中国的改革发展进步。所以，这也就成为我们的一种责任。相信通过这一努力，既将促进山西文学的进一步繁荣，也将进一步增强我们的文化责任，重塑我们的文化形象，展示中华民族在漫长发展历程中表现出来的精神力量与智慧，为实现民族复兴的中国梦做出积极的贡献。

楔　子

　　黄河啊,我的母亲!

　　你苦难而壮丽的童年真是令人惊叹。巴颜喀拉山以她千万年之积雪、万万年之冰冻为你制作襁褓,浩浩宇宙驱动漫天狂风为你生命的足音壮行。饥饿如恶虎,严寒是利刃,你的生命与啼饥号寒同在。你在冰雪的襁褓中挣动,你渴望自由。你温热的泪水与冰雪交融,化作涓涓细流浅浅而行,终于在雅拉达泽山麓汇作滔滔急流,轰轰隆隆冲出崇山峻岭。

　　一个全新的世界展现在了你的面前。你看见了青山绿水,平畴沃野,高树茂林,鲜花碧草。暖风拂面,百鸟争喧,生命原来是如此繁盛、美丽!你一路欢歌着朝前飞奔,过川甘,经宁蒙,纳百水于裙裾,携千流于袍襟。秀女初成,青春勃发。汲天地之精华,取日月之风神,你怀昆仑之愿,秉大海之志,或做柔波,或挟风雷,斫野山草树以自饰,掠高原土石以自娱。俨然娇女情痴,撒娇撒泼,恣意任行。或有秦晋大峡谷一新耳目,那层峦叠嶂、深沟巨壑、长河仄道——大千世界,一褶一皱,都令你领略生命的豪壮与纤弱,美丽与丑陋,温馨与凶残……于是你便一次次陷入沉思。

　　你渐渐成熟了。

　　你在顽皮淘气、任性率意之外,更多了一些深沉、稳健、坚忍、奋发。你善良而刚毅的性情令人爱恋;你朴实而聪慧的丰神令人激赏;你丰满而窈窕的身段令人心旌摇动。于是你懂得了奉献,并以此为生命的出发点和归宿。你脚步盈盈地走来,所到之处,田园更润泽,草树更繁茂,庄禾更水灵,禽兽更健壮,炎黄子孙更兴旺。你以你的躯体负载着无数舟楫,将西北盛产的粮油、皮毛、盐碱、药材源源南运,又把南方盛产的茶叶、丝绸、布匹、陶瓷,及种种"洋板货"源源北输。于是,商贾为之欢欣,生民为之礼赞,华夏文明为之勃兴,人们竟一时忘却了你撒泼撒赖时引发的祸端,任性胡为时酿造的灾难。

啊,黄河,你的确是成熟了。你时而沉静如绣女坐阁,时而喧嚣如万马驰骋,时而温柔如轻风拂柳,时而刚烈如电闪雷鸣。那一个个漩涡是你对宇宙奥秘的探求吗?那一股股泥沙是你对沧桑岁月的忆念吗?那一朵朵浪花是你对爱情的呼唤吗?那一座座波峰是你对生命的感慨吗?那一阵阵喧哗是你激情的抒发吗?……黄河啊,你的生命是多么富有!

也许是命中注定,你的爱情之舟将在此地停泊。湫水河,这是一个多么潇洒的名字,他的形象一如他的名字般英俊。他兼具女性的温存男性的刚毅,学者的深沉平民的幽默,还有老叟的笃定稳健和童稚的天真活泼。虽然,与母亲相比,他的出身实在是太寒微了。然而也许正是这种出身,使他完全没有纨绔子弟的虚狂和骄纵,有的只是平和谦逊、不卑不亢,所以在与母亲的初次谋面中,便成功赢得了母亲的芳心。这是他始料未及的,但又仿佛早已等待了一万年。当他从那座名不见经传的黑茶山走出来时,似乎已有了某种预感,于是便满怀幸福的憧憬一路南来与母亲相会。

母亲不知道湫水河为此是否已在佛前求了五百年,求佛让他们结一段尘缘。佛于是将他化作这样一条河,巴巴守候在母亲必经的路旁。阳光下慎重地开出了满河的浪花,朵朵都是他前生的盼望。于是母亲黄河亭亭地出现了,他们四目相向便无声地相拥在一起,仿佛彼此早已盼望了三万年。就在他们紧紧相拥的一瞬间,春雷阵阵响彻寰宇,闪电灼灼照彻穹窿。之后,两条彩虹同出一隅,一万只凤凰三万只喜鹊翩然起舞,欢声放歌,一片连天巨浪在他们身前身后轰然涌起……于是大同碛横空出世。此地从此被称作碛口。

　　这是一片幸运的土地。母亲黄河的多情、善良成就了它。从此,舟船到此纷纷泊碇驻足,商贾到此纷纷登岸留宿。聪明的碛口人审时度势,先以北去四五里的侯台镇为基地做起了货物批发、转运生意,继而在碛口设埠招商。就这样,一个人烟辐辏、货物山积的水旱码头烈烈轰轰出现在晋陕峡谷的黄金水道上。

　　那时是大清康乾年间。

　　此后大约又过了百年,本书所讲的故事便次第展开了。

第一章

　　三四十年后,当备尝生活磨难的李莺莺在稀里糊涂、半梦半醒中做了盛景涛的第二房女人时,不由想起了父亲给她讲过无数遍的麒麟斑斑出世的神奇故事来……

　　那是大清道光元年,一个夏日的黄昏。

　　招贤都李家山村笼罩在一派绛紫色的霞彩中。宿鸟聒噪着掠过头顶,飞向村后的林子。村道上,走着从田间晚归的农夫。他们扛着家什,不紧不慢地走着,间或有人放开嗓子唱三句两句谣曲。赶着羊群的汉子从后山的草坡回来了,村子里一时热闹非凡:稚嫩的、苍老的咩咩声夹杂着或雄壮或疲弱的犬吠声,还有公鸡的咕咕声、母鸡的咯咯声组成了山村特有的交响乐,将这个黄河岸畔的村庄渲染得生机勃发。

　　这是一个气象颇为不俗的村庄。那三道梁、两条沟的地势,活脱脱一只飞出深山的彩凤。李氏祖上原是临县北端阳坡村人,明成化年间迁来此地。百余年前,碛口商埠刚刚起步,李氏便慧眼识时,与西湾盛氏家族联袂履艰,创出了晋西商业史上的一段传奇。一百年间,碛口已成享誉北中国的水旱码头。李氏以水流山积的财富做后盾,在两沟间的凤首及东西两翼中之一翼大兴土木。眼下,依山就势,高下叠置的明柱厦檐四合院已经修建了五层,第六层亦在施工中。那赫赫威威的气势令每一个初来此地者咋舌,内中最显赫的当属"东西李财主"的院落。唯凤的左翼及腋下,掘了些低矮的窑洞,盖了点简陋的草棚,住着陈、崔两姓穷人。其实他们才是这方土地最早的开拓者。村子原叫陈家湾,可如今却鲜有人做如此称呼了,竟一例改叫李家山。外人为将这穷人的李家山与富人的李家山相区别,便又以"大村""小村"呼之。

此刻,西财主李瑞五代孙李运旺的府内早已是明烛高照了。几支手臂粗的红烛高擎在四合院厦檐下的明柱上,连下院牲口圈里竟也点了两支。如此奢侈的做派在李府可是从未有过的。也难怪,一个时辰前,李运旺正在碛口镇自家的商号"天成居"忙乎,家里新收用的小跑腿儿柱子一路吁吁喘息着跑进门向他禀报,说他的女人王氏要生了,又说他家那头青花母牛也要生了。

李运旺是那种时常同下人嬉笑喝骂,忘记自个儿"掌柜的"身份的人,因见那小跑腿儿结结巴巴、唔唔哦哦说不成个囫囵话的样子,又好气,又好笑,骂道:

"你娘的脚!到底是人要生了,还是牛要生了?"

那柱子急得胀头臊脸,越发语不成句了:

"夫人……母牛……她们要不生,就不生;要生,就要……生了……"

"你娘的屁股蛋!我还不知道'不生就不生,要生就要生'了?"

"是夫人不生时,母牛也不生。夫人要生,母牛也要生哩……"

"你娘的大腿!到底是……"

"是……两个都要生了。"小柱子终于将想说的意思简明扼要说清爽了。

这一下,李运旺听明白了。这事可是非同小可!李氏家族到他爷爷一辈,人丁就不兴旺,东西财主都是一线单传。到他爹一辈,各自娶过三房女人,到最后还是单传一线。他和族兄李运兴各撑一门,都希望从他们这一代开始出现中兴之兆。也是苍天不负有心人,运兴娶妻后连生四子,还真"兴"得可以。然而,到他李运旺这里,却又一点儿不"旺"了。他爹为了早抱孙子,十五岁那年就给他娶了王氏。可八年过去了,至今仍是愧无所出。他怎能不着急啊!

现在,王氏总算要生了。前段儿,李运旺特地请了算命先生掐算。那先生问了王氏生辰八字,怀孕时日,沉吟半晌,满打满包道:"大喜,大喜,定是男丁无疑!"喜得李运旺当即命夫人拿出二两一锭银子做了谢仪。

李运旺一边将手头的营生交代给字号二把刀,一边随了柱子朝家赶,眼前仿佛已经看到夫人王氏正怀抱一个大胖小子,笑眯眯让他摸那娃小鸡鸡呢。李运旺不由咯咯笑出了声。

"肚子疼得满地打滚哩……"

小柱子一边颠儿颠儿跟在掌柜的后头朝前奔,一边不停地唠叨。

李运旺一惊,问:

"怎么,我女人她……肚子疼?五婶没去?"

五婶是接生婆。

小柱子却笑了,道:

"我说的是咱家那母牛……"

"噢,你娘的!母牛也该请个牛医生啊……"

李氏家族虽已经商百年,但根子依然深深扎在黄土中。先祖有言:商为摇钱树,农是立命根。钱再多,锄把子不可丢。从李运旺的爷爷辈起,李氏代代谨遵此训,一手经商,一手务农,不仅起楼造屋的气魄越来越大,田亩竟也越来越广。李运旺常年雇着三四个长工,养着五六头使役的牲畜。那青花母牛性情温驯,灵醒听话,且力大无比;前面已生一胎,是一头绝好的花斑公牛。这一回青花母牛打栏时,李运旺夜梦一只非牛非马非猪非羊的怪兽闯圈,彼时一团紫雾笼盖畜棚,冥冥之中有无数只喜鹊喧噪不已。李运旺梦醒之后,暗暗称奇,确信此为祥瑞之兆。待到女人王氏怀孕,李运旺对那祥瑞之兆更是深信不疑了,便对那青花母牛格外看顾起来。谁知那青花母牛自从怀犊以来,三天两头闹圈,不是肚子疼得满地打滚,就是不明不白整夜叫唤,又奔又跳,像要从圈里蹦出去似的。李运旺不知此为何意,实在让人担心。但愿它能顺顺当当生了吧!

李家山离碛口不过四五里地,李运旺一路紧赶,回到家时,五婶已经到了。天色尚早,夕阳淡淡的余晖抹到远山顶上,胭脂似的。

王氏虽然未生,倒还安宁。只是每隔一阵,皱了眉头呻吟三声五声。倒是那青花母牛凄厉的叫声让人心惊。

五婶见李运旺回到家,拐着一双小脚迎上前来,讨好地絮叨着:"你这女人小小年纪,实在是皮实。你是不知道,这女人生孩儿呀,遭罪哩。我说你呀,想叫就叫,想哭就哭,你女人却硬是一声不吭。真是少有呢……"

李运旺一边朝上屋走,一边吩咐下人:"上灯!啊……不,快把咱那几根大红蜡烛点上,点上,一齐糊子点上! 狗日的,今儿咱可是双喜临门哪……"

李运旺进到屋里,握了握女人的手,问:"怎样?"

女人一头汗水,嘴唇干裂,却还朝着他笑笑,道:

"我没事。那牛是怎啦? 你快去看看呀……"

李运旺又握握女人的手,这才来到院里,急急赶往大门西侧的牲口圈里。在大红蜡烛照出的昏黄的光晕里,那青花母牛蹬动着四肢,仿佛在拼着最后一点气力完成一桩神圣无比的事业。一个身穿蓝马褂,背上搭着一条指头粗细的黄毛辫子的男人蹲在高高隆起的牛肚子前,正用一只脏兮兮的手在母牛命门那里掏动,神情是十分的庄严、肃穆。

这人就是牛医生。几个刚从田里回来的长工围在他的身后。

终于,那男人万分惊喜地欢呼道:

"好了,要出来了……"

话音落处,一个血糊拉杂的、小孩拳头样的东西从母牛那个地方突了出来,立刻激起一阵更为热烈的欢叫声:

"是牛犊子的脑袋……"

"是嘴巴,是嘴巴。脑袋还没都出来哩……"

接下来,欢叫着的嘴巴尚未合拢,牛医生的一声惊叫使在场的人都呆愣了:

"啊呀,这是个什么东西?"

原来,这阵子,那东西的脑袋都出来了,却长着一对雄鹿似的犄角。说时迟,那时快,只听"噗"的一声响,那东西完全落地了。刚一落地,便就地打了一个滚,站了起来。这时,众人才将它看了个真切,便不约而同"啊"地大叫一声。你道那东西生得啥个模样?却原来似牛非牛,似马非马,似鹿非鹿,似犬非犬。最显眼的是披着一身金鳞,长着两个獠牙,碧眼,秃耳,长须,扇尾,额上长着一片白斑。那一对犄角不太大,却格外壮实。

有人终于醒过神儿来,叫了一声:

"这是一只麒麟啊!"

众人随即纷纷附和:

"没错,是麒麟。"

"李掌柜,恭喜啊!"

"瞧那额头的白斑多好看,就叫它'斑斑'吧。"

站在一边发愣的李运旺也醒过神儿来了。他想到"麒麟送子"的古话,便欣喜地朝上屋看看,哈哈笑着连说:"好,好,好,就叫它'斑斑'了。"

正在这时,那斑斑做人语道:"多谢诸位。送尔等良田三百亩,明早去收吧。"

一开始,众人并不知那声音来自何处,你看看我,我看看你,像几只被枪声吓呆的狍羊。

那牛医生看看斑斑,忽然现出一副什么都明白了的神情,惶惶叫道:

"啊呀,不得了啦,是个怪物呢,什么麒麟呀!"

一头说,一头拔腿朝外跑。

"恩人,休跑,休跑。"斑斑却在他的身后大叫起来,"出门必遭祸哇……"

话音未落,那牛医生"啊呀"大叫一声,失足掉下了大门外的高圪塄。待到众人将他抬上来时,人早已咽气了。

李运旺见牛医生好端端被自家请来,却横着倒在了门外,气得对众人大叫:

"你们还愣着干什么?快打,快把这不祥之物给我往死里打啊!"

众人便果真取了铁锹、镢头朝着那斑斑砍砸起来。谁知那斑斑并不怯惧,将最先砸到身上的一把铁锹咬住。只听"咯嘣咯嘣"一阵脆响,居然被他生生吃了下去。接着鬃毛一抖,身子一躬,竟立时长大半尺。

众人一见,不由浑身战栗起来,哪里还敢再动他!

李运旺气得两眼血红,从一个长工手里夺过一把镢头来,没头没脑地朝着那斑斑砸下去。那斑斑看看李运旺,一时似乎愣住了,竟将身子伏到了地下,一副"君叫臣死臣不得不死"的样子。于是,各种器械雨点似的落到了他的身上。霎时间,鲜血迸流,气息奄奄……

此时,闻讯赶来看究竟的村民已经将李家街门外围得水泄不通。只见一个壮年汉子拨开众人走上前来,一伸手,将当空举着的器械夺过扔到地下,大喝一声:

"快住手!这好歹是一条命啊……"

这汉子名叫崔壮,家住小村,是个靠肩膀挣钱糊口的码头苦力。

那斑斑趁这工夫,"呼"的一下扑过墙头逃走了。但见那地上的斑斑血迹发出磷火样的闪光……

第二章

斑斑越墙逃走后,李运旺并未再行追赶。牛医生的尸首还躺在他家的院子里呢,而他的女人王氏被院子里发生的事惊吓得浑身筛糠似的抖,连肚子里的孩子这阵儿也敛气屏息,没有了动静。

里里外外的大红蜡烛被撤换下去了。厦檐下,一盏素纸灯笼散发着惨淡的光晕。

李运旺蹲在死人脚头,呜呜地哭得伤心。亏得他的族兄李运兴带着四个儿子赶过来,指挥着众人先给牛医生洗涮穿戴齐整,弄了副上好的棺木收敛了,然后拉着李运旺一道赶往五里外的牛家塔死主家请罪。好在死者的妻是个通情达理的人,加之李家原是牛医生的老主顾,李家一向待他不薄,所以那当妻子的只是哭得要死要活,倒没提啥过分的要求。可人家不提什么,李运旺心里越发不是滋味,他哭着道:

"大嫂啊,往后你就把我当作你的亲兄弟好了。你的日子不用发愁,有我李运旺吃的穿的,就不能叫你一家饿着冻着……"

牛医生只有一个男娃,今年十五岁了,叫牛琨。李运旺摸着小牛琨的头说:

"琨儿从现在起,算我天成居的伙计了。大嫂你就放心吧,我一定把他培养成有用之才……"

弟兄二人好一阵安慰,总算让死者的妻止住了哭,这才又将牛医生的埋殡事宜提出来做了一番商议。一切开支自然都是李家的,但求死主按自家的意愿示下而已。

后半夜,弟兄二人回到李家山,吩咐人弄了一辆牛车,将牛医生的灵柩送回牛家塔。就村外搭了灵棚,金童、玉女、纸塔、香表、荤素供献一一摆设就绪,然后请来死者的妻儿,同亲人见了最后一面,验看了一切的一切。表示认可后,补烧倒头纸。那母子俩哭得哀哀恸地,李家弟兄亦带领合家主仆哭拜在地。李运兴早将他的大儿媳带了过来,这时便让她负责劝说死者的妻止了哭回家歇息;又命自己的四个儿子陪了牛琨以孝子的身份一道守灵。李运旺也早安排人请来阴阳先生在灵棚里忙活开了,单等天亮后上山相看穴位。又派下两个长工负责打墓。

待到一切安排就绪,天已大亮了。这时,小柱子跑来报告,说女人肚子疼得紧,让李运旺赶快回去,又说昨晚黄河和湫水河同时发了大水,李家山村南河滩上一下子多出二三百亩上好的水地。搬运工崔壮早先在河滩边的一个石嘴子上自己开了总共不足二分大、零零星星三四块的边角地,还不能浇水,一夜之间竟连成了三亩大的一整块好田,奇怪的是那地的基础竟整个儿变低了一尺,成了村里头一块上等水田。众人这才想起那斑斑说过的"送尔等良田三百亩"的话,竟真的应验了。于是有两个家在本村的长工就想赶回去抢占地皮。亏得李运兴是村上现任里长,说:这地是麒麟斑斑送给全村的,谁也休想抢夺。除崔壮那块该当全归崔壮外,别的由我回去主持分配:凡家有一亩以上水地的,就都不要分了,让给没水地的人吧。你们两家都在可以分的范围内,你们放心好了。说着,匆匆往回赶。

李运旺又安顿了几件事,才和小柱子急急回村。牛医生的丧事如仪进行,按下不提。

原来,那王氏从牛医生的灵柩抬走之后,情绪慢慢稳定了。五婶让女佣做了一大碗鸡蛋挂面,劝说王氏吃下。那时王氏便觉肚子疼得更上紧了,羊水一股一股朝外溢。五婶一面着小柱子去找李运旺,一面便从提兜里请出一尊木雕的神仙来,说是送子娘娘,恭恭敬敬供在高桌上,点了三炷草香,烧了两张黄表,口中念念有词,说了些祈福保佑的话,然后两手合十、双目微闭,朝冥冥之中用心谛听了片刻,回头便对王氏说:"送子娘娘讲了,让你但放宽心,今晚五更天保你儿子平安落草……"说得王氏浑身是劲。五婶忙将炕头的席子搂起半边,倒了一盆预先备好的细炉灰,摊摊匀,让王氏脱光下身平躺上去,蒙上一块被单。又命女佣将烧好的开水、煮好的剪刀等一并摆好备用。

说话间,李运旺从牛家塔赶回来了。五婶又将送子娘娘那话传达一遍。李运旺见王氏气色也挺好,就放心了,又将牛医生丧葬事宜简要对王氏讲了一遍,道:

"你就宽心吧,大小事情全处理顺当了……"

五婶也说:"好事多磨难。丧事冲喜事,别人想求还求不来呢。小少爷日后定是大富大贵之人。"

李运旺说:

"托你的吉言。"

这时,王氏叫了一声"五婶"。五婶揭起被单瞅瞅,便笑笑地将李运旺推出门去。

李运旺站在门外,心咚咚地跳得老紧。只听屋里五婶对王氏说:"拉紧我的手,使劲,使劲,再使劲……"便又听得"哇哇"的一阵惊天动地的哭声响起,王氏低微的声音问:"是男是女?"李运旺的心忽地一下子提了老高,却没有听清五婶嘟囔着什么。

李运旺肩膀上一使劲,便进了屋。只见娘子嘴唇打着战不说话。五婶道:

"送子娘娘原是送了个长茶壶壶的进你家屋的,不想在大门那儿让那麒麟搭了一爪,生生把个壶嘴嘴给揪去了,倒是给撕开了一绽……"

李运旺叹了口气,忙安慰女人说:

"闺女挺好。闺女我也喜欢。咱还想多来几个哩……"

五婶也说:

"说的是。你们看这娃生得多俊。我接生一辈子,从没见刚出世就这么好看的……"

说得王氏也高兴起来,对李运旺道:

"你进门那阵儿,我迷糊了一刻。梦见又回到了儿时。我在我们家屋后那片林子疯跑呢,一只好漂亮好漂亮的黄莺儿在我的左右飞啊飞的,一头就扑进了我的怀里……"

五婶道:

"你女儿给你托梦哩,一个小仙女儿……"

李运旺道:

"好,你这梦喜兴。咱闺女就叫莺莺了。"

李运旺决定去趟土地庙。看起来,只有求土地爷保他一家的安宁了。千不该,万不该,昨天他是不该对那麒麟下毒手的。李运旺想起自己让人将斑斑"往死里打"时,那斑斑可怜兮兮的样子。他想这一回自家可是造了大孽了,以老天爷的好生之德是决然不会饶恕自家的了。李运旺悔得肠子都发青了。

李运旺买了一只羯羊,拉着去土地庙了牲。

"了牲"是晋西北地区流行的拜神祈福中最为隆重的一种。牲,即牺牲;了,了却心愿。带着牺牲去拜神祈福,以一颗无比虔诚之心了却心愿之谓也。不过,这里的牺牲不是已经宰杀了的死物,而是活蹦乱跳的活物。以活物做供献,欲以活物的"临场表现"预卜吉凶也。

李运旺拉着羯羊去了土地庙。

那时在各种样式的寺观庙宇中,以土地庙的数量最多,也最为简陋。李家山被称为凤首的山圪梁上就有一座。孤零零的,有点歪斜。远远看去,像贪玩的孩童为"过家家"搭设的不太高明的"房子"。内中只有土地爷一尊塑像。衣衫不整,面容苍白,一副落魄文人的寒酸相。东西两面的墙壁上有些壁画,画的什么,却不太好认了。隐隐约约有山有水有草有树有云朵也有几个人物罢了。不过,看起来,香火还是有的。在土地爷面前的香炉里,香灰积了老高;地下的化表钵中,黄表的灰烬被风吹得打着旋儿。

供桌上虽无贡品,但膜拜者献上的旗幡却有两面,是用小石头压在供桌前沿上的。一面上写着:保境安民;一面上写着:威震四方。看起来这位爷倒是个文武全才了。

李运旺拉着羯羊走进庙门。他似乎并未注意土地爷的气色神情,也未细看墙上的画儿,地下的香炉、表钵,以及供桌上那两面旗幡什么的。他一手紧挽着拴羊的缰绳,一手将几样果品、几个白面捏成的献子儿从小篮里取出来布上供桌。于是,上香,化表,跪地下叩头,默祷……他流泪了。他的悔恨是那样真诚,不由人不感动。接下来,他便从小篮的另一边取出一罐凉水来,照着那羯羊的头上浇了下去。两只红红的、满怀希望的眼睛紧盯着羯羊。羊啊,羊啊,你快快打战啊,你应该打战啊。你战栗了,就算土地爷答应我的祈求了,就算我合家的安宁有保障了,就算那斑斑无奈我何了,就算我李运旺子嗣有望了……啊啊啊,羊啊羊啊,你快快打战吧。

然而,那羯羊却是一副无动于衷的样子。它的两眼痴痴地看着土地爷的右脚,似乎在专心致志研究那鞋子的大小尺寸,又像是深深陷入了某种遐思……

"老天爷啊,你就饶过我吧……"

李运旺号啕痛哭起来,一头哭,一头叩首不止,额上血珠迸流,遮住了他的眼睛。

"土地爷啊,您就可怜可怜我吧。只要您点点头,秋后我定然为您重造神宅,再塑金身……"

忽然,一阵细碎的水点撒上他的面颊、手臂、头顶。李运旺揉揉眼,扭头一看,那羯羊抖擞得正紧。

李运旺破涕为笑,又叩了一回头便站起身来朝回走,并没有忘记拉着那只被土地爷相中的羯羊。

然而事实上,土地爷并没有认真履行他的诺言。

王氏自生莺莺后,没有爽利过一天。先是身下一直不干,后来又是头晕、耳鸣、盗汗、乏力,整夜整夜噩梦不断,无法成眠。眼看着活马流星一个人,一日日变得暮气沉沉,只比那死人多出一口气了。李运旺到处延医诊视,大包小包往回买药,好言规劝王氏忍苦配合,自己忙得连碛口镇的生意都无暇顾及了,可王氏还是一日不如一日。

五婶对李运旺说:

"请'小红鞋'看看吧……"

"小红鞋"是有名的师婆。据说,那女人只要将一双小红鞋往脚上一套,就能腾云驾雾,自由出入阴阳两界;只要将手中的神鼓一敲,麻叶飞刀一轮,啥样的妖魔鬼怪都束手就擒。

于是便请来了小红鞋。李运旺早就听说过这女人的名字,却从未见过。原来已经是个五十来岁的女人了,苍黄的面皮上褶褶儿好多,眼珠儿转得飞快,下嘴唇朝上翻着,活像粘了一块霉坏的橘子皮。

李宅的院子里摆上了一张八仙桌,桌子一边放置太师椅一把,上铺锦褥。小红鞋净手、漱口,盘腿坐上太师椅,指挥李运旺点香、烧表、叩头。然后,伸出兰花指拈了一点香灰朝自家鼻子下抹去,立即像被火烫着般浑身一凛,随即伸了个懒腰,眼望虚空,双手合十,大喝一声:

"吾神来也!"

李运旺连忙又把响头叩了下去。

神仙操着怪怪的嗓子唱道:

  李掌柜,你细听,
  吾神在此把话明。
  你家母牛已成精,
  阴司地狱任意行。
  带来恶鬼充麒麟,
  要害李氏一家门。
  你今斩草未除根,
  留得后患实无穷。
  从此家运难振作,
  从此子息难繁荣。

财源枯竭水不流……

李运旺听得大汗淋漓,跳起来大叫:

"这可怎么办?这可怎么办?"

神仙鼻子里哼哼:

"吾神自有办法。只是吾神此去阴司,那牛头说你们家母牛原是他的侄儿,只因他欠了马面些银子未还,那马面便将一个冤魂拴到你家母牛尾巴上让它带来阳世做讨债鬼使。马面原以为那母牛为你家劳作多年,你李掌柜定会慷慨为它还债,没想到债还是未还上,便将那冤魂化作恶鬼……"

李运旺叩头如捣蒜,问:

"也不知我们家母牛欠了那马面多少银子?请神仙明告……"

神仙眼皮颤颤地说:

"多倒不多,不过十两罢了……"

李运旺忙道:

"十两银子,好说,好说。回头您给咱代为还上。您就赶快使出手段来,降服它吧……"

"吾神慈悲为怀,就不难为它了,还是好米好面好好招待于它,然后送它上路……"

于是,神仙从太师椅上款款溜下来,拎起神鼓,敲击着,舞蹈着,又带着李运旺去牛圈,在青花母牛槽头点香烧表叩头,咿咿呀呀唱了一支安魂曲。然后回屋里,吩咐女佣取一碗净水摆到王氏床头,撒一些米面进去,又取三根竹筷一支支朝着碗里栽。因见竹筷朝着病人倒去,便取出麻叶飞刀照竹筷一轮再轮,说你要还不乖乖离去,休怪吾神飞刀无情……说着,又令撒了些米面进去。再栽竹筷,那竹筷终于朝门口倒去了。于是便命李运旺端了那碗送往就近一个十字路口,泼水在地,再次点香烧表叩头,回来将碗扣于大门之外。

神仙再次坐在太师椅上后,打了个呵欠道:"吾神去也!"

又如梦初醒般问李运旺:"仙家有啥吩咐?"

李运旺没说话,忙取了十两银子奉上。心想:只要女人的病体康复,花俩钱值得……

第三章

麒麟斑斑越过墙头,朝着山下飞逃。夜色墨黑,天地一片混沌。大同碛的涛声隆隆传来,犹如无数匹战马突出地壳,驰骋而来。惊魂未定的他陡然生出末日来临之感,浑身战栗着匍匐在地,有一瞬间竟然声息俱无了。

灭顶之灾终于没有来临,斑斑定定心,继续朝前奔窜。累累伤痕疼得钻心,宛如手使一百把火钳的魔鬼对他同时施行着烙、拧、揪、扯、刺等等一百种刑罚。鲜血仍在渗流,沿途洒下磷火般的点点血花。

终于逃到了山下。黄河的涛声震耳欲聋。河水微茫的闪光像在忆念着一个古老的梦。斑斑背靠一块屋宇般的巨石喘息。他知道这石名叫乾隆石,是乾隆元年被黄河水冲来此处的。那河水的蛮力真是令人惊叹。在乾隆石的四周,略小些的石头成群结队散布在偌大的河滩上,夜色中活像无数巨蟹伏地潜行,又像是天庭里那一丛丛玉树琼瑶,碧草仙葩……

斑斑舔舐着累累伤痕,微闭双目,陷入了无尽的感伤中。他原是天庭里御花园中的一株奇草,因结果如麒麟,被称为麒麟草。那麒麟草五百年开花一次,结果一枚。果中有籽,鲜红剔透,圆润可爱,镶嵌于戒指项链之上,比那宝石更显美艳。又兼那子实持有者十有八九连生贵子,天帝众嫔妃便对它格外喜爱。每当麒麟果成熟之日,众嫔妃间就难免发生些明争暗夺。忽一日，两名女眷为争一枚麒麟果厮斗起来，竟将那麒麟果失手掉出天门之外，滴溜溜直向人间落下，不偏不倚正好落到李家山的一面草坡之上。那麒麟果的皮肉原本松脆，落地后即破碎四溅，唯剩子实一粒深陷黄土之中。也不知过了多少年多少载，那子实竟然发芽生根，长成了一株小小的麒麟草。去年的一天，李运旺家的青花母牛到那面草坡去吃草，见那麒麟草的幼苗鲜嫩异常，便一口吞下，那时她与一头公牛交合刚罢，那腹中的胎儿猛得一股仙气，便化作一只小小的麒麟。谁知那青花母牛对腹中异物颇为不适，从妊娠之日起，即无安宁之时。临盆的日子到来时，他的两支犄角又神使鬼差斜别在宫壁之间。那时他害怕啊，害怕被闷死在母腹中。亏得那主家爷、牛郎中，以及众仆佣勉力救助，才使他得以面世。故而在落草之后，他想的第一件事就是如何尽心竭诚报答主家和众人。那时他略一闭目，便看到一幅二河同时暴涨的壮观景象。他想那二水相抵，原是可形成一股回流的。假如能借回流之力送众人一些好地的话多好。这个念头刚一出现，他便于冥冥之中听得一个暗哑的声音在他的耳边道："就依你了！"他识得那声音是河君所发，便喜出望外将这一喜讯报告众人，没想到竟引出了一场塌天之祸……

　　眼下，离开出生地的他，一时竟不知该往何处去。他知道，他的生命其实极其脆弱。他的伤势实在是太严重了。带着如此严重的创伤，他那些与生俱来的法术一时怕是无法施展了。他不知道他该往何处藏身，何处将养，元气还能否恢复。隐隐的，从西北方向传来一阵低哑而沉重的打雷声。那是黄河的上游。与此同时，正北天际亮起了一道耀眼的闪电。那里正是湫水河的故乡。霎时间，夜空布满了浓重的乌云，夜色更见晦暗。看起来，曾经出现在他脑海中的那个幻象真要变为现实了。

　　斑斑对这一带的地理形势，以及百余年来的沧桑演变早已了然于心。多少年来，他的精魂并非一向藏匿地下。他曾化作一股气脉，游遍了黄河上下。他的足迹遍布湫水流域。他亲眼看见了兵燹之灾、饥馑、疫疠如何使膏腴之地化作不毛焦土，勤苦艰辛又如何让僻远之乡变为繁华闹市。他胎毛未褪，已是百岁长者；黄口乳牙，却早世事洞明……

此刻,理智提醒他此地不可久留。他必须将逃生的路继续走下去。

斑斑以嘴撑地,重新站立起来。前腿有点儿打战,用后腿使劲撑持着。伤口还在往外渗血,一片磷光闪动在刚刚伏卧过的地方。终于重新跷动了四足,趔趔趄趄朝前奔去。山根下,一个几户人家的小村出现在面前。那是河南坪,位于两河交合处。相传当年黄河与湫水两情相悦,曾化作少男少女登岸悠游,在山上山下疯跑半晌之后,竟模仿人间情种交媾于此。在他们偎依过的地方,留下一片肥美的坪地……

突然,什么地方传来一阵衣裾窸窣声。斑斑吃了一惊,连忙匍匐在地。隔了一阵儿,又听得有人"喂""喂"连叫两声。偷眼看时,见有一个身穿武将般袍服的老倌儿站在村头一所不大的房子前,正朝着对面山上打手势。那里正是卧虎山,山因有座黑龙庙而名满晋陕。夜色中,斑斑看不真切,猛然想起,这位老倌儿应是财神爷了。他大约是在和黑龙爷打招呼吧!这么想着,再看那卧虎山上,黑龙爷果然站在庙门之外。只听得那黑龙爷对财神佬儿说:"快了,快了!"财神老儿答:"多谢,多谢!李家山合村……"

斑斑未曾听完,便一轱辘爬起来,朝前奔窜。他知道,二河水涨在即,他必须在大水到来之前,渡过湫水。否则,一旦山上有人赶来,累累旧伤之上怕又摞新伤……

多日未曾落雨,湫水河浅浅的,正好徒涉。虽是夜里,那水依然热乎乎的。在四足进入水中的一刹那,斑斑突然想起当年在天庭御花园里,那些花匠引来天河水浇灌满园麒麟草的情景——那可真叫舒服呀!斑斑想假如不是满身的伤痛,他定要好好洗个澡的。可是眼下,水流浸渍到的地方,那痛苦是多么刻骨铭心啊!

"莫非人类都是这么喜怒无常,这么阴毒,这么可怕吗?"

斑斑的心头倏然闪过这样一个思绪,利刃般的,电火般的思绪。他不禁打了一个寒战。旋即,他又摇了摇头,他想起李家山那个护佑过他的壮汉。假若没有他,也许他早就不在尘世了。那么,往后他还会遇到壮汉那样的好人吗?

渡过湫水后,眼前就是碛口镇的主街了。虽是夜半,这水旱码头的繁华景象依然历历在目。在那东西走向的通衢大街上,一个个写着字号名称的灯笼高挂在店铺板门外,那晕黄的灯光竟将街道照得亮如白昼。还有那一条条依山就势筑成的、淹没在黑压压楼宇中的小巷,竟也被彩珠似的灯笼照得金蛇也似。有更夫敲打着竹梆走过,一路走,一路吆喝:门户关紧,火烛小心!

斑斑绕过镇街,取道卧虎山下,沿着一条羊肠小道朝北走去。这时,他听得湫水河里涛声如鼓,河对面目力所及的两个村子——寨子山和寨子坪的村脚下,居然也成了白晃晃一片汪洋。斑斑这才发现,就在他的脚下三四尺外,也早是一片水的世界了。斑斑不由出了一身冷汗,再也顾不得伤痛,连滚带爬地朝前奔去。

斑斑的眼前出现了一个村庄。那依山造就的屋宇黑压压、雾腾腾,竟有点同李家山相仿佛。最显眼的是村街上并排栽着的三棵老槐,树干粗可五围,根底间隔十数步,树冠却早连作一片。远远看去,活像天庭里为各路神仙聚会专门打造的那面三足摩云遮阳伞。

斑斑一看就知道,这村名唤西湾,是碛口商埠最早的创办者盛氏家族的豪宅"三槐堂"所在地。

斑斑不敢进村,绕道向西,想躲进村外那片林子中去。他实在是太疲累了,而浑身的伤口这时也像刀剜似的疼得钻心。

然而,斑斑没有走到他要去的地方。当他向西走了百十来步时,一片打麦场吸引住了他。打麦的季节刚刚过去不久,空气中弥漫着酒曲似的芳香。打麦场的一角是一个大如屋宇的麦秸垛。麦秸垛的一侧被掏空了,形成一个半人高的洞穴。斑斑走过去只看了一眼,便不假思索地钻了进去。

真舒服啊!斑斑很快沉入甜梦之中。

也是合该有事。斑斑一觉睡醒时,已是第二天晌午了。一道灼热的阳光射进洞来,刚好照在斑斑的伤口上,两只红头苍蝇嗡嗡叫着扑了上去,一阵刺痛唤醒了他。这时,两个顽童互相追逐着出现在他的面前。

"啊呀,景浩哥哥快看,那是什么?"

一个四五岁、样子十分顽皮的孩子手拿一条涂作金箍棒的小木棍,手搭遮阳,金鸡独立,学一个孙行者巡山开道的姿势,指着斑斑大叫一声。

那个叫景浩的稍大点的孩子没有马上作答。他将眼前这个活物审视了半响,满脸都是惊奇莫名的神情,最后半像自语半像诘问地说:

"是一只鹿吧?"

又道:

"景涛,快,去拿一把刀来,咱把它那犄角割下来,能卖好多钱呢……"

那叫景涛的孩子颇不以为然:

"你干甚呀?你看它身上那么多伤,都疼得那样了,你还……就知道卖钱,卖钱!"

景浩道:

"呆子!我们不割,别人也会割的。它又没个主儿……"

景涛道:

"我就是它的主儿!我看谁敢动它……"

"你疯了啊!你看它浑身稀烂,还不给你染上病呢……干脆,把狗日的打死炖肉吃。"

景浩说着,捡起一块石蛋照斑斑投了过去。那斑斑恐怖地看着景浩,几次爬起来又倒了下去。那石蛋擦着他的脑门飞向身后。

景浩见没有打中,回身又捡了一块砸了过去,却被斑斑使嘴接了个正着。只听得一阵喀嘣脆响,那石块便化作齑粉,又噗的一声,喷向一边,那麦秸垛当即塌下半边。

两个孩子都大吃一惊。那景涛说:

"啊呀,你把它惹恼了,看它不咬断你的手……"

景浩道:

"等我去叫叔来。叔的武功好生了得,一刀把狗日的砍了吧。"

"你敢!"景涛说,"怕叔不把你砍了呢……"

那叫景浩的孩子头也不回地跑回村去了。

景涛俯身对斑斑说:

"你别怕,有我呢。"

想了想又道:

"跟我走,我带你去一个任谁也找不着的地方……"

边说,边拍拍斑斑的脑袋,扶着它站立起来。说也奇怪,那斑斑竟伸出软软的舌头舔舔景涛的手背,跟着走了。

原来这西湾三槐堂现在的主人,系碛口水旱码头开埠元勋盛筠老先生的第四代孙盛书璧、盛书璞、盛书瑜。书璧、书璞各出一子,即刚才我们见到的景浩和景涛。而景浩先前提到的那位"武功好生了得"的叔,即盛家老三盛书瑜。书瑜至今未娶。

却说景涛当下便将奇兽斑斑带离麦场。不过他们没有去村后小树林。他们绕过小树林,一头钻进一条石沟,再登上一道山梁。在山梁后,他们找到了隐蔽在茂盛草丛后的一个洞穴。那是前些时景涛跟放羊汉子赶坡时发现的。那洞子中居然铺着厚厚的一层茅草。

景涛将斑斑领进洞,看着它躺在茅草上,这才长舒了一口气,轻抚着它的脑袋说:

"这下好了,旁人谁也找不到了。你好好歇息歇息吧。"

又说:"噢,对了,我去给你弄些吃的喝的来……"

洞子外,倒真是个好所在。那是满坡嫩绿鲜美的茋茋草、芭茅草、狗尾巴草和菟丝子草,还有星星般明亮的五颜六色的各种花儿,巴掌大的彩蝶翩跹起舞。山坡下,一泓清泉汩汩流淌,几丛卧柳翠绿欲滴,两只黄莺儿对鸣啾啾。

景涛的父亲盛书璞虽然出生在商业世家,却一心走苦读求仕之路。景涛的爷爷虽对书璞这一意愿不以为然,却在临终时,将三槐堂内最僻静的一套四合院分给他,这自然有略表妥协的意思在内。书璞把这四合院名之"为待月庐"。

待月庐离这儿不远,抄近路跳一个小山坳就是。

景涛飞也似的跑回家。一进院子,便直奔厨房。他娘崔玉荣颠颠地从屋里跑出来问:你不是跟景浩在一起吗?他人哩?景涛也不答话,从笼屉里捏出两个馒头往兜儿里一揣,又来到井边,要从井筒里往出拽熟肉篮子,却拽不上来。崔玉荣叫着"小祖宗"颠过来,夺过绳子,三下两下吊上来了。景涛还是不说话,伸手抓了两根鸡大腿抬脚奔出大门。

景涛跑回斑斑藏身的地方,将两个馒头、两根鸡腿往斑斑面前一放,说:

"快吃,快吃。"

斑斑嗅了嗅,却没有动。

景涛慌了,抓耳挠腮半晌,不知如何是好。突然,他听到有个微弱的声音对他说:

"百花之蕊,晨露之精……"

也是心中过分着急,景涛对这个突然冒出来的声音竟丝毫没有表示诧异,反而问斑斑:

"你是说你常以'百花之蕊,晨露之精'为食啊?"

斑斑点点头。

"那么你是谁啊?"

这一回,景涛似乎有点儿惊奇了。

"有人叫我斑斑。"那麒麟说。

"你,你可认识孙大圣吗?"

"我……是那孙猴子的好朋友。"

景涛一听,高兴了,搂着斑斑的脖子亲热得不知如何是好。随即站起身来,说声"你等等"便又颠出洞子去了。过了一阵儿,便捧着一大束红的白的紫的蓝的花儿回来了。那斑斑两眼放射出碧蓝碧蓝的光,当即埋头到花丛中。景涛见斑斑吃得高兴,又说:

"你慢慢用,我给你去找'晨露之精'……"

斑斑嘿嘿笑了:

"小傻瓜,现在太阳都八竿子高了,你还找啥'晨露之精'啊?快坐下歇歇吧……"

景涛说:

"我不累。我去给你弄些疗伤的药吧……"

斑斑这时已经吃饱了,伸出粉红的舌头舔舔嘴唇,对景涛说:

"多谢多谢。你给我采几朵蘑菇来就行了……"

景涛答应一声飞跑而去。过了不多一阵阵,果然采来了几个蘑菇。

只见斑斑将那些蘑菇一个个嚼得稀烂,然后用舌尖卷着一点点敷到伤口上……

光阴荏苒,转眼间半个月过去了,斑斑的伤口全部愈合了。小家伙好像又长高了一截。周身上下金色的鳞片闪闪发光,碧眼莹莹,犄角鲜红,而那支扇形的尾巴一摇,洞子里顿时风声如涛。每日清晨天色刚刚透亮,他便钻出洞外,埋头在草丛中,专拣那一棵棵香叶草、山丹丹、马兰花、芍药、蔷薇上黏附的露珠儿吮吸,待到太阳出山之后呢,他便撑着一朵朵明艳的山花飞跑,粉红的舌尖一卷一卷,在那花蕊间轻轻一掠、轻轻一掠……吃饱喝足了,他便突然出现在景涛枕头边——那时,景涛尚在睡梦中——悄声对他说:懒鬼,该起床了!开初几次,景涛惊得几乎叫出声来,因为他从未领他来过待月庐,他不知道他是如何找到这里的,而且整座宅子里外几道门都关得铁桶也似,他不知道他是如何进来的。景涛的父母那时早起床了,而且就在屋里,景涛真害怕斑斑会把他们吓坏,然而奇怪的是,他们竟像什么也没有看见。有一回,斑斑对景涛说:我带你到大海边去看看好吗?景涛只听大人们说起过"大海"这两个字,却不知道大海在哪里,就问:大海在哪里?斑斑说:大海就在黄河最后要去的那个地方。景涛又问:大海远吗?斑斑笑笑说:也就一千来里地吧,不远。景涛惊叫:啊呀,还不远呢。你是吹牛吧?斑斑说:你忘记我是孙行者的朋友了?来吧,你骑到我的背上来,闭上眼……那时,景涛只听得耳边呼呼的一阵风响,斑斑便对他说:你睁开眼吧,到了。景涛睁眼一看,只见目之所及全是赫赫漫漫的大水。蓝色的波涛翻腾出一片哗哗声。远处帆影点点,一些白色的大鸟上下翻飞。景涛高兴得大笑大叫着,在海边的沙滩上拣了许多美丽的贝壳,斑斑却不许他带回家,并且一再嘱咐他回家后不可说出他们来过海边的话。

到了八月十五中秋节。

景涛的生日正在这一天。从两周岁起,景涛的父亲都要带景涛到碛口镇他家的字号"一得阁"去抓岁儿。景涛的父亲盛书璞虽然热衷仕途,不恋商事,却也不得不兼营祖上留给他的几爿店铺。其中一爿名叫一得阁,专营纸墨笔砚文房四宝,倒也颇合他的志趣。一得阁并不像一般字号供奉财神,倒是供了一尊夫子像。盛书璞规定每日字号开门之前,全体伙计都需向夫子像三叩其首。而他本人每到字号,更是不忘大礼参拜。"抓岁儿"就是在桌子上倒扣五六个檀木红油钵儿,里头分别藏着银角子、诗笺、飞镖、骰子、烟土,还有女人用的脂粉,然后让小孩子拣自己最中意的钵儿翻转一个,看里边扣着的是什么。若是银角子,孩子长大后定是经商的料;若是诗笺,那就是读书为官的才;若是飞镖,就是武将;若是烟土,就有做瘾君子的可能;若是脂粉,那就要看那孩子是男是女了。是女,当然也还算好;若是男,那就有好色之徒的嫌疑了。若是骰子,就可能是个赌博鬼,那么从小就得管着点。盛书璞将儿子抓岁儿的地点设在一得阁,又命人将几个檀木红油钵儿扣在孔夫子供桌上,原是想托老夫子的洪福,让儿子回回抓个诗笺儿,长大读书为官,光宗耀祖。然而结果却是事与愿违,景涛两岁那年抓了个银角儿,虽然差强人意,倒还未曾让人丧气。伯父盛书璧甚至捻着他那几根黄胡子一连叫了三个好,回头又对大弟书璞说:此乃天意。也是我祖上有德,该着盛家兴旺发达哩。我看景涛、景浩都是经商的料,你就别瞎忙乎了。书璞嘴说"是""是",心中却颇不甘。三岁那年,景涛抓了个飞镖。叔父书瑜高兴了,对书璞说:哥,我说甚来,这小子打从两岁起就爱耍枪弄棍,孙大圣不离口啊,干吗不让他学武?书璞却是一个劲唉声叹气不说话。谁知到了去年,景涛抓住的却是一堆脂粉花钿儿,气得盛书璞半天说不出话来。当时,夫人崔玉荣在一旁道:儿子才多大一点点,就不兴误抓一回?你让他重抓一个看看,怕不抓个诗笺出来?众人齐声附和。盛书璞就依了众人,让景涛重抓了一回。谁知抓着的却是乌嘟嘟一块大烟土。盛书璞一向视鸦片为寇仇,那时一巴掌便将儿子打得口鼻流血如注,自个儿一连三天躺炕上没下地。

抓岁儿这事按碛口一带乡俗,本来是在孩子刚满周岁时进行的,就一次,到景涛这里何以变成了两岁起一连数年?原来,景涛周岁时,盛书璞两口子带他进一得阁抓岁儿。谁知一进店,那小子嘴一撇,开始哇哇大哭,怎哄都不息声,更不用说什么抓这抓那了。两口子弄不清是怎回事,只好抱着儿子回家了。走出店门正好与一游僧相遇。那僧人看了一眼哇哇大哭的景涛,当即口念一声:"阿弥陀佛,善哉善哉。孩子怎么了?"书璞夫妇就把让景涛抓岁儿的事说了一遍。那僧人半闭了双眼,双手合十道:"从明年开始,连抓四年,心想之事庶几可成。"边说边轻抚一下景涛的小脸,孩子竟然当即住了声。

"心想之事?"盛书璞心下自语,"我想甚事?这还用说?庶几可成,又作何解?"正准备朝那僧人细细讨教,眼前却不见了僧人的踪影。于是便从两周岁起,连抓了三年。这不,今年是最后一次了,也不知"庶几可成"否。

中秋节的到来,总是令景涛心悸。

八月十四那天,景涛愁眉苦脸对斑斑说:

"你能帮帮我的忙吗?"

便将"抓岁儿"的事约略说了一遍。

斑斑笑道:

"这有何难?你放心好了。"

八月十五这天,盛书璞早早就偕夫人崔玉荣带着景涛下了碛口镇。沿途不断有人寒暄、问候:"盛二爷早!""盛掌柜是去字号?""盛二先生是带儿子去抓岁儿吧?"盛书璞瘦削的个子,清癯的脸,目光执着,眉宇间隐约可见淡淡的忧郁。他身穿夏布长衫,足登家做圆口鞋,一条乌亮的辫子搭在背后。他的夫人身材却颇粗壮,黑红的脸膛上五官搭配很精致。他们一路走,一路向熟识的人们点头致意,或是打个千儿,停下来说两句话。景涛蹦蹦跳跳地在前面跑着。路上行人如织,不时有驮运货物的骡马、毛驴和驼队走过,撒下了一路细碎的、粗壮的铃铛声。景涛手拿金箍棒不住地撩拨着走过身边的大牲口,碰上年龄相仿的孩子就做个鬼脸,或是来个孙猴子摘桃:揪揪别个的耳朵或鼻子什么的,逗得胆小的孩子哇哇大叫。盛书璞时不时朝着儿子吆喝一声,却总不见效;逢着景涛淘得实在不像话时,崔玉荣就操着粗哑的嗓门呵斥:"皮痒痒了是吧?"景涛这才中规中矩一小会儿。

盛书璞的一得阁坐落在碛口镇前后街交接的拐角上。它的一边是天成居,一边是德泰馨、德泰兴。天成居是酒楼兼营四时点心,系李家山李运旺所开,德泰馨、德泰兴都是盛书璧的字号,经营药材、百货。盛书璞也有一爿药店名曰德泰新,坐落在前街。盛书瑜开的是德泰欣当铺,坐落在离此不远的当铺巷。此外,李氏还开有天成祥客栈、天成永布店,都在后街。西湾盛氏也有粮油店一处在后街。在紧靠黄河码头的二道街拐弯处,盛氏还开有批发各类船运货物的德泰昕货栈。这两个字号系弟兄三人伙开。

盛书璞带着家人进镇后,顺道先去德泰新看了看。

盛书璞本人热衷读书求仕,所开字号都是雇人经营。名义上他是大掌柜、一把刀,实际经营权却在二把刀手里。德泰新的二把刀,太谷人氏,出身广誉远,人极敦厚。其父与盛家来往多年,交谊甚笃。盛书璞视其为手足同胞,对号内之事便一百个放心。

那二把刀一见盛书璞他们,忙迎出来道:

"我估计你们快到了,都把茶沏好啦。"

盛书璞问:

"生意怎样?"

答道:

"还行。啥时您有空,我给您交交底。"

盛书璞道:

"有空再说。您就放开手脚给咱干吧。"

喝茶,歇息了一刻,盛书璞起身要走,二把刀叫小伙计捧出一个朱漆锦盒来,说是送小寿星的贺仪,他本人就不前去了。景涛接过来打开一看,见是一方绛州澄泥砚。心里想着送他这玩意儿还不如一串糖葫芦、一个小面人或是一只小猫小狗呢,脸上就有些不屑的颜色流露出来。这时,他的耳边突然响起斑斑的声音:"快说'多谢伯父了!'"景涛忙说:"多谢伯父了!"那二把刀点点头,笑着对盛书璞夫妇道:"小侄子可是大大出息了,将来定能蟾宫折桂呢。"盛书璞也很高兴,说:"托兄长吉言。"崔玉荣抿着嘴笑,不说话,出了德泰新,才轻轻一巴掌拍在儿子后脑勺上,笑骂道:"你娘重养你了呀!"一头说,一头搂着景涛亲了一口。

一得阁的二把刀姓宋,平遥人。盛书璞对此人原本不太了解,是他的哥哥盛书璧介绍来的。盛书璧时任碛口镇商会会长,免不了要与官府打交道。近年来,随着碛口商埠日益繁华,从省到县各级府衙都将蹄腿伸向这里。先是巡抚衙门报请朝廷批准,将碛口分了一半给永宁州治理,谓之"隔境遥治",接着,作为州、县直接上司的汾州府也以"协调两衙,统制共荣"为名,自然而然地插进一条腿来。去年夏天汾州知府马大人、永宁知州张大人同来碛口巡视,商会会长盛书璧摆酒接风。席间张大人俯耳对盛书璧说:"马大人有一内侄精明强干,是块经商的好料。不知盛会长可否代为介绍一个供职的字号,令其一展雄才?"当时,其弟盛书璞所开一得阁刚好缺短一个二把刀。盛书璧沉吟良久,就应承下了。事后与书璞一说,自然没有不依的理。此人到任以来,一得阁的生意果然胜似以往。于是,盛府上下皆大欢喜,马、张二位大人也便对盛氏格外看顾起来。

盛书璞偕夫人崔玉荣要带儿子来一得阁"抓岁儿"的事,是早几天就知会过号内的,因此,书璞一家三口来到一得阁时,一应事宜早已准备就绪。临街的铺面打扫得一尘不染,货物摆置得井井有条。后堂内,夫子先师的塑像端坐在檀木神龛内,香炉里青烟袅袅。塑像前的供桌上,一字儿扣着六个檀木红油钵儿。

宋掌柜一身短衣打扮显得格外精神,这时早将大掌柜一家迎进店来。瞅上茶歇息的工夫,宋掌柜命小伙计将德泰兴、德泰馨、德泰欣、德泰昕以及天成居、天成祥、天成永等等一干字号送来的贺仪一一呈上,让大掌柜过目。盛书璞忙吩咐一一备办丰盛的回礼,以表谢忱。宋掌柜又将近些日子生意营销情况简明扼要说了一遍,接着谦恭地站在一边,等待大掌柜示下。盛书璞在商事上原本知之有限,但又不好露怯,便拣大路话说了一些,无非是劝勉鼓励而已。

一时该说的都说过了,盛书璞便领着妻儿起身来到夫子神位前点香、叩首,祝告道:

"大成至圣先师在上,弟子盛书璞一生无他求,唯苦读有进,仕途有成,王事民瘼,竭诚尽忠而已。今有犬子景涛,生性顽劣,终日撩鸡斗狗,不遵教化。望乞先师垂怜,点化于彼,庶几成就栋梁之材,书璞幸甚,国家幸甚,列祖列宗幸甚……"

景涛跪在娘的身后,不时偷眼看看供桌上那些檀木钵儿。他不禁有些慌乱,不知斑斑可能猜得准。如果猜不准,等待他的将是什么。谁知正在这时,斑斑竟在他的耳边说话了:"别慌,别慌。从左数第二个……"

景涛不记得他是怎么立起身来,又是怎么颤抖着将那左数第二个钵儿翻开的。他只记得后堂里顿时爆发了一阵欢叫,宋掌柜早将预备好的五千响一挂的鞭炮在店铺外点燃了,那噼噼啪啪的炸响传遍了古镇五里长街……

如果事情就此为止的话,那一个中秋佳节对于盛家来说,也可算是喜气盈门了。谁知鞭炮声刚刚响过,那斑斑却又风风火火对景涛说:

"快,快告你爹,姓宋的不是好鸟儿……"

一开始,景涛并未听懂他的话,不由大叫一声:

"你说什么?"

那一声尖叫惊动了所有在场的人,众人全都莫名其妙地看着景涛。

斑斑又重复了一遍他的话。

这一次,景涛听懂了,便手指宋掌柜,对盛书璞道:

"爹呀,快,姓宋的不是一只好鸟!"

宋掌柜的脸色一下子变得煞白。众人全都愣住了。

盛书璞早将一个耳光捆到了景涛脸上。

倒是宋掌柜抢上前去拉住了盛书璞,劝解道:

"小少爷怕是高兴过头了吧。快,快掐人中呀……"

然而,景涛一点儿不像是患了什么病。那时,他听得斑斑提醒道:

"快,快让你爹把夫子供桌下的石板掀开,里头藏着两箱大烟土呢……"

景涛便将这话向他爹说了。

盛书璞两眼盯着儿子看了半晌,又看看宋掌柜,就对几个小伙计道:

"给我往开掀。若是没有,再和这小狗日的算账……"

两箱子大烟土很快起出来了。姓宋的扑通一声跪倒在地,叩头如捣蒜。

盛书璞坐在供桌旁,手撑额头半天无语。近年来,洋人将这种东西从海上源源运进中国,官民食之者日众,成瘾者虽生犹死,朝廷上下为之震悚,有识之士莫不切齿。碛口乃水旱码头,难免有人见利忘义,可他万万没有想到自家的店铺里(且是经营文房四宝的店铺里)居然也做开了这种伤天害理的生意。盛书璞气得浑身战栗,半天才醒过神来,朝着姓宋的摆摆手,从牙缝里挤出一个"滚"字。

然而,姓宋的不仅未"滚",反而拍拍膝盖上的土,站了起来,看样子好像还想把叩下去的几个头也收回来似的。他是渐渐地定下神来了。那时他便心下寻思:这两箱货他原是夜深人静时撬开地板藏了进去的,再没有第二人知道,那小不点儿如何能知道得如此一清二楚!除非是妖魔附身!既是妖魔附身,那谁能说清是不是这小东西使了妖法移脏诬陷?对,就是这个道理。于是,短暂的慌悚之后,姓宋的又变成宋掌柜了。

宋掌柜看定盛书璞道:

"盛掌柜,在下有两句话不知当问不当问?"

盛书璞鼻子里哼了哼。

宋掌柜道:

"请问,地下藏着两箱那东西,令少爷是如何知道的?"

盛书璞一想,是啊,他是怎么知道的呢?就将目光移向景涛。

"我……"景涛张口结舌了,"我,是我亲眼看见的……"

"什么时间看见的?还有谁可作证?"

宋掌柜紧追不舍,景涛更显慌张了。

这时,斑斑提醒他:三天前的半夜时分。

景涛照说一遍。盛书璞一听,与夫人崔玉荣对视一眼:这是怎么说?半夜三更,他一个五六岁小孩如何能够跑这里"亲眼见证"?显见得是胡说八道了。可是两箱子大烟土却是的确有的,这又该做何解释呢?

这夫妻俩的疑惑早被宋掌柜看在了眼里。只听他道：

"盛掌柜呀，您这位小少爷可是不简单哪，躺在炕头做梦能见证这里的一切，那法术怕是能上天入地的了。看来，这两箱货从何而来，恐怕只有小少爷可以说得明白了。反正我一个凡夫俗子，是怎么也弄不明白了。"

众人经他这一说，便都将惊疑的目光投向景涛。

景涛一时不知该如何对答。斑斑似也无话可说了。

恰在这时，盛书璧也闻讯赶来了。一进门就对盛书璞说：

"老二，还不快找人给景涛看病哪？非要等他整得盛家鸡犬不宁吗？"

景涛一听伯父说要找人给他看病，更慌了。村上请法师降妖灭怪的场面他见过，那可真是太可怕了。景涛拔腿就跑，却早被伯父一把揪住，吩咐小伙计们将他关进了一间空房子。

景涛听得母亲在外面同伯父又是哭又是吵，自己也便呜呜咽咽哭了。

斑斑只是不吭声。

过了半晌，只听斑斑长吁一口气，说：

"景涛哪，怎么你们人世间总把金玉良言当作妖言鬼话，把妖言鬼话当作金玉良言呢？这一回，我可是把你害苦了。罢罢罢，看起来，我俩是得分手了……"

景涛这才号啕大哭起来：

"斑斑，我不让你走，不让你走。我什么也不怕……"

斑斑说：

"你放心，我不会走得太远的。我也离不开你呀！往后，我在这个世界上将会是：无处在又无处不在……"

景涛一时没听明白斑斑的话，哭得更伤心了。

第四章

土地庙"了牲"也好，小红鞋送鬼也罢，似乎都未给李家山李运旺的妻子王氏带来沉疴痊愈的希望。一连三四年，王氏总是好好坏坏，时好时坏。最要命的是食欲不振，精神委顿。今年秋风一凉，更是连走路的气力也没有了。人瘦成了一把柴，白天黑夜噩梦缠身。王氏自知是到"油干捻子尽"的时候了，反倒神闲气定起来。一日早饭后，运旺正要收拾去镇里，王氏招手将他叫住说：

"你打发小柱子去俺娘家把俺妹子叫来吧，我想和她说说话……"

运旺道：

"眼下庄户人家又是收枣又是割谷的，过了这一段不行吗？"

王氏笑笑说：

"你不想你小姨呀，我可是想得不行了……"

王氏娘家这个妹子名叫喜玲，今年十八九岁了，依然待字闺中。她人生得漂亮，且性情活泼，走到哪里，哪里一片喜气。这脾性正好和李运旺相投，所以只要这姐夫小姨凑到一搭，总是玩笑不断。假若这位小妹多日不来，李运旺见她的第一句话保准是：

"啊，你把老姐夫忘了吧？姐夫可是一日不见，如隔三秋哩。"

小姨总是撇撇嘴,啐道:

"瞧你那一副蹄腿,和我家那只骚猪也不差啥,我天天见他几十回哩。"

不过,自从王氏生病以来,二人是再也没那开玩笑的心情了。因此,当今天王氏猛然间说出"想""不想"的话时,李运旺竟有些不自在起来了。然而王氏却像存心要将这玩笑开到底似的道:

"你别不好意思,我又不是看不出来啊……"

"嘿呀,那还了得!"李运旺笑得有点儿尴尬,随即改换了话题,"今儿你的精神像是好些了?"

王氏点点头,继续笑笑地说:

"怎么,不敢承认?那就算是我自家想她想得不行了。快让小柱子去叫她吧。"

王喜玲是在这天下午到李家山的。姐妹俩上次见面是在半个月前,虽然间隔不长,喜玲一见王氏,还是不由得痛哭失声:

"姐呀,你怎瘦成个这……"

王氏拉着妹子的手,强自笑道:

"妹呀,姐是想你哩……"

喜玲说:

"姐呀,你要把心放宽好好治病哩……"

王氏默然有顷,哭了:

"妹呀,姐怕是没多少日子了……"

"你这是说的甚话呀!"喜玲说,"一家人好好的,你能扔得下莺莺,扔得下姐夫吗?"

"妹呀……"王氏哭得更伤心了,"姐就是扔不下莺莺和你姐夫啊!"

姐妹二人正说着莺莺,莺莺便像一只小兔子似的从门外蹦跶进来了。这孩子自从出生以来,差不多从未吃过母亲的乳水。先是找了个奶娘,等断奶后,十有八九的日子是在外婆家度过的,一向跟她的这位喜玲小姨亲热得像一瓣蒜(方言,相亲相爱)。这不,两三天前刚刚回家,昨天就朝王氏嚷嚷要去看小姨了。正是莺莺的不依不饶,触动了王氏,让她做出马上叫妹子来家的决定。

莺莺是在后院玩时,听说小姨来家的。

莺莺一进门,就猴到了小姨喜玲身上,缠着让喜玲给她梳个"双凤朝阳"头,指指点点让把一朵朱红绒花插到鬓角上。又说小姨前些时给她讲的那个"癫皮女子"的故事真逗人,求小姨再给讲一次。她那花骨朵样的小嘴一刻不停地叨叨着,也不看娘和小姨正说着要紧话呢。

王氏吆喝了几回让莺莺出去玩,莺莺不理,亏得喜玲从来时带着的提兜里取出一个用绿色丝绦编成的果子络,又将两颗槟果、几粒脆枣装了进去,说:"你看这绿绦绦红果果多好看呀,快带上出去显摆啊!"这才算将莺莺打发走了。莺莺果然是找同伴"显摆"去了。

莺莺走后,王氏接着先前的话头道:

"妹呀,你看咱莺莺长得多喜人呀……"

"是啊,姐!"喜玲说,"为了咱莺莺,你也要挣扎着好好治病哩。"

王氏又道:

"妹呀,你姐夫他也是好人哩……"

喜玲说:

"谁说不是哩。姐呀,你好福气呢。你要把心执硬,好好治病……"

"妹呀,姐这病怕是神人也没解救了。姐就是……就是撂不下你姐夫和莺莺啊!"

王氏说着,早已哭得上气不接下气了。喜玲抚着王氏的背也哭得泪人儿似的。

王氏止住哭道:

"妹呀,姐求你一件事……"

喜玲说:

"姐呀,你放心,我会照应莺莺的……"

王氏道:

"妹呀,你就只照应莺莺一人啊!姐还是不放心呀……"

喜玲说:

"姐夫还年轻……姐呀,你就别为他操心了。"

"妹呀,你就忍心让咱莺莺受后娘的苛待呀?"

王氏说着又恸哭起来。

喜玲明白姐的心事了。

喜玲轻声说:

"姐……那怎使得呢?不怕外人笑话呀!"

王氏说:

"小姨续弦的多着哩。其实,你姐夫也就比你大几岁,难得他人心好着哩……"

"我知道,可是……"喜玲低了头道。

王氏笑了,说:

"死妮子,你别假迷三道了。我早就看出你们姐夫小姨对眼着哩……"

喜玲一头扎进王氏怀里,也笑了:

"姐,你要这么说,我可是说啥也不答应你了。"

同样内容的话王氏当晚又和李运旺说了一遍,直到看着二人都点了头,这可怜的女人才长吁了一口气。次日黎明时分,便不声不响走了。

李运旺厚葬了王氏,百日过后,续小姨喜玲为妻。果然如王氏所言,这姐夫小姨情相投、意相谐,自比那琴瑟默契,水乳融洽。真是说不尽的柔情蜜意,道不完的美爱喜兴。一年后,这小王氏便生得一子,取名玉成。李运旺自是满心欢喜。

满心欢喜的还有莺莺。

原来那喜玲可怜莺莺小小年纪便没了娘,便万事随着她的意。好在李家几代经商,银钱不缺,只是惯成了莺莺率意任为的小性情儿。打从五六岁起,她便做了村上的孩子头儿。整日撩鸡斗狗,爬树上房,掏蛇逮鸟,要不就跳进黄河捉鱼捞鳖,实在是没有一点女孩样儿。更有甚者,夏天老河过长船,那船上的艄公和扳棹的汉子大都赤条条一丝不挂。每当此时,莺莺便和村上的一群半大小子从河边上挖起一坨坨稀泥,沿河追着朝那些乌溜溜的光屁股上摔,嘴里还"嗷""嗷"地叫着,快活得如同过年也似。有时,李运旺去碛口字号时,她也跟去了,于是便又做了碛口街头的混世魔女。

就在碛口码头,莺莺同西湾盛氏家族的景浩、景涛弟兄俩厮混熟了。

那一年莺莺八岁。是一个夏日的午后。

莺莺站在码头附近看着上船下船的红男绿女,觉得十分燥热,便将裤褂脱得只剩了小裤衩、红兜肚,跳到水里尽情玩耍起来。她的身前身后顿时聚集了一群精赤条条的半大小子。这时只见两个长她四五岁的男孩一人手提一个羊皮浑筒来到岸边。二人饶有兴趣地看着这用各种姿势击浪戏水的一群人,不屑地"嗤"了一声。那大的一个说:

"都是些'狗刨'啊!"

那小的一个说:

"那个臭鸭子还行!"

莺莺听自个儿被叫作"臭鸭子",心里老大不高兴地朝那两小子一瞧,乐了,原来那大的一个名叫景浩,是西湾盛家的少爷。景浩爹盛书璧的女人是她姑姑,因此他们还算是姑表亲的兄妹呢。她姑住娘家时曾几次带景浩去过她家,只是她有点不太喜欢同他玩罢了。那小的一个她好像未曾见过,瞧他开口就将自己叫作"臭鸭子",好没来由啊,因此反唇相讥道:

"你才是臭鸭子!你才是臭鸭子!"

那景浩好像并未认出水中扑腾的莺莺来,二人都没有搭理她,管自蹲在岸边,将各人的衣裤尽行脱了装入浑筒,扎了口,鼓起腮帮子从一条前腿那儿的小孔朝里吹气。

这羊皮浑筒系黄河岸边老百姓惯用的一种助飘器,有时也用作浮载工具。将肥壮的成年羊宰杀后,从头到尾剥下整张皮来去毛熟制即成。使用时,把皮筒子上所有的泄气孔除留一个用来充气外,都扎死了。载物的浑筒要把头部至脖颈那里斩去,装进物件后再扎紧,然后往进吹气。那两个男孩用的正是这种载物的浑筒。

莺莺以往只见过人们使用这种器具,却不知道是怎么盛物、怎么鼓气的,便游上岸来凑上前去细看。那满脸的好奇早将心里的不高兴冲得一干二净。

莺莺瞧了一阵儿,忍不住开口问道:

"景浩哥哥,这劳什子要是游到当河漏气了,可怎么办呀?"

那大的一个男孩听女娃叫出自己的名字,这才抬头看了她一眼,认得是表妹了,却还是没搭腔。那小的一个倒说话了:

"那阵儿哥哥们就去做东海龙王的女婿呀……"

莺莺并不介意对方顺竿儿爬高高的充大,又说:

"你日哄人!我知道你们是想去对岸偷甜瓜吃哩……"

近日黄河水枯,常有这边的孩子去陕西那边偷瓜吃。

那小的一个道:

"小妹妹可真是聪明人!你想不想吃一颗,想的话就跟哥哥们走一遭。"

莺莺笑着伸出小指,说:

"好呀,咱俩拉钩!可不兴后悔啊……"

那大的一个见小的那一位将早已扎紧的浑筒又解开,要把莺莺的裤褂朝里装,忙喝问:

"弟,你想做甚?"

那小的说:

"带上她吧,瞧她'哥哥''哥哥'叫得多甜呀……"

莺莺这才想起这被景浩哥哥称作"弟"的小子已一连几次"充大"占她便宜了,便嘟了嘴沉了脸道:

"谁叫你哥呀?景浩哥哥才是我哥哥哩。"

那小的说:

"你叫景浩哥,我也叫景浩哥;你不叫我哥,这是甚道理!"

又说:

"你要再牛皮哄哄,我就不带你过河……"

莺莺这才不吭气了,忽又犹豫起来:

"可是,小哥哥,我还不知道你姓甚名谁呢……"

那大的一个这时也笑了:

"你连'小哥哥'姓甚名谁都不知道,就敢跟着他跑呀!真是泼得可以……"

那小的一个似有意为莺莺解围,说:

"'小哥哥'姓盛名景涛。景浩真是我哥。没听说小哥哥的大名?"

莺莺笑了,道:

"噢,好像听姑姑说起过。你是一个混皮蛋……"

景涛这才知道莺莺是景浩的亲"姑舅",同自己也该是"姑舅"亲了。

莺莺是同景涛伙抱着一个浑筒游过河的。

河对岸,村落寂寥,山势险峻,一片枣树林浓烟般攒聚在山脚下。

三人一登岸,便飞跑着钻进树林子。景浩、景涛熟稔地找到一个石隙,将羊皮浑筒藏于其中。坐在枣树林子里歇息了片刻,景浩、景涛带着莺莺顺山脚朝西走了百十步,转过一个山包,便钻出了树林。但见眼前豁然开朗,一片川地绿汪汪铺展着。正午的太阳火辣辣地悬在头顶,田里不见干活的人。不远处,一片瓜地旁搭了一个人字庵,有白发老人坐在庵前抽着烟。村庄坐落在川道那边的山坳里,炊烟袅袅,一团团升腾在村庄的上空。

景浩朝着瓜田那边努努嘴,示意景涛、莺莺蹲在一丛野麻棵子后。

景浩看看周遭,对景涛说:

"你去将那照瓜老头引开,我在这边办事。得手后,咱们在枣树林会合……"

景涛正要起身,莺莺道:

"景涛哥哥,让我也去吧。"

景涛笑了,说:

"这可不是去玩儿。你和景浩在一起吧。"

莺莺扭着身子说:

"我不嘛,我要跟你去。"

景浩想了想,说:

"要不,这样……"

景浩附在莺莺的耳边说了一阵悄悄话,又道:

"你放心去吧,那老头肯定不会打你,还会送你颗'沙嘣沙'的大甜瓜吃的。"

"真的吗?"

莺莺疑疑惑惑地问。见景涛也朝她点头,便扭头跑出了野麻棵子。

莺莺从背着看瓜老头的一面,飞也似的绕到村子的那一边,然后照直朝瓜田蹦蹦跳跳走来。进得地,也不朝老头这边看,便低了头去摘瓜。老头一边叫着"你是谁家的娃",一边脚步蹒跚地朝莺莺那边赶去。

莺莺并不答话,摘了一个瓜,回头就朝村子那边跑。

老头一边骂着"谁家的死娃这么没调教",一边追了过去……

这一边,景浩和景涛猫着腰飞也似的溜进瓜田,噌噌噌,每人摘了四五颗瓜,脱下布衫一包,原路撤回。前后不过一袋烟工夫。二人朝村子那边瞭瞭,见莺莺还在朝前跑,老头仍在背后追。二人相对做个鬼脸,径直跑进枣树林。

二人坐石隙边歇息半晌,每人连吃两个瓜,还不见莺莺回来,这才有些着急。景浩嘴说"这臭鸭子可别吃瓜吃得撑着",心里却直打鼓,一连朝林子外瞭了几回。景涛站起来说:

"我去看看吧。这老头可别把她扣住不放了……"

景浩道:

"你去看看吧。离远点看,千万别过去。抓住她不要紧,抓住你怕就要吃点苦头了。"

景涛头也不回地跑走了。

果然是出了点麻烦。原来那莺莺并不知他俩做那营生需要多长时间,就一直朝前飞跑。看看都到村子跟前了,便转身朝着斜刺里继续跑。然而那跑动的速度已是越来越慢。这时,只听那老头在身后喊:

"站住!死娃你要再跑,我就叫狗咬你……"

莺莺回身将先前摘来的那颗瓜朝老头投去,却只投出两三步远,落地摔成八瓣。莺莺小腿一软,跌倒在地。

老头赶上前来,揪着莺莺的耳朵,将她拖回地里。进地一见瓜被偷了,更是鼻子口里呼呼冒烟。手上便使了些劲儿,揪着莺莺拷问:"你是谁家的死娃？是谁偷了我的瓜？"

莺莺只是不吭声。

景涛躲在野麻棵子后，把这一切看了个一清二楚，想想，便猫着腰抄到老头的身后，突然伸手在老头腋下咯吱了一下。老头猝不及防，回头看时，景涛一头撞到了他的怀里，更快地咯吱起来。老头左闪右躲，咯咯大笑不止。一头笑，一头朝后倒了身子。景涛乘机一把拉上莺莺跑走了。跑出数十步，回头对老头说：

"老爷爷，对不住了。等我长大了，帮你种块更好的……"

转眼间，莺莺已经长到了十二三岁。长到十二三岁的莺莺出落得更加好看了。细高挑的身材，瓜子脸儿，眉弯弯，眼亮亮，小嘴嘟嘟的，红得让人心跳。只是肤色不太白，却也黑得耐看。整个儿一朵带着露珠儿、映着霞彩儿、敷粉末儿、镶笑靥儿的黑牡丹。

那时，李家山人忒爱吹拉弹唱。村上成立了草台戏班，年年冬天请师傅调教，逢到农闲或是神会鬼节、大户人家婚丧嫁娶，必要搭台唱戏。或晋剧，或道情，或二人台、小花戏，村里人想看甚就演甚。初时，莺莺只是跟着一伙姑娘媳妇撵着场场看，后来见戏班子里也有坤角儿，便也妆个身子，学着走走台步，玩玩水袖，吊吊嗓子，却也把个孙玉姣、貂蝉女、梅英、金枝等等演得活灵活现。那李运旺两口子原也是梨园中的热心人，有时自家也登台亮亮相，便颇以莺莺为自傲，哪里还能想到别的！可这便疏忽了对女儿的约束。孰料只因这一疏忽，便"疏忽"出了一串不大好说出口的故事来……

第五章

西湾盛氏三槐堂坐落在村后一个缓坡上。那道坡坐北朝南,背靠石山两座,山前有湫水河潺湲流过,恰与阴阳先生所谓"背山面水,左青龙,右白虎""负阴而抱阳,冲气以为和"的说法相合。盛氏祖上凭借碛口码头得天独厚的经商条件,积累了相当的财富后,终于决定彻底告别那一座座破败的石砌小窑洞,而要修建一座可与盛氏家族的荣耀相匹配的新西湾了。工程于康熙四十五年正式破土动工,历经百余年,目前已规模初成。整个村庄依山就势,层层叠置,参差错落,韵味无穷。村内五条石砌巷道,道道有说法,取金、木、水、火、土五行俱全之意。五巷将全村三十余座院落连为一体,周遭以高墙环护,形如城堡。只有三门与外通,谓之天门、地门、人门。村内宅院与宅院间均有小门沟通,进入一院即可遍走全村。此等格局既维护了各家各户独立生活的地位,又使整个家族成唇齿相依之势。真个是"水流山势、地气天光",全了。

老祖先于新村下线动土之日,即在村前植下三棵槐,谓之夏槐、商槐、周槐。百余年后,当盛书璞做过一番考证后,说《周礼·秋官·朝士》中有"面三槐,三公位焉"之语;又道《陈书·后安都传》中有"位极三槐,任居四岳"之说,还讲《宋史·王旦传》中有"王祜手植三槐于堂前"之事,足见盛氏祖上亦是主张后人走读书求仕之路的。

盛书璧对此却颇不以为然。

盛书璧说及此事，亦是振振有词。他说春秋时齐为五霸之首，其功盖出于管晏经商。《史记》称农以出之，工以成之，商以通之；显见是将农、工、商同等看重的。只有孔老二才对善商的子夏表示鄙薄："赐不受命，而货殖焉。"尤其至明清以来，国人多以经商作为从业的第一选择。明人汪道昆在《太函集》中就有多处记载徽州人"右贾左儒"；《二刻拍案惊奇》中亦有"徽州风俗以商贾为第一等生业，科第反在次着"之说。晋省情况与徽州相仿佛。比如雍正时晋省巡抚就曾明言，本省"子孙后秀者多入贸易一途。……至中材以下方使之读书应试"。而我盛氏祖上，慧眼独具，凭借碛口水旱码头招商设肆，成为碛口开埠元勋。如果不是经商，哪里又来三槐堂！足见先祖手植三槐，并非寄语后人要走什么苦读求仕之路，而且你是知道的，我们的祖爷爷中有一位名叫盛云鹏的，不是书读得挺好，官也做得挺大吗？结果怎样？

盛书璧说到此，神色黯然地低了头。

盛书璞焉能不知！他们的这位祖爷爷曾是雍正元年二甲进士，官授江西提督学政。雍正四年辅朝廷内阁大学士查嗣庭主考江西，因考题"维民所止"而陷文字狱。其实，那"维民所止"不过一个平平常常的策论题，却被说成是"欲将雍正去首"。内里的原因其实是雍正皇帝厌恶科隆多，而查嗣庭与科隆多接近，皇上想找寻借口剪除查嗣庭而已。真是欲加之罪，何患无辞！结果是，查嗣庭被杀，盛云鹏被判终身监禁，死于狱中……

盛书璞道：

"可我们盛家也不能一朝被蛇咬，十年怕井绳不是？"

"可那不是一条普通的蛇！"盛书璧是从不习惯别人反驳自己的，包括弟弟们在内。他不由提高嗓门道："那是一条七寸子，五步倒，九头虫，杀不死！别朝别代不说，单看明朝，咱山西走苦读为官之路风光一时的人里，有几个是得了善终的！正因为如此，咱们的曾祖父曾将八字遗言传喻后代。莫非你是将那八个字忘了不成？"

盛书璞不说话,他怎会忘记呢?年前父亲去世时,不是也曾拉着他们弟兄的手重复过那话吗?"远离官场,经商济民!"然而……你想"远离官场"就能"远离"得了吗?不说别人,就你盛书璧,也算这一方土地上的经商高手了,你能"远离"得了官场?你是商会会长,不和官场打交道能行?你不得不同官场打交道也还罢了,连带着我们也不得不同他们打交道哩。那一年我一得阁用下的那个二把刀,那个姓宋的,还不是你为讨好官场中人介绍给我的!后来怎样?那姓宋的居然利用一得阁贩卖开了大烟土。那事被景涛说破了,反被姓宋的巧言令色遮掩了过去。你呢,还说景涛是患了病。于是又是跳大神,又是送灾星,折腾了个二五成一十。最后,姓宋的更加肆无忌惮,倒是让店里一个小伙计探得真情报告了咱。当时我要将他扭送衙门,是你说要给上面那些人留面子,结果又放了姓宋的一马。过后想想,那姓宋的贩烟土,说不准他姐夫、汾州知府马大人和永宁知州张大人都参了份子哩。姓宋的做下这等歹事,我们却还得用他。凭甚哩?你看看你能"远离"得了官场?!既然无法"远离",为什么咱不可以自己也弄个官做做?

"祖爷爷冤死之事,自然可叹。可我们盛家百多年来在生意场上摸爬滚打,什么时候能'远离'得了官场……"

"住口!"盛书璧不客气地打断了弟弟的话,"你难道不知道,'远离'并非不打交道。这是两码事……"

"着!又要'远离',又不能不打交道。我们盛家人的脑子不够用啊……"

这样的争论在盛家老大、老二间不知进行过多少次了,有时遇上老三在场,就不得不站出来打圆场。盛书瑜自有盛书瑜的道理:

"二位哥哥都有点偏执了。弟虽孤陋寡闻,也知道从前明以来,士商互动已成大势所趋。晋省商先于士、去士而商一时蔚成风气自是事实,但弃贾而士者亦不在少数。所以依小弟看来,不管时势怎变,在士商之间打墙者怕是不多了……"

那一天是三月初三,适逢西云寺庙会。

盛书璞早早就被隔壁院子书瑜弟开启屋门的声音惊醒了。他知道那是书瑜起身习武了。接着听得大哥的闺女景月乳声乳气的嗓子在大门外叫唤："二叔！你怎不叫叫我，一个人偷偷就练上了啊！"于是盛书瑜呵呵笑着走过去开启大门。以后的声响变得细碎而轻捷，带着似有若无的隐隐的风声。他知道，那是书瑜和景月练开了剑术——大哥的这位宝贝女儿今年十岁了，偏爱使枪弄棒，打小就是书瑜的热烈崇拜者。他们冬练三九，夏练三伏，也确是勤奋得可以。盛书璞听得这一连串响动，就再也睡不住了，赶快起身从枕头边摸到劈火镰、火石和火绒，啪啪几下打着火，点了灯，就被筒里取过一卷书读起来。睡在火炕另一头的女人崔玉荣闻声道："夜夜熬到三更天，刚睡一阵阵，你就又熬上了，敢是不要命了！"盛书璞不说话，轻叹一声，读得更专注了。他已经连续三次乡试不中了，难道还能再来三次？他是拼上了。崔玉荣理解丈夫那一声轻叹，也便轻叹一声，赶快下地，将儿子景涛、小女景虹也叫醒，让他们赶快去背父亲昨晚安排的书文，自个儿则开了屋门去扫院。

　　盛书璞是在窗纸发白之后走出屋门的。这时，整个村子鸡鸣狗吠、人语嘈切，已经完全苏醒了。三槐堂三十多座院落中，属于他们这一支的其实只有五六座而已。盛氏家族历经百余年的发展，目前已是赫赫威威十七八支，三四百口人的大家族了。其中有经商的，自然也有务农的。不管经商还是务农，大家都谨遵祖上"诚信勤勉"的遗训，不敢稍有懈怠。一年四季，无论寒暑，"五更即起，洒扫庭除"的规矩是雷打不动的。

　　院子上下已被崔玉荣收拾得亮亮堂堂了。盛书璞的目光从正窑披厦下的高圪台扫过东西厢房、马圈、磨房、茅房、柴草房，以及照壁，砖雕的大门洞，又投向坐落在正窑顶上的绣楼。这座祖宗留下来的屋宇总是让他心生一种自豪而温馨的情绪。每日清晨，盛书璞总爱站在院子中心上上下下扫视。而在这一番扫视之后，他便信步来到大门外，回身瞅着高悬在砖雕门楼之上的、他自个儿手书的"待月庐"匾额得意地笑笑，仿佛果然看见蟾宫之内那棵桂树被自己"咔嚓"折断了一枝……他苦读的劲头更足了。

　　崔玉荣从通往套院的边门出来了。虽然儿女尚未到分室另住的年龄，套院和绣楼眼下还派不上实实在在的用场，崔玉荣还是每天洒扫，这似乎已经成为一种习惯了。崔玉荣看看丈夫乌青的眼睑,轻叹一声道:"看你熬成啥了!"说着走进西厢房,不多一阵儿,端着一盅燕窝汤走出来。一边看着丈夫慢慢啜饮,一边说:"今儿是三月三,你也不用闷头啃书文了,快去大哥那边,看看镇子上有甚事吧……"

盛书璞嘴里答应着"是哩",两眼却盯着妻子粗糙裂口的双手道:

"看你那手都成啥了!咱也雇个粗使的女人吧……"

崔玉荣笑了,说:

"你才看见啊!……我可不是那从小娇生惯养的。这点子家务事我一人还不够做哩……"

崔玉荣的父亲是家住李家山小村的码头苦力崔壮。她从小死了娘,自然是做惯了营生的。那年盛书璞的父亲到湫水河那边去办事,刚到河心,可巧发大水了,亏得崔壮相救才捡了一条命。事后两家就结了亲。盛书璞早先并不认识崔玉荣,所以对这门亲事有点儿勉强,婚后才知道这女人是个"金不换"——人勤谨,会体贴人不算,还有一副豪爽痛快的男儿气概。这些年来,盛书璞这个书呆子倒是亏得有她呵护呢。

夫妻俩正说着话,有人在大门口叫了一声"二哥、二嫂"。

是盛书瑜。

盛书瑜和盛书璞是双胞胎,弟兄俩前后只差一袋烟工夫来到人世,长相酷肖。小时候大人给俩弟兄裁剪一样的衣衫,外人几乎无法辨认谁是哥,谁是弟。崔玉荣刚到盛家时,也有点分不大清,有一回竟将书瑜当书璞叫他"书呆子"。夜里两口子躺在被窝里,书璞对玉荣说:"你摸摸,我屁股上有个瘊子,书瑜没有,好认……"崔玉荣笑着拧了他一把,道:"那往后你俩都光着屁股,让别人好认些……"现在两个人都三十好几岁了,尚武的书瑜比书呆子书璞要结实得多,两个人脾气更是天差地别,但生人一照眼还是难以分清。

当下,盛书璞笑着对盛书瑜说:

"我正要去找你哩。咱俩快去大哥那边,看看今儿怎么安排。"

盛书瑜道:

"着。咱俩是想到一起了。"

二人便相跟了朝外走。这时,崔玉荣站在圪台上叫道:

"兄弟!"

盛书瑜站住了,但没有转身:

"二嫂,我知道你又要说啥……"

崔玉荣说:

"既是知道,那就快拿主意呀!"

盛书瑜至今未娶,这事都成盛家的心病了。尤其是崔玉荣,三天两头托媒,可一次次介绍来的人似乎都不如书瑜的意,这就不能不让人着急上火了。

盛书瑜调转身来,对崔玉荣说:

"二嫂,您就别白费心思了。我不要……"

盛书璞插进来半开玩笑半认真地道:

"书瑜,都快四十的人了,快别再做假吧。你不要我还急着要哩。"

盛书瑜嘿嘿笑了,对崔玉荣说:

"二嫂,您瞧我哥说的这话——我'不要'他还'急着要'哩。他倒是不'做假'呀。他要再'急着要'一个,把您可就晾一边了。这还了得啊!"

崔玉荣沉了脸说:

"兄弟你别打岔儿。你是不是还想着那个冯彩云?"

盛书瑜不吭气了。半晌,闷闷道:

"是我盛书瑜害了她……害苦了她。"

"你……"崔玉荣一时不知说啥好了,脸憋得通红,"兄弟你也不想想,你们盛家怎能要一个做那种事的女人……"

说真话,崔玉荣有点同情冯彩云。那个女子原是陕西米脂人。那一年,书瑜二十刚刚出头。陕西地面盗匪横行,父亲让自幼习练武功的书瑜去盛家设在榆林的字号做协理,路过米脂时,偶感风寒,不得不住了下来。有一天傍晚,病体稍稍好转的书瑜独自去无定河边散步,发现有一年轻女子于一深潭前久久徘徊不去,且唏嘘饮泣不止。一开始,书瑜并未十分在意,从旁看了几眼便侧身而过。可就在他走出十数步远时,猛听得身后扑通响了一声,回头看时,已不见了那女子的身影。书瑜于黄河岸边长大,水性自然没说的,转身顾不得脱衣便一头扎进水去……

这被救出鬼门关的女子就是冯彩云。

原来这冯彩云的父母双双死于鼠疫。死后,兄嫂将她二十两银子卖与一个大户人家做妾,说好再过两天就要接人。那男人已是六十七八岁的棺材瓤子,家里已经有了三房女人,且一房比一房厉害,一房比一房刻毒。彩云未曾过门,胆就先输了一半。思来想去,迟死不如早死,便在这无定河边徘徊了整整一下午之后,终于毅然决然纵身一跳。

当下,书瑜将她救出水,抱回家,问明情况后,找到那户人家将二十两银子退还对方,要求退婚。对方初时不肯,后来听书瑜自报家门,道是碛口盛家,才不得不舍弃。

原来那彩云生得如花似玉,正当豆蔻年华,一来二去,书瑜便与她难舍难分了。二人相约,一待书瑜回家禀报过父母,便迎娶彩云过河完婚。谁知书瑜的父亲却将这门婚事一口回绝。理由很简单:门户不般配。父亲为让他绝了那个心事,当即派他南下苏州驻号,且明确告知,三年不准探家。父亲心想苏杭地面那是天下第一繁华风流之地,儿子身处一个美女如云的地方,还能再结记什么冯彩云!谁知是他错了。书瑜在苏州三年,无时无刻不在思念彩云,只是路途迢遥,徒唤奈何!在此期间,冯彩云曾来碛口找过书瑜,自然不会有任何结果。事后,书瑜听说彩云在碛口住了半年,后来便突然回了米脂,且从此断了音信。书瑜也曾去米脂打问过彩云的下落,却听说她已经沦落风尘……

崔玉荣同情彩云,也理解书瑜,但又深知此事在盛家已绝无挽回的余地,于是便有了一次次提说,一次次不了了之。

盛书璧住在从"天门"进村的第一个宅院里,同盛书瑜的院子还隔了三四户人家。这宅院正是当年碛口商埠的创始人盛筠亲手建造的、全村最气派的宅院。自然,盛筠当年就住在这里。盛氏家族规定,这宅院只能由盛氏家族的族长居住,而盛氏家族的族长是完全凭经商实绩择优选定的,这同别的家族似乎不同。故这宅院非不动产,它完全是一种权力的象征。

单从外表看,这院子与别的院子并无二致:一个普通得有点近似寒酸的大门,那大门既谈不上厚重,也说不上豪华,两块寸来厚的杨木板而已,上面也没有一般豪宅大门的铜饰、彩画。它完全是白茬子光板,下面的两个角刚刚补修过,上面一个角似乎也有点糟朽了。可是当你打开这一层大门朝里一看,光景就全然不同了:原来在那一重普通大门的后面,另有一重阔大的垂花门。两重门之间的门廊完全由精美的砖雕砌成。垂花门的门楣门脸为木雕万寿莲子,两侧一副篆书楹联,刻的是:财源茂盛,家道隆兴。飞天一副凌空捧出的横匾,上书"福备三多"四个字。走进这一重门,迎面是照壁。照壁也由磨缝砖雕砌成,中间镶了一个大大的"信"字。院子里,房舍格局大致与书璞家的相似,只是改一套两院为三院。主人住在中院。前院的正屋为客厅,东西厢房住着几个家仆。后院是库房。

听得院门响,盛书璧手捧水烟袋早迎出客厅来:

"我知道你们一早就会过来……"

弟兄三人相跟着走进客厅,刚刚落座,早有年轻女仆将点心端了上来。书璧说:"咱边吃边说话。"于是从抽屉里取出几封信来,说是驻外字号送来的信报,让两位兄弟过目。盛家在北京、天津、上海、苏州、太原、汉口、济南、汕头、兰州、西安、包头、迪化等处设有字号,总号与分号间互通消息,谋划商事全凭这专人投送的信报。书璞、书瑜一边用饭一边翻看,待到饭用完时,一沓子信报便都过了一遍。

盛书璧问:

"看出什么问题了没?"

盛书璞摇摇头,盛书瑜说:

"别的倒没有甚,二位哥哥注意到了吗?内蒙古、宁夏一带的麻油大战打得更热火了……难道东路南路真能吃得下那么多?光碛口就有四五家字号在那里抢收麻油。会不会压住手?……"

盛书璧赞许地点点头,说:

"去年北路西路油料大收,东路南路油料大歉,商家都看倒腾麻油能赚钱,所以这麻油大战怕还会持续一段的。只是,这样一来,两头的价格怕就要有些消长了……"

盛书瑜说:

"那大哥您的意思是?……"

盛书璧手里拿着筷子却停着不动,凝思良久,不露声色地笑笑,对盛书瑜说:

"赶快打发人知会北路西路,改收麻油为改收油篓,务必将方圆几十里内的油篓都收尽……"

盛书璞拊掌道:

"好,这步棋好。收下油没油篓无法装运,咱能稳赚了。"

盛书瑜将饭碗一撂说:

"一会儿我就去发信报!"

女仆进屋收拾盘碟端上茶来,弟兄三人啜着茶,便商量今日庙会之事。

书璞说:

"哥哥你安排吧,今儿咱需干甚?"

书璧说:

"往年庙会,咱是街头遍设摊点卖货,这自然能来现钱,可我总觉得还有比抓这几个小钱更值当做的事……"

书瑜说:

"哥哥你就吩咐吧。"

书璧说:

"今年咱不和别人争那几个小钱了,咱来点新的。大弟你在德泰新门口设摊义诊,一定要请最好的医生,用咱最好的药。去冬少雪,今春人的肝火旺,得寒热症的可不少……"

书璞说:

"哥,那可得往进贴好多钱哩……"

书瑜说:

"二哥,大哥的想法好。要把咱盛家义诊的幌子挂得高高的。"

书璞恍然道:

"好,我明白了。"

盛书璧又说:

"二弟你到那西云寺山门外去设个义粥场。去年秋粮歉收,今春饿汉不少。饿着肚子赶庙会,活受罪哩……"

书瑜拊掌道:

"好极了,把咱盛家的幌子也挂得高高的。"

书璧又嘱咐:

"让景浩去给你打下手——烧火!"

景浩前年已入号学徒,眼看就该出师了,听说这小子挺精明,也能吃苦。盛书璧让他在粥场露面,自有他的用意。书瑜听了,点头道:"好咧。"

书璧又说:

"我呢,给咱准备几桌好酒好菜,招待所有来往商船的船工,也要把咱盛家的幌子挂得高高的。"

听得书璞书瑜连连点头,都说这样一来,咱盛家的作为可就成为今日碛口古会的中心话题了……

盛书璧笑笑,又说:

"还有哩。书璞呀,让玉荣和你嫂去西云寺上布施,不要吝惜银两,要多少,从总号来支……"

书璞说:

"上个布施用多少银两呀?这几个钱我那里能提得出来。"

盛书璧说:

"起码百八十两吧,要压过远近所有施主……"

一切安排停当,盛书璧忽又皱了眉头,对盛书璞说:

"怎么?你还是不打算让景涛干点正事?都十六七的大小伙子了,还在那里背书。按咱盛家规矩,可是早该入号学徒了……"

"我是想让他参加一回县试看……"

"别做梦了。"盛书璧以不容置疑的口吻道,"你那是瞎子点灯白费蜡。那小子根本不是那料!"

盛书璞轻叹一声,道:

"再看一段,再看一段……"

弟兄三人正说着话,忽听中院人声嘈杂,女仆慌慌张张跑进来禀告:夫人犯病了!

盛书璧的夫人李秀珠和崔玉荣同为李家山人。不过,李秀珠可不是小村人。她是李运旺的妹子。按说,李秀珠嫁给盛书璧,可谓门当户对,珠联璧合哩,没想到进门不久,脸上就没了笑模样,近二年更是患了一种奇怪的病,好端端地突然就又哭又笑地闹腾起来,一闹起来,就把个丈夫骂得一塌糊涂。闹腾够了,便又如好人一般。盛书璧也曾多方延医看过,也曾找"小红鞋"请神降服,都未见效。这事弄得盛书璧的心情极为恶劣。

中院里,李秀珠的叫骂声清清楚楚传过来,且又骂出了新花样:

"盛书璧,你个吃人不吐骨头的假善人……"

盛书璧阴沉着脸,腮帮上的肌肉抽搐着,半响无言,忽然指着西厢房对女仆说:

"给我把金爷叫来!"

金爷金大发,是府上护院,跟着女仆匆匆赶来了。

"去,去淘些茅粪灌她!"盛书璧命令。

金大发站着不动,满脸的作难。

"去呀,还愣着干啥!"

金大发艰难地调转身。

"金大发,你敢!"盛书璞怒睁双目,大喝一声。

盛书瑜也说:

"大哥,怎能这样?"

盛书璧说:

"这是给她治病。不给她灌粪,她那臭嘴能合得住?大发,去灌!"

盛书璞怒道:

"我早就听说,你们给她灌过粪汤!金大发,从今往后,你要再敢做这事,休怪我翻脸不认人!我盛书璞说到做到。我们盛家向以仁爱之心待人,更休道她是我嫂子,是有病之人了。真是岂有此理……"

盛书璞跺了一下脚,走出门去。

金大发感激地看看盛书璞,低了头站在一边。

盛书璞对盛书瑜说:

"走,我们去看看嫂子……"

碛口镇一年有两次古庙会,一次在七月初一,是黑龙庙会;一次在三月初三,是西云寺会。碛口码头未开埠前,各路商贾把码头北五里地的侯台镇作为商品集散地。侯台镇因此成为方圆百里经济文化中心,经历了前后数百年的繁华热闹。西云寺原来就建在侯台镇西石崖。大约在元皇庆年间,一次战乱使寺院毁于一旦。战乱平息后,寺院由侯台镇迁到碛口。

西云寺庙会举办之日,正是一年里春耕春播刚刚开始的时候,所以四乡的庄稼人在赶庙会的同时,还想进行一些牲畜、种子、农具的余缺调换。还有那因为上一年歉收断顿缺粮的,就得来会上籴它三升五升。手头拮据没钱花的,就将刚刚换下的棉袄棉裤或是棉被棉毯拿当铺当掉。而戏院的开场锣鼓也在拉扯着山里汉子的袄襟襟呢。

两次古庙会是女人们的解放日。她们不分贫富贵贱,都要尽其所能,打扮得光光鲜鲜,成群结伙,来会上一新耳目。西云寺上香自然是她们的首要节目。但在上香之外,扯点衣料,买点花儿粉儿、针头线脑的小零碎,也是她们必定要求的。而大戏也不是只兴他们男人看啊,有那年轻姑娘、小媳妇还结记着在戏场里同相好的小姐妹说说悄悄话,或者也有偷偷交下个男朋友的,还结记着飞几个媚眼吊几回"线"呢(方言,男女之间眉来眼去,暗送秋波)。

两次古庙会当然也是商家的节日。那散布在青石板铺成的三条主街、十五条山巷中的三百多家字号把生意做得一家比一家火爆。头道街由东而西,沿卧虎山北拐,全长五里。一街分三段:俗称前街、中街、后街。前街又称食店街,饭馆、食摊遍布两厢,卖的都是此地独有他处绝无的食儿。比方㳉子碗脱、荞面灌肠、莜面旗旗(方言,即面条)、入口化酥饼、咬不断枣糕。中街卖的是绸缎、布匹、茶叶、烟酒、文房四宝及其他日用杂货。后街紧靠码头,其间大大小小的院落差不多都被粮油、皮毛、药材、瓷铁和其他船运货栈占满了。也有不少供来往船工、客商留宿的客栈、旅店。二道街、三道街都为河滨街。其中二道街常年买卖驴、骡、牛、马,还有骆驼。这里也是瓷铁店、煤炭站集中区。三道街则是皮坊、染坊、毡坊、澡堂的天下。十五条山巷一律依山就势由北向南倾斜,与主街成丁字交汇。其称谓如义学巷、要冲巷、通衢巷、驴市巷、画市巷、稀屎巷、当铺巷等等。银号、首饰店、质当铺、分金炉大都分布在这些巷子里。

不到半晌午,整个碛口镇的大街小巷已是人头攒动了。

盛书璞的女人崔玉荣陪着她的嫂子李秀珠朝着西云寺走。景月、景虹姐妹俩蹦蹦跳跳紧随左右。在她们的身后五六步远处,金大发同景涛不紧不慢地走着。一伙半大小子挟着一股风从他们身边赶过,景涛撇下金大发独自走了。景月、景虹在后边叫:

"景涛哥哥,等等我俩!"

"谁和你们婆姨女子相跟呀!"

景涛鄙夷地说着,头也不回地赶前头去了。

李秀珠神情木然地走着,单从模样看,看不出她生了什么病。

春天的太阳艳艳地照着。湫河沿岸,杨柳树鹅黄色的嫩叶织出一片烟霞似的灿烂。山洼里,几树桃花开得如火如荼。路两边,萱草、黄蒿的嫩芽早已像山火似的连成一片,而沟渠下湿之处的艾草已经长了一拃来高。三月三是采艾的日子。鲜鲜的艾叶晾干后,可做香香的荷包,所以凡有艾草的地场,总有大姑娘小媳妇的身影。景月、景虹很快加入了这支队伍。

崔玉荣紧挽着嫂子的胳膊朝前走着。一个疑问一直在她的心中盘桓:嫂子到底是患的什么病啊?干吗总是说得就得,说好就好的。难道真有什么鬼神作怪?难道她同大哥过得不痛快?崔玉荣无法忘记,这秀珠当年做姑娘时,可是整天嘻嘻哈哈、爱打爱闹出了名的!

崔玉荣不时从旁侧瞟嫂子一眼,仿佛要从秀珠的脸上看出什么难言之隐来。

"嫂呀,你还记得做姑娘那阵儿赶三月三的事吗?"

"嗯。"李秀珠点点头,脸上掠过一片灿烂的笑,"那时,我们可是前一天就疯疯张张做准备了。穿啥样的衣裳,戴啥样的花儿,都是斟酌了再斟酌的。官粉一定要苏州府的,胭脂一定要保定府的。其实,别地产的吧,区别能有多大?"

"我哪能和你比呀!"崔玉荣说,"我们小村人穷,我们家的日子又紧困,能穿上件没补丁的衣衫就心满意足了。"

"穷怕什么?你的命好哩。"

"我的命好,你的命不好?"

李秀珠幽幽地轻叹一声,不说话了。

金大发不紧不慢地跟在两个女人的后面。今儿早上,盛书璧给他安排了新活计:从今往后,他将同主人一道住到中院,专门负责照管夫人。夫人想出外散心,也由他陪着。以防一旦犯病,别个管她不住。

李秀珠突然转身,对金大发瞪起了眼:

"你死乞白赖跟着我干什么?"

金大发不恼,反倒笑嘻嘻道:

"我这不是……按大爷的吩咐……伺候您吗?"

"是看着我、监视我吧?"

"哪能呢?您千万别这么想。您的身体……"

"我的身体好好的。你给我离远点!癞皮狗!"

金大发立住了脚。待到李秀珠她们走出半箭地,又不紧不慢地跟了上去。

金大发不能不全心全意按盛书璧的吩咐办。想当年,刚刚十岁的他父母双亡,过着沿门乞讨的日子。那是一个滴水成冰的季节。盛书璧的父亲夜晚宿在德泰昕货栈,清早起来一出门,见门口躺着一个被冻僵的小叫花子,就让人将他抬进店。这金大发被盛家的好茶好饭一喂,竟长成一条端正的好后生,且生性十分忠厚。盛书璧的父亲就将他留在府上做小跑使唤。父亲死后,书璧让金大发做了护院,实际充任着盛府总管的角色。书璧待金大发信任有加,他不能不听话。而况在金大发的印象中,盛府这位女主人原是极善良极贤惠的人。你别看她说话恶声恶气,那其实是把他金大发当亲兄弟一样看待哩。无论如何,金大发不能不尽心尽意照应这女主人。

在碛口与西湾之间有一个村子名叫西头,而西云寺就坐落在西头通碛口的大街上。寺院的山门由三个并排的门洞组成。门洞皆由特制大砖垒砌,饰以精美的砖雕。东西两个门洞上分别建有钟楼和鼓楼。进得院子,中间一个大殿,供着关圣帝君。楼上是玉帝,楼下是三清,东西两厢是真武和十殿阎君(即十皇殿)。正殿背面有坐南向北戏台一座,唱戏时后院即为戏场。

山门外,摩肩接踵的人流一分为二。一股继续向前,流向碛口街头;一股从中间那个山门洞进入西云寺。各种卖零嘴儿、卖小玩意儿的地摊从这里一直摆向大街那边,盛家的粥棚也已搭好,盛书瑜正领着几个人涮锅淘米。景浩撅着屁股在吹火,脸蛋上抹着几道煤灰。一群破衣烂衫的乞儿挨挨挤挤守在粥锅前。玉荣、秀珠她们在自家粥棚前站了片刻,便随着人流进入西云寺。一阵道情的鼓乐声从后院戏楼上传来,看来戏已开场。玉荣吩咐金大发进戏院去打听各家字号上布施情况,自己陪着嫂子、景月、景虹她们朝着正殿迤逦而行。住持道士早从知客房迎了出来,颤动着满头银发施礼道:"山人在此迎候多时了!"玉荣、秀珠她们连忙还礼道:"有劳老神仙了!"景月在一边问:"老爷爷,您刚才说'在此迎候多时了',是专为等我们吗?"道士说:"小施主,正是呢。"又补充道,"若是盛家施主不来,山人脸上无光啊!"景虹问:"老爷爷,这里既是道观,为何偏称'寺'啊?我们也不知道该叫您'观主'呢,还是'长老'呢?"道士说:"当年在侯台镇时,敝刹曾称'观'的。移来此处后,改称为'寺',原是打算将观音娘娘也迎来供奉的……"玉荣听得老道如此说,笑道:"这样最好,这里的香火会更盛的。"景虹疑惑地说:"可是,僧道同僚,难道他们不会吵架吗?"还想说出什么话来,被母亲喝住了。李秀珠却是别有所思。从进入山门以来,她心里就憋着一句话想问住持道士,这时那话便突然迸出喉咙:"老神仙,您这里可收女弟子吗?……"玉荣一听,不由心惊,忙将话题引向别处。

众人一路说着闲话,走进知客房。刚刚落座,有小道士便上了茶。这时,金大发已将消息打听回来,悄声告知了玉荣。原来,别的字号最高有上了三二十两银子的,玉荣便决定上一百两,只待知会嫂子最后定夺。

景涛混在一伙半大小子群里疯癫了一阵,便又独自顺着前街朝西走。街两边摆满了卖各种应时小吃的摊点,也有从外地进来的黄梨、鸭梨、酥梨。景涛先蹿到一个油果子小摊前,甜甜地笑着问:

"老爷爷,您这油果子好吃吗?"

老头儿很热情,笑着说:"你尝尝,你尝尝,不甜不要钱!"

景涛呵呵地笑了:"这可是您自己说的啊!我可尝了……"便果真拿了一个"尝"起来,"尝"着拔脚朝前走,嘴里说:"不太甜,不太甜,让我再看看下一家……"

老头在身后笑骂着,也不十分责怪他。如此又"尝"了三四个,觉得口干舌燥起来,便又挨到一筐酥梨前,甜甜地笑着问:"大叔,您这酥梨酥不酥?"

汉子也是满脸的笑,说:"你尝尝。你尝尝,不酥不要钱!"

景涛照样呵呵地笑了:"这可是您自己说的啊,可别后悔……"便果真捡了一个大的"尝"起来。

汉子拿起秤问:"少爷要几斤?"

景涛摸摸怀里,嘿嘿笑着说:"忘带银子了……"一头说,一头继续朝前走。汉子在后面跳着脚骂起来,景涛回头做个鬼脸,扔了两个制钱过去,说:"男子汉大丈夫,一点也不识耍……"汉子说着"用不了这么多",要退还一个给他时,景涛早跑远了。

在距离德泰新不远的地场上,有民间艺人在耍猴儿。那猴子转着圈儿翻跟头、竖蜻蜓,朝着人群作揖打千儿,样子十分可爱。他的主人一边晃动着一根指头做指挥状,一边一遍遍反复告诫围观者:不要叫我们猴公子"红屁眼猴儿",千万不要叫！景涛不听这话倒还罢了,听了这话,反倒可着嗓子朝那位"猴公子"大喝一声："红屁眼猴儿,红屁眼猴儿,你就是一只红屁眼猴儿！"没想到这话刚一落音,那"猴公子"真个朝他直扑过来,唬得景涛连忙朝后退。正在这时,他爹盛书璞在德泰新门口招呼他,景涛忙跑了过去。

德泰新门口,横挂着丈来长一幅红布,红布上用黄颜料写着"三槐堂义诊"五个大字。横幅下,条桌后坐着从同仁堂请来的老郎中,桌子这一边放了两个杌子,是供就诊者坐的。四周围了好多破衣烂衫的人。盛书璞和德泰新二把刀正笑着招呼众人："别挤,别挤,一个一个来。"几个伙计从店门进进出出,在送递药方和配好的草药。

盛书璞见景涛走过来,说：

"你瞎晃悠个甚！都十六七的人了,也不做个正事！快来帮忙递方子送药……"

这时有个黄皮寡瘦、跌跌爬爬的老婆子对盛书璞说：

"好人,给我老头子也配一服吧……"

盛书璞和气地道：

"老人家,郎中要号脉才能开方哩。他人呢？"

老婆子道：

"好人,他在你盛家粥棚那里……也不知他能不能吃上一口呢。"

这时,那二把刀拿着一个药方凑到盛书璞跟前,指点着药方说："这两味药没有存货了。"盛书璞忙凑到郎中跟前问可有什么别的药能代替的,郎中沉吟半晌,说："那……只好就这么配了。"过了一阵儿,那二把刀又来报告：有三味药没货了。郎中皱着眉头改方子后让再配。有一个取了药的女人问："吃了这一服,还要不要再吃？"郎中答："连吃十服看……"女人面露难色："那……盛家还让白吃吗？"郎中吭吭地咳嗽着不说话。破衣烂衫中有人说话了："快别人心不足蛇吞象了！"又有人附和："是嘛,是嘛。这已是盛家的大恩大德了。""大恩大德,大恩大德……"人群中响起一阵嗡嗡声。

盛书璞皱了皱眉头,一副心事重重的样子。景涛道："爹,难道别的店里也没有那些存货?"一句话提醒了盛书璞,忙让那二把刀跑别的字号去买。谁知过了不多一阵儿,回来报告:"别人家有倒是有,可要卖平日的两倍三倍价。"盛书璞沉吟片刻,摆摆手道:"去买吧,有多少要多少。"

街上有人传言:"大同碛有条长船搁浅了!"便有不少人跑到河沿去看热闹。盛书璞让景涛去探探究竟。

长船,就是长途运货船。

景涛来到黄河岸畔时,见有一条长船正从上游漂流下来。脚下,水流倒还平缓;从这里朝东再走二三百丈远,就是大同碛了。那里,一团团水雾飞腾着,小山似的浪涛奔驰跳跃,阳光下呈一片浑黄,轰轰隆隆的响声震天撼地。船上的艄公等人两眼紧盯着前方,胳膊上的腱子肉闪闪发光。

搁浅的长船在大同碛东边的乱石滩头。原来,由于去冬今春上游持续干旱,黄河早已骨瘦如柴了。长船行至大同碛,只可走河心一线,一不小心就会被礁石搁在干圪梁上。那条船装的是药材,艄公是头一回走这条道,自己不熟悉路线,又没有找本地艄公,结果就把祸闯大了。看样子,要继续他的行程,非得把船上的货先卸下来,将船拖到上游,重新装货,再找本地艄公送他们过碛不可。

景涛跑去时,见伯父盛书璧已在那里了。艄公的脸黄黄的、长长的,像个苦瓜。盛书璧笑着安慰:

"兄弟,天无绝人之路……"

艄公说:

"这满船的药材卸下来,还不弄得稀湿……"

盛书璧说:

"这卸下装上的,是不容易……"

艄公哭丧着脸求告:

"盛爷,救救我们啊!"

盛书璧说:"别急,咱想个法子。"

艄公说:

"您是智多星吴用,您说说有啥法子啊,我们听您的……"

盛书璧沉吟："不知你们还准备朝前走吗？"

艄公说：

"我也不知道。我们后面还跟着五船哩……"

盛书璧惊呼：

"啊呀，这么多呀！"

艄公说："我们原想直下中州开封的，听说那里药材好价钱……"

盛书璧说：

"啊呀，兄弟，近年来像你这么走船的可不多……"

艄公点头道：

"我知道一般长船都是把货卸这里再谋转运的，可我们……反正，全得怨我心贪哩。您就给咱想想办法吧。"

盛书璧见那艄公说得恳切，就回头对景涛道：

"快去把你爹和你叔叫来。"

盛书璞和盛书瑜气喘吁吁地赶来了。盛书璧简捷地对二人说：

"有五六船药材，咱德泰昕货栈要下吧。"

盛书璞大惊：

"你说什么？五六船？要那么多干什么？"

盛书璧说：

"总得救救这位兄弟的急吧……"

那艄公连连朝盛书璞拱手作揖：

"要下吧。日后总会报答你们的。"

盛书璧说：

"兄弟，你在难中，说什么报答不报答的话哩。我做主，全要下了。"

盛书瑜从旁拉拉盛书璞，悄声道：

"既是大哥做主叫要，就要下吧。"

盛书璞咽了口唾沫，为难地道：

"你们想要就要下吧……"

第六章

  十七岁的少年盛景涛懵懵懂懂开始了对一个女孩子的思念。
  那是几天前的一个上午。景涛在家馆背了半天书文,心中好生憋闷,便装作头疼难忍的样子,哭哭啼啼朝塾师崔老先生请假,说要回家服药扎针,一出家馆,便朝着碛口街颠去了。一路走,一路还蹦着高儿,尥着蹶子。就在前后街交接的那儿,景涛看见一个高挑个儿细细腰身的女子由一个小丫头陪着,款款朝前移动着金莲小步。这是谁家的小姐呢?景涛想。瞧那风摆杨柳似的步态,好像有些眼熟呢。是李家山莺莺吗?少年景涛一想到莺莺,一颗心就嘣嘣跳个不止。他紧走几步,赶到了那俩人的前面,装作不经意地回头瞧去。可不,还真是她!少年景涛本想朝后稍稍瞭那么一下就扬长而去的,可不知怎么,他的眼睛不听他的招呼了。他还是在大正月的黑龙庙戏台上见过这女子的。三四个月未见,那莺莺竟出落成一个大姑娘的样子了。那眉像是更黑了,弯弯的、细细的,像秋天的一抹山岚。那眸子好亮,像暗夜里的两颗星星。那嘴唇红艳艳的活脱脱一颗熟透的樱桃。那胸脯呢,也像吹了气似的高挺起来了。少年景涛便不由自主地又朝后看了一眼。这一眼看得有些呆,有些痴,还有些傻。那莺莺也认出了景涛,便朝他微微一笑,却没有说话。少年景涛无来由地有些生气了,便未搭理对方,昂然朝前走去。谁知莺莺却在他身后咯咯笑了,问:"不认识了?"景涛拧着脖子说:"好好走你的路!"自顾朝前走去。

可是当晚,少年景涛刚刚躺进被窝,蒙蒙胧胧间仿佛来到了二碛滩头。

二碛,其实就是大同碛。因其在黄河所有的"碛"里,略小于壶口碛,故而俗称二碛。

黄河古碛涛声依旧。那一个个小山似的浪头正像得了灵性般欢叫着、腾跳着、相互追逐着朝前奔跑。在迷迷蒙蒙的月光下,少年景涛看见一男一女两个孩子在嵯嵯岈岈的滩头礁石间追逐嬉戏。那男孩浑身脱得精赤条条,那女孩只穿了一个红兜肚。景涛依稀感到,那男孩是他自己,那女孩亦似曾相识。细一辨认,原来竟是与他一道渡河偷过甜瓜的莺莺。景涛的心嘣嘣跳得像打碗似的了。景涛正要赶上前去相认,忽见那莺莺照直朝着二碛的波峰浪谷间跃下,便不由脱口大叫一声"莺莺!"

景涛从睡梦中惊醒了,手按胸口呼呼地喘着气,一夜再未合眼。

天亮时,少年景涛对自己说:

"那真是我俩吗?二碛,那可是一道鬼门关呀!她怎敢生死不顾朝下跳!二百五,七成成!嗨,我得去看看她……"这么打着主意的时候,少年景涛的心又像野马似的狂跳不止了。这些年来,他们一道渡河窃瓜的情景依然历历在目。她那穿着一个红兜肚,像一条草鱼似的在水波间往来穿梭的样子实在是太撩人了。还有那甜甜的"二位哥哥""二位哥哥"的叫声,现在回想起来,还让人心里痒痒呢。

那么,我该找个什么借口,求爹准许我去一趟李家山呢?爹已经第三次乡试不中了,他的心绪糟得很哩。他自己屡试不中,就把希望寄托在儿子的身上。按照盛家的规矩,男孩满十五就该进号学徒了。可我景涛都十七了,倒还在家馆里窝着。为此事,伯父和爹爹都争吵过几回了,爹爹只是不允。不仅不允,还不惜重金,从永宁州礼聘名士崔相来盛氏家馆任教,看样子盛家不出一个两个状元探花什么的他怕是死不瞑目了。可他哪里知道,我可是打心眼里不乐意走那苦读求仕之路呢。想想,这岂不是让他老人家白费劲儿吗?……那么,我该找个什么借口去请这个假呢?

一连几天,少年景涛都在思谋着这事。

景涛打算先去找他的母亲。

"妈,昨儿夜里我梦见驰爷了!"驰爷即外公。景涛一早就对崔玉荣说,"我梦见驰爷腰疼得不好行动哩……"景涛知道他驰爷崔壮当苦力多年落下个腰腿疼的毛病,刮风下雨常犯,这是母亲时时担忧的。果然,崔玉荣一听儿子的话,当即变脸失色问:

"真的呀? 不是夫子先师又给你托梦吧?……"

当年,景涛凭麒麟斑斑的提示,揭穿一得阁宋掌柜贩卖大烟土的勾当。后来在大人们的再三追问之下,曾以"夫子先师托梦"搪塞,使崔玉荣领教了夫子"托梦"的厉害,眼下,当她又一次听得儿子说"梦",便慌得手脚都无处搁似的。

景涛忙说:

"妈,您别着急。今儿上午我就跑去看看。只是不知爹爹……"

崔玉荣见儿子这么懂事,高兴不过,忙说:

"你去。我给你爹说说好了。"

现在,景涛已经走在去李家山的路上了。农历四月末的太阳热辣辣地照着。田野已是一片翠色。间或有一块块菜花黄得妖娆。路两边,蒲公英、喇叭花从萋萋的草丛间探出头来,朝着景涛鬼鬼地笑。树梢上,成群结队的野雀儿叽叽喳喳叫得正欢。

碛口地气热,那时已是小锄苗子混收夏的季节了。田野里劳作的汉子早已亮出了光脊梁。不时有人扯着嗓子喊几声野野的山曲儿,撩拨得人心头痒痒的。

景涛一路走一路都在寻思:莺莺是不是已经由丫鬟陪着另住了绣楼,他该想个什么法子叫她出来。见了面他该如何对她说? 总不能直通通道:"我想你了梦你了专门来看你了吧?"

前面已是李家山南河滩了。当年麒麟斑斑送给李家山人的那二三百亩水地就在这里。李家山人为了纪念麒麟斑斑这一善举,现已将南河滩更名为麒麟滩了。

景涛万万没有想到他竟在麒麟滩看见了莺莺。

莺莺在同几个长工一道小锄谷儿。她身穿湖纺桃红束腰小袄,粗布裤裙,混在披着对襟褂子的庄稼人群里,是那样扎眼。

开始,景涛不敢断定那就是莺莺,站在地畔上半晌不知如何是好,引得几个年轻人直朝他吹口哨。莺莺抬头擦汗时看见了他,却也没有当即跑过来,只是羞涩地笑着,扭头看看身旁一个四十来岁年纪的长工。

景涛问:

"你怎么干了这个?这是你干得了的吗?"

莺莺站起身朝地畔走来。景涛注意到她的一双半大的脚在裤裙下一闪一闪。景涛早就听人说,这莺莺打小拒绝缠足,娘给她裹上她偷偷放开,再裹上再放开,闹得鸡飞狗跳的。这事过去景涛可是从未留心过。今儿不知怎么竟看得仔细。不过,当莺莺站到他的面前时,他是再也无暇细瞧她的半大的脚了。十七岁的少年是被眼前这画儿似的姑娘完全镇住了。景涛发现,莺莺仿佛每日每时都在朝好看里变。眼前的她比正月那个孙玉姣似乎更多了几分本真的妩媚。尤其是那一双乌溜溜的大眼,虽因田间的劳作蒙上了一层似有若无的疲色,却依然活泼泼地轮转着,水灵灵地漫溢出无比的娇憨。

几天不见,她竟像是又长高了半头。

景涛只顾乜乜呆呆盯着莺莺看,一时竟像失语了一般,倒是莺莺问他:

"你是去看你毑爷的吧?"

景涛忙道:

"是着哩,是着哩。路过这儿,倒看见你了。怎么你竟做起了田里的活?你们李家指靠你……"

景涛颇有些愤愤不平了,还想说些什么,却让莺莺止住了。莺莺将一根细细的手指伸到嘴边"嘘"了一声,扭头朝那几个长工溜了一眼,道:

"是我瞧他们忙不过来,就想帮他们一手……"

那几个长工听了莺莺的话,哈哈大笑起来。

景涛道:

"你们还笑？你们几个大男人竟有脸让她帮你们一手……"

长工中那个四十来岁的汉子说：

"这可不干我们的事，这是她爹处罚她哩……你问问李小姐都干了啥事？"

几个长工再次爆发出响亮的笑声。莺莺也忍不住咯咯地笑了。

景涛问莺莺：

"你怎了？"

莺莺只是笑，不说话。

一个年轻长工代她回答：

"李小姐心痛赵头儿穿粗布裤子焐得难受，给他开了后门……"

被称为"赵头儿"者正是那四十多岁的汉子。这时他站起来转了一下身，景涛见他的两个屁股蛋子那里，果然一头开了一个鸡仔儿似的洞。

众人更是笑得惊天动地。原来，长工头儿老赵一向爱逗莺莺玩，昨天洗罢裤子晾在院子里，莺莺瞅人不注意，就拿剪刀给他掏了两个洞。这事在李家大院一时传为笑谈。晚饭时李运旺知道了，就将莺莺一顿好训，连带着一向对她娇纵的喜玲也挨了臭骂，末了还让她从此跟长工一道下地，原是想刹刹她的性子。

当下景涛听罢事情的缘起，不由也笑了。笑着对那四十来岁的汉子说：

"这位叔，您看看她那样儿，哪是做这营生的料！她还不如我呢。说起来，她还算我姑表妹子哩。我这阵阵也没甚当紧事，就让我和几位干，让她一边待着去……"

那赵头儿显然认识景涛，说：

"盛家小爷，我看你们最好都到一边儿待着去。你看看李小姐锄那苗子吧，还得我们返工哩。我瞧着你也好不到哪里去。都去，都去，快快去吧。"

莺莺却不去。道：

"俺爹让我来干的，由得着您呀？"

回头一面朝地里走,一面对景涛说:

"我的事谁用你管!我倒是觉着和这几位叔叔伯伯一起做营生怪痛快的……"

几个年轻长工听莺莺唤他们做"叔叔伯伯",都高兴了,怪声怪气叫得欢实:

"好好好,快来和叔叔伯伯们一起干吧。"

赵头儿却执意赶莺莺走,道:

"李小姐快走吧,你看天这么热,我们一伙子大男人,都想脱剥了衣裳做哩……"

莺莺冷笑道:

"红驴白驴我都见过……"正说着,见河上一条上水船悠悠驶过,河畔上一溜儿六个赤身露体的汉子背着纤旁若无人地迈着沉实的步子,便朝那边努努嘴,"喏,河畔上的女子有几人怕见这个?"

景涛讨了个没趣,正要怏怏地离去,莺莺却又拐回来,对他说:

"我这是二次承你情了。你去看你舭爷吧。我是宁肯做这营生,也不乐意关到屋里念书学针黹……"说罢,粲然一笑,低了头去做活。

转眼间,三夏大忙季节过了,碛口对过河南坪村起了戏。庄稼人从春种以来还没有消闲过,现在好容易挂了锄,便都白场夜场地赶着看。头一日白场,景涛在戏场靠后人稀的地方遇上了莺莺。景涛说:

"天气真热。人群里一挤一身臭汗,不能去。"

莺莺道:

"是着哩。人群里一挤臭汗一身,去不得。"

景涛问:

"你还跟长工一道?"

莺莺说:

"我倒是想做一辈子哩,我爹不让。硬是叫我回去认字学绣花……"

景涛道:

"大家闺秀嘛,就该那么着……"

莺莺瞟了景涛一眼,反问:

"盛少爷快要蟾宫折桂了吧?"

景涛说:

"我是不想,不是不能。听我爹那口气,好像快让我学做生意去啦。"

"怎么?像过节似的高兴?这可不像你爹的孝顺儿子……男儿立世,自当苦读求仕,光宗耀祖。你要好好听你爹的。"

"听你这口气,怪像我娘的。"景涛揶揄道,"起码像我爹的孝顺儿媳什么的……"

莺莺啐道:

"盛景涛你抬头看看天,太阳红着呢,别白日做梦啊!"

景涛盯着莺莺,只笑不说话。隔了多一阵儿,莺莺问:

"夜场还来?"

景涛道:

"不来干甚?你不来了?"

莺莺说:

"夜场舒服……"

景涛道:

"舒服甚?不如坐个甚地方说说话哩……"

"你是来看戏哩,说话哩?"莺莺瞟了景涛一眼,说,"想说话,一个人坐乾隆石上去说。"

"一个人怎说话?"景涛道,"你去我也去。"

莺莺脸红了,扭头就走。

那天晚上,景涛先在戏场转了转,没有瞧见莺莺,便真的独自去了乾隆石。乾隆石位于李家山同河南坪之间的二碛滩上。那巨石的一侧有些可供攀登的石瘢,顶头坦荡如砥,不知何人竟将"乾隆石"三字刻在其上。这一切景涛都是熟悉不过的,便像猴子似的脚手并用爬了上去。那时,下弦月镰刀似的挂在天际,星星贼亮,凉丝丝的夜风吹着,让人通体舒泰。戏场那边灯火通明,正打开场锣鼓。景涛透过微茫的夜色,朝着李家山至戏场的便道上瞭望着。瞭了好一阵,不见莺莺的人影,便独自仰躺下来,看着天上的星星发呆。他多少有点儿失意,心想那莺莺也许根本不会来呢。她是那么喜欢热闹,自然会待在戏场里的。至于别的,她也许根本不会往心里搁哩。瞧着傻大的女子,其实还是生瓜儿一颗,她能想和你单独待在一搭?……不知过了多久,景涛忽然觉得有一股幽幽的香气在夜风中飘荡,像是栀子花的,又好像是玉兰花的。景涛看着天上的月儿和星星,心想莫非月儿和星星上都是种了花儿的吗?那香气愈来愈浓,有几缕竟直吹到景涛脸上来。景涛扭头一看,才见有个俊俊的女子正朝自个儿挨过来。不是莺莺是谁!

景涛躺着没动,道:

"戏场热闹,你怎不在那里待着?"

莺莺说:

"我听见一只癞蛤蟆不歇气吱哇吼叫,吼叫得让人心烦……"

景涛道:

"你甚时变得这么恶?想当年那小嘴儿多甜!'景涛哥哥''景涛哥哥',叫得让人心里那个舒坦……"

莺莺说:

"我怕舒坦死了你!"

景涛道:

"死了也心甘。你再叫一回……"

"不要脸!"

莺莺骂着,将脸扭向一边,半晌无话。

他们就那么枯坐着,似乎在用心感悟着对方的气息一般,直到戏场那边响起了煞戏的锣鼓。莺莺首先溜下石顶,说:

"我得去戏场。我们相跟着几个人哩,说好了散戏一道回村的……"

景涛在后面叫道:

"明儿晚上还来……"

谁知第二天晚上,莺莺却迟迟未出现。

景涛坐在乾隆石上等啊等啊,不见莺莺,独自耐不得枯坐,便溜下来朝戏场那边走。走到离戏场百十步时,远远瞭见莺莺走出戏场正朝这边走来。脚步虽有些滞涩,却千真万确是朝这边走来的。景涛便又趑转身朝回走。边走边朝回瞅。不错,后面低着头朝这头走来的正是莺莺。景涛二次来到乾隆石下再向后瞅时,却见那莺莺又转身朝回走。不过,脚步比来时更滞涩了些。她走走停停,好像颇费心思似的。景涛见状,忙拔腿追了上去。

　　景涛从后面拉住莺莺,说:

　　"你不去了?"

　　莺莺转身看看景涛,低了头,半晌,道:

　　"我去看戏。"

　　景涛笑笑说:

　　"怕是想和小伙子们挤暖暖去哩……"

　　莺莺脸红了一下,道:

　　"谁和他们去挤!我站在后头看呀……"

　　景涛说:

　　"那小伙子们就不会也到后头去看?你还是要和他们挤暖暖哩。"

　　景涛说的是实情。莺莺到戏场看戏,周围总会有一群小伙子挨挨挤挤。

　　莺莺便觉理亏似的站住了,迟迟疑疑道:

　　"你说要和人家说说话,去了,却枯坐着。有甚意思!"

　　"怎么是枯坐着哩!"景涛说,"口里没说,咱心里说哩。说的全是亲亲热热的话。"

　　莺莺啐道:

　　"谁和你亲亲热热了?人家只是嫌戏场嘈杂。"

　　莺莺毕竟跟着景涛又朝乾隆石那边走了。不过,是远远跟着的。

　　他们终于重新登上了乾隆石。黑暗中两个少年厮守着,却又好像不知说什么好,只是听得彼此的心怦怦狂跳着。

"天上的星星真多。"

还是莺莺开了个头儿。

"是啊,那两颗挨得最近的就是咱俩……"

景涛连忙响应。

"我偏和你离远远的。"

莺莺果然朝远处挪了挪身子。

景涛也朝那边挪挪,说:

"你要再挪一下,就掉下边了。"

莺莺本能地朝景涛身边靠靠,却被景涛搂住了。莺莺挣了几下,没有挣脱,也便不再挣动。接下去,两个人又不知该如何是好,便双双僵直地坐着,只是感觉对方的心跳得更烈了。

正在这时,俩人同时发现,不远处,一男一女两个人朝着这边走来。

莺莺不由浑身筛糠般颤抖起来。耳边听得景涛说:"我们快躺下。"两个人便相拥着躺倒了。四只眼两双耳却在捕捉着那一对的动静。

所幸那两位并未登上乾隆石。二人刚到石下,便迫不及待地搂抱在一起倒在了地下。

景涛先听得一阵含糊不清的声音响过,接着便是忙忙乱乱的衣裙窸窣声、女人的惊叫声、低低的呢喃声、欢畅而热烈的呻吟声。莺莺浑身打摆子似的颤抖着偎在了景涛怀里。景涛的双臂伸向莺莺的腰际,却又僵直地停住了。他不知如何是好。突然一个激灵,下身剧烈地痉挛着喷射出许多黏糊糊的东西……

……好像是过了几百年,石根下那二位终于离去了。莺莺呜呜咽咽哭了。哭着,咬牙切齿骂道:

"两个挨千刀的,欺负人哩……"

景涛却笑了,说:

"谁欺负谁呢?你偷听了人家,反说人家欺负你呀!"

莺莺道:

"谁偷听他们呀,恶心死了……"

一头说,一头掏出手帕抹泪。

景涛说:

"恶心'死'了,你还骂人呀!"

莺莺将手帕摔到景涛脸上,跳下石头,跑回戏场去了。

第三天晚上,景涛在戏场没有瞅见莺莺,便又来到乾隆石前。却见莺莺早已在那里坐着了。莺莺一见景涛就嚷:

"我可不是来等你的,我是要我的手帕……"

景涛并不搭话,挨着莺莺坐下,从兜儿里掏出莺莺的手帕来,耍弄着。莺莺伸手去夺,却被景涛挽住了手,顺手一拖搂了个正着。莺莺戳了景涛一肘子,却没有躲开。景涛的两条胳臂却是将对方搂得更紧了。莺莺似乎轻叹了一声,便软软地偎在了景涛怀里。两个人耳鬓厮磨着,嘴唇试探着一点点凑近,终于紧紧地吻到了一起。

也不知过了多久,莺莺猛地挣脱景涛,像被蛇咬了似的哇哇哭了。

景涛被吓了一跳,惊问:

"怎了?你怎了?"

"还问怎了?你……你也是个挨千刀的。你……也学着欺负人哩。我的妈呀,这可怎呀!"

"什么怎呀?"景涛笑了,"让我看看,伤着你骨头了,还是动着你五脏了?"

"呜呜!这比伤着骨头动着五脏还怕人哩。呜呜!妈呀,这可怎呀?"

景涛见莺莺真个哭得伤心,也有些着慌了:

"你……你到底是怎了?"

"还怎了?"莺莺哭得上气不接下气,"要是有了,我就去死!"

景涛有些丈二和尚摸不着头脑了:

"甚,甚,甚有了?有甚了?"

莺莺道:

"你是装'羊脑'打鼾睡(方言,装糊涂),还是里外一个生瓜蛋?我可不想十二三岁就当娘!我的妈呀,这可怎呀……"

071

景涛恍然,哈哈大笑起来:
"你……你才是个生瓜蛋哩!"

第七章

　　要不是晚上喝了点酒，盛书瑜也许不会干出那档子事来。

　　盛书瑜是下午才从汾(阳)、文(水)、交(城)、孝(义)、平(遥)、太(谷)、祁(县)一路推销药材回到碛口的。

　　原来，自从阴历三月初三西云寺庙会那天，长兄盛书璧做主让把北路来的五六船药材全要下后，他们弟兄便兵分两路出外去推销。一开始，书瑜对此并无多大信心，真还像二哥盛书璞似的担心烂到自家手上。盛书璧却说：你们前怕狼后怕虎还能干成大事？这样吧，赚了算大家的，赔了算我一人的。行了吧？话说到这个份上，盛书瑜哪还敢多嘴，就赶快按大哥的指点上路了。谁知大哥的话还真灵，两个月跑下来，那五六船药材竟被他一个人推销了两船。回到碛口后书瑜听说大哥也于前两日回来了，且将剩余的四船药材走南路全部销出。

　　盛书瑜当即去见大哥。

　　大哥盛书璧正同上回那个艄公在货栈饮酒，二哥也在一边陪着。那艄公一见书瑜，当即迎上前来哈哈笑着说："我和你们盛大爷已结拜弟兄，你和书璞也就是我的兄弟了。往后咱有福同享，有难同当。"大哥也说："是着哩，往后马兄就是咱亲兄弟了。三弟，快快见过马兄。"书瑜忙口称"马兄"

跪拜在地。那艄公忙上前扶起,说:"不敢,不敢。在下痴长诸位几岁,可见识不能和诸位相比。还是诸位为兄我为弟吧。"盛家三弟兄忙说:"哪能这样!马兄不必过谦……"

原来这艄公名叫马轱辘。

当下,书瑜便被马轱辘拉了一同坐下饮酒。马轱辘问:

"你这一路还顺利吧?"

书瑜正要如实回答,大哥书璧在桌下踢了他一脚。书瑜会意,忙回答道:

"难哩。差不多把腿跑断了,才跑了个一船多点……"

马轱辘说:

"盛家真是仁义。三月初三那天我一来碛口,随处都听人这么说哩。我马轱辘是服了。往后呀,咱就联手了:我的船管运,你们管销。我马轱辘说话算话,一保药材质量,二保价钱公道……"

盛书璧忙说:

"自家兄弟不说见外的话,彼此以心换心!"

"对,对,对,彼此以心换心!"

书璞、书瑜和马轱辘齐声附和。

送走马轱辘后,书瑜对书璧说:

"大哥真是神机妙算!我是一路顺风……"

盛书璧笑笑:

"你一进门,我就看出来了。"

盛书璞想到前段自家对此事的态度,不免有些尴尬,便道:

"这事……我还真是书呆子了。"

书瑜忙说:

"我也没想到会是这样……"

盛书璧道:

"你们平日留心不够。北路药材质量好,咱盛家东路、南路有几辈子的根基了,还愁发不出去?好了,现在有两件事需快办。一是约定骆驼、骡马,尽快给人家把货发去。二是同各零售店定下长期供销关系……"

盛书瑜回到家时,已是上灯时分了。正要躺下来好生歇歇,金大发来了。

金大发脸色很难看,一进门就扑通跪倒在盛书瑜面前:

"三爷,我求您了……"

"怎了?"

"求您朝大爷说说,派我个别的差事吧,伺应大夫人的事我做不了……"

"怎么了?"

"大爷又让我……"

金大发欲言又止。

"怎了?又让你灌粪汤了?……"

"嗨,大爷……他不让我朝外说起。"

"我也算'外人'吗?真是岂有此理!"

盛书瑜着实恼怒了。不是恼怒这外人不外人的话,而是那给病人灌粪汤之事。盛书瑜面皮青紫地在炕沿坐了半晌,怒冲冲问:

"是谁出的这鬼主意?是不是小红鞋?"

"还能有谁?"

"那你去找她。给她送几两银子……"

"嗯。"

"让她去给大爷讲,神仙有旨:再不准给大夫人灌粪汤了……"

"嗯。"

"你对她讲,盛家三爷我不信邪。她狗日的如果胆敢再这么糟践人,我就去灌她粪汤。三爷说话算话,让她瞅着。有本事让她的神仙来怪罪我!"

"三爷!……"

"你去吧。"

金大发走后,盛书瑜久久无法平静。他先是呆坐着,后来便从橱柜里拎出半瓶酒来,独自喝开了闷酒。

大嫂的事他是知根知底的。大嫂自从嫁到三槐堂,心情可是从未舒畅过。先是同大哥脾性不合。大嫂爱说爱笑,有时还爱唱个小曲儿。这大约同她那个家族遗传有关。大哥却不苟言笑,人前人后时常绷着个脸。大嫂过门的头年正月,西湾村闹秧歌。身为纠首的大哥亲自安排人分片包干登门叫各家姑娘媳妇参加秧歌队。大嫂本无人请过,可禁不住锣鼓丝弦的诱惑,就自己去参加了。那一日秧歌队闹小会子(即搭草台演小花戏),几个年轻媳妇撺掇大嫂登台唱了几个小曲儿,博得满场喝彩。晚上大哥回到家,大嫂喜盈盈问:

"我唱得还行吧?"

大哥沉着脸说:

"你忘了自个是谁了啊?不成体统!"

大嫂一时不明白大哥的话是甚意思,反问:

"我是谁?你以为我是谁?"

"你是我盛书璧的女人!"

说完这句话,大哥再不理会大嫂。大嫂纵有千般的道理想同他讲也无用。大哥只是绷着脸不吭气。

如果只是话不投机也还罢了。不久,大嫂发现大哥给她配的一个贴身女仆像遇到天大的为难事似的背着人总哭,一吃东西就呕。大嫂瞅着蹊跷,就将她叫进内屋查问。那女仆先时不吐真情,后来见大嫂不依不饶,便说自个儿肚子里有大爷骨血了。这事大嫂可是万万没有想到的,便打算瞅机会提议让大哥干脆娶了女仆做小以便将此事遮掩在无声无息之中。谁知还没容她与大哥说起这事,那女仆竟神秘失踪了。那女仆家中只有一个老父,上门打问女儿的下落,大哥这才说:他还以为那女仆是回家了呢。又说有人曾同他说过,那女仆和一个北路艄公有些来往,莫不是私奔了?女仆的父亲要同大哥单独说话,也不知二人到底说了些什么,反正看样子大哥是被气得脸都蓝了。不过大哥当时似乎并未发作,反而是好言宽慰了对方许久。然而就在老头找大哥之后没几天,那老人却被汾州府来人抓去了,说是他通着白莲教余党。进去没几日,竟落了牢(即死于牢中)。大嫂娘家嫂子的兄弟,也就是莺莺的舅舅名叫王直愣的,正好在汾州府监狱听差,也被差来捉人。也不知他告大嫂了什么话,大嫂回来后就大骂丈夫,骂得无遮无拦。大哥说她是跟上了鬼,就叫来小红鞋跳神,又按神仙旨意给大嫂灌粪汤,说这办法专治"满嘴喷粪的恶鬼"。

说真话,盛书瑜是宁肯相信大哥是无任何劣迹的:女仆的失踪与他无干,女仆之父真是咎由自取,便是女仆的肚子,也真是北路艄公弄大的。难道没有这种可能吗?碛口是甚地方?是水旱码头!水旱码头原本就是三教九流、南僧北道来往之地。甚样事不会发生呢?为什么非要放在他大哥头上!大哥是谁?大哥是碛口商会会长,是盛氏家族族长。是他们盛氏的脸面,盛氏的骄傲。辱没大哥就等于往盛氏头上拉屎,于碛口商界又有什么光彩!盛书瑜必得维护大哥。然而,假如大哥真有什么劣迹呢?……盛书瑜想起那一年他从苏州回到碛口后,听人私下对他说,冯彩云原本是下定决心要待在碛口等他回来的,可不知怎么却让他哥盛书璧给"弄"了,于是羞气交加,便回了米脂。当时他哪里肯信!不仅不信,还红黑不顾地将传话的人暴打一顿。那事过去这么多年了,盛书瑜一想起来,心里还不是滋味。他不敢相信他哥盛书璧真会做出这号事来!是的,他不知道假如他自小尊崇的大哥真有这类劣迹的话,他盛书瑜又该何去何从!然而……就说眼前这件事吧:看大嫂素常行止,又最是宽厚良善的,哪里又是随便污人清白的呢?盛书瑜越想这事,越是想不清爽。想不清爽他就不去想它。可大嫂好好一个人,他压根儿就不相信有甚鬼魅缠身之事。大嫂不过是夫妻关系上不太顺心罢了。既是这样,大哥就该好言宽慰才对,为甚要听上狗日的"小红鞋"使出那等可恶的手段来作践她!是想让原本没病的人真个得病!那么,他该不该就此去找大哥?去找大哥说道这事?或是去约上二哥一道去?这却让盛书瑜颇费踌躇。和大哥说这种事,他有点发怵。他也不知道大哥会不会听他的。弄不好,大嫂的日子会更加难过……

盛书瑜独自喝了半天酒,心里仍是烦闷,便走出院门溜达。也不知是鬼使还是神差,迷迷糊糊间他竟沿西石崖一路南行走进镇街。那时已是夜半时分,然而碛口街头,这里那里,在昏黄的字号灯笼下,仍有不少人影在晃动。有的攒集一处,围作一圈,不时爆出一阵儿吆喝声。有的三五成群,朝着卧虎山那边走。而在靠近卧虎山的一面山梁上,更是人声嘈杂,灯火通明。干甚？赌博！原来，碛口镇每年从三月三庙会开始的两个月内，成为远近赌客聚会竞技之地。白天黑夜赌场常设。尤其是靠近卧虎山的那道山梁上，竟自然形成一个赌市，那道山梁也因每年三月三连带出的繁华热闹而被称为"三月三梁"。

看到此情此景，盛书瑜才意识到自家原是想到当铺德泰欣看看的。因为每年这个时候，镇子上总是最不平静。为甚？因赌生盗。这是让商家最为焦心的。这两个月，盛书瑜人在外面跑，心可是时时牵挂着德泰欣哩。虽然德泰欣墙高两丈，上有天罗，下有地陷，但乱世乱时还是以小心为上。盛书瑜穿前街，过中街，一路朝着当铺巷走去。夜风习习地吹着，将更夫敲击梆子的脆响送到他的耳边。盛书瑜这才想起现时已是三更天了，自家来的未免不是时候。不过，既是已到字号跟前，何不到四周查看查看！盛书瑜在德泰欣高大的字号门前站立片刻，便果真沿着墙根朝前走去。突然，他听得前面什么地方传来隐隐约约的铁铲掘土声。盛书瑜浑身一个激灵，本能地闪身躲进墙脚阴影处。莫不是我心邪生幻？盛书瑜屏息细听下去。

当铺巷远离三月三梁，四周一片寂静，只有夜宿树梢的飞鸟发出的梦呓般的啾啾声似有若无地传来。真是心邪生幻？盛书瑜疑疑惑惑地想，紧贴墙壁侧着身子朝前一步步靠上前去。突然，微茫的月光下，院墙拐弯处，一堆新土猛地出现在盛书瑜的视线里。掘土者似乎还在紧张地劳作。

盛书瑜的脑袋里嗡地响了一声——墙那边就是德泰欣的库房啊，这狗日的早把什么都察看好了。

盛书瑜大喝一声，冲上前去。

那贼一惊回头，同盛书瑜打了照面。两个人都呆住了。

原来那人竟是碛口街上摆小摊的陈三儿。

陈三儿一见盛书瑜，早吓得面色如土，浑身筛糠打战跪倒在地。

这陈三儿平日为人颇为老实厚道，他怎么干起了此等下作之事！盛书瑜一时不知如何是好。

"三爷饶我这一遭吧。我……实在是被逼无奈了。"

陈三儿叩头如捣蒜，额角上早已血糊拉杂。

盛书瑜长叹一声,道:

"乡里乡亲的,你要揭不开锅了,说一声,我盛家无有不帮你的。干吗做这辱没祖先之事!"

陈三儿说:

"完了,我是完了。没活的路了。十几年挣的一点辛苦钱都扔赌场里了。"

"日你娘!"盛书瑜骂道,"你做的小本生意,上有老下有小,怎么敢干那事呀?活该……"

陈三儿说:

"三爷骂得对。我是活该。活该遭那索五的讹诈……"

"什么?你说什么?索五那小子又来了?"

盛书瑜大叫起来。这索五他是知道的。八旗子弟。据说还在督抚衙门当着甚差。去年这小子就赶过这里的赌场。仗着会几路拳脚,赢了公取,输了敲诈,横行赌场,无法无天。短短半月,便逼死两条人命。来时光棍一条,走时雇了三匹骆驼,驮走银子一千余两。

盛书瑜越想越气,说:

"那杀才如何讹诈于你,讹诈了你多少,快快如实讲来。"

陈三儿道:

"他在宝盒上做了手脚,这三天讹诈我三百两银子……"

盛书瑜说:

"你要早发现他宝盒做了手脚,就赶快退阵,为甚非把银子输尽才作罢?"

陈三儿道:

"我要退阵他不许。那一对牛眼一瞪吓死个人……"

盛书瑜说:

"你回家吧,我帮你去找他要回银子。"

陈三儿道:

"啊呀,三爷,快别,那家伙邪门得很。"

盛书瑜说:

"这事你别管了,回家去吧。"

陈三儿又朝盛书瑜叩下头去:

"明儿我一总找人为您补墙呀。"

盛书瑜说:

"别。你怕别人不知道你做了这丢人事哩?今晚的事就当我没看见。"

陈三儿呜呜哭着离去了。

盛书瑜拍响德泰欣的大门,叫出执夜伙计来,将加强字号里里外外的巡视,明儿找人修补墙脚等话吩咐一番,便回头直朝三月三梁去了。

盛书瑜很快就找到了索五。

索五正在出宝。

一年未见,那汉子似乎长得更结实了。那满身的疙瘩肉好像要把裤褂撑破似的鼓胀着。脸上布满红疤癞。辫子绕在脖颈上。一双张飞眼恶狠狠朝着四处看。他用一只脚踩在赌桌的斜撑上,居高临下地虎视着桌面,一只手飞快地转动着宝盒。

盛书瑜沉着气连看五盘,见索五都是赢家,便断定那赌具果真有鬼。

盛书瑜拨开众人走上前去,拍拍索五的肩膀说:

"伙计,好手气!"

索五并不理会盛书瑜,耸耸肩膀继续转动宝盒。盛书瑜将自个儿的一只手覆在索五出宝的手上,暗暗使了点劲。那索五哇地大叫一声,便撒了手。盛书瑜将那宝盒拾在手中,又一使劲,只听咔吧一声脆响,那宝盒早烂作八瓣。又听当啷一声响,一块指肚大小的吸铁石落于赌桌之上。众人发出嗷嗷一片叫声。索五恼羞成怒,捏着蒜钵似的拳头直取盛书瑜的面门。盛书瑜头一偏让过,顺手拉住索五的手臂一拖,索五早躺在了地下。盛书瑜一只脚踩在索五颈窝处,喝道:

"你狗日的听着:快快把这些日子讹诈来的银子物归原主,完事滚蛋。否则休怪盛三爷手下无情!"

那索五挣扎着身子想要脱身,却不能够,只是吭哧吭哧喘息着叫唤:

"你知道爷是谁?你怎么敢……识相的……快快放开爷……"

盛书瑜冷笑道：

"我知道你是赖皮。今日你要不服软，我就让你再赖不成！"

说着脚下又使了点儿劲。索五这才啊啊号叫着讨起饶来……

就在盛书瑜怒惩赌场赖皮索五后不久，盛家两姐妹景月、景虹又在碛口惹了祸端。

景月、景虹那一年都是十四五岁。

那一天，两姐妹相跟着到李家山串亲戚。路过碛口拐角上时，听得有人议论：牲口市上卖的一个女娃爱煞人哩。

两姐妹早就听说碛口街头有卖儿鬻女的，可她们从未亲眼见过。现在居然有一个"爱煞人"的女娃被卖，这更引动了二位小姐的好奇心，二人便将草帽压到眉梢上，朝那里遛了过去。牲口市在二道街，离此不远。眨眼间二人便到了。只见在几株水桐树的荫凉里，在几头待卖的黑皮驴缝隙中，果然有一个同她们年龄相仿的姑娘，颈窝里插着一根干草，面无表情地站在那里。那姑娘土布裤褂的肩膀上膝盖上补满了五颜六色的补丁，凌乱的头发被草屑、土末染作灰黄色。然而那高挑的身材、秀气的脸盘却委实让人心生爱意。

四周围了不少看热闹的闲人。有个长着一双"飘眼子"的外地汉子正用他那肥胖结实的大手肆无忌惮地在那姑娘的周身上下捏揣。那姑娘嫌恶地躲闪着。汉子喝道：

"躲什么躲！不让爷们动你，还卖什么？张口！"

那姑娘偏不张口。

汉子便用一只手卡了姑娘的腮帮子，硬是将她的嘴掰开了。看了看，笑道：

"樱桃小口糯米牙嘛，干吗不让爷们看？"

又邪笑着问：

"你是黄花闺女吗？没有让人开苞吧？"

围观的人群中发出一阵哄笑声。有人还怪声怪气道：

"那谁知道！要不先查验查验！……"

那汉子听得有人如此说,便果真来了劲儿,竟将一只爪子直朝姑娘胯间伸去。那姑娘惊恐地朝着蹲在不远处的一个黄皮蝎子似的男人叫了一声:

"爹呀!"

原来她爹就蹲在附近。

爹将脸拧向一边,没有吭气。

姑娘哇的一声大哭起来。

站在人群中的景月、景虹眼里不由落下泪来。景虹拉拉景月,说:咱走吧。景月却没有挪窝。

景月跨前一步,将那飘眼汉子伸到姑娘衣裳中的胖手捏住了。汉子嚷嚷:

"你干什么?"

景月柳眉倒竖,杏眼圆睁:

"我来给不通人性的牲口号脉治病……"

说时迟,那时快,只听那汉子的手腕咔吧一响,接着便鬼哭狼嚎起来。

景月笑笑:

"去,盛家药铺有坐堂医生,会给你接好的。你要觉得委屈,就去碛口商会找俺爹……"

汉子一听抬出了盛书璧,二话没敢讲,跌跌撞撞跑了。

景月回头叫那蹲在不远处的姑娘的爹:

"喂,老不死的,你过来。"

那人过来了,看样子并不老,顶多四十来岁。黄皮寡瘦,一刮风能吹跑的样子。

"你这闺女要卖多少钱?"

景月沉着脸问。

那人哭丧着脸道:

"能卖多少呢?顶多四五两银子罢了……"

景月啐道:

"你瞧你那做的是人事？……"

那人道：

"好姑娘哩，但有三分奈何，谁舍得把自家亲骨肉……"说着，抹了一把眼泪。

景虹在一旁哽咽着说：

"好了，跟俺们去盛家字号拿五两银子，把你闺女好好领回去吧。"

景月、景虹是傍黑时分离开李家山踏上回家的路的。她们万万没有想到在拐角上又碰到了那飘眼汉子。飘眼汉子不是孤身一人。飘眼汉子一只手紧紧拽着一个姑娘。那姑娘正是白日她们搭救过的那一个。

汉子一见景月，拉了姑娘就跑。可是那姑娘的身子偏偏朝后拽着，这样紧来慢去，景月早已赶了上来。

那汉子的胳膊还挎着，不过，显然已经接好了。看看跑不脱，只好赔了笑脸对景月说：

"姑娘，我这可是花了五两银子的。"

景月道：

"你要做伤天害理的事吗？我今日偏让你做不成。把人留下，你走你的路……"

汉子说：

"我真是花了银子买的。要不，你去登仙阁叫她爹……"

景月一听"登仙阁"三字，越发火冒三丈。近年来也不知是怎搞的，鸦片烟的生意在碛口居然全成正大光明的了，官府一个劲空叫唤"禁啊禁啊"，却似乎越"禁"越厉害了，也不知碛口附近有多少人家被害得家破人亡！

"怎么？她爹抽上洋烟了？怪不得呢！这老不死的……"

争吵声惊动了街上的人，有人从旁道：

"盛小姐，你快别瞎忙乎了。她爹呀，把一份山样的家产都抽光了。你救得了她今日，救不了她明日，除非让她跟了你。"

"好，就让她跟我走。"

景月扔下这句话,就朝不远处的一座二层楼奔去。那里正是登仙阁烟馆。

这登仙阁装修得十分漂亮。正面一张条案,上供财神爷。财神爷的身后挂了一幅轴子,画的是羽化登仙图。左手是收银台,右手是经理柜。经理柜后端坐着大掌柜。大掌柜左右各站一个彪形大汉。

家具都是刚漆过的,人一进店堂,四下里全是影子。

开烟馆的大都是外路人,而且总是一年一换地儿,所以无人认识景月。景月只说要找她叔,便顺利登上二楼。

二楼上,一字儿排着十张烟榻。十盏烟灯幽幽地亮着。烟灯下,一面躺着鬼样的男人,一面有一个打扮得花里胡哨的女人在烧膏子伺候。也有一两个鬼样的女人躺在别的男人躺着的位置上。一股怪怪的香味弥漫着,膨胀着,透过窗隙朝着街外散布。

景月在靠里的一张烟榻上找到了那姑娘的爹,一把挽了朝外就走,顺手打翻了那榻上的烟灯。几个烧膏子的女人惊叫起来,那姑娘的爹便挣脱景月朝女人们身后躲。景月一时性起,又打翻了几个烟灯,正欲上前揪扯那男人,被从后赶来的景虹拉住了。

景虹拉着景月就朝外撤。可是迟了,还没容她们跑下楼梯,那两个原来守在大掌柜身边的汉子已经抢上前来将景月、景虹拦住了。

景月倒一点不慌,喝道:

"让开!"

那俩汉子却并不相让,一人一只胳臂将景月夹死了,道:

"哪里来的母夜叉,竟敢到这里来撒野!"

景虹忙赔了笑脸说:

"二位叔请原谅。我妹莽撞……"

"谁是你妹,我还比你大一岁呢……"景月不买景虹的账,一头说着,一头撑开两个肘子朝俩汉子戳去。俩汉子猝不及防,咔嚓靠断了扶手,双双掉下了楼梯。景虹乘机拉了景月奔出登仙阁。俩汉子追出门来,正要朝前赶去,却被一个三十来岁的青年书生拦住了。

景月、景虹朝后一看,认得那人是她们盛氏家馆新请的先生崔相的公子崔炳文。这崔炳文可不是个一般的人物。此人表字虎臣,于嘉庆庚午年在顺天府中举,去年又考取了国子监学正,补为名噪京华的诚心堂助教,充朝廷志书馆纂修,是景月、景虹十分景仰的青年才俊。

崔炳文是前天刚来碛口的。来看他的父亲,来看碛口。

崔炳文下榻三槐堂,盛书璞将儿女引出相见,并以同辈相称,连带着景月也同崔公子相识了。

当下崔炳文朝着两个汉子施礼道:

"二位大哥息怒。不知因何要与两个女子一般见识?"

俩汉子瞠视着崔炳文,问:

"你是谁?她们又是什么人?"

崔炳文长揖道:

"在下崔虎臣。两个女子原是舍妹,她们年幼无知,还望二位大哥见谅。"

俩汉子相互看看,问:

"听说近日碛口来了个姓崔名炳文的才子,和你这崔虎臣是不是一个人?"

崔炳文道:

"大哥过奖了。崔炳文和崔虎臣都是在下。"

俩汉子迟疑了半晌,说:

"那……好吧。看在你的面子上,饶过她们这一遭。回头你得好好管管她们哩。母夜叉……"

看着俩汉子返回了登仙阁。崔炳文笑着对景月、景虹道:

"母夜叉们,快回家吧。"

景月、景虹苦笑着朝四下里寻找。

她们想要找到那姑娘,却发现早被那花了五两银子的男人拉跑了。

景月站在当街抽抽搭搭哭了。

第八章

  那一年的秋田原本长势特好,节令刚交夏至,满山遍野已是绿汪汪一片喜色了。庄稼人冒着酷暑间、锄、追、耧,不敢有丝毫的懈怠,那情景如同侍弄未满月的孩子一般无二。谁知到了小暑大暑正该大行雨水之时,老天却跟庄稼人赌起气来。太阳终日凶眉霸眼立在当头,一连一个半月硬是滴雨不落。眼看着山上山下变成了白花花一片,庄稼人的心头剜肉滴血似的疼。官道上不时有祈雨的队伍走过,那"马仔"被铁丝洞穿的腮帮上,紫黑的血痂凝了落,落了凝,终于变作黏稠的脓水,逗引得苍蝇嘤嘤飞扑。村落里,随处可见"留头"女子成群结伙长跪祷告;寺庙中,寡妇老婆手持扫把"奉帚"不辍。这里那里,乳声乳气的祈雨童谣唱个不停……

  立秋以后终于落了一场透雨,庄稼人连忙将满山遍野的"干草"一犁翻过,抢种上了荞麦、秋菜,然而饥荒已是无可挽回的了。

  早在一月之前,三槐堂堂主、碛口商会会长盛书璧已经在忙着调运北路的粮食了。北路地气凉,一般干旱少雨对大面积种植的高粱、谷子、大豆产量不会造成太大的威胁。北路发愁的是陈粮卖不出去。北路有拉不完的陈粮。那些日子,小小的碛口每天有二三十条拉粮的长船停靠码头。粮食卸下来后,只留少部分就地存放,其余转手批发它处。那些日子,每天进出碛口的驴骡马匹骆驼不下两千头。白天街上人多不好行动,一到晚上,那粗粗细细的铃铛声便整夜响个不停。

盛家在碛口的所有字号,不管平日是否经营粮食,而今一切可以利用的库房、廊庑,都被粮包填满了。甚至连盛书璞开的一得阁笔墨局、盛书瑜开的德泰欣当铺也成了粮食的天下。盛书璧神采焕发,忙里忙外地指挥着,平日寡言少语整天阴着个脸的他不时呵呵地笑着,对人们说:

"你们知不知道,我们盛氏家族当年是如何起家的?我们凭什么创办了碛口商埠?"

人们自然都是知道的,但人们谁也不说话。于是,盛书璧自问自答:

"就凭这——倒腾粮食!"

粮食是运下了不少,但整整一个冬天,碛口竟没有几个商号肯对当地人出手的。

粮价一时翻跟头竖蜻蜓般朝上长。

盛书璧以商会的名义召集全镇三十二家有粮食经营业务的商号开会,议定四条。一是从即日起,一律开仓售粮;二是价格不准超过正常年景的两成;三是除夕一天,凡碛口镇周围二十里内的百姓请求借粮的,凭商会字据可借十斤,所借粮食一年内还清者一律不加息;四是从正月初三起,镇上每天开两个粥场,由三十二家字号轮流主办。粥要熬成真正的"粥",要能站住勺子把。

盛书璧慷慨陈词:

"诸位!我们弄来这么多粮食做甚?难道就为我们多多弄钱?钱那东西弄多少是个够哩?如果我们为了弄钱红黑不顾了,那咱岂不是在发荒旱的财嘛?那还不让老百姓唾沫糊糊淹死了?那还不把咱祖宗八辈的人丢尽了?……"

那是正月十五上午的事。

碛口的元宵灯会是四乡百里有名的。

早从正月十三起,三条主街、十五道山巷已挂满了各色各样做工精巧的花灯。供奉各路神灵的彩棚搭设在一个个街道的拐角上。白日,这里是花团锦簇的世界;夜里,那大街小巷便都做了灯的海。每日从羊出坡到三更天,如潮如涌的游人都是摩肩接踵。不时有附近村社的秧歌队穿街而过,震耳欲聋的锣鼓丝弦声终日不断。三百多家字号一律昼夜营业。字号门口随时有小伙计用竹竿挑着一挂鞭炮守候,每有秧歌队路过,便将鞭炮点燃。那候在字号客厅的大掌柜、二掌柜一听鞭炮声响起,便笑容满面迎了出来,命下人将热腾腾的茶水、香喷喷的酒枣、各色油果子,外加三两五两散碎银子端出来,以示热情欢迎。秧歌队便停了下来,一阵紧锣密鼓响罢,那被唤作"伞头"的歌手便引吭高歌。词儿都是即兴编来的,大都为庆贺恭祝之语,遇有同掌柜们相熟的,便免不了来一番玩笑打诨。也有主家对答的,那就要更热闹些。秧歌队一般由百十来人组成,内有武场锣鼓,文场丝弦,腰鼓花鼓,跑驴斗虎,霸王鞭,高跷队,刘三推车,八戒背媳,跑街狮子,五彩龙灯,还有五花八门的杂扮杂耍。秧歌队一路走,一路舞,各有章法,各有风姿,争奇斗艳,美不胜收。若遇两支秧歌队当街相逢,便各摆阵势,赛歌斗锣鼓,那就更是精彩非常……

在众多秧歌队里,李家山的小花戏,西头的旱船,湫河对面寨子山的狮子,寨子坪的高跷队,侯台镇的杂扮杂耍,以及冯家会村的龙灯是最负盛名的。这冯家会位于碛口以北十里地,村子背山临水,滩涂阔大,近千亩水地使它成为闻名四乡的富庶村;乾隆年以来,这里连出三个进士,其地气人气,更是闻名遐迩。嘉庆初年,西湾盛氏三槐堂在冯家会购置上等水地四五十亩,建成小型庄园一座,由冯氏几户穷苦人佃种,所收租金用于盛氏宗庙蒸尝、家学薪资。

在各村各社的秧歌队中,李家山的秧歌队是人数最多、行头最好、最为耐看的一支。近年来,这支秧歌队差不多年年都由李运兴做纠首,李运旺挑头把伞。头把伞就是伞头中之老大、首席。一个像样的秧歌队一般有三到四个伞头。李家山的秧歌队就是有四个伞头的。李运旺对秧歌队的事是最为热心的。每年农历十月秋收冬藏一结束,便张罗着购置、整修家什锣鼓,服装道具,请师傅教习一帮年轻人。所排节目从连本大戏到小花戏、二人台,还有杂技杂耍和许多叫不来名堂的玩意儿。李家山舍得花钱雇请外地师傅,外地师傅便带来了许多本地人见所未见闻所未闻的新节目。有时兴头儿来了,李运旺便自个儿跑到外地去看。看过了,回来就学着做。这样一来,李家山的秧歌队连服装道具也渐渐变出了许多新花样。比方伞头手中的那把伞,本地几百年一贯制用的是那种普通的油纸雨伞,再好也不过沿边饰以彩绸罢了。李家山却从晋南人那里弄来了几把空心拉簧伞,再用五彩拉花装饰,举在手中一转,那简直就是一朵开得正艳的花儿,且能耍出许多普通油纸伞耍不出的花样来。再比方平川地界有的背棍、抬棍,李家山居然也学来了。至于腰鼓、花鼓、霸王鞭、高跷队、旱船、狮子、龙灯、刘三推车、八戒娶亲等等,他们也有,虽然不是最上等的,但也挺有看头。尤其是李家山敢开风气之先,让年轻俊俏的姑娘媳妇们上了阵。她们打扮洋气,一招一式都带着一股经师教习过的好看,是别的村无法媲美的。

这样一来,李家山的秧歌队走到哪里,哪里便总是人如潮涌。

李运旺手中的一把伞耍得出神入化。

秧歌队拧着"蒜辫儿"缓缓朝前移动。

不时有鞭炮声响起。

文武场转板。

秧歌队简直是三步一停。

文武场转板是依伞头手里的"虎衬"行事的。"虎衬"是一种铜制圈状的铃铛,拎在伞头左手中。当迎接秧歌的鞭炮响过,伞头的歌词编好,他便将"虎衬"一举,丁里当啷紧摇,文武场闻讯便需立刻转板。待得锣鼓一落,伞头就该开唱了。

李运旺的歌词编得快,总是最后一个鞭炮刚刚炸响,他手里的"虎衬"便摇响了。

李运旺的歌词编得随意、风趣,仿佛信手拈来,张口就得,却总是逗得四下里哄笑一片。

然而,这一天,李运旺却是有生以来第一遭"跌"了一回"底儿"。

原来,当秧歌队行到拐角上时,碰上了一个赈粥场。赈粥场上排着长长的等候施粥的人。那露棉絮、吊布绺、蓬头垢面、饥色满面的一群人杂在元宵佳节花团锦簇的碛口街头,是那样的怪异,以致乍一看见这个场面的人,都会噤声敛气,毛发悚然。

没有人放炮,秧歌队却自动地停了下来。只见乞丐们用各种"筷子"敲打着破碗,嬉笑着吆喝:

"唱一个,唱一个!"

那叮叮当当的碗筷敲击声让锣鼓队误听作"虎衬"响,便嚓嚓嚓嚓落了板。那时,李运旺抬头一看,突然发现他的妹夫盛书璧站在粥棚前,身边是外甥盛景浩。李运旺有些日子未见他这位妹夫了。说实话,他不喜见他这位妹夫。他为他的妹子嫁到盛家后的遭遇心里难受。往年正月,李家山的秧歌队串碛口路过盛家字号时,李运旺总是领着他的人马快步捷行,一闪而过。一来二去,盛家见了李家山的秧歌队也不放炮出迎。可是现在,妻哥妹夫四目相向,看来是不得不开口了。李运旺一愣神,竟错过了接板的机会,心中一慌,在第二次锣鼓落下时,竟还是没有开口——他是确确实实跌底了。不过,还好,秧歌队的"二伞"接了板。只听他唱道:

  碛口开埠百余年,
  财源滚滚四海连。
  盛李两家功在先,
  万民得福笑开颜。

李运旺朝着二伞感激地笑笑,总算醒过神来了。新正上月,亲戚见面,再有天大的不痛快,也得忍着。李运旺这么一想,"虎衬"摇动,唱道:

  想吃元宵逢十五,
  当街碰上盛妹夫。
  一时喜兴难言说,
  好比吃了盛家的粥。

四周漾起一阵快意的笑声。
李运旺又唱：

　　见面先问妹夫好，
　　妹子她可在包元宵？
　　外甥出师传捷报？
　　你粥锅里可能站住勺子脑？

乞丐们发出一阵叫好声。
"三伞"接板唱：

　　盛家仁义没说的，
　　年年都熬赈灾的粥。
　　北路的小米本乡的枣，
　　老河里取水香得没法说。

李运旺正要再唱，却见一个老半天蹲在街沿闷着一颗苍白的头颅喝粥的乞丐突然抬起血红的两眼盯了那"三伞"一眼，端着粥碗的手一翻，竟将那粥碗连同半碗粥一起扣在了当街。李运旺有些看不过了，脱口唱道：

　　自古道受人恩惠应感激，
　　万不可肚子饱了用脚踢。
　　连粥带碗扣脚底，
　　你是一个……甚东西？

"四伞"的"虎衬"也摇响了，谁也没有想到那乞丐这时却呼地站了起来，拍了一下巴掌抢先唱道：

不是"东西"我是人,
大号名叫任吉成。
荒年乞讨找不着门,
来到你碛口碰时运。

李运旺一听"任吉成"三字,惊得大瞪了两眼,半天回不过神来。原来这人是湫河北川名噪一时的大伞头,是李运旺从小就听说了的大才子。李运旺曾专程去任吉成的家乡拜会过,却被村人告知:任吉成周游四海"讨债"去了,便一直没有见着,没想到在这里竟"狭路相逢"了。只听那任吉成又唱道:

白天列国任咱游,
夜钻古庙入神楼。
观音菩萨陪我睡,
女娲和我头碰头。

没容李运旺接板,那任吉成又唱:

落盘菜,摇壶酒,
天南海北任我走。
盘龙大棍挽在手,
打遍天下咬人的狗。

李运旺忙找台阶下:

大名鼎鼎任伞头,
果然才高过八斗。
既是碛口来做客,

打破粥碗甚缘由？

　锣鼓敲得震天响,嚓嚓嚓嚓落了板。
　任吉成将满头白发一扬,接板唱道:

　　说粥碗,问缘由,
　　施粥为把美名留。
　　我祖范丹引过路,
　　从未屭沙粥里头。

　原来是盛家的粥里屭了沙。这可是李运旺万万没有想到的。
　李运旺一愣神,那锣鼓又落了。任吉成见对方四个伞头都哑了,便借"还腔"调侃着结束这场争斗:

　　凭你们黄河滩头沙层厚?
　　……

　盛书璧的脸色死白。其实,刚才那任吉成一将粥碗扣到当地,他便猜着了八九分。因为早在前两天,儿子景浩就同他说:
　"别人家粥里屭了沙,唯独咱盛家是一清二白的。上回轮着咱办粥场,乞丐都涌到咱粥场上了,弄得一天三石米都没有支撑下来……"
　当时,盛书璧骂道:
　"真是尿毛鬼胎,发不了大财。咱盛家可没有那个规矩!"
　今天,盛书璧原本没有打算来自家粥场的。可不知怎么,早饭以后坐在客厅抽烟歇息的他突然觉得一阵莫名其妙的心慌意乱,自家寻思了半晌,便离开三槐堂朝着镇街拐角上自家粥棚走来。刚到这里,李家山的秧歌队到了。他还没有来得及问询情况。莫非他担心的事情果然发生了?
　盛书璧走过去,将那任吉成扣在脚底的粥碗翻转来看看,见碗底果然沾着一层沙粒。

盛书璧大喝一声：

"景浩！"

景浩那时早已吓得面如死灰。他的两眼飘飘地看着虚空不说话。

盛书璧气得鼻子口中三股气，顺手自身边一株柳树上扯下一根指头粗的树条来，回头朝了景浩没头盖脸抽打起来。景浩抱着头扑通一声跪到了地下。树条雨点般落到他的脊梁上。

秧歌队大乱。人群蜂拥着围了上去。

两双手同时将盛怒中的盛书璧拉住了。

是李运旺和任吉成。

盛书璧泪流满面地朝着众人叩拜下去：

"我盛书璧向父老乡亲赔罪了。"

回头对呆子般跪在一边的儿子喝道：

"还不朝乡亲们叩头哪！"

又说：

"狗日的，去！到冯家会园子里捣土疙瘩去吧！啥时把你那黑心眼子捣成白又亮的，再回字号来。"

第九章

　　道光十七年仲秋,盛书璞赴省去参加一生最后一次乡试。

　　盛书璞是怀着怎样的一腔豪气赶赴省城的啊!随着岁月的推移,一连三次乡试不中带给他的忧郁与感伤渐趋淡然漠然,渗透于盛氏家族血脉中建功立业、光宗耀祖的勃勃雄心,历经近四十年的发酵,变得浓酽而醇厚。金色的秋天将一个个金色的梦幻召回到盛书璞的心头。是时候了,盛氏家族是该有人跃马扬鞭,一路斩将夺关,金榜题名,出人头地了!啊,天将降大任于斯人也,吾必做国家民族之栋梁。经商算什么,那不过雕虫小技罢了!三五年后的盛书璞,必将是一方督抚、封疆大吏、朝廷重臣。吾将一展治国之雄才,安邦之大略,为朝廷分忧,解百姓于倒悬。吾必廉洁自律,做天下第一清官。也许朝廷会派我巡按晋省,到那时吾必深入体察民心民情,力辅朝廷,擢拔良俊,罢黜贪佞,为家乡父老办几件漂漂亮亮的好事,也让我盛家的生意更红火。到那时,吾必让众口一声,都说盛家老二总算出息了,盛家老二苦读求仕的路算是走对了!

　　盛书璞的"行头"是从未有过的光鲜。青缎子的百纳登云鞋穿在脚上周周正正、熨熨帖帖、舒舒服服。雪青山丝绸的长袍下是练白湖绉灯笼裤。马褂是杭州银灰捻线缎缝制的,精心镶着火狐绒边。头上是乌油油的瓜壳帽。一条同样乌油油的辫子直垂腰际。这套行头还是在上次赴省赶考时制作的。除过鞋子，全出自享誉秦晋的郑裁缝之手，光工钱就花了五两银子。盛书璞穿着这套行头，整个人像是突然年轻了十几岁。儿子景涛看着他，居然嬉皮笑脸说：

"爹，现在我都不知道是该叫您'爹'，还是该叫您'哥'哩。"

上次赴省时，盛书璞带了一个小跑腿儿做书童。这一次出发时，崔玉荣说：

"景涛机灵，让景涛跟你去。"

盛书璞想想，答应了。一来景涛确是比上次那个小跑腿儿机灵得多；二来景涛迟早也是要走这条路的，让他跟着走一趟，也算是"踩道儿"了。

父子俩提前十天就从碛口动了身。先前的四天，他们随了运货的驼队一路走。父子俩骑着骆驼到达汾州府后，又雇了两匹马继续朝前走，又一个四天后到达省城。考场还是旧考场，离督抚衙门不远，父子俩就近找了一个名叫"步步升"的客店住下。

"步步升"客店差不多已被赴考的学子住满了。和盛家父子同室而居的还有临汾来的李公子、忻州来的王公子。李公子、王公子前一天就到了，都比盛书璞年轻得多。大家坐一搭拉了一会儿话，便彼此相熟了。

晚饭后，盛书璞带着景涛外出溜达。只见不远处的督抚衙门前一片灯火，照得白昼也似。左右大街字号林立，门口都挂了簇新的琉璃灯笼。虽是夜里，各店铺门前依然是人如川流。那气派果然与碛口大不相同。街上不时有两匹、三匹马拉的轿车驰过，车是经过精心装饰的，马的辔头鞍俱也是耀眼鲜明，连赶车汉子也都打扮得通体透亮。车轮辚辚轧在平整的路面上，那响声竟也像唱歌似的中听。偶然也有骡马骆驼的队伍走过，那高高低低粗粗细细愣愣峭峭的铃铛声似乎也比碛口气派得多。父子俩一路朝前走去，不觉来到一条拐街上。猛然听得耳边飘过一阵袅袅娜娜的细乐声，好听得很，父子俩正要寻声走去看个究竟，忽然从墙角下的阴影里幽灵般闪出一肥一瘦两个花枝招展的女人来。盛书璞一激灵，正要拉起儿子原路返回，早被两个女人一人一个拉住了……

父子俩好不容易摆脱两个女人的纠缠,也顾不得再看沿街的景致,返回歇处时,浑身上下冷汗竟如瓢浇过的一般。盛书璞脸红得像关老爷似的,景涛倒不咋的,看着他爹直乐。父子俩草草洗涮了一下,就歇了。躺下半晌,盛书璞仍然心有余悸,久久无法成眠。

李公子、王公子差不多都是三更以后才归来的。两个人又压低声音说了半天话。盛书璞隐隐约约听得他们说什么"胡大人"长,"胡大人"短的,又有什么"银票""三千""五千"的话飘进他的耳朵眼,也没怎么在意。

第二天上午,盛书璞带着景涛去认盛家设在省城的汇票庄德泰鑫。盛家德泰鑫位于省城最繁华的柳巷。景涛是第一次来省城,免不了大睁两眼,惊奇地打量沿途的一切。白日的闹市自然又非夜晚可比。最显眼的是那些大大小小的店铺,一家家门脸都是那样阔绰富丽,好像都是刚刚油漆彩画过的。店铺里站拦柜的一个个伙计竟也都像大掌柜一般体面、排场。街头游客摩肩接踵,比之碛口三月初三的西云寺会、七月初一的黑龙庙会一点儿不逊色,而人们的衣着打扮却是那样光鲜时兴,你同他们挤得再紧,也绝不会闻见汗臭——这又是碛口庙会无法可比的。

盛书璞因为有昨晚的教训,便只顾梗着脖子目不斜视地朝前走。

景涛却是一副散散淡淡不急不慌的样子。遇有卖稀罕货品的店铺,腿一蹁就进去了,急得盛书璞不住吆喝。景涛只是不理,一任自个儿的性子来。叫唤得不耐烦了,就朝着他爹回喊一嗓子:

"您不会自个儿走吗?赶天黑我终归会到德泰鑫的,您急甚!"

看情形,倒像是盛书璞做了书童似的。

德泰鑫的老帮姓吴,是盛书璞弟兄几个的母舅。盛书璞的母亲虽然去世多年了,但这位舅舅却一直是盛家镇守一方的"重臣"。早些年吴老帮曾驻过西安、武汉、天津等处,业绩人望俱佳,故盛家弟兄一向视之若父。吴老帮呢,也从心眼里将盛家弟兄看作己出。

盛书璞一见吴老帮,就口称"舅父吉祥",拉着景涛跪拜下去。

吴老帮忙说"免礼免礼",吩咐下人茶水伺候。

"你们为甚不到这里来住?"当盛书璞告知他们已在客店下榻时,舅父不高兴了,"住在一搭,也好有个照应啊!"

盛书璞忙解释说:

"那里离考场近,省得临场跑路。"

吴老帮问:

"带了多少银子?需要的话,这里来提。"

盛书璞说:

"带了二三十两,足够了……"

吴老帮道:

"那要看你怎么花了。听说监考大人姓胡,不想去拜望拜望?"

盛书璞说:

"咱和人家素昧平生,拜望干甚?"

吴老帮道:

"拜望干甚?!可是我听说一到晚上,胡大人的府上递帖子的学子都排队了……"

"真有这样的事?"盛书璞猛然想起昨天晚上李公子、王公子私下交谈那些话,似有所悟,嘴里却说,"我凭我的真才实学……"

吴老帮深望盛书璞一眼,低头喝茶,半晌不吭声,末了才幽幽地道:

"可要是胡大人并不看重你的真才实学,你怎办?依我说,外甥你若真想蟾宫折桂,咱也不妨去拜望一下,指上三五千两银子……"

盛书璞却像遭火烧了一般,跳起来说:

"那岂是正人君子所当行?"

吴老帮笑了,道:

"外甥啊,你哪里知道,大清朝自从乾隆末年以来,早已是贪贿成风了……"

盛书璞说:

"那些贪官污吏……难道他们竟不怕落一个和珅的下场?"

吴老帮道:

"落了那个下场的毕竟只是百不及一啊。书璞呀,我这里已经给你准备好了五千两的银票。你要想去,随时可以取……"

"不!"盛书璞脖子一梗道,"想我盛书璞,一门心思苦读二十余载,未曾给盛家赚下多少银两,现在倒要再拿银子给自己铺路不成?"

吴老帮道:

"外甥休要如此说。等你谋得一官半职,这点银子还回不来?"

盛书璞脸腾地红了:

"舅舅是要我也贪污受贿啊?"

吴老帮笑道:

"你不贪污受贿,又怎么孝敬你的上司?你不孝敬你的上司,还想当'好官'得升迁?"

"舅舅您别说了。"盛书璞打断吴老帮的话,站起来拉上景涛就走。

二人出了德泰鑫票庄,景涛悄声对父亲道:

"爹,我看这事,您不如拿上银票……"

盛书璞朝儿子瞪起眼来:

"休要胡说!"

一路沉默着走回"步步升"客店,景涛拧了一个毛巾把让父亲擦擦脸,盛书璞也像没听见似的。

盛书璞独自站在窗户前痴痴地朝外望着。窗外是一个小树林子。满眼层层叠叠的绿正在转向衰黄。几只山雀忧伤地对鸣着。天很高远,蓝得碧澄,云朵却像点点浓泡,一副马上就会溃烂的样子。

李公子架着王公子回来了,带进满屋子的酒气。

王公子发出一阵瘆人的笑。笑着,舞动两手大叫:

"五千两银子白扔了,白扔了,白扔了。"

又问李公子:

"你说,是不是白扔了?白花花的五千两银子啊,是我爹求亲戚拜朋友,四处张罗,好不容易……好不容易借来的啊!"

李公子软言细语劝道:

"还没进考场呢,怎就能说'白扔'了?你放宽心啊……"

王公子说：

"别人都是成万成万的往进填……填哩，我们三千、五千……那算个屌啊，还不是白扔了？你日哄我啊，都是你他妈……他妈出的好主意啊！"

李公子尴尬地看看盛书璞父子，嘟囔：

"看你……满嘴污言秽语……哪像个读书人啊！"

又对王公子说：

"咱俩不是都不知道今年的行情吗？要白扔，我不是也白扔了？"

王公子仰面倒在床铺上，号啕大哭起来。

李公子一边为王公子捶背，一边对盛书璞说：

"也难怪，他家的日子原本不宽裕……原以为，只要能一步步高升上去，总会时来运转的啊！"

又悄声问盛书璞：

"您花了多少？要花，就痛痛快快、结结实实，一次到地儿。让主考大人动了心，记住你。千万别像我们……"

盛书璞沏了一碗浓茶，递到王公子嘴边，看着王公子喝下去，始终没说一句话。

这天下午，盛书璞吩咐景涛收拾行李，自个儿去找客店掌柜算清了账。

父子俩提着行李走出店门，盛书璞回头看看那"步步升"的匾额，不由发出怪怪的一声笑。景涛问：

"搬到德泰鑫去住？"

盛书璞说：

"回家。"

景涛笑道：

"您不想做官了？"

盛书璞说：

"大清国都要完蛋了，还做什么官？回去你也进号学徒吧。"

景涛高兴得一蹦老高，问：

"我连县试、府试也不参加了？"

"大清国都要完蛋了,还说什么县试、府试?"

盛书璞恶狠狠地说。幸亏左右没有生人。

景涛是这年冬天进德泰昕货栈学徒的。德泰昕几乎集中了南来北往、路经碛口的各样货物,在此学徒对识别货物成色,了解货物行情,熟悉货物供销渠道自有许多好处。又,商号培训学徒事宜一般由账房先生负责,而德泰昕的账房顾先生,原是从平遥雇用的。此人绰号"黑老包",最是铁面无情。盛书璞将儿子放在这里,原有从严管理之意。

景涛入号的头一天,顾先生将一张写满蝇头小字的纸头递到景涛手里,沉着脸说:

"赶太阳落山,给我背熟了。"

景涛低头看时,只见上面写的是:

> 学徒之道,勤做、苦学、少说。先说勤做:黎明即起,洒扫庭除。沏茶打水,帮办杂务。伺候掌柜,起居吃喝;铺床暖被,浆洗衣服;送屎倒尿,勿得推脱。认真仔细,照管货物。迎来送往,热情待客。忠诚老实,慎行慎独。见利忘义,当即逐出。再说苦学:见缝插针,习练技术。字写工整,账记清楚。斤秤之法,口诀背熟。眼耳鼻舌,指掌功夫,样样精通,般般利索。生意走势,用心琢磨。各路业主,多方联络。荒废术业,当即逐出。还有少说:商业底里,不得泄露。吃住在号,禀报出入。亲友家人,闲话不说。女色不沾,烟酒禁绝。上述各条,谨遵毋惰。如若违犯,当即逐出。

一连三个"当即逐出",看得景涛头皮发麻,浑身上下冷汗涔涔。

账房先生拿眼角瞟着景涛说:

"怎么样?能不能做到?如若做不到,趁早走人。"

景涛胸脯一挺,道:

"哪能!没说的。"

德泰昕货栈系盛家弟兄三人伙开。大政方针三人商量,具体实施皆由顾先生主持,所以说"伺候掌柜"实际就是伺候顾先生。顾先生在碛口商界人望颇高,连盛家三弟兄都尊崇有加,景涛更是没说的。可景涛平日在家是诸事不沾手的,所以开始的一段常遭顾先生的喝喊。首先是号内生活苦焦,非有大的决心难以坚持;另外,号内杂务该由学徒管的确实太多,先干甚,后干甚,景涛心里没谱,经常是"赤腚女人裹腰布——遮得前头顾不了后"。顾先生的喝喊声就终日不断。

景涛夜晚睡在货栈前厅两个棉花包上。那前厅正对着黄河。尖利的河风顺着门板的缝隙溜进来,飕飕地直往景涛被窝里钻。房子里生了偌大一个火炉,景涛让它整夜红通通烧着,还是冷得不行。景涛便将两个棉花包拖到了火炉旁。刚刚烤得被窝热乎乎的,顾先生从后门进来照着他就是两脚:

"狗日的!你想引火烧了货栈吗?"

景涛忙跳起来,连棉花包带被窝拖到远处。想想,可不,上上下下里里外外全是棉花,离火那么近,是容易出事。现在好了,虽然没有火炉旁暖和,到底稳妥些。景涛刚要重新钻进被窝,顾先生又下了新命令:

"把火戳熄!"

景涛迟疑地看着顾先生不动手。这数九寒天的,把火弄熄怎睡!景涛刚想说句什么话,顾先生冷笑道:

"想暖和呀,那就回家去。现在就走!"

吓得景涛乖乖将火弄熄了。

冻得哆嗦了一夜,眼看着天快亮了,景涛才有了些困意。刚想合上眼睡一会儿,听得里间顾先生房里有了响动。景涛忙一轱辘爬起来,三下两下拾掇了被窝,蹿到后院伙房去生火。谁知顾先生早在卧房门口叫唤开了:

"先去扫街。我们德泰昕一向可是全镇头一家扫街的……"

景涛想想,可不,字号门外的街道是字号的脸面,无论如何是要先扫的。忙拎起扫帚跑到街外去。刚刚打扫清爽进得门来,顾先生问:

"水烧好了吗?"

景涛答:

"等我去生火,一会儿就得!"

顾先生冷笑道:

"少爷还没有生火啊!"

景涛不敢答言,忙一头钻进伙房。等到满脸烟煤的景涛端着一盆水进了顾先生的房,顾先生却坐在炕沿上不挪窝。景涛顺着顾先生的眼神朝对面墙角下一瞅,见半盆黄蜡蜡的骚尿还在那里摆着,忙低头端了跑向茅厕。身后又听得顾先生嘿嘿冷笑:

"我还以为盛少爷不喜爱倒尿盆盆哩。"

景涛还未走出茅厕,就听得顾先生在屋里叫:

"茶!"

景涛忙跑进门说:

"稍等片刻,水马上开!"

顾先生在一旁不冷不热说:

"还得清扫前厅哩。"

又说:

"忙不过来呀,那就再起早点!"

货栈一共有十四五个伙计,知道景涛是盛家少爷,便都不敢将他真当学徒对待。往常字号里进来新学徒,大伙儿都乐意指派着去干些杂事。这样一来,那做学徒的便整天忙得转"眼旋儿"(方言,即陀螺)。景涛就不同了。字号中的一般人物任谁也不敢指派他。倒是有那得空的人私下帮他干这干那。所以,每日字号里众伙计一到,景涛反倒可以偷闲歇歇腿脚了。尤其是瞅着顾先生不在跟前时,景涛更是做了逍遥游。伙计中有个名唤苍狗子的,最是机灵不过。每日总能瞅中顾先生不注意的许多空当儿,帮景涛干这干那,还一口一个"少东家""少掌柜"地赶着景涛献殷勤。初时,景涛觉得这称呼有点儿别扭,叫的次数多了,便觉习惯了似的,心里还感觉怪舒坦的。后来慢慢地,别的伙计也这么称呼他了。自然,这都是背着顾先生叫的。

可是,这情形还是让顾先生觉察了。

那是第二年春上的一天。

那一天,天气晴好。景涛的心情也挺好。历经几个月的磨炼,景涛已经渐渐适应学徒劳金生涯了。不管夜里睡得多晚,他都能在顾先生起床前一炷香的工夫不声不响地起来,先扫街,再生火。感到顾先生屋里有了响动,他便轻轻躬身进去,将尿盆提出来,将洗脸水端进去。待到顾先生净过面,一盏氤氲着缕缕幽香的菊花茶便早已摆放在他的面前。同时摆放下的还有一杯漱口水。接下来,顾先生非常响亮地漱过口,便细细地品茶了。而景涛则规规矩矩站在顾先生的面前,将前一日顾先生教给他的斤称法、计价法,或是这个口诀那个要则背上一遍。然后再去清扫前厅,再去帮厨做饭。饭后,再按顾先生或是别的伙计的吩咐去干别的事。

那一日有些特殊。当他背完前一日的功课后,顾先生没有让他马上去厨房。顾先生的两眼从他的脸上看到身上,又从身上瞧到脸上。看得景涛头皮发麻,瞧得景涛浑身抖颤。看够了,瞧够了,顾先生说:

"少东家天资聪颖,记性好……"

景涛身上一凛,忙道:

"顾先生,您可不敢这么叫我……"

顾先生说:

"看少掌柜说的,我怎敢不这么叫您?"

顾先生说这话时,绝无往常惯用的冷嘲热讽的口气,这便使景涛有点儿丈二和尚——摸不着头脑了。景涛就硬撑着不吱声。

"你去吧。"顾先生终于朝景涛摆摆手,道,"今儿上午我要出去,你把库房里存的那些棉花倒腾到太阳下晾晾……"

头一天,马辘轳发来了两船西路药材。从昨天下午开始,字号里众伙计都在忙着拆包验货,重新分包,然后按商家预约,"标发"南路和东路。这事估计再有少半天的工夫即可了结,所以顾先生抽出景涛来让翻晾棉花也在情理之中。

将近晌午的时分,景涛一身白毛干得正欢,苍狗子溜到后院棉库里来了。

"少掌柜,您快歇歇。我来帮您干一阵阵……"

"前头那事完了?"景涛问,摸了摸眉毛眼睫上的白毛毛。

"完了。我担心把您累着哩,那边一完事就跑来了。您快歇歇吧。"

"不累。我自己来吧……"

不知怎么,自从清早顾先生同他说过那一番话后,一丝隐隐的不安便一直在景涛的心头盘桓。景涛对苍狗子说:

"你还是前面去歇歇吧,看弄你一身白。这事我自己就行。"

"少东家,您今儿怎么啦?"苍狗子说,"您可不像我们从小做惯了的……"

"苍狗子,"景涛正色道,"你也不要'少东家''少掌柜'地混叫了……"

"怕什么?"苍狗子说,"您迟早还不是东家、掌柜啊?到时我还指望靠您出息出息哩。您可别嫌我蠢头蠢脑呀……"

二人正说着,又有几个伙计赶来了。

"少东家,我们也来了。"

"少掌柜,我们也来帮帮您。您快歇歇……"

景涛感动地说:

"这让我怎么感谢大伙呢……"

"少东家,过几年您正式当了家,可别忘了众伙计。"

"少掌柜,到时把众伙计的工钱提提就行……"

有人还给景涛递上一杯茶。景涛便觉得挺干渴,便拍拍打打身上的白毛,坐棉包上喝着茶歇息。

谁知正在这时,顾先生出现了。同他相跟的还有景涛的父亲盛书璞。

盛书璞自从去年赴省归来,行为举动像换了一个人似的。他整天钉在字号,晚上也极少回家。不过,因为有景涛的缘故,他还从未来过德泰昕。

棉库的情景顾、盛二人尽收眼底。

顾先生回头笑微微对盛书璞说:

"恭喜盛二爷,贺喜盛二爷。您少爷提前出师了。"

盛书璞的脸上青一块、紫一块,嘴唇抖颤着,半晌无声。

景涛和众伙计都像突然被使了定身法,一个个半张着嘴立在当地,气息全无。

105

"畜生,还不快快跪下!"

盛书璞终于发出一声怒吼时,眼里噗簌簌掉下了一串清泪。

猛醒过来的景涛将茶盏一扔,连滚带爬匍匐到了顾先生的脚前。

众伙计也都跪下了。

顾先生冷笑着对景涛说:

"少东家快快请起。老汉我可担待不起。"

景涛忙把头叩了下去:

"顾先生,景涛再也不敢了。"

"少掌柜说哪里话来?是我老汉'再也不敢了'。"

"顾先生,您就饶过景涛这一遭吧。我求您了。"

顾先生不看景涛,将脸转向众伙计。

"说说,是谁最先认'少东家''少掌柜'的?"

没人言声。

"今儿是谁先来献殷勤的?说!"

没人吭气。

"苍狗子!是你吧?"

苍狗子只顾叩头不说话。

"苍狗子,你过来。站到景涛你'少东家''少掌柜'面前来……"

苍狗子迟迟疑疑挪到了景涛面前。

"打!打你'少东家''少掌柜'二十个嘴巴。不脆不响不算数。"

苍狗子的手臂打摆子似的抖动着,抬了几抬都无法举起来。盛书璞见状,走上前去,一把将他搡开,噼噼啪啪打将起来。

"你们!"顾先生指指众伙计,说,"凡叫过'少东家''少掌柜'的,互相打嘴巴。叫几回,打几个!然后,再过来每人打苍狗子十个……"

……这场风波终于以持续多时的巴掌击打脸蛋的脆响和一道道挂在嘴角的血迹宣告了结束。第二天早上,景涛照常天不亮就起来,照常全镇第一个去扫街,照常早早儿生着了火,照常一听见响动就进顾先生屋子去倒尿,照常打水、沏茶、背诵功课、清扫前厅……

然而，此后不久，景涛还是犯了事，落了个"当即逐出"的可悲下场。

原来，有一天早上景涛清扫前厅时，在旮旯拣到了几块散碎银子，那是顾先生故意扔下试景涛的。凡进德泰昕学徒的，大都经过类似的一考。要知道学徒是没有工钱的，而他们的家庭一般也不会有银子补贴。所以，见钱眼开者实在是大有人在。有的孩子在长达三年的学徒生涯中，般般表现都可称得出类拔萃，最后却在这一关前败下阵来，不得不忍气吞声，落荒而逃。景涛当日来德泰昕时，崔玉荣原想给他带点散碎银子的，却因遭到盛书璞的强烈反对而作罢。所以，景涛"见钱眼开"的可能性并非不存在。

然而，景涛将拣到的银子掖起，却是为了周济苍狗子。苍狗子父亲早亡，家里尚有卧病在床的老母和两个未成年的妹妹，穷得真是叮当二响。苍狗子年前刚刚出师，字号的工钱年底才发，那些天正因为揭不开锅急得团团转，景涛便将那几块散碎银子一并给了苍狗子。如果顾先生在发现银子不见了的当天就拷问景涛的话，那银子或许还有追回的可能。顾先生却是在事隔两天后追查的，那时苍狗子早已将那银子换成米提回了家。

景涛倒是供认不讳：

"是我拿了，是我花了。"

这一回顾先生有些不大相信了。他丝毫不怀疑这孩子刚正的品格。顾先生以少有的和颜悦色问：

"你给谁了？这事可不是闹着玩的……"

景涛却一口咬定：

"是我花了。"

顾先生又召集字号全体伙计，问：

"景涛把银子给了谁？"

众人都说不知道。

"苍狗子，你知不知道？"

顾先生紧盯了苍狗子问。

苍狗子迟疑着摇了摇头。

这样一来，顾先生就不得不对景涛动真格的了。

景涛灰塌塌回到家里,把个盛书璞、崔玉荣气得半死,到底还是没问出个究竟来。最后,盛书璞长叹一声道:

"儿呀,往后你可咋呀?"

景涛倒是不急不慌,回答得斩钉截铁:

"我去种旱烟!"

古历六月初六,是尝新节。夏收结束,新麦归仓。农家最难熬的春荒成为过去。在紧张劳作之后进行短暂休整的日子里,碛口街头随处可见肩背布袋粜新麦的农夫。于是从初二、初三开始,无论是镇内镇外的商家,还是四乡八里的农户,家家都有女人在淘洗新麦。之后,在那一座座大大小小的院子里,在那一个个新新旧旧的磨棚中,一盘盘石磨转起来了响起来了。磨斗里,新麦堆得小山似的;磨唇间,纷纷扬扬的麦屑飘洒出雪霰般的阵势。不远处,头上裹着白羊肚手巾的妇人在箩面。面箩、箩床和卜箩磕碰出好听的声音。空气中弥漫着新麦的浓香。六月初六上午,是一年里猪肉粉条卖得最快的日子。苦熬了半年的庄稼人终于下定决心要大吃美吃一顿了。

在西湾三槐堂盛氏族长盛书璧的府上,今日一早,更是呈现出一派繁忙而喜庆的气氛。

盛书璧站在厦檐下的高圪台上,连连朝金大发发出一道道指令。

"大发你听着,这可是我盛书璧的亲家翁第一次上门。我不要你省钱,只要体面!怎么安排,全仗你了……"

金大发站在台阶下,点头应承着。

"中午叫二爷、三爷也来陪客……"

"嗯。"

"啊,还有。夫人那里你也得照应着。出了麻达,我可要拿你是问……"

"您放心吧。夫人这一向已经大好了。"

景浩是去年冬天成亲的。媳妇是县衙门县丞顾骅老爷的千金,名唤金枝。

金枝生得眉清目秀,只是有点瘦弱。单薄纤细的身子,扁平的胸脯,窄窄的髋骨,尖尖的下巴,尖尖的鼻梁,两眼点漆般黑亮,看人时却总是躲躲闪闪,像羞涩,又像怯惧。整个人儿活像民间剪纸《老鼠娶亲》中那只坐在花轿里的鼠娘子。

新婚之夜,景浩一熄灯就迫不及待溜进了新娘子的被窝。当他的一只手伸向金枝的胸脯时,金枝像被火烙了一下似的朝一边躲开了。景浩嘿嘿笑着又靠了上去,他的下身硬硬地戳到了金枝的大腿上,金枝惊恐地发出一声尖叫,便一轱辘钻出被窝,光身子坐在炕角里,再也不敢睡了。那时正是数九寒天,屋里挺凉,景浩又气又急,便拉了被子给她披到身上,自个儿独自睡去了。那一夜,新娘子金枝就那么坐着一直到天光大亮。

第二天夜里,金枝连衣裳也不敢脱了,将被窝紧紧裹着自个儿的身子躺在炕上发抖。景浩说:快把衣裳脱了吧,光身子睡觉多舒坦!金枝不吭气,也不动。景浩又说:你上炕不脱衣,就干脆别出嫁啊!金枝还是不说话,也不动。景浩急了,一把撩开金枝的被窝,噌,噌,噌几下,便将新娘子脱剥净了。景浩正要将金枝颤抖着的身子搂到怀里,那金枝却像一条泥鳅似的一滑又溜出被窝蜷缩到炕角哭鼻子去了。

景浩听着金枝唏唏嘘嘘伤心伤意的哭声,新婚宴尔的好心情完全没有了,不由骂道:哭你妈臭逼啊!骂着,满肚子的恶气便轰的一下燃作冲天大火。盛景浩扑向金枝,捏住她的脚腕只一拉,新娘子便仰八叉平躺到了炕头。景浩随将金枝细瘦的身子箍到了自个儿壮实的躯体下,同时伸手将新娘子的两腿强行分开了。景浩雄赳赳一路挺进,终于胜利突入久已想望着的福地。然而就在此时,新娘子在他肩胛上狠咬一口,翻身逃离了。

景浩捂着血糊拉杂的伤口,一声不吭躺回自己的被窝,从此再不理新娘子金枝了。

顾骅和他的侄女儿兰枝同乘一辆马车赶到西湾对过的寨子坪村,天时已近正午。他打发车夫赶着马车先过河,自个儿只身拐下漱水河漕,脱了鞋袜挟在腋下,将袍襟往腰间一挽,涉水朝着河西走来。盛夏季节浑黄的河水打着漩儿朝南流去,流向不远处的黄河。阵阵东南风将二碛滩头哗哗的涛声送入人的耳膜,听上去犹如女人的嬉笑俏笑羞笑抑或是欢乐的笑。顾骅猛然想起广泛流传于此间的黄河与湫水的传说,心想那黄河女神此刻大约正沉浸在与她年轻的情人相会交媾的欢洽中吧?看来这神界也难免人间的世俗之情呢。顾骅想起前些时三槐堂二门夫人崔玉荣专程赶赴顾家说起的女儿婚后的一些情形,他不知道今天该如何面对盛家人,更不知道该如何开导女儿。夫人因将从小与金枝一块玩大、早金枝二年出嫁的侄女儿兰枝打发了与老爷同来盛家。

顾骅此次来碛口,是为私情,也为国事。想到国事,顾骅的心头更是浓云密布了。他唷叹一声抬头看时,亲家翁和女婿已经在西湾村头上候着他了。

盛书璧一见顾骅,忙迎上前来抱拳道:

"亲家你可真是贵人难见面呀,咱做亲都半年了,你这才是头一回来我三槐堂。"

顾骅笑道:

"嫌来得少呀?往后怕是多得叫你心烦哩。"

景浩施礼道:

"给岳父大人请安!"

顾骅瞟了女婿一眼,略显尴尬地答:

"贤婿免礼!"

盛书璧看看马车又看看顾骅小腿上的泥污,笑道:

"亲家有福不享,倒想领略泥腿子的光景啊!"

顾骅笑道:

"来到亲家门前,顾骅哪敢不快快下车啊!车上坐着金枝她堂姐呢,她说有些'私房话'想给金枝说说哩,景浩你不会觉得心烦吧?"

顾骅有意将"私房话"三字说得很重,盛家父子一听就明白其中的含义,便沉默了。

景浩新婚后与金枝之间的事原是听房的年轻人说出去的,话传到了盛书璧耳朵里,盛书璧就让崔玉荣叫来景浩问明情况,专程去了一回顾家。

现在顾骅带了金枝的堂姐一道来家,那自然是有些"私房话"要说的。

说话间,马车停到了三槐堂天门前。金枝的堂姐款款跳下车来,先朝着盛书璧福了福,回头便向了景浩问:

"这位就是妹夫吧?"

金枝的堂姐兰枝和金枝长得颇相像,只是略高半头。她用一种混合着嘲弄与狡黠的目光看着景浩,悄声道:

"妹夫一表人才啊,委屈你了……"

景浩尴尬地将脸拧向一边,说:

"景浩无能,劳姐姐费神……"

顾骅有意放慢脚步,让兰枝同景浩前头走,自己和盛书璧远远跟在后头边走边说话。

顾骅说:

"亲家啊,小女金枝少调失教,还望盛家多多担待……"

盛书璧忙道:

"年轻人嘛,慢慢总会上道的。咱老鬼们哪有闲心管那些闲事……"

顾骅点头附和说:

"就是。亲家啊,我是真没闲心管他们哪!……"

盛书璧说:

"我知道您公务繁冗……"

顾骅悄声对盛书璧道:

"岂止是一个公务繁冗呀!洋人觊觎,边民造反,匪患蜂起,外忧内患,帑藏虚空啊……"

盛书璧沉吟道:

"这些嘛,是人家朝廷上的事,离你我倒还远着哩。"

顾骅摇头叹息:

"朝廷把晋省看作一块肥肉,县衙又把你碛口当了钱柜子。我呢,被县台大人责令专管这钱柜子的钥匙……这事跟你我没关系?"

盛书璧惊呆了。一直到家宴上桌,还是没有回过神来。

顾金枝坐在兰枝身边，默默看着父亲、堂姐同盛家人客气地让酒，亲和地交谈，听着满座此起彼伏的杯盏磕碰和咀嚼声，自己却极少动箸，也不给父亲和堂姐斟酒、布菜，倒是景浩不时地给她碗碟里搛些她爱吃的莴笋、蘑菇什么的。堂姐兰枝便凑到她的耳边说：

"瞧我妹夫，生得一表人才，还会体贴人……"

看起来，金枝的堂姐兰枝是个健谈乐和的人，坐在席间不多一会儿，便同景月、景浩，甚至盛书璧夫妇俩都熟稔了。金枝看着堂姐眉飞色舞不停絮叨，间或快乐地咯咯大笑的样子，忽然有些自惭形秽起来。她原本也是很开朗的呢，她也说不清是怎么回事，自从新婚后的那两个夜晚同景浩发生龃龉以来，一种深深的忧郁却是如影随形般跟定她了。

半后晌，盛家席散，顾骅下碛口去办差，留侄女兰枝在盛家过夜，说好第二天上午相跟着回城。于是从那时起，顾家姐妹俩便再没有分开。

同兰枝单独在一起了，金枝便也突然变得活泼调皮起来。掐指算来，两姐妹已有七八个月未见面了。顾兰枝的父亲虽与顾骅是同胞弟兄，但他既未读书，也未入仕，反而从事着一种在世人眼里最低贱的职业——养着一头公牛为庄户人家配种。兰枝两年前出嫁，婆家与娘家门当户对，也是畜配行。只不过家养的不是公牛，而是一条公驴。在农村，从事这一行当的家户日子倒是过得蛮不错。兰枝未出嫁前，一年里差不多有半年是在顾骅家度过的，两姐妹间的那个好，正应了"形影不离"那句话。金枝出嫁时，兰枝正坐月子，未能去赶事宴。现在二人终于见面了，自是欢喜不尽。兰枝求金枝先带自己在三槐堂转了一圈，又说要去碛口黑龙庙进香，于是一路的奔波，一路的赞叹，直到上灯时分才回到西湾。

当晚，兰枝同金枝宿在一处。

二人刚一钻进被窝，兰枝就在金枝大腿岔里摸了一把，嘻嘻笑道：

"让我看看，妹子是不是个石女儿？"

金枝扭动着身子说：

"你作死啊！……"

"不是石女儿啊？那为什么不让男人沾你身子？"兰枝道，"我看你十有八九是石女儿。你是怕露了馅儿……"

金枝支支吾吾说：

"谁不让他沾了？"

"既是让沾？你因甚咬人家一口？"

金枝不吭气了，过了半晌，说：

"他要……"

"他要什么？……他当然要'要'了。人家娶你为甚哩？还不是为生儿育女？"

"谁不生儿育女了？可他怎么……"

"他要怎么？你知道怎么才是'怎么'？你既是愿意生儿育女，干甚又不让人家'怎么'？"

"我……"

"'我'什么？你别装模作样了。早在做姑娘时，你就想让男人'怎么'了……"

"你胡说八道什么呀！"

"谁胡说八道啊？你那小心眼子瞒得了别人，瞒不了我。记得不记得了，有一回，你睡梦中拉着我直叫：哥哥，快来呀……你那是要哥哥'怎么'？你敢说不是想让男人'怎么'呀？"

金枝捂着脸大叫起来：

"你个小骚货！怎这么浑……"

"都结过婚的人了，还怕你说'骚'啊？我就不信你和妹夫那样的男人睡一个炕上就不想让他'怎么'……"

金枝低声嘟囔：

"想……想是想，可谁承想他是那么个样儿……"

"怎么个样儿？男人要和女人一个样儿，那还能婚配？婚配，婚配，一阴一阳，一凸一凹才能配成……我不信你连这个都不懂？装模作样不是？"

金枝在堂姐身上拧了一把，不吭声了。

兰枝又问：

"金枝你说世界上什么东西最能让一个女人爽快?"

"三伏天的扇子……"

"还有哩……"

"数九天的火……"

"还有哩……"

金枝摇摇头。

兰枝笑道:

"三伏天的扇子数九天的火,男人的搂抱好得没法说……"

"你……不识羞!"

"这么说,你是搂抱都没让妹夫搂抱?"

"我让他……了,可他要……我怕!"

"傻妹子,你知道还有比搂抱更让一个女人快活的事吗?"

"你……你说什么呀?"

兰枝将嘴凑到堂妹耳朵上咯咯笑着说:

"那事就是——让心爱的男人日,日了再日!"

"啊呀,啊呀……"金枝大叫着在兰枝身上胡乱咯吱起来,"我让你胡嘞嘞,我让你胡嘞嘞……"

"这么说,这么说你至今还是个囫囵身子?"

金枝期期艾艾道:

"疼死个人……他把人家弄得都流血了。"

兰枝笑得眼泪都流下来了。笑着问:

"傻妹子,你吃过苦瓜吗?那玩意儿可是第一口苦,第二口香,第三口甜,让你吃了还想吃的……"

第十章

　　李秀珠这一向确是大好了。自从金大发以三爷盛书瑜的名义寻罢"小红鞋","小红鞋"果然把"神仙"不许再灌李秀珠茅粪的旨意告知了盛书璧,于是李秀珠再未受那份恶罪。金大发还依照盛书璧的意思同主人一家一起住到中院,和夫人的贴身使女一道悉心照料着女主人的衣食住行,这样一来,夫人的情绪竟是渐渐稳定了。

　　病情日渐好转的李秀珠常爱独自家沉思默想。想什么呢？想她那来无影去无踪的病。她也记不清是从什么时候开始的了,只要这个家里有什么让她气急的事发生,她便听得自个儿脑子里"咔嚓"一声响,眼前忽就一黑又一亮,刹那间,仿佛有无数根"百斤雷"(当地一种威力巨大的爆竹)凌空炸响,在满天迸溅的火花里,幻化出丈夫阴沉沉黑煞煞的脸。那脸一变两,两变三,眨眼间便变成了无数张。它们在她的四周飞快地旋转着,而后便哇哇哇大叫起来。她听不清它们叫的都是什么,只看见数不清的黑洞洞的嘴巴张合着,她感觉唾沫星子雨点般飞到她的脸上身上,自己也便合着那些嘴巴张合的节奏嘶叫起来……

　　李秀珠有些日子不犯病了。

　　李秀珠对佛事的兴趣越来越浓。一尊观音菩萨的佛像供奉在居室正面的条案上,早晚三炷香,跪拜念弥陀,成了她的每日必修课。然而,这一切并未真正消释她心中的忧郁和苦闷。近半年多来,这种忧郁、苦闷的情怀更仿佛处于一种转变中,转变为躁动不安,且似乎掺杂了某种朦朦胧胧的欲念……李秀珠清清楚楚地感觉到了这一点,这便使她更加烦躁。正是这烦躁,成为她趋向佛国的动力。她确是在深信力行,净业持戒,却总是不能远离尘俗,这便使她更加躁动不安,更加向往极乐净土……

眼下,李秀珠正安坐条案一边,就着微茫的晨光,一笔一画抄录《阿弥陀佛四十八愿文》。贴身使女秀秀将一个烛台端到她的面前,说:

"夫人,金爷吩咐,让您最好不要早早就抄那劳什子,当心盯坏了眼……"

李秀珠眉尖微促,曼声问:

"金爷……他是这么说的吗?"

秀秀说:

"金爷还吩咐,让您千万不要太劳神了。"

李秀珠手臂微微颤动了一下,把个"受我法化"的"化"字拧成了一段麻花。她幽幽叹息一声,搁了笔,微闭双目,念了一声"阿弥陀佛",又低了头,去数挂在胸前的一串念珠。

秀秀又说:

"金爷还说,如果您不听话,老爷要生气了……"

李秀珠眉头一挑,冷笑道:

"我怕他呀?"

李秀珠好像并未真正惧怕过盛书璧,可对金大发,当初她可是真的惧怕过呢。或者更准确点说,是又怕又恨。当丈夫第一次向金大发下达了灌她茅粪的命令,金大发朝着她步步逼近时,她惧怕得浑身战栗了。记得那时她好像是瑟缩在屋门背后的。她的两眼惶急地看着门墙下角一个指头大的黑洞,真恨不得摇身变作一只鼠崽,一头钻进去藏起来。她索索抖颤着,瑟缩着,却还在声嘶力竭地叫唤。

一股恶臭突进她的鼻膜。金大发端着一些粪汤站到了她的面前。他看着她可怜的、煞白的脸孔,迟疑着朝身后看去。丈夫那时就站在金大发身后不远处。李秀珠记得阴沉着脸的丈夫好像是朝着金大发"嗯"了一声。那一声"嗯"是从鼻腔深处哼出来的,煞尾处拐了个弯,于是便别具了一种令人毛发悚然的威慑力量。

金大发朝她这边跨了一步,却依然站着不动。

"嫂呀,求求您了。您就悄声吧,别骂了……"

瞀乱中的金大发好像是央求她了。

可她无法使自己住嘴。

那时,丈夫便一个箭步冲上前来,一只手反拧了她的手臂,一只手揪着她的头发,将她的脸朝后扳去,同时恶狠狠对金大发吆喝:

"灌!快灌!……"

金大发将粪瓢凑到她的嘴边,朝下一倾……

她哇哇呕吐着昏死过去了。

李秀珠醒转来时,发现自己躺在炕头,秀秀忙打了一碗净水伺候她漱口,又帮她换下了弄脏的衣裤。

金大发低着头走进屋来了。李秀珠看着金大发,笑笑,说:

"金爷,你过来。"

"嫂嫂,您要什么?"

金大发忙凑上前来,恭谨地问。

李秀珠说:

"你过来,扶我坐……"

金大发刚伸出手,就被李秀珠一把挽住了。

李秀珠将金大发狠狠咬了一口。

金大发的手血流如注,他却不躲不闪,任由李秀珠咬了一块肉去。

金大发扑通一声跪在炕前。

"嫂嫂,您想咬就咬吧。我只求嫂嫂别记恨老爷……"

"你滚,你滚!滚出去!你要再到我跟前来,我就死给你们看……"

金大发默默站起来,走出院子。不一阵儿,端着那个粪瓢又进来了。

秀秀瞠视着金大发喝道：

"你要干什么？"

李秀珠顺手操起一把剪刀说：

"秀秀别拦着，让他来灌！"

金大发并未走过来。

金大发扑通跪在李秀珠面前，说：

"我灌了您粪，我不是人。我现在也喝一瓢粪汤，只求您消消气……"

言罢，果然一扬脖子，喝了几口粪汤，旋即飞跑出门大呕起来。

李秀珠愣住了。

此事发生后好长一段，李秀珠躲避着金大发不同他搭话了。

金大发待她却似乎更体贴入微了。李秀珠出门，金大发总是远远跟在后面。李秀珠回家，金大发就把屋里屋外打扫得清清爽爽。天凉了，将火拢得旺旺的；天热了，就用井水将屋里的地面润得湿腾腾。金大发心细如丝，许多事连李秀珠的贴身侍女秀秀都未留意，他却想到了。比方，李秀珠有一回闲话时说，她做闺女时，最爱养花。李家院子的花圃里春夏秋三季都有鲜花盛开着。李秀珠说这话时，盛府上下十来口人在座，大家都未留意，只有金大发，第二天就动手在府内府外垒砌花圃，清明一过，便撒下了各样花子，一个多月之后，那些花儿已经开始结苞孕花了。李秀珠表面淡漠，每日流连于花圃的身影却是颇带喜气了。

一日，金大发从外面回来，风风火火跑到李秀珠跟前，喜兴地说：

"嫂嫂，三爷让我去找狗日的小红鞋了，让她的'神仙'发话，从此再不准灌您粪汤……"

李秀珠道：

"啊呀，这一下金爷不是没办法讨好盛大掌柜了？"

一团疑云总是瞅李秀珠闲着没事干时突入她的脑际：这金大发这么殷勤待她到底图了什么？莫非这灰鬼是打光棍打得熬不住了，看她李秀珠没男人喜见，就想乘虚而入捞点便宜？

金大发的女人是盛府帮忙娶的，娶过第二年难产死了。金大发叫李秀珠"嫂嫂",实际还比李秀珠大着一岁呢。俗话说:光棍三年,见了母狗也想往上靠哩,何况李秀珠还是碛口少有的标致女人呢。所以,李秀珠生出这样的疑问实在并不奇怪。不错,金大发是下人。可下人就不是人了?谁敢保险他不会产生非分之想!

　　李秀珠这么想着,就想给金大发一点儿难堪。有一天,秀秀回家了,盛书壁下碛口一整天未见人影。晚上临睡前,李秀珠习惯地叫秀秀打水洗脚。秀秀自然不会应声,李秀珠正要自己到前院打水去,金大发端着水进来了。李秀珠便又习惯地退回到炕沿上坐了,伸出一双秀溜的小脚等秀秀脱去鞋袜给她濯洗。秀秀自然还是不会出现,李秀珠便吆喝:快洗啊,站着卖什么呆!金大发似乎犹豫了片刻,便一声不吭蹲下来为秀秀代劳了。李秀珠那时便习惯地闭了双目,尽情享受温水浸泡的舒适。等金大发将她的双脚擦净扶她上炕时,李秀珠似乎才发觉给她打水洗濯者不是秀秀,而是金大发。李秀珠勃然大怒:

　　"我叫你了吗?谁让你来的?我瞧你鬼眉溜眼准没安什么好心!"

　　金大发脸红得像关公似的,忙站起身朝外退,李秀珠却又在后面嚷开了:

　　"洗脚水不倒了?"

　　金大发忙又回头端起洗脚盆朝外走。

　　李秀珠又在后面叫道:

　　"提尿盆去呀……"

　　如果不是后来发生了那件事,李秀珠和金大发的主仆关系也许永远不会有什么改变的。

　　那是深秋季节的一天,傍黑时分。

　　晚饭后,李秀珠没和任何人打招呼,独自一人走出天门去村道上散步。当村商槐底下有盲艺人正说三弦书,听书的村民不时发出快意的笑声。李秀珠有好多年不到这种场面了,便身不由己朝人圈凑去。那书文讲的是一个大户人家的主妇贪恋年轻家仆的事,李秀珠听着也不由哈哈大笑起来。人群中有人发现李秀珠了,忙站起身来要把自个儿带来的凳子让给李秀珠坐。站在前面的人于是便闪开一条路让李秀珠到前面去。那盲艺人一听说盛家大门夫人李秀珠来听书文,忙信口编了一段表示欢迎的词儿插到书文中去。李秀珠说你快快朝下讲正本吧,闲话少说。那盲艺人唯唯称是,却将先前的书文换过了。李秀珠说:你这瞎子好没来由,有你这么说书的吗?那盲艺人却嘿嘿笑着硬是不朝下讲了,说:这书您不能听。李秀珠的拗劲上来了,说:别人能听得,我怎不能听?讲!盲艺人说那您可得多担待。于是便接着朝下讲。原来那下面的书文是专讲一对男女如何偷情的,听起来委实有点酸辣。不过,那聪明伶俐的一对冤家把那一档子见不得人的勾当做得实在漂亮,听得年轻人嗷嗷直叫,李秀珠也不由笑了几回——她好像多年没有这么快活了。

李秀珠瞅盲艺人又换新曲目时,退出人圈朝外走。这时她发现金大发远远蹲在夏槐下也在竖着耳朵听。李秀珠暗暗好笑,故意走过去问:金爷觉得这书好听吗?金大发的脸又红得像关公了,嗫嚅道:我又没过去听……李秀珠冷笑一声说:你这假正经装得好!

李秀珠回到府上时,见前院的男佣女仆都已睡去,正要往中院走,忽听得客厅里有年轻女人隐隐约约的娇笑传来。李秀珠心中一动,不由蹑手蹑脚凑到窗前朝里瞅去。李秀珠这一瞅不打紧,却把自家钉牢在窗前动弹不得了。原来,那娇笑是她的贴身侍女秀秀发出的。秀秀那时正坐在盛书璧大腿上凑着烛光给老爷揪胡茬……

李秀珠正不知如何是好,大门那里传来金大发踢踢踏踏的脚步声。李秀珠忙退下高圪台朝中院走。

"大发,打水去……"

李秀珠坐在炕沿上平静地说。虽然秀秀紧随她的身后也赶过来了,她还是叫金大发去打水,只是在不经意间,将"金大发"的"金"字省去了。

李秀珠微闭双目享受着温水浸泡的舒适,不由想:今儿我一点儿犯病的迹象也没有。

李秀珠被金大发扶上炕,朝站在一边的秀秀扫了一眼,见秀秀正在忐忑不安地看着自己,她便笑笑,说:秀秀,你也歇了吧。李秀珠不由又想:秀秀,你好自为之吧,我一点儿也不恨你。

这天晚上,李秀珠没有睡着。一开始,她的脑子里全是那瞎子在书文中说过的事说过的话,后来思想渐渐集中到了一点上:她突然感觉她那双被金大发细细洗濯过的小脚微微有些酸有些麻有些困。酸是那种甜丝丝的酸;麻是那种痒酥酥的麻;困是那种咿咿呀呀的困。像患了点儿伤风,像怄了点儿闲气,又像是受了点儿饿乏。难受是稍有点儿难受,不过正是那种可以借此撒撒娇演演嗲使个小性子耍个小蹶子的那种难受,是一种让人心里舒坦的难受。后来,她的脑子里便全是金大发那憨憨的面孔了。

李秀珠胡思乱想了一夜,第二天见了金大发,依旧是吆喝着任意驱使。不过细心的人一定会发现,在她那吆五喝六的口气中分明是羼和进一些特别的东西了……

那是十月初的一天晚上,盛书璧肚子疼睡在前院的客厅里。

李秀珠前去探视。

盛书璧嗫着牙花子说:

"夜里这个……喝水吃药……你看我身边得有个人哩。"

李秀珠笑笑,说:

"让秀秀伺应吧。秀秀灵醒……"

从前院回到中院后,李秀珠一直等到儿子媳妇和景月都睡下了,才打发秀秀到老爷身边去,随后吩咐金大发挑一担热水来。

"我要洗洗身子。"她以不容置疑的口吻说,"把中院门关了。"

现在,中院和前院完全隔离了。

当金大发将两大桶热水倒进浴缸,匆匆朝外撤退时,李秀珠不无调皮地说:

"金爷不帮我搓搓背?……"

金大发在夫人轻俏的笑声中掩住屋门走下圪台,要出前院时,才想起院门是夫人让关住的,便又踅回来,蹲到花圃边上去抽烟。忽又立起身朝圪台那边移动几步,他担心夫人洗浴罢叫他倒水时自个儿听不大清又招夫人生气。正在这时,他听得夫人一声惊叫。他不知发生了什么事,犹豫片刻便朝屋门冲去。在屋门那里,金大发又顿顿,终于将屋门推开一条小缝朝里瞅去。只见夫人的脑袋一动不动耷拉在浴缸沿上,一条手臂也像抽去筋骨似的垂吊在缸壁上。金大发顾不得多想,冲进去就把李秀珠抱起来朝炕边走去。

　　金大发闭着双眼不看夫人的身子,拉了一条棉被便将夫人盖住了。他准备赶快抽身去叫景浩、景月、金枝来。可是那时他却没法抽身了,因为夫人忽然伸出两条手臂将他的脖子紧紧箍住了。金大发的脑子里突然轰地响了一声,稀里糊涂便倒在了夫人身上。李秀珠的双唇准确无比地亲到了金大发混合着烟草气味的嘴巴上。她贪婪地吸吮着,香甜地吧唧着嘴。金大发只觉得自己浑身着火了。先是一星一星,一扑一扑,闪闪烁烁,明明灭灭,眨眼间便燃起了熊熊烈焰。李秀珠哼哼呀呀发出快活无比的呻吟。突然,金大发挣脱李秀珠,跳下地来,扑通朝门跪了,哑着嗓子低号一声:

　　"盛大哥呀,我对不住你!……"

第十一章

　　李氏天成居是一座临街的二层酒楼,位于当铺巷出口处。楼房属于那种窑洞外接瓦顶三开间门面,窑洞之上再盖楼的建筑。窑洞原有三眼,一眼做客堂,两眼是串间窑,做菜点制作间。前年续建一眼住着掌柜和账房先生。这里有边门直通临街门面及楼上。临街门面接待一般散客,楼上为雅座。

　　碛口常年是四季客商如云,又兼从事水上作业的船家川流不息,所以酒楼生意一向红火。

　　客商吃饭多用散碎银两。为了方便存储,这些散碎银两一般要到分金炉铸成银锭或元宝。

　　天成居每月光顾一回分金炉,将当月所收二三千两散碎银子铸成五六十个大元宝运回李家山,收入自家银窖。

　　那一日清晨,李运旺和账房高先生同了酒楼伙计牛琨从不远处的分金炉将五十个刚刚铸好的元宝搬出来后,恰遇府上的运银车去别处未归,得等两三个时辰,便将那些元宝先寄存到天成居账房银柜内。李运旺吩咐牛琨与高先生在跟前守候,自个儿去了天成永布店。那些日子,已经六十多岁的高先生着了风寒,觉得浑身酸困,头昏目眩,方才进得账房,脚下一闪,就跌倒在砖砌火炉前。低头一看,原来是炉下灰窖上的一块盖板错开了。高先生很生气,叫来杂役骂了一顿,看看裤腿上粘了不少灰土,便让牛琨拿笤帚给他扫了半天。这时自感气力益发不支,便靠在床铺上闭目歇息,对站在一旁的牛琨说:我少睡片刻,你不要离开啊。牛琨点头说:你老人家就放心睡上一觉吧,有我在呢。

这牛琨原是牛家塔牛医生的儿子,在他十四五岁那年,他爹给李运旺家一头青花母牛接生,得一麒麟却不能识,惊骇之际夺门而逃,出得李家大门,便一头栽下圪塄呜呼哀哉了。李运旺念及牛医生一向待李家不薄,最后又因李家而死,便将牛琨收入天成居做伙计,且给了他高出一般伙计的待遇。牛琨今年已经二十八九岁了,尚未婚配。为这事,李运旺曾亲自找媒婆予以关照,媒婆也曾说合过几个,怎奈都不入牛琨之眼。原来这小伙子暗恋上了李运旺的女儿莺莺。牛琨深知,以自己的家世、人品、年纪,想要娶莺莺为妻,实在无异于俗语所说"癞蛤蟆想吃天鹅肉",然而心里明镜似的牛琨却硬是管不住自己。他总是将别的女孩同莺莺相比,比来比去,便再也无法接受别个。令牛琨心中难过的是,近两年来,他发现莺莺同西湾盛景涛关系颇为暧昧,二人总是在正月闹秧歌的场场上,在农闲时节唱大戏的台台下,在平日走亲串门的路路上,在人来人往的碛口街头"偶然"相遇,然后便总是眉来眼去,总是嘀嘀咕咕背着人说话。要不,两个人便总是一先一后朝着同一个方向消失得无影无踪。那情景,看得牛琨心里别提有多难受了。难受,又说不出口,心里就更加毛焦火辣的难受。有时,牛琨很想瞅机会也同莺莺说几句话,然而未曾开口便总是脸红心跳像做了贼似的忐忑。两条腿呢,便总是不听话地将他整个的人拖着朝一边躲。有两回,牛琨鼓足勇气拿景涛开莺莺的玩笑,想试探一下虚实,他原以为莺莺定会脸红定会申辩定会骂他个狗血喷头,万万没想到对方却是一副没皮没脸不羞不臊的样子。莺莺嘻嘻笑着说:是着哩,我俩好上了,你去告我爹吧。告了,我重谢你。弄得牛琨张口结舌,自己倒不知该如何下台了。

那一天上午,牛琨依照李运旺的指令守在天成居账房,高先生横躺在炕头打着盹。先前,牛琨是蹲在砖砌炉台上抽烟的。牛琨不时将烟灰磕到炉台下的灰窖盖板上。积多了,他便跳下去,用脚三下两下搓进木板窖盖的缝隙中。牛琨深知,天成居这位账房先生有着不可理喻的洁癖。若是他睡醒来发现了地上的烟灰,非把他祖宗十八代骂个遍。他可得小心些。牛琨后来大约是想到高先生身上正不自在,便站起身将高先生的被窝展开来盖在老汉身上。倏忽间,牛琨觉得那躺着的高先生变作了莺莺,那娇娇的憨憨的俏俏的楚楚的睡态也叫人怜爱也叫人心动。然而,牛琨很快清醒了。他知道那不是莺莺,那是高先生,那是一个胡子八叉的老汉。牛琨懒懒地坐到门槛上去,却不免心猿意马起来。他想那高先生如果真能变成莺莺那该多好。那不是高先生不舒服,是莺莺。莺莺的身边没有别个,只有他,牛琨。他方才不是为高先生盖被窝,是为莺莺。他为她盖好了被窝,顺手摸了摸她的额角。啊呀,好烫!他惊惊乍乍地说。说着,便去为她端水为她喂药又为她掖被窝又摸她的额角又为她端水又为她喂药又为她掖被窝又摸她的额角……他愿意永远为她干这干那,永不停息。

牛琨想着莺莺,莺莺便真的出现在了他的面前。牛琨揉揉眼,慌乱地站了起来,问:

"小姐,你怎么来了?"

莺莺笑笑地看着牛琨说:

"看你来了啊!"

牛琨正要说你快坐下,莺莺却又转身去了街外。牛琨便也尾随了来到前面的酒楼大堂。牛琨看见莺莺站在酒楼外的台阶上朝着街前街后瞭望着,那时盛景涛便也出现了。牛琨又看见莺莺举起一只手来摸了摸后脑勺,然后轻轻一跳下了台阶,款款钻进当铺巷,朝着卧虎山的方向走去。牛琨再看景涛,却早不见了踪影。牛琨也跳下台阶钻进当铺巷,远远地跟定了莺莺。牛琨看见,在德泰欣当铺拐角处,景涛又出现了。牛琨看见,莺莺同景涛碰面后,好像点了点头,便一前一后爬上卧虎山,在黑龙庙那儿拐弯朝着山后走去。牛琨的眼前闪过莺莺举手摸后脑勺的情景,牛琨恍然大悟,便更紧地跟了上去。卧虎山后不远处的半山洼里,有一个放羊人避雨的洞子,牛琨见那二人走近那里便不走了。牛琨见景涛在莺莺背后轻轻一推,莺莺便照直进了洞子,景涛自己却闪身藏在洞子外一棵马蕊蕊丛后。莺莺进洞子停了片刻又转身出来了,左顾右盼不见景涛,"咦"了一声道:好呀,你要弄我!那景涛却趁莺莺左右顾盼的工夫一闪身从莺莺背后蹑进洞子了。莺莺四下里看了多一阵,不见景涛,大约是听得洞子里有响动,朝后一看发现景涛了,便赌气不进洞子。景涛再一次出现了,一把便将莺莺拉进了洞子。接下来,洞子里便传出一阵打闹嬉笑声。牛琨看得痴了,忽觉浑身稀软,便抱了头蹲在地下喘息。也不知过了多久,牛琨蓦然想起他现在该是守在天成居账房的。牛琨一个激灵跳了起来,直奔天成居而去。

牛琨返回天成居时,看见账房门被人围得水泄不通。慌慌凑近一瞅,只见银柜门大开着,炕脚下、灰窖盖板上洒着斑斑点点的鲜血,高老头被人杀死在被窝里。牛琨两腿一软,差点瘫倒在地。那时李运旺也是刚到现场,一见牛琨,便扑上来,一把揪住他的领口,摇筛着问:

"我的牛爷爷,你到哪里兜风去了啊?……"

"我……我……"

牛琨脸憋得通红,青紫的嘴唇颤抖着,只是说不成话。

"我看你是不想在这里混了吧?"

李运旺气恼地将牛琨放开,喝退围观的人群,回头改用平和的语气又对牛琨说:

"牛爷爷,你好歹给我说说是怎么回事啊。咱总得去报官呀……"

牛琨这才道:

"我……我不敢说。"

"说……说了我不赶你走。"

"莺莺小姐她……"牛琨见左右无人,便道,"她和那盛景涛钻进卧虎山后一个山洞……"

"住嘴!"李运旺知道是怎么回事了,"你胡说八道!"

牛琨见李运旺翻脸了,忙自己打自己一个嘴巴,改口说:

"是,是……我是胡说八道!"

李运旺压低声音呵斥:

"你……分明是当'街游子'去了,还找什么借口!你龟孙要敢在别处胡言乱语,休怪我从此再不念和你爹的交情。滚!"

碛口作为州、县共管之地,是从乾隆年开始的。州、县二地的分界线正是当铺巷。当铺巷以东归县管,当铺巷以西归州管,而天成居在县地一侧。所以,天成居大天白日杀人遭劫之事发生的当天,李运旺就将案件报到县衙。一开始,县衙是不接受。知县吴大人问清发案现场在天成居账房后,沉吟着问:

"天成居后院的窑洞一共几孔?"

李运旺答:

"四孔。"

吴大人说:

"本县也曾去过天成居。在我的印象中,窑洞一共是三孔呀。"

李运旺忙说:

"大人记得不错,敝号原是三孔窑洞,因为太逼仄的缘故,前年弄了块地皮续建的……"

吴大人又问:

"做账房的是哪一孔?"

李运旺答:

"正是续建的这一孔。"

吴大人又问:

"是东面的一孔还是西面的一孔?"

李运旺答:

"是靠西的……"

吴大人笑了,说:

"你这案要到永宁州去报。"

李运旺忙道:

"可这孔窑洞所占地皮也有五尺左右是敝号原地界呀……"

吴大人说：

"你那窑总不至于只有五尺的开口吧？所以你还得去永宁州报案。快去吧。"

李运旺只好连夜赶往永宁州去击鼓鸣冤。

没想到永宁州知州宋大人也不接案，且理由比县衙吴大人更充分：

"现场虽是横跨州、县两地，但天成居历来归县地管，总不能因了五尺地界就将屎盆子扣到州地来啊……"

李运旺不知如何是好了，只好返回碛口另想办法。谁知第二天一早，县衙的差役由顾骅带领着来接案了。顾骅对李运旺说：

"吴大人讲了，案子县上可以接，但案破后，这笔银两的三成要上缴县衙……"

县丞顾骅常来碛口，且人较和善，李运旺同他比较惯熟，说话就随意了许多。李运旺问：

"大清律条里有这么个规章？"

顾骅哈哈一笑，说：

"律条是死的，人是活的啊……"

李运旺明白了。看看依旧躺在炕上的死人，看看酒楼上下死一样的冷寂，李运旺喉结上下滚动着点了点头。于是勘验了现场，检验了尸体，叫来牛琨反复询问，做了笔录，顾骅下令将死人埋殡了。李运旺吩咐伙计们找来几块破犁铧，扔在灶膛中烧得通明透亮，然后挟将出来，投入放在账房脚地的一盆食醋中。只听唰啦啦一片爆响，天成居里里外外便满溢了浓烈的醋味。于是，街上的过往行人抽动着鼻子说：李家打"醋摊"了，冲晦气了，冲恶煞了……天成居酒楼上下又有了活气。李运旺吩咐三天以内酒饭一律只卖半价，于是天成居又恢复了往常的兴旺。

然而就在埋殡死人后的第二天，永宁州州同武骧带着几个差役来了。武骧进得天成居就问：

"高先生的尸身原是躺在哪搭儿的？"

李运旺没有弄清武骧问这话的意思,答道:

"是横躺在当炕的。"

武骧又问:

"这事谁们能证明?"

李运旺说:

"字号里伙计们都见过。"

说着,将牛琨等叫来,比画着将情况做了介绍。

武骧令书办做了笔录,让天成居全体伙计都画了押,然后对李运旺说:

"我们宋大人说了,这案子人命关天,恐怕永宁州不管说不过去……"

到这阵儿,李运旺才明白,永宁州也要插手这个案子了,而且也会学着县衙的样子要那个"三成"的。李运旺憋着一口气,问:

"宋大人不是说案子该由县地管吗?"

武骧道:

"如果死了的人是躺在县地一边的,这事我们宋大人才懒得管哩,可你们都说人是横躺在炕上的,就是说县衙有份,州衙也有份。情况如此,我们宋大人怎好推卸责任!"

李运旺瞅瞅自家火炕,可不,一半筑在县地,一半筑在州地。看来这一回真还是在劫难逃了。

李运旺正不知如何是好,只听街外一阵吆喝声响起,牛琨跑去一看,原来是汾州府通判孙骥大人坐轿到了,随行差役不下二十人。那阵势果然非顾、武二位大人可比。武骧忙迎出门去,施礼道:

"孙大人辛苦了!"

孙骥一边下轿一边还礼,说:

"武大人是为案子来的吧?怎么?永宁州也插了手?"

武骧道:

"案发州、县两地,人命关天,永宁州实在不敢推诿。怎么,孙大人竟也被惊动了?"

孙骥哈哈一笑说:

"何言惊动！汾州府向以保一方平安为己任,实在是责无旁贷啊！"

这时,李运旺扑通跪到孙骥面前说:

"草民李运旺启禀孙大人,不知这案子可否……可否先放一放?"

孙骥瞅瞅李运旺,问:

"你是李掌柜吧?"

随即正色道:

"光天化日之下发生如此无法无天之事,正该官民同心缉捕凶犯,李掌柜何出此言啊!"

李运旺只是叩头,半个字说不出来。他估计:这汾州府插手,岂能白插!州、县各分三成,府衙起码得四成吧?三个衙门来往官员差役打搅下来,这案子破还不如不破呢!

孙骥却不容他退缩,道:

"贼人明火执仗,行凶劫财,天地不容,人神共愤。我等只恨不能立马将其绳之以法,为民除害,岂能故意延宕时日,蓄贼养患!"

李运旺豁出来了,道:

"好我的孙大人哩,天成居近二年生意清淡,实在是支应不起呀……"

孙骥目视天成居酒楼上下人客如流的情景,冷笑道:

"李掌柜,这起案件的凶犯是谁,想必你是心知肚明的?是不是那凶犯同你们李家有什么拐把儿亲戚的瓜葛?"

李运旺大叫一声"孙大人",却再也不敢言声。

武骥在一旁道:

"案子既已发生,破不破能是你说了算!为保一方平安,天成居破费一点也是应该的嘛。我们永宁州不会比县衙多开支的……"

孙骥早把那账算得清水似的明白了,这时便打圆场道:

"李掌柜赚几个钱也确是不易。这样吧,这案子由府、州、县三方合力侦破。所用经费嘛,不得超过一千五百两。不过这笔银子李掌柜现在就得拿出来……"

转眼间两个月过去了。府州县三方差役都来过几回,天成居自然免不了酒饭招待;案子破得如何,李运旺却不得而知。永宁州州同武骧大人第二次来到天成居是在接案一个月之后。李运旺战战兢兢询问了一下事情的进展,武骧懒洋洋道:你问我,我问谁去?你给的那点儿银子是能破得了这案的?汾州府通判孙骧大人第二次出现在天成居是在接案一个半月后,李运旺躲避不及被孙大人叫住了。孙大人面呈赧色对李运旺说:李掌柜,我孙骧对不住你啊,没想到府州县三家竟破不了这样一个案子。现在钱也用完了,再朝你讨又不好意思。你看这事怎办?……李运旺忙说:快快算屎了吧!说完这话,顿觉浑身轻松。

三方的差役从此不见了踪影。

李运旺心中这时却很不平服。他来到商会,同盛书璧商量可不可以再朝高处告去。当时盛书璞也在场,听说这事,愤然而起道:告,当然要告!告到督抚衙门去!我给你写状子。盛书璧沉吟良久,却说:告到督抚衙门,你知道又得花多少银两?一句话问得李运旺、盛书璞都不吭气了。半晌,李运旺忽然扯开嗓子唱道:

　　老鼠娶妻猫证婚,
　　兔子和虎豹谋太平。
　　米虫子求诊鸡医生,
　　李运旺啊,你他娘是天下第一蠢。

盛书璧、盛书璞弟兄正不知怎么安慰李运旺,县丞顾骅走了进来。

顾骅一进门就鼓掌道:

"好秧歌,李掌柜果然名不虚传!"

盛书璧因为顾骅参与了李家这事,脸上很觉无光,因而见了亲家也不招呼,只说:

"有些日子未见你了……"

顾骅倒挺坦然,笑着说:

"我在躲避李掌柜呢……"

盛书璧道：

"既然官府接受了人家银子，总得给个说法吧。"

顾骅说：

"案子尚未告破，能给个甚说法？"

盛书璞插话道：

"脖子上卡住往出挤银子哩……"

盛书璧说：

"一千五百两那已经不是个小数了。"

顾骅说：

"只分给县衙四百两。四百两中真正用在这案子上的还不到二十两哩。"

李运旺问：

"其余那些哩？"

顾骅说：

"那得问吴知县去。我一个县丞只有干事的份儿！"

盛书璞道：

"官府缉捕窃贼，原为分内之事，窃以为这银子收得太没名堂了……"

李运旺道：

"等案犯落网了，再朝他们要银子。吃了原告吃被告，这倒真是生财的好法子。"

顾骅说：

"可能……"

话说到这个份儿上，大家似乎再无话可说了。过了一会儿，盛书璧猛醒般打量着顾骅问：

"亲家，这一回来碛口，是有公干吧？"

顾骅沉吟地看了李运旺一眼，似有不便言说之意。李运旺见状，忙起身告退。等李运旺的身影消失在院子里，顾骅这才说：

"亲家好眼力，吴知县让来搞点儿募捐。再过半月，是藩台大人五十大寿,咱县衙总不能一点表示没有……"

盛书璧问:

"得多少?"

顾骅说:

"吴大人叫按一万两收哩……"

盛书璧沉吟道:

"县衙要一万,永宁州、汾州府估计也得这个数……"

盛书璞气呼呼说:

"总得师出有名吧?"

顾骅说:

"也算勤政恤民之举吧。"

盛书璞不由笑了:

"我的天!这也算'勤政恤民'?我看大清朝真要完蛋了!"

盛书璧惊得忙去掩门,说:

"老二你胡说八道甚呀?亲家,这事好说,一万两银子我负责征收就是了。"

顾骅拊掌道:

"好呀,亲家翁痛快。"

盛书璧说:

"不过……"

顾骅道:

"亲家你有话尽管说。"

盛书璧说:

"烦请吴大人为我盛家向藩台大人转呈一个拜寿帖子……"

顾骅道:

"好说,好说。"

盛书璧说:

"我盛家还另有一份寿礼送上……"

盛书璞顿足大叫：
"大哥,你……"
"这事我做主了。"
盛书壁说得斩钉截铁。

第十二章

　　盛景涛正走在去冯家会庄园的路上。
　　眼下正是烟草育苗的季节,景涛是去园子里实施他种植烟草的计划的。那一天,当他说出自己的这一想法时,父亲有些吃不准,就带着他一道去见伯父盛书璧。盛书璧像不认识景涛似的盯着他看了半晌,突然便粲然笑了。盛书璧脸上露出了笑容,且笑得这样灿烂,这在景涛的记忆中是少有的。说实话,景涛心里打上烟草的主意,时间并不太长。他只是看见近些年来,碛口抽烟的人越来越多。有钱人大都抽曲沃潮烟,普通人呢,就抽本地旱烟。由于本地旱烟产量低,质量差,便有一些外地商贩从南路贩运烟草过来,从中牟取暴利。有一回景涛在街上听两个农民议论说,如果咱也能种出几十亩好旱烟来,还愁发不了财!当时景涛就想,将来我要种几十亩看!不单要种出好旱烟,也要经营曲沃潮烟,要办一个专营烟草的字号……不过,那只是即兴之念,自己并未当真的。那一天,自己被德泰昕赶出来,情急之中便说出"我去种烟"那话,其实自己心中同爹一样没有底。现在面对伯父少见的笑,他真还弄不清那笑是赞同呢,还是嘲讽呢。盛书璧却笑着拍了一下他的肩膀道:
　　"好小子!是咱盛家的骨血……"

景涛突然间像是长大了。从伯父那里出来后,当天就走了南路。从晋南到河南,一路打探,不惜高价买回三四种烟子来——他想先在园子里各样试种几畦比比看,哪样最适合碛口种,他就种哪样。

这一天,他就是要去冯家会安排整地准备育苗的。

在西湾与冯家会之间,有一个村子名叫侯台镇。村子而名"镇",这在中国怕是少有的。侯台镇距碛口四五里地,与另一个名叫樊家沟的村子隔湫水河相望。那时,碛口每天有千余头骡马骆驼拉运货物经侯台镇过樊家沟,由此进入碛口通往山外的孔道,翻越吴老婆山,然后到吴城,再将货物发散到各地。这样一来,侯台镇夜宿的大牲口赶脚汉天天不在少数,经营草料店、饭馆便成为侯台人主要的生财之道。

草料店有着大致相似的格局:一个很大很大的院子,院门口吊着用谷草扎成的干草把。院子里,正面是明柱厦檐高圪台,向阳的窑洞里住着主人一家,也有客"厅",也有账房,也有招待贵客的单间客房,也有安排普客和赶脚汉子的大通铺。东西两厢做库房,也住侍弄牲畜、做饭打杂的长工伙计。紧靠大门那边的房一般是茅厕和骡马圈,而靠南的半边院子则就地用石板修成很长的一溜草料槽,是专供骆驼卧着吃草用的。

侯五奴的"四季红"草料店坐落在村头上。

那一天,景涛因为急着要去冯家会,也没留心天气就离开了西湾。谁知刚到侯台镇,兜头就碰上了疾风暴雨。看看到冯家会至少还有三四里地,景涛只好进四季红去避雨。

因为是邻村,侯五奴和景涛一向惯熟。所以景涛一在门口露面,侯五奴就急急火火从账房迎了出来:

"啊呀,我说呢,一早起抹桌子的湿布连掉地下两回,敢情是有贵客临门哩……"

景涛听这侯五奴花麻料嘴说得有趣,也便笑道:

"五叔,那抹布是掉茅厕里了吧?"

侯五奴嘿嘿笑着说:

"哪能哩!是掉你五婶脚梁上,给她照直儿挑饭锅里了。"

回头招呼女人：

"快,把那锅里的饭舀一碗让盛少爷趁热吃呀!"

侯五婶在圪台上出现了,一口唾沫差点吐侯五奴脸上：

"也不怕人家盛少爷笑话! 快去寻你两件干衣裳让盛少爷换换呀。"

侯五奴这才慌慌地拉着景涛进屋去了。过了片刻,侯五奴拉着换了干裤褂的景涛进了客厅。这时,一个十六七岁的姑娘一手拎着一壶热茶一手端了一盘瓜子儿走了进来。那姑娘低着头,一副羞羞怯怯的样子,将茶和瓜子轻轻放在景涛面前,转身欲走。侯五奴将她叫住道：

"玉婵,来见过你景涛哥哥。"

玉婵侧着身子站住了,低低叫了一声"景涛哥哥",却没回过头来。

"一点调教没有……"侯五奴对景涛说,"是我闺女。"

景涛噢了一声,从侧面瞧了过去,心中不由一动。那身条,那脸型,怎么这么面熟啊,真像是一个熟人! 像谁呢? 景涛一时又似乎想不起来。那玉婵这时便回过身来,看定景涛说：

"趁热喝杯茶,当心着凉。"

景涛将那玉婵细细打量时,心中又一动：这不是活脱脱一个莺莺第二嘛! 简直太相像了。那细嫩而微黑的脸盘,小巧的鼻梁,红润的双唇,以及荞麦花儿一般明艳的眸子,般般件件似乎都有些莺莺的模样。只是这一个比那一个略显矮些,胖些;那一个气度张扬,这一个神情内敛罢了。

一想到莺莺,景涛的神情便有些痴痴的。天成居杀人劫财之事的发生,使他和莺莺间的秘密已为李家知道。听说李运旺当天回到家就将莺莺好一顿训斥,连带她姨也被骂得狗血喷头。所幸莺莺敢做敢当,斩钉截铁向爹娘表示了非景涛不嫁的决心,但爹娘态度却暧昧不明,且从此加强了对女儿的管束。现在,景涛同莺莺见面已非易事,这使景涛心里极为忐忑,也加剧了他对莺莺的思念。眼下,也不知是不是焦思出幻觉,当他面对玉婵,面对这个左看右看都同莺莺孪生姊妹般相像的玉婵时,肯定是有些失态了。

玉婵眼瞅着景涛那副走火入魔的模样,扑哧一笑跑了,侯五奴更是石鸡子下蛋般"嘎嘎"笑得山响,还同闻声走进门来的五婶挤眉弄眼地说了些什么,景涛竟全然没有发觉。倒是五婶骂侯五奴"老不正经"的话把景涛"骂"醒了。景涛不好意思地笑笑,问:

"雨停了吗?我还得赶冯家会去哩。"

侯五奴和五婶只笑不答。因为门外雨下得正紧,这还用得着回答吗?

雨一直下到夜里。当晚景涛就宿在四季红。

夜饭吃的是豆腐炖片粉,主食为枣儿糕。都是侯台镇名吃。侯台镇的豆腐白嫩、活泛、做工讲究,有白豆腐和油煎豆腐两种。片粉即一指宽的粉条。这两样东西配以脱皮山药蛋、白菜、南瓜、豆角、西葫芦之类,炖作一锅,实在是神仙见了也要掉口水的好吃食。侯台的枣儿糕更是远近闻名。所用原料软米和红枣都是本地特产。蒸糕的手艺是祖传的。那糕甜、香、软、坚,一刀下去,如同金铂上点了花花的胭脂,色、香、味、型全有了。传说侯台镇有父子俩到碛口卖糕,糕一切开,离碛口百里之遥、位于临县最北端的白文镇有一条狗闻见了香味,当即一路嗅着跑来碛口,扑到案板上叼了一口就跑。父亲叫儿子快追。儿子一追追回白文,那狗累了,口一松,那糕竟又"唰啦"一声缩回了案板。原来那糕还没断哩。

当晚在四季红吃饭住宿的人不多,一共四个。两个本地赶脚汉武云山和孙铁脚,两个南路来的拉骆驼汉子,一叫张骆驼,一叫马骆驼。武云山养着两头骡子,专往四乡贩卖布匹丝绸花粉胭脂针头线脑,算一个"骡背货郎"。孙铁脚养了一头毛驴,专为碛口一带商家市民驮运煤炭。张、马二位一人有一链六峰骆驼,跑的是碛口到吴城的路线,有时也远去开封、汉口,属于见多识广的人物。

四季红的习惯是主客伙计同桌进食的。没有上下尊卑,也没有亲疏远近,那气氛活脱脱就是一家人。饭前,侯五奴先命伙计给驴骡骆驼上草上料,特地给卧在露天雨地的十二头骆驼撑起雨棚。众人入座后,五婶和玉婵先端来一盆姜汤,每人舀了一碗。等饭菜全部上桌时,众人早已说说笑笑不分彼此了。

话匣子先是由马骆驼打开的。马骆驼将一根软溜溜的片粉很响亮地吸进嘴里,烫得呵呵叫了一声,对侯五奴说,看你们这个侯台啊,一个村草料店、饭馆不下四五十家,也算一块肥得流油的地皮了。侯五奴不以为然地"嗨"了一声说,你才是少见多怪哩。肥?这哪里还算得上肥!想当年,你们外地人怕是知道侯台,不知道碛口呢。那时候台叫"镇",它碛口能叫"镇"?碛口码头卸下来的货都存在侯台大大小小的货栈里。侯台是南来北往的货物集散地,那才叫"镇"哩。啊呀,二三里长的一条街,两厢都是店铺字号,那才真是聚宝盆哩。要不是"猴子导流卧龙岗,蛙女怒毁侯台镇"那回事,眼下能轮得上它碛口风光!

那张骆驼是第一回来侯台,一听侯五奴说出猴子如何蛙女如何的话,当即也来了兴致。一边从盘子里挟过第三片枣糕往嘴里送,一边催促侯五奴快讲。那侯五奴这时却拿捏开了,说那故事我可不敢现在讲。前几年已经有过几位在此用饭的客人光顾听故事,结果让枣核卡了喉咙险些造成人命的。要真想听个究竟,就等晚上吧。说着,借口说要去给骆驼们喂盐,带了个伙计出了院子。

那张骆驼哪里等得晚上,便问武云山、孙铁脚可知道,见二人点头,便又缠上了武、孙二人。那孙铁脚说武云山你就给老张讲讲吧,我这嘴巴笨得像老婆婆的裤腰,想给老张讲也讲不成个所以然。武云山说讲讲可以,老张你可千万小心枣核儿。

原来这侯台镇先前不仅是个聚宝盆,还是个寺庙香火挺灵验的地方。东山坳的香炉寺、西石崖的西云观(后移碛口),以及村南坐落在卧龙岗上的娘娘庙,香火都极盛。尤其是娘娘庙,大人消灾,孩子祛病,女人怀娃,那可真是"有求必应"的灵验哩。岗下有一深潭,潭水墨绿,汪汪不见底。岗坡有薄田一块,是村上一个乳名猴子的年轻光棍一点点开出来种点粮米糊口的。那一年春上,先是村里人传言,说那岗下潭中之水近些天经常无风起浪,猴子也没当回事。清明前后,猴子从潭中担水饮穴种瓜。就在他俯身水面取水时,潭中哗啦啦冲出一个怪物,差一点将他拖入水中。猴子大骇,大叫一声躲闪开来。当天下午,猴子走进娘娘庙祈求菩萨保佑。就在他俯身叩拜之时,忽听身边传来嘤嘤的啼哭声。猴子环顾左右,不见有人。猛抬头,却见娘娘脸上泪光闪闪。猴子又大骇,返身奔出庙门,却像被人拖了一把似的摔倒在地。猴子朝后看时,见有一只身负重伤的青蛙正在可怜巴巴地看着他。猴子不由生出一片怜爱之心,因将那青蛙小心翼翼带回家中,精心为其疗伤。过了些日子,那青蛙伤势渐愈,整天欢蹦乱跳,寸步不离跟在猴子左右,似有无限恋慕之意。一天夜里,劳累了一天的猴子睡意正浓,忽觉脸上痒痒的,似有人朝着自个儿吹气。猴子强睁睡眼一看,原来竟是一个俏丽如花的年轻女子!猴子一翻身坐起问,你是谁家女子?如何到了我家?女子笑了,说我早就在你家啊。你是我的救命恩人哩。你也不必问我的来历,只叫我蛙女得了。那一天我正在潭中沐浴,被一个水怪擒入潭底,逼我与他成婚。我死活不从,结果被他打得遍体鳞伤。幸有一道法高深的仙家路过此地,赶走水怪,将我救出水面,说自会有好心人为我疗伤,后来便碰上了你。猴子哥呀,你的善良爱煞人哩,如不嫌弃,蛙女愿与你永结连理,白头偕老。猴子那年已经二十七八岁了,正为家寒娶不起女人发愁,哪还有"嫌弃"的理!却说猴子和蛙女成亲后,小日子过得挺红火。猴子将卧龙岗上那点薄田种得花儿似的,农闲时还上货栈当当苦力挣点零星花销。蛙女呢,就在家里纺花织布,闲暇时,也绣绣花,或到潭边洗衣浣纱。那些日子,潭水清碧异常,波澜不兴。蛙女兴致也好,便常在洗衣浣纱后,沐浴净身,然后照着潭中之水梳理她那一头乌油油的秀发。那一天,蛙女正在潭边沐浴,半天空突然响起一声霹雳,霎时狂风大作,雷雨交加。背后响起轰轰哗哗的水声,湫水河洪峰应声而至。亏得蛙女腿脚灵便,飞也似的跑上岗顶隐入娘娘庙,才免遭祸殃。那洪涛朝着岗顶飞扑几次,像成心要将蛙女揪入水中,却终于没有得逞,于是在踌躇片刻后,轰轰然投东而去。那湫水河道在经过卧龙岗时,原是转了一个弯绕向东面寨子坪的。这时,那寨子坪整个村庄以及村人赖以为生的数百亩水田便都泡了汤。眨眼间,河对岸大呼小叫,号啕之声响作一片。河这边,猴子和一些心软的侯台人不禁也落下泪来。眼巴巴瞅着对岸流了半天泪,猴子猛醒般对村人高呼:快,赶快回家取家伙,咱截流改河去!众人一听就明白,猴子是想将卧龙岗拦腰斩断,将岗顶靠东那半边掀入河道拐弯处,以达到分洪救灾的目的。有人提醒他:这办法好是好,可你那岗坡上辛辛苦苦开出的地就完了!猴子说:我那点地算什么,寨子坪有几百口子人哩……说着,回屋取了镢头跑向卧龙岗。村民中也有不少人跟了上去。很快,岗坡被拦腰斩断,半个岗顶被掀入河道往东的拐弯处。有一部分洪水掉过头来,弃弯取直从新河道泄入黄河。然而,意外情况还是发生了。由于新河道泄洪量毕竟有限,侯台村脚下,回水水位急剧上涨,眼看着几个大户人家修在靠河一边的店铺有没入水中的危险了。有人就朝着猴子喝喊:猴子住手!快快疏通老河道,让水去走老路。猴子说:别慌!侯台比寨子坪地势高得多,不碍事的。边说,边指挥众人继续堵截老河道。那几个大户中有人叫喊:猴子猴子快住手。你要再不听话,我们就去扒你的房,让你从此滚出侯台镇。猴子只是不理。那些人就真的去扒猴子的房。这时,蛙女突然走出娘娘庙,朝那几个扒房的人大喝一声住手。那几个人只是不听。只见那蛙女朝着河道吹了一口气,一片浪涛当即扑向镇街。那几个大户的店铺顷刻化作乌有。也有几个一般人家的房舍没入洪涛。蛙女见自己一时冲动,竟连累无辜遭了殃,就扑通跪下朝着村人叩头谢罪。猴子眼瞅着自己的房被扒掉也未住手,那洪水终于改了道。寨子坪得救了,可从此后猴子和蛙女也在侯台镇消失了。那卧龙岗顶的娘娘庙从此也不再灵验。侯台镇自然也走了下坡路,代之而起的碛口镇很快成为晋陕大峡谷的一颗耀眼明珠……

猴子蛙女的故事讲完了,众人听得都忘了吃饭,张、马二位更是唏嘘不已。

雨终于停了。明明灭灭的星星眨眼间碎了半边天。

湫水河的涛声一时响得惊天动地。

景涛随着张、马二位进了客房。这二位既是常跑南路的,想必对烟草的种植、销售等颇多了解,景涛就想同他们拉拉这方面的话题。谁知刚刚谈得入港,忽听得街外有人惊呼:

"啊呀,小桃红!这样大的水你怎敢过河!"

小桃红就是几年前被她抽大烟的父亲五两银子卖给南路客、盛家姐妹想救而未能救得的那个姑娘。那南路客回家后要纳小桃红为妾,小桃红不从,结果就被转手卖入妓院。去年冬天,小桃红逃回家乡。那时,她的父亲已死,家里只留下一个傻子弟弟。小桃红很快就把随身带回的一点钱花光了,被逼无奈,只好在碛口镇桃花坞租赁破窑一孔做娼家糊口。

街外的呼喊声一传进院子,当即有一个人离弦的箭矢一般飞出院门。

这人是孙铁脚。

卖炭汉孙铁脚可是碛口镇有名的大好人。他从十四岁赶驴贩炭到如今,年近三十岁的他被人叫了十五年的"三放心"。你道是哪三放心?斤秤足,放心;炭质好,放心;约定时间准,放心。他让买主放心,买主也让他放心。孙铁脚驮炭一回碛口,便将缰绳朝驮子上一搭,任由那驴子自己进街。谁要用炭谁卸下用去,过后孙铁脚才打问谁是买主上门收钱。这样的做生意恐怕天下少有,算得是人心换人心,八两换半斤了。

却说那孙铁脚飞奔出门时,小桃红已经下水。原来她是担心自家的破窑洞被这场大雨淋塌,将她弟压在里头,所以雨一停就急着回家的。可她哪里能抵得大浪的冲击呀,刚入水朝前挪动几步,就被一个浪头冲倒了。

孙铁脚大叫着扑入水中。

岸边的人们心中一动,黑暗中相互交换了一个意味深长的眼神:看起来,这卖炭汉和那小娼妇是早有勾挂了。便都看他如何在激流中救他的相好起来。

孙铁脚的水性原也不济,进得水中好歹将小桃红拖近岸边时,自己却被浪头一下子打得不见了踪影。

小桃红哭着叫着又朝水中扑,却被从后赶来的武云山拉住了。

武云山吆喝众人:

"还不快将她拖住啊!作甚孽呀……"

一头吼喊,一头扑向孙铁脚沉没的地方。

幸亏武云山来得快捷。孙铁脚被他一把拉住了,只是灌了一肚子泥汤。

第十三章

　　坐落在卧虎山虎颊平坝上的黑龙庙,可算是碛口古镇标志性的建筑。
　　站在卧虎山下仰望黑龙庙山门,那一正两侧的高大门洞、遮檐、廊柱、直通乐楼后台的窗孔,以及高耸乐楼两边的钟楼、鼓楼,活脱脱就是一只雄狮的巨大头颅。那狮虎交颈,雄视湫、黄的壮观景象,让人油然生出二碛激浪般的一腔豪情。
　　进得山门,迎面即为雄踞月台之上的正殿。正殿里供奉龙君。左右两边是侧殿,分别供奉风伯和河伯。斋房建在天井两侧。庙宇依山势而建,其地形由前而后渐次升高,故神殿居高临下,乐楼却在最低处,这就使庙宇的天井及两边廊庑自然成为绝好的看台和包厢。此庙始建于前明,经多次重修、扩建,规模日臻宏大、完美。庙里原来并无乐楼,是雍正年间增建的,同时增修的还有两侧廊庑、偏殿、厢房等。道光十七年,庙宇再次破土扩建,计划在庙宇后部另辟一院,修成形制与旧庙相仿佛的另处,谓之上院。旧庙从此将被称为下院。上、下两院间将有侧门相通。这样一来,整个庙宇将比原来扩大一倍。这项工程眼下正在进行中。
　　黑龙庙最为世人称道的是乐楼。楼顶属筒瓦歇山式建筑,有黄、蓝、青三色琉璃瓦剪边,配以琉璃鸱吻、兽头,凌空飞檐,衔铃玉凤,又兼钟鼓二楼左右陪衬,显得古朴典雅、雍容华贵。乐楼面阔,进深各三间,楼基前探,两侧以柱代墙,使观众无论身在戏场何处皆可获得最佳观戏效果。乐楼两边是文武场乐池,后部设有宽敞的粉黛阁,供优伶化妆使用。最奇妙的是这乐楼的传音效果,简直是一个谜,素有"河东唱戏河西听,十里八里不走音"之说。

古历七月初一,是黑龙庙庙会。早在前两个集日,画市巷就卖开了一文钱一张的木板黑龙图。初一这天清晨,碛口镇方圆数十里内的绅商士民,家家户户,无有不贴黑龙图于大门的。"黑龙把门,四时安宁"——这位黑龙爷不仅善于呼风唤雨,还能保一方平安。堂屋内当然是要供奉黑龙爷的牌位的。"龙爷来家,糖包捏下"——黑龙爷爱吃甜食,凡人草民不能不投其所好。于是,家家户户点香烧表捏糖包子供献,就成为自古以来的规矩。碛口镇的七月初一前后,是一年里气温最高的季节。整个庙会期间,街头集市以买卖夏布、夏衣、草帽、凉席、消暑药茶、各种瓜果的生意最红火。黑龙庙会又称瓜果会。七月初的瓜果以西瓜、甜瓜、槟果、安榔、早梨为主。红红白白青青黄黄,沿街摆得满满登登,看得人心馋眼馋口馋。庙会最奇特的景象是:无论男女老幼十有七八是一路走一路啃着瓜果的。庙会过后,商会花钱雇人清扫街道,瓜果的皮核成车成车倒。有那吃起瓜果来没个餍足的,难免走肚拉稀,于是各家药店门口都设有专治痢疾的药摊。那药是早已研成末包了包的,同时备有温开水,一包管好,不收钱,算是无偿服务了。

庙会是必要唱大戏的。一唱三天。戏场当然就在庙院。那时,黑龙爷的本事显出来了。尽管庙外天热得鏊子也似,庙内却总有一股股的小风从天而降,吹得让人浑身舒坦。这样一来,黑龙庙戏场,就成为赶会者的避暑胜地。七月初一的戏,可能是戏院里观众密度最大的戏了。不过,有那坏小子要想趁机占大姑娘小媳妇的便宜却休想。黑龙庙戏院另有规矩:以戏院正中南北砖砌甬道为界,男左女右,一般是不可随便逾越的(八月初十的戏除外)。戏院两侧的廊庑包厢专供有钱人家大姑娘小媳妇占用,寻常人更是难以接近。

这庙会是秦晋两省人共同的节日。这一天从太阳刚出山起,一条条装满客人的渡船就从河西远远摇过来。渡船从对岸上游一里远处开出,一路斜插过来,正好在碛口拐角一带的码头靠岸。船家蹬着船沿一纵上岸,将缆绳拴在石角上,便有一块尺许宽的木板自船上搭往岸畔,乘客就好下船了。一条船乘坐五六十人,多者有上百人的。七月初一这天,从河西开过来的渡船不会少于三十条。

那一天船在碛口码头靠岸时,从船上走下一位身穿月白绉纺长衫的四十岁上下的男子来。当他在碛口街头出现时,当即引起许多人的注目。他那宽阔光亮的额头,乌黑结实、编得一丝不苟的发辫,温厚而执拗的目光,混杂在满街本地人中是那样特别。他显然是第一次来碛口,站在街角上前前后后瞧了半天景儿,这才移步来到一个西瓜摊前,要了半个瓜,自个儿拿起刀来,咔咔几刀下去,将那瓜切作几瓣,齐齐摆作一排,然后从左到右一瓣瓣吃过去。他吃瓜的样子也有点特别。不是一口一口咬,而是将嘴巴毫不含糊地一下子卡在瓜瓣的左角,只听"唆、唆"两声响,那嘴巴早已移到了右边,手里便只剩了瓜皮。他是在用舌头扫荡,而不是用牙齿啃咬。只一眨眼工夫,半个瓜已经下肚了。他摸摸嘴,将一个银角子扔下,不等找钱就离去了。他重新站在街角前后看看,操着浓重的河西口音,悄声问一个摆摊儿卖槟果的:

"老哥,请问在哪里能找上盛书瑜?"

那卖槟果的抬头前街后街看看,忽然嘿嘿笑了,朝远远走来的盛书璞努努嘴:

"那不是呀!说曹操,曹操到……"说罢忙着招呼自个的生意去了。

那人便远远跟了盛书璞走进了德泰新药店。

那时正是店里生意最红火的时候。那人在柜台前挤了一阵儿,突然摸着怀里叫道:

"哎呀,我的银钱……谁是这里的掌柜?"

那阵儿盛书璞正在柜台里帮助伙计拉抽斗配药,听得叫唤,忙走出柜台,施礼道:

"在下便是。"

"你这开的是甚店呀？简直是贼窝子嘛……"

那人依然是直着嗓子叫唤。

盛书璞忙命下人看座上茶，赔笑问：

"请问先生，您是丢失银钱了吗？"

"不是丢失了银钱我叫唤什么？"

"啊！您先别急。您慢慢说。"

"一百两银子呀，我能不急！"

店内配药的人都围了过来。店外也有人闻声朝里走。众人议论纷纷，不约而同地摸摸自个儿的衣兜。盛书璞看看那人，回头叫出账房先生来，吩咐：

"赔这位先生一百两银子……"

那账房先生犹疑地看着盛书璞不挪窝。

"快去！"盛书璞口气决绝地说，"我们盛家字号有规矩，顾客在本号失少了银钱，本号是要如数包赔的。"

没想到那人带着一百两银票离去不到半个时辰又返回店来，满脸谦和地笑着对盛书璞说：

"对不起，盛掌柜！在下的银票找到了。盛家果是名不虚传……"

盛书璞似乎并没有太多的吃惊。亲自为那人沏上一杯茶，道：

"先生亦是真君子也。敢问先生尊姓大名？"

那人却未正面回答，说：

"在下陕西米脂人氏，和您同行。您还记得冯彩云吗？"

一听冯彩云的名字，盛书璞就明白对方是将自己同书瑜搞混了。他们这一对孪生弟兄，确是太相像了。本地人不是很熟悉的，也会弄错的，何况是外来客呢。然而现在既已牵扯出了冯彩云，那错也就不好说破了。他想看看这人到底是要干什么。盛书璞便笑着对那人道：

"可否请先生后房一叙？"

那米脂人却站起来告辞，神情痴痴地说：

"好人呀！我这就放心了……"言罢，扬长而去。

盛书璞也未强留，只是吩咐账房先生，将那张一百两的银票贴在柜台后的墙壁上，告诫众人：世上还是好人多。以诚信待人，实际是以诚信待己。

做完这一切，盛书璞独自一人坐在店堂内，久久回想着刚刚发生的事。他在用心猜度着那人与冯彩云的关系。他听说那冯彩云原是有一个小兄弟的，可后来同她父母一样，也是患鼠疫死了呀，而且看那人的年纪，似乎也不该是冯彩云的弟弟啊！是另一个相好？想冯彩云而未得的相好？冯彩云还是不能忘记书瑜？冯彩云要来碛口？……有人在他的肩头猛击一掌，将他吓了一跳。盛书璞回头一看，不禁快活地大叫起来：

"啊呀，虎臣，是你呀！别来无恙乎？"

崔炳文那一年三十一二岁的样子，一身素白衣裤，摇着一把檀香扇，英气勃勃站在盛书璞的面前。

"有恙无恙，一言难尽。"崔炳文笑嘻嘻回答。同两三年前相比，他明显见老了。他那宽阔的额头依然光洁，但已有两条深深的皱纹刀刻斧凿般显现出来。盛书璞注意到，当他默然与你相对时，两腮上的咬肌便习惯性地蠕动起来，仿佛在用心咀嚼着什么，又像在努力忍耐着什么。

"是专程来看崔老先生的吗？"

盛书璞一边拉着崔炳文朝店铺后面的客厅走，一边问。崔炳文的父亲崔相原为盛书璞恩师，去年，西湾盛家联合碛口几户巨商大贾在寨子山建了义学一所，镇子周遭绅商士民子弟无论贫富，只要乐意，皆可就学。崔老先生仍被聘为教习。这位老先生时年已近七旬，虽然精神尚健，但毕竟年事稍高，盛书璞便三天两头去照应一下。有时自己忙得无法分身了，就让崔玉荣、景涛过去看看。

那崔炳文一边落座，一边对书璞说：

"虎臣原是受朝廷派遣，去陕西巡查仓场路过此地，顺便来看望一下家父。家父在此执教，承蒙书璞兄多方关照，虎臣不胜感激，早有登门致谢之意……"

盛书璞道：

"虎臣别说见外的话。崔老先生乃书璞恩师,书璞虽然不才,有负崔老先生厚望,但一日为师,终身为父,这礼数书璞还是懂得的。"

盛书璞一边亲自为虎臣沏茶,一边上下打量着虎臣,道:

"虎臣弟日夜为国事操劳,有些疲色满面了。"

崔炳文低了头品茗,幽幽地说:

"操劳倒确是操劳了,但疲色却并非全来自操劳……"

盛书璞笑道:

"那……虎臣弟近日必是盘桓于名山胜水赋诗属文过于劳神了。"

崔炳文说:

"名山胜水嘛,倒确是常游。诗文嘛,也还偶然为之。不过……"

崔炳文顿住了。看看盛书璞,笑道:

"书璞兄弃文经商,实在不失为明智之举呢。"

盛书璞赧然,说:

"何谈明智!书璞才疏学浅,不堪造就。每想及此,汗颜自惭不已。虎臣弟莫非是有意羞辱于我吗?"

崔炳文道:

"书璞兄说哪里话来!虎臣若敢羞辱于兄,那是必遭天谴的。嗨……入仕做官对虎臣来说,真是好有一比啊……"

盛书璞问:

"比作什么?"

崔炳文道:

"骑虎难下。"

盛书璞说:

"贤弟春风得意,马蹄正疾,何出此言?"

崔炳文笑而不答,从衣袖中抽出一方写满小楷的素笺,对盛书璞道:

"昨天虎臣陪家父去灵泉寺散心,赋得七律一首,正欲就教于书璞兄呢……"

崔炳文时以诗文名世,工书法,草书正楷俱佳。盛书璞接过诗稿看时,

不由为他那蝇头小楷洒脱而娟秀的韵致所吸引。只见那诗写道:

> 轻寒簌簌透重衣,
> 香雾空蒙绕翠微。
> 石罅倒拖银线溜,
> 灵泉直作玉虹飞。
> 琳宫月小窗三面,
> 绀殿风高树四围。
> 宛似曹溪岑寂夜,
> 传镫读罢话禅机。

灵泉寺在碛口镇东南三十里处,坐落在柳林县孟门镇南山上,故又称南山寺。孟门镇素有"西山火炉"之称,而南山寺以松柏掩映灵泉润泽而成避暑胜地。盛书璞也曾于盛夏季节多次造访,寺内唯有凉爽宜人之感,便是深夜,也绝无"轻寒簌簌透重衣"之嫌。看起来,那"绀殿风高"也未必不是源自虎臣心底的寒意呢。在那空寂寥落"宛似曹溪"的晚上,挑灯夜读之余,不知"话"到的是什么样的"禅机"呢?盛书璞默然看着崔炳文一时不知说什么好。

"书璞兄的生意一向可好?"

崔炳文似有意扭转话题。

"生意再好,也架不住府、州、县三把刀割啊。"盛书璞说,"去年藩台大人五十大寿,三级衙门为筹礼金,一下子在碛口摊派三万两,其中盛家出了整整一万两。我哥借此机会结交官府,又以三槐堂名义送出去二万两。家里便真有摇钱树怕也难免捉襟见肘呀……"

崔炳文笑道:

"书璞兄别哭穷。要是府上真没银子了,就去码头上随便扫些……"

盛书璞苦笑说:

"贤弟是讲笑话了。"

崔炳文道：

"怎么是讲笑话？碛口镇可是连三岁小孩都会唱那个曲曲哩，难道书璞兄能不知道？"

崔炳文顺口念道：

"碛口是个金盆子，街巷铺的尽银子。一家没银子，码头上扫它几盆子。"

盛书璞默然半晌，讷讷道：

"言过其实，言过其实。"

崔炳文见盛书璞认了真，这才轻叹一声道：

"眼下国内局势动荡，边关不靖。朝廷四处用兵，而国库虚空。依我看，像碛口这样的商埠往后刀子会挨得更狠更多的……"

"如此搜刮，真是用于国事倒也罢了。问题是各级官吏都在处心积虑中饱私囊哩……"

"是啊。现在已经是腐败成风，难有清官了。举国风气如此，偶有一二位想洁身自好恐怕也难。设若果真来一个两袖清风的，在这样一种环境中我不信他能立得住脚。书璞兄啊，人生最大的痛苦是什么？是想要坚守自我而不能呀……"

黑龙庙乐楼上的开台锣鼓敲响了，听来是那样热烈火爆。盛书璞听崔炳文说他有几年未上黑龙庙了，便陪了一道朝着卧虎山走。

盛书璞的女儿盛景虹已经到了怀春的年龄。盛夏季节的碛口，只有到了夜深人静的时候，燠热的暑气才会稍稍减退。也只有到了此时，躺在凉席上翻烧饼、淌油汗、摇蒲扇、驱蚊虫的碛口人才能勉强入睡。昨儿夜里，在西湾三槐堂待月庐的那间刚刚整修过的绣楼上，景虹就是在后半夜进入一个如诗如画令人心旌摇荡的世界的……

那是一个多么美丽清幽的世界啊！天地间至少有一千种花儿在竞相开放，姹紫嫣红，美不胜收。淡蓝色的空气凉爽而馨香。成群的蜜蜂嘤嘤嗡嗡，巴掌大的彩蝶翩跹弄舞。有细细的雨丝点点飘落，同时飘落的还有美妙悦耳的天籁之音。好像还是童年。景虹和她的哥哥景涛一如两只快乐的小鸟手挽着手奔跑在花天花地中。雨丝夹杂着花瓣般的欢笑击打着他们的脸颊。他们一边奔跑,一边背诵着爹爹教给他们的诗句:终朝采绿,不盈一掬。予发曲局,薄言归沐。蒹葭苍苍,白露为霜。所谓伊人,在水一方。迢迢牵牛星,皎皎河汉女。纤纤擢素手,札札弄机杼。月黑见渔灯,孤光一点萤。微微风簇浪,散作满河星。西塞山前白鹭飞,桃花流水鳜鱼肥。青箬笠,绿蓑衣,斜风细雨不须归……突然,景虹发现挽着她的手奔跑的景涛哥哥变成了另外一个人。一个青年公子。一个风度翩翩的青年公子。一个一身素净打扮、气宇轩昂、风度翩翩的青年公子。他们手挽着手穿行在百花丛中。景虹一边朝前飞奔,一边用心体会着那只紧挽着她的大手传导给她的热烈与欢快。那只汗津津的大手啊,让她嗅到了一种从未经见过的浓香,足以令人心醉神迷的浓香。后来他们便躺倒在浓香扑鼻的花丛中,惊飞了一群群蜜蜂和彩蝶,忽地又飞来无数五彩斑斓的喜鹊,为他们搭设起薄如蝉翼的彩帐……

梦醒后的景虹再未成眠。她细细回想,咀嚼着梦中的每一个细节,一如咀嚼着一颗颗香甜的槟榔。那风度翩翩的青年公子怎么竟有点似曾相识,那是谁呢?景虹努力在记忆中搜索,想要寻找一些蛛丝马迹……

早饭吃得没滋没味。饭后,景虹约了景月一路相随着来到碛口。那时,大街小巷早已是人流潮涌了。黑龙庙乐楼鼓打二通,戏马上就该开演了。景虹带着景月先进了德泰新药店,想顺便看望一下多日未曾谋面的父亲。在父亲看账的台案上,景虹看到了崔炳文的诗笺。景虹不由心中一动。那梦中的青年公子又翩然出现在她的面前。是他?景虹按捺着剧烈的心跳想把那诗从头看来,却被景月一把抢去了。景月匆匆将那诗笺溜了几眼,道:

"什么破劳什子!咬文嚼字,酸……"

景虹说:

"你懂什么!这是崔炳文写的哩。金贵着呢。"

景虹细细将那诗读了一遍,忽然想起,两年前崔炳文的父亲崔相游罢灵泉寺,好像也写过几首诗。内中一首道:

曲径通幽界,
寻芳到翠微。
昙花沾法雨,
野鸟话禅机。
静赏情无极,
高谈兴欲飞。
浮生闲半日,
不醉莫言归。

那情境是何等洒脱何等旷达何等闲适呀！现在展读虎臣这诗,韵味好像大不一样呢。不过,"石鳞倒拖银线溜,灵泉直作玉虹飞"这两句,她真的好喜欢。景虹寻思着,将那诗笺掖入袖中,同了景月走出店铺。

黑龙庙乐楼上,李家山戏班子的《火焰驹》里,梅英正在"表花"：

……
清早起来什么镜子照？
梳一个油头什么花儿香？
脸上搽的是什么花粉？
口点的胭脂是什么花儿红？
清早起来梨花镜子照,
梳一个油头桂花香。
脸上搽的桃花粉,
口点的胭脂杏花红。
什么花儿姐？什么花儿郎？
什么花的帐子什么花的床？
什么花的枕头床上放？
什么花的褥子铺满床？

红花姐,绿花郎,
干枝梅的帐子向阳花儿床。
鸳鸯花的枕头床上放,
苜蓿花的褥子铺满床……

那梅英真是个巧嘴八哥,竟将一年四季开的各种花儿绕口令一般一口气唱出来,噼里啪啦,像点着一挂百鞭,像扯断一条珠链,飞流落涧,紫燕冲天,黄雀转林,珠玉鸣盘……听得景虹不由笑了。

景虹认得,那扮演梅英的女子名唤莺莺。

景月爱看武戏,便在景虹耳边直叫"没劲没劲",又在挨挨挤挤的人群中搜寻着,自语:爹来了,二叔怎么不见?看景涛站在台前为莺莺那个喝彩呀,景浩好像蹲在那边墙脚想甚心事……

景虹已经看见了爹爹和崔炳文。她看见崔炳文朝她点了点头。景虹脸红红的低了头。你好荒唐!她暗暗责备自己。虽然她已打听明白,这崔炳文丧妻已有数年,可人家和爹爹一向称兄道弟,你横插上去算个什么!而且,人家是名播三晋的才子,你不过粗通文字的村姑一个,竟也敢做如此非分之想!……景虹将脸别向一边,硬是不朝那头看。

盛家女眷看戏的地场选在靠东的廊庑上。开戏前,字号小伙计已将好几条凳子摆置于此。景月的娘李秀珠、景虹的娘崔玉荣带着家下一群妇人早已稳坐那里了。景月、景虹两姐妹悄悄踅进去坐在最后面。刚刚坐定,盛书璞拉着崔炳文挤过来对景虹说:

"景虹,快来见过你虎臣叔。"

景虹的脸又红红的了,局促地朝崔炳文笑笑,从袖中抽出诗笺扬扬,说:

"崔大人的大作我已经拜读过了。崔大人果然好诗才。改天我也去欣赏欣赏'石罅倒拖银线溜,灵泉直作玉虹飞'的奇观。"

崔炳文看着景虹一笑,说:

"长成大姑娘了,学会同叔叔客套了。"

景虹又笑笑,说:

"崔大人可还记得,那一年在登仙阁门外您将我和景月姐介绍给别人时,是怎么称呼我们来着?"

崔炳文摇摇头,道:

"人老了,想不起来了。我怎么称呼你们了?"

景虹笑笑地看着崔炳文不说话。景月说:

"崔大人说'这是舍妹'。这'舍妹'和侄女可是不能混叫的……"

盛书璞忙将二人喝住,抱歉地对崔炳文道:

"兄弟别见怪!我们家这两位小姐没调教好……"

崔炳文哈哈笑着说:

"我倒是觉得她们怪有趣的。"

乐楼上开了正本《春秋配》。那戏说的是:罗郡庄粮商姜昭外出做生意,其续弦妻贾氏不待见前妻之女秋莲,逼其随乳母捡柴于荒郊野外。路遇书生李春发怜香惜玉,赠以银两。秋莲感激之余,顿生爱慕之情;而李春发却心系功名,打马离去。这戏景月、景虹都是熟知的。唱腔特好听,可不知怎么,两姊妹却不太喜欢看。加之那一日扮演李春发的演员有点蠢头蠢脑,所以当乐楼上姜秋莲唱罢"羞答答出门来将头低下,止不住泪珠儿点点如麻。奴好比花未开风吹雨打,缺少个绿叶儿遮盖奴家",那李春发送友归来"在荒郊扬鞭走马"上场时,景月先啐道:"瞧他骑马那排架,还不如骑一条狗好看呢。"景虹附和:"就是。看他那脸,猪尿脬似的,还一心求取功名哩。姜秋莲爱他?可惜了!"景月便拉着景虹蹿出廊庑,沿东偏门拾级而上,爬到钟楼上去放风。

钟楼上,李运旺正和他哥李运兴朝着山下指指点点。景月、景虹忙朝上福了福,问:"叔叔伯伯好!"又说:"莺莺演那梅香实在俏!"李家弟兄忙笑着说:"也不怎的!哪能比你盛家姐妹一文一武两朵花儿……你们的爹爹都好吧?"

钟楼上凉风习习吹着。从这里望出去,碛口镇纵横交错的街巷,黄河古渡尽收眼底。那黄河滚滚滔滔一路喧哗而来,在碛口西北拐了个弯,流经碛口时,变得名媛淑女般娴静。之后,在与湫水河交合后,泼泼溅溅涌起一眼望不到头的冲天巨浪。那浪涛在夏日的阳光下,俨然一片热情之火在燃烧。

河上舟楫纵横,帆影点点。街上人流如潮,摩肩接踵。不断有人三五成群地朝黑龙庙走来。

突然,李运旺指着半山腰几个人影叫道:

"哥,快看,那和小桃红相跟来的是谁?"

李运兴手搭荫凉朝下瞄,疑疑惑惑说:

"怎么?是冯彩云?这姐儿可是好些年未见了,听说是入了娼门。"

李运旺仔细看看,点头道:

"噢,是她,是冯彩云。她还这么年轻啊!"

景月、景虹早就认识小桃红,可从未与这个冯彩云谋面。然而,她们倒是隐隐约约听说,这女人好像同她们盛家有点什么瓜葛的。这时,那小桃红和冯彩云已经来到山门外。景月、景虹姐妹俩仔细瞧时,只见这女人大约三十岁左右,看上去却似乎要年轻得多。她中等身材,面目姣好而略显憔悴。一双仍然水灵的眼睛,似有许多无法言说的幽怨在一点点朝外漫溢。她随了小桃红姗姗而行,愈发显得婀婀娜娜,娉娉婷婷。两姐妹不由惊叹道:

"她果然好美!……"

正要再说什么,只见商会会长、景月的爹爹盛书璧突然也出现在山门外。在与冯彩云四目相向的一刹那,两个人同时愣怔了一下,旋即路人般擦肩而过。盛书璧下意识地朝前后左右看看,匆匆朝着山下走去了……

第十四章

　　那时碛口的娼家大都住在西关桃花坞。那里原为一处荒垣,依山斩崖,碹成一孔孔窑洞,也有并排几孔窑洞的,再用青砖挂面,白灰勾缝,看上去倒也漂亮。桃花坞以满山满坡蓬蓬勃勃的桃树得名。一到春天桃花盛开之时,便有一团团粉红色的云霓飘忽其间,更兼蝶绕蜂喧,那山那窑洞那住户那往来其间的各色人物便都浸染在一派馥郁氤氲的仙气中。窑内的摆设大雅大俗,层参不等,但都颇简单。窑主当然是本地人,但租赁者大都是外来客。

　　冯彩云也在桃花坞租了一孔窑洞,与小桃红做了邻居。

　　冯彩云是一个执着的追梦者。

　　在米脂,她有众多的痴迷者,也有富商愿娶她为妇的。内中有一人妻死多年虚席以待,矢志不移苦苦追求着她。冯彩云却始终难于忘记盛书瑜。冯彩云对那人说:我只能给你身,却不能给你心。那人道:如果我不能得到你的心,我就宁肯不要你的身。这样一来,两个人便同时陷入旷日持久的巨大痛苦中……重到碛口的主意是三天前才最后打定的。那人说:我也去一趟,看看那盛书瑜到底是个甚样的人。他真就来了。在德泰新转了一圈,把盛书璞误作盛书瑜进行了一番考察后,当即返回河西,对早已等在岸边的冯彩云说：你去吧，盛书瑜，好人！彩云热泪滂沱了，说：好人，你也是好人呀！让我叫你一声亲哥吧。

冯彩云是哭着"逃"离河西来到碛口的。

冯彩云在黑龙庙没有待多久就返回了桃花坞。那里没有她要找的人，却遇上了她最不愿见到的另一个人，勾起了她内心深处最隐秘的一段痛苦的记忆……

那个日子距今已有十七年零七天了。在民间，"七"是个不吉利的数字。"七"主气：生气，怄气，晦气，憋气，倒运气。记得自己是此前半年东渡黄河来碛口找寻书瑜的。书瑜没有找上，却见到了盛家老大。有人给她出主意：在盛家几弟兄中，老大是最为老太爷器重的，如果你能让老大为你说句话，保不定就能成事了。冯彩云是在德泰兴百货店后屋见到盛书璧的。

"大哥，书瑜和您提说过没有，我是河那边米脂人，姓冯……"

冯彩云站在盛书璧面前，内心油然生出一腔浓浓的亲情。她真想大哭一场。她至今不明白，善良诚实的书瑜为什么一回碛口竟尽食前言？为什么突然南下苏杭完全没有了音讯？……冯彩云有一种被同船过渡者丢在河心的悲哀。她真想大哭一场。

盛书璧上下打量着冯彩云不说话。

冯彩云抬头看看盛书璧，猛然打了一个寒战。那是一种什么样的目光呀？是暗夜里盯着出洞觅食之鼠的狸猫的目光，或是草丛中面对水边之蛙的巨蛇的目光吧？阴鸷、冷酷中冒着咝咝作响的贪婪……

冯彩云正要转身逃离那个阴暗的屋子，盛书璧说话了：

"你就是冯彩云？你想找盛书瑜？你找他有甚事？"

"我……"冯彩云一时不知从何说起。既然你早已知道有冯彩云其人，怎么可能不知道冯彩云为甚要找盛书瑜呢？冯彩云打消了细加陈述的念头，又一阵难言的悲哀袭上心头。

"你家父亲在哪里发财？经商？为官？……"

这显然是明知故问了。听话听声，锣鼓听音。冯彩云冰雪聪明，怎能不懂得这些问话的含义。

冯彩云转身走出那间屋子。那一刻,她的眼前突然闪出一个溺水者的可怕幻影……

然而,她并未从此死心。她在二道街租了一间房住下来。她还要等,还要再等下去。她不信盛书瑜会将她闪在当河不管。

然而,她的住处从此便不断遭到小混混们的骚扰。他们用各种污言秽语辱骂她,将砖头、破鞋、男人的烂裤头、女人的骑马布扔进她的房间来。有一回她去黑龙庙,竟被两个混混于光天化日之下挟持到卧虎山后一个避雨窑里。然而就在那千钧一发的时刻,盛书璧"偶然"路过那里将她救了。当时她虽感蹊跷,却还是非常感激盛书璧。而盛书璧呢,突然于傲慢、冷漠中表现出了一种"大哥"般的关爱来。

"你知道碛口是甚地场?这是水旱码头!你一个弱女子,怎好独自长期逗留于此呢?你看看,你看看,出事了不是?今日要不是我正好进山讨账路过,岂不是要作孽了?你要真出什么事,我盛家岂能心安啊!快回你米脂去吧……"

"大哥,我……我还想等等。我……"

冯彩云号啕大哭起来。

"嗨,看来,我是不得不给你说实话了。书瑜他在苏州已经订婚了……你就死了那份心吧。"

彩云的眼前再次闪过那溺水者的可怕幻影。她感到自己就要被淹死了。

然而,她还是没有死心。她还是不相信书瑜会将她扔在河心不管。她还要等。

可是就在她又等了四五日后的一个夜晚,那两个混混竟跑到她的住处动手动脚赖着不走。冯彩云大喊"来人",左右邻居竟无人理睬于她。冯彩云只好自个儿跑出屋来。她在街头踯躅多时,回到屋时,那两个混混竟在她的床上躺着未走。她再次走向街头,直到半夜,仍不敢回屋。后来,她便去了德泰兴。盛书璧竟在,且尚未就寝,正自酌自饮。盛书璧见冯彩云半夜来访,样子很吃惊地问:

"出甚事了？快坐下来先喝盅酒,再慢慢说……"

冯彩云哭得上气不接下气,哪里还能说得清。

盛书璧找了一个琥珀杯满了一盅酒递给彩云说:

"天塌下来有大哥顶着,你别哭,先喝盅酒……"

"大哥,那两个混混……"

"怎么？那两狗日的又骚扰你了？看我回头怎么收拾他们……"

"他们……"

"你先喝盅酒……"

冯彩云喝下了那杯酒。以后的事,她就什么都不知道了。当她醒过来时,发现自己同盛书璧双双躺在床上,浑身一丝不挂……

冯彩云第二天就离了碛口。她羞于再等下去。她还有什么脸面再见书瑜呢？……

在黑龙庙庙会上的亮相,使冯彩云一时成为古镇家喻户晓的人物。那些日子,冯彩云的名字被镇上几乎所有成年女人怀着妒意、醋意、敌意,喷着腥臭的唾沫星子反复说道着。她们努力结为神圣的反冯同盟,誓与女界公敌血战到底。家家屋檐下的成年男人差不多都成为反复警告的对象,潜在的叛徒、内奸。而男人们呢,似乎要含蓄蕴藉得多。他们在咀嚼着这个名字时,自然同样是满脸的不屑;然而内心深处呢,谁又能说得清有无想入非非。镇上一时出现了许多天才的故事家。冯彩云的过去和现在浸染着瑰丽奇幻的想象风传四乡八里,五彩缤纷的碎片在湫、黄上下烈烈迸溅。更有些人,将那故事编成小曲四处传唱。一唱竟唱了二三百年。同情自然不会没有。随着时间的推移,有多少女人为她泪洒黄尘,又有多少男人为她跺脚扼腕呢？

李运旺就是对冯彩云深表同情的男人之一。刚一听说冯彩云的事,李运旺便自然而然想到《焚香记》里的敫桂英、《珍珠塔》里的陈翠娥,以及《红罗镜》里的弱娟女。这些戏都是李家山的戏班子演过多年的保留节目。其中《红罗镜》据老年人讲,还是康熙年间傅青主游碛口时,送给李家先人的。原本子李运旺见过,是挺难懂的传奇,李运旺请先生做了改编,才变成现在这样。据说,当年傅青主将这个本子送给李家先人时,曾说过两句话:小人夸裘马,君子有侠肠。李运旺深以为然。

李运旺的女人王喜玲对男人的这一立场始终保持着高度警惕。七月初一夜里,喜玲活马流星将锅碗瓢盆收拾利索,便早早钻进被窝,回头招呼男人快来。李运旺迷迷瞪瞪问:

"你今儿这是怎啦?"

王喜玲在男人大腿根摸了一把,笑眯眯反问:

"你今儿跑马没跑?"

李运旺还是稀里糊涂:

"跑马?跑马做甚?"

王喜玲鼻子里哼了一声,道:

"装模作样!那冯彩云还不让你们男人都跑了马?"

李运旺哈哈笑了:

"岂止是跑马,还射箭哩……"

李运旺说过这话,正色对喜玲道:

"那女人可怜哩……"

喜玲说:

"看看看,心痛了不是?……也不知她和盛书璧是不是真有其事?盛家可是作孽了。"

李运旺神情是少有的严肃,半晌无语。

喜玲拉了男人几把,不见男人的动静。喜玲生气了,说:

"瞧,神魂颠倒了不是!"

李运旺正色道:

"喜玲,近日我总是想起咱天成居出人命那一回,牛琨说起盛景涛和咱莺莺那事。我在想……他盛家可别把咱莺莺给闪了。"

喜玲不以为然,说:

"哼,他要闪了咱,咱还怕嫁不出去!"

李运旺说:

"可……你知道那俩小祖宗都到甚成色了？莺莺不是说她非盛景涛不嫁吗？"

喜玲道：

"你是说他们……你的意思是咱还非找他盛家？"

李运旺说：

"要说吧，景涛那孩子也是咱看着长大的，爹娘的人品也不赖。要不，咱托人去盛家说说？"

喜玲道：

"哪有女家主动托人的。他盛家不会……"

"就这么定了吧。"李运旺说，"既想同人家作亲，就别讲究太多了……"

盛景涛的烟草种植园办得红火热闹。烟苗是按不同品种分区连片栽植的。眼下，那些苗壮的烟苗已经长了尺来高。景涛指挥着冯月生他们好肥好水侍弄着，那份精心倒真像领养了一群刚出生不久的婴儿。那些烟苗呢，也确如一地可爱的胖娃娃，看着让人眼喜。可惜那园子里的田土少了点。景涛想再置它一百亩，没想到近一年多来，地价翻跟头竖蜻蜓地朝上长。据老人们讲，康熙年间一亩水地才四五两银子，现在哩，竟然翻了十倍，要到了四五十两。这个价，同两年前相比，也涨三四倍了。当然，只要肯花银子，还是有人乐意卖的，可那都是穷人手里零七碎八、巴掌大、屁股大的一些小块田土。你要想连片经营，你就得连片买进。然而只要你的这一意图流露出来，那些穷汉们便会毫不犹豫地将地价再抬高好多。你要嫌贵，你就别买，让你一点办法也无。那么，是置，还是不置？景涛一时拿不定主意。前两天同伯父说起此事，伯父毫不犹豫地说了一个"置"字。可是当景涛正要行动时，他的父亲却说："景涛啊，这事还得三思而行哩。你想想啊，那些地都是穷汉们的命根子。他们要都卖了，往后凭甚活哩！咱还是不做那个孽好……"景涛说："穷人不是得了银子吗？我们开的可是天价哩。"他娘插进来道："天价？你以为只田土是天价啊？柴米油盐布帛桑，哪样现在不是天价？听你爹的话没错，咱还是别弄那事……"这样一来，置地扩大庄园的事只好暂且不提。好在景涛的脑瓜儿好使，没隔几日，他便又

161

想出了新主意:在碛口创办一个盛记烟草行。除加工销售自产旱烟外,还可以收购加工销售别家产的旱烟,批发零售曲沃"锭锭潮"。还可以以这个烟草行为转运站,组织驼队将曲沃产的这种潮烟贩到西北各地去。碛口附近山上长着许多木瓜树,老百姓家里有的是废铜,这两样东西可以制作烟具。既然汉口人可用白铜制成烟锅,碛口人怎就不能用黄铜制成!既然河南人能用苏木制成烟袋杆,碛口人为甚不能在木瓜树上做做文章!此外,碛口有的是巧手女人,烟行还可以大量收购绣制精美的烟荷包,然后再转手卖给外来客商……总之,景涛有一肚子的好主意打算付诸实施。景涛对未来充满信心。

那一天傍黑,景涛从冯家会烟草园回到西湾。正要从天门进入三槐堂,穿越一个个门洞,回待月庐去,迎面却碰上景虹与景月手拉着手兴冲冲朝着街外走。景涛猜想她们大约又忙着什么兰闺清玩了,便没有理会。谁知那景虹一见景涛,就嘻嘻笑着道:

"哥,快朝家跑,有好事等着你呢。"

景涛见景虹笑得鬼鬼的,景月也挤眉弄眼的不似往常,便也笑着说:

"一定是媒人上门了……"

景虹朝着景月眨眨眼:

"瞧,人家这才叫和尚头顶灯瓜瓜——不用谁点早亮了。"

景涛说:

"看把你俩高兴的!是给咱一下子介绍来两个妹夫了?"

景虹道:

"是李家山莺莺小姐想让我俩叫她嫂子呢……"

正要再逗下去,景涛却早跑没影儿了。

景涛一口气跑回家,见他爹和他娘坐在堂屋像正在商量什么事,样子挺严肃的。他爹见他回来,和他娘对视一眼,咳嗽了两声,出门去了。景涛站在他娘面前,一时不知怎么开口问那事。直觉告诉他,这事恐怕并不像他和莺莺想象的那么简单呢。景涛憋了半天,终于忍不住喊了一声娘,却又沉默了。还是崔玉荣先开了口:

"景涛啊,来年妈给你找一个比莺莺还好的媳妇……"

"您说什么?"景涛大惊,像不认识似的盯着他娘看了又看,"这是为甚?为甚?为甚呀?门不当?户不对?还是想让我也像景浩哥似的找一个官宦小姐?……我就要莺莺!"

景涛也记不清自己和莺莺有多少次说及这个话题了:盛家会接受莺莺吗?李家会接受景涛吗?他们自认为盛、李两家可谓门当户对,而双方的父母也绝无与官宦攀亲的欲望,所以他们满怀信心地以为好事万无一失哩。没想到船儿还是在河心颠覆了……景涛怎么也无法接受这个事实。

"这是为甚?为甚?为甚呀?"

"景涛,你听妈说,莺莺那闺女从小没了娘,是有点儿少调失教……"

崔玉荣温言软语规劝景涛,可是在景涛听来,那言语却一如天崩地裂般让人战栗让人恐怖让人愤怒让人无法理喻。

"她怎么少调失教了?您说,您说……"

"我说……孩子!"

崔玉荣不知该说什么好。其实,她对莺莺那姑娘印象并不坏。记得有一次她回李家山看望父亲,路过碛口镇时,买了几十斤时鲜蔬菜,刚过湫水河,就怎么也提不动了,恰逢那闺女从碛口回村,二话没说,提着将她一直送回小村。崔玉荣记得她的父亲崔壮好像也曾对她说过,莺莺那孩子心眼好,小村有一家姓张的三天两头揭不开锅,莺莺时常米米面面地接济,有几回还给张家的孩子送过旧衣物……崔玉荣不能昧心瞎说。

"那是我爹不乐意?……为甚啊?"

崔玉荣断然摇头否认。若按盛书璞的意见,只要景涛乐意,这事就算成了。可在盛家,此等大事能不征求盛书璧的意见吗?今儿下午媒人一到家,她和书璞就跑去请大哥示下。盛书璧沉吟半晌道:

"按说李盛两家也算门当户对了。可那闺女……你们没留心看啊,我看是有点任性娇纵、轻佻粗野。我们盛家的媳妇总得有那么一点儿淑女风范吧。"

又说:

"一个大门大户的女儿家,不说管束着让她学点针黹女红,却让她当戏子。戏子是什么？是千人瞅万人看的下三烂……"

崔玉荣和盛书璞看看再说也无用,只好回来婉言打发走媒人了事。

"那一定是我伯不乐意了。为甚啊？"

景涛仍在追根刨底。崔玉荣只好一遍遍重复一句话：

"孩子,别说了,甚也别说了。咱重找。咱重找个更好的……"

"我不！"

盛景涛跺脚长号一声,夺门而出。

景涛发疯似的奔跑着,从一个院落跑向另一个院落,再跑向第三个院落,第四个院落……一路跑,一路野狼般哀嚎。

"我不！我不！我不！"

第一个闻声跑出大门的是景浩。景浩一把拉住景涛,道：

"弟呀,忍了吧。忍忍就过去了……"

"我不！……"

景涛嚷得更凶了。

盛书瑜正在屋里喝闷酒。七月初一他没有去黑龙庙戏场,可冯彩云来碛口的事他已听说了。他心里难受啊！他无法忘记冯彩云给过他的绵绵情意,无法摆脱沉哀入骨的负罪感,可作为盛氏子孙,他也无法否认老父当年对他们婚姻关系判决的合理性。他便只有躲在屋里喝闷酒,咬紧牙关忍受命运给他的种种安排。

盛书瑜从听说李家山来人提亲之事那阵儿起,差不多已料定此事的结果了。所以听得外面景涛的号叫声,便没有表现出丝毫吃惊。不过,平心而论,他有点同情景涛。那莺莺哪点差了？不就是性气泼点辣点,又爱唱个戏吗？别人想唱还学不来呢！怎就不能做盛家媳妇？更难得的是两情相悦啊！推了莺莺,重找一个,景涛能接受？那对莺莺姑娘岂不太残忍了！盛书瑜不由又想到了冯彩云。莫非盛府非要把莺莺也弄成冯彩云？让景涛也像他似的一辈子苦酒喝不尽？……

盛书瑜走出门,一把将景涛拉进屋。

盛书瑜道：

"也不怕外人笑话啊！"

"我不！我不！我不！……"景涛的眼泪噗簌簌朝下落，"叔呀，我不能舍弃莺莺啊！叔呀，回头我还要领冯彩云来家呢……"

"你敢！……"盛书瑜喝道。话语中却分明夹杂着许多感动了，"你要真'不'，就去找你伯。"

"你以为我不敢呀？"

景涛便真的去找盛书璧了。

盛书璧正在客厅翻账本，头也不抬地说：

"李家那女子不学好。"

"她怎么不学好了？"

"王八戏子吹鼓手，下三烂啊！你想把一个下三烂的女人带到三槐堂来？……"

"您……胡说八道！"

"你说什么？"

在碛口，盛书璧从来没有遇见过一个如此胆大，竟敢对他出言不逊的人。更休论在盛氏三槐堂了。盛书璧的愤怒像火山一样爆发了。

"去找你爹！去把你爹叫来……简直无法无天了！"

盛景涛没去叫他爹，却跑到桃花坞，诓说他叔盛书瑜想见冯彩云，将冯彩云悄悄接来盛府。

盛书瑜没有想到景涛还真能做出这事，一时显得手足无措。景涛嘿嘿笑着走出屋去，将门掩上了。

"彩云，你不该来这里……"

景涛听得叔父对女人说。

"不是你让我来的啊？"

"别听景涛瞎说。"

"那……我这就走呀。"

女人哀哀地说着，似乎是转身要走了。

165

"彩云！彩云呀！"

景涛听得叔父突然发出一声瘆人的呼喊，接下来是一阵稀里哗啦的桌椅大响，恸哭声惊得屋檐下夜宿的鸟儿噗噗噗冲天而起。

可是，盛书璧还是得到了禀报。金大发匆匆赶来，对守在门外的景涛说：

"你小子好大胆，还真把下三烂领三槐堂来了！……"

盛书瑜和冯彩云闻声走出屋来。冯彩云说：

"别难为景涛。这位大哥，你告诉盛大掌柜，今儿是我自己找上门来的……"

金大发道：

"大掌柜说了，如果再见你来这里，当心裁断你的腿着……"

冯彩云一怔，站住了，说：

"那你告诉盛书璧，什么时候他再在德泰兴过夜，我去陪他，也不用他再用药酒整我……"

话未说完，脸上叭地挨了一耳光。

是盛书瑜打的。

"叔，叔，您这是干甚！"

景涛大叫一声，上前护着冯彩云。

冯彩云大睁着泪蒙蒙的眼深望盛书瑜一眼，头一低，急急去了。

景涛追上冯彩云说：

"姨呀，没想到我叔他……您打我两下消消气吧。"

"这不怪你。"冯彩云说，样子很平静，"怨只怨……我命不好。"

盛景涛一路赔着小心将冯彩云送回桃花坞，自己却未回家。他径直朝李家山去了。他要去见莺莺，哪怕见上一面就死也心甘了。

那时已是万家灯火朝天明的时分了。

盛景涛站在李府大门外傻傻地看着。朱漆大门紧关着。院墙很高，估计足足一丈二尺左右。院墙是用大块麻石垒砌成的。他知道莺莺住在绣楼上。如果能从院墙的西北角爬上去，再轻轻一跳，差不多就可以落脚在楼梯上了。好,只能这样了。

盛景涛急急来到院墙西北仰头朝上看着。不好爬。那一块块麻石垒砌得严丝合缝。不过,棱角还是有的。景涛左右看看,见村道上静鸦鸦无人,便手攀着一个个小小的石棱试着朝上爬了一截。还行。就这么着吧。不过,现在还早,再等等。

盛景涛闪身躲进附近一户人家院墙外的干草垛后静静地等着。看看村里多数人家的灯光已经熄灭了,才走出来。四周很静,谁家屋里的孩子哇哇哭起来,嘹亮而凄厉。景涛忽觉一阵恐怖浪涛般朝自个儿袭来。他定定神,再次来到李府院墙西北角。景涛背靠墙根歇息片刻,朝四下里看看,开始攀爬了。他手脚并用,身子紧贴着墙壁一点点朝上蹭着。汗水顺着额头、眼睑、脖颈小河似的朝下淌,他的白纺绸衬衫湿得像要滴水了。他突然后悔自己没穿一件深色衫子来。在暗夜里这颜色的衣衫太惹眼了。他又感到一阵恐惧的浪涛兜头扑过来。"大不过被人看见当贼打死!……"他这么想着,反倒镇静下来了。手指、足尖疼痛得厉害。再向上爬一尺左右,就可以攀住墙头了。他抬头朝上看看,咬紧牙关继续爬。然而就在这时,李府大门吱呀一声,像是有人从院里出来了。盛景涛的一颗心怦怦跳着像要蹦出嗓子眼了。他紧贴墙壁,大气不敢出。仿佛是过了一百年,门又响过一声,那人像是进去了。景涛长吁一口气,稳住身子使劲朝上一探,左手终于攀住了墙头。盛景涛将额头抵住墙壁,稍事歇息,又向上攀登了。现在李府院内的情形一目了然了。前院男仆女佣住的屋黑咕隆咚不点灯,也不知是睡了呢,还是为省灯油的缘故。有牲口咬嚼草料的声音清晰地传来。后院楼下正屋的灯光还亮着,绣楼上却是一片漆黑。盛景涛知道莺莺就住在靠东的那间房里。他不知莺莺是睡了呢,还是根本就未点灯,还是在她姨屋里待着。景涛想莺莺现在心里一定很难过,说不定正守着她姨哭呢。

景涛的身子终于爬到墙顶上了。他仔细朝那楼梯瞅瞅,纵身一跃,便准确地落到了最高处的一道阶梯上。他屏息听听院里的动静,踮起脚尖迅速奔向莺莺的住屋。他推推屋门,发现门是从里头闩着的。他心中大喜,忙凑近窗户,压低声音叫道:

"莺莺,莺莺!快开门!……"

屋里似有什么落地发出嗒的一声响,却又没了声息。景涛只嗅到一股熟悉的奇异的香气透过窗隙飘逸出来。

"莺莺莺莺,你快开门。我知道你在……"

"你快走,我不想再见到你!"莺莺终于说话了,带着哭腔,"你们盛家……"

一阵剧烈的哽咽,屋里再没了声音。

"你快开门,要不,我可爬窗子了……"

屋里,莺莺扑向窗户,死死压在了窗扇上。

正在这时,楼下有人大喝一声:

"啊呀,那是谁?"

是李府护院老张头。老张头顺手从院墙根下提起一把铁锹奔上楼来。

盛景涛两腿一软,便瘫倒在莺莺窗下。

几乎就在景涛倒地那一刻,老张头冲上来了。

"狗日的,老子先断了你的腿再说……"

说时迟,那时快,老张头的大锹举起来了。

莺莺在屋里大叫一声:

"张叔,您别……"

屋门响处,莺莺一把拉住了老张头高举着铁锹的手,扑通跪了下去。

老张头傻眼了。

那时,王喜玲也闻声跑上楼来了。

"老张,这里甚事也没发生。你到前院去吧……"

王喜玲待老张头退下后,示意莺莺回屋去,随又将景涛拉起来,说:

"是盛少爷吧!请到我屋里来坐坐……"

王喜玲领着景涛下楼进了正屋客厅,先找笤帚给他扫了黏附在浑身上下的灰尘土屑,又亲自打水来让他洗面净手,又沏上一杯茶,这才轻叹一声道:

"盛少爷,你俩这事成不了啦……你今晚不该来。你这么做,会害了莺莺,也会害了你的。"

"婶婶,我……"景涛哽咽着不知说甚好,脸憋得通红。

王喜玲摆摆手,道:

"你……甚也别说了。快回家去吧。"

王喜玲说着,亲自去前院叫来老张头,说:

"老张,今晚这里甚事没发生,你明白吗?"

老张头哈哈腰:

"夫人,我明白。"

"现在,你马上送盛少爷回西湾三槐堂……"王喜玲吩咐,"顺便去看看莺莺她爹还回来不?要回来,你们就相跟上。"

盛景涛跟着老张头一边朝外走,一边想:幸亏李运旺不在家,要不,还不知会出甚事哩。对李运旺,景涛是了解的。他是那种很良善的人,但正如俗语所说:善汉恼了,砂锅溢了——你若是伤了他,他也会不顾一切收拾你的。今天,景涛有点怯惧李运旺。

老张头快步走在前面,景涛远远跟在后头。出村后,老张头突然站住了,回头等着景涛。景涛不由心慌起来。他迟迟疑疑走近老张头,问:

"你要干什么?"

老张头说:

"我想看看盛家的贼娃子长甚尿样。我真想一把把你的脑袋拧下来。你信不信?李掌柜一家真是太良善了……"

老张头说着凑到景涛脸上看了又看,见景涛吓得面如黄表,才哈哈笑着又朝前走。

二人刚下到麒麟滩,远远地见迎面走来一个人。老张头叫道:

"李掌柜,是您吗?"

真是冤家路窄,果然是李运旺。景涛趁那主仆二人站着说话的工夫,绕过李运旺急急朝前走去,很快消失在了夜色中。

那时,李运旺正因为自家主动登三槐堂提亲却遭到拒绝心里窝着满肚子火呢,现在听老张头学说了刚才发生在李府的事,不由怒从心头起:这简直是在李家头上拉屎撒尿嘛,待我马上去见盛书璧,让他知道是他的侄儿死皮赖脸缠我们了。李家今天主动提亲,那是还把他们盛家当作知书达理的人家高抬哩!早知他们盛家的子弟竟是些寡廉鲜耻之徒,便是他盛书璧跪下叩头,也休想让我李运旺说个"行"字……

李运旺早就因为盛书璧苛待自家妹子心生恨意了,女儿这事上他所以采取了主动,一是为女儿着想,二是对盛家二门里书璞和玉荣两口子的人品颇满意,没想到盛书璧在这事上竟也说三道四起来。现在盛景涛既是这么做了,他李运旺也就逮着理了,他非去面见盛书璧不可!

那时,景涛刚刚回屋躺进被窝,突然大门被人拍得山响,伯父派金大发来叫了,且是让他爹娘和妹子也一同过去。景涛知道事情是烂包了,心中反而异常平静起来。

景涛跟在爹娘、妹子后面走进伯父家客厅时,见叔父盛书瑜和伯父一家都已坐在那里了。伯父的脸板得像一块铁锭,在晦暗的烛光映照下,显得益发阴沉和严厉了。伯父待众人都坐好后,朝两个站在脚地等候使唤的下人挥挥手让他们出去了,又吩咐金大发站在厦檐圪台下看着,不准任何人走近客厅来。伯父站起来,从条案上拈起两炷香,点燃了,恭恭敬敬插在条案正中一个香炉里。景涛这才发现伯父将爷爷奶奶的牌位请出来了。景涛知道,在盛家,爷爷奶奶的牌位只在逢年过节时才朝外请,今日不逢年不过节却请了出来,这可不是闹着玩的,心里便有些发怵了。那时,众人尚不知到底发生了什么事,可看情形一定非同一般,也便都惴惴的。

伯父终于说话了:

"今日半夜三更将大家召集来,是因为我们盛家出了一个胆大妄为之人,他竟敢翻墙逾屋进了李府,去勾搭人家大小姐。刚才景浩他二舅来了,来了不搭话,照我面门唾了一口浓痰。这一口浓痰是唾到咱盛家脸上了,我觉得这事出在我盛书璧的族长任上,我对不起列祖列宗呀……"

伯父说着,扑通跪到条案前,朝着爷爷奶奶的牌位叩起头来。

众人听着伯父的话,一张张脸早都变了色,这时,便都跟着伯父齐刷刷跪了下去。一屋子人只有景涛依旧倔倔地站着不动。景浩在一旁拉了他一把,他还是一动不动。这情形被崔玉荣偷眼看见了,不由大哭着站起来扇了他一巴掌：

"我的小祖宗呀！……"

紧挨伯父跪着的父亲这时便一下下打起自个儿的脸来，说：

"父母二位大人在上，不孝儿在此请罪了。古人云：子不教，父之过……"

盛书璧和众人都站起来了，这时才发现景涛依旧倔倔地站在那里。盛书璧沉着脸问："老二，你看怎么办吧？……"

盛书璞不答话，走向景涛，叭叭甩起耳光来。景涛的鼻孔和嘴角鲜血迸流，他还是倔倔地站着一动不动。后来是景虹、景月、景浩、金枝扑上来哭着压他，他才勉强下跪了。

盛书璧说：

"景涛！你别给脸不要脸。你要不服，明日咱召集全族人进祠堂，当着列祖列宗的面让众人说说该对你怎么办。哼，我西湾盛家代代知书达理，岂能容你这么不要廉耻之人……"

崔玉荣哭着再次跪了下去：

"大哥，看在我和你兄弟面上，千万别……"

盛书瑜也跪下了，说：

"大哥，这事不能弄到祠堂去。侄儿正年轻，以后还得活人哩。再说要那样一张扬，连人家李小姐也伤及了。人家孩子可是还没出嫁……"

谁也没有想到，景涛这时却看定盛书璧说：

"伯，您把我弄进祠堂去吧。到时，您可别怪我说出甚让您老人家有点儿难堪的话来……"

众人一时都怔住了。

突然，李秀珠发出瘆人的一声笑："我把你个假正人呀！……"

笑着叫着夺门而出。先是盛书瑜，接着是崔玉荣、景月、景浩、金枝、景虹都追出去了。

景涛乘乱竟也跑得没了踪影。

171

第十五章

那年八月对西湾盛氏三槐堂来说,真可说是多事之秋。

先是金大发的离府出走。事前没露半点口风,没发现任何迹象,八月初三一早盛书璧叫他去镇上办事,却发现他于夜间不辞而别了。走时,竟将他二十多年在盛府劳作一点一点积攒下的银两用一块红布包了规规整整放在床头。这个从十岁起就由盛老爷子"拾"进府来,在将近三十多年的生涯中,先做盛府小跑,再做护院、总管,近二年来又经盛大掌柜特允住进自家中院,专门伺候大夫人李秀珠的忠心耿耿的汉子,突然悄悄走了。他走了,正如俗语所说:是"连身的衣裳,肚里的干粮",两手空空地走了。这个事实令盛府上下怎么也无法接受。盛书璧竟像孩子似的呜呜咽咽哭得伤心欲绝。盛书璧怎么能不伤心呢?在近三十年的朝夕相处中,金大发早已和盛家兄弟情同手足了。且不说金大发三十年如一日的全心全意,就单说这两年对夫人的悉心照应,已足以令盛书璧感激莫名了。不是吗?让一个大男人做这事,原本就有点难为他了。可不难为他又能难为谁呢?李秀珠终日疯疯癫癫,闹得上劲了,简直是翻江倒海的龙王小女儿现身。这种情形找个女人能行?找男人,还有比金大发更让盛书璧放心的?事实上,正是在这短短的两年里,夫人竟奇迹般痊愈了。特别是近两个月来,这女人竟春风桃花,连脾性一时也变得开朗如十七八岁的花季少女……你说神呀不神？可是现在,金大发却走了,走得无声无息,走得扑朔迷离,走得让人费解让人憋气让人伤感。盛府上下莫不为金大发的不辞而别难过,女人们竟都陪着盛书璧落泪如雨。李秀珠三天水米未沾牙三天未出门三天未说一句话。到第四天头上,早早起来就下厨亲手为自己做了一碗拉面吃下去,然后是仔仔细细梳洗打扮。打扮好了,竟站在当院用一种怪怪的语气对主仆上下宣布:我去找大发呀……亏得几个女仆拉得及时,要不,怕是早跑得没影儿了。这样一来,盛府上下由金大发的不辞而别所引发的伤感在不知不觉中便被一个雾腾腾的疑团取代了。各种各样的猜测、议论终于传到了盛书璧的耳中,此为关乎盛府名誉之事,盛书璧勃然大怒,命那些传过此话的人面对面站着你捆我的嘴巴,我甩你的耳光,硬是将那一派胡言压了下去。

  这事引起的风波刚刚止息,竟又有两桩事接踵而至。这一回是喜事,是做梦也未想到的喜事。八月初八那天午时,盛府上下正在用饭,天门那边守门的小伙计气喘吁吁跑来禀报,说汾州府知府大人一行十数人在三槐堂门口下马,声言有要事拜见盛大老爷。要说当官的来访,这在盛府原不稀罕,但像今天这等阵势,却是前所未有。盛书璧一听,头嗡地一下就胀了老大,一根长长的粉条拖在嘴角硬是进不去出不来了。亏得景浩在一旁说:爹,您愣着干甚？快去迎接啊！盛书璧这才醒过神来,忙吩咐下人收拾客厅,准备茶水、酒饭,又喊女佣将自己平日会客穿的衣衫取出,换上了,却又觉得颇不起眼,便自己动手在衣柜里翻腾半天,翻出一套最光鲜的换了,照着镜子拉扯好一阵儿,这才忙忙地朝外赶去。一路走,一路犯着嘀咕:天爷爷,我们盛家倒是把您怎啦？怎就让咱摊上这么多事呢？汾州府知府大人亲自登门,要有事就必是大事。这可怎呀？……远远地望见天门了,才心一硬,想:是福不是祸,是祸躲不过。慌甚！定定神,欢走几步迎出门去。天门外果然聚着一群生人,看脸面一个个细皮嫩肉,像是官家,却并无几个锦衣绣服之人。四下里站着不少围观的村民。盛书璧听说这位汾州府知府大人是新调来的,却未曾谋面,但见那一群生人中,有一汉子气宇轩昂,袍服却显得甚是寒碜,肩头上还怪怪的趴着两块补丁。有人朝着盛书璧吆喝道:"还不快快拜过知府大人吗?"盛书璧这才知道,那袍服上趴着两块补丁的汉子就是知府大人。盛书璧猛然想起,早听人说,当今皇上崇尚俭朴,一班朝廷大臣也便以衣冠劣旧为荣,盛书璧不由肃然起敬,便为自己刚才对衣冠的再三斟酌后悔不迭,忙跪拜下去,说:

"草民盛书璧参见知府大人!"

那知府大人笑眯眯将盛书璧扶起道:

"恭喜盛掌柜,贺喜盛掌柜……"

盛书璧一颗心落回肚里,但不知喜从何来,因试试探探问:

"书璧不才,终年劳碌,却不过鸡兔觅食罢了,何喜之有?"

知府大人笑道:

"盛掌柜何必过谦!盛掌柜虽是一介商人,却襟抱宽阔,常怀国事民瘼,勤政恤民不辍,实实令人钦佩。当今皇上龙恩浩荡,特赐盛公汾州府候选通判,从六品衔……"

盛书璧忙匍匐在地,山呼万岁,颤声说:

"此乃书璧莫大荣耀,也是盛氏家族莫大荣耀,碛口商界莫大荣耀。承蒙知府大人着力举荐,书璧不胜感激之至。"

知府大人哈哈一笑道:

"本府哪敢贪天之功!要谢,盛掌柜就谢藩台大人去。藩台大人可是确实着力举荐了……"

盛书璧恍然大悟,嘴上却说:

"都谢,都谢。要不是知府大人在藩台大人面前着力举荐,藩台大人他哪会知道我一个村野草民呀!……"

知府大人笑着没说话,便将补服、顶子等物一一交割清楚,说要就此告辞。盛书璧哪里肯依,村上围观的族人也帮忙留客。知府大人只好领着众官人随了盛书璧进入天门,一径去吃喜酒。

盛家的喜宴一直摆了五天。先是临县知县吴大人、永宁州知州宋大人都仿效汾州府的样子带着一干人马登门贺喜,接着,碛口众商家也都闻讯赶来,吵着要喝盛家喜酒。而盛氏族人及街坊邻居更是把这荣耀当作自己的荣耀,岂有不登门的道理。好在三槐堂银库中的积存并不会因为这几天的喜宴减少好多。几万一笔的银子都往出提过了,还在乎这几个银角子不成!盛府上下对所有坐在宴席之上的人都只有一句话:众人登门,是看得起盛家。吃,海开吃!吃得越多,咱心里越乐意……

二爷盛书璞、三爷盛书瑜自然都被请来作陪。盛书璧对两个弟弟说:瞧瞧,藩台大人处的这笔银子花得值当吧?要没有藩台大人着力举荐,咱做梦吧能有这等荣耀!荣耀是什么?就是白花花的银子。这其实也是一笔生意……

只是二爷、三爷都有些心不在焉。盛书璞因为景涛的婚事弄得很不自在。景涛红黑不顾,闹得三槐堂内外鸡飞狗跳,盛书璧原是想将他弄进祠堂惩治的,亏得众人苦苦求情,才没真的下手。事后,盛书璞担心景涛一意孤行再弄出什么事来,就让他躲到烟草行暂时别回家。为这事,兄长盛书璧直言他是"姑息养患"。女人崔玉荣表面上对儿子的"胡作非为"斥之再三,背着人却一再埋怨丈夫稀松软蛋不为儿子做主。这样一来,他盛书璞简直是猪八戒照镜子,里外不是人了。他哪里还有心思整天赔着笑脸搞这份应酬!再说了,当日我盛书璞痴迷于苦读求仕之时,你把仕途说得那么险恶,现在你却又一心攀附官场,难道就不怕险恶了?说什么荣耀就是白花花的银子,我看不过是白花花的冰坨子罢了!为了这些只可化水变气的冰坨子而大笔大笔花银子,那简直是暴殄天物嘛,怎能让人笑得出来!三爷盛书瑜是另一种情形。自从那一日他将火辣辣一个耳光掴到了冯彩云的脸上,他便像丢了魂似的完全失却了往日洒脱干练的精气神儿。虽然从表面上看盛书瑜还是盛书瑜,可那白日梦游,夜晚跑马,丢帽喊鞋,背靴找脚,南向北走的情景,分明在告诉人们:盛家那位侠胆义肝的三爷跑差外出了……

可是,不管盛家二爷、三爷如何心不在焉,那浩荡皇恩还是要一次次拂顾盛家。御赐汾州府候选通判的喜宴尚未撤去,汾州府通判孙骥大人又带着一干人马报喜来到了盛府。这一回是二爷盛书璞被授予"岁进士"出身。在稀里糊涂山呼万岁、谢主隆恩之后,盛书璞似乎再也不好心不在焉了。盛府义无反顾投身于新一轮喜庆涡流之中。喜庆中心转入待月庐,盛书璞成为理所当然的核心人物。虽然在盛书璞的心目中,那"岁进士"的头衔多少有点儿不伦不类、别别扭扭,好像还带着一丝嘲讽的意味。不过,盛书璞的夫人崔玉荣欢喜得不得了。这善良的女人衷心为自个儿的男人高兴,一连数日笑逐颜开,从早到晚忙个不停。好像待月庐真个"待"来了一轮又圆又大的红月亮。大牌匾很快雕刻好了,崔玉荣请了一班响器,把个挂匾仪式弄得热烈而火爆。为了庆祝三槐堂双喜临门的盛事,从八月十一到十三,盛府又唱了三天大戏,将延续十数天的庆典推向高潮……

看看到了八月十五。碛口镇四野黄的黄,红的红,白的白,一派丰收景象。尤其是在那遍布沟沟岔岔圪梁梁的一片片枣林里,红艳艳的枣儿从苍黄的枣叶间钻出来了,看上去活像夜空里明明灭灭的星星,又像枯水季节荒坡野外噼噼啪啪燃烧的一簇簇小火苗,还像一群群调皮的孩子藏身林中——那一片片耀眼的红艳谁说不是他们闪闪烁烁的眼睛呢?日子一交八月初十,那五里长一条主街上就摆满了红的槟果,紫的葡萄,黄的鸭梨,绿的西瓜,还有从外地贩运来的、叫得上名儿叫不上名儿的时新瓜果。食品街上从早到晚一刻不停响着清脆悦耳的噼啪声,那是小杆杖敲在案板上发出的脆响。空气中弥漫着麻油、红糖、桂蓉和烤制月饼的甜香。中秋节是一个团圆的日子。绅商士民,大家小户,除过远在千里之外做官的、驻号的,一般都要回乡与家人团聚。团圆的日子,样样物事离不开一个"圆"字。在碛口,便是最不济的山野穷汉,一个圆圆的月饼,两颗圆圆的梨子总还是要买的。为的并非自个解馋,而是一个凡夫俗子对十五夜里那圆圆亮亮的月亮婆婆即将光临寒舍必欲表达的一份深情厚谊。有孩子的穷人家买不起月饼的,自有自家灶间烤制的圆圆的枣花饼、莫荷饼取代。那枣花饼转周捏了二十四个角,圆圆的表面遍插煮熟的红亮圆润的新枣,实在不比镇子上花钱买的那月饼逊色;莫荷是一种香草,采其叶焙干揉碎包入圆圆的烧饼能香塌娃娃们的脑瓜儿,实在也是别有一番风味的。十五这天,碛口逢集。镇上三百来家字号差不多都要在自家门口预备一个大圆笸箩盛放精心烤制的圆圆的月饼,打发那些常年讨吃要饭过不了节的人。不少字号还要打发一拨拨的小伙计拎着用红纸封好的圆圆的月饼包儿送到乡下那些鳏寡孤独老弱病残家里去。像西湾盛家、李家山李家甚至要将月饼送到二三十里以外的乡下。商家历来将善名看得高于一切,不用谁教,逢年过节必有此等善举推出。这有什么稀奇的呢!……总之,碛口人已经将圆圆的八仙桌擦抹得锃光油亮,圆圆的香炉也换上了新土,黄表、檀香一一备好,单等迎月神、赏清光的那一刻了。

然而,谁也没有想到,那喜庆团圆的一刻尚未到来,一场灾难却悄悄落到了他们头上。

西湾盛家自然是首当其冲。这真是一个多事之秋啊!

八月十四那天,从省城下来三四位骑着高头大马的官员,带着扣了藩司关防的公函找到了盛书璧。为首者是一位自称李先生的、五十岁上下、白白胖胖、留着两撇八字胡子的人。盛书璧是在商会接待几位的。盛书璧先看那公函,见并未写明有何公干,只是笼而统之道是"联系公务",正自纳闷,那李先生呈上藩台大人一封亲笔信。藩台大人首先对盛家双喜临门表示祝贺,接着说:近日朝廷派出钦差大臣赴各省清查藩库。晋省抚院藩司一向清廉,国库充盈,已做好了迎接上峰清查的一切准备。只是近年来晋省修路建桥整葺官驿耗资巨大,暂挪库银在所难免,望盛公见信后设法向众商家借银二十万两,以解燃眉之急。

盛书璧两眼盯着"二十万两"那几个字,半晌无言。他只觉得一颗心像受惊的烈马尥着蹶子在腔子里横冲直撞,脑壳里嗡嗡嗡响着,如同黄、湫两河的山水碰了头。几日来因双喜临门而充盈内心的快意烟消云散,晦气如浓重的乌云汹涌而至。刹那间,当初为府、州、县积极筹措藩台寿银、盛家又独上一份的决策在盛书璧的心中竟也完全失去了引以为自豪的光彩。一种上当受骗的屈辱感弥漫他的心头……

一杆白铜水烟袋在李先生手里冒着袅袅的青烟。淡蓝色的烟霭中,李先生的一双小眼里不时有绿色的火苗在闪动,犹如墓穴里幽幽的磷光。

"盛掌柜,要说起来,藩台大人对您可是恩义有加啊。你们盛家双喜临门靠什么？说白了，靠的是藩台大人的着力栽培。您想呀，晋省像您一样的商人有的是，朝廷干吗单赐您一个汾州府候选通判？您是平叛的英雄，还是献策的功臣？再说你们二爷盛书璞，恕我直言吧，二爷不过一个百无一用的落魄文人，一个年年打混道场年年不得高中的庸才嘛，居然也授了个岁进士的名衔。你们盛家好荣耀啊！可咱吃水能忘挖井人吗？"

"不能忘，不能忘。藩台大人对我盛家恩义如山，盛书璧没齿难忘……"

"忘了藩台大人没关系，可您不能忘了朝廷吧？没有朝廷庇佑、扶植，能有碛口的繁荣？能有您盛家的今天？再说了，藩台大人可是当今皇上的内亲。藩台大人暂挪库银也是为了造福一方，为皇上分忧不是？眼下钦差大臣要来查库，原也没有什么。莫非钦差大臣他能不体谅藩台大人一片苦心？藩台大人不过一心想给皇上一个圆圆满满的交代罢了……"

"那是，那是。盛书璧只是羞愧哩。近年来盛家生意清淡……"

"盛掌柜过谦了。您盛家生意如何，自有公论呀。再说了，这点银子又不是只朝您盛家借。您是商会会长，怎么朝下摊，还不是您一句话！事在人为嘛。碛口三百多家字号哩，您要能起回三十万、五十万来，藩台大人远在省城，也不会……"

"李先生，李先生！您说哪里话来？"盛书璧急得脖子通红，"您到碛口街上打问打问，我西湾盛家这些年给众商家担了多少'糟'，可曾贪过众人的便宜吗？我盛书璧哪敢玷污祖上的清名。真是的，唉……"

李先生嘎嘎笑了：

"笑话，笑话，盛掌柜别介意。我看盛掌柜若有难处，就算了。我们赶到别处去看看吧……"

李先生噗噗吹掉水烟袋里的灰疙疤，站起身来朝外走。盛书璧忙说：

"李先生是不是先住下来，容我合计合计……"

"哈哈……"李先生一边重新落座，一边眼瞟着盛书璧问，"你们这里那曲曲怎唱来？碛口是个金盆子，街巷铺的尽银子。一家没银子……那后头一句是怎说来着？"

盛书璧道：

"书璧孤陋寡闻,没听说……"

"瞎说,瞎说!"李先生指着盛书璧大笑,"家喻户晓,妇孺皆知嘛,盛掌柜能没听说？那最后一句好像是……"

没容李先生将那曲曲的最后一句说出来,有人一步跨进门来,接口道:

"是'码头上扫它几盆子'。怎么,李大人连碛口码头那点地皮也要搜刮一遍吗？"

来人是二爷盛书璞。盛家这位二爷虽然"迷途"知返,已经弃学从商,可骨子里书痴的那股傻劲儿却还时时翻浆冒泡儿。行止呢,有时幼稚得可爱执着得可叹；有时便难免要变作可怕的孟浪可笑的执拗了。碛口商会原本离德泰新药店不远,刚才李先生一行问路来商会找盛书璧时,这位盛二爷正在药店门厅与坐堂医生商量新进药材的事。透过药店竹门帘,盛二爷瞅着那李先生等有点形迹可疑,便一路尾随着跟来商会。这样一来,刚才李先生那一番轻侮与恐吓掺半的言语便在不经意间将盛二爷骨子里的那点儿书痴之气"嘭"一下激发出来了。盛二爷便不顾一切冲将进来。

那李先生瞪视着盛书璞问:

"你……是什么人？"

盛书璞回答:

"我就是那个'百无一用的落魄文人',那个'年年打混道场年年不得高中的庸才'盛二爷盛书璞。"

李先生阴阴地笑着道:

"原来是进士老爷……"

盛书璞说:

"李先生甚时回省,就请代我把那'岁进士'的名衔退回去……"

"老二老二你……你疯了吗？"

这阵子,坐在一边的盛书璧已经几次示意盛书璞,想制止这个书呆子的胡闹了,可那盛书璞却硬是视而不见。盛书璧便不得不站起来朝外拉他了。

那李先生这时却是被彻底激怒了。先是拿着水烟袋的手簌簌颤抖,接着便指着盛书璞呵斥：

"你……你这是藐视朝廷，你……知罪吗？"

盛书璧忙插到李先生与盛书璞之间，赔着笑脸对李先生说：

"李先生千万别介意。书璞他是高兴过了，那天报喜的一来，他就……疯了。"

盛书璞还想说出什么话来，早被商会杂役拉了出去。

李先生看着盛书璞的背影道：

"看他那说话，可是不像有病的……"

"好端端一个人，现在是成天在外跑啊笑啊唱啊骂人啊，您说他不是疯了是怎啦？"盛书璧说，"好了，李先生，等我弟病好了，我一定让他向您道歉。您是第一次来碛口，今儿中午在下略备薄酒为您洗尘，请您赏光。"

……

盛书璧将接风洗尘酒设在天成居，拉了李运旺作陪。这是自前段盛、李两家因景涛、莺莺之事翻脸以来，盛书璧同李运旺的第一次接触。盛书璧有意和缓同妻哥的关系，显得很热情。饭后，盛书璧悄悄对李运旺说：我得赶到县城去见见我亲家。你得给咱把你们李家这位大爷招待好，稳稳地让他住着别走。李运旺说你放心去吧，这里有我。便将李先生一行领到天成祥客栈住下了。

盛书璧是连夜乘着快马拉的轿车赶到县城的。

临县县城形如一个南北走向的梭子。县衙门位于南北、东西四座城门连接线的交叉点上。那里有一条南北向的通衢大街，谓之正街。县城的主要商肆店铺就集中在这条街上。盛书璧的亲家顾骅也住在这条街的一个拐巷里。

盛书璧好久不到县城了，很想看看市容，就在南门外下了轿车，独自由这道门入城，沿着正街一路向北漫步走去。那时已是上灯时分了，街两边的店铺正要打烊关门。不过，各家字号门前的灯笼却是一盏盏点亮了，五里长一道通衢大街眨眼间捧出两条灯火的彩链，犹如横空撒下了两串夜明珠，是天庭里哪位仙女的项链吗？是淘气、赌气，还是生气才抛向人间的呢？小贩尚未撤摊，就着一团团灯影仍在招徕顾客。卖的大都是月饼和各种瓜果。游客还多。即将大圆的月亮从西山脊上冉冉升起。月光灯影里，街头的一切都显得虚虚的，如梦如幻。不时有一条横街在盛书璧面前晃过，也是灯火通明，人流如织的样子。盛书璧想：县城倒也繁华，不过好像还不及碛口呢。忽然从县衙那边走出一队差役、兵弁和官员，不少人腋下挟着账本。这伙人在街头一出现，立即二人一组分开，朝着远远近近的店铺、摊贩扑去，街上立即大乱。店铺的小伙计慌忙赶出来关门，但为时已晚，差役、官员进去了。小摊贩们收拾货物想跑，也已经来不及了。于是只好乖乖将或多或少的一些银两交与官家。此情此景盛书璧在碛口可是从未见到的，便不由心中感叹，还是山高皇帝远好些……盛书璧远远瞭见亲家顾骅领着一些兵弁朝着一条横街匆匆赶去。盛书璧认得那街名叫露花街，是妓馆集中区域，听说还有几家烟馆。盛书璧想起碛口桃花坞的那些红窑，二道街不是也有了两家烟馆吗？近年来，这两样生意可是大发了。盛书璧估计亲家顾骅是去查禁妓馆、烟馆的。好，这事办得应该。尤其是那烟馆，简直是伤天害理嘛。听说早在雍正年间朝廷就颁诏禁烟了，可不知怎回事，这烟竟是越禁越多，简直成了可怕的瘟疫。盛书璧是生意人，他不知道偌大的中国一年有多少银子被洋人拿大烟换走了，又有多少中国人被那大烟害得凄凄惨惨。这里翻折外的账一算，大清朝可是吃大亏了。好，这事办得太应该了。盛书璧不由为他的亲家生发出满腔的自豪。盛书璧尾随了顾骅朝着露花街走去，他想看个究竟，回碛口后好好宣传宣传，最好求州、县派人也去碛口查禁了狗日的。盛书璧看见顾骅将他的人马分作几组，迅速扑向几个灯火灿烂的所在。有训斥责骂声传来。盛书璧站在马路对过，等着瞧那些嫖客烟民老鸨老板陪烟婊子如何被扫地出门；嚓嚓嚓，扣着官府大印的封条如何封门，街头百姓如何拍手称快……盛书璧已经准备拍响自家的巴掌了。然而，所有这些想象中的情景最终都未出现，兵弁、官员一拨拨出来了，只是捧出了一包包银子。脸上的气色红润而安详。盛书璧懵懂了。

  盛书璧在街角等住了顾骅。

"哈呀,亲家,我正要去碛口找你哩,你倒自个来了!"

顾骅一见盛书璧,便让手下人头前回衙交差,自个儿拉了亲家站街边说话。

盛书璧不无嘲讽地反问:

"顾大人带着一哨人马干甚?是查禁妓馆、烟馆,还是只想诈唬他们一下?"

顾骅哈哈一笑,坦然道:

"要真的查禁了,我从哪里给我们县太爷弄银子去?"

"唔,我明白了。"盛书璧说,"正街上那么多天兵天将敢情也都是为你们县太爷弄银子的?"

顾骅左右看看,悄声道:

"也不是光为县太爷!我要去碛口找你,其实也为这码事……"

盛书璧大惊失色说:

"好我的顾大人哩,你就饶了我们吧。我来找你还是想讨个法子消灾免难哩……"

顾骅审视地看着盛书璧,道:

"我知道了。咱俩为的是同一桩事。钦差大臣要来晋省查验藩库了,可藩库的银子少了几千万两。于是藩司就朝下边伸手'借'了。可……李先生向县衙已经开了三十万两的口,难道又跑碛口去了?"

"二十万两。"

盛书璧叹道。

"这怎么行?"顾骅也犯了愁,"县衙这三十万两也得去碛口想法呀。说不定永宁州、汾州府也会去……"

"一根萝卜几家切,碛口人都得上吊了!"盛书璧带出了哭腔,"一省藩库短了几千万两!我怎么没见他们修桥补路整葺官驿什么的?"

"细究那个干甚?银子是真短了,至于做了甚,只有他们自己知道呀!"

"你说这事可怎办?"

"亲家,咱先回家弄得吃饭。若要办,吃了饭……"

盛书璧像孩子似的扭着股儿糖说：

"我哪有心思吃甚饭！你先说说，这事怎办？"

"怎办？若想完全制止此事，眼下全晋省怕只有一人可以做得到……"

"谁？……"

"晋省巡抚曾国荃。但藩台大人系内亲股肱之臣，抚台大人肯出这个面？而况曾大人是否也参与了此事，我们不得而知……"

"听说这位曾大人官声还行……"

"'还行'怕也只是洁身自好吧。让他揭这个疮疤好像不太现实。一般来说，洁身自好者同时也是善于明哲保身的人。唯其善于明哲保身，他才能在当今社会站得住脚……"

"再说，我们想要见那抚台大人怕也不易吧？"

"是啊，不易。不过，我们倒是可以通过另一个人……"

"谁？你快说！"盛书璧急切地道，"如果实在无法制止，让上边从中协调，求得一个合理负担也算是满壶烧酒气了（方言，让人很满足）。"

"此人是新任永宁州知州王继贤王大人。"

"怎么？永宁州宋大人调走了？王继贤？这个名字听起来有点耳熟……"

"王大人是曾大人老乡、挚友，咱见他并不难。"

"王继贤？是不是那个一字千金的王继贤？"

"就是。王大人是名噪北国的大书家呀。听说此人颇正派……"

"好，好，好……"盛书璧拊掌大笑，"我这就去见见他。"

第十六章

盛书璧连夜前往永宁州拜见知州大人王继贤,王继贤却带着一个小跟班悄悄来了碛口。

王继贤扮作一个客商在碛口街里遛了一圈,看看天色已过午时,便进了天成居。主仆二人刚刚坐定,便有小堂倌沏上一壶热茶,端上一碟月饼,说客官请用茶,请品尝天成居月饼。王继贤笑着道:我可没说要买月饼吃。你这一碟月饼卖多少银子啊?那小堂倌道:今儿是中秋佳节啊,这月饼是我们天成居赠送客官的,恭祝客官百事圆满。

这时,李运旺从后堂出来了,朝王继贤打个千儿道:

"听客官说话口音,好像是湖南人吧?"

王继贤看着李运旺笑答:

"湖南黔阳人。瞧您这气度,怕不是李掌柜吧?"

李运旺欠身回答:

"兄弟正是李运旺。"

王继贤说:

"改天得空到你们李家山看戏听秧歌。听说李掌柜是名伞头啊,久仰,久仰。"

李运旺哈哈一笑随口吟唱道：

> 说我有名本不假，
> 也为快活也为耍。
> 扛着伞头领着戏，
> 老婆还是一枝花。

王继贤鼓掌说：

"好，好，好，果然名不虚传。"

李运旺抱拳道："过奖了，过奖了。"回头命堂倌加两个菜，说我李运旺今儿得遇知音，心里高兴，要陪这位大哥喝两盅。

酒菜很快端上来了，李运旺举杯对王继贤道：

"客官如能在碛口住到冬闲时节，就可以看上李家山戏班的演出了。欢迎您来啊！"

王继贤说：

"在下在永宁州可能要住些日子的。到时一定来。"

李运旺便高兴得连连为客官斟酒，自个儿也一连喝下数杯。

王继贤一边赞叹着碛口人的好客，一边不经意地问：

"李掌柜，听说贵号出过一起盗窃杀人案，破了没有啊？"

李运旺"嗨"了一声，叹道：

"过去的事了，不提它了……"

王继贤说：

"如此无法无天的恶性案件，怎好不提？"

李运旺道：

"不敢提了，不敢提了……"

王继贤说：

"莫非李掌柜有什么难言之隐吗？"

李运旺道：

"死了的已经死了,丢了的已经丢了,提来提去,把咱自个儿掉进无底洞了……"

"无底洞?什么无底洞?"

王继贤有些不明白了。

"客官是真不明白吗?不是一个无底洞,是三个无底洞哩……"

"我明白了。"

这时,坐在王继贤身边的小跟班对李运旺说:

"李掌柜,这案子既是至今未破,何不说给我家先生听听呢。我家先生可是做过多年缉捕的……"

李运旺"噢"了一声,道:

"原来客官竟是有些手段的。好啊,不知您要多少银子呢?"

王继贤说:

"在下只为交朋友,哪敢贪图李掌柜钱财啊!"

李运旺似信非信地看着王继贤,半晌,站起身来去找牛琨。

王继贤让把牛琨带到账房里,边问话边察看事发现场。王继贤的目光久久停留在火炉脚下一个大灰窖上。那灰窖的窖盖是由一条条木板砌成的,冬天盛灰渣,夏天呢,就把打扫脚地的垃圾盛进去,积多了,由字号杂役挖出来倒掉。王继贤将那灰窖口上的木板一条条移开,见里边空空的刚挖过不久,便一撩袍襟跳了进去,蹲着察看了半天,爬出地面问:

"当年那杂役还在吗?"

李运旺说:

"那事发生不久他就走人了。怎么,您的意思是……"

王继贤道:

"我只是随便问问。他现在在哪里高就?"

李运旺说:

"听说在陕西佳县。"

王继贤笑笑道:

"李掌柜,这案子我给你破了,三天内给你消息……"

王继贤告别李运旺从天成居出来,又去了寨子山义学。王继贤一向认为,文教乃开启民智、强国富民的第一大计,故每到一地,总要力倡文教,捐廉为课士膏火,有时还亲自登台讲授诗文楷法。昨天他刚到永宁州就听说碛口镇众商家办的这所义学了,这可是永宁州前所未有的,他便急着想来看看。

王继贤一路问询着走进那义学的院子。院子挺大。正面一溜七孔窑洞,也是明柱厦檐高圪台。圪台下东西两厢是瓦房,大门一侧有茅厕、马棚、柴房等。

一位老者扶杖出现在圪台上,手搭眉梢打量着王继贤主仆二人。王继贤猜想这老者便是义学教习、永宁州名士崔相了。王继贤同崔相之子崔炳文相熟,深为其学识修养所折服。而从崔炳文口中他其实是早已知道这位崔相老先生了。王继贤一见崔相,忙趋前一步施礼道:

"崔老伯一向可好?"

"您是……"

崔相眯缝着一双昏花的老眼打量着王继贤,竭力在记忆中搜索着,却怎么也想不起这来访者是谁。

"敝人王继贤,是虎臣的朋友,昨天刚到永宁州接替宋大人。崔老伯以耄耋之年仍执着于授徒育人,继贤实在是钦佩得很……"

"啊,原来是父母官到了。快请进屋坐。"

崔相将王继贤主仆让进正中的一孔窑洞,亲手为二人沏茶。王继贤见这窑洞靠门有一盘火炕,炕上有简单的卧具,同时摆放一个炕几,上置笔砚和书本课业之类。砖砌的火炉上坐着铁锅,窑洞后部有条案,中间供奉着孔圣人神像,两头摆放了一摞摞书籍。几样简单的灶具挂在墙上。

"崔老伯生活如此清苦,实在令人感动。"

"不算清苦。"崔相摇头道,"这里民风敦厚啊,我过得挺好。盛书璞三天两头来照应……"

"盛书璞?这名字听着有些耳熟。对了,我好像听虎臣说起过他……"

"最近得了个岁进士名衔。依老夫看来,这人倒是有些真才实学的呢。"

王继贤若有所思地点点头,问:

"老伯,不知这义学有多少学子啊?"

"十五六个吧。再多了,照应不来啊……"

"老伯,何不让盛书璞也来做教习呢?这么大一个院子,十五六个学子是太少了点……而且老伯呀,南方有些义学还设有新式算学呢。我看这门课挺好,我们是不是也该考虑考虑。"

"好是好啊,可惜我老了,老了……"

"先让盛书璞来帮忙,然后再物色人。老伯呀,您可得给咱把这义学办好啊,我还指望永宁州照您这样子多办几所呢。"

……

走出商会大门时,盛书璞感受到了风暴过后的平静。不过,一种遭人作弄的屈辱仍在他的胸中盘桓。"给你一颗甜枣剜你一块肉"——盛书璞自说自话。"岂止是剜一人之肉一家之肉呢!简直是要剜全镇之肉而让你,让你盛家保持沉默哩……"盛书璞又想。一股怒气于是又化作烈焰在他的胸中轰轰燃烧了。"如此搜刮,大清国真要完了!完了吧,完了好!……"盛书璞真想大喊大叫大骂大笑大蹦大跳。

出商会大门不远,便是德泰欣当铺。盛书璞看见李生兄弟盛书瑜正站在大门口朝这边瞭望。盛书璞突然觉得鼻子酸酸的,他真想痛痛快快大哭一场。

"二哥,没事吧?……"盛书瑜看着盛书璞说,"你的脸色不大好哩。"

盛书璞叹口气没说话。绕过盛书瑜继续朝前走。他心烦,只想快快回家去一个人待着。

"二哥,我想和你说个事……"盛书瑜在背后说。盛书璞听那声音有点飘有点虚还带了些女腔,一点儿不像终年练功习武的盛书瑜的声音。盛书璞不由立住了脚,定定地看着盛书瑜。

"二哥,我要成亲了……"盛书瑜道,像是说着别人的事,"是个寡妇。比我大着七八岁。妻大三,抱金砖。我能抱两三个金砖了。"

"是不是还带着几个孩子哩?"盛书璞冷冷地问。

"有四个……"盛书瑜道,"没出丁点力就儿女双全了,捡了个大便宜。"

"能捡大便宜好啊……"盛书璞说,"可……兄弟,你熬了半辈子光棍,难道就为等个这结果呀!我都为你难受哩。"

盛书璞匆匆走开了。他真的心里好难受哩。街上乱糟糟的全是人、车、马、牛,还有八月十五即将宰杀的羊。一片讨价还价声。在前后街拐角处,好像有景涛的身影一闪。对了,他的烟草行就在那儿。这小子有些日子不见了。瞧他鬼鬼祟祟分明是在有意躲避我。躲吧,躲吧。你们都躲远远的,我心烦。蓦然间,一个念头跳进盛书璞的脑海:我何不找一处清静的所在,远离扰扰攘攘的红尘俗世,去寻求一份久已向往的宁静平和呢?官场,自然是要像躲避瘟疫似的躲避了。那么,商场呢?就全交给景涛折腾去?结庐在人境,而无车马喧。问君何能尔,心远地自偏。采菊东篱下,悠然见南山。山气日夕佳,飞鸟相与还。此中有真意,欲辩已忘言。茅檐低小,溪上青青草。醉里吴音相媚好,白发谁家翁媪。大儿锄豆溪东,中儿正织鸡笼。最喜小儿无赖,溪头卧剥莲蓬……

本来,自从弃学从商以来,历经时日的磨炼,盛书璞已是渐入佳境了。就在数月前,他还为商会建言,在碛口发行一种"让利购货券"。这种纸券按一定的面值可以现银兑换,凡持之购货者碛口众商家统一让利二到三成。盛书璞还仔细进行了测算,限定各字号发行此券总值按行业不同分别为其总资产的半成到一成。历经数月实践,此法对促进现银回收、货品销售效果明显。众商家说好,老百姓也说好,商会会长盛书璧的脸上居然也挂上了难得一见的笑容,逢人便说:看看怎么样,我们老二到底没有白啃书呀,脑瓜就是灵……

可是眼下,盛书璞却是心灰意冷了。盛书璞估算了一下,在碛口这个水旱码头上,西湾盛家的资本差不多占着一半,可加上各驻外商号、银号,每年的赚头也不过百十万两,而近些年来,官家用各种各样的借口从这样那样的渠道挖走的少说也有三五十万两。简直是明火执仗的劫掠!匪盗劫掠尚可抗拒,官家劫掠却还得赔着笑脸!嘉庆初年杀了一个和珅,而今大大小小的和珅恐怕是杀不胜杀了,所以也便不再去杀。看起来,对于一个正人君子来说,苦读求仕之道走不通,弃学经商的路也难行哩。前途一片渺茫,心中便只剩了一个"烦"字。

盛书璞是匆匆逃离乱糟糟的镇街的。甚至在路过自家字号时,竟也没有稍停。现在,盛书璞已经回到三槐堂。站在待月庐前,盛书璞盯着高悬门楣之上的"岁进士"烫金匾额,脸上布满狰狞的笑,一如疾风骤雨留给地面的一洼浑浊的积水。盛书璞搬来梯子,爬上去,将那匾额摘了下来,"哐啷"摔到街门外。崔玉荣听得响动走了出来,问:

"你……你这是怎啦?"

"看着闹心……"

盛书璞瓮声瓮气回答。

崔玉荣没有再说话,弯腰捡起那匾额,放进柴房去了。

"是不是见着景涛了?"崔玉荣问得有些惴惴。就在今儿上午,她听人说,景涛近些日子好像常去烟馆……崔玉荣叮嘱报讯的人此事千万别让盛书璞知道。她知道盛书璞近日心境欠佳,若是再得了这讯,怕不气死!她准备独自吞咽这颗苦果……

盛书璞没有回答女人的问话,鼻孔里哼了一声,走进屋去。崔玉荣忙轻手轻脚随了进来,沏了一杯茶双手捧了放在丈夫面前。

盛书璞的脸色和缓了些,说:

"他娘,有件事咱俩商量商量……"

"嗯?"

崔玉荣面带笑容温婉地看着丈夫,内心里还在思谋着儿子的事。

盛书璞道:

"我想在石板沟修一院窑房。"

"你说什么?……"

崔玉荣不明白这是为什么。石板沟位于西湾村后二三里远处,村里只住两三户人家,极偏僻,只有一条羊肠小道与山外的世界勾连。

"修一座窑房我们带女儿去住。这里留给景涛……"

盛书璞慢悠悠地说。

崔玉荣说：

"可是……你要经管镇上的生意，住在石板沟多不方便。"

"生意主要靠景涛了，"盛书璞胸有成竹地道，"我隔三岔五去打点一下也就行了。"

崔玉荣说：

"你想修就修吧。我随你……"

盛书璞第二天一早就带了一个工匠去石板沟踏勘地形。

盛书璧是在石板沟找到永宁州知州王继贤大人的。

盛书璧见自家兄弟盛书璞正同王大人顶牛，急得不知如何是好。

"我到哪里住，你们官府也能管得着？"

盛书璧看见弟弟说这话时，天灵盖上仿佛还冒着一股股青烟，他的一颗心便提到了嗓子眼上。

王大人却好像并未生气，笑眯眯说：

"怎么管不着？盛先生系一方良才俊杰，若果偏处深山，岂不等于明珠暗投？本官怎好听之任之？"

盛书璞哈哈大笑：

"当官的都会给人灌小米汤啊。灌过了，就该几万、几十万地'捐'款'借'银了……"

王继贤说：

"我这'小米汤'可是只熬给朋友喝的，养人着呢。我既不捐您款，也不借您银，我只想给您一个造福乡梓的机会。王某也算个正正派派的读书人，我知道盛先生对此会感兴趣的……"

盛书璞若有所思地看着王继贤，一颗心似有所动了……

盛书璧见此，总算呼出了一口气，忙向王大人一躬到地，说：

"碛口商会会长盛书璧携商界同仁为知州大人接风洗尘，恳请王大人务必赏光。"

王继贤笑道：

"碛口人果然有气魄!藩台大人要借的二十万两还没着落呢,又要白花银子巴结一个小小的州官了。"

盛书璧说:

"这一回可不是白花。我们想请一字千金的王大人为黑龙庙乐楼题几个字哩……"

"啊呀,你们是想吃点小亏占个大便宜哪!"

王继贤笑着拉了盛书璞一起出山。

几年前的一个秋天,王继贤陪了两位友人游逛京城。一日在街头看到了朝廷的告示一则,说有高丽国王为他的中国爱妃建了中国式别墅一座,现欲按他中国爱妃的心意向中国书家征集大作一幅,欲雕作悬额云云。告示前游人议论纷纷,说那高丽王竟也是个中国书画通。告示未贴之前,已有不少书家试过身手,然皆未被选中。那高丽王见此情景,竟对道光皇帝说:"没想到泱泱大清,竟无一人真正会写中国字的。"道光帝大不悦,便让广贴告示,重奖征求书家墨迹。那王继贤听众人如此说,一股豪气顿时充满胸臆,手一伸便将那告示揭了下来。

原来那征集墨迹之事正在高丽国王下榻的馆驿进行。一个十数丈见方的厅堂里,墙上贴着那座别墅的全景图,两张八尺宽、丈二长的花梨木大书案成一字摆置于厅堂正中。周遭围聚了不少人。同时有三位书家挥毫泼墨。不时有小厮将写了字的宣纸送入内室让国王过目。

王继贤在那幅全景图前久久伫立。这是一座建造在人工湖上的宫殿。在烟波浩渺的水面上,那重檐叠叠而高耸、挑角飞飞而凌云、台榭起雾、曲池生风的建筑果然好生壮观。这别墅虽是建造在异国他乡,却满蕴了五千年中华古国美的神韵……蓦然间,一朵明艳璀璨的火花闪过他的脑际、胸腔里,激情如海涛风飘般汹涌。王继贤一卷袖口,走向书案,椽笔一挥,写下"继美凌烟"四个字。那字集欧、颜、赵、柳于一体,笔势如龙盘虎踞,豪迈恢宏。在一片赞叹声中,王继贤谦谦然将笔传与下一位。那人却连连摇头说:免了,免了。先生宝墨挥洒处,我等岂敢再滥竽……

王继贤的字果然被高丽王选中了。那国王临别时对道光帝说：大清国果然是藏龙卧虎之地。送走高丽王,道光帝当即召见了王继贤,颁诏说王继贤为大清国争了光,致使"龙颜亦为之振奋",特赏纹银四千两。此事一时在京城传为佳话。从此,王继贤"一字千金"的美名不胫而走……

盛家兄弟二人陪着王大人主仆出了石板沟,在三槐堂稍事逗留,便径直朝碛口商会走来。一路上,盛书璧自然要将藩司借款之事说给王大人听。

"王大人呀,盛某早就听说您最是体恤下情的。盛某这一回专程赴永宁州拜会您,就是想求您的示下哩……"

王继贤沉吟道：

"藩司的公函您带着吗？"

盛书璧忙从怀里取出呈上。

王继贤看了看道：

"这事嘛……看样子可能是藩司单方面的行为。如果抚院曾大人这边也认可,那就应该同时盖有抚院关防的。"

盛书璧高兴了,说：

"这么说来,只要抚台曾大人肯出面干预……"

王继贤摆摆手,打断盛书璧的话道：

"钦差大臣来晋省清查藩库……这可是人命关天之事。藩台大人是朝廷股肱之臣,抚台大人出面干预此事……好吗？所以,我看这事还得你们自己设法……"

盛书璧说：

"如果实在不行,那就请王大人出面斡旋一下,最起码不要一根萝卜几家切啊……"

王继贤笑笑：

"那倒不会。藩台大人就没和永宁州说这事,所以永宁州肯定不会来切这根萝卜。藩台大人没和本府提说此事,我要主动去找李先生,好像也不太合适吧？……您说呢？"

这时，西头已过，镇街眼看就到。

王继贤对盛书璧说：

"盛会长是不是前面先走，本府想先去黑龙庙看看……"

从西头到黑龙庙有一条捷径可走。

盛书璧忙赔笑道：

"正好。我先到商会做些安排，让书璧陪您上去。完了，直接来商会。"

路两边随处可见烧饼炉。这几日除卖月饼外，还卖一种名叫"到口酥"的烧饼。"到口酥"是碛口的地方风味小吃之一，闻名秦晋两省。这种烧饼以红糖做馅，包皮经特殊工艺处理，层层叠叠，酥软异常，入口即化。外地客商来碛口，都惦记着要吃这么一口。离开时，十有八九还得大包小包地带着。王继贤目送盛书璧离去后，当即就近处买了一个大嚼起来，边往嘴里送，边像个孩子似的吸溜着口水说好香好香。

盛书璧不由笑了。

王继贤道："书璧你有所不知，最近我可是睡里梦里都在吃你们碛口的'到口酥'呢。"

王继贤在不知不觉中改变了对盛书璧的称谓，亲切、随意，让盛书璧感到新奇而有趣。盛书璧问："王大人过去来过碛口吧？"

王继贤道："三四年前来过一回，正赶上下大雨。我走进一个烧饼铺避雨，就着雨水吃了一个'到口酥'，从此再不能忘。"

一行三人说着话钻进了义学巷，从那里往北，有一条小路草蛇灰线般直上卧虎山。不一刻，已来到黑龙庙前。道长早已候在了山门之外，说刚才在钟楼上瞭见盛家二先生陪着两位客官登山而来，就知是要进庙的。当听说来者是永宁州新任知州王大人时，那道长又说昨晚梦见一只凤凰落在了山门上，正估摸会有位什么贵人造访呢。王继贤主仆在道长和盛书璧的陪同下，先进正殿叩拜龙王，又给风伯雨伯上过香，接着便穿越侧门，进入正在施工的上院，察看了工程，和督工说了半天工程上的事。

道长竟知道王大人是名噪京师的大书家，在陪着王继贤下院、上院走过一遭后,说:"大人您看咱这黑龙庙乐楼堪称秦晋第一了。如果您能屈尊题几个字的话,必是锦上添花了。"

王继贤想起商会会长盛书璧先已提及此事了,便说:"既是道长如此说,在下依您就是了。"

那道长当下便喜得抓耳挠腮不知如何是好,即刻命小道在厢房里摆开桌案,铺上绵毡一块,笔墨纸张侍候。王继贤眼望乐楼,凝思良久,挥毫写下"鱼龙出厅"四字。那字儿一个一个二尺见方,饱满洒脱,意气风发,大有鱼跃龙腾之势。盛书璧由衷地叫了一声好,道长更是欢呼雀跃,忙招呼王继贤等歇息用茶。众人又闲话了一阵儿,看看天色已晚,就起身朝商会走。这时,忽听正殿那边有香客议论说:"省督抚衙门一个姓李的官儿在桃花坞逛窑子,被盛书璧、李运旺二位掌柜给扣住了……"

王继贤大惊,忙让道长出去探问究竟。不一刻,道长回来了,说确有其事,说那李大人原本是改名换姓、乔装打扮成外地客商的模样去会冯彩云的。去了,却又想在那女人面前装大,便半露半藏地说出了自己的真名实姓。结果不知怎搞的,李大人后来却又上了小桃红的炕。二人刚刚完事,就被盛、李二位弄住了……

盛书璧一听,笑对王继贤说:"王大人,按大清律条,好像官人们是禁入娼门的吧。您看这……"

王继贤看着天上越来越稠密的星星说:"令兄的办法想得绝。请转告盛会长,本府突然想起一件公事,需紧急回衙处理一下,告辞了……"

走出数步,又回头对盛书璧悄声叮嘱:"请转告令兄,别对李大人说我来过……"

第十七章

　　盛景涛果然染上烟瘾了。现在,过足烟瘾的盛景涛躺在登仙阁漂亮的烟榻上,进入了如梦似幻的境界。

　　……眼前这景象,哪里是严冬呢,分明是仲夏。吕梁山间,轻风阵阵,云雾缭绕。黄河岸边,波光涟涟,水气拂拂。大同碛的涛声曼妙如丝竹合奏,麒麟滩上盛开着烂漫的野花。景涛穿行在花间小径上,一团团云絮在他的脚下翻腾。成群的鸟儿在他的四周噗噗飞窜,炫耀着各自五彩斑斓的毛羽。莺莺快来,拉着我的手!莺莺,你为甚躲着不见我?莺莺,我这已是第十次来李家了,我要见你!莺莺,我知道你就藏在楼上那间房子里。你是在哭吧?莺莺、莺莺、莺莺……泪水哗哗地流淌着,一缕缕渗入景涛的嘴角。景涛骑着浑筒在波峰浪谷间扑腾。河那边山包后就是那片瓜田。照瓜老头在不在呢?景涛哥哥快来救我!我来了!景涛在老头腋窝里咯吱着,将老头逼得步步倒退。莺莺快跑!河南坪财神庙上的夜戏唱得好热闹。临时搭的戏台上灯火通明,台下人影幢幢,刚刚忙过三夏的庄稼人尽情享受着挂镰歇锄后的闲暇。景涛躺在乾隆石上。莺莺、莺莺,靠我近一点。莺莺、莺莺,你会变心吗?一张纸,两张纸,谁先变心谁先死。绕过黑龙庙,卧虎山背面牧羊人避雨的洞子里,景涛将一搂搂麦草铺进去。莺莺、莺莺,靠我近一点。景涛景涛,你会变心吗?一张纸,两张纸,谁先变心谁先死……

恍惚间,景涛看见斑斑风尘仆仆站在烟榻前。

斑斑、斑斑,你好吗?

景涛问过这句话后,突然顿住了,看着斑斑,猛醒般笑道:噢,我知道了。刚才一定是你龟孙捣的鬼……

刚才,登仙阁里,出了一桩怪事。盛景涛眼瞅着伴姐儿用上好的烟膏子为他烧了一个泡泡,可是就在他凑近烟灯猛抽一口的当儿,闻到的却不是那一股熟悉的奇香,倒像是煨鸡屎、煨羊粪蛋儿的骚臭。盛景涛"咦"了一声,将那泡泡一扔,"呸、呸"唾了半天,嘟囔着"这是甚玩意儿",让伴姐儿快快重换膏子烧一个来。可是当他将第二个泡泡就着烟灯点燃时,闻到的竟是一股尸体腐烂的恶臭。成景涛愤怒了,认定是那伴姐儿骨子里带来的狐臭,便朝着伴姐儿踹了一脚。伴姐儿呜呜哭着跑开了。景涛记得,就在他朝着伴姐儿踹去那一脚的瞬间,耳边依稀听得有一个似曾相识的声音发出一声长长的喟叹,景涛那时好像怔了怔,却未曾顾得深究,只是吆喝着换了一个伴姐儿,又换了一份膏子……就这样,景涛才重新闻到了那一股令人痴迷的奇香……

盛景涛终于弄清了自个儿受捉弄的真相,却并未真生斑斑的气。他嘿嘿笑着伸出手臂想要搂抱斑斑。斑斑、斑斑,你好吗?他又问。

你是谁?我怎么不认识你?……

斑斑看着景涛的目光陌生而冷淡。

怎么?你……竟说不认识我了?

你照照镜子,看看你还是你吗?

景涛的面前果然就出现了一面镜子。景涛朝里一瞧,不由失声惊叫起来。那镜子中的他果然不是他了。那是一只半死不活的黄皮蝎子,一颗干瘪了的青柿子,一只掉光毛羽的野鹊子呀……

斑斑、斑斑,我是景涛呀。

景涛?你真是景涛啊?不对吧?我的朋友盛景涛,那可是个朝气勃勃、奋发有为的青年俊杰,未来的商界骄子呀!哪里是你这副鬼样子呢?我都为你羞愧了……

斑斑、斑斑,你哪里知道我心里的苦啊!

不就是和莺莺小姐那点事吗?

我到她家去了几次,她家人都不让我进院。那天夜里,我千辛万苦翻墙……

你去找她,是想同她一道私奔吗?

这……我们私奔了,吃甚喝甚穿甚戴甚呀?

这么说,你根本就没有为了爱她舍弃一切的想法。你找她,只不过是又想调调情了?

你……怎么可以这么说话?要不是我伯父他……

别怨天尤人了!如果你没有割舍你的豪门、富有,白手起家重新创造一切的勇气,你就无权拥有莺莺小姐那份情意。你明白吗?

斑斑说完这话,转身朝门走去。

景涛大叫着"斑斑、斑斑"从神思恍惚的状态中醒来。这时,他看见母亲和妹妹正坐在他的身边相向而泣。

景涛鼻子一酸,自个儿也掉起泪来。

景虹见景涛醒来了,鄙夷地说:

"少掌柜,快去看看你的烟草行吧,都要变成三月三梁上的赌场了……"

在来登仙阁的路上,崔玉荣和景虹顺便去景涛开的烟草行看了看,那里脏乱赛过垃圾场。柜台上,伙计们正在吆五喝六地酗酒打牌。

景涛听了妹妹的话,怔了怔,道:

"管他哩……"

景虹便又将一道鄙夷的目光抛了过去,对娘说:

"娘,咱走吧,这地方让人恶心。"

娘不动,叫了一声"儿啊",哭得更伤心了。

景虹对景涛说:

"哥,你知道吗?我这已是第二次到这个鬼地方来了。那一回是在骡马市场碰上小桃红被她那洋烟鬼老子卖给人贩子,我和景月姐贴上银子将小桃红救下了,谁知一转眼,那老不死的又把她卖了。卖了干甚?抽洋烟。我和景月姐跑到这里来找那老不死的算账……听说小桃红她家原来也是威威赫赫的大户人家,一份家业硬让那老不死的抽光了,最后竟然卖起亲生女儿来。没想到几年以后我又来了这个地方。这一回不是找别人算账,竟是找我的哥哥。哥哥呀,看来你是成心要步那老不死的后尘了。你可真是有志气啊……"

崔玉荣哭得上气不接下气:

"儿啊,你爹的脾气你知道吧?你这样子要让你爹看见了,非得把他气死不可……"

"娘……"景涛从烟榻上爬起来,胡乱抹了一把泪,说,"您千万别告诉爹。我……我……过几天……过几天心里总会好过些的。到时……到时我戒呀!"

景虹哂笑道:

"盛公子多有志气,'过几天'戒呀!还要等心情好时。娘,咱快走。回去让爹把他赶出门,免得让他把咱家抽没了……"

盛景涛上下牙关"嘚嘚嘚"地磕碰着,默然半晌,跳下地来。烟榻的另一边,躺着新换过的、为他烧泡儿的伴姐儿。那伴姐儿媚媚地拉了景涛一把说:"少爷,再为您烧个泡儿吧……"

景涛一甩袖子道:

"烧你娘的壳子!"

回头又对母亲和妹妹说:

"你们回去吧,我……我马上戒。戒不了,我不是人!"

那天外边正下着大雪。纷纷扬扬的雪花漫天飞舞着,宛如天庭里有无数架弹花机同时开动起来,那棉絮似的雪片漠漠漫漫飘洒着,悠悠荡荡,荡荡悠悠,前片带出后片,后片紧跟前片,片片零落,却又片片相连。天地间充斥了湿漉漉的寂静,沉甸甸的苍茫。大同碛的涛声喑哑了,仿佛一个巨灵在酣睡中发出的时断时续的鼾声。

这是入冬以来的第一场大雪。前后不到一个时辰,就落了半尺来厚。现在雪停了,碛口像一个甜睡刚醒的顽童,挣出棉被,打个哈欠,便伸胳膊踢腿地活跃起来。

景虹和她娘就是在那时走出登仙阁的。母女俩踏雪朝着西湾迤逦而行,棉鞋里很快钻进了雪,凉丝丝的,却不冷。景虹咯咯咯地笑着走在娘的前面,两条生机勃勃的青春少女的长腿不时弹跳一下,好像那满地积雪是有灵性的。崔玉荣远远看着女儿山羊羔子般轻盈的身影,不由笑了。走到西云寺门口,崔玉荣叫住景虹说:咱们进去为你哥抽个签吧。正在这时,迎面有辆轿车停在路边,内中先有一个家仆样的年轻人跳下,回头去搀扶显然也要下车来的他的主人,却被对方拨开了。那主人轻轻一跃,腾身跳出车轿,稳稳站在雪地上,原来是一位身长八尺有余,一脸英武之气的中年人。只听那中年人感叹道:有二十年不来碛口了。咱们慢慢走,让我好好看看。那年轻人说:将军,可惜碰了个雪天。那被称作"将军"的人笑道:雪天好啊,难得! 这主仆二人一出轿车,便引起了景虹的注意,又听那家仆说出"将军"二字,便更觉新奇有加。忽听街道两边有两个长者议论说:这不是武状元张从龙吗?霎时便有一些年轻人随了那主仆二人跑前跑后地看起稀罕来。那年轻家仆喝道:看什么看,有什么好看的! ……待要再说什么,却被他主人止住了。只见那武状元朝年轻人们哈哈一笑说:在下张从龙,一介武夫而已。生得不怎好看,还望父老乡亲多多谅解。年轻人都笑了。众人便嘻嘻哈哈一路说笑着朝黄河岸畔走去。景虹当即也止住回家的脚步,要赶过去仔细看看,却被母亲喝住了。崔玉荣沉着脸说:你给我回家。都那么大了,怎还像个孩子爱凑热闹? ……景虹只好作罢。可是一颗心却怎么也放不下一睹这位状元公风采的念头,便扔下她娘不管,独自跑着赶回村。她估计那状元公既到镇上,一时三刻也不会离去。这就好办。景虹已经想好了主意,准备拉景月一道赶回镇街去。

原来这武状元张从龙,是景月无数遍朝景虹说起过的一位传奇式的人物。

他是临县安业都湾里村人,生于乾隆五十五年。其父曾于文水、太原、北京等地做武官。从龙自幼随父读书习武,于道光二年中武举,次年殿试钦点武状元,授头等侍卫,乾清门行走。道光六年调闽浙,任处州总兵。这位武状元的高中,还随着产生了一个离奇荒诞、匪夷所思的故事。

原来那一年参加殿试的举子中,有三人武艺不相上下。道光皇帝搔了半天脑壳,最后命人弄来一条大公牛让三人上去搂抱,看谁能抱离地面。那公牛系刚从口外购进,朝廷准备赐给岭南待化之邦做种牛,以示对彼地农事开发的关怀。那牛身长一丈有余,高约六尺,两只犄角短而粗,一身肌肉实而厚。两眼暴突,鼻息如雷,腹下卵子拳头也似,那一条阳具竟如壮汉藏于袖中的半截手臂。第一位举子来自山东,是典型的山东大汉。走上前去双臂一张将那牛拦腰抱住,"嗨"的大叫一声,便将浑身的力气使了出来。谁知那牛四条腿竟纹丝不动立于当地,把头一摆便将一支犄角直朝汉子腰间戳去。汉子大叫一声倒地,口鼻早已血流如注。第二位举子来自四川,绰号"赛二郎"。那"赛二郎"吸取山东大汉的教训,走上前来,先抓住那牛的犄角朝地上揿去。他想先给这畜生来个下马威,降住它的野性,然后再一鼓作气,将它抱离地面。谁知他那下马威还没有"威"出来,却早做了"牛下'偎'"——那畜生抬起后腿只一蹦,"赛二郎"的脑瓜上竟挨了重重的一下。可怜那举子只觉得眼里迸出几朵金星,身子一歪便倒在了牛肚膛下。要不是众人手疾眼快拉得及时,怕是早已命丧黄泉。张从龙最后一个走上前来,却没有当即伸出手去。他只是神闲气定地站在那牛身边。像老朋友似的盯着那畜生看了又看,目光中满是理解和亲近,直待那牛心气平和了,他才伸手去它的颈项下抓搔。那牛此时便不由自主地朝着张从龙偎了偎。张从龙的手自那畜生的颈项移到胯下,就在那拳头似的卵子周遭抓搔起来。这时,那畜生便发出快活的吟唤声。只见张从龙一蹲身便钻到了那牛的腹下,接着又用手轻轻去捋那畜生的阳具。这时,那牛便浑身一颤,身子像要腾空似的朝起一弓。张从龙趁势将头一低,双肩一耸,两腿做一个马步,那畜生早被他扛到了背上。张从龙在一片喝彩声中,就地转了三圈,轻轻将那牛放回地面。

这故事的可信度到底有多大,不得而知。不过,张从龙的故乡湾里原为一个普通山村,祖上辈辈务农。张从龙虽从小随父离乡,但母亲同祖父母却一直住在乡下。这样一来,张从龙一年里总有三月两月在乡下度过便成为理所当然的事。对于一个乡下孩子来说,牛羊骡马是他们最好的朋友。张从龙耳濡目染,自然是深谙了他那些"朋友"们的习性的。由此观之,这故事的结局倒也未出意料之外……

却说景虹先她娘一步回到西湾,当即去见景月。景月自小随三叔盛书瑜习武,对那武状元张从龙自然是仰慕已久。要不是人家常年做官在外,三年两载才回家一次,回来了,那消息也未必就能传来碛口,传来西湾,传到她的耳朵眼里,盛家这位小姐大约早就做了武状元张从龙的得意门生、入室弟子,或是忘年交的朋友了。而今一听景虹的描述,当下喜得抓耳挠腮,将手里正拿的一本《武当剑谱》往空一抛,拉上景虹就朝外跑。

景虹迟疑道:

"姐,我们要不要叫上书瑜叔叔?让他给你引荐引荐?"

景月说:

"不叫,不叫。叫上他讲究偏多。这也'不可孟浪',那也'不得无礼',一句话一条绳子。咱还能放开手脚以武会友?"

景虹又道:

"我们就这打扮去呀?"

景月说:

"也好,我们来个女扮男装,让他不要小瞧咱……"

景月说到做到,当即跑到她嫂顾金枝处,寻来景浩哥哥早几年穿过的两套衣帽,姐妹俩就在景月屋里装扮起来。不一时二人收拾停当,便一阵风直朝镇街奔去。谁知刚出村,偏偏让崔玉荣碰了个正着。崔玉荣一开始还真没有认出是她俩来,二人便低了头只顾朝前赶,那神情便难免有些鬼鬼祟祟。

崔玉荣从二人背后仔细一瞧,就喝道:"你俩给我站住!……站住!"

二人早跑没影了。

这姐妹俩先跑到黄河岸畔从东到西寻了一遍,没找着人,便一路打问

着进了街,一个一个店铺梳了过去。景虹说:

"我们像没头的苍蝇似的四处乱碰也不是个事呀。而且,有的店铺状元公也不一定会来。我看咱们还是想个他肯定会去的地方……"

景月道:

"对呀。你怎不早说。我俩去黑龙庙吧。状元公多年不来碛口了。来了,还能不去那里。"

二人当下便转身钻小巷朝着卧虎山方向赶。那时雪后初霁,半后响的太阳钻出了云层,将万道金光泼向雪地。雪地上,麦芒似的光点闪闪烁烁,觅食的雀群哄哄地飞来,又哄哄地飞去,空落下满地喊喊喳喳的议论。蛇踪似的山路早被雪淹没了,新踩出的脚窝纷乱地朝着山上爬去。有时,那些脚印迷失在一片杂树丛中,又迟疑地原路返回,投向似有若无的蛇踪。姐妹俩努力跨着大步,模仿着男子汉的样子朝上爬去。说来也巧,就在黑龙庙山门遥遥在望的那一刻,她们看见状元公主仆二人正从另一条山路朝着黑龙庙行走。

景月立住脚问景虹:

"你不会认错吧?"

景虹道:

"不会错。你瞧人家虎背熊腰多威武。这样的人物平日你见过几个?"

景月认可地点点头,再也不管是路不是路,冲斜刺里直朝状元公背后赶去。景虹早已累得娇喘吁吁,哪里还能跟得上她。

景月像一只牡鹿似的在杂树枯草怪石危岩间穿行,不一阵便插到了状元公的背后去了。那状元公紧跟在家仆的身后朝前走,听得背后有响动,回头朝景月微微一笑,却未停步。景月见那状元公穿着一双家做的低帮棉鞋,便不由促狭地一笑。

景虹停在离景月八九步远处呼哧呼哧喘气。她看见景月紧赶几步"噌,噌"只两下,便将那状元公的一双鞋子踩脱了。那时,状元公主仆二人正行走在一段左傍石崖右临沟渠的小路上。右边那道沟渠并不太深,三四尺而已。景虹看见景月将状元公的鞋子踩脱的一刹那,回头朝自己诡谲地一笑。接下去,景月未容状元公停下来提鞋,便孟浪地从左面的一侧挤过状元公身边,在与状元公比肩而行的一刻,故意将身子朝左一靠。景虹看见状元公一个趔趄朝着那道沟渠倒去。景虹不由捏上了一把汗,心里骂景月是个"二十一天不出鸡的坏蛋"。然而就在这时,景虹又看见景月一边说着"对不起对不起",一边伸出一条胳膊去拉状元公。没料自己未能站得稳,便同状元公一道朝那道沟渠倒去。说时迟,那时快,就在二人拉拉扯扯一起倒下的一刹那,景虹看见那状元公用左足尖在路畔轻轻一点,人早翻上了右边石崖顶,一只臂弯里竟还挟着景月。

那里已是黑龙庙山门外的平坝了。

景月惊魂未定,傻瓜似的看着状元公只顾"嘿嘿"地傻笑。景虹忙紧赶几步抢上前去施礼道:

"总兵大人,多有得罪了!"

那张从龙一边低头提鞋,一边哈哈大笑道:

"两位公子府上哪里?"

景月答道:

"状元公先别问我俩'府上哪里',找个地方和小女子切磋切磋如何?"

张从龙审视地看着景月,说:

"原来小姐是女扮男装啊?为什么?"

景月这才发觉自个儿说漏了嘴。姐妹俩正自尴尬,盛书瑜脚步匆匆地赶来了。离老远就朝这边喊:

"两位侄女休得无礼!"

……

第十八章

看看年关近了。

过了腊月二十三，家家户户乱拾翻。"拾翻"是拾掇、翻腾的意思。"乱"即纷纷，纷乱。如果把春节比作一座城池，腊月二十三就是城门。进入城门，年关就算到了。春节意味着一元复始，万象更新，故凡进入这座城池者都需将身内身外从旧岁月带来的一切污浊、灰垢、晦气、恶煞全部扫除干净，于是，"家家户户乱拾翻"就成为辞旧迎新的第一件要务。

在西湾盛氏三槐堂盛书璧的府上，年年一过腊月二十，就"乱拾翻"开了。今年也不例外。这天清早赶太阳出山时分，景浩的媳妇顾金枝已经坐在正屋厅堂里指挥着男仆女佣"拾翻"多时了。这事要在一般大户人家本来应是她的婆婆主持的，可李秀珠生病多年，在这类事上别人原不指靠于她。去年她的病奇迹般好了，故年关跟前的"乱拾翻"还真是她指挥的。今年却又不行了。自从大管家金大发不明不白地离开盛府出走后，李秀珠一连几天嚷嚷着要亲自去找，终于未能走出大门半步，于是便终日跪在观音菩萨前叩头祷告，整个人恍兮惚兮，哪里还能指望她再干这等事！顾金枝便不得不披挂上阵了。

是早饭刚过的时分。

厅堂里还有两个人。顾金枝的婆婆李秀珠双手合十，一动不动坐在条案前的蒲团上。微促的眉毛，闭合的两眼，闲定的气息……只有不时颤动的睫毛表明她的心海深处尚有一缕半缕暗流活动。此时她并未祷告，在这年关将近的日子里，她只是想用"心"去看看不知所在的所在，用"心"去听听不知所言的所言，用"心"去想想不知所思的所思。尤其是用"心"去会会不知所见的所见……于是她的心海里便有一片灿烂的云霞腾起，云霞深处是绿的草、红的花，是鸾凤和鸣，是乐园鸟巧啭。她的两手似乎被一个汉子拉住了。那汉子在她的耳边轻声问："你快活吗？"于是，李秀珠白净的面皮上浮起了一层不易为人觉察的酡色。顾金枝的公公盛书璧阴沉着脸坐在条案一侧的太师椅上，用一根细细的竹签剔牙缝。那竹签在他的齿间划动着，轻悠而温柔，娴雅而熟稔，偶忽一刺一挑，显得稳健而扎实……一切运筹都只在两根手指间完成。

全体男仆女佣都已经忙乎开了。先收拾哪些屋，后收拾哪些屋，金枝于昨日就安排过了。眼下，整个府内除这间厅堂外，所有的屋门都敞开着，窗户上糊着的旧纸被全部撕去。一些屋的铺盖、箱笼、桌椅等等正被搬往另一些屋，也有的被临时安置在紧靠屋门外的院子里。这屋那屋不时传来叮当嘎吱的响声，夹杂着嘈嘈切切的人语。金枝透过镶嵌在厅堂风门上的玻璃看见，一股股烟尘正从腾空的几间屋里扑出来。有几个男仆站在西墙脚下太阳地里调制粉浆，单等进入那些清扫利索的屋里，去施行下一道工序——粉刷。厨灶间，一个女仆熬了半锅糨糊，然后将一摞雪白的月尺纸放在菜案上，手把大剪，比比画画裁切。在盛府，所有门窗都按一样的尺寸制作，新糊一架门窗用多少张整纸用多少张零纸，零纸需切成甚形甚状，多长多宽，那女仆都了然于心。现在她正在做着糊窗前的一应准备。

街门哑然响了一声，景浩走了进来。

景浩是受父亲派遣，去各字号了解盛家外欠货款发送情况的。按照盛家规矩，自家商号凡拖欠外地货款的，腊月二十七以前务必全部结清。此事早在腊月初盛书璧已知会了各字号账房，可直到今儿早饭前，听说还有没派出人的。这还行？据盛书璧知道，远至陕西、内蒙古，近至汾平太谷，

206

盛家都有拖欠人家的,现在离腊月二十七只剩下六七天了,若不赶快动身,还能给人家送到?腊月二十七可是商家字号放假分红过年的日子,普天之下概莫能外。你的钱总不能赶二十六夜里还进不了人家账房吧,要那样,你盛家来年还做不做生意了?

金枝看见景浩进得大门,正遇几个包着头帕、浑身尘土的年轻女仆被一阵烟尘赶出东屋,景浩便呵呵笑着同她们调笑起来。景浩说:

"啊哈,瞧你们一个个搽粉抹胭脂打扮得多俊,快过来,让我香你们一人一口……"

金枝腾地红了脸,忙从风门前躲开。这时,便见公公猛击条案一掌,骂道:

"成何体统!"

似这种同下人连荤夹素恣意调笑的情形,景浩过去可是从未有过的。何况是明知父亲就坐在厅堂,却还肆无忌惮的满嘴胡呲呢!

只有金枝明白他那是怎回事!

原来自从堂姐兰枝来过一回盛家后,金枝的心中便时时盘算起了有关男人女人的问题,堂姐那"让心爱的男人日,日了再日"的话,便以无比生动鲜明的形式出现在她的脑际。顾金枝突然发现自己原来竟有着惊人的想象力,她能将自己与男人交媾的场面热烈火爆地复现于墙壁、屋顶、炕头及一切足以映现他们两个赤裸裸身子的地方。花样翻新、精彩迭出,让人心旌摇荡,流连忘返。

想象自然是要付诸实践的。金枝亲吻着景浩曾被自己咬伤的肩胛柔声问:哥呀,还疼吗?不等男人回答,她的双唇便沿着景浩的肩胛处一路吮吻下去。她将他浑身上下吻了个遍,那满蕴着柔情蜜意的话语更是如那湫河的流水哗哗个不停。这一个曲意奉承,那一个洽情呼应。盛景浩一开始身子尚有些僵硬,很快便如干柴遇到烈火般轰轰燃烧起来。他将她紧紧箍在怀里。金枝感到男人的两臂是那样有力,仿佛要把她整个儿一个人囫囵纳进自个儿体内一般。金枝因为准确无比地感受到男人对自己的爱而惊喜若狂。她的一双小手便从他的头上抚摸起,一点点朝下滑去。她的每一个手指都在焦渴地呻吟着呼唤着期盼着等待着,最后齐声呢喃着停留在男人的小腹下。她忽然意识到那儿不对劲了。新婚之夜男人硬邦邦的下体至今记忆犹新,怎么眼下这一刻那小兄弟竟像一位"扶不起的阿斗"?她想男人一定是还在生她的气,便又柔声道:哥呀,妹要把这些日子的亏欠一下子补给你,你还有什么不高兴的!哥呀,你要还在生妹的气,就打妹几下吧!金枝说着,将男人的一只手拉起往自个儿脸上打。又说:哥你若是消了气,就让咱那小兄弟也高兴起来吧。这时她才发现,景浩竟是急出一头大汗了。

盛景浩哭了。他发现自己失去了做一个男人(哪怕是一个不太好的男人)的能力。

当晚夫妻在忐忑不安中度过。

以后的几个夜晚他们还是屡战屡败。

景浩和金枝都绝望了。绝望中的景浩突然像换了一个人,生性忧郁、一向寡言、从不与人调笑的他竟成了个俗语所说的"活拍子",尤其是爱跟年轻女人说些酸话荤话,有时甚至有些不分场合,不顾脸面了。

"成何体统!……"

现在,当景浩嘻嘻笑着走进厅堂时,盛书璧怒不可遏的呵斥声便一如二碛滩头的顽石蛋带着一股股风声兜头朝他砸了过去。

景浩不为所动,打了个千儿,朝他的父亲禀报道:

"汾平太谷和陕西送钱的已上路。内蒙古的一路未派出人……"

盛书璧一听,再也顾不得"扔顽石蛋"了,急切地问:

"怎回事?"

景浩说:

"内蒙古那边太偏僻,不设银号。路上不太平静,带的又是巨额现银,没有人敢去啊!"

"岂有此理!"盛书璧未听景浩说完,便又一次勃然大怒了,"这就没有办法了?为什么不雇押镖的?"

景浩说:

"倒也不是不能。我和德泰昕顾先生都觉得这笔钱过年以后再给他们结算也不迟。何必……"

原来,内蒙古那家客户本是有专人常年驻碛口负责银两结算的。腊月初那人父亲亡故奔丧回家。走时并没有特别要求年前给他们送去现银,所以顾先生和景浩的想法并非完全没有道理。可是盛书璧却不同意:

"这不能成为不按盛家老规矩办事的理由。内蒙古客户是咱老客户、大客户。往年人家一直都是靠咱给的银子分红过年的。今年咱能不让人家过年!送,快送。最迟赶腊月二十七清早一定要送上门。"

景浩说:

"听说这两天镖局的生意特红,恐怕雇人押镖有问题……"

盛书璧道:

"去叫你三叔,让他去一趟。"

景浩说:

"三叔?三叔不是二十九娶亲吗?"

盛书璧拍拍脑壳。跺脚道:"我怎把这事给忘了!……"忙把管家叫来,命他马上去三爷那边帮助筹备事筵,吩咐:一定要把事情办得热热闹闹。

三爷盛书瑜正是在此时进门的。

盛书璧一见,忙说:你来得正好。让这边去个人帮助筹备二十九的事筵吧。盛书瑜却说:

"有比那事更要紧的事哩。内蒙古的银子要快送。这事恐怕得我去……"

盛书璧说:

"这怎行?眼看二十九……"

"能不能不说这个二十九?"盛书瑜哈哈笑了,"再过一个年,那女人也不会再比我大出七八岁来……"

这一天的事情说起来还真有点"无巧不成书"。这里盛书瑜刚说到自家准备娶的那个女人,那女人的兄弟找上门来了。是个三十来岁的老实巴交的乡下人。那汉子进得门来,瞟了未来的姐夫一眼,旋即低了头,看着自己沾满泥巴露着足趾的棉窝窝暖鞋说:我到您府上找您,您不在。盛书瑜问找我有事吗?坐下慢慢说。又道我正要给你家捎话哩,我得出一趟远门,二十九的事推后再说啊。那汉子不坐,依旧看着自个儿的破棉鞋说:我姐讲你俩那事她想来想去怕委屈了您,让我把办事的银子还您。汉子说着从怀里掏出一个红布包来往炕上一放,转身便走。盛书瑜说:你站住你站住。那汉子惶惶然站住,但没有转过身来,只说:您那银子我们没动过。盛书瑜说我不是那意思。银子你拿回去交你姐,就说是我接济她娘母子的,让她别多心。我俩那事就算了。那汉子说,不不不,可哪里能挡得住盛书瑜的手,最后银子还是被揣到他怀里了。汉子扑通跪下叩了一个响头,站起来逃也似的去了,边走边擦眼抹泪。

"你看你,你看你……"汉子走后,盛书璧对盛书瑜说,"你看你这事办的。"

"哥,我走了。"

盛书瑜如释重负地呼出一口长气,朝门口走。这时坐在蒲团上一直默默看着他的李秀珠突然声音颤颤地轻唤一声"兄弟"。等盛书瑜转过身来,李秀珠说:兄弟,嫂子要给你打问一门好媳妇……盛书瑜俯身对李秀珠说:嫂子,兄弟等着……声音忽地哑了。

院子里,窑房门口出现了一堆堆刚刚清扫出来的垃圾。有几孔窑洞已开始粉刷。男仆女佣出出进进忙得正欢。

约莫晌午时分,盛书璧从西湾来到碛口商会,板凳还未坐热,几个小商号老板相跟着来拜见。盛书璧一听禀报,就知道他们是来干甚的。说话间,那几人已经进门了。他们是高家坪德兴成的高老板,冯家会万顺泰的冯老板,樊家沟晋永长的樊老板,还有陈家山报君泉的陈三儿陈老板。要说,这几位还都算方圆十里八里内的乡邻,可商会会长盛书璧就是不待见他们。盛书璧并未起身躬迎,也没有看茶让座,反倒将自个儿的身子朝太师椅里一缩,闭目养起神来。他的脸阴沉沉板得如疾风暴雨前的黑龙爷,浓黑的眉毛跳跳颤颤像要变作两柄飞刀。几个小老板见此情景,挨挨挤挤站在当地半天不敢言声。

"说话呀,你们都是方圆左近有名的理罐罐嘛,怎不言声呢?"

盛书璧拖着长腔开口了。几个小老板斜签着面孔瞟了会长一眼,但见会长两片微微开启的嘴唇间,一个个火气十足的字儿如同刚出锅的炒豆般朝外蹦。不是蹦往地面,而是直朝着他们的面皮蹦来。他们的面皮便麻辣辣生疼。

"我们不是……我们是来给您拜个早年。"

"那好哇,我谢谢你们。要是没别的事,咱就这样了。这两天忙得很……"

可是那几位站着不动。

"那就还是有理要摆嘛,说吧,说吧。"

德兴成的高老板胆大点,嚅嚅着嘴说:

"会长呀,藩司'借'那银子能不能给我们这几户再少摊点?您知道,我们都是小本生意。一年辛苦统共也赚不了多少……"

"大家都难哩。小本本小,大本本大嘛。"盛书璧说,"上头一共开了二十万两的口,碛口三百来家字号,均摊也得六七百两吧。你们是小本生意没错,可分到你们头上的才一户四百两啊。你们知道盛氏三槐堂多少?说出来我真怕吓坏你们。两万,整整两万!"

"可你们盛家生意……"高老板说,神色比先前镇定多了,"加上那些驻外字号,少说也占碛口一半了吧?"

"咦,高老板倒是会算账啊!你怎不想想官家一年要从盛家弄去多少?告你说吧,这几年盛家一年的赚头里,有一半我得乖乖儿装进官家兜兜里。藩台大人去年五十大寿,光礼金盛家就被挖去十万,你们几位才出多少?……"

盛书璧不由将那被挖去的礼金数字信口拔高好大一截,然而这似乎并不能取信于几个小老板。

高老板道:

"我怎听说去年那礼金并没有那么多?而且,送多送少,那还不是你们自家的事?"

盛书璧顿顿,说:

"高老板,这商会会长你来当吧?你当上,你就知道上边要那些银子,哪些是该你一家掏的,哪些是该公摊的了?"

话说到此,盛书璧才像突然想起似的,招呼看座上茶。忙乎了一阵,看看众人都坐定了,盛书璧方叹口气,接上先前的话头道:

"你们是不知道哇。盛家那些驻外字号一年光送礼怕都不止一百万哩。咳,不瞒众位说,昨儿夜里我都梦见要上吊自杀呢……我能怎哩?咱躲又躲不开,斗又斗不赢,不死挨能咋?还请诸位多多体谅,多多包涵了。"

这时,坐在墙角旮旯儿的报君泉老板陈三儿少气无力说话了,声音像被大风吹到半天空的一片片枯黄的树叶,又像刚从墓坑里刨出来的碎砖烂瓦,飘散着一股股阴森之气:

"上吊?自杀?……这倒是好办法。跳河也行。碛口,水旱码头。跳河方便。又干净又利索。省得买棺材……"

这陈三儿开的是澡堂。澡堂取名为"报君泉"原是为了忆念德泰欣掌柜盛书瑜征服赌场恶棍索五,帮他讨回了被讹走的银两,且还将他陈三儿鼠窃狗偷的丑事遮掩得严严实实,让他得以挺着脊梁重新站着做人的义举的。陈三儿的报君泉生意清淡,几年过去也没有赚下多少银两。而今官府一下子要"借"去四百两,这实在无异于索五的讹诈了。索五讹诈有人救,官家要"借"谁敢挡?哎,完了,完了……

盛书璧被陈三儿言语中阴森森的凉气一冲,浑身打了一个冷战。听话听声,锣鼓听音。盛书璧在陈三儿的言语中听出了一些威胁的意味。盛书璧可是从来不吃这一套的。因喝道:

"陈三儿,你是不是又在三月三梁上赔血本了?咋?这一回没遇上我家老三那样的人?没人给讨'公道'啦?"

陈三儿的脸腾地红了又腾地紫了,胸腔里一股气憋得难受,一连咽下几口唾沫,像是咽下了一串火炭。他不知道盛家三爷是不是朝盛书璧提说过掘墙行窃之事。如果提说了,盛书璧是会专拣这阵儿给他眼上扣"灯瓜瓜"(方言,揭老底,陷对方于尴尬之境)的。

"怎不回答?"盛书璧不依不饶,"我家老三是生瓜蛋一颗!要我说,赌博赔了血本跳河活该!"

盛书璧终于没有说出那事。看来,盛家三爷还真没有对人提说。好人,算是好人一个!可陈三儿的胸腔里还是憋得难受。

几个小老板回头看看陈三儿,不约而同地咽下一口寡清寡清的唾沫,站起身来朝外走。

陈三儿走在最后,走得有些迟疑。走出门外,又回转身来,对盛书璧说:"我的全部家当,加上老婆孩子,四百两银子谁要卖给谁。"

陈三儿一脚迈出商会门槛,便脚不点地朝着黄河岸边走。

盛书璧看着陈三儿的背影出了一会儿神,忽地心悸了一下,浑身打摆子似的大颤不止,猛然醒悟到了什么,忙叫人去河边拦截陈三儿,却已晚了。

陈三儿果然跳进了黄河。那时正是半后晌,这个时辰的碛口镇整个儿一个传话筒,商会眨眼间涌来上百号人,大都是些小老板。陈三儿的老婆孩子那一天正好也来了碛口,这时听得风声也来了。商会院子里大号小叫、人喊马嘶、天翻地覆;客堂里不时响起桌椅板凳杯盘碗盏的倒地声、碰撞声……

盛书璧号啕痛哭起来,忙吩咐下人们站到街上齐声吆喝,悬赏搭救陈三儿。宣布:陈三儿那四百两银子由三槐堂代缴。一直到上灯时分,方把那些小老板都打发走了。这时,才发现客堂里叫人砸坏了三把椅子、五个茶杯,还有一方会长心爱的日月同辉砚。盛书璧拖着疲惫不堪的身子朝家走时,想:把他的!这是些土匪啊,过军啊。看起来,商会得赶快弄些带刀带枪的养起来哩……

按乡俗,腊月二十三是春节前"整人口"的日子。无论绅商士民,只要不是公务在外、路途十分遥远的,都要赶回家与亲人团聚。不过对于商家来说,从腊月二十出头到二十五六正是一年里生意最上劲的时候,二十三能回也得等打烊关门之后,二十四一早还得再赶回字号。一般来说,碛口人置办年货的高峰期到二十六就该过去了。所以,腊月二十七历来是商号分红放假的日子。放假但不歇业,由东家和一两个未成家的小伙计留守并招呼零客购货事宜。

腊月二十七是商家的喜日子。即使终年生意十分清淡,也得硬撑着按例分红,甚至越是生意清淡越要按例分红。今年也一样。虽然官家"借"款、陈三儿的死在众商家的心头罩上了惨淡的愁云,但当腊月二十七到来的时候,他们还是打叠精神,将一切料理得喜气洋洋。商会会长盛书璧甚至显得比往年还要喜兴。

所谓分红,其实只和已出师的伙计有关,学徒是无红可分的。但即使是学徒,各商号在放假时,也有一份厚礼相送。只要不是遭了大灾,这份礼也得按祖制来。计有:白银二两,白面、粉条各十斤,烧肉、烧豆腐各八斤,新衣帽一套。小伙计出师一年后,方可获得一厘的股金,此后每二到三年,又可增加股金一厘。股金终身可参加分红,每厘白银十两,并不因天年好坏上下变动。故称身股。参与分红的除身股外,尚有劳股。劳股比身股红利高,却是以本人当年劳绩大小及天年好坏而定的。已出师的伙计在分红之外,自然也可获得节庆贺礼一份。如果伙计中有人于年内逢着婚丧嫁娶之事,字号另拨银两资助。尤其是伙计本人成亲,字号差不多是包了一切费用的。如此,各字号从腊月二十三开始,就得调配人力、物力、财力为二十七这个喜日子的到来做准备了。

为了这个喜日子的到来,各字号都要高挂大红灯笼,请丝弦艺人弹唱助兴。

在这个喜日子,各字号的大小掌柜是必得全体到场的。

三槐堂在碛口的字号多,所以二十七这天刚交五更,盛书璧就打发人将老二盛书璞、连同景浩、景涛都叫到自家客堂来一道用饭,好在饭后相跟着赶到碛口去。盛书璧说:今年三爷内蒙古送款未回,咱几个代表他了。咱的安排是,先去公伙的字号,完了,兵分三路,各自为政。三爷的德泰欣最后由二爷去主持一下。你们看如何?盛书璞说大哥我们听你的。于是便抓紧用饭。

太阳出山时分,盛家德泰昕货栈的迎春志庆在一派丝弦细乐吟唱声中开始了。整个仪式由账房顾先生主持,盛家父子被请上坐。盛书璧的脸上挂出了平日少见的笑容。盛书璧简单地说了几句对字号全体员工表示感谢的话,就让"礼送各位登程"了。

"礼送登程"从学徒开始。在此之前,凡准备"登程"回家的,都要将自己回家带的小包裹预先打包好,一待"礼送"结束,就要立即离号,这是规矩。那预先打好的小包裹拎在各人手中,账房先生叫到谁,谁要当即走到柜台前,当众将那小包裹解开,让诸位掌柜将内中的东西一一过目,然后再重新打包,领上东家的各样赏赐及分红所得银两,向诸位掌柜施礼致谢。这时,掌柜的会说:"明年正月初六,准时来号应卯!"——这是续雇之意,那受雇的伙计定会满面笑容作答:"一定,一定!"也有来年不再雇用的,掌柜的就会说:"咱的生意要收缩。明年请自讨方便,另谋高就。"那被解雇者一般都是知道被解雇原因的,所以听得如此说,也只说声"是",悄然退出而已。

今年德泰昕就有一个被解雇的伙计。这伙计不是别个,正是那很会来事的苍狗子。苍狗子现在是盐库保管,前些时和一个搬运工通同一气,用河漕石崖下扫来的芒硝偷换了几十斤好盐。那搬运工原是李家山小村崔壮的侄儿。此事后来让崔壮知道了。崔壮是盛书璞岳丈,一向鄙视此等鼠窃狗偷之事,便逼着让侄儿将那些好盐退回字号。这样一来,那苍狗子就败露了。

苍狗子被解雇了,却没有即刻回家。他躲在货栈门外等着盛景涛。

盛景涛是第一个走出德泰昕的。盛景涛急急朝他的烟草行走。

苍狗子随后赶上去时,见景涛面色苍白,牙关紧咬,额头上的汗珠豆子似的朝下掉。

苍狗子惊问:少东家你这是怎啦?

景涛说你他娘别惊惊咋咋,快扶我进烟草行。

盛景涛说着,一只手抓住了苍狗子的肩头,苍狗子的肩上当即像被揭了皮似的火烧火燎般疼。

苍狗子看出点门道来了,忙将景涛扶进烟草行一间空屋。

苍狗子说:少东家,我给您弄一点去,您抽一口儿不就舒服了。您盛家又不是支应不起的。

景涛说:放你娘的臭屁。你想毁了我!

苍狗子忙说:我放屁,我是放屁!您少东家是谁呀?要戒就戒了呗!

景涛在那屋里折腾顿饭工夫才消停了,那时,苍狗子肩头的血早从棉袄里渗了出来,手背上也被抓得血糊拉杂。

景涛眼里迸着泪花花说:苍狗子,够朋友。你的忙我盛景涛就帮帮。不过,咱丑话说前头,你狗日的要再敢做些胡七麻八的事,我剥了你的皮,抽了你的筋……

第十九章

过了正月初二,李家山的戏班子就开台唱戏了。

戏是去年冬天请平遥师傅排练的。三本大戏,五六个折子戏,还有五六个二人台。够一正月抖落的了。台口挺稠。一个草台班子,未出方圆三五十里地,单是二月二龙抬头前,就写出去七八台戏,很风光的了。而且,只要李运旺点头,再多写几台也没什么问题。可是,不行啊。李运旺说了:咱得先留足时间在本村和碛口镇尽义务。除唱戏,还有闹秧歌。咱戏班子的人要不参加,那秧歌队还算李家山的吗?咱不能做那对不住满街父老乡亲的事。

唯一美中不足的是:莺莺姑娘拒绝再登台唱戏。

平遥师傅一遍遍问:这是为什么,这是为什么?又对李运旺说:莺莺小姐不登台,岂不大煞风景!

李运旺明里回答:今年冬天,小女的身子不大好。暗里呢,却在一声声叹息。回到家,李运旺试着说服莺莺振作精神重进排练场。李运旺说:

"平遥师傅到了,带来几本好戏……"

又说:

"平遥师傅一来就问你呢……"

又说：

"大伙儿都在念叨你哩……"

莺莺终日躲在绣楼上，低着个头绣花儿，任爹磨破嘴皮只是不吭声。听得不耐烦了，就朝着爹撒气：

"我不听，我不听……"

又说：

"您还想让我当'千人瞅、万人看'的'下三烂'啊！"

又说：

"爹爹呀，您还想害您的女儿啊……"

莺莺早已泣不成声了。

莺莺的兄弟李玉成已是十来岁的少年了，那些日子常来陪姐姐说话。这时听得莺莺大放悲声，悄悄踅进门来，也不搭话，上前便咯吱姐的痒痒，道：

"姐呀，我知道，我知道你又想盛家那小子了。"

又说：

"姐呀，是不是女孩大了，就都要想我们男人？"

莺莺啐道：

"谁想他！谁想你们呀？你倒算……男人了？"

说着，盯了玉成一眼，不由笑了。笑着，那眼泪流得更汹涌了。

莺莺听姨说，派往盛家的媒人刚向盛景涛的父母提说亲事时，夫妇俩显得挺高兴。盛书璞说：我看很好。问问景涛，只要他乐意……崔玉荣说：那闺女我从小看着长大，心眼和模样儿一样招人爱，没说的。可是当盛书璞去见过盛书璧，口气变了，说什么：莺莺小姐生得千娇百媚，真是千人争着瞅万人抢着看的。我们家景涛土头土脑，实在有些不般配呀……

话虽说得婉转，可莺莺还是一听就明白了盛家的真实意思。那是一把把刺向她心头的刀子啊！

"盛景涛，盛景涛，你怎这么……这么狠心呀！"

莺莺在号啕两声之后，再也没了声响。也许是自个儿明白，将这"狠心"的账全记在盛景涛身上,多少有点不太公允吧!她仰头望着虚空,一动不动,只有不断头的眼泪噗噗簌簌朝下掉。当天夜里,难为那盛景涛竟翻墙逾户来会她,她拒不放他进屋,心里却是颇感慰藉了。然而,事情终归无可挽回了。从此,她便像换了一个人似的再也没有了往日的顽皮和快乐,整天足不出户,只躲在绣楼绣花绣草了。

然而,排练场就在离她家不远的一座公房(旧时村社百姓共有的集会议事场所)里。那清脆的板鼓、婉转的胡琴,以及演员们咿咿呀呀的吟唱声白天黑夜朝着莺莺耳朵眼里钻,搅扰得她心烦意乱,惶惶不可终日。莺莺仿佛看见那平遥师傅正在父亲的陪同下,给演员们讲四功五法那一套。莺莺仿佛看见新戏已经开排,平遥师傅正在给大伙说戏,还不时手舞足蹈做几个示范动作。那平遥师傅闺门旦的台步走得真好看,真正一个"水上漂"。那水袖耍得也漂亮,简直可说是出神入化了。莺莺不由放下手中的活计,步到窗前,远望着排练场发起呆来。

平遥师傅登门拜访莺莺的姨母王喜玲,后来两个人便相跟着来见莺莺。

平遥师傅说:

"'千人争着瞅万人抢着看'怎么啦?他们想这样还不一定能成呢……孩子,挺起腰杆来。"

王喜玲也说:

"就是。让他们站到台上试试去!莺莺,俗话说得好:人争一口气,佛争一炉香……"

莺莺仰头望着屋顶不吭气,半晌,摸了一把泪光莹莹的脸颊,狠声道:

"走,到排练场……"

好在平遥师傅分配给她的基本都是悲剧角色。莺莺觉得那戏中人的心境同自个儿相仿佛,她要登台表演的其实就是她自己。莺莺便将自己的魂灵儿统统赋予了戏中人,于是那角色的一颦一笑一招一式便别具了一种以往不曾有过的撼人心魄的丰神。

戏是演得更好了,然而生活中的莺莺却变得面容憔悴精神萎靡,那往日的精气神好像都被戏中人一点一点暗暗抽去了。正月十五在黑龙庙演出，盛景涛突然出现在紧靠戏台的一侧，目不转睛地看着她。看着看着，那眼中便有大滴大滴的泪珠儿滚落下去。莺莺假装没看见，一门心思做她的戏。待到再回头看台下时，那景涛已离去了。莺莺朝着景涛的背影瞅了一眼，想起以往景涛看她的戏总是头头看到尾尾从不中途退场的那一份痴迷，心想你既是瞧见我出台扭头便走，足见你的心里早已没有了我。既是心里早没了我，足见咱俩的事不怨张不怨李全怨你景涛生了异心。既是你早已生了异心，足见你到戏场并非冲我而来，又为何装模作样擦眼抹泪？……莺莺这么想着，心头便陡然冒出一股浓酽的恨意，一股明明白白指向景涛的恨意。

一正月的台口才演一半，莺莺病了。先是茶饭不思，后来就有些神思恍惚起来。喜玲对李运旺说：闺女大了，得赶快找个婆家哩。也难怪！她和那景涛可是有些年头了，一颗心怕没给一个情字填得满满的！现在弄成个这，心里突然一下子变得空落落的自然难受得很；女人啊，这种难受是最大的难受，是滋生百病的根儿。咱做父母的得快快设法给孩儿填补这个空当。女人心里有了一份情，自然就会滋润起来振作起来快活起来……

说来也巧。西头正好有一姓徐的人家，原是甘肃那边迁移来的。近年来做油麻生意发了，家里养着百十来头骆驼，陕甘宁蒙开了好几家字号，也算碛口镇大商户了。徐家老两口只有一个儿子名唤徐健，年方二十有五，媳妇新丧，求媒人来李家说合。那徐健李运旺曾经见过，生得一表人才，且甚是精明。据说徐家的发迹多赖此子。现在徐健甘肃驻号，颇有绩能。所以那媒人上门一提说此事，李运旺先有了几分意思，便去与喜玲商量。喜玲专意到西头找徐家周围的住户打问了一番，回家后却把头摇得拨浪鼓一般。原来，那徐健年岁虽不算大，却已连丧两妻，有人说是命硬克妻，也有人说他长了个非同一般的男根——新媳妇刚进门时都好好的，过不了多久便恶疾而亡。还有人说那徐健本人倒不失为好后生一个，只是遭逢了个"牛角老婆"式的娘。对待娶进门的媳妇还不如买到家的牲口，折腾来折腾去便一个个夭折了。李运旺听喜玲说过情况，沉吟半晌，道：说徐健命硬克妻,这是和尚头上的虱子明摆着的事。可他能克住别人,却不一定能克住咱莺莺呀!就是真的冲克着,那也不是无法破解的!至于别的,我看全是胡说八道。什么男根非同一般,我长这么大可是从未见过'二般'的!你见过几个?……喜玲打断李运旺,啐道:有你这么说话的吗?都啥事呢,你还没个正形!李运旺且不理会喜玲,接着道:还有他娘是个"牛角老婆"的话,我也不大相信。徐家独根独苗,徐健他娘老子再亲谁哩?脾气躁点急点怕是有的,可再躁再急怕也是为儿女好吧,她能歹毒到哪里去!喜玲听丈夫如此说,也有点拿不准主意了,寻思道:要不咱问问莺莺看她甚想法。夫妻俩于是便去找莺莺提说此事,且将那徐健命硬克妻已经连丧二房及他娘可能不是个省油灯的情形实实在在说了一遍,末了道:孩儿呀,在这事上我们做爹娘的再也不能让你委屈了,所以成与不成只听你一句话。又说:你也不要马上回答,好好想想再说。谁知,这里夫妻俩话刚落音,那边莺莺便道:我乐意。

　　这门亲事就算说定了。于是互换庚帖,择日子,送钱,送鱼儿……一切如仪进行。

　　"送鱼儿"是吕梁山区古老的婚俗礼仪之一。即在新人过门前一月,两家分别用上好的白面制作大鱼儿装入食篮送给对方,有互致良好祝愿的意思。面鱼儿一般由双方的母亲亲自制作。大的一斤面蒸一个,小的也有半斤左右。享用这些面鱼儿的只能是两个新人,故数量以八到十件为宜。太少了不吉利,太多了易霉变。面鱼儿的制作有不少讲究。比如,那鱼儿的双眼需以一粒大枣去核后拦腰切断镶嵌之。那枣核被取出后,需当即投入火中烧毁。

　　却说那一天早晨,徐家差人将刚出锅的鱼儿挑来李家。恰好李家的也于前一日蒸好了,喜玲便将徐家食篮里的面鱼儿换成自家的让来人挑回徐家。待将徐家差来的人打发走后,喜玲站在院子里朝绣楼上喊:

　　"莺莺,徐家送鱼儿来了,你快来……"

　　按乡俗,这面鱼儿送到家里后,应由新人亲自过目,并当即掰开一个品尝的。

喜玲站在院里等着莺莺,莺莺却迟迟不下来。喜玲便又叫:

"莺莺,快来看看徐家的鱼儿!你婆婆的好手艺,一个个蒸得又白净又周正……"

喜玲说的是真话。刚才她搭眼一瞧,便由衷地感叹了一番。

楼上还是没有动静。喜玲叹口气,亲自登楼去请。却见莺莺正痴痴地站在窗前朝着山下不远处白练似的黄河瞭望着。听见背后门响,并未回头,说:

"姨呀,我真想跳黄河里痛痛快快耍一水哩……"

喜玲笑道:

"我的小姐,你以为你还是当年那个年纪啊。从五六岁到十一二,你可是没少在黄河里钻过。你抠了河泥专朝人家那些光身子拉船的屁股上摔,都把人家整怕了……"

莺莺也笑了,说:

"我真想再跳黄河痛痛快快耍一水……"

喜玲道:

"想耍,现在也不是那节气啊,河边还结着冰哩。"

莺莺说:

"姨呀,河那边沙地里种那甜瓜真香啊。吃一回就让你想一辈子……"

莺莺终于被喜玲拉到了面鱼儿前。只见那十个大大小小的鱼儿果然弄得又白净又周正。

"光瞅这些鱼儿就能想见,你那婆婆一定是个麻利女人。莺莺呀,你就等着享福吧。"喜玲说着,拣了一个小点的鱼儿递到莺莺手里,"掰开尝尝吧。看样子,这碱水搭得也是正好哩……"

莺莺便将那鱼儿一掰两半。正要将其中一半递嘴边去,喜玲"咦"了一声,拉住莺莺的手从那半个鱼儿里抠出一颗枣核儿。喜玲捏着那个枣核儿出神地看着,一时竟未听见莺莺"怎么了怎么了"的询问。莺莺的婆婆没有把枣核儿烧掉,却将它包在了鱼儿里,这显然是别有一番用心的。因为按老辈人的说法,新人一方如吃了包有枣核的鱼儿,那他(她)一生必服服帖帖受另一方辖制。这说法有点近似新婚大典上拜过天地后,一双新人抢着进洞房,谁先迈腿进门日后谁必在家事上占据上风一样,属于婚俗中男女双方半玩笑半认真地对未来家庭主宰权的争夺。不过,二者相比之下,鱼儿里包枣核的做法带着一些"请君入瓮"的味道,玩笑开得有点过火了,一般人宁愿将它舍弃,甚至都不知道有这一说法。可是喜玲知道。喜玲便有些不太高兴了。

喜玲不高兴,就想让莺莺把这个包了枣核的面鱼儿扔掉,这时才发现莺莺已经吃下去了一块。

喜玲便嘱咐莺莺:

"正日子那天,记住抢先入新房。"

莺莺却并未理会喜玲的用心,只说:

"懒得去抢……"

喜日子择在了二月初六。二月初五那天,莺莺说要去趟碛口,喜玲也不好说不行,便让一个小丫鬟陪了一道去。二人一路款款而行,看看到了二碛滩头,莺莺看着不远处的乾隆石说:我累了,咱二人上乾隆石歇歇吧。

二人便相互帮扶着攀上乾隆石。那时,早春二月的太阳艳丽而虚白,宛若锡箔剪裁的一个车轮懒洋洋悬于湛蓝的天宇。巨石四周,一片片枯草在料峭的寒风中索索抖颤。背阴的一面,落满浮尘的积雪委屈地叹息着。几只觅食的麻雀了无生气地瑟缩在乱石丛中。大同碛的浪涛于一片沉寂中暗哑地呻吟,仿佛因了冰冻的压抑正隐忍着满腔的悲愤。小丫鬟不禁打了一个寒战,说:

"小姐,我们朝前走吧……"

莺莺不说话,她在侧耳倾听着什么。半晌,自语般地问道:

"河南坪财神庙起戏了吗?……这丝弦锣鼓声声入耳,好叫人惬意啊!"

小丫鬟朝河南坪那边看看,说:

"小姐,您怎么啦?河南坪的神戏还得两三个月才起哩……"

又说:

"小姐,咱快走吧。您可别是着凉了呀!"

二人终于进了镇街。小丫鬟问:

"小姐,您想去哪儿?"

莺莺道:

"随便。去了哪儿算哪儿吧……"

小丫鬟只得步步陪着从前街一直走到后街。那后街系紧傍河沿筑成。数丈高的街畔下,便是黄河河道。河水在这里,全没了大同碛那边的汹涌险恶。河面变得异常宽阔,细浪如舞,波光潋滟,渡船咿咿呀呀,客流潮涌,别是一番景象。

莺莺站在街畔,目光痴痴地朝着河面瞭望。这里,当年曾是她骑着浑筒畅游过无数遍的地方。河那边,就是陕西了。那个长满枣树的梁峁背后,夏日还会种甜瓜吗?……莺莺的面皮突然变得青紫,两条好看的眉毛颤动着攒集一处,目光已是浸透火色的了。莺莺毫无来由地朝着小丫鬟喝喊一声:

"回家啊,你想把我冻死在这里?"

小丫鬟惊慌地眨巴着眼,不知自己是怎么招惹了小姐,忙搀扶了莺莺朝回走。边走边赔着小心说:

"小姐,要不咱到天成居喝盅茶暖暖身子再走……"

莺莺自知有些失态了,淡了声道:

"喝茶倒不必。给玉成讨些点心回去吧。"

提到了弟弟,莺莺露出了笑意。

晚饭莺莺没有下楼去吃,早早就关门闭户钻进被窝。这里那里奔波一天,她想今夜是能一觉睡到大天明的了。这是她作为闺女在娘家住的最后一个夜晚,她什么也不想盘算了,活了一天算一天吧……

也不知过了多久,莺莺突然听得一阵隐隐的哭声自耳边响起。莺莺睁眼一看,不由惊出一身冷汗。原来就在她的床前,蹲着一头牛不像牛,马不像马,鹿不像鹿,猪不像猪的怪兽。微茫的夜色中,看不清那怪兽的面目,只依稀看出怪兽的头上顶着两支短而粗壮的犄角,身上披满亮光闪闪的金鳞。呜呜咽咽的哭声分明就是怪兽发出的。莺莺猛然想起,自家一头青花母牛好像生过一匹名叫斑斑的麒麟来着。她好像还听景涛说过,这斑斑当年曾受过他的救助,同他是挺好的朋友……莫不是斑斑看她来了吗?莺莺想到此,一颗心放到了肚里,柔声问道:"斑斑,是你吗?……"莺莺一头说,一头爬起身吹亮火纸将灯点上,朝床下看时,那怪兽早已不见了,地下淋淋漓漓撒了许多磷光闪闪的水渍。莺莺回想着那斑斑发出的呜咽声,不禁心惊肉跳,哪里还能睡得着!

第二天早上天刚亮,李家上下就忙碌开了。张灯结彩是必不可少的,指挥自然是李运旺。喜联、喜字是在三天前就写好了的,着人里里外外贴上就是了。前院西墙根下临时砌了两盘大灶,现已烧得红光耀眼,几个男仆女佣动手备办喜宴了,菜刀噼噼啪啪响得好不热闹。牛琨和李运兴的几个儿子负责搭设喜宴帐篷,虽然他终于没能娶上莺莺,可从他满头大汗忙乎的劲头看,好像比谁都高兴。喜玲起床后做的头一件事是按阴阳先生的吩咐用预先准备好的三尺红布将院门口的石磨盖上。石磨好比夫妻,红布一盖,就谁也克不成谁了。徐家那边她已差人知会过了,院里石磨也是要照此办理的。忽然一声大号在街门外吹响,村上戏班子的一伙男女带着家伙赶来助兴,喜庆的鼓乐震落了满天的星星,引逗得朝霞灿若桃花。

一个艳阳高照的好日子。

大约羊出坡时分,徐家娶亲的队伍到了。前面是彩旗、火把、灯笼,两班响器吹打得火上浇油似的。新郎徐健骑着高头大马紧跟在响器之后。他头戴金花,披红一道,更显得气宇轩昂,引得四下里看热闹的妇人女子啧啧之声一片。新郎的背后是三乘大轿。人们一看,就知迎客来的是男女二人。

李运旺夫妇闻声迎出门来。身边跟着女佣一人。那女佣手捧朱红漆盘一个,内盛六尺长红绫一条,酒壶、酒盅及小菜一碟。那时,新郎已跳下马来,自女佣所捧盘中取酒壶、酒盅,向岳父母敬酒作揖。那喜玲便跨前一步,将那条红绫披上新郎肩头。自此,新郎遂成十字披红。接着,新郎及男女迎客分别被让进男女客房,上茶用饭。随行杂役亦各得其所。其间诸多

225

礼仪不一一备述。

却说绣楼上,莺莺也已打扮停当。红袄红裙是必不可少的。按照莺莺的意思,里头套一件薄棉衣也就够了。可她姨喜玲哪里肯依,说:自古以来嫁衣都是越厚沉越好,哪有你那个样子的!便给她穿上了里外三新的加厚棉袄棉裤,当下就把个莺莺热得满头大汗。她的叔伯嫂嫂那时便给她穿上了特制的、用雄黄染过底子的新嫁鞋,又将一面带着长柄的小铜镜挂在她的腰间,嫂嫂说那叫照妖镜。嫂嫂还将嘴凑到莺莺的耳边不知叽叽咕咕说了些什么话,弄得莺莺粉面通红。小丫鬟用朱红托盘送上三尺红绫、一把红枣、几块冰糖,将红绫盖在她的头上,红枣、冰糖装进她的衣兜。于是在一片打趣逗笑声中,莺莺完成了"登台亮相"前的全部装扮事宜。

接下来,就是"十送饭"了:女方娘家人给即将离家的女儿一连送上十餐饭。这十餐饭在民间送了一代又一代,送到现时已是徒具形式的了。不过一个油糕、一颗油果子、两个小点心、一个饺子、两根面条等等而已。一般来说,娘家人送这十餐饭,姑娘用这十餐饭,都是颇在意掌握那快慢的节奏的。快了,人会说:等不得了吗?慢了,人又会说:排架搭得太大了吧?细细想来,那十餐饭不过为表达一种眷恋之情罢了,这正如一些少数民族的哭嫁一样。不过,以实为实讲来,事情既已做到这个份上,还有什么果真难割难舍的呢?即如眼下的莺莺,命运将她逼到了这步田地,纵有天大的难割难舍之事,她也不愿再想了。不,她没有什么难割难舍的了。唯一难割难舍的恐怕只有绵延的思绪酸涩的思绪纷乱的思绪颠三倒四的思绪。然而,正是这思绪,却使她用餐的节奏完全失了章程……我着的什么急呢?让他慢慢等。噎死的无人偿命呢。一开始,她就想。都要上人家炕头了,还逞甚强呀?你是心强命不强啊。后来,她又想。哼,够他便宜的了。我凭什么!从十二三岁起,我莺莺就同那一个人好了,可至今还是个囫囵身子呢。就这么便宜了他呀?瞧你胡思乱想些什么!如果不是囫囵身子,那成什么了?那阵阵我可真傻。那一个才亲了我一下,我就以为要怀娃了,吓得哭啊!真是便宜他了。让他等,让他等。等三年五载,等到死。死去吧。现在立马就死,让我守寡也守个浑身清爽。歹毒!大喜的日子你咒人家干甚！嫁他不是你自个儿乐意的！原以为那一个是贼大胆,没承想也是个银样镴枪头。记得有几回,他盯着我的眼神好怕人呀。隔着衣裳我都觉着他那儿硬邦邦,热烘烘的呢,可他却硬是装规矩哩。只有那天夜里翻墙入户之事做得倒像个男子汉,可他盛家把绝情事已经做下,你这时才来,还不是白来！莺莺,莺莺,你好不识羞。事到如今,你还想他干甚！没良心的冤家啊,他要早有决断,哪能看着我落这等地步！罢了罢了,规规矩矩做徐家媳妇吧。可是,那天夜里,我心里,其实,真是说不清。也许,我其实真不想让老张头瞧见他呢。只要再过一刻,我可能就给他开门了。事情怎那么巧呢？老张头那天夜里怎睡那么迟？他要真进屋了,我就把什么都给他,也不枉跟他那样一回……莺莺就这么想着吃着吃着想着,十餐饭足足用了两个时辰。要不是嫂嫂连催几回,她还不知要吃到甚时呢。

于是礼炮三响,鼓乐齐鸣。莺莺由小丫鬟搀扶着一步三回头地走向花轿,徐家人早已等在院子里。爹爹姨娘伯父伯母哥嫂兄弟一干人等送出门来。陪送箱笼铺盖诸物亦已捆扎停当。其间又有女送客"出恭"等俗礼在一片调笑声中演示,兹不一一细说。莺莺叔伯哥嫂中最精明的老三和二嫂受派充任男女送客。临行,自然免不了聆听叔叔婶婶的许多叮咛。

男送客所乘马匹女送客所乘花轿皆由李家雇请。于是,娶亲队伍中花轿变成了四乘,骏马变成了二骑。响器一路未停,转眼间西头已遥遥在望了。那时虽然刚到太阳落山时分,却已将灯笼、火把一一点燃。八面彩旗在火红的晚霞中显得更加明艳夺目。早有一群娃娃跑往徐家报讯,徐家门前顿时鞭炮响成一片。

花轿在徐家街门外落地。莺莺从轿帘缝隙朝外一看,料定那站在一群人前头的、五十上下年纪的一对男女就是她未见面的公婆。她的公公瘦小文弱,微驼着背,眉眼颇和善,像一只捞自小溪里的虾米。相比之下,她的婆婆倒是人高马大。这是一个皮肤细白,手脚粗大,环眼狮鼻,连说话的声音都像个男人的妇人。在看到这二位长辈的一刹那,莺莺的心里突然蹦出一个古怪的想法:让这二位互换一下角色才好呢。再一细瞅,莺莺不由扑哧笑出了声:瞧瞧这二位,打扮得有多滑稽呀！公公戴着一顶纸糊的花花公子帽。两个帽翅晃晃悠悠。脸上白一道、红一道、黑一道，说三花脸不是三花脸，说黑头不是黑头，要多难看有多难看。脖子里挂着一个小布袋，还有一把大匙子。头发上、黑缎子袍褂上遍洒着白色的面粉。莺莺从那些面粉发出的特殊的气味分辨出，这是此地农家喜吃的炒面。婆婆则是头绑一对牛角，脸上搽了太多的脂粉。脖子上挂着满满一瓶子食醋……莺莺早就听人说民间婚礼上有拿公公婆婆取乐的，且还编出了许多酸辣故事，看起来果然不谬。

新郎徐健钻出轿门，脚踩轿杆，等着父亲抱他到天地爷前去。父亲走过来了，刚将儿子搂抱入怀，早被压得跌倒在地，引得围观者哄堂大笑。父亲很不服气地爬起来，正欲重新尝试一遍，却早被夫人拨到一边。那妇人将儿子抱离轿杆，故意朝上耸耸，轻松地走进大门。围观人群哄笑着对那做父亲的说："徐掌柜，快去抱媳妇啊，媳妇还等你去抱呢……"那徐掌柜愣一愣神，便果真朝莺莺乘坐的花轿走去，却被一个小丫鬟笑着抢了先。徐掌柜便朝着众人扮个鬼脸，闪到一边去。那小丫鬟扶着莺莺脚踩红毡缓缓步入大门，朝那供着天地爷的上院行去。徐健的叔伯兄弟打扮成小丑模样，拉着一个装了老南瓜和发面馍的红布褡裢走在新娘的前面。半道上，又有徐健的叔父身穿红袄绿裤，朝莺莺递上一把封了口的银制小酒壶。莺莺稀里糊涂接到手，也不记得姨娘和嫂嫂是否提过，这玩意儿是叫干甚用的。

礼生高唱：

一拜天地，二拜高堂，夫妻对拜，扶入洞房。

有一瞬间，莺莺觉得自己变成了一只戏台上的木偶。便想：那牵线者是面前这个面目和善的礼生吗？

在前往洞房的路上，莺莺看见红毡子的一边平躺着一个草人。在她走过那里时，只见寒光一闪，有人用一把亮闪闪的铡刀将那草人一劈两半。然后，莺莺又在小丫鬟的搀扶下，跳过了一盆旺火，跨过了一具马鞍，终于进门了。炕上早已铺好厚厚的被褥，小丫鬟扶莺莺盘腿坐在上边，便有一把把五谷夹了些铜钱当空撒下。新郎走上前来，掀开红盖头。小丫鬟提醒莺莺，让她快将那银壶启封。原来里边有一对小银人儿。莺莺这才想起姨娘好像说过有这规矩，便将那两个银人儿揣进怀里。莺莺的手指触到了挂在腰间的那面照妖镜，这才注意到炕头上摆着一个大斗，斗中盛满了红高粱。上置长明灯一盏，另有雕弓一张，响箭四支插于其中，还有剪刀、布尺及米面捏成的六畜等等。莺莺知道，那就是"灯斗"了。便将照妖镜解下，也插入其间。这时，莺莺的叔伯哥嫂被请来洞房，与一对新人共进晚餐。饭毕，男女送客离去，小丫鬟提醒她，该为新郎下披红，拔金花了。莺莺照办毕。新郎便将莺莺的爬绺儿解开，用柏木梳连梳三下，之后，又有徐健的叔伯嫂子用红线一条在莺莺额头上连绞三次，说：破头了。现在我该叫你'徐健家的'了。

莺莺的心头无端地潮涌起一阵悲伤。哎，我怎么就被称为"徐健家的"了？去年的今日，我在哪里？我在干甚？我在做着什么样的梦？前年的今日呢？大前年的今日呢？……

莺莺正在暗自寻思，早有一群半大小子、年轻小伙一拥而上，朝着她伸手讨要红枣、冰糖。她兜儿里装的那一点哪里够用，于是不容她分说，有几双手竟明目张胆伸到她衣襟里，胡乱摸揣起来。她的奶子居然也被什么人摸了一把，裤带也被人顺便拉脱了。莺莺又急又气，心想这大约算是将"闹房"的那出戏拉开序幕了。心里便只是叫苦不迭。

好不容易挨到三更天，所有规程才算都走过了。莺莺觉得浑身上下像要散架似的疲困，里外三新的棉衣整得浑身热汗涔涔。这时，她的婆婆进来了，命人重新收拾炕上炕下，然后亲自为一对新人铺好被褥。莺莺注意到那妇人将一方白绫自怀中掏出，铺到莺莺的被窝。莺莺想起上午娘家嫂嫂附到她耳边说的那话，不由粉脸臊得通红。

"健儿，你们也歇了吧。"

婆婆瓮声瓮气地说。那声音像是从她粗大的鼻孔中喷发出来的。边说，边溜下炕离去了。

房里只留下一对新人时，徐健对莺莺说：

"以前我只在戏台上看过你，没想到你比戏台上更俊……"

便用直勾勾的目光看着莺莺。

莺莺不言声。她又走神了。她想起母亲嘱咐她抢先进洞房的话,这事竟让她完全忘记了。到这阵儿,她压根儿记不清到底是谁先进的了。徐家院子里的石磨盖着红布吗?她好像也没有注意瞧。

徐健朝她挨了过来,莺莺下意识地朝一边躲了躲。

莺莺猛然想起还有一件事未曾办呢,忙自怀里摸出一个小小的元宝来,递给徐健。

徐健笑笑,明知故问:

"这是什么?预发赏钱啊?"

莺莺叹了一口气。景涛啊,景涛啊,景涛啊!这个元宝本该是递给你的呀……

徐健未得到回应,显得有些尴尬,只好自找台阶朝下走:

"你们李家会算计,这脱衣钱竟要两个元宝啊!"

一头说,一头从怀里掏出一般大的一个元宝来,和莺莺递过来的那个一道,双手捧给莺莺。莺莺将两个元宝搁过一边,迟迟疑疑开始解自个儿的纽扣。她的双手战栗着怎也不听使唤,半晌竟不能解开一粒。忽然,莺莺呜咽起来。呜咽着一头钻进被窝。被窝里当即发出压抑的号啕。徐健皱起了眉头,迟疑片刻,三下五除二先将自己的衣服脱净了,然后一把掀开莺莺的被窝,噌噌几下便将莺莺剥光。就在徐健斜仄着自个儿的光身子脱剥莺莺的时候,莺莺突然惊恐地大叫起来。她看见那徐健的下身没棱露脑竟有一条小擀杖那么粗大。莺莺骇道:

"啊呀,怎么你那……跟别人的不一样?!"

徐健亦瞪眼瞧着莺莺:

"你……经见过好多?"

莺莺语咽了。莺莺紧闭了眼,只是哀求:

"你……先把灯弄熄。"

徐健道:

"那是长明灯,要点三天三夜的。"

"快弄熄,弄熄……"

"我喜欢点着灯!"

徐健早在莺莺的身上忙乎开了……

莺莺脱口尖叫一声"景涛",昏死过去了。

徐健看看莺莺身下,那一方白绫早被血浸透了。徐健心下却嘀咕:她到底经见过多少?……

盛景涛跟着运送烟草的驼队离了碛口。

莺莺准备嫁给徐健的消息景涛早几天就知道了。景涛的心中便终日呼唤着莺莺的名字。往事一幕幕浮在眼前,以前所未有的清晰前所未有的沉重前所未有的锐利前所未有的灼热逼视着他挤压着他刺激着他熏炙着他,他感受到了前所未有的、远胜染上毒瘾千百倍的难熬千百倍的失落与痛苦。一时,徐李两家的亲事成为碛口古镇茶余饭后、街谈巷议的中心,盛景涛自然也便做了其中一个重要的角色。连带着当然也会说及他的伯父、父亲和叔叔。还有他们盛家其他光彩的不光彩的种种逸事奇闻。他的父亲盛书璞几经犹豫,还是接受了永宁州知州王继贤的建议,做了义学教习,但同时也下定了在石板沟另筑一处房院的决心并付诸实施。这样一来,盛景涛便理所当然做了碛口商界重要人物之一。那时盛景涛已和瘾君子彻底告别,整天出入于盛家字号,行走于商界各处,那些议论便难免钻入他的耳朵,如同火上浇油般加剧着他内心的煎熬。

伯父盛书璧显然也听到了这些议论。

盛书璧对盛书璞说:

"瞧,这一回咱盛家可是'城门外放铁炮——鸣(名)声远扬'了。"

盛书璞说:

"这事也不能全怨他……"

"不怨他怨谁?怨你们娘老子!"盛书璧的嗓音猛然拔高许多,"小小年纪,正经本事没学得多少,勾引人家大小姐倒是能行啊……"

盛书璧说:

"为今之计,赶快给他找一门亲,娶进来吧……"

盛书瑜在一旁插话道:

"大哥,依我说这事也不可太着急了。一辈子的大事嘛,慢慢打问个好的。"

盛书璧说:

"我也没说要打问个不好的嘛。只是你们众人都得上心点。咱把媳妇娶进门,那些个瓜长蔓短的议论自然就会平息的……"

盛书瑜目视二哥盛书璞道:

"这道理倒是对的。"

于是在以后的日子里,盛景涛三天两头被召回家相亲。因为有了同李家那事的教训,这一回长辈们对他实在够仁爱的,他不点头,谁也不武断决定什么了。可景涛对此偏偏提不起精神来。先前的几回还勉强应付了一下,后来便"将在外君命有所不受"了。然而长辈自有长辈的办法。他不回家就让女方去碛口,去他的字号。明着相看不乐意,那就暗着来。女方装扮成赶集的、上会的、走亲戚的、访友的,在他的面前晃荡来晃荡去,让他看清楚看仔细,反正对方一听说是盛家少爷,差不多没有不热心的。盛景涛的心里便只剩了一个"烦"字。

正好,景涛早就有心到盛家外设字号去看看了。还有一些大客户,他也极想去拜会拜会。于是,就在莺莺出嫁的前一天,景涛随一支东去的驼队出发了。

碛口去东路的驼队运送药材粮油的多,一般是下午在码头货栈装上货,晚上歇侯台镇,第二天一早钻樊家沟,过吴老婆山进入平川,一路往东去的。

侯台镇侯五奴的草料店夜夜人满为患。

侯五奴的生意红火,固然与他善于经营有关,但他那聪明漂亮热情乖巧的女儿侯玉婵从中所起的作用也是尽人皆知的。

景涛有些日子不到侯家草料店了。那天下午一踏进店门,侯五奴早从窗玻璃上看见了,当即迎出客厅,朗声道:

"盛少爷一向好啊,盛少爷想出去走走看看?盛少爷年轻有为呀……"

侯五奴是由衷的赞叹,可景涛却红着脸低了头。这时,侯五婶和侯玉婵也出现在高圪台上。五婶说快进屋喝茶,玉婵却只是看着景涛笑,不说话,景涛脸更红了。

景涛坐在客厅歇息的工夫,侯五奴和五婶都去忙着安顿驼队,屋里就只剩下玉婵和景涛了。玉婵沏了一盏茶递给景涛,还是笑。景涛已同这玉婵挺惯熟了,便道:

"你是吃了笑老婆的屎了,还是找下称心的女婿了?笑!笑!……"

玉婵说:

"听人讲这些日子盛少爷一共相了九九八十一回亲……"

"怎没见你去?……"

景涛反唇相讥。

"哼!"玉婵说,"你看我像个自讨没趣的?"

玉婵说着,转身走出门去。就在她转身的一刹那,景涛忽然看见莺莺楚楚的面影一闪。景涛心里一动,想:她真的好像莺莺啊!景涛记得,差不多每次见到玉婵,他都会产生如此这般的意念,怪了!景涛不由走出屋门,追随着玉婵的背影痴痴地审视起来……

第二十章

八九河开,九九雁来。

八九大约在雨水与惊蛰之间。在北方,强劲的春风是能吹破琉璃瓦的。那风满怀热情在冷硬岑寂的大地上一路欢歌一路驰驱,所到之处冰消雪融,绿润泥涂,广袤的大地响彻生命的足音。黄河苏醒了。那被春风吹得四分五裂的河冰像刚刚出栏的一群群绵羊白花花挤满河道,叽叽喳喳磕磕碰碰载沉载浮顺流而下,沿途经受一股股尘沙的侵袭,数日过后,便由白转黄,由黄变黑,俗称"黑凌"。

黑凌流经碛口河段的时间在清明前三后四那几天。

那些日子,渡船一般是极少开动的。

也有在黑凌到来前后冒险渡河的。

那条渡船颠覆时,天空阴沉沉的正落着零零星星的小雨。雨丝很硬,仿佛还夹杂了一些雪霰。当时碛口码头正是一天中最繁忙最热闹的时辰。因为明天就是三月三西云寺庙会了,人们担心那时正赶上黑凌到来被挡在河西,便提前一天渡河了。从清早起,码头上三支渡船穿梭般西去东来。西去时乘客寥寥,东来时却是船船爆满。由于水流的冲击,渡船在河里只能走斜线。河对过的码头位于上游二里远处,渡船在那里缓缓离岸,赶划到这边来时,正好在碛口码头停稳。这算顺水行船,拉人稍多点不太要紧。若是渡船西去,那就不同了。河对岸的码头在上游,船离碛口码头后变成了逆水,船行起来就很费力,拉人便须少点,且要格外当心。现时渡河西去的人不多,可艄公们还是不敢掉以轻心。

事故却是出在了东来的渡船上。

当时,顾金枝刚从西湾赶来镇街,又从镇街赶来码头。一到码头,便在人群里寻寻觅觅起来。她在寻人,寻她家夫人。她家夫人是昨天下午离家的。走前未打任何招呼。盛家上下急得像热锅上的蚂蚁四处乱窜,从发现情况到眼下,没有人稍歇片刻,连盛书璧都在碛口街里团团乱转了整整一宿。而这事又不好对外张扬,盛书璧吩咐:对亲戚家都只能从旁打听,万万不可露出真情。这便更增加了寻觅的难度。这不,从那时到现在差不多一天过去了,还是不见踪影。盛府上下笼罩在一派哀伤绝望的气氛中。盛书璧长吁短叹着,也不得不考虑如何向夫人娘家的李运兴、李运旺弟兄做交代了。然而就在此时,顾金枝突然想起,就在昨天上午,当她陪着夫人走出三槐堂,沿着西湾通往碛口的官道散步时,好像听得正在田间劳作的农人议论说,前一两日有人在陕西那边河沿上看见过盛府原管家金大发,说金大发好像就在河那边码头上做事……当时金枝听了也没在意,可现在想想,夫人她会不会也听见了这话,跑河那边去呢?现在时间差不多已过一天,夫人也许正渡河朝这头走呢。金枝原想把这情况赶紧报告老爷,后来又一想觉得不合适,便独自跑来码头,想先在这里寻寻。若是还不见人,再渡河去那边看看。没想到刚来码头,便让她赶上了这一出儿。

当时,顾金枝听得码头上有人叫了一声:哎呀,坏了!那船怕要撞黑凌了!金枝抬头一看,当下惊得出了一身冷汗。原来那船当时正驶在河心,一块房子般大小的黑凌出现在它的左侧两丈远处。大约是为了躲避那黑凌,艄公将渡船猛地朝右扳了一把。谁知就这一扳,只听呼隆一声响,一百七八十号人便都下了"饺子"。河面上一时阴风四起,呼救之声不绝。扑扑腾腾的击水声和着一片散散碎碎的浪花在早已翻了个儿的渡船左右撒布出一个杀机四伏的恐怖世界。码头上的人眼睁睁看着这一切在一眨眼间发生,一时竟目瞪口呆了。顾金枝扑通跪在地上,一边号啕痛哭一边把头叩得山响。她在心里祷告:夫人啊夫人啊,您可千万千万别坐那船呀……这时,只见河心里,一个汉子背上驮着一人左手拖着一人,用右手划着水朝岸这边游来。码头上当即有人跳下水去接应。

苦力崔壮那时正在临河的德泰昕货栈朝一条准备渡河西去的船上扛瓷器,见此情景,当即把肩上的一条大瓮往地上一墩,拔腿朝河岸奔去。一边跑,一边解棉袄纽扣。赶跑到岸边时,上身已经脱光。崔壮朝站在岸上瞧热闹的人群吆喝:

"快下水救人啊,站着卖甚呆!"

也不管码头上有男有女,三下两下便将自己剥得精赤条条。见岸边的人仍站着不动,不由破口大骂:

"我日你们先人,你们还是人吗?"

刚才救了两个人上岸的那人原来是个三十来岁的汉子,有人认得是汾州府大牢当差的王直楞,李家山李运旺的小舅子。王直楞刚去陕西那边办过差。说起来,王直楞此回办差,原与姐夫李运旺家天成居前几年那件失窃案有关。那案子去年已被永宁州知州王继贤侦破,案犯正是天成居当年那个杂役。前些时那家伙已被移送汾州府大牢关押并做进一步审理。在审理中,那人交代,有五百两银子埋在陕西那边的一个山神庙里。汾州府知府大人知道王直楞与天成居掌柜李运旺的关系,就派他去办此差,顺便将取回的银子归还失主。谁知王直楞这一回却碰上了这样的事。王直楞自己险些没了命,身边的银子也早不知去向。亏得他水性好,沉下水底找银子没找着,自己往出游时,还捎带着救出两个人来。现在他被冻得浑身青紫,原想赶快就近跑德泰昕去暖和暖和,听崔壮一吆喝,忙将浑身脱光,跟着崔壮又跳下水去。

消冰水太凉,最是容易染病的。岸上的人依然在犹豫着。

街上的人也闻讯赶来了。盛书璧让商会杂役背来一张长十数丈宽两三丈的大网,一到岸边,当即叫两个小伙子拖着一头横渡过河西去,另一头让河这边的人拉紧。这样就在落水者的下游主河道上张开了一面网墙,防止落水者被水冲下大同碛。

景浩让人搬来两坛好酒,放在岸边叫下水的人喝。李运旺也赶来了,带着天成居一干人,搬来几大堆劈柴,浇上麻油,燃起了熊熊大火。崔壮和那王直楞又救上来两个人。岸边当即有人接了抬到附近人家屋里去。

盛书瑜也闻讯赶来了。一来就建议开两条渡船到出事地点去。岸上的人见有船过那边去,纷纷跳上船去帮忙。盛书瑜将几个正朝船上走的年轻人叫住说:年纪大的人上船,年轻力壮的脱衣服下水……说着,自个儿三下五除二脱剥光跳进了河,一个猛子不见了人影。

又有一些年轻人迟疑着,终于脱光衣服跳下河去了。

盛书瑜没想到在这里碰上了冯彩云。当他一手拖着一个被水灌得半死的落水者爬上岸时,看见冯彩云和小桃红正在火堆旁烘烤已上岸的落水者脱剥下的湿衣服。四目相向的一刹那,两个人同时"啊"了一声。盛书瑜下意识地去捂自己的下身,冯彩云却早迎着他飞奔过来。冯彩云和小桃红一人一条胳膊将盛书瑜叉到火堆旁,不容分说,为他擦净身子披上干衣服。冯彩云又盛来半碗酒让他喝下。冯彩云正要同盛书瑜说句话,那一个却早将身上的衣服一甩,又跳下水去了。

王直楞又一次拖着两个落水者游近岸边时,身子突然像着了火似的灼痛起来,接着只觉眼前一黑,便不省人事了。岸边等着接应的人顾不得脱衣便跳下水去七手八脚将他和两个被救者拖上岸来。顾金枝见王直楞浑身冻得青紫,不由流下泪来,便也顾不得多想,解开自个儿的棉袄,将那冰棍儿似的人儿贴身抱在胸口。李运旺跑过来帮忙将王直楞身子擦干,撒些酒上去,顾金枝便就着火又是烤又是搓的。

盛景浩从水中救出第二个人时,冻得四肢都僵直了,便被人扶到火堆边来。这时他看见了妻子顾金枝。看见顾金枝正贴身为王直楞暖身子。盛景浩不认得王直楞,见妻子竟将一个素不相识的汉子抱在怀里,便有些眼酸,因打着牙咯子道:

"你……你……你真是打捞(熬)不住了?"

顾金枝明知景浩是将"打熬"说成了"打捞",却将错就错顺着景浩的话音儿道：

"他都下过三四次水了,冻得人事不省的啦,还能'打捞'着什么?"

景浩看看王直楞,果然是人事不省了,便说：

"快……快……快把我的干衣裳给他披上……"

这时站在一边的李运旺认出了景浩,忙递半碗酒过去,说：

"甥儿,快喝几口……"

景浩抬头见是舅舅,嘴咧咧着想笑,却未笑出来：

"舅,您……您看,看……金枝和那野汉子多亲热呀!"

李运旺说：

"你别胡嘞嘞,这是莺莺他舅……"

盛书璧朝着李运旺走过来,道：

"救出水的人已有近百号了,附近住户家不好安顿了。你看……"

李运旺拍拍额头说：

"你瞧我这心,怎就没想到开天成祥客房呢!"

李运旺说着,忙和盛书璧一道,招呼把刚救上来的人马上送天成祥客栈去。回来时,特地带了一床被子来,将王直楞裹住,也让人送天成祥去了。王直楞原是乘船落水的,浑身的衣服都湿透了。脱下来以后,顾金枝早已架在火边烤着,这阵儿还是不大干。王直楞去后,顾金枝便低了头一遍遍翻腾着烘烤,和蹲在一边的景浩反而好像无话可说了。

赶脚汉孙铁脚是在街上收炭款时,听到老河翻船的消息的。

孙铁脚拔腿就朝河边跑。刚上码头,就和忙得团团转的小桃红撞了个满怀。小桃红并不掩饰与孙铁脚的熟络,皱着眉头问：

"你来这里凑甚热闹?"

孙铁脚说：

"人命关天!"

小桃红见孙铁脚急急慌慌脱衣准备下水,嘴一撇,道：

"你也想去救人?一边儿歇着吧,你!"

孙铁脚又说：

"人命关天!"

小桃红学着孙铁脚的口气道:

"'人命关天',可不!你救不得人,反要别人再救你,就像侯台镇那一回,要不是人家武云山,咱俩都得进黄河喂老鳖。可不是'人命关天'嘛……"

孙铁脚像受了莫大污辱似的,脸涨得通红,讷讷半天,还是那句话:

"人命关天!……"

一头说,人早脱得一丝不挂。雄赳赳朝着小桃红挺挺满胸脯的黑肉,扑通跳下了水。可是还没有游到翻船处,肚子早让灌满了,亏得紧跟在他身后下水的天成居伙计牛琨一把拉得紧,才没被冲走。孙铁脚被牛琨强拖上岸,不说自己水性不行,反怨牛琨多管闲事,脸红脖子粗要同牛琨拼命。要不是牛琨抢先下了水,脑袋怕是早给揪下来了。小桃红和冯彩云笑得直叫肚子疼,一人一条胳膊,好歹将孙铁脚拉到火堆边,款言软语安慰了半天,才让他穿好衣服,加入抬人去天成祥客栈的队伍中。

盛书璞和崔相老先生赶到岸边时,河面上已然清静下来。刚刚被打捞上岸的几个人被翻转来架在火堆旁,泥水从他们鼻孔和嘴巴里淋淋漓漓朝外流淌。在肚子里的泥水差不多倒净后,当即被抬往德泰新坐堂先生那里去抢救。其中有的人怕是永远醒转不来了。盛书璞和崔相老先生见这里已无事可干,便来到德泰新药店,让伙计们七手八脚抓了些暖胃驱寒的药,一服服打包好,盛在一个大竹篮里,亲自提着去探视那些落水者。遇有情况不太好的,就叫人送往德泰新坐堂先生处诊治。

看看河里已再无可搭救的人了,盛书璧让李运旺、盛书瑜二人陪了船家赶快去走访先前已被救上岸的人,清查那些活不见人死不见尸的落水者,弄清他们的姓名、籍贯,容后通知亲属,处理善后事宜。其间麻搭事正多,兹不一一细说。

碛口镇作为水旱码头,船只倾覆之事并不鲜见,但像今儿这样一百七八十个人一下子没入水中,且时逢早春,河里流着黑凌,让下水救人者也一个个小死了一回的事却极少经见过。现在,这事大致告一段落了,盛书璧长吁一口气,颓然坐在结满冰的泥地上。河岸边,那一堆堆大火的余烬依旧闪烁着灼人的红光,在一派轻淡的烟霭中,那热力依旧毫不吝啬地朝着四外辐射。一些刚刚下过水的人围在火堆旁用各种姿势烘烤着自个儿的身子。几个女人穿行在一个个赤身露体的男人间,将一碗碗烧酒递到他们嘴边。

这真是一幅神奇的画图。也许是碛口古镇特有的画图。

"碛口人,还行!"

盛书璧沉吟般自语。

"我盛书璧还行,商会还行!"

盛书璧脸上露出了难得一见的笑意。他对自个儿今日的表现是满意的。他想:要不是我盛书璧,这一船人怕不得一半死呀!

可是,满足的笑意在盛书璧的脸上稍稍一闪便不见了。他重新陷入无以言表的颓唐中。有那么一瞬间,他甚至感到一种从未体验过的晦气如滚滚黑凌般朝着他蜂拥而至。他想起了他的女人李秀珠。想起了这个悄然离家一天有余,至现在不知下落的女人……

如果说盛书璧一点儿也不怜惜他的妻子,那是假的。想当初盛书璧刚将李家这位小姐娶进家时,也曾是爱惜有加的。为她的容颜秀美,为她的聪慧灵巧,也为她的活泼好动,以及李家山女子特有的能歌善舞、颦笑招人的劲儿……然而,李秀珠并非善解人意的女子。盛家这位大爷喜欢她能歌善舞、颦笑招人的劲儿,却只要她在自家屋里歌舞颦笑,歌舞颦笑给他一个人看,如果她要同别人家婆姨女子似的,到处抛头露面,那就是"不成体统"了。虽然盛书璧倒是并不拒绝看别人家婆姨女子"抛头露面"。或者甚至可以这样说,盛家这位大爷不仅不拒绝别人家婆姨女子"抛露"出来的"头面",好像也不拒绝那偶尔"抛露"出来的别的什么。就比方李秀珠的那个贴身侍女,就是因为洗澡时被盛书璧偶然撞见,当时一缕春光便在他的心中骀荡不已了。当然,后来那女子的怀孕同盛家这位大爷不无关系,但谁又能说得准呢?因为在盛书璧之前,的确有一个北路艄公同那女子眉来眼去过。正因为这事被盛书璧窥破了,那女子便孤注一掷,向她的主子递开了媚眼儿,而盛书璧便勉为其难收用了她。在盛书璧看来,一个有本事的大男人生而在世,弄几个女人那算个甚事呢!当然,这事只能在暗中操作了。在明处,一个有本事的大男人是必得维持正人君子应有的体面的,这一点,实在是盛书璧过人的识见呢。而李秀珠呢,正是在这事上犯了天下傻女人都易犯的大错误。这样一来,她那初嫁盛家时轻而易举收获的来自男人的爱惜便大打折扣了。对于一个女人来说,缺少爱怜的日子只能是苦熬。心情的抑郁与日俱增,李秀珠便不时以哭闹骂街发泄一二。于是在盛书璧的眼中,她与一个鬼怪缠身的疯子还有何区别呢?于是,小红鞋来了,神仙请了,茅粪也灌了……当盛书璧将妻子当作一个鬼怪附身的疯子如此整治时,他心中未必没有恻隐之情。良善细致如女人的金大发就被安排去专司伺应之职。后来发生了什么事呢?盛书璧心中其实明镜也似。他的不动声色,一是出于维护盛家名誉的考虑,二呢,实在也是对妻子的那一份怜爱啊。然而,也许正是他的不动声色,促成了金大发最终的出走也未可知。而今,李秀珠也走了。她会不会是去找金大发呢?她会不会找到呢?若是找不到,她将何以为生?她还会不会回来呢?……盛书璧坐在码头边,两眼失神地望着波浪滚滚的河面,心中正有一坨坨黑凌上下翻腾。

那时,景浩和金枝双双来到了他的身边。景浩连下三趟水,现在一个劲打着喷嚏。盛书璧对景浩说:

"是不是着凉了?你快回……"

景浩道:

"您管您自个儿吧。我还得去打问我妈的消息哩。"

边说,边走,眨眼间不见了。

盛书璧好像刚刚发现儿媳似的问顾金枝:

"你怎么……是听说翻船后来的,还是正好碰上了?"

"我……"金枝支吾着,说,"我来打听娘的下落……爹,您快回。我还有点事……"

金枝怀里抱着几件刚刚烘干的衣服,那是王直楞的。金枝想,婆婆如果真是去了河那边,说不定那王直楞见过呢,她得赶快去见见他。

天成祥客栈内,王直楞醒来了。

王直楞一醒来,便叫店里伙计去叫姐夫李运旺,说有要紧事禀告。

李运旺匆匆赶来了,王直楞叫炕前伺候的人都出去,叫李运旺凑近来。王直楞一把拉住李运旺的手说:

"姐夫,我做下对不住您的事了。知府大人叫从陕西取了五百两银子还您……"

李运旺明白是甚事了,打断妻弟的话说:

"五百两银子算个鸟!只要兄弟你平平安安……"

"等明儿我再下水,看能不能找到……"

"咱不说这事了好不好?"李运旺安慰妻弟,"王知州把案子破了,多数银子都还了咱,等于咱是得了外财,这已经是满壶烧酒气了。这五百两银子,该丢,丢得好!"

王直楞顿了顿,似乎在用心斟酌下面一席话该不该对他姐夫说。定夺半天,终于忍不住神神秘秘地说:

"姐夫,您猜猜我在河那边遇见谁了?……好像莺莺她姑。"

"你说什么?你认错了吧?……"李运旺这一惊非同小可,两眼瞪视着直楞等待下文。

"没错。莺莺她姑我见过几回,错不了。"

"怪了!……她和谁过的河呢?"李运旺沉吟,"若是自个儿悄悄走的,盛家人为甚不言声?他们也太不把人当人了吧!"

这些年来,李运旺常因妹子的病生出对盛书璧的怨恨来。那怨那恨初时隐隐约约潜行于心中,待到听人说盛书璧竟让人用灌粪汤的办法整治病人时,那怨那恨便如山中之泉叮咚作响了。只是碍着盛书璧商会会长的名分,从李家的实际利益计,克制自己,尽力维持彼此的亲戚关系罢了。可是,如果这一回妹子出走,他盛书璧居然敢不管不顾,那我李家就非和他说个一二三不可了。

谁知,王直楞接下来说出的话却让李运旺不好造次了。

王直楞说:

"看样子她是独自悄悄过河的。她和一个男人在一起。那男人好像是盛府管家金大发。"

李运旺沉默了。半晌，道：

"现在她人呢，还在河那边？"

王直楞说：

"那金大发将她送过河这边来了。"

"你看清了？"

"她先我过河，我眼盯着她从河这边码头离开。"

李运旺长吁了一口气。关于妹子同这位金大发的事，他也听说了。可是那金大发早就离开盛家了呀，妹子她是怎知道他的行踪的呢？

李运旺对王直楞道：

"要是这样，这事你别对任何人说起。盛家打问你也别说。啊，对了。看起来，那景浩媳妇是到码头上打探她婆婆去了，正好碰上翻船的事。她倒是做你的恩人了……"

李运旺将话题引到了顾金枝贴身搂着王直楞为他暖身子的事上去。王直楞哈哈笑着说：

"怪不得我王直楞人都冻僵了，还又做春梦又跑马的……"

"你胡说八道什么呀？那是景浩媳妇。"李运旺喝住妻弟，"那媳妇心地挺好……"

"我管她呢！不就是盛书璧的儿媳妇吗？就冲着盛书璧，就冲着他在咱莺莺身上造的那孽，我总要找机会……"

李运旺听王直楞说到莺莺同景涛的事，心里的憋屈真是无以言表。盛书璧呀盛书璧，我莺莺千人瞅万人看怎了？这也是你一个亲姑夫该说的话吗？你瞧不上我们，我们还瞧不上你呢。就冲你待我妹子那份缺德，我李运旺也不能把女儿再嫁给你盛家了。咳，悔不该主动去提这门亲事呀！……

这里姐夫小舅子正说道顾金枝，顾金枝推开屋门进来了。

"李伯您在啊！"顾金枝朝李运旺施礼问好，回头款款走到炕前，问候王直楞,"大哥你没事吧?"

顾金枝彬彬有礼的问候多少冲淡了李运旺心头的不快。李运旺笑笑说:

"景浩家的你坐。今天真是难为你了……"

顾金枝道:

"难为什么,还不都是为了救人吗?直楞大哥从冰水里救出来的人怕是有四五个吧?人们都说大哥英雄哩……"

李运旺说:

"直楞那身子骨像牛一样,有甚英雄的?景浩不也下了几趟水吗?"

李运旺说着,起身出屋去了。王直楞此时正在细细地打量着盛家这位少夫人。只见她眉目清秀,只是略显憔悴。一双分得稍开了点的眼睛里似有难言的幽怨时时外溢着,给人一种楚楚可怜的印象。她看着他的目光坦率真诚而满蕴崇敬。王直楞突然心生无限的感动,不由为自己方才说的那话感到羞愧难当无地自容了,便自我解嘲般道:

"弟妹,嘿嘿……今儿可是多亏你了!"

金枝的脸上飞起一团红云,低了头说:

"那时你都冻得人事不省了……"

王直楞又嘿嘿笑了。他原本是个爱开玩笑的人,这时见顾金枝满面飞红的样子,不由信口胡言起来:

"谁说我人事不省了?我那时还真是'眼合着心活着'哩。啊呀,真舒服呀!我媳妇死后这十来年,还没有一个女人这么同我亲近过呢……"

顾金枝自从嫁到西湾,平日遇着同左邻右舍的年轻人在一起,众人也免不了开开她的玩笑,所以对王直楞的话也便不很在意。这时听了王直楞的话,便将怀中抱着的王直楞的衣服甩到王直楞脸上,啐道:

"你要死呀!'眼合着心活着'?想必你是一只喜好装死卖活的癞蛤蟆啊!"

啐也啐了,骂也骂了,突然像是不经意地问:

"你媳妇不在了?"

王直楞依旧嘿嘿笑着道：

"不是怎的！要不说你今儿闯祸了。"

顾金枝不知想起了什么，突然咯咯地笑了。忽又正色道：

"大哥，我朝你打听点事……"

王直楞明知故问：

"甚事？说出来让'大哥'听听……"

顾金枝说：

"我婆婆有点病你是知道的。昨天她离家出走了，急得我们全家都不知如何是好了。不知大哥在河那边见过她吗？"

王直楞道：

"这事我怎没听我姐夫说起？"

顾金枝说：

"我们怎好惊动他呀！我们只是从旁打听到婆婆没回李家山，就到其他地方寻找哩……"

顾金枝说着，眼里蒙上了厚厚一层泪光。

王直楞看着顾金枝楚楚可怜的模样，早将姐夫的盼咐忘在脑后了，以实为实说：

"她一早就过河回家了。我眼盯着她过河离了码头的。你们大约是走穿插了……"

正要再说点什么，顾金枝早转身出屋飞奔而去。

第二十一章

盛书瑜终于决定娶妻了。女方是年关前盛书瑜押镖送银去的那家内蒙古商号掌柜的妹子。

去年腊月二十半前晌,盛书瑜与同行者三四人骑着快马,押着镖车,从碛口出发,日夜兼程开始了他们的内蒙古之旅。

头三天,他们完成了从碛口到山阴的四百多里行程,一切顺利。

那天傍黑,当他们一行人终于来到山阴城外后,盛书瑜对众人说:今夜咱们找个旅店好好睡一觉。从明天起,怕是再难有囫囵觉好睡了。

众人一片哇声叫好。

这三天来,他们离开马背的时辰加起来不够一个晚上,他们实在是太疲乏了。于是就在靠近城门的地方找了一个旅店。众人匆匆吃了点东西便和衣躺倒了。

盛书瑜却不能睡。他不放心镖车,坐在客舍门口留心着院子里的动静。

后半夜,随行的德泰昕伙计段五起来撒尿,硬要顶替盛书瑜守着,让他好歹去睡一会儿。盛书瑜想了想说:也好,过两个时辰,你再叫我。

谁知盛书瑜刚刚睡下,那段五便将他叫醒,慌里慌张道:我看见墙头上像有人朝咱镖车窥探。

盛书瑜一轱辘爬起来,大开屋门走出去查看,却连个人影儿也没有见着。回来问段五你可看真切了,段五说一点儿不错,墙上爬着两颗人头。盛书瑜说:你再用心瞅着,有动静马上叫。段五说:好。您快再去眯一会儿。

盛书瑜倒下就睡着了。刚刚睡去,听得段五一声惊叫,忙又爬起来,出去巡查,却又未见什么人影。那时,远处村落已有雄鸡报晓声传来,盛书瑜忙招呼众人起来洗涮,又叫来店家,吩咐早饭加两盘牛肉,来两壶酒。

在这支小小的队伍中,除段五外,其余二人均系常在江湖上行走的镖师。一姓陈,一姓薛。陈、薛二位当下便笑问盛书瑜:三爷,有朋友要光顾了?盛书瑜便将昨晚两次发现墙头有人窥探的情形说了一遍,末了道:往后的路程可能随时有凶险,大家留心点。

吃过了饭,盛书瑜吩咐段五先走一步,在前面一个棺材铺买一口棺材,雇人朝西的岔路拉五里地,那里有个山神庙,在庙里等着众人。

段五走后,盛书瑜同陈、薛二位也收拾上路了。

棺材铺就在前头不远处,他们在那里离开北去的大路,改道西行,在黎明前的薄暗中走进山神庙。过了顿饭工夫,当他们再次出现时,镖车不见了,车上拉的只有一口棺材。四个人棉衣外都套上了白麻布丧服。一行四人折而向东,重新踏上北去的官道。

然而这一天却平安无事。只是起了风。那风一开始还只是一股一股的,像老头子撒尿似的刮刮停停,停停刮刮。到半后晌,便刮得昏天黑地,人马行走都困难了。

但他们不能停。

盛书瑜让人都下马,牵着牲口护着拉棺材的车子一步步朝前挪。汗水和着尘沙填满了他们的领口,眼睑内、鼻孔里似乎也被尘沙塞满了。他们大张口喘着气,不时朝外唾着飞入嘴巴的沙砾。如此这般又朝前挣扎了二十里地,天已经大黑了。盛书瑜心里默算着一日的行程说:诸位!我们今日的路才走了多一半,我们还得朝前走!于是大家稍喘口气,就着尘沙啃了块干馍,拖着疲惫的身子又朝前走了。那风却是没有一点疲惫的样子,刮得更上劲了。

天交三更,他们终于走完了当日必走的行程。因为车上拉的是棺材,开店的主儿不让车子进门,便只好路边随便找个破窑洞大家围着棺材歇了。

第二天清早,风总算停了。盛书瑜叫醒大家,每人买了一碗羊肉臊子面趁热吃下就又上了路。

这一天他们过了大同。晚上歇在大同以北十多里地的一个老爷庙里。

盛书瑜把四个人分作两班做警戒。后半夜,睡梦中的盛书瑜忽觉一阵心惊肉跳,坐起来朝门口一看,见自家负责警戒的人坐在那里脑瓜一点一点正打瞌睡,不远处,他们下午路过的一个村子里,有几条狗汪汪叫得像打架似的。

盛书瑜一个激灵跳起来,当即招呼自家人快起来离开这里。他们走出庙门朝前跑了二里地,又折而向东转回去歇在了离那老爷庙不到一里地的一孔破窑里。这时,只听老爷庙那边人喊马嘶,接着,庙里起了大火,马蹄的得得声朝着官道一路响着追过去了。

陈、薛二位和段五都说好险好险,回头看盛三爷时,盛三爷背靠棺材已经呼呼入睡了。

最后两日他们又将棺材换成了两辆快马拉的轿车。四人的服饰自然也换过了。盛书瑜让陈、薛二位守着银子坐进轿车内,自己和段五扮作车夫坐在车辕上。可是天上却又下起了鹅毛大雪。塞外的雪片大得真像炕席一般,漠漠漫漫下得让人心慌意乱。只半天,那雪便落了足足二尺厚。盛书瑜掐指算算行程说:还有二百五十里路要赶呢。如果咱们不能按时赶到,这几天的苦就算白吃了!于是他们便冒着大雪拼命朝前赶,赶,赶……

人,自然是不能稳坐车上了,四个人便分作两组,分别把在车的两侧,各人肩上搭起皮绳一条,趟着齐膝深的雪帮牲口拉车。他们的浑身上下都被雪水、汗水浸透了,棉衣、皮袄被刺骨的寒风一吹,硬铮铮如铁甲般嵌在身上,随着人的每一个动作,发出咔嚓咔嚓的响声。

车在平路上行进倒还罢了,最让人提心吊胆的是上坡下坡。马蹄、车轮每打一次滑,四个人便到鬼门关前走一遭。上坡时盛书瑜担心走在前头的车子一旦后滑撞了后面的车;下坡时又担心跟在后面的车撞了前面的车,于是便让两车时时保持二三十步的距离。可是这样一来,他又担心一旦其中的一辆车出点啥事,四个人相互无法照应,他的一颗心便总在嗓子眼上憋着。

腊月二十六下午,雪停了,却又刮起了刀子般尖利的白毛风。四个人身上的衣裳从里到外冻成了铁壳儿,脚手耳鼻疼痛难忍。他们只有加倍使劲朝前挣扎着走,才可望不被冻死。到傍黑,还有三十里地要走,可月亮要在后半夜才能上来。盛书瑜见前面有个大村子,便下了在此过夜的命令。

好在那一天他们遇到了一户好人家。主人热情周到,先从门外掬了两盆雪让他们擦洗冻僵了的手脚,接着便找来一些干衣衫让他们换上,又生上旺火帮他们烤干脱下的湿衣。吃喝自然也是又热又杀饥的。

饭后,盛书瑜进马棚看了看,见两匹马正在欢快地咬嚼着草料,出来又将主家大门、墙垣等处察看一番,见里外都还牢靠。盛书瑜又将一些散碎银两送给主家的几个仆佣,托他们留心门户,这才放心地走回宿处。几个人就围了火炉呼呼睡了一觉。

三更时分,盛书瑜又把众人叫醒了,说月亮升上来了,咱得快赶路。于是他们又出发了。

众人经过短暂的休整,肚里不饿,身上暖和,情绪便格外亢奋,薛镖师竟低低哼唱起了野曲曲。可是就在快到目的地的时候,他们却差点儿"撞下"大祸。

事故发生在一道陡坡上。

盛书瑜当时正在后面的一辆车上帮套。正当他低了头奋力拉着皮绳合着牲口的脚步朝坡顶拱爬时,忽听前面那辆车上帮套的薛师发出一声惊叫。盛书瑜抬头一看,只见那车正以飞快的速度拽着滑倒在地的牲口朝他们这辆车撞来。盛书瑜大叫一声不好,吩咐同他一道帮套的陈师使劲稳住他们这辆车,自个儿将肩头的皮绳一甩,一个箭步冲向前面,就在离那飞快下滑的轿车几步远处,就地一躺,待那车轮滑到面前时,一把将那车轮死死"擒"住了。那时前面车上的薛师和段五总算将车稳住,帮那牲口站起来了。待那车子重新朝上拱爬时,盛书瑜浑身瘫软,挣扎几回才勉强站立起来——好在没有折胳膊断腿,算是有惊无险。

他们终于赶在腊月二十七商号开门前到达了目的地。四个人一看见字号的灯笼,就朝后一仰都昏死过去了。

原来那商家早已不指望盛家的银子会如期运来了,前两天已从别处筹措了些银两准备将年关分红之事好歹应付过去再说,谁知字号外突然传来盛家人送银来的消息。那时,盘腿坐在热炕上正饮早茶的大掌柜先是一愣,接着便溜下炕头跌跌撞撞迎出屋去,匆忙中竟连鞋子都忘穿了。

盛书瑜在客房睡了整整一天又半天,才悠悠醒来。这时只见一个三十岁左右的女人坐在他的身边,正一针一线缝补他磨穿了的袜子。那女人中等身材,穿一袭蒙古族妇女惯穿的紫绀色的长袍,发如云聚,目似点漆,鼻梁高挺着,双唇饱满而艳红。盛书瑜此生北路、西路跑得不少,像这么标致的女人还见得不多,便不由多瞅了她几眼。女人见盛书瑜醒了,忙起身施礼道:"盛三爷辛苦了!"言罢出门打来一盆热水,伺候盛书瑜洗罢脸,随又打来新水,笑着对盛书瑜说:"三爷把脚也洗洗。"盛书瑜低头一看,见自己的一双脚粘满泥垢确是脏得可以,忙顺从地将脚伸进水盆。盛书瑜心下颇不好意思,斜眼瞅瞅那女人,见女人也在斜眼瞅着自己。女人的目光软软的正在自己身子上上下下闪烁,嘴唇紧抿着,小小的舌尖夹在唇外。——盛书瑜这才发现女人的神情气度中颇有一些令人难以捉摸的意味。是狡黠?是顽皮?是心计?抑或是……多情?这时女人蹲下身子要给盛书瑜搓洗脚丫,盛书瑜本能地躲闪了一下,却被女人捏住脚杆揿了一下。盛书瑜猛然觉得女人的手劲是那么大,竟让他一个习武之人无法挣脱。

大掌柜听说盛书瑜睡醒了,这时便招呼下人端来马奶子酒和烤羊肉,就在客房陪盛书瑜用饭。饭间大掌柜免不了再三称颂盛家的守信守诚,末了便相互拉起家常来。原来这大掌柜祖上是蒙古族人,母亲却是碛口人,所以也可算是盛书瑜的半个老乡了。拉扯来拉扯去,二人竟都生出些相见恨晚的感觉来。他们彼此又说了些生意上的事,那大掌柜忽就话锋一转,问盛书瑜:"三爷至今还是独自活着?"见盛书瑜低了头只道"惭愧",便笑着说:"三爷如不嫌舍妹丑陋粗笨,就将她娶走好了。"盛书瑜这才知道先前那女人是大掌柜妹子,大掌柜叫她"琪琪格"。三年前这琪琪格的丈夫因赖赌债被人打死了,琪琪格就住在了哥家。当下盛书瑜不好说行,也不好说不行,大掌柜也便笑笑把话题引向别处。

那天已是除夕了。盛书瑜见同来的几个人都还沉睡未醒,便只好安下心来在这里过年了。

大年初一这天一早,大掌柜备了两辆马车,说要拉家人和盛家客人去"出行"。盛书瑜不知道这"出行"是此地固有的习俗呢,还是当年老夫人从碛口带过来的。不过,盛书瑜和他的随行者听了这"出行"二字,竟无一例外地生出一腔浓浓的乡情,便欣然同往,也不深究此"出行"和彼"出行"有何不同。谁知在安排人乘车时,大掌柜却笑着对盛书瑜说:

"此地的'出行'和内地有些不同。习武之人骑马不乘车,舍下已为三爷备了好马,请三爷赏光啊……"

又说:

"舍妹也爱耍枪弄棍,就让她陪您一起走吧。"

大掌柜朝盛书瑜摆摆手,早让车夫驱动了车子,一路雪尘跑得不见了踪影。

盛书瑜这才看见,那琪琪格牵着两匹骏马早已候在了一边。那马竟是一高一矮。高的比人高出许多,身长一丈有余。通身火红,油光水滑,高昂着头颅,目光如电雄视着辽远的地平线,一副桀骜不驯的样子。矮的那匹比一头小毛驴高不了多少,好像一迈腿就能跨上去了。它浑身雪白,缎子般闪着银光。小小的头颅灵活地左转右拧,四条麻秆细腿一刻不停蹈动,好像随时准备挣脱缰绳飞蹄而去似的。盛书瑜忽然饶有兴味地发现,这矮家伙的一双眼中竟也如那琪琪格一般闪动着狡黠、顽皮的神采。盛书瑜不由笑了。

那琪琪格笑着问:

"三爷相中了它？想骑小白？"

盛书瑜不屑地看着琪琪格道：

"让你小兄弟陪着你吧。"

说着，大踏步跨向那火炭一般的高大家伙。谁知那马一见盛书瑜，竟做人立，咴咴叫着不让近身。盛书瑜火了，一把挽住辔头，脚下一使劲，便飞身跨了上去。盛书瑜初战告捷，高兴得哈哈大笑。谁知这"哈哈"飞上半天空尚未落到地下，那马一个蹶子竟将盛书瑜撂到了地下。盛书瑜被摔得不轻，疼得嗷嗷直叫。琪琪格忙跑过来将他扶起，笑道：

"还是让我'小兄弟'陪着三爷吧。你们内地人细皮嫩肉哪经得住这么摔呢？……"

盛书瑜爬起来复向那高大家伙走去：

"我今天还非骑骑它不可！"

谁知这一回还没容他走近身边，那马竟将屁股一拧，一个蹶子踢到了盛书瑜的腿上。盛书瑜疼得龇牙咧嘴，也不好再逞强了。

"要不，咱俩伙骑它？"

琪琪格说着朝那马脖颈处轻轻一拍，盛书瑜还没看清是怎回事，这女人却早已稳稳坐到了马背上，挽着辔头招呼盛书瑜骑到她的背后去。盛书瑜脸腾地红了，说声"成何体统"，独自朝前走去。身后响起一阵尖细的笑声，那琪琪格随后也赶了上来，说：

"三爷别生气。让我陪您一道走走吧。"

这是一座不大的城镇。西面紧靠黄河，东面则是一望无际的草原。二人先向东横跨两条街道，登上黄土垒筑的城围子，放眼眺望雪后草原银装素裹下的苍茫，又折而投西，进入黄河岸边的一片枣树林。这里一改雪后草原的空寂寥落，随处可见三五成群的游人，其中尤以男女相偕者最多。这里那里，不时有出行人燃放的爆竹响起。空气中弥漫着淡淡的硝烟的香味。也有就地点起香表跪拜菩萨神灵的，雪地被践踏得一片狼藉。忽然平地腾起一团雪尘，不远处，一对男女双双掉进齐腰深一个陷阱里。四下里爆发出一片哄笑声，夹杂着鼓掌、欢呼、叫好，将年节的喜庆推向高潮。那掉下陷阱的一双男女并不急着朝外爬,反而笑着搂作一团倒在坑内……

琪琪格对盛书瑜说,那坑不叫陷阱,叫"姻缘坑"。此地风俗,年前在青年男女出行常去的地方挖坑做伪装,掉进坑者必成眷属,美满终生……琪琪格说着,突然就地一跪,双手合十,默祷起来。

这风俗可是内地没有的。盛书瑜看看虔诚祝祷的琪琪格,一种久违了的心绪突然便在胸中涌动了。盛书瑜感到一阵脸热心跳,忙掩饰地咳了几声,定定神,对琪琪格说:"这里是年轻人的天地,我俩还是离开吧……"琪琪格不说话,站起身来挽了盛书瑜一条胳膊继续朝前走。盛书瑜挣了几回未得脱身,看看左右,并不见一个熟人,便随了她去。琪琪格得意地笑了。

说来也巧,二人朝前走了不到一箭之地,盛书瑜突然叫声"哎呀",来不及腾挪身子,就同琪琪格一道翻身落进了"姻缘坑"……

盛书璧对这门亲事没有异议,盛书璞更是连声称赞,喜日子就定在三月十九。两天前,琪琪格的哥哥亲自将妹子送来盛府,单等良辰吉日拜天地入洞房了。然而,自从三月初二碛口码头救人的现场上盛书瑜见到冯彩云后,从内蒙古草原那个黄河岸边的小镇带回来的好心情突然消失得无影无踪了。当赤身裸体的他与她四目相向的一刹那,他感受到了一种远胜满河冰水的锥心刺骨痛苦千百倍的痛苦。他想到了那个傍晚他的蛮力的右手击打她的脸颊所发出的刺耳的响声,以及响声过后她朝他投来的恐惧而苦情的目光。于是,自责自斥引发的自惭自愧当即如一把把匕首投枪朝着赤身裸体的他飞来,直欲洞穿他的灵魂。从那日之后的这么多天来,盛书瑜一直感到自己是赤身裸体的。白日,他极少出门;只有到了夜晚,他才如幽灵般飘出宅门,飘出三槐堂,飘来碛口,飘进桃花坞。

那时,桃花坞的桃花开得正盛。远远一望,俨然一片片粉红色的云霓飘落其间。那云霓氤氲着馥郁的芬芳,即使是夜晚,都听得见蜜蜂嘤嘤嗡嗡的喧闹声。月色朦胧里,夜风飒飒吹过,缤纷的落英扑向路人的颜面、怀抱,那情景便别具一番令人痴迷的韵致了。

盛书瑜在远离冯彩云住屋百步开外的一道坡坎上踯躅。他看见先是小桃红去串门,两个女人坐在屋门口的一张条凳上,一边编织着什么,一边喁喁私语。偶然有三言两语飘进盛书瑜的耳际,说的竟是什么《冯彩云》小曲的事。

"彩云姐呀,碛口人都把你编成小曲唱了……"

"满嘴胡呲哩……"

"不信呀?我给你唱几段……"

"你敢!看我不撕烂你那小油嘴……"

"怎么?做了个这事,你还怕出名呀?可惜没人唱我呢……"

"你要真想唱,就唱……"

怎么?她竟允许别人当着她的面唱那小曲儿?那曲儿盛书瑜也听说了,竟把他们盛家弟兄都编了进去。从头到尾尽些污言秽语,听了真能把人的肺气炸。这样的曲儿你都乐意听呀!你呀,你呀,难道你真成下三烂了吗?

盛书瑜正自跌足长叹,从码头那边过来几个人。他们一路走,一路嘻嘻哈哈叫唤着"冯彩云""小桃红"的名儿,有的竟吆吆喝喝唱起那《冯彩云》来。盛书瑜只听了几句,就愤怒得无法自持了。他真想扑上去一把扭断那家伙的脖子。可是,他这又是何必呢?再怎说,她也是做了那肮脏事的人了。既是脏事都做得,还怕唱个脏曲儿?再说了,你也是马上要娶妻的人了,你管得着她吗?盛书瑜突然悲从中来,吐出一口恶气,蔫蔫地蹲到了地下。

小桃红见有客人到,站起来要朝自家屋走,却被一个高大的汉子拦住了。

"别走,别走。今儿咱就在一起玩玩……"

冯彩云站起来正色道:

"有这么个玩儿的规矩吗?"

那人似有些收敛,说:

"要走也行。你和她各自唱一遍《冯彩云》,让哥哥们听听你们谁唱得好……"

一阵难堪的沉默。只听冯彩云道:

"我唱,就我一人唱。你们仔细听着……"
"好,好,好,你自己唱再好不能……"
汉子们哇哇叫好。
"彩云姐,那……让我给你弹上三弦吧。"
小桃红言罢,当即有三弦弹拨声响起。只听冯彩云唱道:

　　家住在陕西米脂城,
　　四沟小巷有家门。
　　寒门生得娇娇女,
　　奴名叫冯彩云。

盛书瑜正要走开,忽听那小曲的词儿不同原先了,心下便想,莫非她将那词儿改动了？我倒要听听了……
冯彩云继续唱:

　　二老爹娘太苦情,
　　身染瘟疫命归阴。
　　兄嫂见钱开了眼,
　　将奴许老翁。

　　二八佳人八八郎,
　　老鬼比俺爹大一轮。
　　大小老婆三四房,
　　还要活埋人。

　　自古红颜多薄命,
　　无定河边放悲声。
　　郎君救我黄泉路,

我那心上人。

　　盛书瑜被这椎心泣血的倾诉震撼了。十多年前无定河边那悲凄的一幕重现在他的面前。盛书瑜记得此后当他得知冯彩云的身世后,生平第一次为一个素昧平生的年轻女子流下了他自认为"英雄"的眼泪。他满怀柔肠侠骨为她奔走,他大义疏财将她救出火坑。当欢颜重新出现在冯彩云的脸上时,他才发现这女子原来竟是如此美貌。在以后的数次接触中,她的锦心绣口,她的善解人意,竟让他难以释怀了。原来冯家早先也算米脂大户,只是在彩云爷爷辈上家道中落了。彩云从小跟着父亲,竟还粗识不少文字。这所有的一切,当时确是深深地打动他了。于是他们山盟海誓,爱得你死我活了。彩云自小有条金嗓子,唱起歌来赛过天上的百灵鸟。盛书瑜永远不会忘记,那些日子冯彩云偎在他的怀里轻轻吟唱的那支小曲儿:天天刮风天天凉,天天见面天天想。天天刮风不下雨,天天见面还想你……

　　而今,盛书瑜神使鬼差"飘"来这桃花坞,当冯彩云的吟唱又一次突入他的耳际时,他的心境却是完全不同了。

　　……
　　盼你盼得眼通红,
　　等你等得心尖疼,
　　寻你寻得闪折腿,
　　我那心上人。

　　叫天天不应,呼地地不灵,
　　两眼抹黑无亲人,
　　被逼无奈自卖身。
　　我那心上人。
　　……

盛书瑜再次被自责自斥的心绪淹没了。朦胧的月色里,盛书瑜看见那几个专来寻欢作乐的男人竟也屏息静气听得痴迷,那高大的汉子竟蹲在一旁唏唏嘘嘘洒下一掬动情的泪来。蓦然间,盛书瑜看见有无数根指头直戳到自己的脊梁上来。负心汉,呸!害人精,呸!呸……盛书瑜感觉自己是完全被腥臭的唾沫淹没了。彩云啊,我盛书瑜对不住你!如果真有来世,我盛书瑜舍上命也不让你再受这份熬煎了……

　　盛书瑜逃也似的离开桃花坞。可是当他走到沟口时,却又站住了。他转身朝着冯彩云的住屋瞭望着,神情有些恍惚。我这是来干甚了?他自问。是来向她或向你自己诀别?告诉她你有中意的女人了?就为说声"对不住你"?……呸!瞧你多讲情意呀!盛书瑜唾骂着自己离去了。

　　冯彩云确是将那曲曲的词儿都改了。她没想到这新词儿竟能将那几个死鬼男人降服,使她和小桃红逃脱一场难言的尴尬。现在,男人们走了,小桃红也去了,她可以安安稳稳睡个好觉了。冯彩云将屋门大敞,脱下偏襟大袄拎在手中,满屋子煽动着,将男人们留下的烟气、汗气驱赶出门。又盛了一盆净水洒到脚地,炕上炕下打扫了一遍。接下来,让屋门就那么敞着,自己却步出院子,走进桃林,捡一道圪塄坐了,四下里顾盼着,像在欣赏月光下那花团锦簇的一片片流云,又像在玩味蜂群的喧闹幽香的浮沉。小风扑面,一片片花瓣飘落到她的肩头。她拈起一片花瓣凑近鼻孔嗅嗅,久久凝视着,似在思索着什么。夜已经很深了,有夜禽凄婉的鸣叫声传来。冯彩云站起身,顺手折了几支刚刚绽开花蕾的桃枝儿回到屋里,插入盛满净水的花瓶中……

　　冯彩云拥衾躺在炕上却怎么也无法成眠。她想她这一生多像一树桃花啊!当她满怀希望、喜悦,热情洋溢,率性而开之时,零落成泥碾作尘的命运其实早已注定了。那早已传遍市井的、没心没肺的《冯彩云》,每一个字都如踏向她的一只只沉重的脚板、吐向她的一口口腥臭的浓痰呀……她岂能不改!可是她将那词儿改了又能怎样!改得再好又能怎样!她那字字血声声泪的倾诉能够感动刚刚来的几个人,难道能够感动市井内外所有的人?她想用这字字血声声泪的倾诉融释个人心中的块垒,难道真能改变自己那零落成泥碾作尘的命运?既是不能,那又如何能使个人心中的块垒融释呢?哎,罢了,罢了,彩云呀,你就认命吧!可是我那心上人哇,今夜你在哪里?你可能听得见我的诉说吗?你可知当我诉说这一切的时候,有多少往事潮涌心头吗?你可知当往事潮涌心头时,我对你的思念有多么强烈吗?你可知当我对你的思念烈焰蒸腾时,我的一颗心又是如何的疼痛难忍吗?我那心上人,我那心上人!……冯彩云一声声呼唤着,悠悠沉入梦乡。

突然,彩云看见:花团锦簇的桃林里,有一个人影一闪。那人四十上下年纪,一身粗布衣衫,眉宇间一股英气,神色忧郁,不是书瑜是谁?彩云连忙迎上前去。谁知那书瑜一见彩云,并未打话,却匆匆离去。彩云一路呼唤着"书瑜"追出桃林,追过码头,追上街道,又朝着西湾三槐堂追去。三槐堂里人头攒集,烟尘汗气遮天蔽日,书瑜突然消失在人群中。彩云高叫"书瑜,书瑜",书瑜并未露面,人群却齐声高唱酸臭熏天的《冯彩云》。冯彩云又羞又气,夺路而逃。却不料许多人拦着她的去路,那曲曲更是唱得地动山摇。最让彩云无法容忍的是,那书瑜这时竟然也站在人群中,嬉皮笑脸地直着嗓子吆喝。彩云大声号啕起来。正在这时,一个老者出现在她的身边。老者对众人说:"你们这些人还有没有良心啊?要不是人家彩云,那藩司李大人还不知会敲你们多少银子呢……"那酸臭难闻的《冯彩云》换成了由她改过了词儿的《冯彩云》。人们唱着唱着,竟都啜泣起来。彩云感激地看看老者,那老者却不见了踪影,身边只有书瑜。盛书瑜说:"彩云啊,碛口商家都该感谢你哩……"彩云这才想起,好像的确有那么一件事发生过……

那天傍黑,一个五十上下年纪,长得白白胖胖,留着两撇八字胡的男人鬼鬼祟祟来到了她屋里,将一锭银子往桌子上一拍,说要在她这里逍遥一回。彩云见这人有些面生,操的又是一口京腔,便知有些来头。忽然想起上午有人传言,藩司衙门来人要向碛口"借"大笔银子,当时她听了就觉愤愤不平。莫非这人是那一伙的?可是不对呀!按照清律,官场之人是不许来这种地方的啊。也许是外地客商?彩云一边为那人沏茶,一边盘问起他的身世来。那人说:"这还用问吗?是外地客商。"彩云故意惊惊咋咋道:"啊呀,看您的气派,可是一点儿不像商人啊!"那人笑了,说:"那你看我像干啥的?"彩云说:"瞧您天庭饱满,地阁方圆,是当大官的料呢。"那人哈哈笑了,笑着便朝彩云动手动脚起来,说:"算你好眼力!给你说了实话吧。敝人姓李,从藩台大人处来……爷们连日来车马劳顿,今儿你可得把咱家伺候舒服了……"彩云暗暗点头,心想我得设法送个信儿出去。若果真是那个姓李的来了,这可是一件可以做做文章的好事……彩云就说:"客官原谅啊,今儿我有些不太方便。我知道您来一趟不容易,让我给您叫个小姐妹来。她可是又年轻又漂亮的。"那人道:"我可是冲着你冯彩云来的。"彩云故作诧异地说:"啊呀,您原来是要找冯彩云哪!怎么走到了我屋里?巧了,我要给您介绍的这位就是冯彩云……"那人半信半疑地盯着彩云看了多一阵儿,道:"那我……上她屋去。"彩云说:"好呀。那我先给您打探一下,看她那里有没有别的客人。"那人说:"你去。如果有别人,让她快快打发走。今儿有我占着她了……"彩云听这人口气这么霸道,心想这汉子说不定还真是藩司来的那个大官儿呢,便出来将小桃红叫出,让她如此这般应付一阵儿,自己直奔街上将信儿传了出去……

这事儿都过去好久了,居然还有人记着呢,足见这世界还是好人多啊!彩云正自寻思,突然听得那《冯彩云》的曲曲变成了娶亲的喜乐。三槐堂里家家张灯结彩,户户欢声笑语。迎亲的队伍旗罗伞扇过来了,鞭炮、鼓乐响得火上浇油一般。盛书瑜的两个哥哥盛书璧、盛书璞竟然做了轿夫,两位嫂子李秀珠、崔玉荣打扮得花枝招展,竟都充作迎客。那骑着一匹高头大马的新郎正是盛书瑜。彩云瞧瞧花轿内,觉得那新娘子像自己又不像自己。彩云好不疑惑,正想赶上去看个明白,却见那人群抬着的花轿竟变作一口白生生的棺材。那棺材并未盖实,里头躺着的居然是书瑜。三槐堂里灵棚接着灵棚,白花花门幡迎风招摇,远远近近哭声一片……

冯彩云哇的一声哭醒了。

第二十二章

　　西云寺道长领着一位胖胖的僧人,将三槐堂盛书璧的夫人李秀珠和丫鬟秀秀迎进山门。
　　原来这西云寺从侯台镇迁来碛口时,名儿改了,内里供奉的神祇却仍以道家为主。唯十殿阎君应归佛教。李秀珠既是有心向佛,便捐了一笔银子来,让在寺内前院东南角上的空地筑了三孔石窑。供奉上观音老母。这样一来,西云寺便真个彰显出些寺院的气象了。而寺内担纲住持的道长倒也乐于接受:就让僧道来个一起干吧,反正都是积德行善、化度众生之事。没想到自从这寺内供奉了观音老母以来,香火竟然旺盛了许多。不说别人,就这李秀珠,过去除过三月三外,一年也就来一回半回,现在竟是每十天来一趟,雷打不动了。道长自是欢喜不尽,便将五台山云游至此的海洲法师挽留下来,专司观音老母驾前香火敬奉之事。
　　当下,李秀珠打量着那胖胖的僧人问道长:
　　"如果我猜得不错的话,这位就是海洲法师吧?"
　　未待道长说话,那僧人便施礼道:
　　"阿弥陀佛,贫僧正是海洲。"
　　那道长同了海洲法师将李秀珠等让进知客寮,奉茶毕,道声得罪,便告辞出来,让海洲法师陪着李秀珠谈叙。那海洲法师并不打话,只是默视李秀珠片刻,双手合掌念了一声"那摩阿弥陀佛"。李秀珠深施一礼道:

"敢问师傅有何见教吗?"

海洲反问:

"施主可能担待贫僧直言吗?"

李秀珠脸红了一下,道:

"师傅但讲无妨……"

海洲说:

"施主印堂发乌,双颊生赤,必有一个大心事藏在腹中。"

李秀珠一颗心提了一下,道:

"您说笑话了。我一个四十岁的半壳子老婆,能有甚了不得的'大心事'呀?……"

海洲默然。又问:

"施主可是每日念佛吗?"

李秀珠点头道:

"不过默诵佛号罢了。"

"这就好,这就好。"海洲又问,"施主一口气可诵几声?"

李秀珠想想,回答:

"一两声,三五声不等……"

海洲顿顿,又问:

"是否每将一声佛顿在口头,便有些闲思妄想沸腾心中?"

海洲举目看了李秀珠一眼,未待李秀珠作答,便又慈和地说:

"不要紧,不要紧。常人未及亲证三昧,谁无妄念!施主只要随分随力,晨昏持诵,摄心深信,天长日久,妄念自会消弭。这便是所谓'竹密不妨流水过,山高岂碍白云飞'。一俟您杂念消亡,习气渐融,心光渐露,本分渐证,您自然连这念佛的一念亦归无何有之乡了……"

近些年,李秀珠也曾和不少出家之人谈佛论道过,可从未遇到如这海洲法师将理说得如此透彻的,不由心生许多敬畏。因请教道:

"依师傅看来,弟子该如何念佛方可尽快除却杂念？念佛之外,弟子还该做些什么？"

海洲说：

"施主不妨念念'十口气'。每气不限佛数,气极为度,十气十念,意在借气束心,使心不散。只要持之以恒,自会收效。至于念佛之外的功课,只在诵经修行了。施主须知,那经书是佛陀经过三大阿僧祇劫修习,降魔成道后化度众生的真理,是指示昏昧中的众生由迷趋觉的明灯,了生脱死的大道,您不妨择其要者诵读之。如能手抄送人,自可得其福报。"

李秀珠又问：

"那……您看弟子该诵读哪几样经书呢？"

"无非是《阿弥陀经》《无量寿经》《观无量寿经》吧。不过,贫僧这里有《药师琉璃光本愿经》一卷,施主不妨先诵读一下……"

李秀珠说：

"那'药师琉璃'什么什么经,是个什么经呢？为什么弟子该先诵读呢？"

海洲没有回答,合掌道：

"此经有言：愿我来生,得菩提时,身如琉璃,内外明澈,净无瑕秽……施主有了这个想头,再去诵别的经,自然就会谨遵佛的教诲,在积德修行上下功夫的。比方,《观无量寿经》说：欲生彼国者,当修三福。一者孝敬父母,奉事师长,修十善业。二者,受持三皈,具足众戒,不犯威仪。三者,发菩萨心,深信因果,读诵大乘,劝进行者。如此三事,名为净业。净业有成,来生……"

李秀珠喃喃道：

"'来生''来生',难道真有三世因果之事？……"

海洲说：

"三世因果,乃宇宙本有之道。施主既欲信佛,岂能不知灵识不死,六道轮回？……比方施主的前生,恐怕也是有些孽债的……施主是本地人,想必进过'十皇殿'吧？善恶有报,其实正是我佛至理。"

"十皇殿"即供奉十殿阎君之地,原来就坐落在西云寺东厢,现在寺东南既是又修了观音堂,那十皇殿差不多就是它的紧邻了。李秀珠自小常来西云寺,岂能未进十皇殿!记得那还是在她嫁来盛家之前。有一回她和村上的女伴相跟着来逛西云寺,那时还在世的奶奶一再告戒她:千万别进十皇殿。可她李秀珠天生就不是个听别人告诫的茬茬儿。奶奶不说这话倒还罢了,奶奶说了这话,她偏要进去看个究竟。所以那天就强拉着女伴进去了。刚进去时,看见迎面筑着一座金桥,几个员外模样的人由两名童男女引导,正从那桥头通过。李秀珠当时心想,这有甚可惊怪的呢?便拉着女伴大踏步朝里闯。谁知刚这么寻思,便觉头皮一阵发麻,浑身呼煞煞起了一层鸡皮疙瘩。紧接着,她同女伴不约而同大叫一声"妈妈呀",转身就朝外跑。原来那时呈现在她们面前的,竟是一个阴森森的刑场。有两个长着牛头的鬼役,正用一把大锯从中间解割一个女人。还有一个女人,竟被倒插在一盘沉重的石磨眼里,由一个牛头一个马面推着一点点粉碎着。两个女人的鞋子扔在一边,殷红的鲜血流得满地都是……那一天她们真是差点被吓死。直到跑回家,浑身还像筛糠似的颤抖个不停。接下来的一段日子,她俩夜夜做噩梦,没人在身边看着都不敢闭眼睡觉。现在听了海洲法师一席话,她的身子竟又抖颤如秋风中的黄叶了。

这一天,李秀珠与海洲法师没有再深谈下去。是对现实遭际的怅惘,也是对未来命运的疑惧,相互伴和着,化作一腔浓酽的愁绪在她的心头翻腾着。她心烦意乱了。她默默地站起身,在海洲法师陪伴下,去观音菩萨前叩拜毕,又往玉帝、三清、关圣各处上了香,便匆匆告辞回家了。

其实,这种愁绪在李秀珠心头盘桓早非三日五日了。与金大发的暗通款曲,曾使她深切体味了初恋少女般的欣喜与迷狂。然而,金大发的欣喜和迷狂始终是短暂的,欣喜过后是沮丧,迷狂之后是清醒。当他在灵与肉的强势诱惑面前,节节败退之时,似乎是忍受了一番难言的煎熬了。他当着她的面,先是长吁短叹,后来便自己掴自己的耳光,反反复复说着一句话:会遭报应的,会遭报应的……终至不辞而别,离盛府而去。三月初,李秀珠终于听到了金大发的消息,她一腔的思念一下子被引爆了。她不顾一切地渡河西去。他们终于相会了。在看到李秀珠的一刹那,金大发像被人突然使了定身法似的瓷在那里半晌动弹不得,接着,他大叫一声"我那亲亲的……嫂嫂啊",朝着李秀珠扑了过来。那时他便将她领到临时租赁的房子里。一进门,他便将她抱起来横陈炕头。我好想你,他说。我好想你,她说。我再不让你离开我一步,他说。我再不许你离开我半寸,她说。那一刻,李秀珠真的是打定再不回河东的主意了。然而双方尚未登上欢爱的巅峰,金大发便轰然坠茵落溷。金大发又一次痛哭流涕道:盛大哥呀,我对不住你。又对李秀珠说:嫂子呀,我们做这偷鸡摸狗之事,是会遭报应的……好歹等到第二天一早,金大发便将李秀珠送上渡船。整整一夜,金大发竟再未同李秀珠搭话。在渡河东归的路上,李秀珠寻思,这结果倒也在她的预料之中。

　　也许正是受了金大发情绪的感染,这种怅惘与疑惧掺半的愁思才如火如荼地煎熬着李秀珠,令她恍兮惚兮感兮惶兮,真有不可终日之感。于是,从那时起,摄心事佛,静室参禅,便成为她寻求心境平和的不二法门了。然而,如果这"至心念阿弥陀佛一声",真能"灭八十亿劫生死重罪"就好了。要真是那样,她还会有三月初的西奔吗?……早晚诵念"十口气",其实她早就照做了呢,可那心猿意马岂是这"十口气"所能降服的!背尘合觉,返本归元,难哪,难哪!那么,看来,可怜的李秀珠啊,难道你真个是不可救药了?……

　　直至主仆二人回到自家屋里,几十年前目睹过的"十皇殿"那令人毛骨悚然的情景仍在李秀珠的脑际萦绕,而且仿佛更具有了一种摧肝裂胆的威慑。伴随着那一幅血淋淋画面出现在她脑际的,还有金大发那一声绝望的悲鸣:"嫂子呀,我们这样偷鸡摸狗,是要遭报应的!"哎,这自小以来父母亲二位大人连让她听都不要听见的脏话现在真是说她吗?偷鸡摸狗,偷鸡摸狗!真是"业海茫茫,难断无如色欲;尘寰扰扰,易犯唯有淫邪"呀?现在,李秀珠的手中仍拿着那卷从海洲法师处借来的《药师琉璃光本愿经》。"愿我来生,得菩提时,身如琉璃,内外明澈,净无瑕秽……"李秀珠反复诵读着这段话,心中却有万千屈辱在翻腾:来生,来生,可是我的"今生"呢?难道我那就算"偷鸡摸狗"了？便是"偷鸡摸狗"，那又怎样？难道是我天生放荡不正经？我的丈夫,他是怎么待我的呢？女人就该任由命运摆布吗？……可是,不,不,不！男人就是男人,女人就是女人。女人怎能和男人相比。自古以来,君为臣之纲,夫为妻之纲。天生我身为女,岂能擅逾名分？李秀珠,李秀珠,"万恶淫为首"啊,难道你真要死心塌地一条道走下去不成？难道你真不怕遭报应啊……一刹那间,"十皇殿"那令人毛骨悚然的情景又突显在她的脑际。李秀珠又一次筛糠似的抖颤起来。李秀珠扑通一声跪在菩萨面前,闭目合掌,一口气念了数十次"南无阿弥陀佛"。

李秀珠的事佛诵经无疑是进入一个新阶段了。那些日子,李秀珠不光把《药师琉璃光本愿经》诵得滚瓜烂熟,还将《阿弥陀经》《无量寿经》《观无量寿经》皆诵读数遍。有些似懂非懂处,便一趟趟跑西云寺听海洲法师解说。李秀珠又从海洲法师处借得《歧路指归》,抄录几十份送给三槐堂众妇人。三槐堂里一时佛云缭绕香烟不断,众妇人唯以信愿行三宗为念,各家屋里再未出现生事吵架之事,连盛书璧见了,都点头叫好。而李秀珠呢？自然更是翘勤五体,披沥一心,竭诚忏悔,誓成正觉。然而,可叹的是,金大发那憨厚却贼亮的眼睛、高挺而结实的鼻头、紫红带黑的胸肌却总是瞅释迦牟尼的空子,同她开一些不大正经的玩笑。更有甚者,李秀珠从自己经受的苦情出发,对她的儿媳妇顾金枝生出许多惺惺惜惜的情怀,竟至纵容这个年轻的女人做出了背叛盛家的事来。

那是在数月前的一天。李秀珠从西云寺出来,顺便到天成居去看望她的哥哥李运旺。天成居伙计牛琨告她:李掌柜的小舅子王直愣来碛口了,听说落脚在天成祥客栈,也不知有何公干,李掌柜刚刚也去客栈了。李秀珠赶去客栈时,并不见王直愣,兄妹俩拉了些瓜长蔓短的闲话,相跟着走出天成祥朝着前街一路行来。谁知就在他们出了天成祥大门朝东拐时,李秀珠瞥见她的儿媳顾金枝正和一个年轻的男人躲在天成祥后头的一个果园里说着悄悄话,两个人挨得很近,好像还拉着手。李秀珠有些不相信自己的眼睛了,待要走过去细看究竟时,哥哥在一旁催她了,说:快走,直愣他可能到天成居看我去了。李秀珠在天成居还是没见王直愣。她坐在拐角上一个僻背的台阶上等了约有顿饭工夫,见金枝从天成祥那边过来了,后面不远处走着那个年轻后生。李秀珠眼巴巴盯着那后生在天成居门口站住,以目同儿媳告别后踅进院子不见了。再看金枝,亦已在街头消失。李秀珠向路人问询,才知刚刚进了天成居的那年轻人正是王直愣。

那一天李秀珠回家很晚。一路走,她一路都在寻思,该不该当晚就叫来儿媳质询此事……看样子,这两个人的故事,是刚开了个头儿,现在若是制止还不是来不及。可是,李秀珠却有些犹豫起来。景浩他们小两口在夫妻那事上一直不和谐的情形她也是约略窥破了的。她知道儿媳的心里苦哩。这事要真让她搅黄了,说不定要出人命的。若果出了人命,那她岂不是又造"重业"了?可是,要睁一只眼闭一只眼呢,她李秀珠又有何面目做景浩的母亲呢?这可真是左右为难了。对这种左右为难之事,菩萨好像也没有明确指示她该怎么办呀!李秀珠呀李秀珠,看来你真是业重福轻,障深慧浅了。就在这犹犹豫豫间,半个月早过去了。在此期间,李秀珠也曾用旁敲侧击的办法劝谏过儿媳,可儿媳却像压根儿没有听懂她的意思——顾金枝跑碛口跑得更勤谨了。李秀珠打听了一下,那王直愣果然是有一件公干一直未离碛口。这时,恰逢景月要出嫁了,盛家上下都为这事忙得昏天黑地。平日极少关注这等俗事的李秀珠竟也因了她这唯一的宝贝女儿,喜气洋洋操心起各样事体来,于是便将儿媳和王直愣那事扔开。这一来,一件大错几乎就被酿成。此为后话,暂且不提。

景月嫁的是状元公张从龙的公子张放。

一年多以前状元公踏雪访游碛口之时,盛景月曾经女扮男装同他"切磋"过武艺,故状元公对盛家这位小姐是留下深刻印象的。不过,景月此番能同张放成就百年之好,却全是仰仗了状元夫人的。原来,去年夏天顾金枝回临县城探望父母,禁不住从未进过县城的景月左缠右磨,便带她一道北上了。谁知行至安业都以北时,景月却怎么也不继续北上了。她要从这里钻沟去状元公的家乡湾里村看看,看看到底是怎样的山水竟然养育了这样一位了不得的人物。"嫂嫂,你要愿意,咱俩同往。你要不去,就把家童留给我一个。我去去就赶进县城同你会合。远则明天后晌咱就又见面了。

天知地知,你知我知。好嫂嫂,你就答应了我吧。"顾金枝深知她这位小姑的脾气,只好点头应允。那天她们是乘车进城的。两个家童另乘一车护送她们一路同行。金枝便让景月带了一个家童乘了一辆车去,临别嘱咐那家童好生照料,快去快回,明儿后晌县城会齐。

盛景月照例是女扮男装去的湾里村。状元公其时在他的南国任上,夫人刘氏突染急症。郎中开了个方子,说要以千年未化之冰做引子服下方能生效。当时正是盛夏季节,哪里有冰可寻?何况还是"千年未化之冰"呢?这不是要人的命嘛!状元公的独子张放急得如热锅上的蚂蚁团团乱转,将几个年轻家人通通打发出去寻觅了整整三天毫无结果,眼看着夫人一时不如一时了。盛景月刚刚进村就听说了这事,便自称是"盛景涛"登门拜访张放,说这事她能办到,只是需要一匹快马。那张放自然没有不应允的。

景月牵着马走出状元府,吩咐家童进县城见嫂嫂报讯,自己跃上马背直朝碛口奔去。原来早年景月跟着她的两位哥哥曾去卧虎山后的一片林子玩耍,在那里发现有一个石洞,那洞其深无比,越朝里走,寒气越重,里面出现了一个琉璃般的冰冻世界。那次出游因是背着大人去的,兄妹三人约定谁也不许将这洞子之事说出去。后来时过境迁,三人好像都把这事给忘了。当下景月回到碛口,顾不得歇息吃饭,从字号叫了两个年轻伙计带着火把、铁锨、口袋等一应家什,便直奔卧虎山后。几个人走出洞子时,已是上灯时分。景月又让找来两床棉被,将砸来的两袋冰砣打包严实,连夜雇车送到湾里村去了。

张夫人转危为安了。那张放对西湾盛家几代经商、创业古镇、造福乡梓的事迹早有耳闻,现在见这位名叫"盛景涛"的少爷居然也如此古道热肠,心中感佩不已,便设盛宴款待于景月。酒酣耳热之际,张放挽着景月说:"兄弟,你我今日相识,也是前生有缘。如蒙不弃,张放愿与兄弟永结金兰之好。不知兄弟意下如何?"那时景月粉面通红,不禁语塞,又怕张放误作别意,忙点头道:"如此甚好。"于是二人就在那设宴的客堂内拈香结拜,祝告天地,禀明序次,誓同生死。

原来那武状元张从龙虽然自己因武得福,却不知为何,偏偏不许他的儿子再行习武。张放从十岁起便被父亲带到任上,延师课以经史子集。前后历经八九载,却从未提起让他参加任何擢举考试。年前父亲让他回乡后不要再南下了,从此老老实实走耕读传家之路。张放对父亲的这一决定并不十分理解,可看看近年来身体一直欠安的母亲,却又似乎什么也明白了,便真个在家潜心耕读起来。不过,许是家传的缘故吧,这张放自小也极爱舞枪弄棒,更兼多年跟在父亲身边,耳濡目染,也颇学了些拳脚。现在既是远离父亲,便在耕读之余更把那十八般武艺件件学了起来。这情形景月到得湾里便都知道了。

张夫人病体大好后,亲自南下碛口登三槐堂致谢,张放自然是要陪母亲一道前往的。这一来,"景涛"变成了景月,少爷变成了小姐。张家母子惊叹不已,回家后当即派人南下提亲。就这样,金兰之好便做了牛女之约。

这是盛家"景"字辈第一个姑娘出嫁,按说一应礼仪自该是备极隆重的。但盛书璧说,盛家近些年已有景浩的婚娶在先,又有书瑜的迎娶在后,都是备极风光的。如果时世太平,风调雨顺,百姓日子富足,商家生意兴隆倒也罢了,问题是情况恰恰相反。你别听当官的把"国泰民安"四个字叫唤得山摇地动,可连他们自己心里都明白,自打乾隆末年开始,这大清国已经走了下坡路,而今更是国也不泰民也不安了。个中缘故恐怕只是当官的自个儿不愿说起罢了。这地处晋西的碛口原本属于十年九旱的苦焦地面,平头百姓十有八九土里刨食,当官的手松点的话,衣食尚可无忧,可事实是大小官吏唯恐搜刮不够净尽……商家的日子又能好过多少呢。对商家,官家更是巧立名目,精于盘剥啊!百多年来,碛口古镇经几代商家惨淡经营,渐成云蒸霞蔚之势,但若真像近几年一般折腾下去,怕也免不了油干捻子尽的!问题的严重性在于,商家的困窘最终还会转嫁到土里刨食的平头百姓那里去;而土里刨食的平头百姓呢,最终又唯以少与商家交往为选择。恶性循环由此形成。那么往后呢?往后会怎样,实在不是谁能说得清的。面对这种形势,咱盛家还是收敛点好。一来省些银两以备细水长流,二来省些"眼气"以备通协民心。居安思危,有备无患。老祖宗们说过的话没错啊!

可是,不管怎么说,盛家的商事在世人眼里,目前还是一派风起云涌之势。盛书璧又是现任商会会长,会长是不会因为世事困顿无所事事的。相反,只要他愿意,"英雄"的用武之地会比太平盛世更大更广……这样一来,盛家此番的操办就不是盛书璧想要"收敛"就收敛得了的!

先是众商家登门志贺。早在正日子到来前四五天,碛口三百多家字号的大小掌柜便陆续来三槐堂道喜了。大包小包的银子摩肩接踵朝着盛书璧的客堂挤,同时挤进来的还有耐看的不耐看的但一律都是巴结的笑讨好的笑逢迎的笑谄媚的笑。那些日子正好盛书璞义学放假,盛书璧就让大弟做了记礼先生。盛书璧说:"一笔一笔都给咱记清楚。这人情往后咱可是一定要还的。"盛书璞却颇不以为然,道:"还?你能还得过来?只要你当着那个会长,这'人情'就会不断来找你。你快算了吧。你得了'人情'不还别人反倒舒服些;你要提那个'还'字呀,就怕别人还以为是'人情'轻薄了哩……"一番话说得盛书璧脸上火辣辣的,便不再言声。

要说本心,盛书璧确是想"收敛"的,但给县、府各级官衙有关各位大人的请柬怕也是必不可少的。这执笔书写请柬之事亦是非盛二爷莫属的。盛书璞又说话了:"哥,我记得你是一直把老祖宗那'远离官场'的话吊在嘴边的……"盛书璧哈哈一笑道:"弟,你把老祖宗的话想偏了。老祖宗那话原是告诫咱官场险恶,求仕谋官之路走不得,这意思并非否定与官家通好的必要性。当今之世,商家欲要谋求繁荣发展,哪能不千方百计与官家修好的?管它官场'险恶'不'险恶',这与我无关;为了商家的不'险恶',我又不能不去结交官场。就是这么个理儿……"盛书璞冷笑道:"您说的'商家'怕只是指咱盛家吧!说穿了,您的意思就是:咱盛家要和官家通同一气,以众商家的'险恶'换取咱盛家的不'险恶'了……"

盛书璞并没有因为做了义学教习而心情愉悦起来。恰恰相反,教习一职使他有可能接触到更多的中小商家,甚至普通农家。他为他们的困窘焦虑、难过、愤激,而在感受这一切的同时,一种隐隐约约的、说不清道不明的愧疚在他的心底滋生、蔓延。其实,作为盛氏家族的主要成员,他并没有真切地发现盛家与官场合谋"祸害"乡邻的事实,可是他就是无法拂去心底的愧疚之情。这实在有点儿莫名其妙了！刚才兄长的一番表白在他听来,恰恰印证了自己潜藏心底的那种情绪。这难道不正好说明他的那种情绪绝非空穴来风吗?

盛书璞的诘问却使他的兄长颇为难堪了。盛书璧的脸色在由红变紫,由紫转白:

"弟,话怎能这么说?……"

那时,盛书瑜的蒙古族妻子琪琪格和盛书璞的女人崔玉荣正好都在身边。妯娌俩一见弟兄俩的话茬口儿不对,忙站出来打圆场。琪琪格笑着说:

"瞧这弟兄俩的口才,一个赛过一个。要是我们那口子,怕是只知道嗯嗯啊啊了。这才好!自家弟兄啥话不能说呢,话虽说得直点,可一听就是肺腑之言……"

崔玉荣赔着笑脸对盛书璧说:

"哥,您别和您兄弟一般见识。他呀,也不知哪里误吃了枪药子,说话再不会有其他腔调了……"

盛书璧经妯娌俩这一说,便将一肚子的不高兴压了下去。为了缓和气氛,就对盛书璞道:

"弟呀,你是咱弟兄中最有学问的人,到时官衙的人来了,哥得靠你给咱作陪哩。"

"这也有讲究吗?"

盛书璞瓮声瓮气地问。

"怎没有?"盛书璧道,"你见过哪一个没功名的人能和人家官场的人同桌共食?一个商人,哪怕他钱再多,怕也没资格陪人家官们哩。你好歹算个岁进士吧……"

"快别提那什么'岁进士'!"

"不提就不提!可你是正儿八经参加过府试的廪生不是?那咱就理直气壮陪伴他……"

"我不想陪那些人,并非不'理直气壮',而是怕恶心呕吐,有失体面……"

"怎么?我不懂你说的……"

"好了,好了。您自己不是御赐候补通判吗?您也是官啊,您陪他们多好……"

盛书璞的话被崔玉荣打断了。崔玉荣说:

"你这人怎这么别扭?正日子那天,哥和嫂不知有多少事情需要料理呢,用用你就怎了?你肠胃不好众人都知道,可未必正好在席面上恶心呕吐吧?哥您别听他胡说八道……"

崔玉荣说着,拉起盛书璞走出屋,走出三槐堂,只见三槐堂的三座大门天门、地门、人门前,躺着、坐着、站着至少三四十个乞丐。他们一见盛书璞来到街门外,便一窝蜂似的涌上前去,脏兮兮的胳膊举着脏兮兮的破碗,有的连一只破碗都不带,只是将两个巴掌并作一掬,可怜巴巴地看着盛书璞和崔玉荣。盛书璞回头对把门的家仆吩咐:"到账房支些散碎……"话未说完,早被崔玉荣接了过去,将"银子"二字改作"粮米",让"赶快支起大锅来熬粥"。

盛书璞被崔玉荣拉出乞丐们的包围圈,来到三棵槐下,坐在石凳上歇息。一时二人都无话可说,只是朝着远处的山头上瞭望着。节令已近立秋,可山上的田土依然裸露着,看上去红瓢(方言,被太阳晒得通红,禾草皆死,像红色的瓜皮)也似。俗话说:立秋看秋。今年的夏田差不多已是颗粒未收了,秋田眼看着也要落空,这老百姓们的日子可怎过呀?崔玉荣自小在穷人家长大,一看这年景,心就发酸。她理解丈夫,并因而格外敬重丈夫。因为敬重,她便要努力宽慰于他。

"我知道,你想弄些散碎银两打发讨吃的哩。"崔玉荣笑笑地说,"可你想过没有,今天你若拿银子打发了他们,明天三槐堂前就会赶来上百上千的人。你能打发得过来呀?打发不过来又会怎样?哎,你呀……"

盛书璞不吭气,半晌,道:

"过几天,'观涛楼'一完工,咱立马搬上去住。眼不见,心不烦……"

盛书璞终于未听永宁州知州王继贤的劝告,在石板沟新修了一座房

院,取名观涛楼。现在他说的就是这事。崔玉荣笑着道:

"这些我都依你,依你。你搬哪里,我随哪里。'嫁鸡随鸡,嫁狗随狗'……可是,上了山,你在义学做事多不方便呀!"

"有甚不方便的,"盛书璞说,"顶多四五里地吧?义学念书的孩子还有十来里路每天跑两趟的哩。不跑了?"

"好,好,好,你跑,你跑。要不要我陪你跑啊?……"

"你那三寸小金莲能跑得动?半路上还不得我背你?"

盛书璞终于咧着嘴露出了笑模样。

"景月出嫁是大事、喜事,咱只能按哥嫂的意思来。你记住了?"

崔玉荣忙将话题又引上眼前盛家最要紧的事上去。盛书璞"嗨"了一声,终于认可了。可是谁也没有想到,正日子那天,他还是捅了娄子。

原来,那一天府、州、县衙门来的官员还真不少。永宁州知州王大人、临县知县吴大人、汾州府通判孙大人都亲临盛府庆贺。

盛书璧的亲家顾骅因将藩府"借"款的确切数字透露给了亲家盛书璧,盛书璧岂能接受"一根萝卜几家切"的事实,便在那藩府李大人身上动了手脚,结果,县衙门的如意算盘自然就落空了。吴县令气恨交加,便拿顾骅开刀,直到将他整丢了官。盛书璧见此,亲自跑了一趟省城,去藩台大人处斡旋。那藩台大人倒是个眷念旧情的爽快人,稍加干预,顾骅便又被永宁州知府王继贤大人延用。那永宁州州同武骧与原任知州宋大人同气相投,自宋大人离职,王继贤继任后,颇觉不美,便辞职另谋临县县丞之位。顾骅开始只是永宁州主簿而已,现复擢州同,等于和武骧调了个地儿。

这几位今日竟都来了。

这几人中,王继贤算个名人。这不仅因为他是名噪一时的书家,还因为碛口天成居那盗窃杀人的陈年积案的告破,更因为他与现任山西巡抚曾国荃系同乡。这样一来,只要有王继贤在场的官员聚会,大家便必以王继贤王大人的各种轶闻趣事为话题。议论评说者各有各的心情,却一律表现得兴趣盎然。

那一天宴席甫开,临县知县吴大人笑嘻嘻地看着王继贤道:"王大人可真是威名鹊起呀！"王继贤不知吴知县所指何事，便只道："哪里，哪里！"吴大人又面对众人道："诸位近日可曾听说王大人'瀚墨一点除佞臣'之事吗？"众人皆说不知，请吴大人快快讲来。那王继贤一听吴大人说出"瀚墨一点"如何如何的话来，已知所说何事了，却只道："吴大人快别说了，那不过一桩屑小之事，今日诸位大人难得一聚，提它作啥！"吴大人却只对众人说："诸位，我们就请王大人亲自讲讲那事的本末如何？"于是众人便都转而缠磨起王继贤来。王继贤看看推诿不过，只好将那事的前因后果就着酒饭慢慢道来……

原来那王继贤从小父母双亡，靠一位王姓绅士抚养成人，延师苦读。科考得中，为官公干后，每年都要寄些俸银回去，报答王姓恩德。谁知他那些银两并未到得王姓手中，竟都神不知鬼不觉进了他家乡的父母官——那黔阳知县的腰包。王继贤得知此事后，执意要向湖南巡抚告发，那王姓绅士却来信千叮咛万嘱咐："当今之世，知县鱼肉百姓，原是家常便饭。吾门勿以区区银两，开罪于他，反致株连老小。切切，切切。"今年春上，有客商从碛口黑龙庙拓得"鱼龙出厅"四字，回到太原府，贴上"王继贤真迹"标签出售，恰遇一位府臣以千两纹银买回。抚台大人曾国荃见此四字后，爱不释手，遂以同乡情谊，召王晋见，盛宴款待。席间王继贤欣然命笔，为巡抚大人题写"国忧"二字。席罢王继贤要告辞回永宁州了，忽有些犹豫，不知可不可同他这位同乡说说那黔阳知县的事。正迟疑间，曾国荃悄声问："继贤还有啥事吗？"王继贤就书案上拿起纸笔，率意写道："不肖无它求，何以报国忧？板桥郑燮在，一样怀乡愁。"在书写落款时，故意将"永宁州王继贤"的"永"字头上那一点除去。曾国荃端详良久，觉得有些蹊跷，便细问其详。王继贤喟然叹道："黔阳知县敲骨吸髓，竟然敲到卑职头上来了。下官不懂贪财套数，姑且贪这永字头上的一点吧，倒叫大人费猜了，实是出于无奈啊！……"曾国荃听王继贤如此这般细说根由，不觉大怒，便向朝廷参了一本，将那黔阳知县贬为庶民。

众官员听王继贤说罢这事，一时无语，低了头默默咀嚼，也不知咀嚼的是什么。那汾州府通判孙骥孙大人平日知道吴大人与王继贤是面和心不

273

和,又因这故事听得他本人心里也酸溜溜的很不好受,便对王继贤道:"王大人您到底给那位王姓绅士寄过多少银子?这些银子到底被黔阳知县贪去多少?王大人一向官声清廉,想必不会有太多的银两孝敬您的恩人吧?如果那银子不过百八十两,那黔阳知县这官儿丢得就有点太不值当了。"那武骧现在吴大人手下干事,在王继贤名下自然无所忌惮,又极想讨好吴大人,便也笑道:"孙大人说哪里话来,王大人的银子一定是个大数目。如果只是百八十两,王大人岂能因区区小钱毁别人的前程大事!这岂是如王大人一般的正人君子所当为?"

那一天,众位官员正是由盛书璞陪同的。盛书璞听了这个故事,感受却与孙骥、武骧完全不同,现在见孙、武二人将针尖麦芒对准了王继贤,便很不平服,因道:"孙大人、武大人现在还没做知县呢,倒和黔阳知县'惺惺惜惜'了!"那孙、武二人原都不把盛家这位二爷放在眼里,现在这么个关口上,又岂能受他的奚落!二人于是互递眼色。只听孙骥道:"王大人回头在抚台大人面前说说,给盛二爷一个县太爷做做……"武骧附和:"盛二爷虽然未曾高中三甲,可好歹也是个'岁进士'呀……"

这话委实有点太伤人了。盛书璞一听勃然变色,站起身就朝外走。走到哪里去了?院门外蹲着近百号乞丐呢。盛家虽没有给他们设帐篷、支桌椅,可也是好酒好菜招待呢。盛书璞陪院门外的乞丐用餐去了。一时间,西湾村满街回荡着盛二爷同丐帮的猜拳行令声,孙骥、武骧二位大人却愤然离席,不辞而去了。

这祸可是闯大了。

第二十三章

　　每天清晨,徐家的花红公鸡总是第一个"叫明"。那一声"咕咕咕——咯儿",高亢嘹亮,热烈豪迈,带着一股金属的颤音,从西墙根下的鸡窝直冲斗牛。像是一声咏叹,又像是一声呐喊,更像是一声召唤。满村的公鸡群起响应了。那一声声高的低的粗的细的悠长的短促的婉转的憨直的绵软的硬朗的吟哦便此起彼伏在一个个院落了。那一番热闹前后约莫持续半个时辰后,鸡们照例要睡上一个回笼觉,于是四周复归岑寂。接着,又是徐家的花红公鸡领头,开始了第二遍叫明。如此者三番,东面天际靠近山脊的地方终于有一片五色霞彩被召唤了出来,同时出现的还有满天清澈的光明。

　　可是,徐家的媳妇莺莺却是无缘睡那个"回笼觉"的。每天早晨花红公鸡的第一声鸣唱,那是代表婆婆对她发出的最后命令:鸡都叫了,还恋着被窝啊!徐家祖辈都没这个规矩!……

　　徐家祖辈都没这个规矩,莺莺怎敢破这个规矩呢?出嫁之日,爹娘是反复告诫了的:既是嫁了,就要做人家的好媳妇,做了好媳妇,才是给你娘家争气长脸呢。莺莺永远不会忘记,嫁过来刚过三日,第四天的清早,就在那花红公鸡叫过头声后不一刻,婆婆站在新房门外咳嗽了一声说话了:"健儿啊,你甚时学会睡懒觉了?你是娶女人了,还是迎来正宫娘娘了?"那时,莺莺睡意正浓,真想再在被窝赖一会儿呢,婆婆却又说话了:"徐健!你要让娘老子炕头的尿盆放到甚时呀?你个没血性的东西!"婆婆的话刚落地,莺莺腰里早挨了丈夫的脚踹。"睡死你了,还是日聋你了?你爹娘在家怎渡淘(方言,教导)你的?……"前半夜,新媳妇莺莺被丈夫折腾了几回,现在还浑身酸疼哩。按照她的本性,她是真想撒娇撒赖一直睡到太阳高上三竿后再起身的,可听门外婆婆那口气,看身边丈夫那脸色,莺莺哪里还敢造次呢,赶快起身吧!莺莺说:"点灯啊,黑灯瞎火怎穿……"话说了半截,腰里又挨了一脚:"点你妈的壳子啊!"婆婆在门外帮腔:"大天白日点灯,这不是急赶着要叫徐家败兴呀?"从此后,鸡叫头声,摸黑起炕,赶去给公婆倒尿盆便成了徐家媳妇莺莺的规矩。

原来那徐健娶回莺莺的第二天早上,便将莺莺可能"经见过好多"的话对娘说了,而徐家这位老夫人原本不是一盏省油的灯,就将这话让李家送客带回李运旺夫妇处。要不是李运旺急中生智请新婚的女婿到濒临黄河的酒楼对酌,一边闲聊,一边"观赏"了一回赤身裸体的老艄和拉船汉子的话,这徐家还不定要玩出些甚样的绝活来!轩然大波终于未起,但婆婆"雪上加霜"般对待媳妇却也是无法改变的了。徐健新婚后在家又住了两个月,便远去甘肃驻号。从那时到现在,一年多过去了,再未见他的人影。便是来信,也是写给公婆的,与她莺莺无关。徐家原来养着男女仆人各一名,自从莺莺嫁来后,婆婆便将那女仆打发了,只留了男仆护院打杂,而洗衣做饭缝新补烂洒扫庭除之类原来由女仆干的活便都交给了莺莺。莺莺从此整天忙得团团转,十六七年在家做姑娘时的生活、情趣、心境、习惯从内容到形式彻底结束了。短短一年多的时间,莺莺早已不是莺莺了。前段回了一趟娘家,王喜玲见她走进门,竟迷迷瞪瞪看着她问:"你找谁呀?"待到弄清站在面前的女人是莺莺时,王喜玲一把抱住她哭得气咽声嘶了,说:"儿呀,儿呀,你的命好苦啊!"

那一天清晨,莺莺听得花红公鸡叫出的头一声,便一轱辘爬起来摸黑穿衣。经过一年多的磨炼,现在她已经习惯徐家媳妇的这种生活了。夜晚睡觉时,衣裳鞋袜都是按顺序一件件放在炕上炕下伸手可及处的,这样起得再早天色再黑也就不会出差错了。不过,这一天,莺莺却是真出差错了。当她结束停当匆匆溜下炕沿朝门外行走时,发现抿裆裤被她穿反了,两腿走动起来,特不带劲。脱下来重穿吧,怕又遭婆婆抢白,便只好凑合着慢慢捯动脚步踅进公婆的门。门开处,一股恶臭直冲她的脑门,莺莺差不多要被窒息了。公公患有夜泄症,三天两头往尿盆里拉些稀屎。拉过了,从屋地下提起一只鞋来擦擦屁股,再搬来草墩儿往上一盖,单等天亮起床后往茅房倒。先前,公公夜泄了时,有点不好意思让媳妇倒,就自己早起一刻把这事办了。可有一天早上莺莺听得婆婆骂公公道:"老骚货,你倒是心疼那小臭逼啊! 敢情你是想当炒面神呀?"从此公公再不敢自己动手了。拉得再多再恶心,也要等莺莺来倒。越是拉得多越是恶心,越要等莺莺来倒。

那一天清晨,莺莺是屏闭呼吸爬上炕头,端起那尿盆溜下炕沿朝外走的。穿反了的抿裆裤愈发让人不舒服了。两腿间像有一条绳索绕了三五遭似的磕磕绊绊。就这样,当莺莺走到屋门前,准备跨越门槛时,突然绊了一下,身子打个趔趄,只听哐啷一声响,手中的尿盆掉地下摔八瓣了,稀屎骚尿从门里漫流门外。莺莺正自站在一边发愣,后脑勺上突然受了一击,两眼一黑,扑通摔倒在地。紧接着,婆婆跨前一步,一把揪住她的头发,将她的头揿到屎尿上,呵斥着:"舔,舔,舔干净! 今儿你要不把这一地的屎尿舔干净,绝饶不了你! "

因为天色尚早,莺莺的婆婆是压低声儿教训儿媳的,没想到还是惊动了一个人。他是租房住在隔壁的赶脚汉武云山。武云山攀着齐人高的墙头对莺莺婆婆说:"老人家,气大伤身哩,悠着点,悠着点。"莺莺婆婆并未撒手,只是斜眼瞅了一眼武云山,道:"你算哪棵树上的鸟? 我调教自家媳妇,与你何干? 狗拿耗子多管闲事啊!"武云山冷笑一声,说:"路不平众人踩。你要还不住手,我就从墙上跳过去……"说着朝上轻轻一耸便坐上墙头。这时,徐家护院的男仆闻声从西房赶出来制止武云山,莺莺的公公一手提着裤子也赶出屋门来了,先朝武云山连连摆手说"别,别,别",又从后面拉住老婆规劝:"快算了,快算了。谁没个失手哩,你别闹得街坊四邻笑话……"老婆朝后炝了一个蹶子,公公便被仰面朝天掀翻在地。莺莺婆婆下手更狠了,莺莺浑身上下被屎尿糊遍了,嘴里戳进了一团稀屎。莺莺一边号啕大哭,一边哇哇呕吐起来。街坊邻居受惊动赶出来的更多了,大门边站了一圈人。其中一位姓曹的一位姓陈的,都是住地户,也算碛口镇数得着的大商户了。二人都是李运旺的世交,现在见徐家这么折腾莺莺,不由愤愤不平起来,便从外面将徐家的大门拍得山响,道:"徐老爷,你们想把人折腾死是不是?"又道:"碛口镇外来户多得很,像你们这种人家真少见。快快住手吧,休要触犯众怒……"

莺莺的婆婆终于住了手。这女人站起身来,腾腾几步跨到大门前,抽开门闩,敞开大门,朝着众人哭诉起来:"呀呀呀,好冤枉啊!我徐家一个外来户,哪敢得罪李运旺的好闺女呀!谁不知道我这媳妇是戏台上舞小旦的啊。人家风流漂亮,千人喜,万人爱哩,年纪不大名声大哩,我徐家哪敢慢待她呀?我们是恨不得割个板板供起她哩。可媳妇总得有个媳妇样吧?清晨起来谁不倒个尿盆盆呀,公爹有病,拉到盆盆里一点点嘛,你不乐意倒也就算哩。我老婆眼下还不是爬不动呀,我倒!你千不该万不该将屎尿给我扣门口呀?这是糟蹋人哩,辱没人哩。我才刚刚数说她两句,她就躺地下撒泼打滚,专门在四邻面前埋汰咱哩。曹老爷陈老爷呀,快快代我老婆子去见见她娘老子吧,就说我们徐家不是人,硬把他家莺莺往死折腾哩,让他们快点来把他家这好闺女领回家去。我们徐家也不是再找不下个媳妇了,说不定还能找下个更囫囵些的呢……"

莺莺经这一番折腾,整个人早像爬了一回茅瓮一般无二了,尤其是那穿反了的挓裆裤这阵儿早从腰后抽脱了,露出白生生的半个屁股,见街门外涌进来一群人,羞得恨不得找条地缝钻进去,哪还顾得上听婆婆说道些甚呢,爬起身提着裤子跑回自个屋里去了。

回到屋里的莺莺也不换衣,也不洗涮,捂着脸坐在炕沿上发呆。眼泪顺着她的指缝哗哗流,喉咙里如同关了一只猛兽左冲右突哇哇地叫着。是邻家妇人王妈跟进来帮她将浑身的衣裳换过,又打来一盆热水再三规劝催促才叫她洗了一回。

街门上的人四散了,婆婆又在院子里叫骂起来:

"怎么？委屈了？有功了？这一地的屎尿就让它摆着？饭也不做了？……"

莺莺没动,也没吭声,只听得公公又在那里赔着小心说话了:

"你就让她缓一缓吧。我来收拾,我来做。一家人,谁多动动不行啊……"

"怎么,心痛了？好啊,你们公公媳妇一气气欺负我呀？'谁多动动不行啊？'你倒说得轻巧。那好呀,往后该着你媳妇做的事你做吧……"

街门上走去的人又聚拢来了。有人打趣:

"徐老爷,往后你得给你自己生个孙子才好……"

有人凑趣:

"生下没奶水可怎办？"

当下有人献计献策:

"喂炒面糊啊！那东西养人得很……"

婆婆一边朝屋走,一边道:

"哼,家里娶了个风流天仙,还愁出不了个老骚胡啊！……"

要说莺莺的公公,倒也是个知书识礼的,一听老婆竟当着街坊四邻的面说出这等话来,一张老脸顿时气得青一块紫一块,鼻子口里三股气呼呼直窜,先是嘴皮子哆哆嗦嗦说不出话来,终于能说话了,就哇哇吼喊起来:"老子今儿大卸了你！"一头吼,一头冲进屋去。屋里一阵沉默,忽就传来巴掌击在身上的钝响,又听得那徐老爷一声声怒喝:"我让你恶,我让你恶！"街门上围着的人做着各种各样的脸色,竟没人进屋去制止。忽有一个半大小子蹑手蹑脚凑到屋门上瞅了瞅,便哈哈大笑起来,笑着对众人道:

"徐老爷自个儿打自个儿的屁股哩……"

众人哄堂大笑起来。

莺莺依旧坐在炕沿上发呆。街门上的众人笑过一阵之后,走散了。隔壁屋里,又传来婆婆的叫骂声。这一回骂的不是她,是公公。莺莺再也无心去听。莺莺痴痴地看着屋顶,看着屋顶上的一片水渍出神。那片水渍是去年雨季留下的纪念。莺莺怎么看都像一个人,一个多年来令她梦魂牵绕的人,一个窃走她闺中大好年华的人,一个让她恨不得爱不得的人。噢,对了,今儿个鸡叫之前可不是那个冤家又搅扰她了!……那天蓝得多像一块水晶啊!风儿柔柔地吹着,满山遍野开着红的紫的白的黄的花儿。黄河水突然变清了,水底是绿绿的草,也有各种各样的花儿。鱼们在花草间游弋、嬉戏。鸟儿和蜜蜂唱着梆子腔,一会儿天上一会儿地下一会儿竟在水底翔舞。莺莺看它们舞姿翩跹,各有套路,细一辨认,竟是在唱《游花园》。水底的那所房子好生漂亮!红墙黄瓦、亭榭楼阁。院子里,一个半大小子在向她招手。那不是她的弟弟李玉成吗?莺莺正要朝弟弟走去,忽有人在她袄后襟上拖了一把。一看,竟是那盛景涛。莺莺这才发现自个儿正和景涛并排躺在乾隆石上。莺莺说:放开!我弟看见了……景涛说:怕什么!我不放你走……两个人正拉扯着,远远传来徐家那只花红公鸡的"叫明"声。莺莺下意识地翻身坐起,从身边拉过抿裆裤就穿……

说来也怪,莺莺和那徐健同床共枕两月有余,竟还形同陌路。新婚宴尔又别离,依旧淡漠如水。关山远阻,音讯杳然,倒不思不想。独独是这盛景涛,她却怎么也不能忘怀。忘不了他那风风火火的走路,忘不了他那干嘣脆亮的说话,忘不了他那眉飞色舞的神采,忘不了他那"神仙老虎狗"的为人。忘不了他的亲昵,也忘不了他的"使坏"。从十二三岁开始,五六年的交往,到头来他竟软不拉叽放弃了她,将她推进了这个"后婚"了两遭的男人的怀抱,将她推进了这个熬油炼骨的火坑。她恨他!可是每当这么寻思一阵之后,她便又竭力为他开脱为他辩解……她还是无法忘记他!每当她脑子里都是他时,她又转而恨他怨他,恨不得找到他逮住他掐碎他咬死他,可睡过去呢,却又经常梦见守着他看着他偎着他亲着他……哎呀呀,莺莺啊莺莺,你快快死了吧!死了活该,死了干净,死了痛快,死了舒坦。

隔壁院子里响起一阵骡马咴咴的叫声,接着,有人"喊喊"的一声叫,便有铁蹄敲击路面的"嘚嘚"声响起来了。是武云山赶着骡马又去串村贩卖"碎货"吧?他的小生意倒还做得顺手。这人心眼挺好。他从小家贫,父母又卧病多年,他风里来雨里去赚来的钱都花在父母身上,至今尚未婚娶。武云山是两月前才租房住在隔壁的。说起来,这武云山同莺莺一样,都算碛口的"名人"。武云山的有"名",一因他是"骡背货郎",二因他会耍"张溜"。不过,莺莺真正同这武云山认识并不太久……

那是三四个月以前的一天上午。莺莺正在屋里做针线,听得街门外石板路上一阵骡马"嘚嘚"的蹄声响过来了,有人"喔喔"轻唤一声,那蹄声便住了。又听得拨浪鼓摇得叮咚作响,流转嘹亮的"信口编"便唱起来了:

  针头线脑,
  日用碎小。
  领子钩钩,
  子母扣扣。
  玉石镯子,
  玛瑙坠子。
  杭州官粉,
  保定胭脂。
  北京绢花,
  上海丝袜。
  绣花香荷包,
  三寸小金莲。
  泥马马,木狗狗,
  桃核刻的耍猴猴。
  来买来买快来买,
  货色不好退回来。
  若问价钱高与低,
  武云山从不把人欺……

这人自报家门说是武云山!莺莺自小死了亲娘,姨娘管不了她,一双天足差不多从未裹缠。她早就听人说上海产的一种丝袜是专给天脚女人穿的,也不知这武云山可有卖的。莺莺还想见识见识这武云山耍"张溜"哩,就溜下炕来准备出去看看。

  莺莺先把街门开了半扇探着身子朝外瞅,后来也不知怎回事,竟移步走到了武云山的跟前。原来,那"张溜"是武云山为他自制的一个布娃娃起的名字。武云山玄色衣裤,当腰扎一条白腰带。那"张溜"就藏在他怀里。武云山的驮子刚一落地,就有许多婆姨女子半大孩子从各家各户屋里跑出来了。"耍张溜!耍张溜!"孩子们叫得热烈。那时正有几个女人要买东西。武云山见有生意可做,就对孩子们说:"张溜睡着了。"武云山很快把可做的生意都做了,就将手伸进怀里去了。武云山说:"爹的小张溜,不睡了,不睡了!"怀里便有一个拳头般大小的、嘴歪鼻子斜的娃娃脑袋钻了出来。先是伸胳膊展腿打个呵欠,揉揉眼,两个"对眼儿"左瞧瞧右看看,便大张了嘴巴哇哇哭将起来。这时,只听得那张溜的身前身后又是狗咬又是猫叫,还有数不清的黄雀雀野鹊鹊比赛似的鸣啭着。忽然,谁家的小姐少爷对唱起小曲曲来了。细细一听,竟是有板有眼的《掐蒜薹》《冯彩云》,还有《大女子担水》什么的。原来那武云山嘴里噙着一只骨头做的"哨子",那各样声响竟全是那"哨子"发出来的。神了!在这中间,武云山还忙里偷闲做成好几笔生意。武云山家在离此二十多里地的后山,看看到饭时了,他便说:"张溜宝宝饿了。爹爹可给你从哪里弄一口饭来吃呢?张溜宝宝生来命苦,只要能充饥的东西,不管好赖都行……"于是女人娃娃们便从自家拿来各样粗的细的吃食送给"张溜"吃。那张溜便又是叩头又是作揖致谢不迭,还从货驮子里取来些小玩意儿回送别人。

  莺莺正看得入迷,婆婆站在院里嚷嚷开了:

  "野母猪拱戏楼——哪搭儿热闹往哪搭儿凑呀!"

  又说:

  "陈干的木桶迎风摆,专门寻着散'板子'呀!"

  又说:

  "风流成性了不是?徐家不是蜂蝶楼……"

莺莺的一张粉脸腾一下红了白,白了紫,一边转身朝回走,一边就抽泣起来。那一刻,莺莺不由忆起她那逍遥散淡快活自在的姑娘时代,不由忆起她那久违了的彩衣行头梨园鼓乐。这时,武云山追进院子来了。武云山越过莺莺婆婆赶上莺莺说:"这位大姐,我认识你。你不是孙玉姣吗?你不是要买一双丝袜吗?我这里正好有你穿的……"一头说,便将捏在手中的一团雪白的东西塞给莺莺,转身又越过莺莺婆婆,走出院门。

莺莺回到屋里,呆呆地坐在炕沿上,半晌才想起她没有付武云山袜子钱。忽然又想起,她走出街门后一心只在看"张溜"上,根本就没有说过要买袜子的话。低头看看自个儿的一双脚,明白了。她的一双脚,长得秀气,却又没有缠过,从小就特别招眼哩。今儿穿的是家做的粗布袜,看上去是有点不太般配。可是他一个男子汉,怎么就知道我……莺莺有些痴痴的了。忽然又想起:他叫我什么来着?孙玉姣!那不是《拾玉镯》中她扮过不知多少回的角儿吗?……泪水从莺莺眼里断线珠子般掉下来了。是感动的泪。

此后,莺莺一直惦记着还武云山的袜子钱。然而,许是冥冥之中真有鬼使神差吧,莺莺却在婆婆面前撒了谎。时间就在武云山将丝袜塞给莺莺的当天下午,婆婆心情不错,想和莺莺拉几句闲话了。那时,莺莺已将那丝袜穿到脚上,果然把她本来已经很秀气的脚点缀得千娇百媚。婆婆问:"那洋袜子不贵吧?"莺莺答:"不贵,不贵,才二十个制钱一双。"婆婆说:"我怎没见你付人家钱?"莺莺答:"付了,付了。一个不少。"这样一来,就为以后发生的事埋下了伏笔。

事情出在武云山又一次来到徐家街门外的那天后晌。莺莺在屋里一听见武云山的拨浪鼓响,就心急火燎地跑出街门。那时正好左右无人,莺莺问:"那袜子多少钱哪?"武云山说:"送你了。"莺莺正了色说:"谁稀罕你送呀?快说,多少钱?"武云山只是不说价,道:"你知道我白看你多少回戏,那真是我送你的。"莺莺说:"戏在戏台上哩,谁想看谁看。你的袜子也在戏台上挂着呀?"武云山说:"我这里还有一种蛋青的一种果绿的。一会儿我就挂到黑龙庙戏台上去,你去摘了穿。我就爱看你穿了我的袜子满台台跑……"莺莺气急败坏了,说:"你胡说八道什么呀?"一头说,一头就将预先准备好的几十个制钱往武云山手里塞,武云山不接,反而真的从货驮子里取了两种艳艳的丝袜塞给莺莺。这时远远地有两个邻家女人走过来了,莺莺一愣,她的制钱还没到武云山手里,武云山的丝袜反倒又进了她的手。莺莺正不知如何是好,婆婆走出了街门。

其实,婆婆是紧随了莺莺走出屋门的。婆婆躲在街门后看了一出好戏。

"你们这戏唱得热闹啊……"

婆婆说话了。一双环眼轱辘辘转着,很有深意地看看武云山,又看看莺莺,最后在莺莺身上定住了。

这时,周遭已有不少婆姨女子小娃娃围拢来了。莺莺在慌乱中又做了一件错事,下意识地将那两双新丝袜塞进怀里。婆婆笑了,不再打话,走上前去从莺莺怀中掏出那艳艳的一团来,朝空里一扔,便挂在了街边的树枝上。"众乡邻哪,大家快来看呀!这是武云山白送我莺莺的丝袜呀。武云山的袜子都是白送人的呀!大家都来跟他讨呀……"莺莺又羞又气,转身就朝院内跑。跑了两步,猛然醒悟似的又转身走回来,将手中那包制钱朝武云山怀里一掼,对婆婆说:"娘,我拿着钱,正要付给人家呢。"婆婆笑了,说:"你那天对我怎说的?'付了,付了。付了二十个制钱。'怎又来付钱啊?你是看武云山穷得鸡巴敲响腿巴骨了,就挖我徐家的肉喂他啊!众乡邻哪,快来看我这风流媳妇唱《卖水》呀!"婆婆说着,竟咿咿呀呀哼起了戏文来:"有权奸害忠良一门悲凄,小彦贵他只得沿街卖水。我家小姐赠银两有情有义……"莺莺盯着婆婆看了半晌,忽就凛然一笑,道:"娘,您唱得不对。是这样——有权奸害忠良一门悲凄,小彦贵他只得沿街卖水。我家小姐善良本性重情义,约李郎花园相会赠银周济……"且唱且舞,把围上前来的四乡八邻看得眼都直了。武云山鼓掌道:"徐老夫人呀,您学着您儿媳的样儿重唱一遭。唱得好了,我送您一打红格丹丹的丝袜子穿……"

那事发生后不久,武云山租赁了隔壁的窑洞住进去了。那天下午莺莺上罢茅房正要回屋,忽见墙头上冒出了武云山的脑袋,还有他那"张溜"挤眉弄眼的鬼脸子。莺莺从此心里便生出老大的不自在。是隐隐的不安？忧虑？尴尬？抑或是莫名其妙的怅惘？莺莺说不清。然而她却清清楚楚地感觉到：在那一团乱麻似的思绪中，分明有一条细若游丝，朦朦胧胧如月光的、亮闪闪的线缕羼杂其间了。是悠悠的希冀？向往？憧憬？抑或是恐惧？……

这些日子，莺莺本来是处处小心、事事留意，细致入微侍奉公婆，努力寻求与婆婆和好的。可是没想到一早起来就出了个这事。现在，莺莺呆呆坐在炕沿上，抽泣了一阵，眼里却再也流不出一滴泪水了。隔壁院子里，武云山正在吆牲口出圈。大约是要出发串村去了。蓦然间，莺莺心中生出将自个儿的两只脚稳稳站到街门外，站在武云山的面前，同他尽情说笑一番的强烈冲动。除过登台唱戏，莺莺平日是极少施用粉黛的，今日却执意薄施少许，用心打扮了一番。收拾停当，莺莺款摆腰肢，走出屋门，义无反顾朝街门走去。先是右脚出门，后是左脚出门，背后竟没有听见婆婆的叫骂声。一丝冷笑浮上莺莺的面颊。扭头看时，那武云山早已出了街门，朝着湫水河那边去了。

这是一个没有月亮的夜晚。屋里有些闷热，莺莺独自坐在当院的一块捶布石上纳凉，迟迟不愿回屋。她不时瞅瞅公公婆婆住的那屋，清晨那不堪回首的一幕历历如在面前。"老不死的！"莺莺咬牙切齿骂出这一声时，觉得把自己都吓了一跳。"如果那老不死的果真不歇手，他真会从墙那边跳过来吗？如果他果真跳了过来，那老不死的，还有公公和护院的男仆会怎样？他独自一人能对付得了他们几个？对付得了！他总能对付得了"……他、他、他，他是谁呀？黑暗中，莺莺朝想象中的自己啐了一口：你好不识羞啊！啊，对了，都这个时辰了他怎么还不回来？不会出什么事吧？公婆、护院都已经睡下多时了。那男仆的窗口处，不断有呼噜呼噜的鼾声传出。莫不是歇在哪里了？他在外头有相好的？……莺莺正自胡思乱想，突然从街道那头传来隐隐约约的牲口踢踏路面的"嘚嘚"声。这响声愈来愈清晰，现在可以断定是他了。不错，他那边的街门开启了。隔壁院子里一阵忙乎后，又静下去了。莺莺慢慢起身朝着屋里走，走到门口却又站住了。她轻轻咳了一声,像是要同那边的人打个招呼似的。蓦地,就在她头的侧上方,响起了回应她的一声咳。

"还没睡呀?"

武云山爬在墙头悄声问。

"你干甚?成心往死吓人吗?"

莺莺的语声听上去像是很生气似的。

"你……身上还疼吗?"

武云山全没了平日那种嘻嘻哈哈的神情。

莺莺不说话,幽幽看了武云山一眼,嘴皮突然剧烈抖颤起来。她不知自己想要说句什么话,却终于没有说出来,只是把一条抖抖索索的手臂一点点顺着墙壁朝上探去。

两个人的手紧紧地捏到一起了。莺莺突然像被火烫着一般缩回手来,仿佛是用尽全身力气似的猛然一个转身回屋了。可是当她刚刚走近炕沿打算先喘口气再去收拾屋门时,屋门吱呀一声轻轻开了。接着,还没容她醒过神来,屋门又从里面闩住,武云山从后面紧紧箍住了莺莺的细腰。男人的一只大手义无反顾地伸进莺莺薄薄的小袄下,将莺莺雏鸽般的一只奶子攥住了。莺莺呻吟一声,猛一个转身朝向了男人。两个人的嘴唇忙乱焦渴地寻觅着,两个鲜嫩的舌尖试探着突入对方的唇间,终于绞缠到了一起。男人的大手向下滑去,莺莺的裤带被拉脱了。紧接着,武云山的大手长驱直入,目标明确地伸向莺莺小腹间温热润泽的福地。莺莺喉咙间咯的一声响,身子不由自主扭动起来,扭动着伸出玉臂,藤萝般紧紧缠住了男人的脖颈,朝后一仰,就着炕楞倒了下去。武云山豪勇地进入了。他喘息着,她呻吟着。他越来越狠,她越来越嗲。他叫莺莺……莺莺……莺莺,她叫啊……啊……啊……啊……啊……啊。他叫我的香妹妹,她叫我的甜哥哥。他说你是我的亲疙瘩,她说你是我的命根根。他说我要吃了你,她说我要咬死你。他说从此我要天天来,她说从此我要缠紧你。二人欢呼雀跃着飞向一个奇异瑰丽的世界。莺莺看见,一片姹紫嫣红的彩霞裹住了自己。清风拂面,百花吐艳,蝶绕蜂喧。无数只毛羽斑斓的鸟儿合唱着一支婉转的歌。一切的一切,都是莺莺从未体验过的……

第二天早上,院子里的花红公鸡刚叫出第一声,武云山就轱辘爬起身,将衣裤套上溜下炕沿要走。

莺莺却还赖在被窝里。

"没良心的,就这么走了呀?"

武云山轻笑一声,凑上去亲了一下莺莺,却被莺莺搂着脖子咬住了肩头。

"今黑夜哩……"

莺莺从牙缝里哼出这一声。

武云山迟疑了一下,说:

"今黑夜……再来呀?"

莺莺一把将武云山推开,恨声道:

"说话不算话!你走,你走。我再也不想看到你。"

武云山又迟疑了一下,说:

"好,好。我就还来……"

就在莺莺同武云山津津有味品尝禁果的那些日子,莺莺的舅舅王直愣和盛家大门少夫人顾金枝也双双跌进了情爱的"孽河"。

如前所说,碛口这个地方因水上作业较多,故民间有不避裸男之俗。王直愣与顾金枝正是相识在西云寺庙会前黄河流凌期间一条渡船遇险后的救灾中。当时,顾金枝用她年轻女人热烘烘的胸膛硬是将冻得几近僵死的王直愣焐活过来。王直愣是在自个儿醒转之后才得知这一情况的。当时他心中只有感动,他真不知道该怎么向这个女人表示他满腔的谢意。然而后来,当他得知这个女人竟是莺莺的姑父盛书璧的儿媳时,他的想法变了。在王直愣看来,那盛书璧简直不是人!且不说莺莺的姑母李秀珠嫁到盛家后受的那些煎熬了,就在莺莺身上,你盛书璧也不该设阻"破壶"呀!再怎说,莺莺的爹还是你的姻兄呢,不看僧面看佛面,你怎能满嘴喷粪对莺莺说出那些话来!王直愣可是看着莺莺长大的。他喜欢她。好,你盛书璧不仁,就休怪我王直愣不义。你的儿媳救了我,她是该当!她救了我一人,我还救了四人五人呢。大家都是行好积德哩。王直愣做如此之想时,他还光身子躺在天成祥的客房里呢。待到顾金枝为送他的干衣服来到他的面前时,王直愣又打开了新算盘。顾金枝虽不算很美但无疑要算清秀周正的长相令王直愣年轻的男人的心勃动起来了。尤其是当他发现顾金枝那看着他的目光中隐约流露出的爱慕之情时,他那颗勃动的心中当即满溢着窃喜了。王直愣看见,一只黑色的巨蟹飞快地从他心海深处潜出。它身披坚甲,高擎利螯,正一路横行,朝着那个美丽可人的少妇扑去。王直愣狞笑一声,只等着收获。猎物果然到手了,没有悬念,没有惊险,没有危机,当然也就无所谓逆转。甚至可以这么说,是猎物自己撞进他的网中的。王直愣并未感受到成功的喜悦,相反,一种莫名其妙的怅惘、失落正直逼他的心头。王直愣看见,那只巨蟹反转身朝着自个儿扑过来了。它的利螯甚至已经插进了他的胸膛……

是顾金枝的单纯、真诚让王直愣看到了自己的险恶和虚伪。有一回,顾金枝问:"莺莺妹妹她过得好吗?……"王直愣说:"能好得了吗?"顿顿,又补了一句:"你是盛家的人啊,能不知道?"听话听声,锣鼓听音。王直愣那话分明是恶狠狠说出来的。顾金枝的脸腾地红了,低了头,默然半晌,说:"我看过她演的戏,真好啊!"王直愣又说:"王八戏子吹鼓手,让人看不起……"顾金枝依旧低着头说:"听婶婶讲,莺莺其实是个好姑娘。她和景涛弟弟实在是很般配的一对。"王直愣"直愣愣"看着顾金枝,不言声了,仿佛在说:"你好会说假话啊!"但接下来,顾金枝叹口气说:"女人的命苦哩。莺莺苦哩,我婆婆也苦哩。是心里苦哩……"顾金枝说着,突然就噗簌簌落下了一串泪来。王直愣真个是愣住了。二人情洽意浓的时候,王直愣吭吭哧哧问:"我是个粗人,你一个大家闺秀,爱我的甚?"顾金枝的脸又腾地红了,忽然索索抖颤起来,紧紧地搂着王直愣的脖子,不说话,只是埋了头,贪婪地亲着王直愣紫红的、条条绽起的胸大肌。眼泪又一次落下来了,这一次是喜兴美爱的泪:"直愣啊,我出嫁几年了,可好像才真正做了女人……"王直愣听不大懂这一类闪烁其词的话了,又说:"我……你不怕……我是成心作弄你哩。你不怕上我的当呀?"王直愣说出这话后,不由一愣,随即长舒一口气。他等着顾金枝失色变脸骂他撕他掐他咬他。可是都没有。顾金枝笑笑地说:"你是那种恶人吗?我才不信哩。看你在冰河里舍生忘死救人那样儿,你不是好人谁是好人?……"王直愣无话可说了,闭了眼装睡,眼角却溢出两滴泪来了。

忽一日,顾金枝对王直愣说:"婆婆她好像看出什么来了……"神情间满是惶悚。王直愣嘴里说:"怕什么!"心里却也打起鼓来。就在昨天,姐夫李运旺将他叫到家里,当着他姐的面,对他说:"兄弟,他盛家能对不住咱,咱可不能对不住他盛家。伤天害理、遭人唾骂的事万万不能做……"姐也说:"弟呀,你在碛口有公干,那就搬咱家来住。李家山离碛口也不是太远。别在客栈住了……"

这一天,二人都有些心绪不宁。临分手时,王直愣对顾金枝说:"金枝啊,我真的有些对不住你。你就原谅我吧……"顾金枝说:"直愣哥,你是好人。我不后悔……"

都是道别的话了。

此后半月有余,二人再未见面。王直愣的公务眼看就要办完了。办完了,就该走了。就该回到汾州府去做他的狱吏了。眼瞅着行期将至,王直愣却像丢了魂似的难受起来。人高马大、一顿能吃一头牛的他忽然茶饭不思起来。接着出现的症状是夜不能寐、神思恍惚。王直愣走着站着睡着都想顾金枝,他发觉自己真个是爱上顾金枝了,而且正应了那句老话:刻骨铭心。不行,他想去看看她。他要去看看她。他一定要去看看她。临行前的那天上午,他便又去天成祥后的那个果园子里等她。王直愣只是想碰碰运气,没想到他刚到那里不久,一个年轻的女人也急急赶来了。不是她是谁!二人见面不说话,四只眼里流下了四串泪来。二人还是不说话,手拉着手就往山沟里钻去。二人终于说话了。王直愣说:"妹呀,哥离不开你了。"顾金枝说:"哥呀,妹不能没有你。"王直愣说:"妹呀,你要了哥的命了。"顾金枝说:"哥呀,你勾走妹的魂了。"王直愣说:"我要从盛家把你偷跑……"顾金枝说:"上刀山下油锅我也跟着你。"

二人约定,当晚相跟着一起跑,跑得远远的,至少也到汾州府,誓死再不回碛口来。

当晚月明如洗。王直愣按约定到三槐堂天门外小树林里去等顾金枝。那是比一万年还要长得多的一个时辰。顾金枝来了。带着一个大包袱,有些无精打采。王直愣心里一沉,问:"你怎了?"顾金枝说:"婆婆早就给我准备好这个包袱了……"又说,"婆婆把景浩支走了。婆婆对我说:最好想个更妥帖的法子,要不会把你爹爹气坏的……"王直愣自说自道般问:"那……想个甚更妥帖的法子呢?"顾金枝不说话,忽然哭着说:"我要走了,景浩怎办?盛家的脸往哪里搁?我爹爹真要被气死了。我能走吗?我不能走……"

月光亮堂堂地照着。夜风里,几缕幽香飘进了小树林。是盛家后花园的菊花开了吗?

第二十四章

却说大清康乾年间,黄河漕运一直沿用明代订定的"开中制",即将向边关地区运送粮食物资由官运改为招商。为吸引商家积极参加漕运,官方根据各商家向边关运送物资的多少、远近,发放规模不等的"盐引",即原本属于官方的垄断销盐权凭证。运盐销盐本小利大,商家自然踊跃参加。由是,"运饷换引"之策在带来黄河漕运的繁荣的同时,也有力调动了陆路运输的积极性,支持了国家对西部疆土的拓展与开发。及至乾隆末年,辟疆大业既定,刀枪入库,马放南山,"运饷换引"的施行便打了些折扣,地方官吏找寻种种借口采取种种手法从商家手中剥夺运盐销盐权,从中牟利,"盐引"因此多变一纸空文。官方如此行事,自然好景不长。延及道光,西疆烽火连天,而官军粮饷、物资的需求量日增,"运饷换引"之策由此又成为一面耀眼的旗帜在官家手中挥舞了。

据道光十五年统计,碛口镇投入"运饷换引"实际操作的商号共有十家。其中有货栈,有畜力店。因为所谓"运饷",即从内地将粮饷运往西疆。其间必经水路,自不待说。然而,一个无可怀疑的事实是:离开陆路运输,水路必定变作"死路"。而陆路运输当时主要依靠骡马、骆驼和车辆。

竞争异常激烈。

不仅是同外地商号的竞争。在本地商号间,这种竞争也是愈演愈烈。荣胜店和德新店都是专营畜力运输的字号,一家养着一百多匹骆驼。两家商号的东家是世交,一百多年历经几代,曾以危难关头同舟共济在晋西商界成为佳话。谁知那"运饷战"一开,两家竟反目成仇了。说起来,由头却不起眼得很。原来两家为了扩充各自的实力,都把宝压在收编零散畜力上。结果就因为一链骆驼打起死架来了。先是手下人打,后来两家掌柜的竟都出了面,且各不相让,最后把脸撕破,竟日娘造姐地对骂起来。又有隆鑫发和日升元,两家都是仅次于盛家德泰昕的大货栈。碛口因是水旱码头,故货栈都与船只保持着紧密的联系。其中既有本地船,也有外地船。"运饷战"打响后,基于同样的原因,各货栈都千方百计吸引"散船"于自己麾下。结果"运饷战"转化为争船战、实力战,战端起处,隆鑫发、日升元同样怒目相向了。导火索出在与碛口镇一河之隔的河南坪。出在河南坪的两条散船上。

碛口商人无疑是短视了。正当他们虎视眈眈于自己鼻子底下的一亩三分"水地"的时候,官方对参与"运饷换引"的商家的资格确认做出了明确规定:畜力店须是养有二百头以上大牲口,五十辆以上双轮车的;货栈日常流动资金须够百万两白银,麾下船只须在二十条以上的。这当然同样是竞争的结果。这结果碛口人是早该想到的啊!早该想到"一亩三分水地"之外还有更大的天地等着他们去面对呢。于是在稀里糊涂中,碛口商家就不得不遭逢淘汰出局的尴尬了。

商会会长盛书璧怒发冲冠了。他黑煞着脸先将荣胜店、德新店、隆鑫发、日升元的掌柜请到商会美美训了一顿。

"你们闹呀。怎么不闹了?"他说,"黄河一线几千里,漕运码头宽展得很哩。你们有本事给碛口争回个漕运状元来!就会在渗山水里捉泥鳅呀?那不叫本事,那叫屎毛鬼胎!"

训了一顿不算,盛书璧又罚四位掌柜两两相对,唾对方的脸,再搂着对方的脖子一点点将那些秽物舔干净。整得四个老鬼口干舌燥、精疲力竭后,会长又发了话:再罚四个人做东,在天成居宴请碛口十大货栈和畜力店的掌柜,席间议事。

此次席间议事的过程局外人不得而知,人们只看见十大掌柜半晌午走进天成居,整整一天未出来。第二天太阳出山他们露面,一个个脸上都是太阳的光彩太阳的明亮太阳的璀璨太阳的豪壮。荣胜店和德新店的掌柜手拉着手,隆鑫发和日升元的掌柜肩搭着肩。

一个名叫"广运昌"的新字号从平地冒了出来。广运昌是碛口十大货栈、畜力店联合组建的。人们粗粗估算了一下,广运昌的日常流动资金少说也在五百万两以上,养有骆驼、骡马八百匹,双轮大车二百五十辆,麾下少说也有长船一百条。

广运昌的总号就设在碛口商会,盛书璧出任大掌柜。属下各货栈、畜力店所有运力公平作价,与字号所投资金一起入股,合力参与"运饷战",所换"盐引"按股分配。

盛书璧早有以碛口商会名义组建一支民团的想法了,可惜各商家中鲜有附议者。有人甚至说三道四,硬将盛书璧出以公心的提议说成是"挂羊头卖狗肉"。故几次会议都不了了之。现在,广运昌运的是朝廷的粮饷,且是短线长途水路陆路皆有,集散中转站点遍布从甘肃内蒙古到河南山东的整个黄河沿线。而眼下匪盗横行无忌,没有保镖护驾同行,简直是匪夷所思了。广运昌总号设在碛口水旱码头,各货栈存满待转待运的各类来自南路的军用物资,当然也有返程时从北路运来的药材、毛皮、粮食、盐碱(此系民用),以及大笔大笔的现银。这样一来,此地自然就成为各路匪盗屡屡觊觎的膏腴之地。那么,民团的组建还能继续拖延下去吗?当然这民团可以不叫民团,也不必非由商会出面牵头,但实质有什么两样呢?碛口商家虽逾三百,但若论人财二字,广运昌所属十大字号已占十之七八,这支武装只要组建起来,还不就是碛口全镇的吗?盛书璧是广运昌大掌柜,还愁掌握不住这支人马?广运昌大掌柜和碛口商会会长又有什么实质性的区别呢?

广运昌护饷团一百名壮士由盛三爷盛书瑜做统领,从即日起在二碛滩上操练。乾隆石做了指挥台。那刀枪剑戟的寒光把十月的日头比得黯然失色,为碛口古镇平添了许多豪气。

293

广运昌天时、地利、人和全了!

广运昌很快成为黄河沿线最显眼的运饷大户了。当然,也就成为最显眼的销盐大户了。

那些日子,盛书璧经历了一生中最辉煌的时期。

然而,二爷盛书璞来泼冷水了。盛书璞搬到他那石板沟新居去住了。三槐堂里的旧居留给了儿子盛景涛。这些日子他已经习惯了在寨子山义学至石板沟家居"两点一线"间跑动,极少回西湾了。那天下午他是特意回三槐堂去面见盛书璧的。

"哥,你知道你那'运饷'换来的真是'盐引'吗?"

盛书璞问得突兀。

"什么?你要说什么?"

盛书璧不悦地反问。自从景月婚宴前盛书璞言语冲撞盛书璧直至"陪客"陪出了娄子以来,盛书璧对他这位书呆子兄弟的不悦正在与日俱增。前一段盛书璞迁离老宅时,盛书璧居然也无片言只语表示留恋,只是派出几个男仆女佣去帮忙打点罢了。这些日子他正在兴头上呢,哪能听得盛书璞颇有点阴阳怪气的话。

盛书璞却并未觉察兄长的这种不悦。自问自答道:

"换来的不是盐引,那是西疆反民血流成河的惨剧,是群怨群怒……"

"怎么?从'待月庐'迁到'观涛楼',还是没有真当隐士?"盛书璧似笑非笑说,"兄弟,你这是'心近地自闹'呀!"这么说过之后,盛书璧似乎对自己用这种口气与自家亲兄弟说话颇感自愧了,随改用恳切的口吻说,"咱一个商人,在商言商罢了。管那么多干什么?再说了,凭你我本事,就是想管,也未必能管得了啊。"

这时,盛书瑜也来了,插话道:

"二哥,你别操那么多闲心了。听大哥的没错。你看这一段咱这生意做得多……"

盛书璞冷笑道:

"顺风顺水是不?我看你们是真眉卓眼(方言,的的确确)的逆风逆水。你们看看现在朝廷上下的鬼样子,早晚非垮台了不可……"

盛书瑜忙走过去掩紧门,压低声音说:

"二哥,你想招祸啊!"

盛书璧叹口气道:

"书璞呀,你是文人生了副武性子。你该和书瑜换换心性才好。要不,你真会惹祸的……"

盛书璞拧着脖子说:

"反正,我是觉得我们这财发得亏心……"

盛书璧哭笑不得,道:

"老二,你要真这样想,咱盛家这一回投进去的银子就算我和老三的。回头我让人把你的股退给你。这总该行了吧?"

盛书璞似有些犹豫了。终于咽下一口清唾沫不言声了。

盛书瑜一向颇喜欢二哥这人的正派耿直,现在见他被弄得有些尴尬,忙打圆场说:

"大哥,您看您说的这话……您还不知二哥吗?他是有嘴没心的人啊。"

此事就这么不了了之。过了几日,忽有汾州府新任知府周大人亲临碛口巡察,孙骥、王继贤、顾骅等一路同来。

商会会长盛书璧免不了要以商会名义设宴接风。

席间周大人对碛口诸商家积极参与运饷,大力支援剿匪靖边的义举赞赏备至,末了对盛书璧说:有关碛口商界忧国忧民的种种事迹,本府已上奏朝廷。朝廷眷念下情,特恩准碛口诸商家可以少量现银捐买部分官缺。周大人说着,出示了一个可供选择捐买的官缺名录。盛书璧看时,竟是从督府到州县各级都有,只是价码不同罢了。

盛书璧也不知是真是假,瞅空子朝亲家翁顾骅打听,顾骅笑笑说:不过是想了些弄钱的法子吧,也不一定是专门恩赐你碛口的。盛书璧说:管它上头是怎想的。我只问这缺是不是真能补上?顾骅又笑笑说:当然是能补上的了。只是同一个缺不知有多少人买了,你想补得快就得再"捐花样儿"。盛书璧也笑了,道:"捐花样儿"又得花银子,算了吧,怕是没人上这个当呢!和我这"候补通判"半斤八两罢了。顾骅说:哪能和你那"候补通判"比!你那"候补通判"是真正恩赐的,不是花钱捐的。而且再怎说,也不会同一个位子赐给几个人呀。盛书璧道:原来是这样!那不成花钱买一只聋子耳朵了?顾骅说:可以给墓碑上刻呀。光宗耀祖!

盛书璧就对周大人说:碛口商家,不过是赚了几两银子的泥腿子罢了,斗大的字儿识不得几口袋的,谁个真能做得了那官!所以这事还请周大人回复朝廷给辞了吧。

谁知周大人不悦了,嘬着牙花子说:你们……这个……碛口商家呀,哪有臣民如此不识抬举的!

盛书璧只好将朝廷的美意添油加醋渲染一番,在碛口商界广征愿捐之人,倒也卖出去了几个。只是不时有人诘问:这事既是如盛公所说这么美妙,盛家为啥一个未捐?盛书璧不能自圆其说,只好说服两个兄弟花些银子也捐一个。可是盛书璞却不买他的账,说:哥,一个"岁进士"已经把我羞得无地自容了,再花钱买个什么通判、州同之类的空衔日哄祖宗啊!你自己想要就买个巡抚的顶子戴吧。若是有朝一日果真能补得上那个缺,大哥不就成封疆大吏了!只是不知那时大哥还怕不怕官场险恶了?……盛书璧喉咙里"哼"了一声,不再搭理盛书璞,复转向盛书瑜。盛书瑜犹豫再三说:大哥说叫买,咱就买一个吧。于是花了五百两银子捐了一个空头总兵。

盛书璞怏怏回到观涛楼。

不管怎么说,石板沟总算一个远离尘嚣之地。观涛楼坐落在沟掌向阳的山坡上。楼后,是一道常年汩汩作响的山泉,东西两侧是蓊蓊郁郁的杂树梢林。沟脚下,附近山民开出的一片片田土棋枰般错落着。晚秋时节,正是沟上沟下色彩最为丰饶的日子。在杂树梢林浓稠的苍绿间,有几抹橘红正一漾一漾朝外泅渗着。也有鹅黄,也有淡紫,也有轻白,也有媚蓝。那是各样山花透露的消息。许是靠近山林的缘故吧,山脚下的田地里,那谷子、高粱全没有山外的灾相,竟是黄的金黄,红的火红。

楼分两层。

登上顶层凭窗南眺，四五里外的黄河在天光映照下，显得缥缥缈缈，如同一条亮闪闪的丝带从天的尽头垂下，夹着一股清风，一飘一飘往东而去。大同碛就在那一飘一飘之间，见不出一些汹涌澎湃，唯有隐隐的涛声依稀可闻。相比之下，倒是这楼前楼后哗哗作响的林涛要显得清晰多了。

那么这"观涛楼"要"观"的到底是浪涛呢，还是林涛？……

近年来，盛书璞的心境一向欠佳。丝丝缕缕的恨意正在他的心底滋生蔓延，如春日里的蔓草，如浩风中的野火……

是从什么时候开始的呢？是从参加乡试无终而返吗？是从藩台祝寿州县索贿吗？是从藩库虚空嫁祸商家吗？抑或是从面对各级衙门官人自尊心受到严重伤害的某一刻起？……好像都是，又好像都不是。开端并不明晰。就如同楼后那一股山泉一般，你很难说清她是由哪一面山坡哪一片草地哪一丛杂树梢林下流出来的。那是一种年年月月的积累，那是一种点点滴滴的汇聚。气势是在不知不觉中成就的，流向是在不知不觉中明确的。

从西湾迁居石板沟，与其说是为了躲避尘世的喧嚣，毋宁说是为了躲避他自己。

盛书璞现在是坐在他的书房里。隔壁，是女儿景虹的闺房。

景虹从打开的窗户里探身朝他看了看，说：

"爹爹，您的脸色难看死了。谁又惹您生气了？"

盛书璞不吭气。谁惹他生气了？是他自己。你既然认为"运饷换引""换"来的是不义是罪恶，那你就退股啊！为什么紧要三关又犹豫了？如果你要舍不下那大把大把的银子，你又何必去找大哥，何必说出那样的话惹别人生气呢。既是舍得下银子，当日乡试又为什么未终而返呢？别人行贿，你也行贿啊。德泰鑫票号不是早将打点各路神仙的银子预备好了吗？只要求得一官半职，何愁花进去的那点本钱找不回来呢。大家都能这么想，你为什么不能这么想呢。说到底，是你不甘心去做蝇营狗苟之事。你想以一种决绝的态度坚守住自己。然而,既是这样,今日之事,你又为何犯那个犹豫呢?可是,不犯犹豫难道真的退股吗?这可是十拿九稳有利可图的呢。那么……可是……盛书璞翻过来折过去,思想在"该"与"不该"上打了九九八十一遭转转,最后还是没有转出来。"不想了,不想它了……"盛书璞自语,"这一回就这么算了吧,以后还是要守住点自己噢……"

那么,他想"守住自己",就真能"守住自己"吗?

那些日子,景涛跟着"运饷"的驼队西去迪化了,自家几个字号的事托付给二把刀、三把刀们关照。按说,这几年盛家二门几个字号的事由景涛代管,倒也没出什么差错。这一回景涛外出时既是已做如此安排,盛书璞大可不必再去插手,一心一意在你那"两点一线"上跑动就是了。谁知盛书璞却有些不放心,便隔三岔五去字号看看。他这一看,那些二把刀、三把刀们便免不了拿生意上的事"请二先生的示下",如此示下来示下去,我们这位盛二先生便实际上又成为各字号商事的主宰了。

祸事就是在这时发生的。

原来,还在景涛两三岁的时候,当时的永宁知州张大人介绍了一个"生意高手"给盛书璧。那人姓宋,是汾州府当时的知府马大人的内侄。本来,按照盛家历来的用人规矩,未经自家商号多年考验的人是不会让其出任二把刀、三把刀的。可盛书璧碍于情面,便将此人接纳了。当时正好二门字号一得阁有个二把刀的空缺,盛书璧便说服二爷让将姓宋的用下了。这姓宋的倒也确是一把"生意高手",上任后颇有些不俗的表现。但不久,字号里发现了成箱成箱的烟土。这自然与这位宋掌柜难脱干系。可惜当时点破此事的竟是刚刚抓过"岁儿"的景涛,绝顶聪明的宋掌柜摇动如簧巧舌,竟躲过了一场劫难。后来,这姓宋的自个儿烂包了,盛书璧却还是碍于张大人、马大人的面子,又放了姓宋的一码。姓宋的后来做了德泰新药店驻外采办,主要在山东、河南一带采买当地产的稀缺药材。近二年,这位宋掌柜在山东自办一个"阿胶"坊,供应了碛口各药店经销的大部分阿胶。

那一天,盛书璞散学后又去各字号溜达。到了德泰新,正遇上山东运来了阿胶。宋掌柜没有来,是另派一个人押运来的。二把刀见盛书璞来

了,就对那山东来人说:

"这位是我们东家盛二先生,让二先生亲自验货。"

那人便将货箱打开,让盛二先生过目。盛书璞当然不会不识阿胶,翻出几片看看,说声"入库吧"就走了出来。谁知过了两日,德泰新二把刀神色慌张地来找盛书璞,说:

"二先生,这一回咱可是上大当了。那么多阿胶其实只有箱口上一点是真的,其余都是假货……"

原来那真正的阿胶系驴胶,即用驴皮加工而成的。而宋掌柜此次送来的货色却是用死了的战马皮加工成的。色泽、味道都不同,而马胶药用对患者有害无益,是医家忌讳的。

那山东来人早带着一大笔银子跑了。而宋掌柜留下了一封信,说他从此将要自立门户,"恕不坠镫"了。

盛书璞气得骂起娘来,浑身上下再也难找一点儿读书人的斯文了。

第二十五章

整整一秋一冬盛景涛都是在驼队里度过的。

这是一支二百四十匹骆驼和二十个赶脚汉子组成的队伍。如此庞大的驼队即使在口外也是极少见到的。

现在,他们行走在内蒙古靠近宁夏、甘肃的吉兰泰、苏海图之间。二十个驼铃叮叮咚咚响成一片,演奏着同一支无休无止的交响曲。按照惯例,骆驼每六匹编作一链,每两链分为一槽。每槽骆驼各有公驼母驼一匹。行走中,公驼打前,母驼断后。驼铃拴在母驼鞍子上,赶脚汉子骑在公驼驮着的货包上,中间是十匹阉驼。

盛景涛的一槽骆驼位于整个驼队的正中间。他高高坐在公驼货包上,似在闭目养神,又像在细细品味着那些驼铃发出的粗细轻重不同的叮咚声。近一年多来,盛景涛多数时间都是同骆驼骡马及赶脚汉子们在一起南北颠簸的。为的是熟悉盛家在各地的生意搭档,为的是了解各地的风土人情、财路货源。盛景涛早已长大成人了,他要像一个真正的男子汉那样做事,他要把自家生意做得更好更大!一年多以前,当他第一次跟着驼队北走巴彦浩特、霍林郭勒那阵儿,确是把所有驼铃都当一个声儿听的。现在不同了,一支队伍中几十颗铃铛一齐响,那不就是三槐堂自家那些兄弟姐妹在一起说说笑笑吗？你能把景月听作景虹？把弟弟当成妹妹？……这一片铃铛声，粗听都是叮咚叮咚，细听，就变成叮咚叮当，或是叮当叮咚，或是叮叮咚咚，或是咚咚叮叮，或是咚叮咚叮，或是咚叮当叮，或是当叮咚叮……它们有的张扬而狂躁，有的内敛而沉稳。有的风风火火，有的温温吞吞。有的颠预中带着些儿朴实，有的怯懦中藏了些儿骄纵。有的开朗过了头儿，有的拙讷离了谱儿。有的放浪形骸，有的不动声色。有的冷硬，有的温存。有的嘎，有的嗲。总之是百铃百性，声声不同。盛景涛闭着眼睛也能分辨出哪一声响儿是哪一匹尾驼发出的。若是有一阵子缺了一种响儿，盛景涛就放开喉咙叫唤一声负责那槽牲口的汉子："拴拴，怎回事？""蹄子，出啥事了？"特别是夜晚，若是连唤三声没回应，盛景涛就要朝走在驼队最前面的苍狗子下达停止前进的命令了。命令是通过赶脚汉子的口朝前或朝后传递的。于是一袋烟工夫后，驼队原地站着不动了。苍狗子一颠一颠跑过来，接受训示后，便跑去察看情况了。如果发现确是有一槽牲口不见了，他就会朝着走在驼队最后的一槽牲口叫："蔫驴刘二！你睡死了呀？第×槽骆驼跑岔了，快想法去撵啊。"那闻讯赶过来的蔫驴刘二朝着四下里看看，叫上两个汉子拐个弯不见了。过一阵子，远处总会重新响起那缺短了的叮咚声。

在远途运饷的驼队中，比丢失骆驼更凶险的事当然要数路遇劫道的贼寇匪徒了。为了应付随时可能出现的变故，驼队所有人员各备大刀一把插于驮子之上。运饷战中刚刚成立的"广运昌"特地派出武师随驼队一路前行。武师自然也是充作赶脚汉的，但他的首要任务却是教习赶脚汉子们刀法战术，在凶险一旦到来时，组织对驼队的护卫。盛景涛有令，不管路途多么劳顿，每日早操晚练雷打不动。当然，刻苦操练、有备无患是一回事，事到临头要不要拔刀相向却是另一回事。盛景涛心里明白，驼队背井离乡，人地两生，一副灵活的脑子比二十把大刀更管用。

苍狗子是自告奋勇随行辅佐的。景涛虑及此次西行可能遇到的种种凶险，觉得像苍狗子这样警醒灵动的人还真是用得着，便答应了。如今，转眼间三个月过去了，这苍狗子一路上还真是辅"主"有功呢。

在碛口,骆驼一到"麦熟杏黄"之时,是必要"下场"的。"下场"即歇工避暑养膘之意。原来那骆驼是耐寒怕热的畜生。故一交暑夏,就不能再使役了,需将它们带到林子里放牧歇息,待到时交白露,再出山重新投入使役,谓之"起场"。骆驼能吃苦,但也易染病。常常整槽整槽说死就死,人称"传槽"。今年夏天,盛家刚从口外草地买回近三百匹,就遇上了"传槽",要不是赶脚汉子蔫驴刘二用他几十年来摸索到的土方方精心医治,怕是早已死绝了。所以这一回景涛西行时,将这个蔫驴刘二也带到了身边。

这是一个阳光艳艳的日子。天气干冷。赶脚汉子们穿着一样的粗蓝布棉袄裤,外套老羊皮筒子,再拦腰扎一条白布腰带,足蹬毡袜裹脚靴,头上是毡窝子帽外加一副野兔子皮特制的耳套。多数人还将一条脏兮兮的围巾连脖子带嘴裹得严严实实。

没有风的日子就是好日子。阳光艳艳的日子就算过年娶媳妇了。

赶脚汉子自有赶脚汉子的快活。打尖吃饭睡觉前,那是他们说伙计夸朋友的时候。赶脚汉子们的"伙计""朋友"都是特指相好的女人的。他们没有"隐私"。今日张三有了"伙计",明日李四交了朋友,那是都要公开的。你不让他公开也不行,嘴痒!不说吃不下饭,不夸睡不着觉。当然也有快活共享的意思在内,出门在外,就得讲个兄弟义气!等他们爬上驼背呢,就比赛似的吼起辇曲曲来。碛口是个出辇曲曲的地方。"小曲好唱口难开",这话说的不是赶脚汉。赶脚汉子是"吼"不是唱。赶脚汉子的"口"从来不难开。在这里,没有年龄的拘囿,没有班辈的顾虑,没有角色的限定,也没有五音全不全的苛求。

    家住在临县孙家塔村,
    牡丹花就是奴的名。
    奴家今年十六春,
    无有媒婆来说亲,
    坐在这绣楼哭上几声。

怨一声二老爹娘实有差,
　　十六岁的闺女留在家。
　　人家的闺女有多少,
　　十三十四都该嫁,
　　十五十六抱上娃娃。

　　清早起来把饭用,
　　牡丹花想起串枣林。
　　出大门,出二门,
　　信步来在大路中,
　　绕过了小道道进了枣林……

　　有人怪声怪气问:
　　"啊呀,进了枣林见甚来?"

至少有七八张嘴"哇哇"吼喊着接唱:

　　枣林林里一条河,
　　河面飘过一对对鹅。
　　公鹅戏水前头游,
　　草鹅一旁叫"咯咯"(哥哥),
　　牡丹花看得没奈何(方言,无可奈何,羡慕)……

又有人问:

　　"啊呀,难受死了,这可怎呀?"

更多的汉子抻着脖子吼:

朝南过来一个人,
　　二十郎当正后生。
　　叫声大姐休闹心,
　　祖传烟袋带在身,
　　要不要过一回瘾?……

哄笑声中,有人又吼开了新曲曲:

　　纱窗儿外来么月儿正高,
　　出门的人儿嘛(的)好心焦。
　　我心焦意乱谁知道?
　　一想起家来嘛父母年高,
　　二想起家来嘛姐妹同胞,
　　三想起贤妻孩儿们小。
　　我有心回家去路远山高,
　　想写封家书没人捎。
　　我心焦意乱嘛自个儿知道……

　　再也无人接腔哄闹了。各人想着各人的心事各人的家。
　　驼队在默默地前行。马上就要进入腾格里沙漠、巴丹吉林沙漠了。他们将从那里跨长城,过嘉峪关,直插甘西石包城,而后将这一批运自内蒙古河套地区的粮食、药材和毛皮交给官军。再拉上新疆的红花、雪莲、川贝母,宁夏的枸杞、甘草、发菜,青海的麝香、鹿茸、冬虫夏草,甘肃的天麻、杜仲、当归、党参、黄芪,或者还可以捎上伊宁的皮革,宁夏的滩羊皮、贺兰玉,青海的地毯、旱獭皮,兰州的水烟,嘉峪关的石砚朝回返。
　　三个月,这在盛景涛来说,实在无异于血水中浸了一回,酆都城走了一遭。现在,他高高地坐在驼背上,用心盘算着这两个沙漠该如何过。自打十多天前他们将这批物资由乌海码头的渡船卸到驼背上,在贺兰山麓与数十倍自己的反民斗智斗勇,终于逃过了一场劫难之后,他已经在反复琢磨这个问题了。为此,他于沿途走访了不下三十位土著。眼下,一张活生生的路线图似乎已经深深镶嵌在了他的心坎上。但他还是不能放心。他让苍狗子随时查看罗盘,记着朝苏海图正西走。这样就能保证从腾格里沙漠北端经雅布赖盐场,再从巴丹吉林沙漠最南端插向嘉峪关。因为据当地人说,这路线是横穿两个沙漠的捷径,也是一条最安全的路线。今天,他们将擦着一片沼泽地的边沿朝西,到达腾格里沙漠东北小镇子安,在那里他们需要休整一天,做些必要的准备,然后于后天进入沙漠腹地。

响午时分,气温骤然升高了许多。赶脚汉子们敞开了怀,不时地将手伸到棉袄里抓搔着,有人居然逮到了几只大虱,也不挤也不掐,恶作剧般笑笑,直接扔到了脚下愈来愈厚的沙土中。成群结队的瞌睡虫轰隆隆朝着驼队袭来。汉子们一任各自的脑袋在脖颈上一点一点晃荡着,身子也在驼背上悠悠仄仄一副很不稳当的样子,却始终没有一人摔下来。

盛景涛似也无法抗拒汹涌澎湃的睡意。半睡半醒中,景涛看见驼队正顺着贺兰山脚缓缓前行。正是夜色朦胧之时。山月如刀。夜风将衰草与尘沙吹得漫天飞舞。突然,数百名反民呼啸着从山坡扑下。他们打着张格尔的旗号,挥舞着棍棒刀枪,饿虎般冲入驼队。赶脚汉子们从货包下抽出大刀,跳下驼背,与反民杀成一团。二十名赶脚汉子哪是人家的对手,赶脚汉子们一个个倒在血泊中,驼队被冲得七零八落,货包一件件落入尘埃。反民们很快将四散的骆驼们聚拢了,货包重新装上,他们哈哈大笑着呼啸而去……

盛景涛被惊出一身冷汗,大叫一声醒转来了。他挺挺身子,让自个儿在货包上坐得更稳当些,睡意像六月飞雪般眨眼间全消了。他又一次用心听听那粗粗细细的驼铃声,不由宽慰地一笑,自语:亏得有那前后两次的"改道绕行"啊!否则后果真是不堪设想呀……

原来,盛家这支驼队于九月中旬抵达内蒙古托克托。北上时拉的是布匹绸缎,还有一批海产品。到达托克托后,他们将这些货物连同骆驼全部交付货栈脱手,然后赶赴黄河码头,将官家早已征收齐备的粮食、药材、毛皮装船运过河西。在那里买新驼组成新驼队开始了他们真正意义上的"运饷"远行。

驼队一路晓行夜宿,风餐露饮,于十一月初到达贺兰山北麓的乌海。乌海是位于内蒙古甘肃交界处的黄河码头。货包再次卸下驼背,装上渡船。骆驼当然还是全部脱手了。人员物资全部抵达河西后,他们又买新驼重新组队,从此开始了单一的内陆畜力运输。

但是,随着驼队拖沓而滞缓的前行,盛景涛的情绪越来越紊乱了。沿途是一派濒临死亡般的凋敝。正是收获的季节,而道路两旁贫瘠的土地里,憔悴的庄禾在秋风中呻吟。果实寥寥落落,害羞似的躲藏在枯干的叶片间。不时有饿殍倒于路侧,野狗与鹰隼争食死尸。所见的活人中,除却乞丐,就数兵弁多了。他们一样挨门逐户出出进进。所不同的是,乞丐是哭丧着脸求,兵弁是挥舞着刀抢。盛景涛亲眼看见,两个兵弁要将一户人家两头牛牵走,主人不许,兵弁便说主人是"张格尔余党",是"贼种",结果那主人被一刀砍去脑袋,房子被一把火烧净。有个书生模样的人上前劝阻,当即被认作"反贼的狗头军师",一绳子绑了去了。每到夜晚宿营的时候,盛景涛总要找些土人了解前方道路情况。那些土人一个个现出张皇失措的情绪,待到确信盛景涛不过是晋省碛口一个普通客商后,几乎众口一词问:你们这些商人是成心要帮助朝廷把西疆百姓斩尽杀绝啊?他们说:现今朝廷派驻西疆的官员,从将军参赞,到司员章京、办事领队,大都由内廷侍卫擢拔而来。他们到了西疆不思养生利民、繁育生息,唯知与当地土官伯克等等沆瀣一气,盘剥百姓,中饱私囊。有的甚至在强征财物的同时,强征民人妻女供其淫乐。无论衙门军营,宣淫之声不绝于耳,竟至不分夜昼。你要敢说半个不字,他就诬你是"邪教""反贼",必欲置之死地而后快。这样一来,百姓是不反也得反啊!盛景涛嘴说我们是上命差遣,身不由己,只好在商言商了,心里却也屡犯嘀咕。回头忆及一路所见所闻,那被砍掉头的牛主人竟有些像他的驼爷崔壮,那被绳走的读书人便活脱脱像他的父亲盛书璞了。盛景涛就吩咐苍狗子,每到一地,都尽力设法弄些粥饭赈济当地饥民。

或一日,驼队在一个岔路口遇着一个马帮。为首者二人,胖者自称老魏,瘦者自称大孙,都是回民,也是要去苏海图那边的。二人又都是"见面熟",不几日,便与盛景涛、苍狗子、蔫驴刘二等打得火热,大家就一路同行下来。这个马帮统共才有八九头牲口三四个人,景涛他们便无以为意。有一天夜半时分,苍狗子猫腰凑到盛景涛身边,将团在骆驼肚腹一侧呼呼大睡的主子弄醒说:"这个狗日的马帮是不是有点不对劲啊!刚才我睡得迷迷糊糊间,怎见那胖老魏和瘦大孙窜进咱营地来揣摸咱的货包……"景涛还是迷迷糊糊,揉着眼说:"他们……才几个人呀?能把咱怎?"苍狗子说:"我看那两个灰孙子不怎地道。咱得提防着点儿。"景涛见苍狗子说得在理,忙把随队武师叫来商量一番,私下知会众人,从此要多操个心眼。又让随队武师临时殿后,留心那马帮动静。接下来的几日,倒也平安无事,景涛、苍狗子他们也便渐渐松懈了。

那一天,驼队来到一个名叫屈子盐池的地方。从这里西望,贺兰山已在近前。那时已是晌午时分。驼队打尖吃饭时,胖老魏和瘦大孙凑过来了。二人带来一罐好酒,还有一包腌驴肉,要和盛景涛他们喝几盅。喝着酒,那姓魏的显得忧心忡忡地对景涛说:"少掌柜听说了吗?贺兰山可是有反民占着山头哩。咱是走弓弦哩,还是走弓背哩?我可是一点主意都没了……"盛景涛想了想说就走弓弦吧,弓弦近着一半路,我看也安全些。原来那贺兰山北麓尚有一东西走向、绵延十数里地的、看似独立、实是贺兰山余脉的山包。山包靠贺兰山的一侧有一豁口,取道这里横插过去,是一条直线;若是走那山包的另一侧,道路则因山势呈半弧形。盛景涛已经了解过,那贺兰山上确实扎有反民营寨,但他们一般并不打劫过往商队。而半弧那边,山地多杂树,多沟壑,路况复杂,反不如直走弓弦安全些。所以他是早已打定主意要走弓弦的了。那胖子魏听了景涛的话,目视瘦大孙道:"少掌柜聪明过人,咱跟着少掌柜走,总没错。"当天下午,盛景涛先派苍狗子和随队武师赶往贺兰山下察看周围动静,直待傍黑时分,他们返回后,方命令驼队乘渐浓渐黑的夜色朝着贺兰山北麓那道豁口处进发。

驼队进得豁口朝前行走了四五里地,那殿后的随队武师突然一路小跑出现在盛景涛的面前,说:"少掌柜,那个马帮不见了,怕是有诈!快按咱的计谋'绕'狗日的吧……"盛景涛听了,不由一个激灵,当即朝前传话,让驼队立即朝后转,改道弓背而去。待他们进入那一边的坡道,西行约莫十里地,盛景涛又命驼队卸去所有驼铃,二次朝后转,重新转向弓弦,迅速从豁口横插过去。第二天早晨太阳出山时,他们终于进入安全地带。此时听当地土人说:昨夜在弓背那边,反民伏击了一个为朝廷运饷的驼队。人和牲畜物资全被房上山了……盛景涛、苍狗子、蔫驴刘二及随队武师相顾愕然,一屁股跌坐路旁半晌动弹不得……

驼队于腊月二十九到达子安镇。除夕这天,大家忙于准备进入沙漠后人畜必需的饮用水,人的干粮,畜的料豆,还有盐巴等等。盛景涛估算了按既定路线横穿两个沙漠的行程,盼咐给每个人至少备足二十斤以上的水。牲畜每匹至少得一百斤左右。人的干粮不说,一个骆驼每天五斤料豆必须带足,另得粉盐一两,按七天到十天计,这又是一个不小的数字。而现在每匹骆驼的背上已经压着三百斤的货包了,那么,这么多必须加载的东西该如何安顿才安全可靠。虽然驼队的赶脚汉子中不乏经验丰富之人,可要确实弄得妥帖也还是不太容易。盛景涛是平生头一回进入沙漠腹地,很想积累点经验,增长点见识,这样一来,他便总是事必躬亲了。这天下午,一应事项总算都见眉目了,盛景涛这才盼咐苍狗子弄了些红纸来,裁成小条,从店家那里借来笔砚,亲自动手写了好多"水草通顺""出入平安"的帖儿,让汉子们大家动手,给每匹骆驼鞍俱上都贴了两条儿。香表、鞭炮等等自然也是少不了的。大家便洗了洗手脸,准备吃店家早已整下的年夜饭了。

按照原来的计划,第二天一早,驼队就该出发朝着沙漠挺进了。可这一天偏偏是大年初一,汉子们便有些懒怠出动了。景涛正在犹疑间,蔫驴刘二跑来报告说:有一匹骆驼得病了。盛景涛跑去一看,见那畜生的肚腹胀得大鼓也似,不吃不喝,躺在地下"嗷嗷"悲鸣着。景涛急得如同热锅上的蚂蚁似的,唯有跪土地爷前叩头祷告。蔫驴刘二倒还镇定。他将耳朵贴在那骆驼肚子上听了一阵儿,叫了几个汉子强把那畜生拉起来,自个儿爬店家鸡窝里拣了一根鸡翎子朝那畜生肚脐眼里直插进去,鸡翎上便有水珠滴滴答答流了下来。蔫驴刘二笑着对景涛说:"少掌柜,托你的福。这是喝错水了,咱能治得了!"说着,拉起那骆驼沿过载店的大院子慢慢溜达起来。景涛不明白那"喝错了水"是甚意思,不过看蔫驴刘二胸有成竹的样子,他便也稍稍放心了。一会儿,汉子中年龄最大的李子贤说他从昨日起,身子骨就有点不太对劲儿。景涛问他到底怎了,他也说不出个所以然来。景涛忙吩咐苍狗子到镇上叫个郎中来给老李号号脉。看看已到羊出坡的时分,景涛想了想,终于下定了就在店里过年的决心。

既是不准备再出动了,景涛就对大家说:"今儿咱就索性再过舒坦些。大家把各人的贴身小布衫、衬裤甚的都脱下来,咱烧锅开水把虱子虮子煮熟了,捞出来送店家喂鸡去。店里现备有热水,大家干脆把各自身上的油腻也洗下来,送店家去种菜吧。"赶脚汉子们哈哈笑了。笑着便将那些衬衫、衬裤脱了满满一大盆。这时,店家早已将热水灌在了几只大浅缸里,汉子们便嘻嘻哈哈跳了进去。

盛景涛将那一盆散发着腥臭,早已辨不清颜色了的衣裤端到一间空屋里,担了两担滚烫的开水倒进去。那水面上霎时便浮起了厚厚一层油腻,还有数不清的虱子虮子。景涛朝店家讨了些碱面倒了进去,自个儿脱了鞋袜跳进盆去便踩起来。刚踩了两下,那苍狗子跑来了,说少东家你快一边歇着,这事哪是你干的。要干,也有我哩……一头说,一头扶景涛坐到一张杌子上,自个儿脱了鞋袜踩起来。冒着气泡的黑糊糊的脏水伴随着一股恶臭直朝盆外流溢。这时,一个二十出头年纪,穿着一袭紫蓝色棉袍,看上去像一朵盛开的喇叭花一般的女子走进门来,笑着对盛景涛说:"少掌柜,我来替你洗吧……"景涛抬头一看,认得是店家的女儿,好像叫什么苏蓝朵的。景涛忙拦挡着说:"这哪是你干的事,岂不是辱没你吗。就让我们苍狗子……"那苏蓝朵却早将苍狗子拨开,伸进自己一双手。"你们呀,你们会洗?你们能洗净?……"不知不觉中,那女子已将说话的口气带了些亲近掺了些嗲进来。景涛这才将那苏蓝朵细细打量起来。原来这竟是个颇水灵颇让人眼喜的女子。尤其她那笑,实在是很特别的——是那种将半个舌尖夹到唇外,斜了眼睛瞟着你的,带着点儿狡黠的笑。景涛便也笑笑,说苍狗子忙你的去吧,就由她洗去。那苍狗子瞧瞧景涛,又瞧瞧苏蓝朵,诡秘地笑笑,出去了。

这是一间向阳的屋子,生着北地人惯用的地炉子,烟洞由地坪过火墙,再通向一盘小小的火炕。火炕筑在屋子的后半部,炕上铺着羊毛毡,被褥卷着如牛腰般粗。看来,这是一间招待贵客用的屋子。大约因了年末的缘故,像是有些日子无人住过了。

那苏蓝朵见屋里只留下她和盛景涛时,便站起身,拎了把笤帚将毡子上的浮尘扫了扫,斜眼瞟着盛景涛说:

"少掌柜别站着,靠铺盖上歇歇吧……"

苏蓝朵说过这话,将洗衣盆一拉,蹲下身去继续她的营生。景涛见她正好蹲在当门,好像成心要将他出屋的路堵死,也不让别人再进来似的,心里便暗暗觉得好笑。她面朝他干着活,不时用眼角瞟他一下,却不说话。景涛靠了铺盖卷儿半躺在炕上看着苏蓝朵被水浸得微微发红的嫩生生的手臂,生动的眉眼,以及挂在嘴角的略带狡黠的笑。他也不说话,只在心里想:这女子的眉毛眼睫好像也有点莺莺的模样。这个想法一出现在他的脑海,心里便觉更好笑了。他便不出声地笑了笑。这时,阳光红艳艳铺满窗户,地炉子隆隆啸叫着,像在为两个年轻人无声的交流伴奏。

"昨儿夜里那大通铺少掌柜能睡得惯?"

苏蓝朵问,依旧是笑笑的。

盛景涛迷迷怔怔道:

"昨儿夜里我睡的是大通铺吗?我倒忘了。"

又说:

"累得人都憨了,一沾炕席就迷糊过去了,哪还有甚惯不惯的。"

苏蓝朵像猛然间发现了什么特别令人好笑的事似的,笑得花枝乱颤。随着咯咯的笑声,两个肥硕的奶子在棉衣下圪涌圪涌颠动着,像一双不甘寂寞的兔子,眼看就要从窝里蹦蹦达达钻出来的光景。

"今黑夜你来这屋睡吧……"苏蓝朵终于住了笑,一本正经说,"一早我就生了火。"顿了顿,又道,"我就睡在隔壁……"

苏蓝朵瞟了景涛一眼,目光落在窑壁上。盛景涛这才留意到:那里有一扇小门,大约是能通到隔壁的。景涛的心就怦怦大跳起来了。再看那苏蓝朵,竟也面若桃花了。一时,二人便都讪讪地不自在起来。

有人在苏蓝朵的身后推动了门板。一个女声道:

"蓝朵你干甚呢?半天不见你人影……"

蓝朵娘丝瓜瓢般的一张脸从门缝探进来,看看景涛,道:

"是少掌柜呀!……"

盛景涛从丝瓜瓢的目光和口吻中,分明感到有警觉和敌意在咝咝洇渗着。

景涛说要去洗洗身子,绕过苏蓝朵走出屋去。他的心还在怦怦地跳。

景涛洗完身子回到屋时,苏蓝朵已去了。景涛走过去推推那扇边门,见是从隔壁插死的,心里便惝惝的,不知今夜该不该睡这屋了。

盛景涛终于没有拒绝睡这屋。随着夜晚的来临,一种朦朦胧胧的欲念潮水般在他的心头澎湃了。

晚饭十分丰盛,难得店家同驼队的赶脚汉子们一起大酒大肉地美吃了一顿。尽管盛景涛一再提醒众人"吃酒只可半醉",众人还是喝高了。

盛景涛倒真没多喝。饭后,站到院子里看店家点着了年节灯笼,便领着众人一齐跪到土地爷神龛前点香烧表,又燃放了许多烟花爆竹。便关照众人快去睡觉。

盛景涛看着店家将大门插死后,在院内各处巡查了一遍,又吩咐店家小心执夜,这才走进苏蓝朵小姐为他安排的那屋去。

盛景涛躺在炕上却怎么也无法入睡。一开始,他两眼紧盯着那扇通往隔壁的小门,心一直在怦怦地疯跳。后来,似乎是有些疲倦了,便合了眼做出要睡的架势,可两个耳朵却在努力捕捉着门那边的动静。苏蓝朵好像也睡了,小门那里并未出现他所预想的那种情景。后来,盛景涛便自己骂自己是"鼠窃狗偷之辈",骂着骂着终于有了睡意。然而,就在这时,那小门嗒啦一声轻响,把景涛刚刚潮涌而来的瞌睡一下子赶跑了。盛景涛的一颗心再次怦怦大跳起来。

　　盛景涛两眼盯着小门,等着有人走过来。却没有。静悄悄地过了一刻,那门吱啦一声响,像是又从那边插死了。盛景涛再次骂着自己合上了眼皮。可是,就在睡意再次朝他袭来时,那门又嗒啦一响,像是抽开了闩。接下去,景涛听得苏蓝朵在那边轻咳一声,却依旧没有下文。景涛轻轻跳下地,走到门边轻轻一推,那门原来真是开着的。然而就在那门吱儿一声开了一条缝的一刹那,景涛像被火烙着一般缩回了手。景涛在门这边站了多一阵儿,又转身钻回了自家被窝。她是让我过去呢,景涛想。几缕奇异的香气透过门缝钻到了这边来。景涛想起那一回他越墙登上李家绣楼,从莺莺窗隙间嗅到的那种异香。欲望的潮水如同湫河的山洪般一浪浪朝他袭来。景涛感到自己浑身嗞嗞冒烟,眼看着就要燃起熊熊大火了。他的呼吸急促,忽然心慌慌地对自己害怕起来……正在这时,他听得隔壁通往院子的那道门被人敲响,景涛如释重负地长呼一口气。便听那一边有人问:

　　"蓝朵你睡了吗?娘来陪你睡吧……"

　　是丝瓜瓢。

　　"娘,您怎还不睡?……"

　　苏蓝朵装作刚被惊醒的样子不耐烦地应答着,跳下地,先将通隔壁的小门关死,又去开了通院子的那道门。

　　景涛听得丝瓜瓢进屋后先摸了摸小门,悄声嘟囔:

　　"蓝朵你没忘记关这门吧?"

　　"娘您说些甚话呀?"

　　蓝朵有些恼怒了。

　　丝瓜瓢嘻嘻笑着道:

　　"我怕女儿被人拐跑呢……"

　　盛景涛在这边听得明白,便憋出了满身湿淋淋的虚汗。他披衣起来走出屋门,在前院后院转悠了许久,才又回到屋里。他躺在炕上再也无法入睡。他大睁两眼盯了屋顶,便见满眼都是莺莺忧郁的脸。景涛知道:那一腔浓浓的思念又被勾起来了,而且由于这一腔情怀中如今是掺杂太多的负疚进去的,故而让他真切感觉到了一种麻辣辣的刺痛……

这刺痛一直陪伴着他深入了沙漠腹地,直到赶脚汉李子贤的死。

那是离开子安镇的第十天,也是即将走出巴丹吉林沙漠的最后的日子。事实上,这个来自李家山的五十多岁的汉子从离开小镇子安以来,就没有"安"过一天。他一直发烧、干咳。可他硬挺着朝前走。他没有对景涛说出自个儿身体的真实情况。相反,他一再对景涛说:我没事,没事。他的水是第八天头上喝尽的。不是他自个儿喝尽的,而是分给了几个年轻人。那几个年轻人第一次进沙漠,不知道节约水就是节约生命的道理。他们受不住干渴的煎熬,第五天就把水都喝尽了。只有李子贤发现了这一情况,便默默地将自己的一份分给他们喝,虽然顶不了大事,但足以维持这几个壮实的生命了。最后两天,几个无水可喝的年轻人终于打熬不住寻盛景涛求救了。但李子贤独独一声不吭,只说他还有水。最后的那一刻,当一泓清泉出现在人们视野中,人畜都朝着同一个方向飞奔过去时,李子贤猝然倒下了。临死,他只对景涛说了一句话:我就做个异乡野鬼吧。众人大恸。景涛说:李叔,你放心,我带你回老家。

三月中旬,盛家这支驼队终于返回了碛口。同时返回的还有李子贤的棺木。当晚,赶脚汉子们将返程货物拉到德泰昕交割清楚后,就全体一起护送李子贤回到李家山。李子贤一生劳碌却没有家室。景涛偕同驼队全体赶脚汉子在他的灵前守了三天。第四天,正是黄道吉日,便举行了隆重的葬仪。诸事了结,众汉子这才回了各自的家。只有景涛,既未回三槐堂,又未去石板沟,却是急急慌慌去了侯台镇侯五奴的草料店。

依旧是草把招摇,依旧是乡情如春。所不同的只是东西两厢新添了些骡马棚,当院又多了两排骆驼槽。

景涛实在是太想念侯玉婵了。于是便急赶着去冯家会料理烟田整地育秧的事。路过侯家草料店,"正好"崴了脚,便"不得不"进去歇息歇息了。

两年前,景涛想见玉婵,还只是因为这女子在他眼里,简直就是活脱脱李莺莺一个。而今,在李莺莺渐去渐远的背景上,玉婵正笑吟吟地看着他。此次远走西疆,那个小镇女子又一次勾起了他对莺莺满心疼痛的思念。这种疼痛后来被李子贤之死引发的惨痛所掩盖。现在,当李子贤之事暂时告一段落后,那份掺杂了太多疼痛的思念便又潮涌他的心头了。

景涛自己心里知道,这份疼痛只有侯玉婵可以医得。

侯五奴和五婶都用诧异的眼光看着他,说:

"要是在碛口街上一打面看见你,我们怕是不敢认你了。"

侯玉婵盯着他看了半晌,道:

"我们这里不是炭窑,哪里来的'炭毛儿'?快走!……"

五婶忙制止女儿:

"休要无礼!快打水让你景涛哥好好洗洗。"

景涛笑道:

"别瞎忙乎了。刚洗过。就这个样了。跳黄河也洗不净啦。"

侯五奴说:

"这就对了。这才更像个男子汉。"

这一天,店里客人不很多,三五人而已。五婶便拉了侯五奴,说要去看看她的老娘。说走就走了。

侯玉婵将景涛单独安排进一间客窑,特地把炕上的被褥换成表里一新的。又沏了一杯茶递给他。这一切都是在无言中进行的。侯玉婵靠在炕沿上看着盛景涛说:

"我以为你一定是死在西口,或是叫回回家的女人勾住不回来了……"

景涛笑笑:

"我要死了,或是留在了那里,你怎办?守寡呀?"

玉婵啐道:

"咱俩井水河水两不相干。你死你留和我八竿子吧能打着?"

景涛目视玉婵说:

"赶明儿我就叫你说不出漂亮话……"

玉婵的脸腾地红了,说:

"敢情是这一回走西口的路上野花野草采多了,学成坏坏一个了。快快滚回你们西湾去。"

景涛道：

"我要一走,岂不辜负这里外三新、结婚娶媳妇才好盖的被褥了?"

当日晚饭后,五婶和侯五奴都未回来。安排客人们睡下后,玉婵关了店门,又来到景涛住处。玉婵进门就沉着脸问：

"怎还赖着没走啊?"

景涛说：

"几个月不在这么舒坦的地方睡觉了……"

玉婵爬上炕就撤被褥,道：

"我偏不让你舒坦……"

话未说完,就被景涛扳倒在被窝里了。玉婵"唔唔"了几声,便不再"唔唔"。两个人的嘴唇紧紧咬到一起,如饥似渴地吮吻着,吮吻着。屋外,一轮明月圆圆地挂在中天,洒下了一地梦幻般的月光。院墙下,铁黑色的枣树枝丫上一簇簇嫩叶贪婪地吮吸着春的气息,犹如少女的舌尖吮吸着爱的芬芳。厦檐下,几对早归的燕子偎依在它们的新巢里,小脑袋一探一探,仿佛在透过窗隙窥视着屋内的什么,然后呢呢喃喃交流着它们的观感,间或咯儿咯儿发出几声轻俏的笑声……

第二十六章

　　崔炳文没有想到,此次钦命秦地查仓几乎招来杀身之祸。
　　陕西,是西北地区最大的粮油产区;渭南仓场,是秦地最大的粮食储备点。初时,他和另外两个同官得到匿名密报,说近年来这里的地方官吏伙同仓场监督诸人多次盗卖库存,有人觅得风声,竟被杀人灭口。崔炳文在查场时,便多存了个心眼。然而待到清查既完,却发现那仓场储粮不是短缺了,而是比账册登记整整多出了三千担。那时,同官便私下试探于他,欲将"余米"尽数瓜分,且说仓场监督已有暗示,只要崔大人点头,诸事由他操办。崔炳文听得此言,心中疑窦顿生。"余米"瓜分之事自然无从谈起,还下令对仓储情况进行复查。复查结果,发现一个个粮囤子的下半截竟都是打成包的糠秕,而存粮缺口竟达十万多担。崔炳文大惊,忙将此事知会秦省布政史丁大人,并草成表章,上奏朝廷。谁知这时,仓场监督"自杀未遂",竟被渭南府收审,且从大牢传出话来,说监督已经交代,此事系他一人所为。又说仓查伊始,他曾行巨贿于崔炳文,崔答应予以遮掩。只因崔随后提出瓜分"余米"以糊同官之口,监督不同意,二人遂起纷争。崔担心受贿事败露,便欲先置监督于死地云云。其时崔炳文尚寄希望于朝廷,谁知有京城密友驰报,说朝廷已下令将他缉捕归案,严加讯查。到此时,崔炳文方知他已是有口难辩了,便连夜化妆出逃……

那年端阳节前后,崔炳文假扮商贾辗转来到碛口。掐指算来,他已有两年多未见他的父亲了。父亲崔相以老迈之躯执教碛口,原是凭一股心气。崔炳文无法想象,假若自己"犯事"的消息传入父亲的耳朵,不知老人还能撑得住吗?崔炳文早年丧母,八年前又因鼠疫传播痛失妻儿。这些年来,有朋友多次为他张罗过续娶之事,都被他婉言推拒。他那内心的伤痛想必是太过深切了,尚有待时间老人广施博爱之手的轻轻抚慰才能渐渐平复吧!这些年来,他一直是与老父相依为命的。要在往常,每隔三五月,他可是总要设法与老父见上一面的。

崔炳文走下渡船,将黑缎子瓜皮帽朝眉梢压压,低了头径直朝拐角上走。两眼的余光停在了盛家德泰新药店门口。崔炳文正要拾级而上,看看盛书璞或是盛景涛可在,忽见那药店的一扇门板上贴着一张《缉捕通告》,正是要捉拿他的。崔炳文下意识地转身朝后一看,忽地就觉浑身一凛。原来在他身后数十步远处,有两个汉子正鬼鬼祟祟地盯着他。匆匆一瞥之间,崔炳文认出那其中一人正是渭南仓场一守场兵痞。崔炳文打消了走进药店的想法,转身朝着西头方向走。从那里渡过湫水河,就是碛口义学所在地寨子山了。

那两个汉子好像并没有跟过来。崔炳文纵身跳上湫水河踏石,飞快地渡过河去。然而,当他走到寨子山村头时,却又犹豫了。或许他的老父尚不知他"犯事"了呢。须知,他是钦命在身之人,三两年不省亲原是情理中事。如果他这一去,把嘴说漏了,岂不是弄巧成拙吗?……崔炳文这么想着又折转身,朝着西湾三槐堂方向走。

两个汉子没有跟上来。几个月来,崔炳文仿佛经常处于同"尾巴"较劲的紧张状态之中。有那么几回,他几乎就被他们逮住了。他们甚至勾来捕快,包围他的寄居地,想来个"瓮中捉鳖"。亏得崔炳文年岁尚轻,手脚还算麻利快捷,一听见风吹草动,他便"脚底抹油"了。经历过这么几次之后,崔炳文一般再不到朋友家寄宿了。他不能连累朋友啊!即使住宿旅舍,他也是每到一地,先看好逃生之路的。唉!"误尽一生是一官,弃家容易变名难"

哪！这是谁的诗来？是吴伟业吧。他想"变"啥"名"呢？是诗名吧。据说，他死后，曾嘱家人，墓碑上只刻"诗人"二字，不要官职。可惜他明白得太晚了点。崔炳文正自寻思，忽听背后传来纷乱的脚步声。回头一看，正是那俩汉子！"崔虎臣！你站住！"他们一边气喘吁吁地朝他跟前跑，一边声嘶力竭叫喊。那时，崔炳文又一次渡过湫水，正爬上河堤。堤上不远处就是西湾了。

　　崔炳文绕过三槐堂，慌不择路地朝着后山奔去。

　　山上光秃秃的，无遮无掩。崔炳文回头一看，那俩汉子已经离他很近了。崔炳文连跳几道地塄，朝着山下一道遍生灌木杂树的山沟奔了进去。

　　崔炳文的两条腿怎么也不听使唤了。他跌倒在一片灌木丛中。他想他大概就要死了。那就让死快点来吧。他不跑了。他等着两个汉子来带他走。他大口大口地喘着气，嘴角上有淋淋漓漓的血水流下来。

　　汉子们跑过来了。他们在离他不远的地方停留片刻，拐进一条旁道不见了。崔炳文盯着汉子们的背影怔怔地半晌才回过神来。他好像不相信自己还是自由之身似的，动了动手脚，又动了动手脚。当他确信自己不是在做梦时，他哭了。不是眼睛在哭，是他早已磨穿了的靴底在哭，是他黏结着尘垢草屑的发辫在哭，是他裤腿上的一个个破洞在哭，是他脏兮兮的衫袖脏兮兮的领口在哭，是他的心在哭，是他的一颗也曾忠于大清的心在哭。他就这么从头到脚哭着站起来，继续朝那沟里钻去。他担心那俩汉子还会返回这里来。

　　突兀的，一座看上去刚刚建成不久的宅院出现在他的视野里。一道粉白的围墙，高门楼下悬着"耕读传家"的匾额，朱漆大门，黄铜门吊。一看就是户有些根底的人家。

　　这地方崔炳文从未听说过，当然更未涉足过。

　　那时已是向晚时分，崔炳文一时已无处可去，便走上前去叩了叩门吊。门吱呀一声开了。崔炳文愣住了。那开门的人竟是盛书璞的女人崔玉荣。崔玉荣也愣了一下，但旋即机警地左右看看，一把便将他拉进了门。当大门再一次关紧后，崔玉荣朝上屋叫道：

"景涛爹,你快出来呀!"

盛书璞开门走出来,一见是崔炳文,当即扑上前来,将他连抱带拖弄进屋去了。

"虎臣兄弟呀,我以为再也见不到你了呢。"

两个人不禁搂抱着哭作一团。

崔玉荣已预备了热水,请崔炳文到隔壁去沐浴更衣。崔炳文去后,这里夫妇俩商量了一下,便在楼上书房里专为崔炳文安排了床铺。又将女儿景虹叫过来知会此事,让她多操个心眼。景虹原本对崔炳文景仰之至,现在有了这样一个朝夕相处的机会,自是兴奋不已。

这天夜里,崔炳文在观涛楼上刚刚歇下,院外便有急骤的叩门声响起来了。

住在楼下的盛书璞夫妇一听这响动,便知不好。盛书璞自己披衣出去开门,让崔玉荣随在身后赶快去把上楼的小门关死。谁知二人刚从屋门走出去,便有一把明晃晃的钢刀架到了脖子上。原来早有人越墙跳进院来了,大门旁还站着一人,正在抽动门闩。门开处,呼啦啦涌进来七八个人。盛书璞暗暗叫苦,心想这一下算是完了。

说时迟,那时快。那如狼似虎的一群人眨眼间已扑向屋里屋外的各个角落搜寻起来。楼下很快被梳了一遍,一伙人又朝着楼上踊。盛书璞欲要上前制止,身子一歪却朝着地下菱去。崔玉荣一把扶住丈夫,对捕快们说:

"楼上住的是我家小姐,你们到底是什么人,到底想干什么?"

一个小头目样的人说:

"我们奉命捉拿钦犯。小姐屋里恐怕也得去看看。"

他们上楼了。他们进了书房。他们又去敲景虹的门。

崔玉荣扶着盛书璞站在当院,硬挺着,准备给一道抓走。然而奇怪的是书房里并无太大的动静。

女儿的门吱呀一声开了,传来景虹不高兴的嘟囔声:

"干甚呀你们?……"

又过了一阵儿,一伙人垂头丧气下楼来了。也不对盛书璞、崔玉荣说什么,出大门远去了。

盛书璞和崔玉荣的心还在怦怦地疯跳。听听四下里再无动静了,这才转身走回来,将门插死,飞快奔上楼去。走进书房一看,那崔炳文安然坐在床铺上,女儿景虹也在一边站着。崔炳文见盛书璞夫妇走进来,忙起身施礼道:

"虎臣连累哥嫂受惊了。"

盛书璞这时缓过神来了,诧异地问:

"虎臣兄弟是会隐身术,还是……"

崔炳文笑笑:

"景虹侄女大智大勇,救虎臣于不死啊!"

原来,景虹的后窗外是一片林子。有一棵大树的枝丫直伸窗外。情急之中,景虹将自个儿的两条裙子结到一起,送崔炳文到一个粗壮的树杈间。崔炳文又顺大树的枝丫溜下地躲进了林子里。细心的景虹还将崔炳文睡过的被窝搬进自己屋塞进了衣箱。

崔炳文再次向景虹致谢。

景虹沉了脸道:

"我今做了你救命恩人,你倒好,知恩不报,反要将我打入'十八层地狱'啊!"

崔炳文大惑:

"此话怎讲?……"

景虹不语,转身回屋去了。

此事过后,盛书璞托盛书瑜给物色了一个忠厚老实又有扎实武功的人做护院,特意关照:要他全权负责这位崔先生的安全,对外又不能走漏崔先生寄居此处的消息。原来这位姓江名志诚的壮士早就知道崔虎臣其人,且是十分敬重其人品才华的,说自己一个粗人今日能结识崔先生真是三生之幸,他会上心做好这件事的,请盛二先生放心。盛书璞一颗悬着的心这才算放了下来。

可崔玉荣还有点忐忐忑忑。她忧心忡忡地对盛书璞说:

"你这观涛楼僻静是好,可外头有甚风吹草动咱也早知道不了。志诚他又没分身术,总得有个常在沟口瞭哨的人才好……"

于是崔玉荣便瞅磁口集日亲自去买回几只羊来,雇了个十五六岁的半大小子赶着每天到沟口去放,外面只说石板沟草广,自家养几只杀着吃方便。暗中嘱咐那孩子:一见有生人进沟就跑回来报讯。

崔玉荣又让盛书璞将景涛叫回来,命他见过崔先生,嘱他多多留心外面的情形,有啥同崔先生有关的消息,及时告知家里。那景涛同景虹景月都曾承崔相老先生启蒙,对这位崔虎臣崔先生亦常存高山仰止之情,自然没有不操心的理。

崔玉荣这才稍稍宽心了些。

那盛书璞一向是把崔玉荣当自己主心骨的。这时又巴巴地问:

"那……要不要把虎臣回来的事告知崔老先生啊?"

原来,有关崔虎臣"犯事"的事,盛书璞他们至今还一直瞒着崔相老先生呢。现在,崔虎臣寄居观涛楼,言语中也不免时时流露思念老父的意思,盛书璞就很觉于心不忍,犹豫再三,想安排崔家父子见上一面。

谁知崔玉荣却一口否决:

"你要干什么?……你让虎臣见了父亲说什么?是说真话还是说假话?让老先生见过儿子后对别人说什么?说他见儿子了,儿子就藏在观涛楼?"

崔玉荣让崔炳文亲笔给父亲写了一封"平安家书",说他因公务繁忙,暂时不能赴磁看望父亲,望父亲好自珍重。这封信经由盛书璞送达崔老先生之手,也算了却了一桩心事。

经崔玉荣如此这般调度安顿一番,观涛楼便笼罩在一派升平祥和的气氛之中,连楼后的那股山泉也像流得更欢畅了。

转眼间三四个月过去了。那是惶惶不安的一百多个日子,也是静谧安逸的一百多个日子。那一百多个日子让崔炳文一次次品尝心惊肉跳的滋味,也让他一次次感受亲情呵护的温馨。盛家老三盛书瑜进沟来看过一回崔炳文,送给他一对小石锁,让他每日清晨试举,由十次、二十次,到一百次上锻炼。早饭后他就看书。盛书璞那些书虽不是他喜欢的,但也聊胜于无。兴致来了,他便写字儿。一会儿狂草,一会儿恭楷,尤其是惯写那种蝇头小字儿。他将一本《唐诗三百首》一字不漏照录一遍,又加数十条眉批脚注,然后装为一册,送给景虹,说是酬谢她救命之恩的。景虹嘴说"救你一条命,就送一些字儿了事呀",内心却是美爱有加了。她将那小册子细细把玩,愈把玩愈觉得那简直不是字儿,那是满山满坡盛开的山花呀,还有各种各样色彩斑斓的蝴蝶、黄莺儿、百灵子、云雀儿、笑笑鸟,以及绕梁的双燕,戏水的鸳鸯……

　　崔炳文有时自己也作诗。景虹发现,如果这位爷倔倔地站在窗前,久久地望着对面山腹间狂涛般在风中涌动颠簸的墨绿苍绿黄绿时,他就是要作诗了。如果这位爷侧耳倾听着远处大同碛激浪沉郁憋闷的呻吟时,他也是要作诗了。这时,景虹便默默地为他研好墨,铺好纸,便见他挥毫一阵狂舞,那字儿便像一队队黑色的勇士,仗剑列阵冲杀出来了。景虹觉得那些字儿仿佛都是携带着一股寒气的,令她不敢直视,她便只是盯着他的脸痴痴地看。那脸上竟也像是电闪雷鸣了,风雨交加了。这时,景虹便不由想到他在来她家前所经历的那些可怕的事。再看那些字儿,她的心里也便涨满了一股豪气。景虹记得,有一首诗写道:

　　　　六月降雪七月霜,
　　　　镝鸣关山羽飞蝗。
　　　　狼虎嗜血闹市走,
　　　　鹿麋贪生僻壤亡。
　　　　压城黑云凌空下,
　　　　覆额红顶累人狂。
　　　　愿得斑竹一管笛,
　　　　从此林下觅清商。

　　这石板沟还住着三五户人家,大抵都是外来小户或穷苦人。从这里翻过一道山梁,有一个叫后塔子的地方,早先遍生着杂草灌木。自从石板沟住下了人,这里便被一点点开垦出来,竟是一片漫坡好地。盛书璞一家搬来后,崔玉荣也在这里开了两三亩地,种些瓜菜米豆。穷苦人好处交,崔玉荣又是穷苦人出身,一向和这些人同气相投的。大家便好得像一家人似的。崔炳文寄居观涛楼后,崔玉荣为他整天待屋里憋闷,便时不时带他去后塔子干些田中的活计。崔玉荣曾听她爹崔壮说,她有一个小叔叔二十多年前流落口外再未回来,于是便给崔炳文缝了一身口外人惯穿的粗麻布对襟袄裤将他重新打扮一番,对外就称他是小叔。当然他要去时,护院的江志诚也是必去的。而景虹,说她一个人在家闷得受不了了,便也跟来了。于是后塔子就比往常热闹了许多。这情形,自然是山里人求之不得的。于是大家要上地了,便你呼我唤一道走。要收工了,也是你呼我唤一道走。这情景令崔炳文获得了一种全新感受。什么感受呢?他一时又难以说清。于是便抄录陶潜一首诗贴于粉壁之上:

春秋多佳日,
登高赋新诗。
过门更相呼,
有酒斟酌之。
农务各自归,
闲暇辄相思。
相思则披衣,
言笑无厌时。
此理将不胜,
无为忽去兹。
衣食当须纪,
力耕不吾欺。

景虹将那诗看了又看,便像有许多感悟了。第二天,景虹取来素笺一页,竟也作起诗来。崔炳文一看,原来是仿陶公那首诗写出的一些文字。

　　夏秋多佳日,
　　登楼赋新诗。
　　优游相呼出,
　　对酒唱和之。
　　农桑多谐趣,
　　闲暇有相思。
　　相思则相顾,
　　谈笑无厌时。
　　此景常入梦,
　　唯叹梦醒时。
　　醒时情笃笃,
　　信兹不吾欺。

　　崔炳文看着笑道:
　　"贤侄女原来竟是如此多情啊!贤侄女……"
　　景虹的嘴噘起来了,幽幽叹口气说:
　　"看起来,崔先生是成心要把我打入'十八层地狱'了……"
　　这"十八层地狱"的话崔炳文已是第二次听景虹说起了,又见她样子很感伤,就笑着问:
　　"小姐,我怎么一听你这话就犯糊涂?"
　　景虹不说话,顿了半晌才道:
　　"我记得崔先生当年可是把我和景月称'小妹'的。这'小妹'变'侄女',还不是……"
　　景虹说着,竟伤心地掉下了泪……
　　却说那盛书璞白天照例是要去义学执教的,晚上呢,多数情况是回来得老迟,赶吃过夜饭已到上炕的时分了。所以崔炳文来家这一段,二人在一起的时间反倒没有景虹同崔炳文在一起多。为这事,盛书璞心里颇过意不去。这一天,义学散学较早,盛书璞一回到家,就直奔楼上书房去看崔炳文。他站到门口,刚好把景虹和崔炳文说的那些话听了个正着。盛书璞的心"忽悠"动了一下,站在门口一时不知是进是退。愣了半天,转身走下楼来。崔玉荣见盛书璞匆匆上楼又匆匆下楼,很觉诧异,因问道:

"崔先生不在吗?没有看见他出去啊!"

盛书璞迟疑着便将他听到的那些话学说一遍。崔玉荣笑道:

"说得也是。我们和崔先生间该如何称呼,连我有时也犯糊涂。你看啊,对外,我把他叫'小叔'。在家,你们又是称兄道弟的。当年呢,崔先生也确曾将景月景虹姐妹俩称'小妹'来着。还不都是混叫嘛,你倒当真了!……"

盛书璞说:

"你是真糊涂还是装糊涂?这不是混叫不混叫的事。你没看出来吗?景虹对崔先生可是早有些心事的……"

崔玉荣沉吟道:

"真有这事?……要真有,我倒是……倒是觉得挺好。反正崔先生现在也没家室。"

盛书璞说:

"好是好。可……崔先生现在的光景……"

崔玉荣道:

"咱要的是他的人。我就不信山高能挡住日头……你信?"

盛书璞点点头,又说:

"崔先生快四十岁了吧?年纪差着一大截呢。而且,我们一直是称兄道弟的,往后可怎说话?……"

崔玉荣道:

"依我看,年龄大点也没甚。至于称呼嘛,也没甚难办的。从此后我们直呼他名字,又亲切,又省事。以后要再变个叫法哩,也容易……"

盛书璞点点头,又摇摇头。看来,这事暂且只能如此了。既是崔玉荣这么说,他心里也便踏实了。听其自然吧。盛书璞转身又朝楼上走。今天,他原本是有一肚子话想同崔炳文说道说道的。

崔炳文见盛书璞进门,忙站起来让座:

"盛兄快请坐。您脸色不太好啊,是累得吧?"

盛书璞坐下,连连叹息道:

"嗨,这几天连跑几趟张家山,真是累得够呛。虎臣你住在这里,我可是没怎么尽照应你的责任啊。你可得担待着点……"

崔炳文说:

"兄长说哪里话来,我一个五大三粗的男子汉,有嫂嫂、侄女和志诚他们照顾着还不够吗?倒是我有点于心不安啊……"

景虹在一旁插话:

"穷酸!"

盛书璞呵斥女儿道:

"怎和你叔说话?"

盛书璞故意将"你叔"二字说得沉重响亮。

景虹却白了崔炳文一眼说:

"谁叫他'叔'呀?"

盛书璞样子颇尴尬地对崔炳文道:

"虎臣你看,这孩子可是叫她娘给惯坏了……"

说罢,目视崔炳文,像在用心探究对方是不是真的介意了。崔炳文却笑了,说:

"如此甚好。我倒是真心喜欢她这样的。其实我们也是一直混叫的。"

崔炳文说到此处,忙把话题引往别处:

"听说张家山离碛口十好几里地呢。兄长连跑几趟,想必有啥大事吧?"

盛书璞又叹了一口气说:

"义学最聪明最堪造就的一个孩子,要辍学了。因为那孩子的学资是全免了的,我不明白辍学所为何来,就跑他家去想看个究竟。结果弄了一肚子气……"

对于寨子山义学的内部规程,崔炳文约略知道。在那里,穷苦人家的子弟想念书而无力交付学资的,由碛口诸商家解囊相助,故中途辍学者一般都为天资拙劣不堪造就者。似盛书璞所说这样一个孩子辍学确是让人大惑不解了。崔炳文问:

"出天灾人祸了?"

盛书璞摇摇头道:

"也是也不是。虎臣呀,前几天碛口出了一件大事,你住在这石板沟大约还没听说吧?玉汝成粮店被饥民哄抢了。其中就有那孩子的哥。当然,几十个参与者都被抓起来了。孩子的爹就得设法弄钱打点官府往出捞人。办法没有别的,就是卖这孩子。将他卖了十两银子。卖给人家做羊倌。这学当然就不能上了。我是舍不得放这孩子去啊,就跑到他家送给他爹十两银子,让他不要卖这孩子了。当时他是答应了的。可第二天,那孩子还是没来上学。我一打听,原来那孩子还是被卖了。你说这事,气人不气人吧!我这就二次去了他家。去时心里一肚子火,心想见了他爹,我绝饶不了他。可去了一看情形,也不知这火该朝谁发了!原来,他家一直是租种别人家地的。因为连年荒旱,地里打不下粮食,结果无法完租。那一天地主家听说他手里有了一笔银子,上门逼要,哪里知道那银子只在他手里转了个弯就进官人们的腰包了!没法子好想,最后还是把那孩子卖了——这一回只卖得六两银子。除过完租,所剩无几。那孩子的爹一见我二次上门,跪地下就给我叩头。末了将家里所有能放粮食的坛坛罐罐都揭开让我看。虎臣呀,眼下是秋收刚过啊,可他家全部的吃食却只有二斗半秕不憨的谷子,几升黑豆,还有就是一笭筐萝卜,半笭筐指头肚大小的山药蛋了。你说他们一家五六口人,那光景可怎过!那当爹的对我说,将那孩子卖掉,好歹还算给他一条生路了。村里前不久还饿死两个人哩……虎臣啊,你说我还能说甚呢。去时身上还带一两散碎银子,也放下了。可我心里明白,这又能顶得了甚事呢。"

崔炳文没有作答。在场的三个人一时都陷入无边的沉重中了。那沉重带着一股血腥之气,紧紧地钳住了他们的心。

终于,崔炳文打破沉默道:

"书璞兄,不远了,就在最近,碛口怕会有些变动了……"

那"变动"果然很快出现了。那一天,汾州府知府周大人、永宁州知州王大人、临县知县吴大人携孙骥、顾骅、武骧同时来到碛口。商会会长盛书璧以为一定是为"玉汝成"被抢之事,便忙着传唤目击者供诸位大人讯问。谁知不是。那周大人一边品茶,一边笑眯眯对盛书璧说:

"盛会长先别忙那事。本官今日来,还有更大的事情要知会盛会长呢。当今圣上深仁厚泽,德被神州,审时度势,体察民情,知我碛口绅商士民各安其居,各精其业,奋斗多年,方得今日水旱码头百业兴旺,市场繁荣。然政通人和之世,有些刁民痞贼兴风作浪也是在所难免。我大清各级府衙官吏唯以民之忧为忧,民之苦为苦。为确保黎民百姓安居乐业,拟在碛口设立三府衙门。由汾州府通判孙骥大人总知事,仍以'通判'称。顾、武二位大人辅之。一应筹建事宜还请盛会长鼎力协助……不知盛会长意下如何?"

"意下,意下……"

盛书璧嘟囔着,却不知再说什么好。只得赶快叫来商会杂役,去贴孙骥大人带来的一卷《通告》。接下来,孙骥大人又吩咐办三件事:一、从即日起,由碛口三百家字号捐资修建府衙,不得迟延;二、从即日起,在方圆十五里范围内征收"保安银"。户无论大小,人无论老幼,均不得拒付;三、从即日起,收编商会民团,由武骧统一调度。近期主要任务是协助顾大人收缴各项资费。

第二十七章

莺莺像是掉进黑咕隆咚的万丈深渊了。

半年多来,王喜玲已经是第三次登徐家的门了。两个月前第一次登门,是徐老爷去李家山会见亲家母后的事。

"今儿这事……本不该我来找你……"

徐老爷站在王喜玲面前,像个未见世面的大姑娘似的吞吞吐吐地说着话。核桃皮似的小脸涨得通红,不住地拿眼朝屋门口睃。

"什么该不该的!"王喜玲说,"亲家,咱既是做了儿女亲家,还能不走串?都是因为一个'忙'字啊!"

王喜玲对莺莺过门后的遭遇自然是心知肚明的。对这门亲事,她和李运旺一样悔得肠子都青了。可是嫁出去的女儿,泼出去的水。她还能怎样呢?李运旺曾经上徐家"交涉"过,可没说几句话,就同徐老夫人吵了起来。那徐老夫人的一张嘴,是剃刀片子外加一把粪铲子啊,香的臭的咸的淡的酸的辣的要甚有甚不短甚哩。"李掌柜好家教呀,调教出了个风流绝代俏佳人嘛!只怕是我徐家的土神龛龛没有黑龙庙的戏台子亮啊……""李掌柜你得寻人给我徐家重修街门哩。自从你女儿嫁过来,我徐家的街门都快叫年轻后生踢成八瓣了……"李运旺长这么大,从未和这么一个女人打过交道,他便只得"好男不跟女斗"了。

既是打不着交道,那就少打交道吧。只是不放心女儿呢。就嘱咐莺莺,想家了就回来住,反正女婿也不在。可莺莺只有一句话:

"死也就在徐家死!"

可是现在,徐老爷亲自上门来了。想必一定是出了啥大事。那徐老爷进门,王喜玲的一颗心就直冲喉咙往外扑。在此之前,王喜玲尚未去过徐家,但她从女儿和丈夫口中得知,徐家这徐老爷还是像个人样儿的,只是惧内。不过管他惧内不惧内,有这么个人总比没有强,所以喜玲见这徐老爷上门来,还是非常高兴,忙起身叫女仆沏茶备饭。谁知那徐老爷止住喜玲,说:

"亲家母呀,不瞒你说,我这还是偷偷跑来见你的哩,说完话得赶快回去……你也别让下人到跟前来。"

喜玲见徐老爷说得蹊跷,一颗心便在腔子里翻开了跟头。只觉两眼一黑,脚下就跟跟跄跄像喝醉了酒似的有些站立不稳了。她忙往椅子里偎偎,闭着眼定了定神,这才说:

"亲家,难得你亲自上门来。便有天大的事,你也直说好了……"

徐老爷的小脸又一次憋得通红,半晌,方说:

"莺莺她……做下糊糊事了。"

"咋?……"

王喜玲虽然已有了精神准备,但还是如同一只受惊的兔子似的浑身猛一激灵。

"她和一个赶脚汉子……前段被我家护院的老耿看见了……家里就闹得天翻地覆……闹过了,我以为也就过去了。可最近我看她不对劲了……你们不如让她回来住段日子。"

怕出的事终于出了。王喜玲半天声息俱无。

徐老爷要走了,王喜玲这才醒过神来,说:

"我家女儿不成器,劳老爷你操心了。无论如何你得吃过饭再走……"

徐老爷说:

"我们家那个……母老虎不让对你们说这事。我看她是没安好心。我是偷着跑来的。你们千万别说我来过。"

作为一个女人,作为莺莺的姨娘,王喜玲不能不设身处地为莺莺着想:她嫁到徐家,本来就是赌气去的。一个"三婚"的男人,一个长着一副牛角的婆婆。走进那个家,那是要忍受多大的委屈啊!可是她去了,她义无反顾地去了。她分明是在作践自己呢。然而,赌气容易熬日月难哩!实实在在说,莺莺嫁到徐家,只是做了他家的粗使丫头罢了。甚至连粗使丫头都不如!那么,在她遭受非人折磨的日日夜夜里,她是多么渴盼有一个知冷知热的男人给她一份异性的关爱啊!可以想象,那赶脚汉子武云山就是这样走进她的生活的。难道这中间还有什么令人费解的地方不成?……可是,孩子,你可知道"人言可畏"是甚意思吗?我们这块地皮长谷黍糜豆不怎,可一茬一茬出假正人哩。他们自个儿偷人养汉"好事"样样不误,却偏要将那仁义道德时时挂在嘴上。他们"杏儿专拣软的捏",看女人可怜,便专拿女人逞威!树大招风,花好招蠹。女人长得丑陋遭人恶,女人长得俊俏遭人谤。没缝的鸡蛋还想下蛆呢,你呀你,专门生事儿供人下饭吗?再说我李家是甚样门第,你如此行事,在别人看来,岂不是败坏门风,辱没先人!你让你爹的脸往哪搁?你让我进了徐家见了那母老虎该如何说话如何行事?……

不管王喜玲顾虑有多深,心事有多重,女儿她不能不管,徐家她不能不去。

那一天徐家大院静得出奇,静得让人生疑,静得令王喜玲心惊肉跳。

大门是虚掩着的。王喜玲像一只猫似的踅进大门。

当徐家老夫人突然出现在王喜玲面前的时候,王喜玲如同一个未成年的小姑娘路遇食人生番般慌作一团,一时竟不知该先进徐家客厅去,还是该直接往女儿房中去更合适些。

倒是徐家老夫人先开口了:

"啊呀呀,这不是亲家母嘛,什么风把你给吹来的啊?咱徐李两家作亲已快交两年了,你可是统共没来几遭呀。我只道是我徐家破窑烂店没得福份招待亲家母的金枝玉叶身哩,今儿个九天仙姝思凡了不成!怪不得昨儿夜里好梦不断头,今儿清早喜鹊叫连天哩!快请到客厅用茶。老耿,老耿,快!上街割肉打酒。给咱好好准备一桌宴席……"

坐在客厅用茶的时候,王喜玲一直低垂着头,几次想抬起脑袋看看徐家这位老夫人说点什么,可她只是抬不起头,只是张不开口。王喜玲暗暗对自己说:你这是怎啦,鸟儿垒窝进屋子,那是门窗不严的缘故。他徐家没毛病,神鬼就能上门找麻搭?再说了,杀人不过头落地。母老虎再恶,也不能一口生吞了活人啊!……王喜玲想着,就说:

"亲家母啊,莺莺她从小少调失教,若是有甚不周到处,还请……"

谁知徐家老夫人截住她的话道:

"啊呀呀,你们李家是啥样人家哪,莺莺会有啥不周之处。亲家母呀,你就放心吧。莺莺进了我徐家,就跟我亲生女儿没啥两样了。不过呀,亲家母,我可是该骂就骂该打就打的主儿。只要你们李家不嫌我管得严,大的闪失咱不能叫她出……"

好像甚事也没有出过。难道是徐老爷他瞎说?不对呀……王喜玲无由朝徐家老夫人提说那事。

喝了一盅茶,王喜玲借故走进女儿莺莺的屋。

莺莺叫了一声"姨",低了头再不吭声。

王喜玲看见莺莺脸色憔悴,目光呆滞,完全没有了做姑娘时的风采,甚至也没了几个月前住娘家那阵儿的水色光气。王喜玲的眼泪就断线珠子般掉下来了。

"姨,你别哭。哭了没用。为什么要哭呢?"

"这么说……你是真做下那糊糊事了?"

王喜玲一把拉过莺莺,两眼紧盯着她的脸,仿佛要从她的脸上硬逼出一个"不"字似的。

"母老虎不都和你说了吗?"莺莺沉静地说,"就那样。真的。我做下了……"

王喜玲失望地摇摇头,半晌无言,末了只说:

"跟我回家去……"

"不！"

"你……跟我回家去！"

"不！我要把私孩生到徐家屋里……"

"要生，你也得找他武云山……"

"不！我就生这里……"

王喜玲没能将女儿拉回家。过了半个月，她二次来到徐家大院。徐家的大门关着。徐老爷出来开了门，见面没说一句话，只是轻轻叹了口气。王喜玲没让惊动徐老夫人，径直进了女儿屋。

"跟我回家去……"

莺莺不吭声。

王喜玲看见，女儿的脸色更憔悴了。隐隐约约的，有几片黑斑刺目地从苍白中渗出来。

"再也不能拖延了……"王喜玲说，"如果你还想活命的话。"

"不！我要为武云山留着这一点骨血。"

"你胡说八道什么呀！跟我回家……"

"不！我就在这里……"

王喜玲沉默了。沉默着从怀里摸出两个小包来，款款放在莺莺面前，说：

"你再仔细想想吧。如果你实在不想回家，就把这两包药吞下。先服一包，隔两个时辰再服另一包……"

又过了一个来月，王喜玲放心不下，第三次来到徐家大院。来开大门的老耿头悄声对王喜玲说：快点吧，迟了会出事的。王喜玲走进女儿的屋，见莺莺的肚子已经显形了。母女俩对视着，谁也不说话。这时，徐家老夫人进来了。

"啊呀呀，亲家母，这两回来怎也不去看看我。敢情是头回来有慢待之处吧。"

王喜玲忙站起身来说：

"哪里是你慢待我了呀,是我没脸啊……"

王喜玲想就此把话挑明也好。反正这事已是无法遮掩的了。

"莺莺她从小没了亲娘,是我没把她调教好……"

"姨!"莺莺插话了,"我哪点不好?我一百个好,一千个好。好得很……"

王喜玲正不知怎么数说莺莺,那徐家老夫人倒把莺莺的话接过去了:

"亲家母,莺莺说得对呀,真是一百个好一千个好啊!我们徐家几代独根独苗,好不容易要抱上孙孙了,这真是天大的好事喜事啊。莺莺她是我们徐家的大功臣呀。我徐家高兴还来不及呢。让莺莺好生保养身子骨儿,一定给咱生个大胖小子。老耿,老耿!……"待老耿头颠颠地跑来了,徐老夫人便巴巴地嘱咐,"给咱快快雇请一个粗使的女人来,专门伺候我媳妇。从今日起,每日给我的宝贝儿媳熬一回燕窝汤喝。你可给我记住了。老耿我可把话说在前头。莺莺这屋的力气活都是你的了。你要耍奸偷懒把我宝贝媳妇累出个啥事了,当心我寻你拼命着……"

王喜玲终于没有把她演习过无数遍的一肚子表示歉疚的话再说下去,当然也没有说动莺莺跟自己回家。

那么,一切便只好听天由命了。

然而,莺莺还是将那胎儿打下来了。

那是王喜玲走后的第五天。

前三天一早,隔壁院子里突然响起武云山呼天抢地的号哭声。原来是他那两匹靠着挣饭吃的骡子好端端地被人毒死了。莺莺在这边听得武云山哭了半响然后收拾自个儿的行李走了。走了便再也没了声息。一连三天,莺莺都在等武云山回来。她想你就是真要远走,也该设法见我一面或是至少告我一声吧。可是没有。他一走便再没了声息。第三天傍黑,老耿挑水进屋,悄声说:走西口了。莺莺便知说的是武云山。

莺莺独自坐在黑屋子里发呆。月光透过窗棂照进来,照在她惨白的脸上。两道泪水的长流无声地淌过她的脸颊,点点滴滴溅落到她的胸腹间,那偏襟大袄鼓起的地方濡湿了一大片。

莺莺放开喉咙唱起了《走西口》：

> 正月里娶过奴，
> 二月里走西口，
> 你要哪走西口，
> 万不要娶过奴。
> ……

莺莺反反复复唱着这几句，声音凄凄的，不太高，仿佛不是从喉咙里钻出来的，而是打心尖子上一丝丝挤出来的拧出来的。街门外便聚了好多人。黑暗中，男人们叹着气，女人们抹着泪，谁也不说话，只是默默地站着听。直到莺莺屋里的声息没了，众人方散去。

半夜里，莺莺不唱了，便将那两包药粉一次吞下。

新雇来的女佣王妈一直在莺莺屋外站着。她听得莺莺发出一阵阵压抑的哼哼声，后来，那哼哼声就变成了吭哧声，间或有人的身子在炕头翻腾发出的噗噗声，只听扑通一声响，像是摔到炕下了。王妈推开门冲了进去……

"王妈，你……点上灯。我想看看。"

当莺莺的下身一阵剧痛，终于有些血肉的团子落下来时，莺莺开口说话了。

"看什么！有甚好看的哩……"王妈嘴里这么说着，却还是听话地将灯点亮了。莺莺看了半天也没看出个所以然来，那王妈却不由惊叫了一声：原来那胎儿不是一个，竟是一双。细细一瞧，还是一男一女的龙凤胎。莺莺不由得又是一阵大恸。

王妈百般规劝，莺莺才安静了。王妈将那两个胎儿并许多血水收拾了正要往茅厕倒，茅厕一头忽然转出徐家老夫人来。徐老夫人压低声音对王妈说：

"你给我……把那两个孽障留着！"

莺莺的身子竟奇迹般复原了。临近过年,徐家老夫人捎书给儿子徐健,说他老子有重病在身,想见儿子一面,望儿子见信后立即回来一趟。

徐健是除夕那天回到碛口的。当晚歇在爹娘屋里。那天夜里,莺莺睡得很晚,她在等着徐健过来。她知道他们这一对"夫妻"已经走到了尽头,可平心而论,她觉得他是无辜的。她对不住他。她觉得心里存了好多话想同他说。她等着他过来。可是,他却终于没有过来。天交三更,莺莺恹恹地和衣躺下了。似睡非睡中,莺莺忽又听到了出嫁前天夜里听到的那种呜呜咽咽的哭声。这一回,莺莺没有睁眼,也没有点灯,心想:斑斑呀斑斑,嫁前你对着我哭,是想提醒我,此番出嫁,凶多吉少,这凶险我已领教过了;现在你又对着我哭,莫非还有更大的凶险在前面等着我?咳,这一年多,我已算是酆都城走过一回的人了,我不知道世界上还有甚凶险能吓住我的!你呀你,你就别哭了……莺莺想是这么想,可心慌慌的却是再也无法成眠了。第二天大年初一,徐健还是没过来同莺莺见面。那时,莺莺也好像无所谓了。按照乡俗,正月初二是出嫁的闺女回娘家的日子,莺莺已有好长时间未见爹娘了。前两日听说爹病了,病得不轻,病得躺炕上起不来了。她不知爹这病是不是因自己而起。无论如何她要回去探望探望爹。

没想到徐家竟雇了一顶轿子让她坐着回去,徐健竟也准备一道前往。

徐家放了一千响的一挂鞭炮。莺莺走出徐家大院要上轿时,见四下里围上来好多相熟的不相熟的男女。大家都用怪怪的目光看着她。莺莺朝众人笑了笑,却没有人回应她。看着她的目光依然是怪怪的。莺莺终于有些自惭了,便匆匆钻入轿内。

徐健跨上马背。

徐健朝着四下里看热闹的人拱拱手,说:

"过年好!恭喜发财!"

竟也没人回应他。

一切都像是在梦中的……

夫妻俩跨过湫水河,走到二碛滩头时,徐健吩咐"住轿",自己也从马上跳了下来。

徐健走到轿前,说了从口外回到家后对莺莺说的第一句话:

"你下轿来,我们到乾隆石上坐坐……"

莺莺没吭声,也没从轿里走出来。她不想和徐健单独在一起,也不想登上乾隆石。那是她同景涛坐过躺过好多回的地方。那是小小的她同小小的他坐过躺过好多回的地方。那是似懂非懂男女之事的她同似懂非懂男女之事的他坐过躺过好多回的地方。要不是那个他,她会有今日吗?九九归一,那是她在这世界上最无法忘记的亲人和仇人。她不能同这个既不亲也不仇的徐健到那个地方去坐。

徐健在轿外等了半天,不见莺莺出来,便叹口气,说了他从口外回到家后朝莺莺说的第二句也是最后一句话:

"那就算了。你……不要记恨我。"

李运旺躺在炕上下不来已经三个月了。他的病确是因莺莺而起。当他知道莺莺的事后,首先想到的是:从此,他李运旺在商界同仁面前抬不起头来了。可是他爱他的女儿。他心疼他的女儿。于是他便忽而暴跳如雷痛骂莺莺,连同喜玲一起骂。骂过了便哭,哭哭啼啼说他对不起莺莺死去的娘;忽而催促王喜玲赶快去徐家,"拖也要把那个不要脸的给我拖回来……"睡梦中,他一次次叫着莺莺的名字哭醒。昨天晚上,王喜玲说莺莺初二一准回来。李运旺便整整一夜不睡觉,说是"守岁",实际是等天亮,等莺莺回来。

终于等到天亮了。终于等到太阳出山了。终于等到羊出坡时分了。终于等到正晌午了。终于,莺莺的弟弟李玉成从街门外跑进来报讯了:

"来了,来了,还坐着轿哩。姐夫骑着马……"

李运旺的病一时像好了许多,忙溜下炕来,吩咐玉成去大门外放一挂响鞭,吩咐王喜玲安顿人备办酒宴,自个儿亲自迎出街门去。既是这小夫妻相跟着来了,许是没甚大隔碍吧?当然,要让一天的云彩都散尽,总得他那犟驴子似的女儿服服软认认错啊!服服软就服服软!认认错就认认错!小夫小妻嘛,谁服软谁认错就贬低谁了呀,真是的!

徐健一见李运旺,当即滚鞍下马,拜倒在地。李运旺忙迎上一步扶将起来,让到客房。

旧事谁也未提,一切按娇客上门拜年的俗礼进行。李玉成得了一个元宝做压岁钱,高兴得一蹦老高,带了些炮仗出门玩去了。

徐健为岳父母二位大人满盅叩头,然后入席。席间,李运旺免不了问些徐家生意长长短短的话。王喜玲也同莺莺嘀嘀咕咕了许久。自然,谁也没提那档子事。

事情是徐健告别要走时发生的。

原来,按照乡俗,已出嫁的闺女正月上门拜年是不兴在娘家留宿的。所以,李家的酒宴一结束,李运旺就吩咐王喜玲备办给徐家的礼物,打发小夫妻登程回返西头。这时,那徐健又一次跪拜在地,道:

"岳父母二位大人在上,小婿奉父母之命给您二位另送一件礼物。不周之处,还望见谅……"

徐健说着,让人从马背上取下一个褡裢来,从中掏出一个白布包递给李运旺。不等李运旺打开那布包,自己早站起身来走出客房,招呼上徐家来时带着的人马,一声呼哨,远去了。

徐健并没有同莺莺一道走。

客房里,李运旺将那布包一层层打开。他的动作有些迟钝。一种不祥的预感正兜头盖脸朝着他压下来。

那时王喜玲同莺莺正在楼上。莺莺想看看自己做姑娘时住过的那闺房。莺莺坐在那闺房的炕沿上只是哭。王喜玲好不容易将她催下楼,说过了初六小年就打发玉成去叫她回来呀,到时她尽可以多住些时日。谁知二人刚下楼,就见徐家人扬长出门而去,并没有要莺莺同行的意思。王喜玲正要叫住那徐健问他是怎回事,忽听得客房中李运旺"啊呀"大叫一声,随即传出"扑通"人倒在地的一响。王喜玲顾不得别的了,拉了莺莺跑进客厅。眼前的景象当即将母女俩惊呆了。原来,那布包里包着的,正是莺莺那一双刚刚成形的胎儿,黑色的,显然是用盐腌了好长时间。近边,扔着一张纸,上面写着几行字:

休 书

兹因李氏莺莺自嫁我徐家以来,一向目无纲常,蔑视礼教。不思严守妇道、恪尽女仪,反学引蝶之花、招蜂之草,秽乱门庭,辱没家风,一意孤行,令人侧目。今我徐氏忍无可忍,不得已将其休弃原籍,从此断绝姻亲往来。改嫁与否,悉听尊便。

西头徐氏

××年××月××日

李运旺四仰八叉倒在地上。嘴角上,有一股一股的血水涌流出来……

第二十八章

  碛口三府衙门通判孙骥大人便服简从,行走在碛口西部山腹间的羊肠小道上。这是通判就任以来的第一次民间访问,有彰显官家体恤民情之意。对于孙骥大人来说,脚下这块并不陌生的土地如今是处处都透着一股新鲜一股喜气的。正是百草萌动,柳絮飘摇的季节。向阳的坡地里,庄稼人已经在忙着铺粪、翻地、掏根茬,做春耕前的准备了。露着棉花的破棉袄被脱下来扔到一边,年轻人的光膀子在太阳下闪动着紫铜色的光泽。这里那里,耕牛迈动着沉稳的脚步。不时有山曲曲从庄稼汉子喉咙里冲出,或而飘摇入云,或而沉哀落地,东唱西和,南问北答。黄河从不远处的山脚下静静流过,帆影点点,往来匆匆。碛口码头笼罩在一派淡淡的烟霭中,舟楫横斜,人流如织。
  孙骥大人走走停停,不时同随行的小仆说上几句话。他的心情很好。他原是湖北麻城乡间的一个小秀才。他的父亲是当地一个专做狗皮膏药的商人。在他二十岁那年,父亲花钱给他捐了一个县衙书办让他去做。父亲对他说:你别看这个无品无级的差事职权小,可只要进了这个门槛,你就有可能无品变有品,小品变大品。关键在于:你必须明白,你到底想做啥样的官,想怎么做官。孙骥迷迷瞪瞪半晌,道:我想做个清官。我要像清官那样做官。父亲说:清官好啊！那么,你是想要"清名"呢,还是想要"清实"呢？孙骥道:我既要"清名",也要"清实"。父亲哈哈大笑,说:傻儿子！当今之世,想要"清名"容易,想要"清实"却难。你如果真想要个"清实",那就得准备付出毁弃"清名"的代价。如果想要"清名",那你就很难有"清实"了。因为你官且难保,更休论做清官必备的权柄了,你又何谈"清实"呢？要我说,世间万事万物,其实都难离一个"商"字。在商言商,如此而已。说穿了,做官就是弄权。弄权和弄钱是互为因果的两件事。就看你会不会弄了……你好生想想我的话吧。实践证明,孙骥无疑是"会弄"的。近二十年中,孙骥由一个无品无级的县衙书办步步进阶至六品通判,其间的聪明才智无可辩驳地说明,对于父亲当年说过的那一番话,他岂止是心领神会呢！父亲当年何曾想到这"弄"还有"大弄"和"小弄"之别呢。"大弄",就得到殷实富庶、四通八达的地场去"弄"。正是基于这样一种考虑,这些年来,孙骥才向一任任汾州知府进言:府衙在碛口这个水旱码头上,不仅要时时事事把手伸进来把腿插进去,且要相机设立分衙。现任汾州府府台周大人正是听从了他的话,才下大力促成三府衙门的设立,且让他孙骥出任总知事的。所以,孙骥现在可以毫无愧色地说:对于父亲那一番宏论,他是创造性地发展了……

今天,孙骥的心情很好。筹建府衙的银两早已备足,不日即将破土动工。征收保安银的事遇到了一些小麻烦,但商团的刀枪已经移交府衙。只要有那些"真家伙"同嘴皮子配合,不怕有谁抗缴！不过,孙骥是最讲究"会弄"的。他要物色一个地方,让那里的百姓自觉自愿踊跃缴纳——不仅踊跃缴纳保安银,且要踊跃缴纳今后可能收缴的一应资费。为什么？因为三府衙门是百姓自己的府衙,最是体贴爱戴百姓的。前几天,他已差人放出风去了,说哪一个村缴纳最踊跃,哪一个村的里长将被举荐为方圆十五里地内全部保安银的具体经办人。这无疑是个肥差,不怕没人争夺的。他要的就是这个争夺。今后,每项资费的收缴他都要用此法物色一个经办人。让那些里长们来个争先恐后！前几天,顾骅向他进言,说冯家会举人冯月亭是个在周围左近很有声望的人,何不让他具体经办此事呢？这个冯举人本是盛氏庄园的佃农头儿冯月生的长兄。他为人正派,虽不是冯家会最富有的,但在村人的眼中,却是最有分量的。冯家会是大村社,去年村人公推冯举人做里长,冯举人先不答应,村人中有老者数人在举人门口长跪不起,冯月亭最后终于点了头。冯家会紧靠湫水河,前几年河上连发几回大水,冲了村上不少好地。冯月亭上任后,组织村人利用农闲修筑护田水坝一条,筑坝耗资竟都是冯举人变卖自家部分田产所得。这事在全临县在招贤都在碛口地区家喻户晓,没有人不翘大拇指的。如果这位冯举人能出面经办保安银的事,那当然再好不过。可冯家会的保安银到目前为止,才缴了不足三成。所以这事又让孙骥颇费踌躇。谁知就在昨天下午,那冯举人专程到碛口来找孙骥了。见面没说几句客套话,便问孙骥:孙大人,您说碛口设立这三府衙门为的是甚?孙骥面带微笑说:守土一方,荣茂一方啊。月亭先生堂堂举人竟不知为啥,岂非咄咄怪事?那冯月亭哈哈一笑,道:着!"守土一方"既是三府衙门义不容辞的首责,这保安银收得就没道理了。孙骥说:保安总得人去整吧?要用人就不能不花银子吧?冯举人道:府州县三级每年从碛口征收多少税赋,那银子还少吗?孙骥倒憋了一口气,半天才说:这是三府衙门,不是府州县。那冯举人又道:就是虑及三府衙门刚刚设立,百业待举,冯家会才缴了三成银两。孙大人哪,您不是不知,碛口地区近年来荒旱连连,像冯家会这样有几百亩水田的富庶村子都有多一半人家衣食难保了,别的地方该是甚样哩。所以,晚生今日不揣冒昧,来为众百姓求情,望孙大人宽仁为怀,体恤民生,再不要收这个费那个费了……

　　冯举人的为民请命自然不会打动孙骥,相反,倒让孙骥下定了动用强硬手段到冯家会收取未缴保安银的决心,当然也下定了不用这个冯月亭做经办人的决心。孙骥相信,只要动用刀枪吓唬吓唬,多少银两也能收上来。

　　今天,孙大人要去的村子是西山。西山村位于碛口西北二里地的山腹间,是碛口地区最穷的村子。这个村里有三多:一是讨吃的多,二是苦力多,三是女人做皮肉生意的多。这都是穷相。但孙骥大人却从这一派穷相中,看到藏匿在犄角旮旯儿的白花花的银子。孙大人想:若是能让这个村子的百姓自觉自愿踊跃缴纳各项资费,别的村还有何话说!孙大人听说西山村的里长人很精明。既是精明人,他岂有不想当这个经办人的!只要这人出力承办,何愁大事不成!孙大人就是要举荐他!孙大人是昨晚一宿未睡想出这一奇招的。一早,他已差人跑到西山,知会了这位里长,想必他现在正等在村里呢。

孙大人满怀希冀走近西山村村口。正要转过一棵大榆树,朝当村走,忽然从那榆树后,"呼""呼"扑出一黑一白两条狗来。黑狗高大如一头小牛犊,白狗矮壮像一只小板凳。黑狗朝着孙大人"嗡嗡",白狗朝着孙大人"汪汪",把主仆二人吓得朝后便跑。那两条狗倒是未追上来。可是当孙大人主仆回头又要进村时,它们照例又嗡嗡汪汪起来。弄得主仆二人进不得退不得。转眼间一个来时辰过去了,孙大人不由着急起来。想了想,便从斜刺里爬上一道山梁,找到了村上一个农民,命他带路去找里长。那农民却说:

"既是村头上有一黑一白两条狗,那就是说里长上码头去了。"

孙大人不明白这人怎把狗和里长勾挂在了一起。那农夫解释说:

"那两条狗就是里长家养的,也是村里众多黑狗白狗的头领。因为近年来此地死人多,常有死尸横陈荒野,逗引得村里狼害不断。平日里,里长不在村时,不放心村里,便让那两狗蹲卧村头上放哨。若有野狼进村,它们就嗡嗡汪汪起来。如果那野狼还要朝村里窜,那两狗还会发出信号,召集全村数十条黑狗白狗共赴'村难'。"

那农民说:

"不过,那狗是只咬狼不咬人的。怎么,你们身上带着狼气?"

还要再说什么,被孙大人的常随喝住了。孙大人倒是并未计较这农夫颠三倒四的说话,反而笑嘻嘻问:

"你们村里人是只怕狼呢,还是连贼盗也怕呀?"

那农夫似乎极健谈,见孙大人问得亲切,也便停住手中的活计说:

"怎么不怕?贼盗比野狼恶多了。去年冬天我们村一夜死绝三户,就是狗日的贼盗作的孽……"

孙大人道:

"只要三府衙门一设立,百姓就可高枕无忧了。"

那农夫道:

"那敢情好。我家里穷归穷,可还有三件宝物哩。"

孙大人一听"宝物"二字,不由眼睛一亮,心想这碛口果然是个聚宝盆哇,连西山这样一个穷地场的农民还藏着三件宝物哩。这宝物,是理应献给大清朝廷的,岂能让它们散落民间!我且耐心听他讲来,便说:

"好啊,有宝物好啊。你倒说说是何宝物呀?"

那农夫道:"头一件,百花斗巧被。二一件,保君安眠枕。三一件,八百里护驾城。"

孙大人不由"啊"了一声,说:

"前两件我能想象得见。后一件……莫不是一幅名家画儿?快快领我去看。如果真是宝物,本官定要重重赏你……"

那农夫一听"本官"二字,像是很后悔自己说漏嘴似的,便不再吭声,只顾低了头干活。孙大人不依了,朝那常随努努嘴,常随便喝道:

"狗奴才,你可认识这位大人吗?他便是碛口水旱码头三府衙门通判孙大人!你不长耳朵吗?还不快快前面带路!……"

那农夫扑通跪倒在地,叩头道:

"大人饶了小的吧。小的不过信口胡说罢了,哪有什么宝物呀!"

常随大怒,冷冷地说:

"别给脸不要脸啊!……"

那农夫见势头不好,只得前头带路朝村里走。

那村头上的黑狗白狗见孙骥主仆二人又回来了,正要再扑过来,却见是有熟人领着的,便哼哼鼻子躺树下去了。

那农夫住在当村一个土豁子烂院里,一孔破窑洞,烟熏火燎的,让人呛得透不过气来。地下靠近墙站着两三条破瓮,灶火前放一只小板凳,打十字只长两条腿。炕头随便摊着一块脏兮兮缀满破棉絮的被子样的东西,那东西的四周围着一圈沙,是黄河滩头那种细细的黄沙。孙大人盯着那农夫看了半晌,便什么都明白了,心里有些哭笑不得,却终于哈哈笑出声来:

"依本官猜测,你那'百花斗巧被'现在就摊在炕上吧?你的'保君安眠枕'呢?"

那农夫见孙大人的脸色平和了,便也恢复了先前的健谈饶舌。因将自个儿的一双破鞋从脚上脱下,口口相向捏一搭往炕头一放,说:

"这就是。大人您不知道吗?阎王爷差小鬼到阳间勾魂,是认鞋不看人的。你把鞋枕到头下,他找不着你,你自然就能睡个安稳好觉了……"

孙大人听得哈哈大笑起来:

"好个'保君安眠枕'!那么,你的八百里护驾城呢?"

那农夫指着炕头那一圈黄沙说:

"喏!这是专门用来对付暖天的臭虫的。臭虫要近咱的身,先得爬过那'城墙'。那'城墙'可不是好爬的,动一下就被埋在里头。它要继续朝前爬,就先得从沙里钻出来。这样钻出钻进的,折腾得狗日的们累了,还能顾得上咬你?这还不等于'护驾'了……"

那常随喝道:

"大胆的奴才!你竟敢自比皇上吗?什么'护驾'?"

那农夫忙朝常随打躬作揖道:

"好大人哩,种田人不会讲话。见了'大胆的奴才'更是不知怎说好哩……"

孙骥倒未计较,书归正传道:

"你的保安银准备好了吗?"

那农夫一听,大叫一声"贼盗",拔腿便跑,眨眼间跑没影儿了。

孙骥离开西山时依然有点哭笑不得。他想回到碛口必要差人到码头把那狗日的里长抓起来好好修理修理。孙骥一路想一路走,不知不觉就下山来了。突然,就在那羊肠小路与官道交接的地方,有一伙糙头土脸的汉子站在路边正伸长脖颈朝着山上瞭望,打头者三十来岁年纪,长袍马褂,辫子缠头,模样颇精明。那打头的一见孙大人主仆走下山来,忙咳嗽一声,带头望上跪了,稽首道:

"贾家峪村里长贾二成携合村贤达在此迎候通判大人。请大人枉驾村中小坐。"

孙骥眨眨眼,不知这个精明的里长又会玩啥把戏,正要沉下脸来给他点下马威,继续走自己的路,忽又听那自称贾二成的人说:

"设立三府衙门,这真是大清臣民的天大喜事呀!我贾家峪村全体村民日思夜想,都要一仰通判大人的龙颜呢。您就进村歇歇脚,满足了大家伙儿这个想望吧……"

这马屁有点不伦不类了。听他那口气,好像碛口三府衙门是大清朝廷了,而通判大人居然和真龙天子没啥区别了。这还了得!好在孙大人一时没反应过来,或者是听着舒坦,也就顾不得许多了,总之是没有发火,便随了贾二成等朝着官道里侧一处洼地走去。

原来那贾家峪是近二三年才显眉显眼的一个小村,村人都姓贾,是十多年前由河南逃荒来碛口的一户人家枝蔓出的一个村落。村子就坐落在洼地一侧。那孙骥被贾二成等一行人簇拥着走进村,村里当即便有喜庆的锣鼓声响起,村上的年轻人扭着秧歌迎接通判大人,妇女老人挨挨挤挤竟也赶来争睹通判大人的风采。孙骥作为三府衙门通判大人的名分虽然已经明确几个月了,但这样热烈的场面他还从未经历过。孙骥打心眼里被感动了。他转着圈儿朝村民们打躬作揖,嘴里反复说着一句话:"孙骥何德何能,敢劳父老乡亲如此厚爱!多谢,多谢!"这时,只听得秧歌队中有人用夹杂了厚厚河南胯子腔的嗓音唱道:

> 三府衙门好,
> 三府衙门好。
> 贼盗断根了,
> 农商高兴了。
> 日子过好了,
> 老婆肥白了。
> 猪羊圈满了,
> 孩娃长胖了。

贾家兴旺了，

站稳脚跟了。

……

孙骥大人高兴得嘴咧咧的，对一直伺候在身边的贾二成说：

"贾家峪村民如此深明大义，真是难得，难得，难得！"

贾二成道：

"不瞒大人，俺村保安银早几天就收齐了……"

孙骥一听，大喜，说：

"好，好，好。贾里长年轻有为哪！好，好，好。这个经办人是你的了……"

这真是踏破铁鞋无觅处，得来全不费工夫呀！贾二成做保安银的经办人，实在是太合孙大人心意了。孙骥悄悄问贾二成：

"你是怎么晓大义于村民的呀？说来让我听听……"

贾二成忸怩地掉转脸，身边一个二愣子后生代他答道：

"贾里长对俺们说了：三府衙门可了得！谁要不如数缴银子，三府衙门就让贼盗上你的门。轻则抄家，重则砍头……"

孙大人并未细细品味那话。他太高兴了！贾二成是个人才！他不会看错的。

贾二成独自送孙大人出村。

村口上，贾二成悄声问：

"大人，那……小的明儿起就着手经办那事吧？您得给小的预备关防文书哩。"

孙骥点点头。他不知道，这贾二成早已把小账算过好几遍了：到目前为止，按原来下达的银两数，至少还有一半没有收上来。那么就从他着手经办起，每三天将那数字加大一成。再调民团的刀枪上去……他不怕百姓们不争抢着缴！他也算过了：这差事办下来，除过送孙大人的（这自然必不可少），自个儿至少也可落下一处房院吧。好事！

347

孙骥怀着一份极好的心情回到碛口。那时,看看天色还早,他就顺便去二碛滩上看了看民团操练。扩编后的民团比过去的商团规模大了一倍,现在是五十余人,个个身强力壮,甲胄鲜明,每人配备长枪短刀各一把,威风得很。唯一美中不足的是:盛家老三盛书瑜说他散淡惯了受不得拘束拒绝出任团总,商会会长盛书璧说实在不行,就让我儿子盛景浩滥竽充数吧,孙骥准了。他想依盛家在碛口的地位,这个团总还非他家出人干不可。那么,好吧。盛景浩就盛景浩吧。诸葛孔明不会武功,可他不是照样领兵打仗吗?不过,从这小子上任以来的情形看,他还真是这块料。你瞧,他手下几个任小头目的武功高手竟都被他摆布得面条似的顺溜,每日出操当差都挺像那么回事。

孙骥站在乾隆石上看了会儿散打操练,正要返身朝回走,盛景浩从操练队里跑过来了。这小子向他行个拱手礼,道:大人有何指教?要不要把人马集合起来?孙骥看盛景浩跑步、行礼、禀报……一切的一切,都怪怪的,很不顺眼,可那神情分明是挺认真的,便挥挥手说:"没啥。告诉弟兄们,从明后天起,你们就配合贾家峪里长贾二成催缴保安银去。只要大家伙儿出力,有的是荣华富贵享用……"盛景浩甩了甩袍袖,一弯腰,"喳"了一声,样子还是怪怪的,逗得孙骥几乎笑出声来,忙转身跳下乾隆石跨过湫水河踏上碛口码头的石阶。

盛景浩和他的妻子顾金枝还是不"行"。羞耻像一块巨石压在他的心上,压得他喘不过气来。他拼命扑闹生意,想以身心的疲惫磨钝心中的创痛;他不顾廉耻地同下人使女调情、说荤话,想以过"干瘾"的快活寻求内心的平衡。周围的人都用陌生怪异的目光看着他。几个月前,当他发现妻子竟同本家兄弟中最不起眼的一个做下苟且之事,而作为丈夫的自己竟然是敢怒不敢言时,他是彻底绝望了。那时,他还不知道,顾金枝在此之前已与汾州府大牢的王直愣经历过一段如火如荼的日子了。最让他难过的是,面对如此难堪的局面,他却不能把妻子看成一个坏女人。他从内心深处不这样看。相反,他觉得这一切准是自己前生的不仁不义造成的,是老天对他的报应。从此,他做事的信念一落千丈,包括生意场上的扑闹。对于他们夫妻间的诸多恩恩怨怨父亲开始是只知其一不知其二,后来从他一次次配回的那些中药里,似乎嗅出了一些不同寻常的味道,于是也为他难过,也为他难堪,尤其是为盛氏三槐堂中他这一门的传宗接代着急起来。盛书璧为此亲自找过小红鞋,小红鞋在接过二两银子后请下她的当家神来,折腾半晌,回答说:"你家老先生在阴间结交上一位武友了,二人约定要让您这一门一男一女两个孩子都从武,可实际呢,你们家是女从男不从,结果就得罪那位武友了。这不,人家稍微做了做手脚……"盛书璧心想:"如此说来,景浩是命该从武?"于是便说服景浩跟叔父盛书瑜学武。景浩却只是摇头。正好,三府衙门民团团总的事出来了,盛书瑜又死活不从,盛书璧就对景浩说:"这三府衙门可和咱盛家的兴旺发达是离不开的,咱不能不给人家通判大人脸面,况且这对你……"盛书璧顿顿,意意味味(方言,别有意味)盯了儿子一眼,接着道,"或许真有好处也未可知。总之,是应该去,必须去。"景浩竟被父亲说动了。几个月来,他整天忙于操练支差,将自家屋里那点懊糟事完全丢到了脑后,倒也乐在其中了。

这一天孙骥大人离去后,景浩看看天色,差不多已到收操的时候了,便将大家集合起来,传达了孙大人的话,特别强调了从明后天起支差的事。因为这几十号团丁,差不多都是附近村里抽调回来的壮劳力。眼下春耕大忙在即,弄不好就会有人溜号了。"俗话说,养兵千日,用兵一时。咱既是挣了这个俸禄,就不能想咋就咋。"景浩说,"谁也不准缺号!听清没有?"景浩看得出来,有些人面带犹疑之色。景浩便将嗓门儿拔高道:"谁想缺号,趁早脱下这身衣裳是正经!"这时,队伍中有人说话了:"支差?支甚差?是不是收保安银的事?那是干骨头上逼油哩嘛。咱是甚人,能不知道!"又有人说:"要让咱拿上家伙吓唬自家乡亲去呀?"景浩嘴说:"不想干没人强迫你们!"心里却也犯开了嘀咕:要真是让拿着家伙去做那"干骨头上逼油"的事可怎办?

现在,盛景浩走在回家的路上。他仍在苦苦寻思着那个问题。他的脚步迟滞,人又变得没精打采了,一副不胜疲惫的样子。

正行走间,突然有人拍了拍他的肩,说:

"团总促额皱眉,是在思谋什么军国大事呀?"

抬头一看是三府衙门襄理武大人。

武骧一向与顾骅有点儿"不搁节儿"。现在两个人同来三府衙门做了襄理,便更加"抗劲"了。孙骥大人在三个人同在一起时,总是说:"我等三人名为骥、骅、骧,都是良马呀!三匹千里宝驹碰到一起,这是上天的安排啊!咱弟兄三人一定要同舟共济才好!"可在背地里却又对武骧说:"顾骅嘛,听人说有点难处呢。武骧兄弟呀,我可是要靠你了!"武骧便常在孙骥面前递顾骅的小话儿。这一回盛景浩当了团总,武骧不高兴了,对孙骥说:"大人难道不知道这盛景浩是顾大人的乘龙快婿啊!这翁婿二人同衙做事,怕是不太合适吧?"孙骥朝他眨眨眼道:"怕什么!我还生怕顾骅不让他女婿干这事哩……"当时武骧对孙大人的话似乎心领神会了,便欣欣然,没想到就在他们两个说过这一番话不多一阵阵,顾骅来了,武骧差了个心腹去听他二人说啥。没想到孙大人又对顾骅说:"咳,这一回我提拔景浩做团总,武大人可是不高兴了。顾骅兄弟呀,看来往后我可是得靠你们翁婿俩了。"倒是那顾骅真是不愿让盛景浩做这个团总。武骧听了心腹的禀报,心想看来姓孙的是把两个襄理当两条狗逗着玩呢,往后可得小心点哩……此后见了顾骅和景浩,便都有了些亲近的表示。

当下盛景浩见是武骧大人,忙闪在一边打个千儿道:

"武大人这是忙甚去来?"

武骧笑着说:

"还能忙啥!反正自弄上这三府衙门的事,也没顾上到桃花坞去'忙'一回……"

景浩有些日子不说这类荤话了,便也道:

"这么说,过去您是常去那里'忙'呢?小桃红那粉嘟嘟的屁股颠得可欢?"

武骧涎着脸道:

"此地的人都说那小桃红的屁股颠得好呢,是真的吗?"

景浩说:

"您去试试不就知道了？只怕是把您颠得晕头转向找不着北哩……"

武骧嘴说:"领着你丈人先去试试,如真个颠得好,我必去无疑"……心里却不由一动,一条妙计浮上心头。

景浩听得武骧说出"你丈人"如何如何的话,也不由心中一动,心想我何不快去见见岳父大人,将那个怎样'干骨头上逼油'的事请教于他。这么想着,便告别武骧匆匆离去。

三府衙门襄理武大人当晚傍黑时分独自一人鬼鬼祟祟走进要冲巷的一处民宅,这里是孙骥大人临时住处。

来为他开门的正是孙通判的那个常随。

武骧说:

"我有要事想见大人,大人用过饭了吗？"

那常随道:

"通判大人今日去乡下了,爬了三架大山,颠了五条深沟,还和种田的农人一道翻了半天地,累得动都不想动了……"

武骧心想:不就是去了趟西山,至于吗？嘴上却说:

"你去备上几个好菜,烫上一壶好酒,等着我给通判大人消消乏……"

武骧说着走进上屋,见孙大人果然独自躺在炕头歇着。听得屋里有人进来,孙大人并未睁眼,只是优优雅雅地呻吟了一声,问:

"谁呀？"

武骧说:

"通判大人,是我。我听说今日您去乡下省察民情,百姓们感动得很呢。直到您离开半天,有的老汉汉老婆婆还在一搭念叨您哩。都说自咱大清立国以来,还没见一个像您这样的大官进过他们村哩。啊呀,百姓们都感动得唏唏嘘嘘哭个不停,许多人家都忘了做饭吃哩。嗨,兄弟我就想:百姓是哭得忘了吃饭,您呢,肯定是累得忘了吃饭啦。这不,我刚从府衙工地出来,就急赶着来看您。您先吃点饭,回头我找个唱曲曲的,来给您消消乏……"

孙骥坐起来道:

351

"你长着驴耳朵吗？哪里就听说老百姓如何如何的事呢？"

武骧道：

"一出工地就碰上几个从西山、贾家峪那边来的人，他们异口同声这么说哩。现在碛口镇满街的绅商士民也都在颂扬您的官品人品哩……"

孙骥笑道：

"怕是你小子胡编了哄我高兴吧？"

武骧说：

"您大人借我八个胆，我也不敢胡编这事呀！回头叫那唱曲曲的来，那才真是想哄您高兴哩。"

孙骥道：

"你可别给我弄个婊子来啊。咱大清律条可是不允许官场之人……"

"瞧您说的啥话呀！"武骧诚惶诚恐地说，"这里可没有婊子，只有唱曲曲的……"

孙骥道：

"我也听说这里的曲曲秧歌唱得别有味道……"

武骧说：

"有个叫小桃红的姑娘曲曲唱得有味道，听说人也有些味道哩。我这就去给您叫来……"

孙骥道：

"要不算了吧。让别人知道了，还以为……"

武骧嘿嘿一笑：

"我办事，您放心。"

小桃红是被一乘小兜花轿抬来的。这天晚上唱曲曲唱得太晚了，只好宿在孙大人那里了。从此，一连三个夜晚，都被小轿抬去要冲巷，都是一晚上没回桃花坞。

第四天傍黑，小轿又去接人，却没有接着。

小桃红说她夜里有别的客，恕不从命了。

以后几个夜晚，小轿又去了几回桃花坞，都没接着人。

原来那小桃红早几年就交上了赶牲灵卖炭的孙铁脚。那孙铁脚近日患上了一种哮喘病,一到夜里犯起病来就要死要活的。孙铁脚从小死了爹娘,现在是孤鬼一人,没人照应。小桃红不放心他独自一人在家住,夜晚就让他住在桃花坞自家屋里。

转眼间半个月过去了。那一天傍黑,三府衙门襄理武大人再次来到孙通判临时住的要冲巷。

"那小桃红的味道如何?"

武骧开门见山笑问孙大人。

孙大人不吭气。

"怎么了?是不是那小妖精颠得太疯把大人的骨头整散架了……"

孙大人说:

"什么疯不疯的。人家另有贵客,没时间……"

"什么贵客能比孙大人还尊贵呀?"

"嗨,听说是我本家,一个戳驴屁股的……"孙骧鄙薄地哈哈一笑,"咱们不说她了。咱正经事还忙不赢哩。咱不过听听曲曲,谁知道人家两个是干啥呀?"

武骧拍手道:

"我知道了,是孙铁脚。碛口街上卖炭很有些名气,常是驴屁股后不跟人,谁要谁卸,回头再去结账的……这事好办呀。"

"怎个办法?"

孙骧嘴说"咱们不说她了",可还是急切地问计于武骧。

武骧却不吭不哈了。半响道:

"您给顾大人说说,让他给您关照关照不就得了呀!人家女婿手下一个民团,不过眨巴眨巴眼的事嘛……"

孙大人说:

"顾大人?他哪像咱弟兄们这么好说话呀。"

武骧道:

"既是孙大人这么信得过兄弟,兄弟就为您料理一下这事……"

原来那孙铁脚的病这两天大好了,他便又去忙着卖炭。

孙铁脚对小桃红说:

"好妹子,这一段可是劳累你了。从明儿起,你该忙甚事就去忙吧,我一时不过来了。"

小桃红道:

"好哥哥,你是奴家命根根。我再忙也不能丢下你不管。你甚时不舒坦了,就来我这里。"

孙铁脚说:

"妹子你放心吧,我死不了的。"

小桃红忙伸手掩住孙铁脚的嘴,生气道:

"你要再说这种浑话,我可就不理你了。休要说死哩活哩,就是当真磕着碰着你哪儿,奴家心尖尖怕都要疼得受不了哩……"

就在小桃红这话说过两天后,孙铁脚的一只脚被人用斧头砍断了……

是在收账回家的路上碰着了蒙面劫贼,被当众砍断的。

孙铁脚一时怕是无法跨越桃花坞,去瞧他的"好妹子"了。

第二十九章

　　几年未露面的麒麟斑斑突然出现在了盛景涛的面前。那是昨天晚上天交二更之时。忙了一天的盛景涛刚要脱衣上炕,门口闪过一道金光,那斑斑便出现在了他的面前。
　　"好你个斑斑,是不是把我忘了?怎总也不来看我?"
　　盛景涛搂住斑斑的头亲热地问。
　　斑斑没有理会景涛的问候,反将脸扭过一边。半响沉默,才道:
　　"莺莺小姐被徐家休弃了。莺莺一家遭难了。"
　　又说:
　　"少掌柜,你造孽了!你们盛家造孽了!"
　　盛景涛从未听见斑斑以这种口吻同他说过话,又兼斑斑说出的这番话太让他意外了,他的心便揪揪地一阵疼痛。待要问个究竟时,那斑斑早已一道闪光不见了。
　　盛景涛是第二日在侯五奴的草料店里证实了莺莺出事的消息的。
　　"李运旺完了……"
　　刚刚从碛口街上回到侯台镇的侯五奴连连叹息着说。
　　"出甚事了,怎么说完就完了?"

五婶正在拆洗客房的铺盖,听得这话,停住手里的活计,痛惜地啧啧着,问。

"躺炕上几个月了。还不是被莺莺气的。"侯五奴说,"莺莺同那武云山跌下花眼,把肚子弄大了……"

此地人把夫妻以外的男女做下苟且之事,称为"跌下花眼",是一种颇文雅的说法。

从口外回来之后,盛景涛一直忙得不可开交。那一天他是要去冯家会,路过这里,顺便进来看看的。自从他与玉婵有了那一夜超乎寻常的亲热,如今自然是有事没事总往这里跑的。进来时,侯五奴不在,刚和五婶、玉婵扯了几句闲,侯五奴回来就说出这话来。

盛景涛虽然已听斑斑透露这事,可没想到竟有这么严重,他眼直了。

关于莺莺同武云山的事,景涛倒是早听到些风言风语了,可他根本没往耳朵去。像莺莺这种招人注目又不拘小节的女人,能断得了风言风语才怪!过去全碛口的人不是都说他们俩如何如何了吗,可是只有他心里明白,莺莺其实根本不是那种胡来的女子!他们前后相好五六年,都甚事没有,一时三刻倒能和武云山怎么了,打死他也不信!而且在潜意识里,景涛甚至觉得,像徐家那么不把人当人待,莺莺早该红杏出墙才对!不为别的,就为自家有个想头念头,就为不白白屈煞憋疯,就为给他徐家一点好看!"跌下花眼"怎了?"花眼"又不是井眼!既是花的眼,它就总有些撩人的地方!想当年自个儿也是太胆小了,若是干脆生米煮成熟饭,再让她怀上自个儿的娃,看他伯父能怎?可莺莺现在已做人妇,男人又不在,这可不是儿戏的。如果武云山这阵儿拍拍屁股跑掉,那莺莺可就惨了!

"作孽啊!这可怎呀?……"

五婶呻吟似的说。

"还能怎?"侯五奴道,"那莺莺傻呀,她还想为武云山把那孽障生下来,可那武云山却跑没影儿了……"

玉婵给五婶打下手,作为一个未出阁的大闺女,这类事上她是不好插嘴的,便只是低了头听着爹娘的话。这时,她却忍不住"呀"地惊叫一声,指头上挨了针尖的一扎,便抬起眼瞭了景涛一眼,泪水不由得滴落下来。

"孩子是打下来了,可徐家人竟用盐腌了存放起来。这不,年前徐健回来了,莺莺就被休回了李家。徐家竟把那死孩儿也一并送到了李运旺面前。这还不是成心要把人整死嘛!"

玉婵哇的一声恸哭起来。

五婶怔怔了半晌,道:

"这徐家也太歹毒了吧!……"

盛景涛的脸色忽然变得死人般苍白,接着又转成青黄。

盛景涛站起身来朝外就走。五婶和玉婶在后面一迭声叫他站住,那声音却仿佛根本未进他的耳轮。

盛景涛在店门外的草把幌子下站住了。两眼木木地看着远处,像是忘记自己身在何处,下面该往何处去似的。"戏场热闹,你怎不在那里待着?""我听见一只癞蛤蟆吱哇吼叫,吼得叫得让人心烦。""天上的星星真多。""是啊,那两颗挨得最近的就是咱俩。"——那天晚上河南坪唱戏,他们却躲开戏场,坐到乾隆石上说话。"戏场热闹,你怎不在那里待着?"他是明知故问。"我听见一只癞蛤蟆吱哇吼叫……"她真的听见了?那时他确信,是有一只癞蛤蟆藏在他的心里呢。"天上的星星真多",没话找话呢。"是啊,那两颗挨得最近的就是咱俩。"可是后来呢?……

一串泪珠唰唰唰冲出了他的眼睑。喉咙里发出一阵低鸣。喉结上下滚动着,滚动着,总算憋住了……

这时,侯玉婵出现在他的背后。

"瞧,把你心疼的……"

侯玉婵说。虽然她自己刚刚也为莺莺恸哭了一场。

"她可怜哩。"盛景涛说,"是我们盛家,是我盛景涛朝她捅的第一刀……"

"现在还不迟呀。你可以娶她啊……"

"你放心……"

盛景涛看着侯玉婵,扔下这么一句话,转身朝碛口街去了。

357

你放心,盛景涛自语。你以为我想娶她,她就会跟我?你以为她是谁?她是李莺莺!盛景涛你也休做那个梦。你已经害了一个人,还想再害一个人!玉婵呢?你把玉婵朝哪搭儿放?盛景涛,你可不能叫玉婵成为莺莺第二!你要为自个儿做主!戏场热闹,你怎不在戏场待着?我听见一只癞蛤蟆吱哇吼叫,吼得叫得让人心烦。她今年才十八岁。十八岁的女人,正是一朵花开得最艳的时候,可她哩?残花败柳不如了。徐家人,你们怎能那么待她?那只母老虎,我要杀了你!买一把牛耳尖刀,给狗日的开膛破肚!菜刀也成。咔嚓!血溅四壁。天上的星星真多。是啊,那挨得最近的两颗就是咱俩。如果她答应,我就娶她。带着她离开盛家。可是玉婵呢?你把玉婵朝哪搭儿搁?笑话!你以为她是谁?她是李莺莺!那是一团火,一团烈火!她会随你?你做梦吧。去杀徐家人!母老虎!还有那狗日的徐健。咔嚓一刀下去,解恨。等夜深人静时,挑一胆茅粪,爬上徐家屋顶,哐嚓,照那母老虎头上倒下去!再挑一担茅粪,哐嚓,照徐家大门泼过去。让他们一辈子臭不可闻……

可是盛景涛终究没对徐家做任何事。当他站在徐家大门外时,脑子呼啦一下清明了。如此屑小不堪之事,也是盛家人可干的?不!盛景涛想了想,决定去找武云山。武云山你也算条汉子吗?让女人怀了你的娃,你却脚底抹油跑没影儿了,这算人做的事?

盛景涛对徐家没做任何事,可徐家还是出事了。时间就在那天晚上。徐老夫人临睡前有出恭的习惯,那天晚上一进茅房却再未出来。过了顿饭时分,徐老先生不见夫人回屋,便觉蹊跷,出去一看,老夫人头朝下倒扎在茅坑里。徐老先生忙把护院的老耿叫来,好歹将夫人拉了出来。好在那茅坑里粪尿不多,又兼夫人身高体胖,在那坑口上卡住没有栽到底儿。夫人被救回屋后半天才苏醒过来。苏醒过来的夫人只说她是被一头怪兽用角挑进茅坑的,现在那被怪兽的犄角挑过的心口处疼痛难忍。徐老先生忙让老耿去请郎中诊视,连服几十服草药都不见效,最后还是一命呜呼了。这是后话。

却说盛景涛径直朝桃花坞奔去。他要去找孙铁脚。他知道如果碛口有人知道武云山的确切去处的话,这个人就该是孙铁脚。而孙铁脚被人砍断脚,那是肯定要在小桃红处将养的。

多日不见,小桃红憔悴如一片风干的树叶了。小桃红正用干净的棉花蘸了药水清洗孙铁脚的伤口。她的两手轻轻地动作着,随着手的一下下移动,她的口中发出一声声咝咝的吸气声,仿佛疼痛的不是孙铁脚,而是她一般。孙铁脚神情木然地看着屋顶,长吁短叹着:

"我再也不能吆着牲灵卖炭了。这日子可怎过呀?好妹子,你就别管我了。让我死吧,让我死屎了吧……"

小桃红轻言慢语道:

"不能卖炭咱就不卖了。我养活你呀!我的好哥哥亲哥哥,有我哩。只要他们杀不死我……"

盛景涛站在门口,看得眼痴了。天上的星星真多。是啊,那最亮的两颗就是咱俩。盛景涛,你他娘不如小桃红哩。戏场热闹,你怎不在戏场待着?我听见一只癞蛤蟆吱哇吼叫,吼得叫得让人心烦。不错,盛景涛,你是一只癞蛤蟆。你他娘还不如一只癞蛤蟆!

"铁脚哥呀,好好养伤!"盛景涛说,"你的好日子在后头哩。你的命好着哩。"

"你是为莺莺来的吧?"小桃红抬起泪迹斑斑的脸,"莺莺真可怜哩……"

"你别朝我打听武云山的事!"孙铁脚说,"我们俩的朋友扯了。就因为莺莺……"

原来那武云山临离碛口时曾同孙铁脚见过面。孙铁脚说:好汉做事好汉当。你拍拍屁股一走,让人家莺莺怎办?武云山道:我的两条骡子都被徐家害死了。孙铁脚说:两条骡子算个屁!莺莺比啥都金贵……武云山道:我的两条骡子都被徐家害死了。孙铁脚说:莺莺为你怀上孩子了……武云山道:我的两条骡子都被徐家害死了。孙铁脚说:死得好。滚你妈的蛋!……

"我对不住莺莺。"盛景涛说,"我要找到武云山。让他娶了莺莺……"

小桃红叹道：

"你快算了吧，找回来又能怎？我要是莺莺，正眼都不想再看他……"

盛景涛说：

"不，好歹我要找到他……"

孙铁脚道：

"要找就到榆林一带去找吧……"

盛景涛从桃花坞出来，当即从烟行抽调了两个办事牢靠的伙计，吩咐他们到榆林一带去找武云山。盛景涛说：

"告诉他，人活良心树活皮，不活良心不如驴。告诉他，莺莺一家被他害苦了。他若是条汉子，就听我一句话——回来！他若是不听劝，就永远别让我看见他……"

把人打发走后，盛景涛重新站在碛口街头，两眼望着天，好像打不定主意下一步该怎办。这时只见他的父亲盛书璞心事重重从德泰新药店走出来。

"怎么，你没去冯家会？"父亲对他说，"你知不知道三府衙门那班人近日从咱药店取走好多贵重药材却没付一钱银子？"

"莺莺被徐家休了……"

盛景涛目光散漫地看着爹说。

"我知道。这闺女也真是……硬是把她爹给气死了。亏得你伯当年挡了这门亲呀……"

"说什么呀您？我还正要去见我伯哩……"盛景涛说，"三府衙门白取药材之事，我知道一些。过两日我去讨呀……"

"讨什么？刚才我已经去了。孙骥只有一句话——没银子！若要硬让还，就先借咱字号的还上。你听听这是什么话！我已经告诉各字号了，今后他们要赊账一律不行……"

"爹，这事好歹有我哩，您就别管啦。您现在要有空，就去一趟冯家会吧，佃农们这两天突然都不出工了，也不知是怎回事。我有点事眼下还去不了，您去问问缘由……"

盛书璞想了想,道:

"去去就去去吧。可你就再不要掺搅莺莺那事了……"

景涛说:

"我知道……"

看着爹朝冯家会去了,盛景涛站在街边愤愤不平地想:怎么连爹现在都那么看莺莺。莺莺怎么了?要不是伯父驳了我们俩的亲事,要不是徐家不把她当人看,她会和武云山滚到一起?还"亏得伯父当日挡了这门亲"哩!伯父,伯父!我今日偏偏要去会会您……

盛景涛在商会见到了伯父盛书璧。

"伯,李家山李掌柜死了……"

景涛说。

"我知道。我和你爹、你叔都去烧纸了。你大娘回去已经好几天了,一直陪着她嫂子……"

盛书璧正俯身在一张条案上翻账本,头也不抬地说。

"那是您害的……"

盛景涛一字一顿地说,声音低哑而清晰。

"你说甚?你说甚?……"

盛书璧的两眼猛地瞪大了。一对铜铃。

"莺莺被徐家休了,这辈子完了。"

"那是她自找的啊!一只破鞋,婊子……"

"是您害的,都是您害的!……"

"你,你,你……怎敢这么说话?"

"伯,我今天要对您说——我和侯台镇侯五奴的闺女侯玉婵快要成亲了……"

"什么?什么?你爹妈知道了吗?让他们来和我说。"

"他们不知道。他们虽是我爹妈,可他们做不得主,所以我就直接来找您。"

"一个开牲口店的啊?你的好眼光……"

361

"我就爱个开牲口店的。我们生米已经煮成熟饭了。到时您来吃喜糕啊……"

盛景涛说完,转身走出商会。

现在,盛景涛走在去李家山的路上。他打定主意要去村里问询一下莺莺家的情况。他知道他帮不上什么忙,莺莺也不会接受他的帮忙,可不问询问询怎好叫人心安!但"问询"不能明察,只可暗访。他的驰爷崔壮近日身子不大舒服,正好在家歇着,他就假借看望驰爷的名儿进村去。

湫河便桥。河南坪。财神庙。大同碛。乾隆石……

往事历历,如在眼前。

前面就是麒麟滩。莺莺家的地在李家山村脚下。李家以经商为主,但还是种着一些地的。在碛口,这种经商兼种田的商家占多数。莺莺家的地里菜花开得正盛,一片黄不愣腾的热闹。那一年他十七岁。好像是夏初的一个日子吧。他也是假借看望驰爷来李家山瞄莺莺。李家的田里,"赵头儿"带着几个长工正在小锄谷儿。莺莺也在。记得莺莺好像是做下了甚的错事,他爹罚她和长工一道干活。说要"煞煞"她的性子。噢,对了。莺莺是在人家"赵头儿"裤子上"开了后门儿"。"赵头儿"那时四十来岁,常爱逗莺莺玩。莺莺就想报复他。那一天,"赵头儿"将洗过的裤子挂在院子里,莺莺就拿剪刀在屁股蛋上一边剪开一个圆洞儿。十二三的大姑娘干下这事,实在是该罚的。莺莺便被罚和长工一道干活了。那时景涛便对"赵头儿"说:她哪是干这个的呀,我来替她吧。"赵头儿"说:好我的盛家小爷哩,你俩最好都离远点玩去。莺莺却仿佛干得很得意,对景涛说:我的事不用你管!……

景涛站在地边上久久地看着黄不愣腾的菜花出神。黄色是一种尊贵的颜色。太阳光是黄色的。朝廷仪仗是黄色的。我的事不用你管!不用你管!不用你管!分明是一种尊贵的娇憨。但那不是"拒人于千里之外"的景况。她不是还说过,"我这已是第二次承你情了"。可是现在,假如他要帮她什么忙,她还会"承你情"吗?我的事不用你管!不用你管!不用你管!她必定还会这么说。可那口吻那心境那情绪还会是从前的吗?……

驰爷崔壮一见景涛的面就说：

"看我来了？得了吧！你小子的花花肠子有几尺几寸长，我心里明镜也似。 放心不下莺莺，是吧？……"

景涛说：

"驰爷，莺莺她家现在成了个这，我总觉得心里愧得慌……"

崔壮叹口气，道：

"是可怜。那李二掌柜活马流星一个人，硬是被气得吐了血，躺炕上几个月，终究也没落下命……可事到如今，你能帮上甚的忙？你一出面，人家还不把好心当了驴肝肺？就湿摊子撒尿啊？拿别人穷开心？趁火打劫？乘人之危？"

景涛老老实实说：

"是着哩，我不好出面。驰爷，孙儿这就求您来了。如果您身子骨还能行，就求您出去问询一下她家情况，我心里真是放心不下。如果他们需要别人帮甚忙，就麻烦您伸伸手吧……"

崔壮二话没说，起来拄了条拐棍出去了。他也是个热心人。

约莫过了顿饭工夫，崔壮回来了。回来坐炕沿上一袋接一袋抽烟，却不说话。爷孙俩四目相向默默坐了半天，崔壮才连连叹息道：

"这娘儿仨往后的日子可怎过呀？李大掌柜已经给莺莺她姨上了话，说莺莺好端端一个闺女，硬是让她调教坏了。说她娘母子坏了李家门风，丢了李家几辈子的人，逼莺莺她姨后嫁走人哩……"

景涛一时惊得瞠目结舌，说：

"李大掌柜还是里长吧？他平日……还是良善人嘛，怎么……"

"是里长。李运兴倒也算个好人。可这件事上他真是这么做了。李二掌柜只一个儿子，那孩子今年怕才十来岁吧，把孩子他娘赶走，让那姐弟俩怎活？莺莺眼下又是个走不到人前的人，这不是要灭这一家子吗？想吞并人家财产啊？人心真是不古呀……"

从驰爷居住的小村出来，盛景涛心里像塞了一团猪毛似的难受。他脚步迟滞地走着。那时正是响午时分，太阳在头顶艳艳地照着，空气憋闷，几只燕子尖叫着掠过一片枣林,消失在白光耀眼处。前面就是李家大院了。莺莺还在绣楼上的那间屋住着吗?经历过这场劫难的她现在变成甚样了?这阵儿她是不是正躲在屋里暗暗啜泣?景涛站在李家大门旁,耳边依稀又响起莺莺且喜且嗔的说话声:我听见一只癞蛤蟆吱哇吼叫,吼得叫得让人心烦。天上的星星真多……

李家大门吱呀一声开了,将站在门外出神的景涛吓了一跳。

"噢,是盛少爷哇!……"一个三十来岁的汉子从院里走出来,不怀好意地围着景涛转来转去。他的身后还跟着一个十来岁的小男孩。"怎么,你们这一帮癞皮……害她不死还不甘心啊?"

他是牛琨。当年曾经热烈地暗恋着莺莺的他,如今已是两个孩子的父亲了。自从莺莺一家遭难后,他三天两头往李家跑,俨然是这一家的保护人了。他本能地仇视一切企图接近莺莺的人。尤其是这个盛景涛,当年,他曾多少次尾随着他们,目睹过二人的幽会啊!有多少个夜晚,这个年轻的汉子被嫉恨的烈焰烧灼得辗转反侧无法成眠呀!要不是碍着莺莺的面子,他真要将这个"赖皮"的脖子拧断了……

盛景涛看着牛琨不说话。

"怎么,叫你赖皮你不服气?还记得那年天成居失窃巨款之事吗?要不是你……你和我们小姐往卧虎山后的山洞钻,那银子根本丢不了。说!是不是你勾来的盗贼?"

这话让盛景涛摸不着头脑了。盛景涛咳了一声,问:

"甚呀?你说甚呀?天成居的银子不是让你照看的吗?要有人同盗贼打连连(方言,常来往瞎胡混),也只能是你啊……"

牛琨有些气急败坏了:

"反正……反正你们盛家……哼,男盗女娼!"

盛景涛大怒:

"你……你家才是男盗女娼呢。"

"好呀,你小子竟敢骂李家山李家都是男盗女娼!你是活得不耐烦了吧!玉成,快去叫你伯、你哥哥他们!盛家这狗日的是欺你家没男子汉哩……"

那叫玉成的男孩扭了扭身子没有动,牛琨便自己跑去叫人了。

景涛见不是事,扭头就走。

李家人并未追上来。盛景涛跌跌撞撞跑回碛口,就在天成居楼上坐了,半响才定下神来。他要了一壶烧酒,一边一盅盅猛灌,一边回想着刚才和牛琨那一番对话。他不明白怎就把话说到了那个份上!他果真说过李家人都是男盗女娼的话?他怎能说出那样的话?难道真是他急火攻心把话说错了?活见鬼啊……

不知不觉间,盛景涛酩酊大醉了。迷迷糊糊的,他看见一个身穿红兜肚的小姑娘和一个半大小子正在二碛滩上疯跑。突然,那小姑娘撒开两脚直奔大同碛而去。扑通一声,小姑娘不见了,那半大小子一边叫着"莺莺",一边也朝水雾腾腾的浪涛间跳了进去……

有人将他推醒。一看,原来是景浩。景浩气喘吁吁地说:

"快,快,快!叔叔被汾州府抓走了……"

景涛弄不清被抓走的是他爹,还是三叔,站起来跟着景浩就朝街外跑。

是盛景涛的父亲盛书璞。

盛书璞到冯家会一看,佃农们不出工,是因为三府衙门旧的摊派刚收走,又来收新摊派。众人都投亲拜友借银子去了。同样是方圆十五里地内,按人口地亩两股头子征收漕银。靠黄河的自然是黄河"漕银"。靠湫河的就是湫河"漕银"。两条河都不靠的呢,你那里不下雨吗?如果没有两条河上游的水,说不定天上就不会有云,雨又从何而来?再说了,只要你脖子里插一颗脑袋的,就不吃盐?不吃药?不在碛口买东买西?这盐啦、药啦、百货万物,哪一样不是船上运来的?所以,漕银是任谁也不能不缴的。冯举人的"为民请命"没有请得少收各种捐赋的"命",反而请来了三府衙门的民团。民团团长盛景浩虽有岳父大人顾骅面授机宜,还是不得不把刀枪摆到村里最显眼的地方去。虽然岳父大人一再告诫:没有经办人说话,万万不可动手;经办人不再三吆喝,万万不可动手。可"动手"还是免不了的。捆绑、吊打、抬柜子、扛铺盖,他们样样都干。经办人会弄事,谁们出力,另有红利。到后来,盛景浩的话反不如经办人的管用了,只是苦了众百姓。昨天那保安银刚刚收走,今天漕银又接上了。说是孙大人发话了:冯家会是碛口一带最富的村子,两项资费一起收,天经地义。经办人竟还是贾家峪里长贾二成。冯举人再三劝谏,那贾二成只是不听。冯举人急怒攻心,一头撞死在贾二成的面前,落了个肝脑涂地。

盛书璞到冯家会,正赶上亲眼看见了这一幕。

盛书璞先跑到几户佃农家里,告知:今后凡有此类摊派,都由盛家烟行支付。佃农们只要安心作务园子就行了。

盛书璞返回碛口时,德泰新药店的二把刀正满街跑着找他。原来刚才三府衙门的武大人又来药店配药,说是孙通判近日劳累过度了需要补一下身子。还是大剂量,还是记账不付银子,结果就被他挡驾了。武大人很不高兴地走了,这事怕是不太妙。二把刀问盛书璞:

"这可怎办呀?往后还敢挡驾不……"

盛书璞不说话,半晌,道:

"老了,我老了。不知道该怎办了。你问景涛去吧……"

盛书璞说完这话,叹口气,转身朝着寨子山义学走。他想从此他真是再也不管字号的事了。他一个百无一用的读书人,真是不知该怎办了。

盛书璞正低着头走路,忽听得通衢巷东口上有至少两三个妇人在齐声号哭,周围堵了好多人,正在窃窃议论着什么。盛书璞知道那儿有个棺材铺,心想一定是有人家来买棺材的,便不以为意。可是当他走出去好远时,耳边突然飘进"贾二成你不得好死"一句话来。盛书璞便又站住了。

盛书璞转身走近通衢巷。原来,那几个妇人都是贾家峪的,昨天夜里,她们几家的男人竟都在贾二成大门口上吊自尽了。前段征收保安银,几家千辛万苦置下的一点地竟都被贾二成逼着低价买走了。他们心里气不过。便相跟着走上了绝路。这几个妇人正是来买棺材的。

"这是什么世道啊!"

"难道普天之下再没个清官了?"

"清官难找啊。没人为老百姓说话呀……"

"该为大清朝打造一口棺材了……"

人们纷纷议论着。

盛书璞站在人圈外听着,寻思:老百姓也确是太可怜了。想我盛书璞也算这方土地上的读书明理之人,我为甚不能学学冯举人,找到那孙骥,为百姓们说说话?

盛书璞这么想着,就对众人说:

"空口说白话有甚用?咱们何不找那孙通判去评评理?"

众人都说好。有人说孙通判如今正在修筑府衙的工地呢。说来也巧,那地址就在通衢巷里,离棺材铺不过一箭之地。众人便一声吆喝都去了。

孙骥正为德泰新药店拒绝赊配补药生气呢。心想老子整日操劳,还不都是为了你们这班奸商好赚银子啊!休要说吃你几服烂药了,便是把你那生意连锅端了,你敢说个不字?……心里正思谋曹操呢,曹操自个儿找上门来了,竟是学那冯举人的样儿,为民请命来了!于是便没好脸色。没容盛书璞将话说完,孙大人笑笑,道:

"盛二爷身为大清'岁进士',不思报效朝廷,反要惑众谋反不成!……"

盛书璞道:

"孙大人身为朝廷命官,不思为民造福,反策动狼虎之徒,以勒索百姓为能事,何也?"

孙骥说:

"盛二爷把话说远了吧?谁是狼虎之徒?哪个勒索百姓了?在谋逆造反的刁民眼里,朝廷的忠勇之士哪个不是狼虎之徒?你到贾家峪实际看看去,百姓们有谁不是笑逐颜开,把三府衙门的事看作自个儿的事呢?什么被逼上吊,谁知道他们是不是作奸犯科了自家心中有鬼。你盛二爷造谣惑众所为何来?莫非是自个儿没做上官,就对官府心存芥蒂不成!……"

从府衙工地见过孙大人后,盛书璞对紧随身边的众人道:

"看来我们真得给大清朝出殡了……"

一刹那间,几十年来亲历过的种种屈辱愤懑,目睹过的种种世情事象,呼呼化作黑色的闪电,哗啦啦,从他的心底涌出,直冲天灵盖去了。而后,又聚作一声烈响,烧作漫天的大火……

盛书璞直奔棺材铺,朝掌柜的讨来笔墨,又找来白茬子木板一块,大笔一挥,写上"满清在此下葬"六个大字。隔壁有个专卖纸钱的小店。那小掌柜一见众人弄这个事,便提了一篮子纸钱满大街撒了起来。正好,那时府衙工地靠大街的一面倒了一堆破砖烂瓦恶煞土,活像一个大坟冢。盛书璞毫不犹豫便将那写了字的木板插了上去,倒头便哇哇大哭起来。

众人也随了大哭起来。

却说那时正是三月三之后不久。黑龙庙之下所谓"三月三梁"上赌风正炽。豪赌者中有一人名叫索五。此人系八旗子弟,在督抚衙门当差。十数年前,曾因在碛口赌场讹诈钱财被盛书瑜拿住痛打一顿。此后几年再未在碛口露面。今年他又来了,来时还带着几个人。这几个人装作外路赌客,却并不在赌场多待,他们一直在街头溜达着,一门心思想找盛书瑜报仇雪恨。刚才他们在棺材铺前盯着这个长得很像盛书瑜的盛书璞,现在见他竟明目张胆诅咒朝廷,惑众闹事,便相互递个眼色,一拥而上将他拿下,扭送三府衙门。

孙骥见此情景,笑笑,对盛书璞道:

"盛先生呀,这可不能怪我了!啥是天意?这就是……"

当即差了个昨天刚刚聘用的衙役随了索五等人连夜将人犯押解去汾州府。

盛景浩就是在回碛口的路上碰见解送叔父的索五一干人的。盛景浩并不认识索五,更不认识那新到的衙役,忙让手下人拦住问询事情的原委。那索五只说是"汾州府办差的",盛景浩便只好放行了。

第三十章

　　盛书璧乍一听说盛书璞出事的消息，真如五雷轰顶般惊呆了。德泰新二把刀提着一大包草药找来了，说这事全怨我全怨我，赶快给孙大人把药送去，多说些好话，或许事情还可挽回。正说着，景浩、景涛弟兄俩也来了。盛书璧当即吩咐景浩、景涛先回西湾打点好四五万两银子，做好连夜去汾州府捞人的准备，自己袖了张一千两的银票，提了那包草药去见孙大人。

　　"啊呀，盛会长，本官在此候驾多时了……"

　　孙骥一见盛书璧，忙起身让座。两眼的余光扫在药包上，一丝冷笑浮在嘴边。

　　盛书璧一揖到地，道：

　　"岂敢，岂敢！书璧负荆请罪只求孙大人看在下薄面格外开恩……"说着，将那药包放在案几上，顺手压银票于药包下，故意露出银票的一角。

　　孙骥看着屋顶说：

　　"盛会长何罪之有？三府衙门自筹建以来，盛会长多方支持，实在是有功啊，怎么今日竟正话反说起来？"

　　盛书璧叹口气，忙将德泰新近年赊销过多，常常出现"磨盘压手"的情况说了一遍。"故书璞吩咐一般不准赊账,这自然不包括府衙诸位大人在内。怪只怪店里的伙计搬教条儿,认死理儿,万望大人海涵。大人们光顾德泰新,实在是盛家的福分啊,日后大人有甚用的尽管来。这其实也是书璞吾弟之意,望大人明鉴。"

孙骥哈哈大笑:

"在盛会长的眼里,本官就这么小心眼啊!不要说并非盛二先生亲口对我说出那样的话,便是他果真对我亲口说了,我也不会介意呀。和碛口盛家打交道这多年,我孙骥的脸皮子厚着呢……"

孙骥那时刚从府衙工地回到要冲巷的歇处,正洗脸烫脚呢。话说到动情处,那脚板便在水盆中拍出一声亮响,水花溅了盛书璧一腿。盛书璧忙起身去端脚盆,却被孙大人挡着让常随接走了。

孙骥接着说:

"盛会长,我知道你今日并不是单为那一包三不值二的草药而来。咱直话直说吧。盛二先生确有惑众闹事、诽谤朝廷的嫌疑,但本官一向看在你盛会长的金面上,未予理会。今日之事,实出无奈……"

孙骥说到此处,压低声音道:

"有一位叫索五的老爷,你可听说过?他是当朝裕恒亲王的内侄呢,现在督抚衙门听用。你去三月三梁上打问打问,那是个什么角色?也不知你家盛二先生怎就得罪了他,看情形他此次好像专为寻衅而来。盛二先生原是那种凡事由着性子做,遮前不顾后的性情中人,今儿是正好碰在人家刀尖上了……"

盛书璧听孙骥如此说,心中早将事情的原委猜了个七七八八,忙赔笑道:

"多谢孙大人的提醒!这事我实在是不摸头脑哩,等我回去查考一下或许就清楚了。吾弟书璞实在是书呆子一个,脾气一来甚话也能出口,可心里倒是时常感念浩荡皇恩的。三府衙门筹建以来,他可是对一切资费都积极缴纳的。听说今儿他还表示要连同冯家会佃农们的保安银、漕银也一并缴纳的……总之,万望孙大人能在汾州府周大人处多多美言,盛家历来是知恩必报的。如有需要花费处,也请孙大人明言……"

从要冲巷出来,盛书璧急急回到三槐堂。一看,景浩、景涛已将银两备好。盛书瑜一月前去了口外字号,那琪琪格正张罗着要同顾金枝上石板沟陪二嫂、景虹去。李秀珠也从李家山回来了,虽是一脸泪痕,却像突然比往常硬朗了许多,现正跪在观音菩萨前,为书璞祷告。

盛书璧对景涛说:

"你也回石板沟去看看你娘,让她千万别着急上火,百事有我担承哩。咱盛家便是倾家荡产也要把你爹捞出来……"

盛书璧说着,竟潸然泪下了。

景涛看着伯父,心中突然对自己屡屡冒犯不尊之事生出了许多悔意。便扑通跪倒在地,连连磕头道:

"伯,侄儿和母亲、妹妹得靠您了……"

一头说,一头呜呜咽咽哭出声来。顿时,一家上下哭作一团。

盛书璧抹了一把泪说:

"你看,我们这是干甚嘛!现在,咱盛家可不是落泪哭鼻子的时候。咱得挺起来……"

回头又对景涛说:

"回去把你爹的铺盖、换洗的衣服带上些。"

景涛说声"我知道",正要起身,盛书璧又道:

"告诉你娘,家里若有客人,出出进进可得小心点……"

这话说得有点没头没脑,可景涛一听就明白是指崔炳文先生的事,忙招呼上婶婶琪琪格和金枝嫂子朝石板沟去了。

盛书璧又转向景浩,问了问这两日民团到乡下"办差"的情形。盛书璧说:

"捆绑吊打百姓,那是土匪才干的事,我盛家人绝不可为!虽然都是经办人说了话的,但毕竟你是民团团长。要对手下人讲:不到万不得已……"

李秀珠插言:

"阿弥陀佛!善有善报,恶有恶报。不是不报,时辰不到……"

盛书璧点点头,接过女人的话继续说:

"你娘说得对。你要切记……"

景浩道:

"爹,娘,儿记下了。我岳父也是这么说。可那孙大人好像还嫌儿绵软哩,老让贾二成敲边鼓呢。"

盛书璧说:

"你告那姓贾的,你从小就绵软,只会这么做。若是不行,就请他转告孙大人,可以另选高明。这几天你肯定是不能去了,你快去请假。告那姓贾的,甚时回来还说不定哩……"

这天上灯时分,盛书璧怀揣银票,由景浩、景涛护送着上路了。他们必须赶在索五一干人前面到达汾州府,把各个关节都打点好,使自家人进大牢后少吃点苦头,且能尽快出得来。

三个人骑着三匹快马,从侯台镇对面钻沟,过吴老婆山,一路朝着汾州府进发。盛书璧让将马颈上的串铃尽皆除去,景浩、景涛一人腰里悬了一把宝剑,以防不测。当夜月色熹微,马蹄嘚嘚敲击着路面,不时有几朵火花迸溅开来。三双眼睛机警地搜寻着山路两侧每一处阴影,六只耳朵努力捕捉梢林灌丛间每一点微响。他们谁也不说话,专心一意驭马疾驰。约莫半夜时分,终于安全跨过吴老婆山的密林,踏上平川地界。三人长舒一口气,缓辔而行。

后半夜,天边涌起了一团团乌云,夜色更浓了。空气有些沉闷,似有淡淡的雨意。盛书璧磕了磕马腹,马儿又放开四蹄快跑起来。景浩、景涛努力追随着朝前飞奔,睡意却不时来袭了。一次次短暂的恍惚之后,两个年轻人更频繁地鞭策坐骑了。

盛书璧却一点睡意也无。早就该料到的啊!他想。书璞生性耿直,眼里揉不得沙子。又兼读了一些书,养成了喜好寻思的习惯。这在当今世界实在无异于身患不治之症哩……说真的,书璞的话没错呀!大清朝的气数是该尽了。贪污成风,贿赂公行。小人得志,直士遭殃。草菅百姓,祸害生民。官盗合流,假面天下……如此倒行逆施,不垮台简直天理难容了。可是,而今既是人同此心,心同此理,自会有人出头的,咱盛家人何必当这个出头橡子呢?弟呀弟,为这事,我和你说过多少回哩,你怎就油盐不进呢?先父遗言:远离仕途,经商济民。看起来,这"远离仕途",实在不单单是不做官呀!最根本的还是心远、心平。要能忍得气吞得声,该闭眼时闭眼,该缄口则缄口。吃亏人儿常在。舍得财,才能保得财,才能发得财。各人自扫门前雪,休管他人瓦上霜。聪明人哪个不是如此行事。咱一心一意做顺民,官府他能专找咱的不自在?哎,现在是说什么都晚了。弟呀,咱只求老天护佑,能保你化险为夷哩……

第二天正午时分,他们进了汾州西关,跨正街,拐弯向南,便见街对过出现一座阔大的门廊,有兵弁把守。半人高的台阶两侧,有一对巨大的石狮子。左竖旗杆,右置上马石,另有一面牛皮大鼓高悬在护栏之内。盛书璞对景浩、景涛说:这就是府衙。此时正有一妇人击鼓鸣冤。片刻,便见大门轰然洞开了。三人朝里望去,只见又有两重台阶托着两重门廊,之后便是高悬"肃静""回避"的大堂了。忽有衙役十数人迤逦走出,分两排列于堂前,随着一声"升堂",就有"威——威——"的吆喝在全体衙役的胸腔喉头间鸣响。那声音沉郁而厚重,令景浩、景涛他们想起大同碛的涛声。有街头百姓朝着府衙门廊围拢过去引颈往内张望着。

盛书璞说周大人上堂了,咱得等。景浩、景涛早就地一萎,呼呼睡去了。也不知过了多久,景浩、景涛被叫醒了。一看,太阳早已下山,马正嘴嚼着草料,府衙前的百姓已经散去。盛书璞对两个年轻人说:你俩找个地方吃点东西去,我这就去见周大人,一会儿还在这里见面,咱一道去大牢找个熟人。景浩问,咱也不找个旅店住下?爹没有回答,却剜了他一眼。景涛揉着眼睑说:伯,您没歇歇啊?还是没回答。盛书璞从自家怀里掏出名帖,转身朝把门的兵弁走去。

周大人亲自将盛书璞迎进后堂。落座上茶毕,周大人说:

"盛公乃大忙之人,拨冗来此必有要事,就请开门见山说吧。"

盛书璞道:

"周大人慧眼明鉴,书璞确是有求于大人哩。"

"盛公请讲。"

盛书璧嘴唇动着,没有说出话来,却呜呜哭了,扑通跪到地下,便朝着周大人叩起头来。

周大人大惊,道:

"盛公不必如此。到底出了啥事?……"

盛书璧说:

"周大人您务必帮帮忙……"

周大人道:

"本府到任虽为时不久,但你我已有数次交往了。盛公一向热心公务,令我辈感佩之至。尤其自三府衙门筹建以来,盛公更是倾力相助。你就说吧,本府能帮忙处一定帮忙……"

盛书璧站起身,从怀中掏出一张银票来,说:

"周大人啊,此事怕得大麻烦您哩。您得先把这个收起来,书璧才敢斗胆直言呢。"

周大人朝那银票扫了一眼,不由脸颊潮红了,道:

"盛公,你这就见外了。本府要是不收呢,岂不是等于驳你的面子吗?驳了你的面子,岂不等于驳了盛家的面子吗?驳了盛家的面子,岂不等于驳了碛口商界的面子吗?那就恭敬不如从命了。你就快说吧……"

盛书璧这才将事情的始末约略讲了一遍。末了说:

"周大人,舍弟书璞实乃有口无心之人,倒是常怀报效朝廷之志的,万望大人明鉴才好。"

周大人沉吟良久,道:

"盛公呀,近年来各地士人中多有谤议朝政者,朝廷一向颇严厉的。令弟也太……太鲁莽了点。竟在大庭广众之下,干出如此不知深浅之事,又兼索大人插了手,这简直等于弄成了一桩死案。按律……按律……怕是很难说了。只怕本府也是爱莫能助吧。"

盛书璧只觉一阵天旋地转:

"周大人的意思是,像书璞这事,按律当……"

周大人叹了口气，说：

"眼下国中异端蜂起，人心浮动，朝廷对惑众滋事之徒格杀勿论当属自然。所以这事只能尽力周旋了……盛公呀，我看您还是把这东西拿回去，或许可用在别处呢。"

周大人说着将那摆放在案几当间的银票朝盛书璧面前推了推。盛书璧又是一阵头晕目眩，忙起身告辞，心想看来只好再去督抚衙门求藩台大人干预了。却朝着周大人勉强一笑道：

"周大人不必为我操心。盛家一向视银钱为粪土的……"

周大人起身送盛书璧出门，安慰说：

"盛公放心，本府一定尽力而为。"

站在门外台阶上，周大人像是突然想起似的道：

"听说盛公与藩台大人颇有私交的，可惜抚台藩台二位大人近日刚刚南调……"

"啊！是吗？书璧原是只想靠您的……"

盛书璧一个趔趄，似要倒地的样子。景浩、景涛忙赶上来扶住了。

盛书璧背靠一棵大树闭目歇息半响，才缓过神来。盛家在藩台大人那里花过大笔银子。可他老人家迟不调早不调，偏偏在这节骨眼儿上南调了。抚台大人曾国荃处本来也可通过王继贤说上些话，可他偏偏也在这阵儿南调了。看起来督抚衙门这条路是完全断了，莫非这真是天意吗？盛书璧一边寻思一边朝着汾州府大牢走去。他在那里还是有几个熟人的，花点银子让自家人少受些皮肉之苦大约还行——不过，也只能如此而已。这事算是顺利办妥了。傍黑时分，他们又踏上了回乡之路。

盛书璧骑在马上晃晃悠悠朝前走着。他觉得浑身疲软，头疼欲裂，脑海中一声声回响着周大人的话：格杀勿论！格杀勿论！……弟呀，难道你真是在劫难逃？盛书璧和书璞、书瑜相差六岁。这一对双胞胎的弟弟简直是盛书璧一手拉扯着玩大的。从小到大，书璞、书瑜对他们的长兄都是敬重有加的。他们弟兄三人虽然时有争执，但手足之情岁久弥笃。盛家的事业在他们这一代，曾有过怎样的辉煌呀！碛口盛家，这在晋陕峡谷，是诚信与富有的象征啊!偌大一个水旱码头,盛家占着半边天呢。然而曾几何时,一种如牛负重,步履维艰的感觉如鬼魅般纠缠他们了。不是没有生意好做,也不是经营方略匮乏,而是鼠害成灾,库底漏银——有时甚至可怕到入不敷出的境地啊!对此,他作为盛家长子主事,码头商会会长,焉能不知!书璞生性耿直,郁愤满腔触之即发,他岂有不理解的!但盛家既要在世立世,岂能不委曲求全!正是在这一点上,他们弟兄间近年来确是龃龉不断呀!现在倒好,终于弄出了如此塌天大祸!难道盛家三槐堂真要在他盛书璧手里败了不成?……

盛书璧骑在马上晃晃悠悠地走着。似睡非睡中,盛书璧飘然走进一个梦幻般的世界。天地间充斥缥缈的云翳,流星旋转着飞掠而过。飘风如絮,屋宇洞然。鸟兽舞蹈,禾稼潮涌。水流欢畅,鲜花怒放,气象万千。盛家几代人的身影带着一团团浓烈的汗气画片般叠现在盛书璧的面前……

盛家祖上系山东沂山人,明末清初逃荒来到碛口侯台镇。当时碛口尚无集市,侯台镇是晋陕峡谷重要的物资集散地。祖上带领一家老小,忍苦耐劳,奋斗数十载,终于在侯台站住了脚,且过上了衣食无忧、少有积余的日子。祖上仙逝后,其子继续苦熬苦挣,日子更见起色。但好景不长,这一对中年夫妇身染鼠疫,眼看性命难保了。他们倾其所有,置了些田土留给两个儿子。哥哥是个奸狡之人,父母一死,便想将年方十四五岁的弱弟踢出家门。当时盛家置的田土中有河南坪上好水地十数亩,还有卧虎山石子坡上薄田一片。哥哥就将卧虎山那地分给弟弟,自个儿独占河南坪水田。弟弟田薄不产粮,只得靠结交船商,背粮包,扛油篓挣饭吃。有一天清晨,弟弟起早跑码头,在村口拾到一个装满白花花银子的土布褡裢。弟弟想这一定是过路客商丢失的,失主还不知会怎么着急哩。弟弟四下里看看,不见一个人影。附近正好有个破马棚,弟弟便将那银子藏在马棚的驴槽下,自个儿站在附近守候。约莫过了顿饭工夫,有个小伙子骑马匆匆奔来,一路奔跑,一路四下张望。原来银子是这人丢的。弟弟将银子如数交还失主,失主取出两锭要送给弟弟,弟弟却执意不从。那失主原来系北路客商,因见这位小兄弟为人忠厚诚实,便出资在碛口码头建起一个货栈,请这位小兄弟做掌柜。这位小兄弟经营有方,把生意做得风生水起,第二年便将货栈扩大一倍。这位小兄弟就是碛口商埠创始人盛筠。货栈初创那两年,恰逢碛口一带遭遇百年未见的大荒旱,盛筠派人从北路采购大批粮食,水路运来碛口,平价卖与百姓,救了不知多少人的性命,盛家的生意也越做越大。那一年,湫水河发大水,淹没侯台镇,侯台镇集市从此搬到碛口,而碛口商埠很快成为人烟辐辏、货物山积的水旱码头。然而,碛口的繁荣很快招来大批官盗吏贼。他们巧立名目,巧取豪夺,贪得无厌,肆行无忌,必欲将偌大一个水旱码头连根儿装入自家腰包。盛家历来以宽容忍让为家训,但也绝不乐意充当冤大头,于是在盛筠孙辈的若干年内,盛家与官府间的矛盾愈演愈烈,终于导致了乾隆二十五年的大变故。那一年河南大饥。盛家从北路调运大批粮食到灾区。粮价原本不高,但因晋商同出此道者甚众,而当地饥馑积年深重,河南人的资财由是告罄。于是出现了运粮到彼,不能卖作现银的情况。而运粮倒转,逆水难行,押地售粮、加息赊欠交易由此开始,竟使河南田土半数落入晋商之手。于是官府便以"重利盘剥,侵吞豫人田地"为由,打击那些平日"不听招呼"的晋省商人,碛口盛家亦在其中,遭受抄没全部家产的惩处。但盛家并未从此倒下。从第二代起,重打锣鼓另开张,又从当脚夫拉骆驼做起,历经数十年奋斗,使盛家重新崛起,成为晋西第一富商……

难道盛家历经百余年胼手胝足苦熬苦挣创下的基业,真要毁在我盛书璧的手上吗?……

盛书璧骑在马上晃晃悠悠朝前走着。似睡非睡中,盛书璧看见,盛家列祖列宗几代先人一个个朝着他怒目而视,一根根粗壮的细瘦的手指戳指着他:败家子啊,你往何处去!……突然,乾坤倒置,山峦陀螺似的旋转起来了。

清道光十九年四月,盛书璧在距碛口三十里地的吴老婆山坠马身亡,享年五十岁。临死只对儿子盛景浩说了一句话:

"墓碑上不要刻……钦赐候选通判……"

盛书璧的葬礼是盛家历代当家人中最为隆重的一个。水旱码头所有商家停业一天,以示志哀。但这一天过后,市面似也没有了往常的繁华荣茂。

新一任商会会长是李家山李运兴。

崔玉荣明白此时此刻自己万万不能倒下。盛书璞出事的消息一传到观涛楼,她便当机立断,亲自将崔炳文送到李家山小村,让他与自个儿父亲去住。崔壮原本是仗义之人,又兼对崔炳文早有景仰之情,自然是没有不应允的。近几个月来,朝廷对崔炳文的追缉似乎有些松懈了,这便使崔炳文有了足够的闲暇读书想事,与景虹的交往也更具有了一种浪漫的韵致。他们的情感更深笃了。

崔炳文对盛书璞的遭遇自然是十分难过的。崔炳文对崔玉荣说:

"让我化妆一下去找王继贤吧。我和王大人还是颇有些私交的。让王大人从中周旋一下,或许事情会有些转机的……"

崔玉荣断然摇头道:

"官府正愁找不着你的踪影哩,你去自投罗网?咱家一人遭难你是还嫌不够啊?"

崔玉荣顿了顿,又补上一句话:

"你要再出事,让景虹怎办?"

景虹与崔炳文的情况崔玉荣夫妇虽是早已看在眼里的,但却从未点破,而今崔玉荣一个"咱家"、一个"让景虹怎办",听起来就显得格外亲切格外伤感。崔炳文稍感突然,但内心却油然生出一腔从未体验过的温情来。他听话地不再坚持了。

盛书璞刚出事的那天,景涛和琪琪格、顾金枝上山来了。两个女人拉着崔玉荣的手抽抽搭搭道:

"你就痛痛快快哭几声吧……"

崔玉荣摇摇头,说:

"我不哭……"

景涛道:

"娘,您把心放宽。我和伯父、景浩会想办法的……"

崔玉荣说：

"办法要想，但得有最坏的打算哩。儿呀，你得想想，如果你爹从此再回不来，你怎办？咱盛家的生意怎办？告诉你伯，让他也不要太伤感了。盛家人不能因为这事塌了心……"

说过这些话，崔玉荣沉静地起身为丈夫收拾铺盖衣物去了，还特意将几本他平日最爱读的书也一并打包进去。

一度笼罩在观涛楼的慌悚之气因了女主人的沉静风消云散了。

汾州府之行，竟让盛书璧命丧黄泉。这事对盛氏三槐堂来说，简直是塌天之祸。盛府上下，一时哭声震天。崔玉荣依旧没有哭，劝景浩也别哭。李秀珠自丈夫死后，只是口念佛号，坐着发呆。崔玉荣对她说："嫂，我知道你自进盛家没少受委屈。可现在大哥一去，你心里也是没着没落，苦得很哩。你要想哭，就好好哭几声。往后的日子你别操心，有我们众人哩。"

盛书瑜远在口外，一时无法赶回。盛书璧的丧事实际是崔玉荣主持操办的。

埋殡盛书璧之后，崔玉荣吩咐景浩、景涛买些粮米给三槐堂和观涛楼周遭的穷苦百姓送到家。因为这些日子三府衙门征收"两银"，多数家境不好的人家都不得不将去年收上来的极少的一点粮米卖掉。故这些人家眼下已是家无隔夜粮了。景浩说：

"婶，官府弄下这事，咱干吗给他们擦屁股？穷人没饭吃了，自会找他们的麻烦……"

景涛也说：

"娘，去年大灾，粮食贵得像金豆子，咱能管了那么多穷人？"

崔玉荣道：

"尽咱所能，有咱吃的，就不能让左邻右舍饿着。你俩留心吧，不出几天，碛口就会贼盗遍地的。我们盛家如不舍财，总有一天会受大害……"

后来，时势的演变还真让崔玉荣不幸言中了。先是沿河几家粮店被饥民哄抢，接着偏僻地段的字号也成为攻击对象。夜里突入大户人家住宅抢劫的情形也时有发生。于是,"保安"果然成为当务之急。三府衙门的民团开始日夜巡逻,各字号和显赫的家宅纷纷在大门洞里筑起防贼盗的陷阱,安上打野物的暗箭硬弩,墙头上张起了带响铃的罗网。碛口码头陷入一片前所未有的人心惶惶之中。

有一天夜里,崔玉荣和女儿景虹正在酣睡,忽听得护院江志诚大叫有贼,爬起来朝外一瞧,观涛楼墙头果然竖着几颗人头,正在一耸一耸朝上蹿。崔玉荣母女俩也便点亮灯火大叫起来。刚叫几声,便听得左邻右舍也纷纷大叫起来,有的还将铜盆叮叮当当敲得山响,精壮男人们扛着锹镢突出大门,朝观涛楼这边冲来。虽然邻居家的壮年男子统共也没几人,但墙头上的人转眼间还是逃逸了。众人举着火把四处查看,见有一个十四五岁男孩缩在墙角发抖。江志诚将他提溜起来细加盘问,原来这孩子从墙上往下跳时把腿摔断了,没有跑脱。崔玉荣叫江志诚将这孩子扶回家,也不问他是哪村的,请来郎中接上腿,又送他些粮食放他回家。那孩子扑通跪地下叩着头说:同来的人共有十来个,都是冯家会的饥民。众人大惊,没想到像冯家会这样富的村子竟也成了个这!崔玉荣连连叹着气,让江志诚将自家屋里的存粮挖了两口袋,用牲口驮着,由那孩子带路,一户户送上门。崔玉荣吩咐江志诚:

"进村别张扬,只说是看望朋友的。"

观涛楼从此再未闹"贼"。

第三十一章

　　三爷盛书瑜从口外赶回来了,一听众人说出"索五"的名字,便顿脚道:这分明是冲我而来的呀!但事已至此,盛书瑜心知肚明却是无可奈何了。盛书瑜跪在大哥坟前大哭了一场,站起来又去观涛楼安慰二嫂,说:嫂,您放心。这事因我而起,也要让它因我而落。兄弟我指上这一百四十斤,也要把二哥弄出来。崔玉荣深知这兄弟最是外柔内刚的,又兼身怀绝技,便生怕他做出什么蠢事来,因沉下脸来道:老三你给我听着,你大哥惨死,是因了你二哥。你二哥遭难,是由官府作孽而起,也是他咎由自取。谁让他那么鲁莽来呢?你弟兄三个现在只剩你了,你的安危可不是只关系你一人。你给我凡事都好好掂量掂量……一席话说得盛书瑜又感动又伤心,不由号啕大哭起来。哭了一阵儿,起身道:我还去找汾州府周大人。他既是拿了咱那么一笔银子,总该想点办法吧。

　　然而,盛书瑜连跑几趟汾州府都毫无结果,那周大人只是反反复复说着一句话:尽力而为,尽力而为!说到后来,周大人又意意味味对盛书瑜道:这事有点像从棺材里要大变一个活人出来,上下牵涉多着呢。比方督抚衙门,新调来的抚台、藩台对你盛家全无印象,要让二位大人说句护佑的话,岂是轻易能成的!你们老大送来的那点银子我几次去省上都花了个一干二净,现在是空口说白话,没劲儿呀!盛书瑜听了这话,便直截了当问:周大人,依您看这事要多少银子才能办成呢?您开口,我们盛家便是倾家荡产也想把人弄出来。可花了银子若是弄不出人来呢?周大人沉下脸来了,说:那谁能保险呢!我这只是给你说说实情,你要做"保险",就到别处去……

盛书瑜汾州府之行一无结果,从大牢里却传出了这样的消息:说盛二爷刚进大牢,便被整天不息的惨叫声吓得浑身发抖。过堂时看见夹棍拶子竟尿湿了裤子。

盛家上下听了这话只是沉默,他们不知道二爷如此经不得折腾,等待着他的命运将会是什么呢?崔玉荣却是在崔炳文身上生出更多的顾虑了。也是急中生智,崔玉荣竟谋划出了一个万全之策,忙去找盛书瑜商量,书瑜竟也连连叫好。接下来,她便亲自跑了一趟冯家会,找到冯举人的弟弟冯月生,私下说了半天话。这冯月生是冯家佃农中最忠厚的一个,多年来一直充任盛家工头,与崔玉荣也很熟惯,所以崔玉荣这次找他,也没有什么可大惊小怪的。连景涛也以为母亲不过因为不放心烟田的事罢了。

从冯家会回来后,崔玉荣又去了一趟李家山。

过了数日,盛家人传出话来,说景虹要出嫁了,男家是冯家会冯月生的妻弟,系岚县人。于是便换帖、送钱、择日子……一切按碛口乡俗礼仪进行。喜日子那天,两乘花轿从冯家会出发,到西湾接上新人后,新增"送客"景涛乘坐的一乘大轿。三乘轿子在一派细吹细打声中走出西湾,走出碛口地面,朝县城方向北行二十里,然后改乘快马拉的轿车直向岚县去了。

岚县在临县北百余里处。轿车出临县后,新郎钻出轿车,朝车夫深施一礼,道:

"古先生,委屈您了,请您进车坐……"

原来那被称为"古先生"的人,正是崔炳文,而那"新郎"就是冯月生的妻弟。

当下崔炳文叫出景虹,双双朝冯月生的妻弟跪拜下去,却早被"新郎"扶起让进车内。

于是车夫与"新郎"互换角色,轿车辚辚,一路驰去。而在他们背后不远处,是"送客"景涛乘坐的另一辆轿车。

崔玉荣瞒着盛家除盛书瑜和儿子景涛以外的所有人,大大方方将景虹嫁给了崔炳文。而且为这一对新人找了一个十分安全的寄居处。

那是在一个月前,崔玉荣在碛口街上碰见了刚刚逛过西云寺的冯月生和他妻弟。崔玉荣见冯月生这个妻弟生得一表人才,就开玩笑说:"月生,你这妻弟好人才!干脆在这里找个人家当了倒插门女婿吧。"冯月生说:"东家,如果是你们家景虹,倒插门就倒插门……"这玩笑开过也就开过了,一转身便忘到脑后了。谁知那天书瑜说及书璞"经不得折腾"的话,崔玉荣便顾虑起崔炳文的安全来了。也是急中生智,她就想到冯月生这个妻弟。因为据她知道冯月生妻子家是岚县岚城人。那是个好地方,却也是官家极少光顾的偏背之地。最要紧的是崔炳文从未去过,可说是绝无一个熟人。只要隐姓埋名再谨慎小心些,做个栖身之地再合适不过。

冯月生是个厚道人,崔玉荣见到他,只说要请他妻弟装扮半天的女婿将景虹"娶"走,还要请他妻弟帮忙在岚城租套住房,那冯月生竟未细问底细便一口答应下来,回了家还嘱咐女人对外只说是真与盛家做了亲。

倒是在女儿景虹和崔炳文那里,崔玉荣是颇费了一番口舌的。

景虹一听娘要她跟了崔炳文走,就哭了。

"妈呀,咱家现在这样子,女儿怎么能扔下您独自走呢?"

崔玉荣沉着脸说:

"你陪着我,能把你爹救出来?救不出你爹来,你能陪我一辈子?你陪着我,是让崔先生留下来还是独自去?留下来你放心?独自去你高兴?……"

一连串的问题问得景虹低下了头。

崔炳文听崔玉荣说明她的主张,半晌无言。末了说:

"您的美意虎臣没齿难忘,景虹也的确是值得虎臣敬爱的。只是虎臣眼下一个戴罪之身,唯恐连累小姐一生呢。"

崔玉荣作色道:

"崔先生是不是看见我们景虹她爹遭了难,想改变主意?"

崔炳文连连摇头说:

"盛先生对当前时势的看法,实在也是虎臣的看法呀。虎臣为功名利禄所累,上不敢死谏皇上,下不敢规劝同僚,实在是愧对天下苍生呢!盛先生敢于挺身而出,为百姓争那一个'理'字,虽获'罪'却是有功于天下的。虎臣真是佩服之至哩。至于小姐,她没有为虎臣年岁长她许多,且是二婚而嫌弃,虎臣哪敢不敬爱有加呢?但虎臣心里七上八下也是真的。虎臣是一不忍连累小姐,二不忍让她这个时候离您而去呀。况且这事原是该听盛先生意见的……"

崔玉荣道:

"其实这也是书璞的意思。我们都很敬重你的人品才华哩,也根本不相信你会犯那种事。所以把景虹托付给你,我们挺放心。"

崔炳文说的都是实话。这些天来,随着同景虹感情的日渐加深,他内心的矛盾与惶惑确是与日俱增了。现在见崔玉荣如此说,且对他们的婚事及婚后的去向都做了如此周密的安排,真是大喜过望,忙一拜到地,说:

"如此,岳母在上,受小婿一拜。"

崔玉荣欣然接受,还半开玩笑半认真地说:

"岳父大人虽然不在,恐怕你也得拜上一拜哩。"

崔炳文说:

"这也正是小婿的意思。"

崔玉荣笑道:

"要叩你就叩,要拜你就拜。不让你多多叩拜,怕你还把班辈弄混呢……"

把景虹的事办妥后,崔玉荣对景涛说:

"妹妹都嫁了,你做哥哥的还不行动?"

景涛故意装出一脸委屈的样子道:

"您偏心眼,早把儿子给忘了……"

崔玉荣说:

"我忘了儿子,儿子自己忘不了媳妇就行了。去问问侯家,甚时过门呀?"

景涛道:

"什么'侯家''王家'? 现如今,儿子可不像景虹似的不守规矩……"

崔玉荣说:

"你小子装得倒像。那好吧,回头我请个媒人给你打问一个张家李家的。你可当心侯家人敲断你的腿着……"

景涛同侯玉婵的情形崔玉荣早听到风声了。她老等着景涛向她禀告,可这小子却硬是不吭不哈,崔玉荣便想乘机教训教训他。于是就真个请媒人四处张罗起来。

这样一来,景涛果然着急了,说:

"妈,您说'侯家''侯家'的,莫不是指草料店侯玉婵吧?"

崔玉荣"哼"了一声,不说话,只是催媒人在别处打问。这一回,景涛真急了,道:

"其实,我这事早和我伯说过了。我伯说好,好,草料店侯玉婵好。"

崔玉荣笑了,说:

"同你伯说过了?你伯还连声说'好'?和你伯都说了,怎不朝我和你爹说?你小子满嘴鬼话。"

景涛正色道:

"真和我伯说过。反正咱盛家这类事都得他点头不是?我就一竿子扎到底。"

崔玉荣说:

"我知道了,你小子是故意气你伯去的。现在你伯不在了,可咱这事还得去同你大娘和叔叔、婶婶他们商量商量。"

于是崔玉荣就去见李秀珠。李秀珠数着念珠,细细听着,脸上现出多年少见的兴奋来。

"阿弥陀佛!孩子们高兴就好。"

李秀珠说着,站起来,翻箱倒柜半天,找出一副玉如意来送给新人做礼物。崔玉荣忙说："嫂,留着送给景浩、金枝吧。"李秀珠道："哪能少了他们的呢!"

书瑜夫妇对这事自然也是拍手赞成的,于是便让媒人改道侯台去见侯五奴夫妇。

没想到在侯五奴处却遇到了麻烦。

侯五奴对媒人说:

"盛二先生现在正蹲大狱,咱弄这事怕不太妥当吧?……"

盛家人沉默了。闷声不响过了两天,便请媒人真个别处打听去了。谁知就在媒人上赶着打问时,侯五婶亲自来盛家求见崔玉荣了。见面就赔礼,说侯五奴是糊涂油扚心了,请盛家别见怪。又悄声对崔玉荣说景涛已和她家玉婵好上多时,这门亲事如果"破了壶"(方言,坏了别人的好事),只怕玉婵唯有死路一条了。崔玉荣见五婶说得恳切,便有成全之意,叫来景涛问他的意思,景涛自然没得说,只是顾虑五叔不乐意往后走动起来不方便。崔玉荣听景涛说得也有道理,便让五婶回去再和侯掌柜好生商量一下,千万不要勉强。

侯五婶走后,崔玉荣让景涛亲自去趟侯家见见侯五奴,看看情形再做定夺。景涛去侯家见到侯五奴时,侯五奴果然沉着个脸。景涛讪讪地找话同他说,侯五奴气呼呼道:

"景涛你小子,瞧不起我们侯家!"

景涛有些丈二和尚摸不着头脑了:

"您这话怎说的呢?"

侯五奴问:

"你爹出事多长时间了?"

景涛说:

"三四个月吧。"

侯五奴又问:

"咱两家关系是远是近?"

景涛说:

"那还用说！自然是最近的。"

侯五奴道：

"既是最近的,你小子为甚不来知会知会？我们侯家不会在府州县里去跑,可说几句安慰盛家老小的话总该会吧！你小子成心让我侯家不仁不义啊！……"

侯五奴说这一番话时,五婶也在场。这时便拿指头指着老头子说：

"老鬼呀,你可把我和女儿气了个半死……"

景涛见船原来弯在这里,一颗心总算放进肚里了,忙笑着向侯五奴赔礼道：

"岳父大人恕罪,这一向我确实是忙昏头了,也不敢拿自家这糟心事麻烦您二老……"

"还是把我们当外人哪！"

侯五奴眼看着又要蹿火了,五婶忙将景涛推出屋门。景涛来到玉婵处,见玉婵正哭得伤心,便凑上前去说些宽慰的话,忽见玉婵小腹鼓鼓的,心下便不由一惊一喜。那玉婵却扑哧一声笑了。笑着从腹下掏出一个小包袱来,手一扬摔在景涛脸上。景涛问：

"你这是演的哪一出呀？"

玉婵道：

"我要不演这一出,我娘会那么着急去你家？……"

景涛回到三槐堂时,叔叔和景浩正在屋里等着他。未待景涛开口,叔叔便说：

"三军不可一日无帅,咱盛家的生意也得有人总负责哩。我和景浩商量几次了,觉得你做这事最合适……"

景涛忙说：

"叔叔,有您和景浩哥哥在,侄儿怎好……这事非您莫属哩。"

盛书瑜道：

"休要推辞。咱盛家眼下不是你推我让的时候。"

景浩也说：

"弟,你弄这事比我们都强。"

又说:

"弟,这一边的房院比待月庐宽展,咱是不是换着住方便些……"

原来,按照盛氏三槐堂的规矩,族长住的房院是公产,要比族内别的门户都宽展些,是族长权威的象征。现在盛书璧不在了,公推景涛主理号事,按理,他也该是族长了,故景浩提出调换房院的事。

景涛忙推辞道:

"商号的事我代管也成!可调换房院万万使不得。伯伯虽然不在了,还有叔叔在,这族里的事,还得靠叔叔筹划哩……"

盛书瑜沉吟道:

"我看族里的事我先管一段也好。至于房院就不调了。我大哥虽不在了,大嫂、大侄儿还在,这就和大哥在是一样的。依我看族长的权威也不能靠房院大维持,从此干脆不再讲这个了,那房院就让大嫂和景浩侄儿住。景涛你说怎样?"

景涛忙点头称好。

这一年七月十六,盛景涛完婚并正式主理盛家号事。

就在盛景涛完婚那一天,李莺莺家里又出了塌天大祸。

王喜玲是在头天下午从家里出走的。一开始,莺莺以为她一定是不放心字号的事,亲自去视察访看了。可到傍晚时还不见回来,莺莺便有些着急了,忙叫来牛琨,让她到驰爷家看看是不是去了那里。牛琨半夜时分返回来,连连摇头不说话。莺莺忙让多叫些人四处寻找,自个儿心里却早有了一种不祥的预感。她独自呆坐着,心中只觉得万箭穿心般疼痛了。十二三岁的玉成弟弟拉着她的手一次次问:姐,娘哪儿去了?娘哪儿去了?莺莺不说话,脸颊上两条泪河默默地流淌着。玉成也哭了。

姐弟俩面对面哭了半天,莺莺拉起玉成说:

"弟,我们去找娘。"

姐弟俩打着一支火把,一路小跑着下了山。他们穿过麒麟滩,直朝大同碛那边走。二碛滩头回荡着姐弟俩一声一声的唤娘声。

天黑得伸手不见五指,只有几颗星星寂寥地眨着眼。这里那里,一撮撮鬼火明灭闪烁。火把的光亮显得微弱而疲软。玉成浑身战栗着直朝莺莺胳肢窝下钻,莺莺紧搂着弟弟,一次次重复着一句话:弟,别怕,有姐哩。

王喜玲原本是个很乐和的女人。在脾性上,她和李运旺真是珠联璧合。从这个女人走进李运旺的生活以来,这小小的家庭总是充满欢乐的。可是曾几何时,沮丧、羞愧、愤激……如鬼魅般纠缠上了他们。李运旺死了。苦水中浸泡着的女人成了村人、族人嘲讽、侮谩、挤兑的对象……她那柔弱的肩膀如何能够担当得起这太过沉重的苦难!莺莺知道,这一切都是因她而起呀!

姨娘啊姨娘,我的亲娘!莺莺心里一次次祝祷,您可千万不能撇下我们跟爹去呀!您若走了,让莺莺如何面对这个世界啊!

然而,就像应对着她心中的呼唤一般,二碛岸边,火把照出的一圈光亮中,传来牛琨的呼叫声:

"玉成!是你们姐弟吗?"

莺莺的心怦怦地狂跳起来。

火把的光亮里,一张张铁青的脸沮丧地沉默着。牛琨的脚边放着一双绣花鞋。

莺莺大叫一声扑过去,将那鞋子紧紧贴在胸口,号啕大哭起来。可是当玉成的哭声在她身边响起时,莺莺的哭声却戛然而止了。莺莺站起来擦干眼泪对牛琨说:

"你带两个人沿河去找姨的身子,走多远也得给我找回来。"

回头又对其他人道:

"你们各回各的字号。告诉字号各位,李运旺掌柜的家人没死绝!我弟玉成还在,我莺莺还在!大家各司其职,都给我小心着点!"

莺莺说过这一番话,将姨娘的鞋子揣在怀里,拉起玉成就走。

东山泛白时,姐弟俩才回到自家屋。莺莺看着玉成哭够了,说:

"弟,娘怕是再也回不来了。咱们家就只咱姐弟俩了……"

玉成又放声大哭起来。

"别哭了!从今日起,姐不哭,也不许你哭!听见了吗?"

莺莺厉声对弟弟说着,自个儿的眼里却也满是泪光。

"姐,我们怎办呢?"

"你说哩?我们也去死吗?死了正称别人的心呢……"

"……"

"我们不死!我们要活!我们要活得旺旺的让他们看!"

"……"

"弟你听见我说的话了吗?"

"听见了……"

"听见了,你就挺起脊梁骨来!要知道,你是咱家唯一的男子汉了。"

"可我……"

"你别怕,百事有姐哩。"

天大亮后,莺莺去见李运兴。

"伯,我娘走了。"

"找下合适人家了?"李运兴刚刚起来,正让二姨太给他装水烟。"我早说了嘛,你姨还年轻,人又漂亮,还愁找不下……"

莺莺打断他的话,道:

"怕是找我爹去了……"

"嗯?"李运兴愣怔了一下,随即斜眼瞪了莺莺,"你说,这是谁害的?"

"我害的,我承认。"

"你还有脸说?王喜玲把你的脸皮练得可真厚呀!"

"您骂我,不要骂我姨。"莺莺平静地说。

"骂你怎了?不该?你把李家的人丢尽了。盛景涛跟你是甚关系?你听听他怎说?'一窝子男盗女娼'!我告你说,你爹死了,你姨现在也死了。都是你害的。人死了,我李家不能不管。可你给我听着,一不准你穿白戴孝,二不准你守灵哭丧,三不准你上坟祭奠。埋你爹那阵儿是我忽略了。最近我夜夜梦见你爷骂我辱没先人哩……"

"伯,我都听见了。一不准我穿白戴孝,二不准我守灵哭丧,三不准我上坟祭奠。我都照办就是了。"

"让玉成跟我们来过。"

李运兴将锐利的目光投向莺莺,从牙缝里挤出这句话。为了这句话,他已经盘算多时了。没想到,他的话音刚落地,便听到莺莺斩钉截铁回答:

"不行!"

李运兴从莺莺沉静而冷硬的目光中,突然发现了许多他原来从未发现的东西。是什么呢?他一时说不清。他只觉得那是一些十分陌生,却又仿佛在哪里见到过的东西。李运兴微闭双目,在记忆的仓储中快速搜索着。啊,对了,是狼!是狼的阴狠。在他三十岁那年,他遇到过一只狼。那狼看着他的目光就是这样的。李运兴战栗了,说话变得小心翼翼起来:

"那……玉成要学坏了,我可找你说!"

莺莺回答:

"找我说。"

李运兴又道:

"咱家那些字号哩?你们也自己管啊?"

"怎哩?"莺莺反问,"我们不能自己管?……"

李运兴说:

"你不知道吧,我现在是商会会长。近年来上头摊派多,咱做会长的,可不能偏袒自家人……"

"李会长!"莺莺说,"我们还算您的自家人吗?您放心,应摊的我们都出,不应摊的我们一两不花。"

王喜玲的尸身是在孟门找到的。莺莺果然没有穿白戴孝没有守灵哭丧没有上坟祭奠。但是莺莺也没有闭门思过、逃羞避愧。

莺莺下了碛口。

莺莺瞅人气最旺的时分,满大街不慌不忙走了三个来回。遇到有人对她指指戳戳时,她便走过去,笑笑地问:怎么?不认识了?我就是李家山被休被弃的李莺莺!

莺莺一个一个巡视自家字号。

在天成居,她听二把刀说有个伙夫偷油偷肉给他相好,莺莺问明属实,当即下令将这个风流贼赶出字号。眼看中秋节就要到了,莺莺叫来几个面点师傅,对今年月饼的花色品种进行了全面筹划,指示每个月饼要多下五钱料,价格下调一成。还叫来二把刀,拉了一个在四乡八邻给鳏寡孤独送节礼的单子。

"至迟八月十四下午一定要送到。"莺莺说。

在天成祥,莺莺进得店门,见院里有几个半大孩子在玩,弄得满院破砖烂瓦。一问,原来是二把刀老婆有病,二把刀为方便照料,便将老婆孩子搬来店内,占了一间客房暂住。莺莺叫来二把刀问:你以为店里客房是叫你老婆孩子住的?二把刀原以为东家屋里连连出事,可能一时无人管店了,便乘机做下了这事。现在见莺莺突然出现在店里,张口就问到了这件事,便慌得一塌糊涂,一句话也说不出来。这二把刀在天成祥当职半辈子了,人还算老实正派,莺莺便没怎难为他。只是对他说:可以在附近租眼窑,付不起租金的话,店里出。那二把刀连连称是,说付得起付得起。莺莺又问店内经营情况,回答说近来客不甚多。莺莺当即指示:凡住店客人从今日起一律免费供饭。又一个个察看了客房管理情况,对一个疏于收拾清理房间的伙计按店规当众处以罚金。

在天成永,莺莺察看了柜内布匹成色质量花色品类,指示号里派人去上海、苏杭一带采买些印花洋布回来试销。

莺莺是在返家路过盛家德泰新药店,偶然一瞥店门时,发现店门上红通通的对联和"双喜"贴花的。

莺莺问路人:

"盛家办喜事了?"

回答:

"二门里的少爷娶亲了。"

"啊,是盛景涛娶亲了。"莺莺又问,"娶的哪家小姐呀?"

那人又答:

"侯台镇侯五奴的。"

莺莺就路边的绸缎铺里要了一匹上好的湖绸,让伙计使红布打包好,又用缎带规规整整扎了,提着大大方方走进德泰新。

莺莺对一个小伙计说:

"劳驾把这个转给你们少东家盛景涛。"

那小伙计想必不认识莺莺,愣愣地问:

"您……您怎么称呼?"

莺莺顿顿,说:

"你就告他,我是'一窝子男盗女娼'的李家二门小姐李莺莺。"

没等那小伙计反应过来,莺莺已转身走出店门。

莺莺走在回家的路上,满心里都是凄楚和憋屈。那一天,当牛琨把街门外遇景涛,景涛破口大骂李家的事告她后,一种坠身万丈深渊的绝望和恐怖突然一下子攫住了她的心。这种感觉甚至在被休回家的那一刻,在爹爹吐血身亡的那一刻,她都未曾经验过。这些日子以来,只要一闭上眼,盛景涛怒目而视,戟指诟骂的情景便浮现在她的面前。她有些不相信景涛能说出这样的话!可前两日伯父不也这么说吗?伯父在拿她的"相好"盛景涛说过的话羞辱她哩。伯父也许还拿这话羞辱过她可怜的姨娘哩。天哪,盛景涛,你拿把刀子捅了我吧!想我李莺莺,好歹也算大家闺秀吧,要不是因为你的背弃,我怎能走到这步田地!现在,莺莺对景涛又是只有满腔的恨了……

远远的,乾隆石蹲伏在二碛滩,默默地打量着莺莺踽踽独行的身影,仿佛在向她默默提示着往昔曾有过的种种记忆。莺莺啐了一口,加快脚步走了过去。

当晚回到家时,姨娘已经埋殡,亲戚也已走尽,偌大一个院子只有几个仆佣和玉成、牛琨了。再也没有了父母在时的欢声笑语,莺莺突然鼻子一酸,进屋跪在父母灵牌前,不由得大哭起来。

牛琨跟进来问:

"是不是又碰上了盛景涛那小子?往后去碛口时带着我……"

莺莺不耐烦地挥挥手:

393

"去！从明日起你还回天成居。我的事不用你管！"

牛琨惶惶地退出门,走了。莺莺跪在父母灵前含泪道：

"爹,娘！玉成有我哩,字号有我哩。你们放心……"

玉成站在她的身后怯生生问：

"姐,你没事吧?"

莺莺拉过玉成问：

"弟,你给姐说实话,姐是不是个坏女人?"

玉成说：

"姐,你不是坏女人！你是天底下最好的姐……"

莺莺道：

"姐把爹娘害了。姐的身上沾着好多人的唾沫哩。可姐绝不是坏女人！姐要让世人都这么看。姐要给爹娘争争脸面。姐要让盛景涛收回他那话……"

第三十二章

桃花坞。

冯彩云正在为一桩事愁肠百结。

原来那小桃红自从孙铁脚的脚被人砸断后,一直对官府耿耿于怀,总是寻找各种借口逃避孙大人的召唤,孙大人倒也无计可施。于是每日忙完公事后,唯有与府中几个护院的兵弁押宝掷骰子小赌几把聊以解闷而已。时间长了,便觉索然无味。

忽一日,武骧武大人献策道:世间但凡蕴藉谐趣之事,大抵都由阴阳互补、男女相伴而生,诸位何不从桃花坞请位姑娘来,红袖添香、檀板小曲地伺候着,岂不有趣多了?哪位爷兴起了,摸一把搂一下的,当然就绝非几根棍儿并排戳着可比了。

兵弁们听了齐声叫好,孙大人沉着脸说:

"我堂堂三府衙门通判孙大人的府邸让一个婊子出出进进好吗?"

武大人目视孙大人笑道:

"孙大人一向官名清正,大家都知道。不过孙大人体贴属下的美名不更是尽人皆知吗?眼下碛口贼盗横行,您府上这几位弟兄可是食不甘味,寝不安枕地为您效劳哩。您就不心疼?……"

兵弁们齐声说对呀对呀,孙大人可怜可怜弟兄们吧。其实孙大人与小桃红的事他们都心知肚明,只是佯装不知而已。他们也知道孙大人的"我堂堂"不过是说惯了嘴的官话罢了,而世界上最不能当回事的就是官话了。所以他们眼下已经在兴致勃勃讨论该叫哪位姑娘好了。

"叫冯彩云,当然是叫冯彩云!"年龄最大的兵弁说。

武大人道:

"我也知道冯彩云好呢!可那冯彩云傲气得很哩。她要不高兴的人,她不给你好脸子看。我怕扫了大伙的兴呢……"

武骧说的是实情,前段要不是因为个这,他还不给孙大人叫那小桃红呢。小桃红她算老几呀!

"她敢?做了婊子还挑人日哩,怪事!……"

兵弁们七嘴八舌说。

"那好,那好。"武大人见众人这样说,想想也是,她冯彩云便有天大的胆,谅她一个婊子也不敢不听召唤。只要她人来了这里,就不怕她"噘嘴骡子不拉套"……

便有两个兵弁自告奋勇去叫人。

冯彩云还真让他们叫来了。

那孙大人是第一次见冯彩云。只觉得眼前一亮,便有一朵说白非白说红非红说紫非紫说蓝非蓝粉白蓝淡的云霓飘进屋来。春花在润润的清晨开了,开得俏俏的,带着一些儿迷香;夏风在闷闷的晌午起了,起得荡荡的,夹着几缕儿怡悦;秋雨在寂寂的傍晚落了,落得绵绵的,渗着满腹儿愁思;冬雪在凄凄的夜半飘了,飘得漾漾的,沾着满瓣儿幽情。不言不笑自带嗔,如怨如怒却煽情。孙大人一边装模作样玩着,一边也斜着眼将那冯彩云偷觑,不禁心猿意马起来。心跳也快了,口舌也燥了,手脚也颤了,一不留意,骰子便咕噜噜掉到桌下。孙大人弯腰去拣,便错将那冯彩云的小脚尖儿捏住了。孙大人一连拧了两把,才知是弄错了,便哼哼着直起腰来。武大人在一边问:

"孙大人哪儿不舒服了?"

孙大人道：

"腰背疼……"

那一天众人是在孙大人的外间屋玩的。武大人便说：

"快到里屋躺下，让彩云给捏捏……"

兵弁们一听武大人这么说，便连推带搡将二人弄进里屋。谁知过了不多一会儿，孙大人就脸色很难看地出屋来了，跟在后面出来的冯彩云也是满脸羞恼的样子。

众人便都屏声敛气看着孙大人。

孙大人也不坐，朝众人挥挥手，道：

"带她另找个地儿玩去吧，我累了……"

兵弁们一声呼哨裹挟上冯彩云去了他们住的下屋……

冯彩云是第二天天亮之前，被兵弁们抬着走进桃花坞，扔到了路边的。

此事过后大约四五天，有个兵弁在天成居喝醉了酒，在大街上将那天晚上的事说了出来，恰好被路过街头去字号的盛书瑜听了个正着。

盛书瑜改道去了桃花坞。顺便从德泰新弄了些妇科滋补药品。

冯彩云躺在炕上不能下地，面皮蜡黄，双目无光，脸颊上突然出现了一道道皱褶，看上去俨然一个风烛残年的老妪。盛书瑜默默地站在炕前，看着冯彩云，不由想起当年在无定河畔初见她时的情景。

冯彩云猛然一见盛书瑜，张皇地想要坐起来，却被盛书瑜按住了。

两个人谁也未说话，只是你看着我，我看着你。

盛书瑜的喉头哽咽了一下，强憋着没有让眼泪掉下来。

冯彩云的泪水却不停地顺着眼睑朝外溢，很快将枕头泅湿了一大片。

"你吃过饭吗？"盛书瑜问，"谁做的？"

冯彩云朝门口努努嘴，小桃红正站在那里看着盛书瑜。

"盛三爷还来看我们？"小桃红问。

盛书瑜没有作答，只是朝那包药瞟了一眼，对小桃红说：

"多谢你了。有事就来找我……"

说罢，抽身走出屋来。

当天晚上,三府衙门孙通判院里横空飞下一个蒙面"贼"来。那"贼"故意将厦檐弄得山响,四个兵爷闻声抢出屋来,四把扑刀舞得风轮也似。那"贼"被兵爷们围在核心,眼看着就要给剁碎了,却飞起扫堂腿,只一下,就把四个兵爷都掀倒在地。兵爷们连滚带爬站了起来,立足未稳,那"贼"一蹦半房高,当空里噗噗四脚,那四位兵爷的锁骨便都被踢断了。那"贼"并未窃劫什么,翻身跃过墙头早不见了踪影。这场面孙大人是隔着门缝看见的,吓得拉了一裤裆稀屎。后来在破案时,孙大人也曾怀疑过盛书瑜,可又觉那"贼"的手段非同一般,弄不好还会引出新的祸事,好在兵弁们小命还在,孙大人自己毫发未损,也便不了了之。

盛书瑜的桃花坞之行被妻子琪琪格知道了,琪琪格问:

"是真的吗?"

盛书瑜答:

"是真的。"

"你还是没有忘记她。"

"……她被兵痞们糟蹋得快要死了。"

"你心里还搁着她哩。"

"嗯……"

"这么说,那四个兵爷是你打的?"

"嗯!"

琪琪格哭了。哭着道:

"你是不想活了吧!"

"嗯……"

"你是不想要这个家了!"

"想要。可他们逼得你非动手不可……"

琪琪格去了桃花坞。琪琪格一进冯彩云的屋,就给冯彩云跪下了。

琪琪格说:

"我是为书瑜来……"

"他……他怎么了?"

"他打了官府的人。"

"是那四个兵痞?"

"是。我们还没生下儿子哩。求求你了,不要再勾引他了……"

"我……没,没!"

"求求你了。盛书瑜是我男人。我不能没有他……"

在琪琪格去过桃花坞的第二天,冯彩云离开碛口渡河西去了。

通衢巷的三府衙门竣工了。

三府衙门的格局与县衙相仿佛,只是比县衙略小些。朱漆大门富丽堂皇,大门两侧一边置旗杆,一边是上马石。旗杆那边还挂一面大鼓。后面是两道成八字形的琉璃瓦盖顶的粉墙,墙上分别写着"爱民恤民""以民为本"八个大字。正对着大门的是宣化坊和照壁,照壁上画着一头足踩珍宝觊觎太阳、似麒麟非麒麟的怪兽,据说是历代衙门用以惩戒贪官的。再向后走,就是三班值房了。在三班值房与大堂之间有戒石坊,坊内所置巨石即为"戒石",上刻血点样三个字:"公生明。""戒石"之后即大堂。两侧竖着"肃静""回避"牌,正面则是"红日出海图"。"正大光明"的匾额高悬其上,四个金字熠熠生辉。大堂后也有二堂、后堂。二堂隔门上方有匾额,上书"天理、国法、人情"的字样。后堂是专供通判大人歇息、读书,与人谈话、思考问题用的。

府衙竣工了,盛景浩正该大展宏图才是,而他却与孙大人闹开了别扭。

导火索是因为郭高氏点燃的。

郭高氏系冯家会斜对面一个名叫高家坪村的寡妇。郭高氏领着两个未成年的孩子住在村西一个破崖窑里。那一天,贾二成和盛景浩他们为收"二银"找到她家。

贾二成朝寡妇展展手说:

"银子!"

寡妇眼望着屋顶上一个破豁子,道:

"没有!"

"咦!"贾二成像看见一只三条腿的狗似的惊叫一声,"我说两个字,你

399

也说两个字！有种！快快拿银子,没现银就去卖……"

"卖什么?"寡妇截住了贾经办的话,道,"没房子没地卖什么?这个破窑洞还是借人家的,我能卖?你张眼看看窑里还有甚可卖的?两个鼻涕孩你要?"

贾经办又"咦"了一声,表示像郭高氏这样的茬口他还是头一回遇到。"咦"过一声之后,贾经办把嗓门儿猛一下提高吆喝道:

"卖板子(方言,即女性生殖器)去！到桃花坞卖你那板子去！你才生了两个娃,板子还能卖一阵儿……"

寡妇大怒:

"不用到桃花坞去。现在我就卖给你！龟孙子,来吧,来买你祖娘的板子……"

说着,三下五除二便脱成了光屁股。

"咦！"贾经办又惊叫一声,道,"好啊,我买你的。景浩,叫你的人上。把这条母狗绑门板上,把她那红油板子旋下来挑枪刺上去……"因见民团的人都愣着不动,便又补充道,"动手啊！谁把她那板子旋到手,赏谁二两银子……"

便有两个乡勇真的朝那寡妇跟前凑。正在这时,盛景浩开口了:

"回家旋你妈们的去！你们还是人吗?我日你们十八辈祖宗……"

盛景浩说过这句话,突然双唇抖得风叶似的,就有两串眼泪掉下来了。

盛景浩骂的是他民团的人,贾二成却不依了:

"你他娘干什么?我说这些天弄甚都不顺手哩,原来是你龟孙横插杠子啊！"

两个人便大吵起来,互相揪扯着回碛口去见孙大人。

孙大人先说贾二成:

"二成,你说话太粗了。这么个开口,你会触犯众怒的。在这方面你得向景浩学着点。人家景浩毕竟是识文断字的,就是不一样……"

孙大人看景浩面色平和了,便又回头对他说:

"话说回来,二成他也是好心嘛。他说要旋就真旋了吗?那东西旋下来也不能当眼镜儿戴!他不过吓唬吓唬她嘛!山里人刁蛮得很,你不上点硬的,他们能规规矩矩把银子交出来?说到底,咱么做,还是为了百姓们呀。你想想,要没这银子,咱三府衙门怎办事?治安怎保?水利怎搞?当然,咱们这些人也要花,可咱是干甚的?还不是为百姓谋日月的啊。所以说到底咱是掏真心为百姓好哩。你们两个务必抱成团儿……"

　　此次谈话,盛景浩虽然明显感觉到孙通判是向着贾二成的,可他又不得不佩服这位孙大人。瞧人家把理儿说得多周全多通透!盛景浩心里豁然开朗,出任民团团长以来的疑虑打消了许多。

　　三府衙门第一次审案,执班衙役不够,孙大人让盛景浩带两个民团队员充数。案子是两个碛口人因宅基地问题引发的纠纷,双双打上公堂的。是非挺分明,完全是一方仗势欺人所致。孙大人上堂后,便叫带两个殴斗者上来。众衙役连呼三声"威"后,孙大人问问情况便让各打五十大板以儆效尤。令景浩奇怪的是,在动板子之前,那衙役头儿一边脱殴斗者的裤子,一边凑近二人耳边问:花不花?花不花?围观者有人说那意思是问:屁股上要不要出"花儿"。出花儿的疼得厉害却好得快;不出花儿的正相反。于是殴斗者中一人连说花花花,另一人却一声不吭。结果是,案子审"清"后,那"花"的屁股上并未"花",竟轻快地走下大堂自个儿回家去了;不"花"的屁股被打得稀巴烂,连半步都挪动不得了,最后是被衙役们拖下大堂扔到街头的。景浩见那"花"的正是那最该受惩处的,心里便又有些不快了。

　　又过了数日,听说汾州府周大人、临县吴大人、永宁州王大人要来视察三府衙门了。孙大人便将盛景浩唤到后堂,说有要事相托。盛景浩见孙大人说话的口气更比平日谦恭慎重了,心下便不由生出许多被上峰倚重的感动来。只听孙大人说:

　　"景浩啊,这是咱三府衙门设立以来,三位大人第一次来碛口视察,咱得让他们看出咱这段的辛苦没有白费来……"

　　孙大人交给盛景浩四件事,让他务必办好。一是从民团中抽十人扮作被擒的窃贼样,到时由别的二十名弟兄押着游街示众;二是拨两个弟兄去贾家峪,通知让村里家家蒸好一盘大馒头,到时摆到最显眼处,要让三位大人看出百姓日子的兴旺来；三是从附近村里征调三百名民夫，在二碛滩上摆开兴办水利造福于民的架势；四是从贾家峪村抽几个七八岁小儿，由民团弟兄负责教会唱两首童谣，到时等在三位大人必经的路上，唱给三位大人听。那童谣的词儿孙大人早已编好了，一曰：

> 三府衙门就是好，
> 贼盗从此断根了。
> 兴水利，除旱魃，
> 开财源，广商道。
> 启民智，童生教，
> 绅商士民哈哈笑。

又曰：

> 孙大人，最爱民，
> 微服私访察民情。
> 惜弱怜贫菩萨心，
> 碛口出了活观音。

盛景浩听着，久久无言。他想这不是演戏吗？叫我干事，或许还行；叫我演戏，可是一点把握也无。演砸了孙大人还不要我的好看！近日他已然看出，在三府衙门通判、襄理中，岳父顾骓同孙、武二位已是明显的政见不同了。这戏他要演砸了，孙大人会不会把账记到岳父名下？武大人又会乘机做出甚样文章来？可是要拒绝呢，他们又会怎样？……

孙大人似已看出了盛景浩的犹疑，道：

"景浩呀，这事我原是要交贾二成干的，可后来一想，那是个二杆子货，说不定给我弄砸了也未可知。对你，这就一点不难。反正用的大都是民团弟兄不是？"

盛景浩说：

"孙大人，卑职知道您这是信任我，所以生怕也给您弄砸了哩……"

孙大人却不再提弄砸不弄砸的话了，转用一种惋惜的语气道：

"景浩呀，自从你爹去世，李运兴接任商会会长以来，你盛家在碛口的阵势已大不如前，你呢，千万要把这个民团团长干好呀！这个差事可是瞅的人多着哩……"

盛景浩心里动了一下：这也正是他诸多顾虑之核心啊！若非为了保住这个位置，他干吗放着自家字号不管，尽日跟在那个贾二杆子屁股后为非作歹呀——近些日子，他是越来越频繁地想到"为非作歹"这个词了。

"那好吧……"孙大人见盛景浩还在迟疑，便说，"回去好好想想，也同你们盛家人合计合计，明天早上给我答复。不过，这事你们也不必作难。咱是竖起招兵旗，自有吃粮人！"

当晚回家后，盛景浩果然去见过了三叔。三爷盛书瑜自打了那四个兵弁以来，近日很少街上走动，整日蹲在屋里与一壶小酒为伴。昨日他又偷偷去桃花坞看望冯彩云，却不料已是人去屋空，后来从小桃红处得知了夫人与冯彩云会面的事，心中不免怏怏不乐，回家后也不好同夫人质对此事，便只是独自闷坐。现在听景浩说起官府要他做的事，不由破口大骂起来：

"我日他祖宗！这是干甚嘛！我盛家一向以诚信为立世之本，他们竟……这哪里是维护我们盛家呀，分明是要砸咱祖宗的牌位子哩！"

琪琪格也说：

"做这号事是要遭人唾骂的……"

"叔，道理是对。可这民团团长……"

盛景浩还在犹豫着。

"狗屁！也只有三府衙门那俩狗才才把个民团看得有多了不起似的。就你那一帮人呀，还不够我一勺烩的哩……"

盛景浩回到自家屋时，顾金枝已经睡下了。

"团长大人怎了？"金枝瞟了景浩一眼，不冷不热问。用这种腔调说话，在他们夫妻间已是习以为常了。

"唉!"景浩叹口气,"往后你别提这个团长不团长的!"

"怎么?这团长不是挺威风嘛!一出门,前呼后拥,百姓们见了谁不像羊儿看见狼……"

"姑奶奶,你饶了我吧。你以为我多乐意做这事呢……"

顾金枝这才将景浩仔细看了一眼,但见他双目无神,印堂发暗,大有不胜疲惫之态,不由动了恻隐之心。她伸出一条胳膊,将景浩朝自己身边拉拉,柔声道:

"是不是受委屈了?心里要难受,就朝我说说……"

今夜,是这一对夫妻几年来说话最多的一次。

不知不觉间,景浩就将这一段自己在官府所见所闻所感的一切都说了一遍给金枝听。许多话是他从未给别人讲的,连刚才同叔父的谈话中都未提及。他感觉自己从未有过这么强烈的倾诉欲望。

"哼,捆绑吊打、敲诈勒索的土匪行径也变爱民恤民举动了!真是巧舌如簧呀!"顾金枝发表自己的看法,"'花不花'?'花'什么?花银子!你细想想,只有这样,那大堂上的怪事才能解释通……什么以民为本,简直是口言善身行恶的国妖呢……我爹都在想辞官的事了,你还恋那个狗屁团总干什么!"

顾金枝边说,边一点点朝着景浩偎靠。她从来还没有见过丈夫如此熬煎过呢。她多么希望自己的抚慰能消解景浩胸中的不快啊。她忘我地朝他偎靠着,竟忘了结婚数年来他们之间的种种不快。她终于挪进他的被窝了。她紧紧地偎着他,一只绵软的手轻轻抚在他的裸体上。

盛景浩渐渐平静了。突然,他感到小腹处一阵发热,一种久违了的欲念闪电样掠过他的全身,"呼"地又回到小腹处。他的一只手也在她的身上轻抚起来。顾金枝和盛景浩几乎同时惊叫起来。接着便是一阵忙乱和惊喜的呢喃声……

结婚数载的这一对小夫妻,第一次体验到了新婚般的狂喜。

第二天一早,盛景浩就去找孙大人。他容光焕发,神采奕奕,好像换了一个人似的。

孙大人正在试穿一件请裁缝专门制作的纳了两块补丁的玄色马褂，抬头看了一眼景浩，问：

"主意定了？"

盛景浩凑到孙大人跟前，带着满脸戏谑的微笑摸摸那两块补丁，反问：

"演戏的行头？"

孙大人有些疑惑地看着盛景浩。这小伙子可是从未有过这样少规没矩的举动呢。他是怎了？便又问一遍：

"主意定了？"

盛景浩拍拍孙大人的后脑勺，道：

"伙计！我不会演戏，这是没办法的事……"

第三十三章

　　孙铁脚因了那只断脚真是吃尽了人间的苦头。脚是从脚踝处齐茬儿砍断的,当时鲜血喷涌,剧痛无比,孙铁脚訇然倒地不省人事了。幸亏路人发现得早,将他及时送到了德泰新,那里的坐堂医生在疗治外伤上又极有手段,否则,他的小命儿怕是早丢了。

　　年届四十岁的光棍汉子孙铁脚凭着一双铁脚板在煤窑与碛口古镇之间风雨无阻地奔波了二十四五年,按说他总该有些积蓄吧,其实不然。早年,他有老母卧病在床。等将老母送上"望乡路"(方言,指阴曹地府),炭价是一年一年下跌,粮价却是一年一年飙高了。至于官府变着法儿收取的各种税费摊派,就更是多如牛毛了。这样,孙铁脚除过两头大牲口,两条炭口袋,几乎是别无长物了。

　　而今,孙铁脚既是做了孙独脚,还要大牲口干什么呢?何况在德泰新用医用药,你也不能总是白用啊。盛景涛倒是多次关照德泰新柜上:孙铁脚可怜见的,银子免收了,花多花少一笔抹!可孙铁脚偏是那种刚直自重的汉子。"宁要人欠的,不要欠人的。"从刚懂事那时起,他爹便将这种"好人""君子"的人生哲学灌输给他,而强烈的自尊心又使这种人生哲学很快深入他的血脉,扎根在他心里。

大牲口便首先成为"出手"的对象。然而,两头大牲口毕竟值不了几两银子。小桃红便不由分说将自个儿的一点可怜的积蓄拿出来给了她相好的人。这自然是要费一番唇舌的。

"孙铁脚,你嫌我小桃红的银子脏,是不是?"

"妹子,瞧你说的什么话……"

"姓孙的,别哥哥妹妹的了!你是打心眼儿里瞧不起我……"

"妹子,瞧你说的!我从没用过别人的……"

"好啊,到底说真话了!你我哥哥妹妹这么多年了,你竟还把我看成'别人'!怪不得哩。原来你日谋夜算朝奴家炕上爬,也和别的嫖客一样啊……"

小桃红边说边呜咽起来,这一下,孙铁脚六神无主了,结结巴巴、颠三倒四地说:

"妹子,妹子,好妹子!从此……此后,你……我百事儿不做,就……就叫你养着……着还不行吗?"

小桃红最喜见孙铁脚脸红脖子粗的憨样儿,这时便笑了:

"说来说去,还是咬牙绕辫子不花我小桃红的银子啊!你要还把奴家当'别人',往后休想再近奴家的身……"

孙铁脚这才服帖了,乖乖接过银子去还德泰新的账。

孙铁脚的伤口好不容易结痂了。虽然铁脚变成了独脚,终归没有了生命之虞,小桃红和孙铁脚都松了口气。然而,寻常的日子却以寻常的方式时时提醒他们,柴米油盐是需要制钱和铜板去买的,制钱和铜板是要用银子去兑换的。于是两个人的脸上便都染上了些浓酽的愁色。外地客商来拜访小桃红的每天都有,但孙铁脚守在身边客人便只好讪讪告退。

有一天又有客人上门时,小桃红对孙铁脚说:

"待在屋里几个月了,你也不闷得慌?出去散散心吧……"

孙铁脚道:

"不闷。跟你在一搭还有甚闷的?"

小桃红不好意思地看了客人一眼,对孙铁脚说:

"去,去,去。外面好山好水好太阳,散活散活对你的伤口有好处……"

孙铁脚道:

"那……你也出去走走?"

小桃红嗨了一声,说:

"你不看来客人了吗?……"

孙铁脚恍然,站起来一跳一跳朝外走。

小桃红从屋角找出条木棍递给他,嘱咐:

"别往人多处去,小心车马驴骡……"

那时正是半晌午时分,夏末秋初的太阳火辣辣地照着。孙铁脚走出屋门来到桃林里,沿着一条小道一拐一拐登上一个小山包。桃树上的桃子已经泛黄了,一股甜津津的味道四处弥漫着。孙铁脚背靠一棵桃树坐了下来,忧郁地朝着四周瞭望着。山上没有想象中的秋景,高粱谷子一片片都像些病孩儿,瘦弱地瑟缩在灰蒙蒙的天空下。只有苦荞长得有些劲道,一片片粉红让人想起春日的桃林。

照看桃林的老头把孙铁脚当成了小偷,吆喝着跑了过来。认出是孙铁脚后,笑了。笑着摘了几个桃子让孙铁脚吃。

"铁脚,有客人去了?"

老头儿暧昧地问。

孙铁脚憨憨地看着老头儿"哎"了一声。

"被小桃红赶出来了吧?你小子好没眼色……"

孙铁脚这才像是明白了似的露出了满脸的尴尬。

"往后学精明点。有客人去了,赶快腾地方……"

"你说甚呀?……"

孙铁脚像吞了炮弹似的突然瞪起了眼。老头儿见状"嘿嘿"笑着走开了。

孙铁脚在桃树下又坐了一顿饭工夫,站起来拍拍屁股朝小桃红的屋子走。他不知道那客人是走了还是没有,他只感觉自己是在野地里坐了半天了。他一拐一拐地走到门前,推了一下,那门却从里面紧插着。日你妈!孙铁脚的心里猛地蹿起一股无名火,抬起那只好脚照门板就是几下。"哐,哐,哐!"日你妈!"哐,哐,哐",日你妈!……踢过了,骂过了,又觉得自己好没来由!你住着别人的屋,吃着别人的饭,睡着别人的炕,倒有理管到主人头上去了!孙铁脚叹口气,转身又朝着桃林深处走去。

孙铁脚背靠树干迷迷糊糊睡着了。也不知过了多久,孙铁脚被人弄醒了,是用一根桃树枝子撩拨醒的。

"你不是要进屋去吗?怎倒在这里睡着了?……"

是小桃红。

孙铁脚不说话,脸一拧,看向了别处。

"饭也不吃了?"

小桃红笑笑地问,又用桃树枝子撩拨了一下孙铁脚的脸。

"吃你妈臭穷逼!"

"我妈早死了,你想吃也没处吃……"

孙铁脚提起放在手边的木棍照小桃红腿上就是一下。

小桃红"哎哟"尖叫一声,哭了:

"你以为我是甚人呀?你以为你是甚人呀?呜呜!爱吃不吃……死了你吧,再别来家!"

小桃红走了。孙铁脚这才有些后悔。姓孙的,你他娘真不是东西!你以为你是甚人呀?你以为她是甚人呀?她要不接客,你他娘吃甚喝甚?她要不接客,你他娘的命怕都没了。你有甚资格吃醋眼酸呀!……

孙铁脚臭骂着自个儿,一拐一拐走出桃林,漫无目的地走上街头。正是一天里人气最旺的时分。虽是年景不好,但商家照旧站在各家字号门口,笑脸招徕着顾客。庄稼人肩挑手提着瓜桃梨果、刚收上来的糜谷山药蛋,在街边占一处地场,吆喝着叫卖——他们从家人口头省下这点东西来,指望着用它们换点儿制钱铜圆再给婆姨娃娃们买些换季的衣裳。拐角上牲口市边,一字儿站着好几个插了草标的半大孩子,有男有女,身边蹲着他们的亲爹亲娘。通衢巷紧靠三府衙门的地方,有家走马卖艺的正打场子表演"绝活":一个七八岁的女孩被一个分明是她父亲的人先卸下两个膀子,又将小脖子一拧朝了后。那孩子骨头叭叭响得让人心疼。她的嘴咧咧着,眼噙泪花,倒退着沿围观者走了一圈。她的细脖颈上挂着一只小柳篮,不时有一枚制钱"当啷"一声扔进篮内。

孙铁脚有些日子不上街了,觉得什么都是怪怪的,便走走停停,这里看看,那里瞅瞅。街上的店家伙计几乎没有不认识他的。每走几步,就有人拉着他问话。

"啊呀,铁脚!你好利索了?"

"是铁脚呀!好可怜的人啊!"

"铁脚,吃饭了不?吃点!"

"铁脚,有甚难处,说话!"

也有女人们提说小桃红的:

"呀!是孙铁脚!这些天可是苦了小桃红……"

"铁脚呀,要不是小桃红……"

"啊呀铁脚!往后你可得对小桃红好哩。"

在一个烧饼铺前,小掌柜硬将两个烧饼往孙铁脚手里塞。孙铁脚虽然肚子咕咕直叫,却还是硬撑着连连说"不饿不饿",小掌柜则反反复复说着:"尝尝,尝尝,你尝尝嘛。"最后孙铁脚不得不带上两个烧饼赶快离开。

这一天,孙铁脚在街上一直磨蹭到店家打烊关门的时分才转身朝着桃花坞走。人是向着桃花坞了,嘴里却还在一遍遍自语:不能回去,不能回去!……两条腿便走走停停,后来总算走进了沟口,却又绕开小桃红的屋门,直朝桃林深处走去。月光朦朦胧胧地照拂在树梢上,将斑斑驳驳的影子投射到他的独脚下。秋蝉聒噪出一片凄绝,凉飕飕直逼他的心头……

已是二更天了,孙铁脚还是打不定回不回那个"家"的主意。

一个孙铁脚说:不能再回去了!你已经累得她够可怜了……

另一个孙铁脚说:还得回去!你不回去,她不知会怎难过哩……

一个孙铁脚说:回去还得连累她。你一个大男人,不羞?

另一个孙铁脚说:走也得欢欢喜喜走哩。你他娘手贱,打了人也不说句赔情的话!……

"要不,我不进屋,只在门外同她说句话就走……"孙铁脚这么想着,觉得这主意挺好。"如果她屋里有客,我就离门远点对她说句赔情的话,然后头也不回地走开……"

孙铁脚就这么想着,一步一挪走近小桃红的屋门。突然,他一惊站住了。原来,小桃红的屋大敞着门,小桃红倚门坐在地上,痴痴地望着通往沟外的路。

孙铁脚大叫一声"妹子!我的好妹子啊!"扔掉拐棍跌跌撞撞朝小桃红奔去。那一个脸一仰,摔掉满脸泪花,也朝这边奔来。两个人紧紧拥到了一起。

孙铁脚忙忙地拉起小桃红的裤腿,察看白日里那一棍留下的伤痕。刚一瞧见黑紫麻花的一道,便拉起小桃红的手朝着自个儿脸上抽。

"哥呀,你不要这样。奴家对不住你,该打!"

"妹呀,是我不好!我混账啊……"

"哥呀,奴家这辈子怕是舍不下你了。"

"妹呀,哥怕是再辈子也离不开你了。"

"哥呀,奴家的魂随了哥哥走哩。"

"妹呀,哥的心跟着妹子跳哩。"

中午饭凉了五遍热了五遍了,现在再热第六遍。两个人面对面坐在小桌旁,我撅了喂你,你撅了喂我,一顿饭吃到四更天。饭罢,顾不得刷锅洗碗,两个人便相拥着倒在炕头。

"哥呀,奴家一条红线拴牢你,你休想再走……"

"可是,我孙铁脚怎能……"

孙铁脚嘟嚷半句,就装作熟睡再不言声了。

第二天清早小桃红睡醒时,发现孙铁脚已经离去了。小桃红追出桃花坞,追进碛口街,远远瞭见孙铁脚正拿着一把扫帚清扫街筒子。扫到各家字号门前,字号里便有人走出门来,将一枚两枚制钱递到他的手中。有的字号竟是大掌柜亲自出门接待,递上一些散碎银两。每遇这种情况,孙铁脚便坚辞不受。双方推让半晌,施舍的一方终于退步,换两枚制钱递上,孙铁脚便又划拉着扫帚一拐一拐艰难地朝前走去。

小桃红盯着孙铁脚的背影看了许久,终于明白:这男人确是打定主意不回她屋了。

小桃红回到桃花坞,独自坐在自家屋外,望着屋对面满山满坡的桃树发呆,整整一个早上没有挪窝。太阳已经升起老高了,桃林里氤氲着淡紫色的雾霭。成双成对的燕子吱吱溜溜欢叫着在薄雾中翻飞,时而扇动双翅嬉戏搅作黑色的一团,时而闪电般突刺蓝天又忽地翻身沉入林莽。他们始终你追我赶如影随形,看得小桃红两眼都痴了。

"他们的日子富裕吗?不知道。可他们的快活却真是人世难寻呀!"小桃红自语,"他们的快活全是因为形影不离,同甘共苦,成双成对,相亲相爱才有的呢……难道我们人还不如燕子?"

半晌午,小桃红厨屋顶上的烟囱里冒出了一股乳白色的炊烟。

小桃红生着了火,却没有做饭。

小桃红熬了满满一锅浴汤。

小桃红将浴汤盛进浴盆,弄进里屋,拴了门,便洗浴起来。她洗得很仔细,脸上带着一股庄严肃穆的神情。她一边洗浴,一边从对面的镜子中打量着自己。她还很年轻,皮肤细嫩,白里透红。两条细细的眉毛下,一双眸子活泼泼地轮转着。她突然想到了冯彩云。她比冯彩云年轻,可没有冯彩云美。和冯彩云一比,她只可称作好看。或者说,她的美是一种轻淡飘逸的美,冯彩云的美却是在优雅端庄中带着一些深沉忧郁了。她的美是逗人狂的;冯彩云的美是惹人怜的。她的美是春日的桃花,冯彩云的美是四季的茉莉。她的美是清晨的朝霞,冯彩云的美是雨后的飞虹。她的美是清风中的一缕幽香,冯彩云的美是漱河边的一泓静水。小桃红打心眼里喜欢冯彩云,甚至连同冯彩云的愁苦她都乐意喜欢。可是冯彩云自渡河西去便音讯杳然。她知道河那边有个男人是刻骨铭心地爱着冯彩云的,她不知道冯彩云是否与他在一起了。那么,彩云姐呀,妹在这里祝福你了!

小桃红这一次洗浴足足用了半天。半后晌,有客上门了,面生,自报家门说是西安来的客商。客人出手挺大方,将一个"十不足"扔到小桃红面前,说他这几日就在这里下榻了。又说他喜欢小家碧玉,小桃红就是他想象中的这么个女人……

小桃红笑了,笑着用足尖将那"十不足"一挑,正好回落到了西安客商的面前。小桃红说:

"多谢大哥抬举。我净身了。"

客商笑着说:

"我已经看见了,你刚刚沐浴过。出水芙蓉更妙啊!银子少的话,再加上些……"

小桃红说:

"大哥,不是这意思。我从此净身谢客了……"

小桃红打发走西安客商,便到碛口街上找孙铁脚去了。从此后,碛口街头出现了一男一女两个扫街人。他们配合默契。唰,唰,唰!那响声不疾不徐,时轻时重,错落有致,抑扬顿挫,好听得如同一首情意绵绵的曲曲儿。孙铁脚虽然成了独脚,但力气究竟比小桃红大得多,于是他便抢着承担倒"恶煞"的事,可小桃红不让,说你逞甚强呀,有你女人哩。孙铁脚回嘴:女人,女人,你是女人啊。我怎能让我的女人做该当男人做的营生呀!他们一边做活,一边拌嘴。不久,两个人的拌嘴就成了碛口码头的一道诱人的风景。

这道风景也吸引了盛景涛的注意。有一天,盛景涛站在他的烟草行门口痴痴地看了他们许久,便朝着二人走了过来。

盛景涛笑着说:

"好一对恩爱夫妻!"

二人抬头见是盛景涛,也笑了。孙铁脚说:

"兄弟,是你呀!打探武云山的人回来了吗?"

孙铁脚一向都在惦记着这件事。他为他的好友的行为感到羞耻,真恨不得自己跑趟西口将他揪回来。

"没找着……"盛景涛叹口气,"咱不说别人了。说说你俩吧。"

小桃红笑道：

"你是不是搂着侯玉婵就把苦命的莺莺忘了？我俩用你瞎操心呀……"

景涛说：

"瞎操心？你俩一个身带重伤，一个身小力怯，可是在碛口码头干这个的？"

孙铁脚叹口气，道：

"哪儿死了算哪儿吧。咱一个大男人总不能……"

小桃红比孙铁脚乐观：

"说甚死呀活呀的，咱这过的是神仙不如的日子哩……"

"你俩不要再说了。进我的烟草行来吧。学着给咱卷烟……"

盛景涛新近刚从河南人那里买了一种卷烟的器件，可以把预先炮制好的烟丝用一张细麻纸卷作指头般粗的棒棒儿，抽起来文明优雅又方便。盛景涛又让烟草行小伙计在门口放一只小笸箩，盛了些卷烟进去，让过往行人免费试抽。抽来抽去，那烟便卖得特俏。盛景涛找能工巧匠仿制了几台这种卷烟器，倒也凑合能用，现在正需要操作这器件的人手呢。刚才看见这二人，心中不由一动。让他俩来学卷烟不是挺好吗？也算帮了两个可怜人的忙。

孙铁脚和小桃红自然没得话说，便跟了盛景涛走进烟行。二人从此算是"立业"了。盛景涛吩咐小伙计将后院一孔窑洞腾出来，粉刷一新，让两口子住了进去。后来又看了个喜日子，为孙铁脚和小桃红办了回热热闹闹的婚宴。孙铁脚一向人缘好，各字号送礼志贺的竟有二百多家，婚宴完了，二人竟在义学巷买了一处小小的房院，过起了衣食无忧的日子。

第三十四章

  阴历八月初十,碛口镇大集。这是中秋节之前的最后一个集日,自从碛口成为水旱码头以来,这集日都是镇上仅次于三月三和七月初一两大庙会的喜日子。而风清气爽、凉热相宜的节令,年景好赖总在"收"的俗例,又使这个日子具有了远胜三月三和七月初一两大庙会的喜庆气氛和吸引力。所以,百多年来碛口镇的八月初十都是远近闻名的大集日。有人说:三月三和七月初一是菩萨和神灵的集会,八月初十才是真正的碛口人的集会。——这话一点不错。
  在这样一个日子里,黑龙庙的戏台上自然不能没有丝弦锣鼓声。有时,黑龙庙和西云寺还会唱起对台戏来。
  今年没有对台戏唱,但黑龙庙的大戏依旧是最吸引人的。早在半月之前,李家山便传出消息:自从出嫁以后再未露面的李莺莺决计重新登台亮相。这日子就选在八月初十。初时,人们有些不太相信,因为那莺莺跌下"花眼"被徐家休弃,气死她爹李运旺,姨娘王喜玲又跳河自尽,这一连串的晦气事都是最近几个月接二连三发生的,这李莺莺怎会还有心思登台唱戏?便是她要唱,她伯李运兴会答应?瞎说,瞎说,全是瞎说!……可没想到戏报竟真的贴出来了。不过,李莺莺不是搭李家山的戏班子登台,而是搭的"喜连成"！那平遥人领头组建的喜连成可是比李家山戏班子响亮得多的班子呢。喜连成的台口遍及晋西各县。俗语云：喜连成的锣鼓一响，李家山的丝弦定哑。莫非这风流俏丽的李莺莺，红遍碛口的李莺莺，跌下花眼的李莺莺，被休被弃的李莺莺，气死爹娘的李莺莺，真敢逆着李氏家族公认的族长，老资格的临县招贤都李家山里长，新任碛口商会会长李运兴的意思，真敢逆着"守孝不举乐"的古训乡俗迫不及待登台亮相吗？从此，她是要跟着喜连成一辈子唱戏了？

碛口人都惦记着要看个究竟。

苍狗子一见李莺莺登台亮相的戏报，就急急找盛景涛禀告此事。自从盛景涛主持盛家号事以来，苍狗子又被调回德泰昕做了货仓保管。苍狗子站在盛景涛面前，半晌不说话，只是笑，笑得鬼鬼的。景涛问：

"又想甚鬼点子哩？"

苍狗子左右看看，道：

"东家，你的好事来了……"

景涛说：

"从你小子狗嘴里蹦出来的事，还不知是好是坏哩。"

苍狗子道：

"那一天你躺在德泰新后堂打盹，我听你叫李莺莺的名字哩……"

"你胡说甚呀！你到底要说甚事？"

"李莺莺要登台亮相了，八月初十……"

"你小子可别听人瞎说。"

"瞎说？戏报都贴出来了。搭的是喜连成的班子……"

"你……说的当真？"盛景涛从苍狗子的神情看出这话并非瞎说，便为李莺莺着急起来，"这人是怎……她这是疯了吗？她就不怕……往后……"

"看，看，看，还是从心里亲近哩。"苍狗子笑了，"这戏咱一定得去看。东家，你站在台下显眼处为她呱唧呱唧，说不定就能把断了的线重新续好哩……"

"放你妈臭屁！"

盛景涛着实恼怒了。那是人干的事吗？李莺莺她要现在登台亮相,那会是甚心情？……你小子现在能动这心思,可见不是只好鸟!

苍狗子没想到这事能把盛景涛惹恼,忙说:

"跟你说句耍话嘛,怎就'鸡巴翻了嗮脑儿'？"

八月初十那天,盛景涛还是和苍狗子相跟着进了戏园子。刚打头通,黑龙庙偌大一个院子已经被人坐满了。按照黑龙庙戏园子的规矩,三月初三和七月初一来看戏的男女,必须依男左女右分别在戏园子的东西两厢坐定,不得乱窜。八月初十是俗人之集,故可以不很讲究。特别是那些小户人家的婆姨女子便索性三三两两混进男人群里挨挨挤挤打诨说笑着快活逍遥起来。

因为有了前几天挨训的经历,苍狗子一进戏园子就独自挤进有男有女的人群中去了。盛景涛则在靠近院门的一侧找了个地方站定。他只想看一眼莺莺,然后就走。

好不容易三通打罢,戏园子里一下子变得鸦雀无声。人们都眼巴巴望着台上,等着莺莺亮相。莺莺果然出来了,但未化妆,也没走台步。她是素面孝服从侧幕走到前台的。她不是独自一人,是同她的弟弟李玉成一起走出来的。她款款伸出一条手臂紧紧搂着弟弟,站在黑压压的人群面前。她将一双手平放膝头,朝着人群蹲了三蹲,又让弟弟给众人下跪叩头。姐弟俩一句话不说,眼里的泪却像断了线的珠子一串一串朝下抛。台上的文武场初时一片沉寂,此时突然响起板鼓的嗒嗒声,初似夜漏残滴,继如雨打飘蓬,旋即便化作烈马惊魂了。

台下,男人女人们的唏嘘声忽就响成一片。秋日艳丽的阳光下,一张张仰望着戏台的脸上,泪花点点开出一片寒色。

盛景涛强忍着自个儿的眼泪,憋得喉咙里咯咯响着,像一只想咬架的公狗。四周有好多双眼睛朝着他窥探。盛景涛正准备离开,忽见一个五十来岁的男人身穿灰布长衫,迈步走出前台。那汉子转着圈儿朝台下作揖道:

"在下喜连成班主陈大义是也。站在台上流着泪的这位李莺莺小姐想必大家都是认识的。她的事不用我说大家伙儿比我更清楚。诸位也许会问:你们喜连成人才济济,何以专邀一个重孝在身又声名不太那个的女人搭班献演?在此,我要先请大家伙儿扪心自问:你是个好人吗?你是个良善人吗?我,陈大义,扪心自问了,所以我要说,李小姐,她过去是好闺女,好媳妇,现在是好姐姐,好女人。就因为个这,我们喜连成专邀她同台献演。她重孝在身,却不得不登台,那是想早一天见到她良善刚正的好乡亲哩。李莺莺,她也曾想到过死,可她知道自己不能死,她要扶助她的弟弟把爹娘留下的那个家弄得红红火火,以谢罪于天地君亲师。她盼望着得到大家伙儿的扶持哩……"

碛口人,一向以侠义良善立世。对于这个李莺莺,谁心里没一杆秤呢。众人只是不愿言说罢了。现在见陈班主这么说,便都连连点着头,交头接耳地议论起来:

"是个好闺女……"

"好女人……"

"出那些事,哪能全怨她呢?"

"姐弟俩可怜哩……"

"咱不能就湿滩滩撒尿……"

也有对陈班主的话颇不以为然的,便低了头不吭声。

转眼间,莺莺着了戏妆重新走上台来。竟还是当年那个李莺莺,只是憔悴了许多。不过,那做派分明与她今儿扮演的角色是相谐的。

那是莱阳名妓敫桂英。那个王魁在穷困潦倒、走投无路中得敫桂英救助、扶持并许以终身,后高中做官却另觅新欢,休弃桂英。桂英悲愤欲绝,赴当日王魁曾与她山盟海誓过的海神庙质问海神,责打神像,然后自缢,化作冤魂活捉王魁,报仇雪恨。

这是《焚香记》中《打神告庙》的折子。莺莺扮作敫桂英,像被大风吹着似的滴溜溜飘进庙来。丝弦锣鼓敲打出一片阴森恐怖的气氛。缥缈的烟霭中,露出海神狰狞的嘴脸。敫桂英唱:

人心难测世道晦,

寸寸相思化作灰。

只盼江心托明月,

孰料明月匿云堆。

(白)海神爷呀海神爷！当日你是怎么红口白牙许诺我一生美满的？今日我与你质对了！

……

莺莺的嗓子多少有些沙哑,那字字血声声泪的诉说因而愈加显得悲愤。台下黑压压的人群屏声息气倾听着,上万双眼睛泪光盈盈注视着,便又响起一片唏嘘声。唯有海神木然呆然,依旧用那副狰狞丑恶的面目漠视着敫桂英。不知谁忽地怒喝一声：

"什么神灵！欠揍……"

当即有许多声音附和：

"该揍！"

"敫桂英,打他脸！"

"推倒狗日的！"

盛景涛也随着众人喊了几嗓子,这才觉得心里舒服了些。当他从戏场出来,朝着自家字号走时,心里便只有怅惘和愧疚了……

折子戏之后是连本戏《梵王宫》,莺莺扮含嫣。内中《挂画》一折是莺莺当年最拿手的戏文。戏园子里的气氛开始变得活泼起来。

苍狗子在人群中挤来挤去。他也如许多年轻后生一样,专往站着大姑娘小媳妇的地方挤。戏台上,耶律含嫣到梵王宫春游遇花云射雕,遂生爱慕之心,回家后相思成疾。戏台下,年轻人们便以各种怪笑、叫唤、口哨表示他们的赞叹。以一个个俊俏的年轻女人为中心,人群中不时出现一阵小小的骚动。那往往是由一些胆大妄为的年轻人引发,以女人的尖叫、唾骂或逃避终结。千百年来,戏场里占据主动权的似乎永远是男性青年们。

然而,苍狗子这一天却遇上了怪事。

当他在人群中挨挨挤挤慢慢朝着一些似有若无的目标游走的时候,有一阵子突然发现他的身边像影子般总跟着一个十七八岁的小大姐。那大姐生得颇有几分姿色,虽然身子稍显臃肿,脸子却挺周正。尤其是一对眼,比台上含嫣那双风骚多了。她看人不是看,是用眼角撩。一撩一撩,就像用一个小钩子抓挠你的心,让你浑身酥痒难耐。苍狗子并未存心朝她看,可还是发现,这小大姐很少撩别人,专挑自个儿撩。她不撩别人,可周围撩她的却越来越多,以致苍狗子游遍戏场,身子始终是又痒又黏。那小大姐真个是贴在他的肋骨上了。苍狗子心想:小骚货,想勾搭我啊!苍狗子乘着人群挤来挤去的当儿,伸手在那小大姐屁股上拧了一把。这一把拧得好狠,苍狗子心想这小大姐怕要号啕大哭了,没想到她竟没有吱声,反朝自个儿更紧地贴了过来。

白场戏苍狗子没看出个所以然。甚至连耶律含嫣如何踮着小金莲站在太师椅的扶手上俯仰辗转、腾挪跳跃着挂画都未看清,也不知花云扮作韩娘子混进侯府到底与含嫣小姐成其好事没有。散场时,他在那小大姐耳边低语:等夜场再说……

当晚,苍狗子来到戏场并未朝人群中游走。他站在戏场后,专等那小大姐靠过来。

那小大姐果然寻寻觅觅靠过来了。二人对了个眼风,便一前一后朝着戏场外走。

二人出了戏场,照直爬上后山,钻进一块高粱地。那高粱刚刚被人斩去脑袋,空留下稀稀落落满地的秸秆在夜风中飒飒地响。那小大姐突然变得忸怩起来,站在苍狗子身后数步远处不靠近来。苍狗子暗暗好笑,嚓嚓嚓几脚便踩倒一片秸秆。

苍狗子已是有家有室的人了,便不问那小大姐姓甚名谁,转身拉过来她就往秸秆上倒。

那小大姐终于说话了:

"你是真心呀?你可别闪忽奴家……"

竟是河南口音。

苍狗子心中一凛,不由想到贾家峪那些河南人,想到了那个人见人恶的贾二成。就在前两天,那贾二成还拿着两片阿胶来见他,说只要他能让德泰昕收下这货,利润可与他对半分。贾二成并不掩饰,明说那货是假的。可苍狗子当时还真让他蒙住了。那假货做得竟比真货还像真货。苍狗子想起年前盛二爷在德泰新错收下的那批马胶。如果能把那东西做成这样,怕是行家也难认出来哩。苍狗子当时心动了一下,随即又想,这贾二成人太假心太黑,如今又同官府穿上了连裆裤,碛口人都叫他"假二成""黑二成"呢,还是离他远点为好,便沉了脸说:你日哄三府衙门去吧,别在三槐堂打主意,吃不开!……现在,苍狗子看着面前这个小大姐,心中突然疑窦丛生。苍狗子拉着小大姐裤腰带的手停住了。然而,那小大姐却似乎早已吃不住劲,一转身便将苍狗子的嘴唇咬住了。苍狗子不由自主疯魔起来……

二人刚刚入港,地边上突然亮起几支火把。火把下,有人大喝一声:

"苍狗子,你好大的胆子!……"

又有人大哭着跑过来:

"狼心狗肺的东西啊! 你竟拿人家黄花闺女开涮呀……"

这痛哭着扑过来的男人正是贾二成。那被称作"黄花闺女"的小大姐据说是贾二成的干女儿。

苍狗子既是已经做下这糊糊事,就只有一切按贾二成的意思办。到这阵儿,苍狗子才知道那贾二成的干闺女名叫俊俊。虽然这俊俊既是姓了贾,那"闺女"就不一定真是"干"的,自然"黄花"不"黄花"也无从考证,但她从此三天两头跑德泰昕来找苍狗子却是真的。

苍狗子心里明白,这事要让盛景涛知道了,他可是吃不了得兜着走哩,便求爷爷告奶奶叫那贾俊俊休到这里来找他。那贾俊俊柳眉一竖道:

"你想甩掉我是不是?我告诉你,没门!我干爹说了,你龟孙甚时不听话,甚时就阉了你——还要让盛景涛亲手阉……"

苍狗子忙赔礼道:

"哪能呢,我是说这里不方便。店里要知道了……"

421

贾俊俊显然也不愿让店里知道,便命苍狗子在镇子后街租了一处小院供她住。

那院子位于一条极少走人的夹巷里,恰好与李氏天成祥做了隔壁邻居。

有一天傍黑,德泰昕打烊关门后,苍狗子对店里说他家里有点事需得回去一趟,便鬼鬼祟祟踅进了那条夹巷。谁知在路过天成祥时,被站在院门旁正准备回家的莺莺看见了。莺莺早就认识这苍狗子,且知道他与盛景涛关系非同一般。莺莺心里不由一动。在最初的一刹那,莺莺只是想:这小子把家搬镇上来了?随即自己摇头否定了这一判断。因为按照字号规矩,无论是掌柜还是伙计都是不准带家的。那么这小子是有外室了?莺莺看着苍狗子鬼鬼祟祟的模样,便认准自己的猜测是对的。莺莺就想:这小子不地道,盛景涛怕要吃他亏了……莺莺这么想过之后,便自己朝自己啐道:你管他呢!亏死他才好哩。她又想起盛景涛当日抛闪自己,将自己逼进徐家,平白受许多欺辱,后来竟又以"一窝子男盗女娼"的话给了她个"窝心脚"的情景,便又禁不住恨得牙痒痒起来,连翻墙逾户去会她的事也被看作"没害死我不甘心"了。不过,恨归恨,当时莺莺并未想到要利用苍狗子这事做甚文章。想过之后就扔到了一边,莺莺就是这脾性。

事情是两三天后由牛琨重新提起的。

"好事来了……"

牛琨站在莺莺面前,笑得神神秘秘、鬼鬼祟祟。

莺莺正教玉成看账单,头也不抬地问:

"甚事?"

"盛景涛那小子的大限到了……"

莺莺抬起头来了。不知怎么,听了牛琨这话,她心里很不舒服。莺莺没吭气,斜了牛琨一眼。

牛琨眉飞色舞地说:

"盛景涛要毁在他的跟屁虫苍狗子手上了。"

莺莺依旧不吭气,皱着眉头盯住牛琨看。

"苍狗子中贾二成美人计了。那贾二成是甚人？他肯平白无故把自个儿的小伙计送苍狗子日捣呀……"

牛琨将贾俊俊说成是贾二成的"小伙计"，这自然是依碛口街上人们的一般议论推断的，是真是假谁也说不清。这情况本来是足以引起莺莺注意的，可是他不该当着莺莺的面说出"日捣"这类脏话的。在牛琨的潜意识中，是否有在莺莺这样一个声名狼藉的女人面前说话可以无所顾忌的想法呢？不得而知。但莺莺听了，却是有一种遭受莫大侮辱的感觉油然而生了。

"牛琨！你太放肆了……"

莺莺冷冷地说。

牛琨瓷住了。伸手打了自己一个嘴巴，一时不知是赶快走开好呢，还是继续说下去。

莺莺见牛琨可怜兮兮有点像折断翅膀的一只鸟儿，心中不免又有些过意不去。她不会忘记，自从自己被休弃回家以来，这牛琨可是真没有少关照她。而且在莺莺的记忆里，这男人好像一向待她都挺特别。不管怎么说，人家可都是一番好意呀！她莺莺岂是那种硬将好心当作驴肝肺的人呢？……莺莺这么想着，口气变得温和了：

"那贾二成他到底想干什么？……"

"这个不好说，让我去查访查访，自然就明白了……"

在莺莺注意到苍狗子与贾俊俊的勾当的同时，盛景涛也已得到了苍狗子乱搞女人的报告。所不同的是：盛景涛没有注意那女人的名字，更没有注意到这个女人与贾二成的关系，当然也就不可能查访到贾二成的动机了。这样一来，一场悲剧就要与盛景涛及其三槐堂邂逅了，至于结局如何，那就要看盛景涛的造化了。

盛景涛虽未注意到这个女人的背景及其意味等等，但苍狗子作为德泰昕的伙计，且是与他本人交往甚为密切的一个伙计，乱搞女人这却是绝对不能容忍的。为了起到慑服众人的目的，盛景涛召集字号全体同仁会议公处此事，特邀叔父盛书瑜、兄长盛景浩参加。盛景涛先领着众人背诵有关店规,接着说:字号里发生乱搞女人这样的事,而且是发生在一向受他重用的苍狗子身上,最该受到责罚的自然是他盛景涛。所以从即日起扣除他的身股金一厘。这决定一宣布,众人先就一惊。因为这一厘身股金可不是个小数。一个商号伙计一辈子劳碌才能挣得四五厘身股,便是像盛景涛本人做了大掌柜,一辈子怕也不过能挣九厘到十厘。现在一下子自己给自己扣了一厘,这可实在够狠的。人群中出现了短暂的骚动,但很快复归平静。那是盛书瑜和盛景浩的情绪使然。盛景涛又让人从后堂请出一块二寸宽,三尺长的梨木板子,亲自跪着递到叔父盛书瑜的手中,说:"请叔父大人谨行店规,惩戒景涛失察之误。"言罢,自己当众脱下裤子,光屁股爬到地下。盛书瑜也未迟疑,站起身来走到盛景涛跟前,法尺高举,噼噼啪啪一口气打了二十板。众人看时,那盛景涛白生生的屁股,早变得白不白、黑不黑、红不红、紫不紫,活像一坨青稞发面了。

盛景涛从地上爬起来,整好衣衫,大喝一声:

"苍狗子!"

那苍狗子早吓得面如草纸,听得吆喝,战战兢兢走出来站到了众人的面前。

盛景涛说:

"苍狗子呀苍狗子,你今做下这等少脸没皮之事,本该把你当即开除出号。姑念你也曾为字号劳心费神多年,又家中妻儿老小全靠你一人劳金养活,就先给你记下。但处罚是万万不可免的。一,你的身股金从即日起也扣一厘;二,法尺戒责三十;三,从此断绝与那女人的来往,否则马上走人,更无多话可说。如此处置,不知你服呀不服?"

那苍狗子岂有不服之理,忙跪下朝众人叩头。叩罢,站起来便将裤子脱了。字号里共有伙计十五人,"法尺戒责三十",即每人打两板。于是法尺在众人手中传递着,噼噼啪啪的击打声时断时续响了好一阵子。

却说人性这种东西真是要多邪恶有多邪恶。但凡在掌柜的面前殷勤备至的人,在一般伙计面前总会趾高气扬、作威作福。所以像苍狗子这类人,字号里的伙计没有几人是不恨他的。平日里想给他点教训无法可施,现在好不容易得了掌柜的号令,自然没有不格外"努力"的。这样一来,可怜那苍狗子的一个屁股早已皮开肉绽如一朵盛开的牡丹花了。

苍狗子由字号雇车送回家去疗养。车从字号出发时,惊动了街上好多人。附近字号的伙计们都跑过来看热闹。德泰昕的小伙计们故意大声吆喝:我们的"五掌柜"衣锦荣归哩……德泰昕大小四个掌柜,以往小伙计们戏称他"五掌柜",他并不觉着怎,今儿听来却是如此刺耳!苍狗子额头下垫着一个小包袱,爬在车上离开镇街,始终没抬头。伴随着轿车的每一次颠簸,他那刚刚被打的皮肉都要撕扯出一阵钻心的疼痛。不屑说,他的心里是无法言说的气恼了。后悔当然是有的,可别人难道就真那么干净?年轻人谁敢说自己从未风流过。就说你盛景涛,当年你和那李莺莺是怎回事,后来和侯玉婵还不是先睡了才议婚议嫁的。去年带着驼队西北运饷,我看你和那子安镇的苏蓝朵也不干净。尘世上哪有猫儿不吃腥的!想我苍狗子,这么多年来对你盛景涛也算忠心耿耿了吧!按你的脸色行事,接你的下巴说话。你进字号我候着,你要外出我跟着。你口渴,我递水;你要坐,我搬凳;你想上炕我铺床,你想下地我递鞋;你发烟瘾我点火。给你洗过脚片子,给你倒过夜壶子。牵过马、坠过蹬,通过风、报过讯,出谋划策常有我,东奔西颠累断筋。没图你多给我发工钱吧,可也不是为你这么收拾我糟蹋我呀!这真是伴君如伴虎,伺奉王侯不到头哇……

盛景涛惩处苍狗子的事李莺莺很快听说了。与此同时,牛琨也已将贾二成如何设美人计想从苍狗子处打开缺口,将假药弄进德泰昕的事打听明白了。

"不光是假阿胶,"牛琨兴奋地说,"还有假犀角、假牛黄、假人参、假鹿茸……听说杏花村汾酒也被盯上了,往后还要兑假酒卖哩。也真是难为那贾二成了,他竟然在河南、山东联络了一批高手,有人专门制作,有人专搞运输。那些假货简直比真货还像真货……"

"是这样啊!我明白了。"李莺莺沉吟道,"回头你带玉成到苍狗子家去看看他……"

"好咧。"牛琨说,"我们干脆把他挖过来吧,让他把一出一进那些客户都帮咱拉过来,咱也开一个货栈……"

莺莺道:

"开货栈这事咱要快干。至于苍狗子,咱要让他反水,但暂且还得叫他在那边待下去,要设法让盛景涛继续相信他……"

莺莺此话刚说出口,突然听得耳边有一个奇怪的声音对她说:

"莺莺小姐,此事万不可为……"

莺莺大惊,问:

"你是谁?"

那声音道:

"我是斑斑。小姐,我再说一遍,此事万不可为!"

莺莺愣了愣,一声冷笑,说:

"为盛景涛当说客来了?你告他去吧,我偏要做!"

那声音叹息道:

"不仁不义,必遭灭顶之灾。此事万不可为!"

莺莺又冷笑道:

"灭顶之灾,本小姐早领教过了!你滚吧!"

那声音默然有顷,说:

"哎,小姐……你们人类干吗总把好心当作驴肝肺。那……您好自为之吧!"

"劳你费心关照……"莺莺拖腔跨调说,"快走开吧你!"

那斑斑又长叹一声,像是打算离去了,却又自语般说:

"咬着牙根骂,捏着拳头打,打来骂去睡一搭。何苦来呢?……"

"你说什么,你说什么!……"莺莺将那话听得真切,不由柳眉倒竖,粉面通红,心想斑斑呀斑斑,你我虽属异类,可同年同月同日生总算实情吧,这就是缘分!我知你和那景涛好,可我莺莺同你也无仇无怨呀,你因甚这么挖苦我呀!

那斑斑却再未答言。

牛琨傻愣愣地看着莺莺问:

426

"你……你在和谁说话？"

莺莺气呼呼道：

"你别管！干你的事去……"

牛琨说：

"好好好。不过，还得让那苍狗子和贾俊俊更热乎些……"

"对对对。"莺莺道，"在咱天成祥给他弄眼窑，弄成一个小院让他们方便着。你告他，只要他听咱的，盛景涛一旦赶他走，就让他到咱这边来，工钱可以比德泰昕高两成付他……"

"好咧……"牛琨说，"你就看我的好儿吧。"

第三十五章

　　道光十九年仲秋，朝廷颁诏撤销对崔虎臣的"通缉"，赦其无罪，并擢升其为广西新宁州知州。

　　转机是由朝廷内臣与外官相互倾轧，渭南知府、仓场监督，以及当年与崔虎臣一道清查仓场的同官相继以贪贿罪被牵扯出来而最终促成的。

　　因为不知道崔虎臣的确切匿身之处，朝廷便下令各地官衙抄录诏告广为张贴。有一天，崔玉荣偕同景涛媳妇侯玉婵到李秀珠处串门，在闲聊中听李秀珠说，西云寺山门外贴出诏告，好像是崔虎臣没事了，还升了官。说不定景涛他爹也会逢凶化吉，遇难呈祥的。

　　"是真的吗？"

　　自从景虹出嫁，景涛娶妻以来，崔玉荣住在观涛楼是绝少下山了。虽然景涛夫妇一再邀母亲回待月庐与他们同住，但崔玉荣却执拗地说：你爹是从观涛楼离家的，我还在观涛楼等他回来，于是深居简出的她对外面的情况便不甚了了。不过，这事景涛若是知道了，也会马上禀告她的呀。想必诏告是刚刚贴出的。崔玉荣问了一声"是真的吗"，未待嫂子回答，便拉起侯玉婵往碛口街赶。

　　西云寺山门外果然贴着一张诏告，围了几个人在观看。婆媳俩气喘吁吁地赶到跟前,崔玉荣当即让侯玉婵念给她听。说的果然是崔虎臣的事。崔玉荣听着,忽觉浑身稀软,身子偎靠在了玉婵肩头。崔玉荣将头抵在玉婵肩上,眼泪忽如开了闸的河水哗哗流下来了。玉婵尚不知崔炳文与景虹之事,惊问:

"娘你怎么了?娘你怎么了?"

崔玉荣不说话,半晌,拉起媳妇说:

"快去找景涛……"

景涛正在德泰昕后堂与苍狗子说话。那苍狗子在家才养了半月伤,就挣扎着来上班了,说:少掌柜宽宏大量,手下留情,给了苍狗子将功补过的机会,苍狗子哪里能在家躺得住!景涛听了便挺感动,说你不要记恨我,这事不这么处置不行。只要你好自为之,咱还是朋友。景涛刚说到此处,见母亲和媳妇来找,便打发苍狗子去了。

崔玉荣急切地对景涛说:

"西云寺山门外……"

"我知道了。"景涛截住娘的话道,"可……不知是不是官府下的套子!我想还是等几天看……"

崔玉荣愣住了。母子俩无声地对视了多一阵儿,崔玉荣说:

"快,你快去永宁州找王知州打听一下……"

一句话提醒了景涛。

"好,我把手头的事给景浩安顿安顿,马上起身。您和玉婵快回家吧。甚也别朝旁人说……"

盛景涛是第四天回到碛口的。

崔玉荣一早就从石板沟回到三槐堂专等景涛的归来,现在见儿子眉开眼笑地站在自个儿面前,猜想这是真的了。果然景涛开口便对娘说:

"娘,咱还把楼上打扫出来,让妹妹他们回来住吧。"

崔玉荣眼里又一次满是泪水。她没有回答景涛的问话,回转身却将媳妇玉婵拉到身边,给她讲起崔虎臣和景虹的事。在此之前,她和景涛都还未对三槐堂里叔叔盛书瑜以外的任何人说起这事,听得玉婵唏嘘不已。

429

景涛直待娘的喜兴劲儿过去了,才说:

"娘,妹妹他们回来之前,咱有两件事需办。一是要把妹妹和崔虎臣这事告诉咱盛家所有人,这事最好让叔叔跟大家讲去。二是得去见见崔相老先生,这事得您亲自去。"

崔玉荣说:

"那是自然。岚县那里你得去一趟,说不定他们还不知道哩。你去把你妹妹他们接回来。要重谢冯月生他妻弟……"

盛景涛按母亲的吩咐正要赶往岚县,那崔炳文和景虹却已回来了。

崔玉荣见到女儿女婿,免不了问长问短,母女俩的眼泪把各自的手帕都濡湿了。

崔玉荣又一次提起重谢冯月生妻弟之事,崔虎臣忙说:

"请岳母大人放心,这事虎臣已然办妥。数月来,最让虎臣焦心的是营救岳父大人之事,不知岳父大人近况如何。虎臣想明日就去永宁州找王继贤大人想想办法……"

盛景涛插话道:

"哎,你刚回来,歇息几日再说吧。王大人那里我刚去过。哎……"

景涛的一声声叹息如一记记重锤敲击在一家人的心上。崔玉荣和景虹都哭得气咽声嘶了。

"怎么?……"

数月来,一种隐隐的忧虑一直盘桓在崔炳文的脑际。而今,景涛的神色一下子使这种忧虑变得沉重而锐利。虽然,一切皆在他的预料之中,可他还是惊叫起来。

景涛只是摇头不说话。

原来,盛书璞在大牢里经不住折腾,竟承认自己有反叛朝廷的企图,承认自己希望大清朝快点垮台,承认自己有罪……事情怕是凶多吉少呢。景涛已是两次三番求王大人从中斡旋了,王大人好像也是爱莫能助呢。

"哎,为了他,盛家这几个月花进去不下十万两银子了……"崔玉荣抽泣着说,"除过王大人那里,几乎无一处不是乘机勒索的。"

"岂有此理！我要上奏朝廷……"

崔炳文愤怒地说。可是连他自己都不知道该向朝廷"上奏"什么,朝廷才会"准奏"。说岳父是冤枉的,现在是连当事人自己都承认"有罪"了,你还能自圆其说吗？痛陈吏治腐败之严重,朝廷本人也是腐败者一族。事实上,正是腐败,"黏合"着而今包括君臣关系在内的官场一切。所以不到万不得已,他会真的惩治哪个呢？……便是动真格的惩治三人五人,对大局又有何裨益呢？如此一来,那所谓"严惩",除过日哄老百姓,他又能如何呢？崔炳文想到此,不由长叹一声,颓然坐了下来。

崔玉荣打破沉默道：

"这事容后再说吧。虎臣,我原想在你们回来之前去见你爹,将你和景虹的事说开的。当时那个形势怕把你的情形牵扯出来吓着老先生,所以连你俩成家这样的事都瞒了老人家,这实在是太失礼了,我是想亲自登门去谢罪的。现在你们都回来了,咱再合计合计,怎么去把这事说开……"

崔炳文这才急切地问：

"我爹他近日如何？"

崔玉荣说：

"老人家想儿子想得好苦哩。不过你放心,我和景涛隔三岔五就去照应一回,他倒还硬朗,只是忙。现在又从高家坪请了个秀才帮忙,不过主要还得靠他……"

崔炳文不禁潸然落泪,说：

"家父今年都七十有三了,该回家享清福了。都是虎臣不孝啊……"

盛景虹已经怀孕了,这时挺着个肚子说：

"这下好了,往后让老人家同咱一起住吧,我也尽尽儿媳的孝道。虎臣,我看最好还是你先去见见爹,把咱俩的事说开了……"

崔炳文点头道：

"这样最好。"

于是,崔炳文在盛家稍事洗涮,便去了寨子山义学。

那时已是傍黑时分,崔相独自一人坐在义学院子正中的一孔窑洞门口。他的膝头放着一卷书,却没有去读。他的目光迷离,茫然瞭望着远处黛青色的山脊。

崔炳文一见父亲,就双膝一跪,膝行着扑了过去。

"父亲啊,不孝儿回来了。"

崔相似被吓了一跳,怔怔了半天才回过神来。老人盯着跪伏在自己面前的人看了又看,才认出是自己的儿子,便有两行浑浊的泪水流了下来。

"儿啊,这几年你到哪里去了呀?……"

父子俩相拥着哭了好一阵,崔炳文才说:

"父亲,儿遭难了,怕吓着您,所以没来见您。现在儿又否极泰来,就急赶着来看您了……父亲啊,您还好吗?"

"好,好。全凭盛家人关照哩。儿呀,到底怎回事,你倒是快说啊……"

崔炳文便将自己如何在渭南仓场不肯与人同流合污,因而遭人陷害,朝廷如何下令通缉他;他又如何逃来碛口,如何得遇盛书璞一家救护;现在朝廷如何又撤销对他的通缉,赦他无罪,并擢拔他出任广西新宁州知州的情形约略说了一遍。末了道:

"父亲啊,不孝儿做下一件对不住您老人家的事了,今儿说出来,是责是罚儿都认了,只求您不要过分生气……"

崔相的一颗心被儿子方才的叙述惊得狂跳不已。这算怎么回事呢,这个世界还讲不讲理义廉耻了?过去人说"官场险恶",他实在是没有多少切身体验呢,看起来这倒真是千真万确了。那么,重新"出山"后的儿子又将会面临什么呢?……崔相看着儿子只是不说话。他甚至全然没有注意到儿子所说"做下一件什么什么事"的话。

崔炳文说:

"父亲啊,您在听我说话吗?儿没有事先禀告于您,就与盛景涛的妹子景虹小姐成婚了。盛小姐知书识礼实在是位难得的闺秀呢,儿是真心敬爱她。盛家为了儿的安全,将儿转移到岚县寄居朋友家。盛家又为照应儿的饮食起居,在儿最危难的时候促成了这门婚事。当时迫于形势儿未能面见父亲,求得您的首肯。盛家在这事上始终是一片好意,不周之处,全是儿之过,万望父亲大人鉴谅,回头我领媳妇来给您老人家叩头……"

这一回崔相听清了。

"你是说你与盛书璞之女盛景虹结为夫妇了?好啊,如此好事为父怎能责怪于你……"老人嘿嘿笑了,说,"快领我去看我儿媳。盛家的大恩大德为父是要登门拜谢的!快,到天成居订酒席,父亲得给你们补办事宴……"

崔炳文在碛口露面的消息很快传到了朝廷。仅仅过了四五日,朝廷圣旨下来了,除对崔炳文进行了一番慰问外,恩准他在家将养三月,然后赴广西上任。崔炳文山呼万岁毕,早有汾州府周大人、永宁州王大人、临县吴大人、碛口三府衙门孙大人等登门祝贺。各有一份厚礼送上。甚至连省督抚衙门也派人送了贺帖及贺礼来。接着,碛口各字号掌柜也都登门庆贺,三槐堂天门之外终日是车来人往,笑语喧哗,盛家每日办五六桌酒席款待客人,从上到下忙得不亦乐乎。

崔炳文却感受到了一种深深的倦怠,一种如影随形般的倦怠。有时,正与客人应酬的他,会不由自主地打起哈欠来。一天夜里,孙骥大人突发谈兴,特地跑来府上同他交流对当下时局的看法,崔炳文竟打起盹来,弄得孙骥大人坐不是走不是,尴尬异常。

现在,时时困扰崔炳文的问题有两个。一是营救岳父盛书璞的事该如何做最后的努力。崔炳文估计,对盛书璞的判处可能已是迫在眉睫了,而通过上层当权人物营救他出来的尝试实际已告失败了。那么,可否换一种思维,在狱吏狱卒那里想想办法呢?前几天王继贤大人曾经向他进言:在汾州府大牢现任狱吏中,王直愣是个耿直正派且颇有才具之人。此人也算一个碛口同乡,与盛家还是拐弯儿亲戚,何不求他想想办法呢?可是据崔炳文知道:这王直愣虽与盛书璞有点亲戚关系,但他更是李莺莺的亲娘舅。莺莺一家的悲惨遭遇,在王直愣看来,肯定是与盛家有因果关系的。在这种情况下,他还会给盛家以帮助吗?二是他的父亲崔相年事已高,实在已不适宜再在义学任教了。然而这所义学系父亲一手创办,没有一个靠得住的人可以接替他,父亲怎么也不会撒手。而况多年来碛口人对父亲不薄,若是因了父亲的离去导致了义学的倒闭,他们父子又何以面对碛口人呢?……

回到西湾的第六天,崔炳文携妻盛景虹亲往冯家会登门拜谢冯月生。

"不敢言谢,不敢言谢。"冯月生扎煞着两只受苦汉子的手说,"崔大人当日正在难中,我冯家与盛家又是多年交情了,应该的,应该的……"

"崔大人现在是大官了。"冯月生又说,"那事要是放到现在,小人哪敢让内弟为大人代做这事呢?内弟如有甚的不周之处。还望大人海涵……"

"崔大人要没别的事,就请回驾西湾吧,"崔炳文夫妇板凳未坐热,冯月生就下逐客令了,"我要给我哥冯月亭去上坟了。可怜他为了百姓去向官人们求情,那不是与虎谋皮吗?……"

在冯月生客客气气的接待客客气气的话语中,崔炳文感受到一种彻骨的寒意一种拒人于千里之外的决绝。在"回驾"西湾的路上,崔炳文始终未说一句话。直到当晚就寝时,他才叹口气道:

"百姓们已把我崔虎臣当外人了。他们不知道,我崔虎臣是真想当个清官的……"

两个多月以后,盛景虹开始为丈夫准备赴任的行装了。这时,从他即将赴任的广西新宁州一先一后来了两个人。其中一人自称是合山县知县,另一位自称是苍梧县知县。两个人相互并未见面,却不约而同地将三万两的银票夹在名帖下送到了崔炳文的面前,见面后反复说的话竟也一样:请知州大人日后多多关照……崔炳文佯作很高兴的样子,笑笑地问:

"大人不远千里专程来此,难道就为在本官到任前见见面?"

合山知县说:

"下官日后指望崔大人多多栽培呢,还有比早日面聆您的教诲更重要的事吗?"

苍梧知县道:

"下官夜里做了一梦,梦见大人您是我前世第五代祖爷转生,下官哪敢不鞍马趋奉,亲自接您赴任呢?"

崔炳文笑道：

"可是我想辞官,我要根本不去上任呢?您这银子不是白花,路不是白跑了吗?"

合山知县愣了一下说：

"您喜欢开玩笑呀!要真那样,就算下官与您交朋友了……"

苍梧知县怔了片刻道：

"那……下官认了一个五世前的祖爷,也值了,值了。"

崔炳文看二人嘴里如此说,两眼却都瞟着放在桌上的银票,且神情中已带着一些气恼了,忙将那银票塞还对方,笑笑地又问：

"路上走了好多日子?"

二位知县都说：

"也就一个来月……"

崔炳文叹道：

"来回两月有余。大人擅离任所如此长的时间,难道不怕衙门前的石狮子被人偷走?赶快收拾回去吧……"

两位县太爷终于被打发走了。崔炳文站在屋檐下的高圪台上眼望着一碧如洗的秋空久久无言。刚才他那"想要辞官"的话,原是为拒收那可怕的数万两银子而说的戏言,没想到此话一出口,崔炳文竟感受到了一种莫名的轻松……难道在他的潜意识中,已是早有"辞官去任"的想法了?对呀,若果如此,他何不接替父亲执教义学呢?若果如此,种种烦恼岂不从此烟云流散,他那一向神往的田园耕读、天伦团聚的日子岂不也可成为现实吗?对呀,对呀!这么好的主意,先前我怎就没有想到呢?……

这时,妻子景虹出现在他的身边,笑道：

"这段日子各路官员商贾给你的贺礼,如果悉数收下,可能都不下十万之巨了。怪不得人说'三年清知府,十万雪花银'哩,敢情!瞧瞧吧,你还没上任呢,这银子就像一群喂熟的狗,争着抢着往家跑了!你说这世道成何体统啊!"

"景虹,我想辞官。我接替父亲在义学执教呀……"

崔炳文突兀地对妻子说。

状元公张从龙从他南国处州总兵的任上回乡省亲了。他已经远离家乡整整三年了。在这三年里,夫人刘氏身染重病又奇迹般康复,儿子张放喜结鸾俦;而新妇正是当年曾与他"切磋"过武艺的碛口盛书璧之女盛景月。恰恰就是这个盛景月,在夫人刘氏疾病医治过程中起了决定性的作用。在这三年中,张从龙不止一次想:莫非这盛景月是上苍遣来人间专为拯救他的夫人于苦难之中的仙姝不成?要不,怎么可能正当夫人需要"千年未化之冰"时,她便来到那么偏僻的他的家乡,且正好她能搞到那东西呢?还有,如果不是上苍有意为之,这盛景月一个女子之身,却那么爱好习武,且在他游览碛口古镇时又一次次邂逅,还正好与他的儿子张放年龄相当志趣相投呢?天意,天意!这真是天意啊!……

整整三年了,在为国事操劳之余,状元公张从龙就靠了对亲人的思念,靠了对故乡往事的回忆,靠了对天伦之乐的向往打发走了一千二百多个漫漫长夜。当他终于踏上省亲的归途时,那心情不屑说是何等的兴奋啊!

可惜在路途耽搁之外,只给了他一个月的假期。浙江提督杨大人严令:十月下旬回归任所,不得有违!

都是英国人的鸦片害的!

自从雍正年间英人学葡人的样子,往大清贩卖鸦片以来,国内烟害已成燎原之势。其情其景诚如道光皇帝"晓谕"所言:

> 朕惟……鸦片来自外洋,日甚一日;兼以内地栽种罂粟,影射渔利;军民人等受其毒者始则被人引诱,继乃习为泛常。甚至荡产戕生,罔知悛改。关系于人心风俗者甚巨……

如此一来,禁烟便成为势所必然。道光十八年底,朝廷派林则徐入粤办理禁烟事宜,是年十一月皇帝又有谕云:

朕近年因鸦片传染日深，纹银出洋，消耗弥甚。屡经降旨饬令该督等认真查办。但锢蔽日久，恐一时未能尽行破除。若不清查来源，则此患伊于胡底。昨经降旨，特派湖广总督林则徐驰赴粤省查办海口事件；并颁给钦差大臣关防，令该省水师兼归节制。林则徐到粤后，自必遵旨竭力查办，以清弊源……

　　于是粤省海口禁烟焚烟之举自今年春天始，烈烈轰轰展开。然此一隅焚禁的结果是，沿海其他各地之烟患却更其猖獗了。状元公张从龙的任所处州自然也不例外。这样一来，闽浙诸省焚禁烟毒的任务就特别繁重了。而英人贼心不死，蓄意报复，不断寻衅，有香港九龙英国水手竟于今年七月七日因向民间索饮不遂，大起暴动，打伤中国男女老幼多人，杀死一人。正是山雨随风将至，战端一触即发。张从龙忖度再三，已做好了为国赴死的准备，唯一难割难舍的心思是对故土亲人的思念，于是便想抢在战事爆发之前，回家一趟……

　　然而，从处州任所出发时的好心情很快消失殆尽了。并非因为一路上鞍马劳顿，而是灾患满目、饥民塞道的情景令他忧心如焚。而且，随着故乡的一天天临近，竟时见饿殍横陈路侧。在河南与山西交界的清化一带，状元公张从龙见一披头散发的妇人摇撼着一间茅屋的窗棂大叫：杀人啦！快救救我的儿子！张从龙命随行家仆顺子去看究竟，回来竟禀告于他：那屋里真在杀人。张从龙大怒，心想光天化日之下竟有如此胆大妄为的歹徒啊，便跳下马来，行至那屋前。原来那屋门从里面紧锁着。透过窗眼一看，屋梁上果真吊着一个七八岁的男孩，地下站着一男一女两个人。女人手提一根大棒，刚将那男孩击昏过去，男人便从腰间抽出一把明晃晃的宰猪刀来，比画着朝那孩子捅去。状元公一见，不由怒从心头起，大喝一声"歹徒住手！"飞起一脚，便将那屋门踢得哗啦啦朝后倒去。屋里那一对男女住了手，却并不张皇。那男的看着张从龙不说话，那女的没有理会张从龙，却对着紧随张从龙身后扑进屋来、径直去解屋梁上孩子的披头散发的女人大哭起来，说：你们说话不算话啊！你们把我闺女吃了，怎不让我们吃你儿子!……状元公张从龙前些时曾听人说百姓中有易子而食者,他还以"故意危言耸听蛊惑人心"为由将传此话者训诫了一番,没想到竟确有其事,且让他亲自看见了。张从龙这才注意到站在他面前的两女一男竟都是满面菜色,浑身浮肿,目光中兼有凶残和绝望,如同一只只饿急了眼的豺狼一般。而那刚从屋梁上放下来的一丝不挂的男孩竟瘦得只有一把骨头而已。张从龙命顺子自褡裢中取出一些散碎银两分送两家,吩咐再不要做此"伤天害理之事",然后逃也似的赶自己的路去了。

张从龙一路北行,一路嘀咕:怎么会是这样?怎么会是这样?难道我大清国真是内忧外患险象丛生了不成?……

故乡终于到了。从安业都钻沟,还有十里路好走。张从龙跳下马来,和顺子一道牵着马徒步缓行。沿途路人极少,刚刚收割过的田地里有些手拿小铲子的妇女和儿童在搜索翻找残留的山药蛋、蔓菁,以及被瞎佬儿藏进地洞子的粮食颗儿。但显然,他们的收获微乎其微。于是一声声绝望的叹息便在秋风中颠蹶,化作一团团沉重的愁云,将他们脚下的日子笼盖得惨淡无比了……

临县安业都湾里村张府门外,黑压压灰溜溜堆了许多破衣烂衫。细细一瞧,才知那不是破烂衣衫,而是衣衫褴褛的许多人。他们或坐或站或躺或卧,枯柴般的骨肉、黧黑的脸孔、麻儿似的发辫夹在脏兮兮的布絮布绺布片里,打眼一瞧,竟难分彼此。状元公张从龙一到门口,就被他们围在了核心。内中有几个长者张从龙是认识的,都是他家左邻右舍。张从龙口称大叔二伯三哥四弟五姐,吃惊地问:

"诸位这是怎了?我张家有谁做了对不住大伙儿的事吗?"

众人一见是状元公回来了,便七嘴八舌说:

"大人,要了我家孩子吧……"

"张爷,我家女娃可是个好孩子。"

"状元公,我家小子听话……"

说的竟全是孩子的事。张从龙有些丈二金刚摸不着头脑了,便信口说些慰抚安顿的话,抬脚朝门里走。早有家仆报到了里面。呼啦啦,所有的屋门眨眼间都洞开了。夫人刘氏、儿子张放、儿媳景月,以及男女仆佣都迎出门来。忽又有十多个半大不小的女童男娃紧随在后,朝着状元公跪拜下去。原来,这些孩子都是村人无力供养准备卖掉换米吃而被张府收养在家的。现在张从龙明白府门外那些农人是怎回事了,不由悲从中来,老泪模糊了双眼。

一家上下见礼毕,景月端了热水伺候公爹洗涮。张从龙笑道:

"放儿家的,甚时咱再'切磋切磋'?……"

盛景月羞涩地笑道:

"让爹爹见笑了。"

张从龙又问:

"这二年本事见长了吧?"

未待景月作答,张放进来插话道:

"她呀,祸撞大了……"

张从龙惊问:

"怎么了?"

景月双膝一屈,下跪了说:

"爹爹,孩儿对不住您老……"

张从龙再三追问,才知事情是这样的:他的内弟中有一名叫刘琦的,以收养穷苦人家女孩为名,两三年"娶"了十数个小妾,玩一段后,都卖到了窑子里。前不久,湾里村有个闺女又被他弄上手,才过一月,竟又要往窑子卖。正好那闺女在村时与景月要好,景月便找那刘琦理论,不想那刘琦不仅不听劝谏,反对景月动手动脚起来,景月骂声"畜生",只一脚,便将那刘琦裆里的玩意儿踢得稀烂。刘琦被废后,刘家大闹起来,景月婆婆碍于情面,不得不命景月下跪赔罪,景月却硬是不从,结果弄得婆媳关系一度也特紧张。现在状元公回来了,只怕刘家还要找上门来。

张从龙听了,不由哈哈大笑起来,说景月你起来吧,你帮了你那小叔大忙了,要不,他非被老百姓一口一口咬死不可!……

临县知县吴大人听说状元公回乡省亲了,忙着人抬了一口整猪,自己又带了些山珍海味，来到湾里村张府看望张从龙以尽地主之谊。宾主寒暄毕，张从龙说：

"吴大人既是'地主'，想必不会对饥民塞道的情况熟视无睹吧？"

吴大人道：

"总兵大人，饥民塞道的情形本县确有，然刁民懒汉居心叵测乘机毁谤朝政更是显而易见。不知大人可有觉察？……"

张从龙冷笑道：

"既是'显而易见'，还用得着别人'觉察'吗？"

吴大人去后，张放说：

"爹，你们这大清朝……"

张从龙拦腰斩断儿子的话道：

"什么'你们这大清朝'？没有你的份儿？"

儿子说：

"是你们官家的，与小百姓无干……"

"放肆！"张从龙喝道，"活得不耐烦了？"

儿子说：

"不耐烦了。爹爹，说不定你儿要造反了！"

张从龙道：

"住嘴！还不快去支几口大锅，把吴知县赈济灾民那些东西熬些好菜，让乡亲们闻点荤腥啊……"

当天晚上，张府门口果然支起了几口大锅，熬了许多猪肉炖粉条。另外还蒸了许多大馒头。张从龙对闻"香"而来的众乡亲说：

"这是吴知县慰问大家伙的，也是当今朝廷慰问大家伙的……"

妆元公张从龙在家住了不到十天，便登程返回任所去了。

第三十六章

　　苍狗子成亲已经三年了。媳妇是一个老实巴交的农家女。小个子,红脸膛,厚嘴唇,塌鼻梁,两只四季流泪眼,一对八方招风耳。人极勤快。从早到晚不停息地做营生,把个家里家外经常收拾得清水明镜一般,地里的活儿也不用苍狗子操心。只是嘴笨。三天说不了四句话,即便是同男人在一起,也是随你叫怎就怎,百不言语。也"死性"。喜怒哀乐这些表情对她,好像都挺陌生。她的一个脸蛋,常年四季都像一颗冻僵的柿子,又木又硬。苍狗子的娘对村里人说:我们扁桃(这是苍狗子媳妇的名字)自嫁过来三年,就笑过一回,那是在顺利生下俺孙子狗蛋,接生婆夸她"屁股下有块好地"时……

　　其实,即使是这一笑,也像天空里掠过的一道闪电,亮过了,还让人怀疑是不是确曾有过那一亮呢。扁桃的婆婆在说出那"就笑过一回"的话时,真还暗自犯着嘀咕哩。

　　在未近贾俊俊的身子之前,苍狗子并未感到媳妇这种脾性是什么缺憾。苍狗子说:女人嘛,熄了灯还不是一样!可自从交上了贾俊俊,苍狗子便觉媳妇"看着恶心,想着闹心"了。

　　说起这事来,实在也难怪苍狗子。你道那贾俊俊何许人也?她是贾二成花大钱从老家河南买来的一个窑姐儿,专为做诱饵帮他成"大事"的。这女人论长相倒也一般,只是那一双眼——那简直不是眼,是长着肉眼看不见的钩子专门勾魂摄魄吮气夺志的法器。还有她那一条舌头,大路上碰个生人,也能立马同他甜哥哥蜜姐姐地亲成一瓣蒜。再加上那个让男人一沾上就醉麻糊涂忘了自己姓甚名谁的身子,简直是天下无敌了。

苍狗子现在是再也离不开贾俊俊了。虽然他心里明白贾二成为他安排的这个去处,绝非"喝酒的铺子",倒像是"埋人的墓子"。好在盛景涛一向大大咧咧。一个带伤返号提前上工的行动,几句决心"将功补过"的表白,便把他哄得服服帖帖,对自己信任有加了。如今,神不知鬼不觉的,他已按贾二成的意思将一大批假阿胶、假人参、假鹿茸、假牛黄等等收进德泰昕,并随手将它们发往汾平交孝太谷忻州,直至河南、山东、上海、苏杭一带。贾二成还着人勾兑各种假酒,通过德泰昕转销西北各地。这可都是一些大生意,贾二成美美赚了一把,自然也未亏待于他。短短个把月工夫,到手的银子竟比他往常几年赚得都多。看起来,一个聪明人单枪匹马做事,只可得点小利;两个聪明人抱在一起做事,才能大发。

李莺莺也可算聪明人一个。她知道给正瞌睡的人支枕头是最能讨人欢心的。如果那个被关照者是个绝顶聪明的人,那她离大发也就不远了。天成祥拨给苍狗子的一孔窑洞被单另隔成一个小院,院门开在苍狗子回家走的路上,位于背街的一面,于是他只对盛景涛说夜里需回家让媳妇料理屁股上的红伤,后来又说媳妇照料他累病了需他回去照料,便装作回家的样子,腿一跷走进天成祥为他提供的温柔巢去……一开始,苍狗子有点儿不太明白李莺莺要他手中那些客户的情况干什么,也不明白她为甚对每批假货的数量、发往何处那么感兴趣。直到那姐弟俩在河沿上置房办起了李氏货栈,他才有些明白了。于是他这个绝顶聪明之人也不得不佩服李莺莺的绝顶聪明了。

只是有些对不住盛景涛了。这些日子,苍狗子的脑子里常有他同盛景涛在一起的情景闪过。早在当年学徒时,少掌柜便有冒着危险将旮旯里拣到的账房先生专为考验学徒扔下的散碎银两周济于他苍狗子的善举,而且直至被逐出字号,少掌柜仍未对那事的实情吐露半个字。少掌柜是为他受过。那事之后的一段日子,他曾多少次为自己始终没有勇气站出来说明事情真相而严厉自责呀!这多年来,少掌柜可是一直把他当作亲兄弟一般对待的。就连这一回他犯事之后,少掌柜对他也够仁义的!少掌柜陪他受罚不算,还一再对他讲只要他从此改邪归正,就还是他的好兄弟……他一个劳金挣吃喝的,掌柜的这样待他,他还要怎!可是事到如今,他还能"改邪归正"他还敢"改邪归正"他还可以"改邪归正"吗?罢了,罢了,既然事已至此,少掌柜呀,苍狗子只好对不住你了……

忽一日,玉成问莺莺:

"姐,咱李家和盛家沾亲带故的,有甚冤仇,咱何必……"

莺莺道:

"他们家有害人精哩,把咱家害得好苦……"

玉成又问:

"景涛哥哥也是害人精?可看他那眼,不像……"

莺莺说:

"他是盛家第一个害人精。"

玉成道:

"可是姐,你看没看见,八月初十戏场上,他的眼里有泪蛋蛋抛哩……"

莺莺说:

"我没看见。你看见了?哼……"

那时,牛琨正和莺莺在天成祥账房商量李氏新建货栈之事。牛琨插话道:

"玉成,你胡说什么呀!盛景涛见你姐弟遭殃了,幸灾乐祸哩,他哪会掉泪!他不光骂你姐弟,甚至把你李家说成是'一窝子男盗女娼'……"

玉成说:

"你才是胡说哩。那一天景涛哥哥根本不是那么说的……"

牛琨有些着恼了,道:

"你一个屁孩知道个甚呀!前两天我还听说……"

莺莺问：

"他又放甚屁了？"

牛琨道：

"他说当初亏得没有娶你……"

莺莺紧咬着牙关不吱声了，半晌，哽哽咽咽说：

"他……好嘛！"

牛琨伸出自个儿的大手，重重压在莺莺的小手上，说：

"你别伤心。有我哩……"

莺莺不说话，将自个儿的手抽了出来，抚着玉成的肩道：

"有我兄弟和我在一起，我什么也不怕。"

牛琨说：

"对，对，还有我和苍狗子……"

玉成道：

"我看那苍狗子鬼眉溜眼，一点不像正经人……"

"好了，好了，玉成你别和牛琨犟了。"莺莺说，"苍狗子要是正经人，咱还不用他呢……"

牛琨见莺莺向着自己说话，很得意，便摆摆手道：

"算了，咱还说咱李氏货栈的事，估计到时咱一采取行动，德泰昕那些客户都会转咱这边来，咱的生意会越做越大。只是恐怕咱的银两周转不动……"

这事也是莺莺近日所焦心的。她已经测算过了，约莫有五万两银子的短缺必须设法弄到手。怎么弄？只有一条路可走，就是拆借。可是碛口镇除过盛家，谁家能一下拿出这么多？伯父李运兴有，可莺莺想也不敢想朝他借。别人家呢，便是银窖里有，在这灾相满地的时世里，他也不一定借给你呀。莺莺便愁得莫知如何的样子。

"看来只好利息高点数额小点各处凑吧。"莺莺少气无力地说。

三人正说着话，店里小伙计进来通报，说盛家大门二门的两位夫人一道来访。莺莺诧异地"哟"了一声，很不情愿地站起身朝外走，却又立住脚对玉成说：

"玉成,你去见她们……"

玉成叫声"姐",想说什么,却又未说,迟迟疑疑朝客堂走去。

玉成进得客堂,对盛家两位夫人说：

"姑姑们请坐吧。姑姑们有什么事吗？"

李秀珠双手合十,说：

"阿弥陀佛！你姐呢？"

玉成回道：

"姐姐正为筹借银子的事发愁哩……"

李秀珠说：

"我二哥辛劳一生,积蓄虽然不多吧,还不至于人刚去,就逼你姐弟俩借债过日子呀……"

玉成说：

"您是不知道呀。我们要做一笔大生意,所以……"

李秀珠道：

"要多少？和你伯借不行吗？"

玉成说：

"有五万两的缺口呢。我伯他想把我姐撵走呢,他会借给我们？……"

崔玉荣自进门来,尚未说话,这时听玉成如此说,便道：

"既是这样,你告诉你姐,这笔银子让景涛借给你们。我做主了。"

玉成一听,当即高兴得跳了起来,一头问"崔家姑姑,真的吗",一头跑去告诉他姐。

李秀珠在玉成背后叫道：

"玉成,叫你姐出来,我们有要紧事同她说……"

玉成一进天成祥账房,莺莺便急切地问：

"怎么,她们走了？"

玉成说：

"她们说有要紧事想见你哩。"

莺莺道：

"你没说我这里正忙着吗？"

玉成说：

"姐,你去见见她们吧。崔家姑姑说,五万两银子她让景涛借给我们……"

莺莺微怔。随即摇了摇头,又摇了摇头。

牛琨道：

"好事啊,你摇头作甚？用他盛景涛的银子将他盛景涛弄垮,挺好嘛……"

莺莺低头思谋多一阵,还是摇头说：

"不。咱还是另想办法……"

看来,盛家这两位夫人今日是非见她莺莺不可了。莺莺想想,只得站起身朝客堂走去。

李秀珠和崔玉荣听从崔炳文的建议,意欲通过王直愣想点搭救盛书璞的办法。可她们知道,欲要接近王直愣,必先接近李莺莺,必先化解莺莺心头的疙瘩。

其实,两位夫人早想来看望一下莺莺了。她们一个原本是莺莺的亲姑,一个呢,虽然不沾亲不带故,但一向对莺莺的印象并不坏。现在,盛李两家因为儿女婚事弄得形同仇寇实在并非她们所愿。埋殡盛书璧时,李运旺卧病在床未参加。莺莺和她娘王喜玲拒绝参加,最后只派玉成去烧了几张纸未上坟便返回李家山。李运旺病故之后,李秀珠是哭得最伤心的一个。可她的号哭并未缓和盛李两家的关系。在李家人看来,李秀珠号哭的首先是她自己。她是衣食无忧心里苦的人。她的苦,全是错嫁盛书璧的结果。本来,盛家人里,真正有负李家者不过盛书璧一人而已；李家人中,真正受盛书璧之害者不过莺莺一人罢了。但后来莺莺被迫嫁徐家后的种种遭遇直至被休弃回家,再到李运旺夫妇先后亡故,这已经关系到李氏整个家族的声誉了。于是情况发生了戏剧性的变化：李氏一族上下"同仇敌忾"皆视盛家为仇寇了。这里,对受害者与被害者的认定都有点"枣儿核桃一起数"的味道了,但事情就是这么复杂。盛书璧的葬礼李家大门的人从李运兴到儿子们倒是都参加了,但态度却是极冷淡。李运旺夫妇亡故后,盛家从大门到三门倒是都有吊唁者前往,但许是感受着李家人的敌意自觉心虚,态度便极拘谨,祭奠一过,也就悄然离去了。这样一来,盛李两家的关系便没有因为盛书璧的谢世而见缓和,反倒因为种种阴差阳错人为关顾的原因,更显复杂了。

那莺莺当下进得客堂,向上福了福,道:

"二位夫人有何见教?"

李秀珠笑笑,道:

"阿弥陀佛!不要'夫人''夫人'的,我是你姑……"

莺莺说:

"我倒是真想叫您姑的,就怕侄女儿的名声太坏把您给辱没了……"

来这里的路上崔玉荣一直在寻思找个什么插口把彼此说话的气氛弄软和点,这时便道:

"莺莺,几年不看你登台演戏了。八月初十看你演那含嫣,还是那么好看……"

莺莺低了头说:

"千人瞅万人看的,有甚好?再好吧,还不是王八戏子吹鼓手——下三烂里的玩意儿?"

两位夫人自莺莺进得客堂,一直站着说话。莺莺既没让座,也未奉茶,几句饻荏子话下来,更觉尴尬异常。可二人既是负了使命而来,就不好无功而返。那李秀珠仗着是莺莺的亲姑,便半开玩笑半认真地说:

"阿弥陀佛!莺莺啊,你把咱李家待客的规矩都忘了?"

莺莺勃然变色道:

"姑姑您忘了吗?莺莺从小就不懂'规矩'。要不,姑父在世时能那么小瞧侄女儿?姑父的意思也是您的意思吧?"

崔玉荣见这么言来语去,终不是事,忙重起话头儿:

"莺莺,咱崔李两家一向交往不多,可我自小看你长大,知道你是个好闺女。记得有一回我从碛口买了些时鲜菜蔬要给我爹送去,当路碰上你,你硬从我手里接过去,一直帮我提进小村,送我到门口。你是个好闺女,我知道……"

"您别提过去的事。那时您还不是盛景涛的娘吧?啊,我知道了,您二位今日来找我,是想让我去求我舅……"

这莺莺果然聪明。崔玉荣见莺莺已将她们的来意识破了,便索性将话挑明,道:

"莺莺呀,你就看在咱好歹也算乡里乡亲的面子上,在你舅面前说句话,设法救救景涛他爹吧。我盛家不会忘记你和你舅的大恩大德的……"

崔玉荣说着,眼泪扑簌簌掉了下来,腿一弯,就要给莺莺下跪了。莺莺猛一怔,忙抢上一步扶住崔玉荣,道:

"您看您这是干甚哩嘛!……这事我说不说有甚干系呢?那得看我舅他有没有办法哩。好了,我还有事忙着呢。"

崔玉荣看看再说下去也是无用了,便站起身来。边走边说:

"银子回头让景涛差人送来。五万两不够的话,再多点……"

背后,莺莺只说两个字:

"不用!"

盛家两位夫人走后,莺莺一屁股坐在杌子上掉起泪来。她心里难受极了,便一遍遍骂自己:

"李莺莺,你个不通人性的东西……"

第三十七章

道光十九年十一月初三,中英终于开战!

碛口人传递着这个消息的时候,神情激越而愤慨。

"狗日的洋鬼子!"

"斩尽杀绝红毛子!"

"林总督,好样的!"

他们用各自最简洁最生动的语言表明自己严正的立场。

多年前盛家姐妹曾经砸过的登仙阁大烟馆终于遭到了彻底覆灭的命运。

那是在中英开战的消息传来的当天发生的事。当年曾经在这里体验过羽化登仙境界的盛景涛做了带头人。盛景浩自然也是参加了。当他们领着愤怒的人群冲进那个装修漂亮的二层小楼,将它的十张精致的苏州烟榻、几十盏太谷烟灯、上百支上海烟枪,还有好几箱打着洋文的鸦片隔了窗户扔下大街,让一街人践踏,然后一把火点燃的时候,新任商会会长李运兴的四个儿子也带着一帮人赶来了。因见这里大事已完,便掉头向另外两个较小的烟馆冲去。桃花坞有两个妓女屋里也设有烟榻,那时正有嫖客关门闭户过瘾,被几个外路客商砸开门冲了进去,连人带烟榻提溜了扔到屋外,那嫖客要不是脚底抹油跑得快，可能一起被愤怒的人们烧成灰烬了。西头、西山、西湾、寨子山、寨子坪、李家山的女人们也参加了砸烟馆的行动。几个瘾君子被女人们揪着耳朵拖到了现场，亲眼看着他们的"飞天泡泡登云榻"灰飞烟灭的情景。通衢巷的棺材纸作铺制作了一个高有丈余的红毛鬼抬到当街，满碛口的人，无分男女老幼各拎银针一枚，扎到那恶鬼的致命处，然后浇上麻油点火烧作灰烬，又将死灰倒进粪坑。

此后的一年时间内，碛口人茶余饭后闲聊的话题差不多都是：洋鬼子又在哪里杀了多少人，南国沿海百姓如何组织团练，如何乘夜色乘坐小船，用火箭、火罐、喷筒火攻洋人的船只。又传林总督如何发令，若有洋人在海岸滋扰，村民可发炮抵抗之，或击退，或捕虏。又传中国军队如何在海防炮台英勇抵御红毛，又有多少人血洒海疆……街头不时有喧天的锣鼓声响起，那是碛口人在为沿海军民哪怕很小的一点胜利欢呼庆贺；黄河滩上时见纸钱飘飞，那是碛口人在为战死的英魂祭奠。

三府衙门通判孙骥大人也忙起来了，找到商会会长李运兴商量，要为前方将士募捐购买洋枪洋炮。孙大人热烈地说："洋鬼子凭什么厉害，还不是洋枪洋炮！抗敌御侮，人人有责。碛口是个金盆子，满街堆的是银子。一家没银子，旮旯里扫它几盆子！有银子就该用在刀刃上。捐，赶快捐！捐了买枪买炮，打洋鬼子！咱这叫为国筹募，真正的为国筹募！"

李运兴自从当上了商会会长，这还是官府交办的头一件公务，自然没有不照办的。那时，盛景浩早已不是民团团长了，孙大人重新任命的团总是李运兴的大儿子李弼龙。孙大人对李运兴说：让弼龙多带些人，挨村挨社挨家挨户给咱募！男人的腰带扣、烟袋嘴，女人的首饰，只要值些钱的货色，都要！李运兴沉吟道：我看无须弼龙参与，我带几个人亲自去给大伙儿讲道理，还怕人们不风起响应！孙大人高兴地拍拍李运兴的肩道：好！你比盛书璧会办事！

情形果如李运兴估计的，根本用不着刀枪威逼，甚至也没用李运兴多费唇舌，碛口各商号多则数千，少则数百，周围村社，普通农家，也各倾其所有慷慨解囊。收回来的金银首饰更是不计其数。李家山小村的崔壮，居然把一辈子苦熬苦挣攒下的一个五十两重的元宝捧出来让李运兴拿走。孙铁脚和小桃红两口子把刚刚从盛景涛烟草行里领到的一年的工钱全数捐了出来。对于一些日子特别苦焦的人家,李运兴本不打算去伸手,对方却也拿着自认为家里最值钱的物件跑来了。李运兴对他们说:你们这些人家就算了吧,往后还要过日子哩。硬是连人带东西推出门去才罢休。李运兴着人将所捐银钱实物一一登记注册,总共竟有银子三十万两,加上实物折价,可能在四十万上下。孙大人喜得嘴都合不拢了,连声称赞李运兴"忠心可嘉",便命将所募钱物并登记表册一起交三府衙门保存,说要择日派人送到前方去。

然而就在募捐完成的第二天下午,忽有消息说:林则徐被朝廷革职充军了!新任两广总督竟是那个力主投降的琦善!碛口人在短暂的沉默后,当即包围了三府衙门,要求退还捐献的钱物。孙大人说钱物已经派人送走了。不信你们问李会长!李运兴哪里知道这事呀,张口结舌一时不知说甚好。愤怒的人们将他拉着满街推打,直到一条腿被打折,才算罢休。

那时是道光二十年初冬。

就在碛口人为道光帝屈从洋人,林则徐的革职充军大动肝火的同时,三槐堂得到确切的信报,说二爷盛书璞已经被判"监斩候"。顿时,三槐堂里哀声动地,观涛楼头飞泪祭天。消息是崔炳文刚从永宁州王继贤处带回来的,由崔炳文和景涛、景虹兄妹相跟着去石板沟知会母亲崔玉荣。崔玉荣哇的一声哭出去,再也拐不过弯儿来,众人掐人中的掐人中,揉胸口的揉胸口,折腾半天才回过气来。其时,观涛楼外的天上正飘着朵朵雪花,初冬的寒风从山林里钻过,呜呜的叫声如同鬼哭狼嚎。崔玉荣目望空中久久无言,末了只说:

"斩就斩吧,比起那林总督的冤来,咱这算个甚呀!"

崔玉荣说完这话,又是一阵沉默,之后,对景涛说:

"你去棺材铺定一口上好的棺木,到时去汾州府收尸!"

又对崔炳文说:

"要死的拦不住,咱活着的还得好好做事。你既是去了义学,就要干好。要对得住四乡八邻才好!"

景虹说:

"娘,您就搬回三槐堂住吧。一家人在一起,也好有个照应。"

崔玉荣说:

"你把你公爹照应好是正经。他老人家年纪不轻了,可得小心。我呢,还在这里住。我总觉你爹爹他,还要回来的……"

顾金枝对丈夫盛景浩说:

"我想去汾州府见见王直愣,看看他还有没有办法……"

这主意她已经打好多时了,只是一直不好意思说出口,怕景浩生疑。眼下,事情已到紧要三关,再也不能瞻前顾后了。她想以她和王直愣曾有过的那段私情,这个事求到他那里,只要有法儿,他没有不尽力的理由。

景浩恍然道:

"我倒忘记了,你和那王直愣该是能说得上话的……"

顾金枝的脸腾地红了,说:

"瞧你说的甚话嘛!我怎就'该'和王直愣说得上话?你怎就不'该'说得上?……"

景浩道:

"你忘了那一年黄河上翻了船,众人救灾,你是怎么解开怀,把赤身露体的王直愣搂怀里抱着了?"

顾金枝释然,不由长吁了一口气,却又装作害羞的样子,不依不饶地说:

"你说甚呀,你说甚呀!那是救水救火的事,你倒还能记得!我是抱他来,难道就没抱你?"

盛景浩道:

"我那时是不能,要像现在,让你那么抱一下,还不就在那码头上跟你'长'一搭了?"

顾金枝说:

"阿弥陀佛,老天有眼!亏你当时不能……"

盛景浩道：

"可不,我不能！不过,王直愣估计能！我也没留心你俩后来是不是……"

顾金枝忙沉了脸啐道：

"你欺负人啊,我不去了还不行吗？反正我也是为救叔叔……"

景浩这才认真地说：

"我倒是真把你俩的这个关系忘记了。你早就该去的。哪怕只有一点点希望呢……"

顾金枝道：

"要去也得你陪我去哩……"

盛景浩说：

"我这几天正忙。这样吧,我派个妥当的人陪你去吧。"

顾金枝现在是真的不愿意因找王直愣再找出别的事来,便假装生气道：

"我不和别人去,就要和你去。你不去,我也不去了。算我没说起这事……"

盛景浩说：

"你这人,今儿是怎了嘛！我不是说这几天正忙哩吗？"

二人正相持不下,李秀珠走进屋来对景浩道：

"你去！你怎能不去！把金枝一人打发去,你也放心！你放心,我还不放心哩。"

顾金枝知道她同王直愣的事婆婆是知道的,便越发坚持要景浩陪她去。这样,景浩就不得不亲自陪金枝去了。

汾州府大牢是一座关着近千名犯人的大监狱,内设东西南北四个分监。王直愣是南监守卒的一个小头目,叫"卒检",负责检查狱中守备情况。王直愣第一次听说盛书璞入狱是在盛书璞被关进来的第二天。那时,盛书璞关在北监。尽管他作为莺莺的娘舅对盛家没有好感,但作为老乡,他还是准备去看望关照一下盛书璞的。但忽又听说盛家老大盛书璧曾经来监狱活动过。盛书璞找过几个人,但没有找他这个老乡。说明在盛家人眼里,他这个老乡是决然不会成为他们朋友的。既然人家这么看,你又何必自作多情呢。一开始,王直愣并不知道盛书璞所犯何事,后来知道了,便不禁为这个读书人耿介而莽撞的性格深深惋惜。试问,生活在这样一个魍魉横行、鬼魅当道的时世,难道还有一个正直善良的人不切齿痛恨吗?可痛恨就必要形之于色,付之以行吗?和为贵,忍为高啊,不知道忍耐,那还不把自个儿毁了!不过,话是这么说,王直愣还是很同情盛书璞的。甚至,在潜意识中,王直愣对这个书呆子的道德勇气还真有点儿佩服哩。正因为这样,后来当他听说那盛书璞一进监狱,就被狱中从早到晚不绝于耳的哭天抢地吓破了胆,刚刚过堂一次,便承认自己有"罪"时,一种深深的懊恼竟使他食不甘味了好几天。既有今日,何必当初呢!他想,像这样下去,这书呆子还不知会落个什么下场呢。王直愣的一颗心突然被巨大的恐慌攫住了。他身不由己地来到北监,找了两个平日最要好的看守,让他们暗中关照一下姓盛的,不要那么张皇失措……怎奈那书呆子对两个看守的种种暗示竟不能听懂!现在,盛书璞判了监斩候,看来日子怕已是不多了。南监是专关死囚犯的场所,盛书璞被转过来了。王直愣估计,盛家人近日必定会来探监的,他不知道自己将如何面对盛家人——虽然,盛家人并未托他什么,但作为老乡,他的内心还是充满了内疚和不安……

那一天中午下了早班,王直愣出了南监大门朝家走。"家"其实只是租来的一间民房。房里至今只住他孤身一人。王直愣十多年前死了女人,本也可以续娶的,可自从经过与顾金枝那段恋情后,对男女之间那事有点儿心灰意懒了,便一直单身未娶。单从表面看,王直愣似也活得挺滋润。你瞧他怎对人说:"咱办的是管人的差事,却又被人管着。管人管够了,被人管着更难受。办差是命该如此,不办差了还不兴做个自由身?"那么,就让王直愣好好做他的"自由身"吧。可是,那一天下了早班,他的好友秦尚友叫他一道去喝酒,却是满心想撺掇他结束这种"自由身"的快活呢。

秦尚友是南监医检,负责人犯伤病的诊治。不过,真正作为一种重大职责让他承担的却是为"落牢"者做出最后鉴定——这有点像是件作了。

若论二人办差的性质,王直愣和秦尚友应该是水火不相容的克星,然而事实上二人却是配合默契的挚友,甚至可以称之为莫逆之交。说起二人的交情来,这段历史其实并不长。那是在去年夏天的一个晚上。王直愣当班。有狱卒禀报,说有一个女犯人落牢了,业已经秦医检做了鉴定,应马上抬出监外由家人具结领走。这个女犯人王直愣是知道的。杀人犯。她的丈夫是个大烟鬼。把一份家业都抽尽了。女人一次次规劝,他非但不听,反而以毒打待之。他们有一儿一女,都是未成年的孩子。男人偷偷卖掉一个女孩,又要对男孩下手时,女人发觉了。二人便对骂对打起来。女人自然不是男人的对手,被打得遍体鳞伤。不过,男人最终也没有将那男孩卖掉。晚上,男人睡着了,女人却越想越气,手起刀落便将男人宰了……当时,王直愣问狱卒:死过几时了?回答:半天了。王直愣想:既是半天了为什么才来禀报?王直愣在女人的手上捏了捏,更觉蹊跷了,因为就在他刚才一捏之间,发现女人的指关节还是软的。王直愣便将目光紧盯了医检秦尚友看。见秦尚友目光游移,头上冷汗直冒。王直愣什么都明白了。对于这个秦尚友,王直愣还是了解的。这是个大好人,心地十分绵善。那女人被判死刑后,狱内一片叹惋之声。何况这女人身边还有一个五六岁的孩子。判她一人死,实在无异于杀死两个人了。王直愣其实心里也早想救她出去了。王直愣看看两个狱卒,又看看秦尚友,摆了摆手让将女人抬出去了。事后,秦尚友请他喝酒,说:王卒检,好人,大好人!王直愣道:你秦医检的"好人"更好!二人酒过数巡,王直愣禁不住好奇心的驱使,问:你小子说实话,到底是使了什么妖术,竟能把人弄成那样。那秦尚友说:事到如今,也不必瞒你了。那其实很简单。先让人犯服药令其昏死过去。然后浑身涂以雄黄,再用锡酒壶摩擦,人立马就会变得形容枯槁,死相毕现,在一两个时辰内,会声息俱无,与僵尸无异……王直愣听得一惊一乍,故意正色道:好你个秦尚友,竟敢如此目无王法!不知你从中捞了多少好处?秦尚友说:你看我像拿这事捞好处的人吗?况且那女人穷得叮当二响……二人说着,不约而同哈哈笑了。

王直愣与秦尚友的这种交情,自然只能是"私交"。在监狱的大墙内,二人从此竟不像从前似的见面说笑了。即使在下班之后,二人的交往也变得颇谨慎,然而心却是贴得很近了。

那一天王直愣下了早班正要回家,秦尚友在后面叫住了他。

"直愣兄弟,喝酒去!"

王直愣立住脚,问:

"嫂子不在了?"

秦尚友媳妇不让男人喝酒,故两个人过去一道喝过几回,都是在秦尚友媳妇不在时。

"她在……"秦尚友出乎意料地说,"是她让我请你喝的。"

王直愣的心里咯噔了一下,他想这一定是自己托秦尚友媳妇那事有眉目了。王直愣现在时时牵肠挂肚的人只有外甥莺莺姐弟了。尤其是莺莺。这不单单是因为莺莺从小同他感情深笃,更是因为莺莺近年来的遭遇。当年,莺莺同盛景涛的好,他甚至比姐夫、姐姐两口子还清楚。盛家人最终对莺莺的排斥真是他万万没有想到的。盛家人无疑是在莺莺的心上捅了狠狠的一刀。莺莺到徐家后的遭遇他是后来才知道的。莺莺的命真苦啊!姐姐、姐夫两口子的死,无疑是雪上加霜哩。那么,他作为娘舅,能不尽其所能关照于她吗?前一段,王直愣托秦尚友的媳妇给莺莺打探个合适的人家,想让她尽早离开那个伤心地……也许,这事真是有些眉目了。老天有眼,他王直愣的外甥女莺莺实在是百里挑一的好女人呀。

王直愣随了秦尚友进了路边小酒馆。王直愣举着酒盅不动,两眼看着秦尚友等待下文。

秦尚友却像很作难似的吧咂着嘴半天不说话。王直愣等得不耐烦了,说:

"你倒是开言啊!"

秦尚友这才说:

"兄弟,你嫂和我都想给你操办一门亲事哩。女人就是这城里人,男人去年死的,人良善,不算很漂亮,可也挺耐看。身边只有一个三岁的女孩儿,不知兄弟你意下如何?"

这话是怎么说的！王直愣托的是给莺莺找人家，秦尚友媳妇却要给他管媒！王直愣不知是自己说错了，还是对方听错了。王直愣便对秦尚友说：

"我不急。我说的是我外甥女莺莺。她实在是个好女人……"

秦尚友尴尬地吧咂着嘴，道：

"打问了。打问了不少人家哩。嗨……兄弟呀，这婚姻大事全说缘分呢……那女人虽然有个小孩儿……"

王直愣急了，打断秦尚友的话，说：

"我再说一遍，我不急。我说的是我外甥女……"

秦尚友吭吭干咳着道：

"兄弟，你外甥女这事……你有几个外甥女呀？不知是不是有人弄错了，说有个女子十二三岁就和一个男的好，后来出嫁了，还和那男的不断，结果弄大了肚子，被休回家，把娘老子也气死了……我知道，这说的不是你外甥女，是吧？"

王直愣愣住了。这真是好事不出门，赖事传千里呀！王直愣也没说这传言有甚出入，说的是不是他外甥女，站起来就朝外走，撇下秦尚友独自发愣去了。

王直愣回到家，见有个女人坐在他房门口。走近一看，认得是顾金枝，不由惊叫道：

"今日太阳出西边了，你来找我？"

这时，景浩从房角那边转过来了，问：

"王卒检忙着呢？"

王直愣一见盛景浩，心里便将二人的来意猜了个八九不离十。嘴里却说：

"二位是看你叔来了。他已判了，能看。看去就是了。"

盛景浩道：

"直愣哥，我们还想找你想想办法……"

王直愣一听盛景浩称他为"哥"，就不由想到盛景浩的爹，也就是外甥女莺莺的亲姑父盛书璧。当然也想到了盛景涛。正是他们,合伙祸害了莺莺!秦尚友说有人传言,说莺莺十二三岁就和一个男的好,后来出嫁了,还和那男的不断,结果如何如何。他们怎不问,既是十二三岁就和一个男的好上了,后来嫁的怎不是他。又为什么在出嫁之后,还出了那样的事。都是盛家人害的!都是他们害的呀!……王直愣的脸沉下来了,对景浩说:

"我听人说,你叔刚进来那阵儿,你爹来找过人嘛。你们还去找他们啊,他们总会有办法的……"

景浩赔了笑脸道:

"那时叔收在北监,想找你也探不着。现在到了南监,这就麻烦你来了。"

王直愣说:

"按说,你们的忙我是真应该帮。不说别的,少奶奶对我……"

顾金枝忙插话道:

"我算什么呀!那时大家都是救灾救难……"

王直愣道:

"是,是。不过,受人滴水之恩,当涌泉相报。自从盛二爷转来南监,我倒真是反复关照过……回头二位见了他,就知道了。"

盛景浩说:

"直愣哥,你看可不可以想点别的办法……咱多花银子不怕。"

王直愣一听盛景浩说出银子不银子的话,更反感了,道:

"我看现在说甚也不好办了。一来上头已判了监斩候,这等于是铁板上钉了钉儿。二来嘛,自从我外甥女成了那样,我姐和姐夫又都不明不白死了,我这脑子就整天嗡嗡响个不停,哪里还能想出什么起死回生的好办法来呢。二位还是趁早找找别人是正经……"

景浩和金枝愣住了。

第三十八章

整整一个月来,莺莺一直在为她那庞大的商业计划筹措资金。为了五万两银子的短缺,她先跑了几家银号。银号回答说:若是她爹李运旺在世,这银子就借给了,可现在是她,是从未经过商的莺莺和她那不懂事的弟弟,这事就只好"两可"了。若要借也行,让她伯李运兴来做保。莺莺万般无奈,只好让玉成出面去找伯父,李运兴听了半晌无语,末了冷笑道:

"你小子先脱下裤子看看你那鸡鸡上长毛了吗?还是个麦秸炮呢,你就听上你姐弄这大的事。若是赔了,她随便跟个男人跑了,你怎办?这是败家灭门的主意,你也听?"

后来莺莺便跑各字号筹措。倒是弄到了几千两,可离五万两差远了。那么,还是收缩计划?可这么好的机会不牢牢抓住,岂不可惜!这么多天来,她已经掌握了苍狗子将大批假货通过盛氏德泰昕发往盛家主要客户的全部情况,只要她一采取行动,那德泰昕必然土崩瓦解,接下来的事,就是看她的新建货栈能否以足够的资金做后盾,源源不断弄到适销对路的货物。弄到了,盛家那些客户从此就易帜李家了。德泰昕可是盛家半壁江山啊,让他盛景涛学狗娃子叫去吧。

恰在此时,苍狗子又跑来对她说:他认识的一个朋友在西北发现了一个大金矿,只要莺莺能拿出十万两银子入股,今后三十年内每年可稳收红利黄金两万两。

莺莺听了将信将疑,问:

"有这样的好事?真的吗?你那朋友靠得住?……"

苍狗子说:

"好我的你哩,不可靠我敢对你说?你要不乐意,就别干。这事只要盛家知道了,怕那盛景涛不抢着上手?"

那时,牛琨已被莺莺任命为货栈二把刀了,他在一旁道:

"莺莺,叫苍狗子把他那朋友招来咱见见……"

莺莺觉得有理,便问苍狗子:

"那人在不在?"

苍狗子道:

"在。他正想见你哩。"

于是便把那人带来了。

那人自称是新疆阿勒泰人,叫苏克曼,身穿维吾尔族衣裾,操着一口磕磕绊绊的汉话,说金矿就在他们家附近,开采的人多极了。不过,他占住的是一段最好的矿脉。那人外表憨厚,说话也挺恳切,一次次邀请莺莺亲自去那里看看。那人在谈话中流露出好像盛家已有同他合作的意向了。那人走后,牛琨对莺莺说:

"看来这事是真的了。咱得赶快定下章程来,不然盛家肯定会抢在前面的……"

莺莺沉吟道:

"事情吧,看样子是真的,可咱一时哪弄那么多银子去。按先前的计划,还短缺五万两呢,现在再加十万两,抢人去呀?再说……如果赔了呢?我爹妈辛苦多年弄下这点家当不容易,若是败在我手里,我能对得住他们二位?我弟怎办?……"

苍狗子说:

"苏克曼这人办事一向实在,不保险的事他能干?这事只有赚多赚少的话,没有赔钱的理。莺莺你放心,有我哩……"

牛琨说:

"银子的事,也好办,和盛景涛借啊!既是他们已主动表示愿借,咱为甚不借?用他的银子收拾他,那才叫痛快哩。莺莺你是不是心太软了?自古道'生意场上无朋友',何况盛家还算不算咱的朋友你自己心里明白……"

莺莺却还是摇头道:

"咱若不借他银子,收拾了他不亏心,可若是借上他的银子收拾他,这心里……"

这里三人正为借不借盛景涛银子的事犯嘀咕呢,小伙计进来禀报说:盛景涛的妻子侯玉婵亲自送银子来了。莺莺忙让苍狗子赶快躲开,正要再同牛琨最后合计一下到底借不借的事,那侯玉婵却早自己进来了。一进门,就冲着莺莺呵呵笑着说:

"莺莺姐姐,当了大掌柜的人都这么难见啊!"

莺莺便也只得笑道:

"你是玉婵妹子吧!还没见过你呢。我这算甚的大掌柜呀,不过暂时帮我弟弟料理料理罢了……"

玉婵说:

"盛景涛说你家玉成是个好苗苗,只是还太嫩。他说你与其整天带着他东奔西跑,不如让他蹲一个字号脚踏实地学徒去……"

莺莺有些不悦了,说:

"劳盛掌柜挂念,玉成是我兄弟,我知道该怎么调教他……"

玉婵忙赔笑道:

"是我多嘴了。盛景涛让我给你先送八万两银子来,说如果不够,尽管开口,别客气。"

莺莺迟疑道:

"要不算了吧,你们也不宽裕……"

牛琨在一旁插话道:

"大掌柜,既是盛大哥让送来的,你还客气干甚?你不是刚才还为短着十五万两银子的资金愁得什么似的吗?……"

就在刚才见到侯玉婵的一刹那,莺莺本来已是打定了主意不借盛景涛银子的,现在见牛琨把话说到了这个份上,便很有些生气,斥道:

"你忙别的去吧。这里不用你多嘴。"

屋里只剩莺莺和玉婵了。玉婵笑着说:

"大掌柜挺威风嘛!李莺莺,你知不知道,我可是早想找你打一架的……"

莺莺看着侯玉婵无邪的笑脸,不由也笑了,说:

"侯玉婵你好没来由,找我打架干甚?"

侯玉婵道:

"我嫉妒你呀!我可是看得清楚,盛景涛的心里一直装着你哩……"

莺莺苦笑道:

"玉婵你寻我的开心啊!盛景涛恨不得一刀捅死我哩……"

侯玉婵正色道:

"哄你是鳖儿子呢。盛景涛睡里梦里都在叫你哩,有几回竟是呜呜哭着喊你名儿呢。我审问他几回,他倒是老实,说之所以要娶我,是看我长得有点像你……"

莺莺不由大叫起来:

"你胡说八道什么呀!我让他害得好苦……"

侯玉婵说:

"他知道是他害了你,老说对不住你哩……"

莺莺看着侯玉婵不言声了,眼里又有数不清的泪蛋蛋落了下来。她痴痴地坐了好长时间,连侯玉婵甚时离去都未觉察。她说的这些都是真的吗?既是这样,他干吗躲着再不见我?干吗还要用那么恶毒的话辱骂我!哼,假的,装得倒像!……可是玉成有一回好像也说过,盛景涛并没有说过"一窝子男盗女娼"的话。那么,是牛琨瞎说?不对。盛景涛他既是能自己做主娶侯玉婵,为甚就不能自己做主娶我?足见他跟我不是真心!……可是桌面上摆着的银票分明是真的呀！八万两,这可不是个小数! 盛景涛是不是听到了什么风声？他是不是害怕了？八万两银子想让我饶过他？……可这可能吗？

莺莺就这么独自呆坐着胡思乱想,直到盛景涛又派人送来了七万两银子。莺莺醒过神来,送走客人,忙把玉成叫到跟前,说:

"兄弟,从明儿起,你到咱天成居去学徒,要守规矩……"

苍狗子近日很得意,事情仿佛比他预料的顺手得多,贾二成交办的事竟是神不知鬼不觉地都办妥了。屁股上的伤也早好利索了。不过在德泰昕,在别人面前,苍狗子还是时时不忘拐着腿走路,龇牙咧嘴做出疼痛难忍的样子。只有在回到天成祥后院见到贾俊俊时,才变得活马流星像一条活蹦乱跳的公狗或是一匹喷鼻尥蹶子的儿马。那贾俊俊呢,偏是在他最得意时,惯于逗着他玩儿的。比方苍狗子说东时,她偏说西。比方苍狗子要喝茶时,她故意倒给他碗白开水。再比方苍狗子想近她的身子时,她便小屁股一扭一扭偏偏不理他的茬儿,直到把苍狗子撩拨得天灵盖上一股一股冒青烟时,她才半推半就把半个身子给他。贾家峪离碛口原本一步之遥。白天,贾俊俊是必要回贾家峪见她干爹的,天傍黑时,约莫苍狗子快回"家"了,她才朝干爹嘟嘟嘴,做一副很不情愿的样子下碛口伺候苍狗子。

有人在新疆阿勒泰开了金矿想要寻找合伙人的消息是贾俊俊半个月前在苍狗子被窝里无意间说起的,并且特意讲明,引见了合伙人的,也可以一次获得五千两黄金的回报。我的天呀,五千两,这是个多大的数目呀！苍狗子有生以来从未一次获得那么多银子,更不要说金子了。听说金子可是比银子值钱多了。那时,贾俊俊故意问他:

"五千两金子有多大一块呀？"

苍狗子做出无所不知的样子道:

"跟你的身子大小差不多吧。"

贾俊俊又问:

"听说金子比银子值钱多了,那一两金子能换几两银子呀？"

苍狗子说:

"换多了。至少十几二十两吧。"

贾俊俊又问：

"有了那么多金子你干啥？"

苍狗子神往地说：

"到大地方去,北京、天津、上海、南京,或是苏州、杭州也行。盘它两个字号,咱也当当大掌柜。还要买处好房院。给你我每人做十身新衣裳,全要贡缎的。吃的东西嘛,当然也要白米白面,红薯是再也不吃狗日的了。那东西吃了整天放屁,难闻死了！还要多雇些男女用人,把咱俩伺候得舒舒坦坦。还要,出门时坐轿,不骑马。骑马颠屁股疼……"

贾俊俊说：

"怕还要多弄几个年轻漂亮的女人吧？"

苍狗子嘿嘿笑着道：

"我哪敢呀！有你就足够了……"

贾俊俊说：

"你家里那一位怎办呀？"

苍狗子道：

"让她做饭收拾屋子。"

贾俊俊说：

"她要不乐意呢？"

苍狗子道：

"那就休了她。说她偷野汉子了,休了她……"

如此过了数日,贾俊俊又对苍狗子说：

"阿勒泰来人了,说只要你引见的人定下来,把入股的银子交给他,你的五千两金子马上给你……"

那时,苍狗子正在贾俊俊身上忙乎,嘻嘻笑着问：

"那人不是你干爹造出来日哄人的吧？"

贾俊俊身子一挺将苍狗子掀了下去,又一扭,给了苍狗子个光脊背。贾俊俊装作生气的样子不再搭理苍狗子,一颗心怦怦乱跳却像是要蹦出嗓子眼了。

但苍狗子却又沉浸在对美好未来的向往中了。

现在,莺莺连入股的银子都借下了,苍狗子的好光景看来真是指日可待了。

马轱辘有两三年不来碛口了。自从有了盛家的合作,他的生意越做越大。手下五条长船常年行驶在从内蒙古到碛口的航道上。而在内蒙古、宁夏、青海广袤的土地上,马轱辘设立了好几个货栈,养了数百头大牲口,收购、运转西北各种特产,总店设在内蒙古托克托。马轱辘现在主要驻总店,调度各项商事活动。马轱辘本人来碛口少了,但与碛口盛家的联系却是一向十分紧密的。马轱辘常对手下人说:我们和盛家多年来的交情是用诚信一点点垒筑起来的。银钱赔了还能赚,诚信二字一丢就休想再找回来了……

马轱辘此次到碛口,是专程来探望盛景涛、盛景浩这哥儿俩的。盛家二门、大门先后遭遇不测,马轱辘因路途遥远、商事繁忙一直未能亲自来碛口表示慰问,现在盛家又一代人执掌了号事,他无论如何不能不来探访叙旧了。好在盛家三爷眼下还健在,有这么一个老熟人、老朋友从中沟通,他相信同盛家的交情绝不会因为盛书璧、盛书璞的出事而中断。

马轱辘的预料没有错,他的碛口之行受到了盛景涛、盛景浩的热烈欢迎。最重要的是,马轱辘感到那哥儿俩是把他当作父辈来敬重的,这使赶脚扳船出身的他真有点"受宠若惊"了。盛家老三盛书瑜在接待他的整个过程中,更是表现出了一种推心置腹的深情厚谊。盛书瑜一再告诫两位侄儿:马大哥当年是与我弟兄三人拈香结拜过的,连我都要尊着他老人家,休要说你俩了。这一切,都让马轱辘感动莫名……

现在,马轱辘就要返回托克托了。

那一天下午,马轱辘独自一人在碛口街头溜达,尽情享受着他这一生中少有的闲暇。冬初的阳光暖洋洋地照着,游人大敞着怀在街头漫步,街道两厢的大小字号高挑着门帘,琳琅的货架喜色满面地迎迓着顾客。虽然年景不好、时局不靖,但秋收过后不久,眼前似乎还无空腹之患,而庄户人家为了越冬必需的棉衣、棉被、煤炭等等，又不得不从嘴边扒下一些粮食菜蔬来，到市场换成制钱，于是这个节令的碛口便照例显现出一派繁华景象来，有点儿浮夸，但又是实实在在，伸手即可触摸的⋯⋯

马辘辘一边在字号间出出进进，一边噘着嘴唇吹着口哨。先吹《掐蒜薹》，再吹《冯彩云》，忽然想起那住在桃花坞的冯彩云来，就想去看看她。走到冯彩云住的窑洞前，一挑门帘就进，却发现窑主早换人了。有一个男人在座。马辘辘听说冯彩云回河西了，便郁郁地退了出来，正要原路返回，猛然想起刚才看见的那个男人怎这么面熟。一边走一边想，心里忽地亮了：这不是那个挨千刀的莫子贵吗？莫子贵是内蒙古人，曾在马辘辘手下当过两年船工，后来因吃不下船家那份苦离开了。离开马辘辘的莫子贵到处骗人。近年来以开金矿为名，不知骗走了多少人的多少银子，西北人都把这狗日的恨死了。马辘辘认出莫子贵后，当即想：这狗日的莫不是在西北骗不开了，又来碛口骗？想到了莫子贵的骗子行径，马辘辘当即想到了有着多年交情的盛家。景涛和景浩毕竟年轻，千万不敢上了那狗日的当呀！马辘辘这么想着，当即决定去见盛景涛。

盛景涛那时正在一得阁文墨店忙着，听了马辘辘的话，心中一凛，当即想到莺莺朝他借银钱的事。莺莺做甚生意要这么多银子呢？莫不是⋯⋯盛景涛疑心顿起，当即派一得阁二把刀赶到李家字号去找莺莺通报这一情况。盛景涛本人则蹲在一得阁专等二把刀回来⋯⋯

那二把刀去了有一顿饭工夫后，回来了，悻悻地对盛景涛说：

"少掌柜，您这是大伯子给弟媳妇揩鼻涕，好心没好报哩。莺莺身边有个牛琨，硬说咱是想抢他们的生意哩，说他们已和人家说定了，马上就要去做契交银子了⋯⋯"

盛景涛打断他的话问：

"别说废话！你快说说他们到底是不是要做'金矿'的生意？"

那二把刀道：

"就是。听牛琨那口气，实在是得意得很⋯⋯"

盛景涛问：

"莺莺怎么说?"

回答道:

"莺莺二心呼嗒(方言,打不定主意)着呢……"

盛景涛大叫一声"不好",拔腿就朝外跑。

第三十九章

　　王直愣回碛口来看他的外甥,正赶上一场骗局的匆匆谢幕。
　　那是何等惊心动魄的一幕呀!
　　时间在那个冬日的傍黑时分,地点在天成祥客栈的客堂里。人物呢,除过莺莺姐弟、牛琨,还有苍狗子与那位自称来自新疆阿勒泰的苏克曼老爷。那时,莺莺在牛琨的竭力撺掇下,已做出了向那个阿勒泰"金矿"投股的最后决定,且已备好纸笔,准备与苏克曼签订契约,并交付股银了。
　　正是在那最后的一刻,盛景涛偕同马轱辘出现了。
　　苍狗子和苏克曼一见此二人,便都像遭霜打过的茄苗一样蔫了。
　　盛景涛在这里见到了苍狗子,虽然有些意外,但却只是目光锐利地看了他几眼,并未言声。在双方目光遭遇的那一瞬,他似乎已看穿了一切,在嘴角上闪过一丝冷笑后,盛景涛便丢开苍狗子,将注意力转向那位苏克曼,以致苍狗子何时溜走都未曾觉察。
　　马轱辘同盛景涛比起来,自然要"猛浪"得多。
　　"莫子贵,还认识我吗?"马轱辘的眼里满是揶揄,"怎么?内蒙古、宁夏、青海、新疆骗不开了,又来碛口骗?什么你娘的'金矿',叫成'埋人坑'怕是更恰当些哩……"

盛景涛始终不语，末了只问莫子贵一句话：

"是贾二成把你勾引来的吧？这个人渣人妖人鬼！现今这个世道是怎么了？……"

马轱辘说：

"把狗日的扭送三府衙门去！"

盛景涛冷笑道：

"您试试看。送那里就等于放他回家了。他正想叫送那里去呢……"

马轱辘转对莺莺说：

"孩子，这人的当万万上不得呀！他那'金矿'不知骗多少人了……"

莺莺半晌无语，终于抬起头时，先朝那自称苏克曼的人喝声"滚"，接着又对牛琨摆摆手说：

"你去把那苍狗子和贾俊俊给我马上赶走！"

盛景涛脸上终于露出了宽慰的笑，拉起马轱辘要走。莺莺这才对盛景涛说：

"你们盛氏德泰昕都成贩假黑窝点了，你不想知道详情吗？我这里都给你记着账呢……"

又说：

"把你的银票收好。这一回承蒙你的关照，咱俩谁也不欠谁的了。"

说着从自个儿怀里掏出一个小账册，将两张银票小心翼翼夹进去，一并递了过去，两眼却并不看着盛景涛，脸色依然阴沉着……

王直愣自从那天拒绝景浩夫妇的请求后，心里十分不是滋味。俗话说：救人一命，胜造七级浮屠。王直愣，你这是怎啦？如果被救者果真是个赖人，不救自然没说的。可你明明知道那是个根本无罪的好人呀！如果果真是一点办法也无，那自然也没说的。可你明明知道有办法呀！如果是尝试着做了，却做不成，那当然也是情有可原，可你明明是根本拒绝尝试呀！不错，盛家在外甥女身上是欠情了，可他不仁咱就能不义？如果说盛家该受报应，那徐家岂不是更该受报应吗？你今日报复了他，他明日就不会报复你？冤冤相报何时是个了呢！……王直愣这么想着，就觉得应该马上回碛口面见盛家同他们好好合计合计。可是当他一旦真要付诸行动时,却又想:难道外甥女就让人白害了?姐姐、姐夫就白死了?这也太窝囊了吧?……王直愣就在这种反反复复的自我煎熬中度过了半个月的光阴,最后决定先回碛口看看莺莺姐弟再说。

王直愣归碛伊始,就遇上了如此惊心动魄的一幕,待到将情况完全弄清后,王直愣不禁唏嘘不已,心里一时涌出好多话想向莺莺姐弟说。莺莺却朝他摆摆手,道:

"舅。您甚也别说,我知道……盛景涛这一回够意思!"

王直愣试试探探说:

"其实,过去那事,也不能都怪盛景涛……"

莺莺道:

"舅,我心里很乱,您容我想想……"

十一月初的一个晚上,子夜时分。

在汾州府近郊通往大牢南监的一条驿道上,两匹快马轻捷地朝前飞奔,马蹄的嘚嘚声打破田野的寂静,蹄铁落地处,溅起了一朵朵耀眼的火花。快马驰过不一刻,又有一辆两匹马拉的轿车辚辚出现了。车夫不时挥动一下马鞭,那轿车便在快马后一箭远处不紧不慢地跟着。

这是盛家人。他们是按照王直愣的安排去营救盛书璞的。

计划是在几天前就制定好的,但行动的日子提前了,因为问斩的日期已定,就在十天以后。按照惯例,刑期将至的几天里,将是狱中守备最严密的时候,那时行动,无疑成功的希望极小。

盛家人是白天到达汾州府郊外十里处的安平镇的。王直愣傍黑时分过来了一趟,对行动细节又做了进一步的研究。现在,行动终于开始,成败在此一举了。

景涛、景浩弟兄俩骑在快马上。他们谁也不言语,专心一意地策马朝前赶路。不屑说,他们的内心充满了激动和不安。他们相信此次行动一定会成功,但眼前却不时闪过与守备士卒生死格斗的情景。他们不约而同地摸摸腰间的佩剑,手心湿漉漉的满是汗液,呼吸也比平日急促得多。

三爷盛书瑜坐在轿车里。车内没有点灯,看不清他的面容,但从他从容的气息看,他比两个年轻人确是冷静多了。此刻,他正细心地考虑着到达监狱开始行动后可能出现的种种意外,他们必须做好最坏的打算。其实,从王直愣说出他的计划的那一刻起,他已经不知多少次思考过这些情况了。尽管计划是周密的,但意外随时可能发生。一旦出现险情,必须首先考虑王直愣、秦尚友等几个办事人员的安全。盛家人绝不能在危急关头到来之时,丢下为盛家办事的人员不管顾自逃命。必要时,只能牺牲自己。盛书瑜已经下定必死的决心。就在前天夜里从碛口出发时,盛书瑜已经给妻子琪琪格留下了亲笔书写的"字据",一旦他盛书瑜此次出门回不了家,就让琪琪格马上回内蒙古娘家去,从此可自主改嫁。他还给琪琪格娘家写了一封书信,说明琪琪格并非因不守妇道被盛家休弃。琪琪格已经身怀六甲,受不得刺激。为了保住盛家的骨血,盛书瑜说她必须这么做。而在两天前,盛书瑜已经派人先到汾州府,将秦尚友等几个参与的办事人员家属转移到安全的地方,说明如果发生什么意外,盛家将对他们负起全部责任来。这些天来,盛书瑜将可能发生的种种意外一个个掂量,反复考虑了可能采取的补救措施。现在,盛书瑜平静地坐在飞驰的轿车里,将行动的全部细节做了最后一次斟酌,刚刚闭目打了个盹,轿车就停住了。

按照预先安排,盛家一行人到达南监后门要大大方方候在那里,等待将昨日"落牢"一直停尸狱中的盛书璞接回家去下葬。

汾州府大牢南监的后门终于吱呀一声开了,盛家人见两个狱卒抬着一个人走出门来,忙迎上前去接人。

一切都挺顺手。

盛景涛抱着父亲坐进轿车,马上命令车夫驱动牲口,离开这里。

意外就在此时发生了。

按照计划,盛书瑜改乘快马,与景浩断后。二人朝站在门里的王直愣、秦尚友挥别正要上马,忽听得监狱院子里有人大喝一声:且慢放人!接着是一阵杂沓的脚步声。

门里门外的人一时都僵住了。

事后王直愣才了解到毛病原来出在一个狱卒的酒后疯上。

那狱卒名叫赵四。赵四平日为人诚实厚道,只有一样毛病是爱喝两盅。喝过了,舌头、手脚便都不听自个儿招呼想干啥干啥想说啥说啥了。

因为碛口离汾州府大牢起码有一天多的路程,故王直愣和秦尚友合计了一下,必须让盛书璞提前一天半"落牢",这样,盛家人按计划来接人时,才不会引起典狱大人的怀疑。而所用药物只能让人犯维持两三个时辰的僵死状态。这就是说,此事要做得天衣无缝,他们必须设法将这一天半时间内在人犯身边当值的狱卒都安排成绝对可靠的人。

至少涉及三四个当班者。

王直愣和秦尚友斟酌再三,这赵四还是不能不用。于是王直愣事先找到赵四,跟他套了一番近乎后问:

"兄弟,我想托你办件事,不知你肯答应吗?"

赵四拍拍胸脯道:

"那还用得着说吗?咱弟兄们谁跟谁呀?"

王直愣故意做一副犹豫的样子说:

"要不,算了吧。"

那赵四道:"怎么,你连兄弟也不相信了?"

王直愣说:"不是不相信你的人品,是不相信你的酒瘾嘛!"

赵四一听,急了:

"我以为是甚呀!嗨,只要你兄弟一句话,不要说是个酒瘾了,就是洋烟瘾咱也能把它戒干净了!"

王直愣见赵四说得恳切,便将他算作一个可依靠的人。

以往,那赵四是顿顿吃饭离不开酒的。这一回参与了此事,果然便格外当心起来。头一天,他践行诺言,果然滴酒未沾。可是就在盛家来接人的那天中午,有几个朋友拉着他非让进酒馆喝一回不可。一开始,赵四坚辞不肯,可架不住朋友们拿"怕老婆"取笑于他,便心想,去就去,去了我不会稍稍喝一点点吗?

赵四便去了。

谁知一去了,便自己管不住自己了。于是二两下肚,就对身边一个朋友说:

"我能把你弄成一个死人,你信不信?"

一头说,一头从兜儿里摸出一些头天用过的雄黄来,就要往那人脸上涂,又顺手从饭桌上提起锡酒壶,说:

"涂过了,再用这家伙擦,再让你服药……"

那一天的酒友中,有一人系典狱大人的跟班,是一个心细如丝的人。当时看着手脚乱动,满嘴疯话的赵四,便问:

"怎么,这两天给牢里的人犯这么收拾过?……"

要说这赵四的酒后疯,倒也不是疯得百事糊涂了。当时听了那典狱跟班的话,心里便忽的一下醒过神来了,忙掩饰道:

"不,不,不,哪儿跟哪儿呀!……"

众人知赵四不过一个酒后疯,也便不以为意,连那位典狱大人的跟班也没真当回事。

于是当日班上无事。

可是下班后,那典狱大人的跟班回家时,路过赵四的家门,忽然想起赵四午间酒后的那一番行止,便有一些疑惑接二连三窜到自个儿脑子里来。他一边往家走,一边思谋,越想越觉可疑。忽又想起,昨天那医检秦尚友好像给典狱大人呈送过有人犯"落牢"的报告一件,会不会是?……这可是人命关天的大事,这位跟班不敢往下想了。

跟班打不定主意要不要赶快把这事报告给典狱大人。晚饭他没有吃出什么味道来,睡下后,他还在想这事。新婚不久的妻子就躺在他的身边。往日一上炕,他可是就搂媳妇的。今天他这是怎了?媳妇便有些疑惑起来。

你是怎了?媳妇问。

跟班不吱声。

媳妇便揪着他的耳朵问:是不是外头有相好的了?

跟班忙摇头摆手,随将自个儿心中的疑惑讲了出来。

那媳妇原是个极有心计的女人,当下一听男人的话,便笑了,说:快,快,快!你升官的机会来了。快去报告典狱大人……

跟班迟疑道:

"万一那赵四真是酒后胡言乱语呢?"

媳妇说:

"万一你的怀疑是事实呢?那岂不是白白放过一次大好机会了?"

跟班终于被媳妇的道理打动了……

就这样,在盛家接人的前一刻典狱大人终于得到了报告。

典狱当即差人前来传达了他"留人复验"的命令。

盛书瑜心中暗叫一声"糟了",忙将景浩推一把让他快走,顺手将留给自己的那匹快马猛击一掌。慌急中的盛景浩听得背后有蹄声跟上来了,以为必是叔叔无疑,便猛加一鞭,眨眼间跑得没了踪影。

盛书瑜原地留着未动。他早有这个准备了。早在碛口的这几日,他已按王直愣说的法子制好了几粒药丸。刚才在安平镇,他已如法炮制将自己装扮好了,还换上了二哥平日穿的衣裳。这时,他悄声对送二哥出门的狱卒道:"别慌,快,把我送进牢房!"狱卒抬头看看他,惊得几乎失声大叫起来。他们不知道天下竟有这么相像的人,一颗心落进肚里,抬起他来匆匆返回牢房。盛书瑜瞅空子取出药丸吞下,一切竟做得天衣无缝……

惊魂甫定的王直愣去向典狱大人报告:在未向人犯交割前秦尚友已发现人犯尚有复苏的可能,所以典狱大人的命令下达时,他们早已做出将其抬回牢中的决定了。

那典狱大人原是很看重王直愣和秦尚友人品才干的。现在见人犯还在,也便未加深究。

第四十章

　　转眼间,盛书璞行刑问斩的日子到了。刑场设在汾州府西门外。同时问斩的还有好几人。几乎落牢的"盛书璞"自从被抬回牢内再未进食,眼下自然已是奄奄一息了。刑场上搭起一人高的"望乡台",上安两口虎头铡,每口铡刀前把着两个彪形大汉。汾州府知州周大人亲自监斩。

　　天上正下着入冬以来的第一场雪。空气有些沉闷。白毛似的雪花纷纷扬扬地飘洒着,落到地上便化作湿漉漉的水渍。刑场上人山人海。有军士把守着各个路口。"望乡台"前更是刀枪剑戟护卫的禁地。不时有人想越过警戒靠上前去,那大都是些死刑犯的亲属。他们的企图无一例外被明晃晃的刀枪挫败了。

　　盛景浩、盛景涛身着重孝站在人群中。他们万万没有想到这事会以救出一个断送一个为结局。那一天,当他们终于跑到安平镇时,才发现叔父没有跟上来。他们知道叔父留到那里的用心。他们既不敢大放悲声,又不敢久留于此地,唯有速速返回家中。一时,盛府上下又一次笼罩在巨大的悲哀中,他们曾经为之煞费苦心的二爷盛书璞倒像被忽略了……啊呀呀,难道这真是天意吗?

　　景浩、景涛弟兄俩一眼就从几个犯人中认出了叔父盛书瑜。盛书瑜也看见了他们俩。几天未进水米的盛书瑜此刻精神极好,他目光炯炯地看着自己的亲人,眉宇间仿佛满蕴着欣慰和喜气。景涛不由大叫一声"爹啊!"景浩也已泣不成声。

一声炮响,周大人当空抛下一支开斩令箭,典刑官走上"望乡台",问诸位人犯有无想见的亲人。有点头的,有摇头的。于是便有亲属陆续走上前去与人犯们做最后的话别。望乡台前一片凄厉的哭声。

盛书瑜摇了头。他的目光最后一次投向景浩、景涛弟兄俩,旋即一转身,毅然走向虎头铡,将头平放上去。正在这时,人群中突然响起一声撕肝裂肺的哀号,一个浑身缟素的女人扑向"望乡台"。盛书瑜猛然惊觉,浑身一凛,抬头看时,便觉一腔热血呼地涌上脸来。景浩、景涛弟兄俩亦寻声望去,当即认出这女人是冯彩云。

说来真是天缘巧合。盛书瑜的妻子琪琪格在丈夫一去不归之后,知道凶多吉少,便在盛家仆佣护送下取道陕西米脂、榆林一线登上返回内蒙古的路。在榆林歇脚的时候,正好与准备回米脂老家的冯彩云相遇。冯彩云在得知盛书瑜遭难的事后,当即只身赶来汾州府……

盛书瑜膝行着扑向冯彩云,四只手紧紧地扣到一起了。

又是一声炮响,有军士大声朝着盛书瑜吆喝。盛书瑜这才一把推开冯彩云,站起来朝虎头铡走去。就在他的头放进刀口的那一霎,冯彩云从怀中掏出一把剪刀,大叫一声"盛家哥呀,我来了!"那刀尖便直直刺进咽喉……

那一刻,寒冬里突然响起一声惊雷,大雨倾盆而下,天地间一片哀恸。一道闪电掠过长空,山呼海啸,天地崩裂……

景浩、景涛弟兄俩又买了一口棺木,将叔叔和冯彩云双双收殓了,一道拉着踏上返乡的路。一路上弟兄俩不免为这冯彩云的棺木可不可立马运回碛口之事再三斟酌。既是已经有了汾州府刑场那一出儿,碛口官民迟早都会知道盛书璞在外有个相好一道殉情的事。所以对此事遮遮掩掩只是徒劳而已。可到底该如何处置,却也需要禀明家里人,让长辈们定夺。于是二人便先将冯彩云的棺木寄存在离碛口四五里地的一个崖洞中雇人看护，只先把盛书瑜运回。盛家人早在西湾村外搭起了灵棚，青松翠柏、素花纸幡、金童玉女、仙鹤灵骑一应俱全，便将棺木安放进去，盛家上下黑压压跪了一地，哭声撼地动天。那时，盛书璞已搬入三爷府中养息，对外自然自称起盛书瑜来。现在见景浩、景涛将真书瑜的尸身运回，便不由抚着棺木"弟啊弟啊"地大哭起来，亏得当时近前没有外人，众人忙连拖带劝要将他弄走。那盛书璞却又两眼直勾勾盯着灵棚门楣道："那里要贴上'吾皇万岁万万岁'！"崔玉荣那时正"夫啊，夫啊，我的夫啊！"哭得要死要活，见此情景，不得不止住哭对盛书璞道："你说甚呀？贴个那话儿算个什么？"盛书璞以不容置疑的口气又说一遍："那里要贴上'吾皇万岁万万岁'！"崔玉荣道："好，好，好，贴上、贴上……"忙吩咐众人照办，盛书璞这才离去。

景浩、景涛抽空子将冯彩云刑场殉情之事禀告了李秀珠和崔玉荣，请两位长辈定夺如何是好。李秀珠和崔玉荣听了都感叹不已。李秀珠念声"阿弥陀佛"道：

"按说，这冯彩云也真是可敬可佩。当年二弟原是与她有约在前的，后来咱家老人否了这事，本来是一千个对不住人家了。现在难得她又将一腔子热血同三弟流到了一起。若是我们再不往回接她，天地难容了……可有一样事难办哩。现在三弟顶的是景涛爹的名，对外这怎说呢？大弟他能应这名吗？景涛妈你乐意吗？还有他三婶琪琪格，人虽回了内蒙古，可这事若不知会她能成吗？"

崔玉荣听了忙说：

"在我这里，满心乐意呢。景涛爹，我也得让他乐意。他为甚不乐意哩？三弟为他都送命了，他还要那虚名干甚？依我看，这冯彩云实在是女中豪杰。搁在咱头上，谁能做到？应这个名有甚不光彩的？这事由我来张罗，我倒真想尊她为姐哩。至于说到琪琪格，我看那也是个通情达理之人。这事我们做主了，回头再跟她说，我看不过一个谁先谁后的问题罢了！倒是对外如何说，还得费些心思哩。"

李秀珠道：

"阿弥陀佛！还有景浩、景涛你俩哩，你俩怎说呀？往后你们就得尊冯彩云做婶婶了……"

那一刻,景浩、景涛不约而同想到了昨天目睹的那一幕。当时,面对刑场感天地泣鬼神的那一番情景,他们真想冲上前去,当着冯彩云的面叫她一声"婶婶,我的好婶婶"呀,他们早就将各自的同情毫无保留地给过叔叔和冯彩云了,自然没有不乐意的。众人便集中心思谋划对外如何自圆其说了……

于是,当天下午,碛口内外便风传开了这样的事:盛书璞当年在赴省参加乡试途中,遭强盗洗劫,身负重伤,曾得一位农家女搭救才保得性命。盛书璞感于女子救命之恩,便与那女子私订婚约,回家后却又不好意思提起,结果害那女子空等十多年。此次盛书璞刑场问斩,那女子竟赶去陪他共赴黄泉。盛家不日就要把那女子的灵柩运来与盛书璞合葬了……

果然,第二天上午,便有一口新棺运了回来与盛书瑜的棺木并排陈放灵堂。难得崔玉荣贤惠,竟亲自动手为那女子洗涮妆殓,烧纸后,一口一声"妹呀,妹呀,好心的妹呀,苦命的妹呀!"哭得让人心碎。

此时,盛景浩的妻子顾金枝、妹盛景月,盛景涛的妻子侯玉婵、妹盛景虹,以及张放、崔炳文等俱已对此事的真相心知肚明了,莫不为那冯彩云的痴情所感动,便都披麻戴孝,如仪礼奠。盛家别的人虽不明就里,但见死者的近亲尚虔诚有加,也便无话可说。

于是一切礼仪按冥婚进行。灵堂内外黑白两色饰物一律换作红黑二色交结。鹤点红顶,马备朱鞍,悬塔前鸣放过千响爆竹,未成年孩童在号帽上另贴红榴剪纸。两副棺木大头上均贴红双喜字。

正式祭仪从灵柩返乡的第三天开始,延续三日。头一天算是起吊日。礼仪先生共请四位:一称通赞,一称引赞,一称文赞,一称哑赞。另有阴阳先生主持阴宅筑建、阳宅禳解。盛家的亲戚六人,商界的同仁伙计,义学的教习学子,纷纷前来吊唁,孝子孝女迎进送出,举哀之声不绝于耳。当晚举行醒灵式。第二天为正吊日。早有先生祭风神、祭彩塔、拜菩萨、拜榜、坟茔请主、祭门神、祭土神、安主等,饭后迎幛、送幛、出祭游村,直到午奠、晚奠。第三天为送殡日,黎明即起早奠,奠后迁柩、柩行、下葬、辞墓。阴宅由砖石砌成,颇宽大。按照左大右小的规矩,将女棺置于男棺之右,左侧空缺。

却说盛景浩的岳丈顾骅前一段因与三府衙门通判孙大人政见不合,龃龉不断,颇多苦恼,后承蒙永宁知州王大人关照,调回府衙,另派典史一名常驻碛口三府衙门。此次顾骅作为盛家姻亲前来吊唁,同时带来王大人对死者亲属的慰问。盛家如何搭救狱中二爷,结果又如何陷三爷于狱中的情节自然不会瞒他。故在见过崔玉荣、盛景涛、盛景虹,又与崔炳文互致问候之后,便去看望盛书璞。盛家人考虑到刚出大牢的盛书璞憔悴病弱,毕竟与三爷盛书瑜相去甚远的情形,让他干脆谎称患了"伤寒"未参加"胞兄"的葬仪,以防露出马脚。顾骅估计盛书璞必是躺在三爷府中将养的,便径直去了那里。谁知他竟回了待月庐。顾骅不知所为何事,忙转身也去待月庐。刚一进门,便见下院柴草棚里尘土飞扬,有一人正在里面翻寻什么。顾骅仔细一看,正是那二爷盛书璞。忙压低声音问:

"您好啊!您不在您自个儿屋里好好待着,跑这边来干甚?"

盛书璞看样子精神尚好,朝着顾骅点点头,一本正经道:

"我找那块'岁进士'牌匾。我想把他挂起来⋯⋯"

顾骅大惑:

"我的爷,好好的您要那劳什子干什么?要挂您也该挂'总兵'的牌匾才对。我记得三爷是捐了个候补总兵的!"

盛书璞拍拍脑袋,醒悟了:

"对,对。是该挂'总兵府'的匾额哩⋯⋯"

二人便相跟着返回三爷府。

二人进得客堂,盛书璞对顾骅说声"坐",自个儿却径直去摆置在堂屋正面的条案前净手去了。净完手,仔细地擦过,便燃了三炷高香,恭恭敬敬插入案上香炉。顾骅笑问:

"二爷也信神信佛了?"

盛书璞道:

"我不信那些个⋯⋯"

顾骓仔细一看，可不，那不是神，也不是佛，条案上置一牌位，上书七个烫金大字：吾皇万岁万万岁！

顾骓久久无言。顾骓心想，这哪里还是二爷呀，分明变成了另外一个人。顾骓对盛书璞说：

"书璞呀，您的魂丢到大牢里没有带出来……"

盛书璞微怔，道：

"盛书璞死了……"

那时，阴阳先生走进院子，说要"净宅"了。

便摇动了神铎——一颗带把儿的大铃铛。

第四十一章

  西湾村头上回荡着李秀珠凄厉的号哭声：我那可怜的好兄弟呀——
  李秀珠并不知道她所哭的并非盛书璞，而是盛书瑜。对她来说，老二也好，老三也罢，都是她最亲的亲人，都是远比自家丈夫待她好的最亲的亲人。面对好兄弟白生生的棺木，李秀珠的脑子里一刻不停回响着兄弟生前"嫂嫂""嫂嫂"的呼唤声，眼面前一刻不停晃动着兄弟关切慈和的面容。李秀珠的号哭是发自内心的，听得所有在场者无不愀然动容。
  那是盛书瑜葬仪正吊日的夜晚。白日里一次次的号哭一次次的祭奠耗尽了李秀珠的心力，回到自家屋后，她草草洗漱了一下就上炕歇息了。李秀珠近日总做噩梦，一次次惊悸搅扰着她，使她总是处于一种似睡非睡的状态中。大约半夜时分，李秀珠耳廓间仿佛听得有轻轻的叩门声响起，间或还有"嫂嫂""嫂嫂"的呼唤声传来。恍惚间，李秀珠想：是大弟书璞？二弟书瑜？不像。啊呀，好像是金大发。真是他回来了吗？有一瞬间，李秀珠的脑海中闪过金大发结实的胸肌、憨憨的脸盘，旋即又是他赤裸着身子跪地下叩首的情景。似睡非睡中的李秀珠索然寡味地叹口气，背过身去又睡了……或又听得有人大叫：啊呀，有贼！听声音好像是景月在叫。接着便听得满院响起杂沓的脚步声了……

李秀珠就是在这时完全清醒的。她听得院子里果然有杂沓的脚步声。脚步声响往前院去了。过了不多一阵儿,又听得景浩惊慌的叫声响起:怎么会是他呢?又听得景月说:我听见院子里扑通一声响,开门一看,有个黑影从院墙跳进来了,他蹿上圪台,在母亲屋门上窥视……李秀珠听到这里,一个激灵坐了起来,心怦怦跳得像要从喉咙里蹦出来似的。难道果真是他回来了吗?……李秀珠想着,披衣跳下炕来朝屋门走。这时又听得新雇用的护院老陈惊慌地叫道:他头撞到马槽上死了!这可怎办呀!

李秀珠的脑袋猛地胀大了,两腿一软,倒在了屋门口。

跳进院来的正是金大发。盛景月这一向一直住在娘家。她的丈夫张放近日听说甘肃、陕西那边饥民造反渐成声势,就摩拳擦掌一再声称要联络些人揭竿响应。这事儿的非同一般让年纪轻轻的她夜夜失眠,所以刚才一听得院子里有重物落地声响起,她便跳下地开门察看。她万万没想到那跳墙进来的"贼"竟会是金大发。现在,让年纪轻轻的她百思不得其解的是金大发要回盛家来,干啥非跳墙不可。这个汉子离开盛家时,连多年积攒的一点辛苦钱都给盛家留下了,现在干吗又来做贼。进来就进来了,为甚别人一追他就跑。最后还要头撞石槽自寻短见。尤其令人匪夷所思的是,就在景月冲出自家屋门的那一霎,她好像隐约听得那金大发拍着母亲的屋门叫道:嫂嫂,快开门!……这是怎回事呢?她不知道该不该把这些疑惑当着众人的面讲出来,这时嫂嫂顾金枝凑近她身边道:妹,什么也不要再说了,让他们男人收殓死人,咱俩快去看看母亲吧……

李秀珠醒来时已是第二天晌午了。

李秀珠眼望着屋顶发出凄厉的号哭声:我那可怜的好兄弟呀!

她号了一遍又一遍,号得盛府上下的人都陪着她没完没了地落泪。崔玉荣也匆匆赶来了,她叫来景月问了问事情的经过,随即吩咐:盛家人任谁也不许对外说起金大发跳墙进院的事,只说金爷是赶回来为大爷、二爷烧纸,伤心过度,不听劝慰,陪着大爷、二爷走了的。崔玉荣说:金大发是有大功于盛家的,盛家一定要盛殓盛葬他。崔玉荣说:金爷早已是盛家人了,所以就把他埋在盛家祖坟中书字辈一域中,让他永远陪伴着大爷、二爷。

崔玉荣将自己的这些想法一一讲给李秀珠听,又说了许多慰藉的话,李秀珠这才起来吃了点东西,情绪也渐渐稳定了。

盛景涛刚从埋殡叔父和金大发的坟上回村,有德泰昕的小伙计跑来叫他,说太谷广誉远来人等着要见他。盛景涛来不及脱换孝服,便赶到德泰昕去了。

太谷广誉远是盛家老客户。盛家从西北运回的药材有一大部分是供了广誉远的。

来人姓高,近年常来碛口,与盛家保持着密切的联系。

高先生见景涛来了,欠身拱手道:

"少掌柜别来无恙?"

景涛忙拱手说:

"托大哥的福,还好。"

高先生道:

"我们大掌柜原是托我在令尊大人灵前化纸致哀的,请恕在下来迟之罪……"

景涛忙再次拱手说:

"多谢大掌柜。家父在天之灵会记着贵字号的情意的。"

那高先生突然变脸失色道:

"敝字号对盛家的情意没说的——少掌柜对此心中有数吧?可盛家对我们呢?自少掌柜主理贵字号以来,你们的生意可是越做越精了。我们大掌柜说,敝字号上下都是些实实在在的人,今后恐怕不敢与贵字号打交道了。在下今日是特来知会贵字号的……"

高先生说着,从怀中掏出一个小纸包来,顺桌面朝景涛面前一推。景涛打开一看,见是两支人参。景涛心里一紧,想那人参一定是假的了。自从莺莺向他通报了贾二成与苍狗子内外勾结,将大批假货通过德泰昕销往盛家新老客户那里的情况后,盛景涛极度震惊,和景浩商量了一下,当即派出专人分几路去见新老客户,赔情道歉,销毁假货,核对数额,报回碛口,损失由盛家全部包赔。不知近在咫尺的太谷广誉远如何竟无有人去。盛景

涛立起身来,向高先生深施一礼,将情况做了说明,表示一定查明原因,给广誉远一个满意的答复。盛景涛说:

"高大哥哪,请代我向大掌柜表示歉意。景涛暗于察人,导致了这一欺人瞒天之事的发生,实在是有愧先人诚信为本的敬业之道,景涛不胜惶愧。景涛知罪了。景涛已决定一待家事处理完毕,就亲赴贵字号负荆请罪,万望大哥代为致意……"

那高先生忽又一拍额头道:

"噢,对了,听说前几天有贵字号的人去过,当时我们大掌柜正在气头上,只说不见,看来必是少掌柜派出的人了。如此看来,倒是敝字号多有得罪了……"

景涛忙说:

"哪里,哪里,这事要怨只好怨我。大哥,我这里有一个德泰昕发往广誉远的假货清单,请您过目核准。"

那高先生接过一看,竟比自家发现的多出好多,心中不由又惊又喜,忙站起来,朝着景涛深施一礼表示感谢。景涛只说惭愧惭愧,当即叫人给高先生如数照拨真货,直到高先生满意为止。

派往各地查核假货的人员陆续回来了,追回的假货少量已做就地销毁,大部分被运回碛口。盛景涛又让把德泰昕库存的部分一并起出,在拐角上全部销毁。

那一天恰逢集日,现场观者如堵,农工士商莫不称快。

可是盛景涛万万没有想到,销毁假货的烟火尚未熄灭,又有德泰昕小伙计向他透露:盛家有位远房亲戚昨晚从准备销毁的假货中取走了一些假药材和假酒。

景涛连忙叫来新任库房保管询问,才知是盛氏家族中年事最高的一位长者亲自来找保管讨要了送那位亲戚,说要摆个小摊,挣两个小钱的。

说起来,这位长者是景涛他们刚出五服的一位爷爷,是他们盛家眼下仅存的一位爷爷辈的长者了,往常盛书璧他们老弟兄仨逢年过节还不忘去看望的。那库房保管也算盛家字号老人手了,他知道这老人家非比常人,又想反正这些东西也是要被毁掉的了,便通了个顺水人情。

盛景涛很生气,不免将那保管斥责一番,说你知道不知道你这顺水人情可能把盛家的声誉给毁了!当即宣布,撤换库房保管,并责成他带两个人去把那些假货全部追回。

原来那盛家的远房亲戚因家中一年病死三口人,拉了一屁股饥荒,也是病急乱投医,听说盛家有些假货要被烧掉,就想出了这么个主意。他不敢直接找景涛,就去求老者出面找了这位库房保管。那保管不由动了恻隐之心,便自作主张弄了这事……

当然,假货是追回来了,可还没容景涛下达当即销毁的命令,字号门口便有一位须发皆白、挂着拐杖的老人颤巍巍出现了。这老者不是别个,正是盛家眼下仅存的那位爷爷辈的人物。

老者进门来也不打话,抡起手中的拐杖照着景涛的面门就是一下,霎时就有淋漓的鲜血从景涛鼻孔里冒涌出来了。要不是众人拉得快,景涛的脑袋怕也开花了。

景涛早就听说这位老人脾气暴烈,所以从小到大从未同他打交道。现在见他竟暴烈到见面就动手的地步,一时倒傻眼了。

景涛身边有几个年轻人见状,一拥而上便将那老人拖翻在地。那老人当即破口大骂,说盛家人真是一代不如一代了,说盛景涛你小子为富不仁,迟早会像你爹似的不得好死。几个年轻人见他骂得如此可恶,便也"老鬼""老货""老不死的"骂起来,摁着老汉的手上不由便加了点劲。

这时,景涛清醒了,忙制止众人,亲自上前将老人扶起来,口称爷爷,说您打我骂我我不嫌,可这事要依了您,我就真是"为富不仁"了。

老汉将眼一瞪,说:你说甚?你小子想教训我?你爹在世那阵儿都不敢对我说个不字哩。就你小子呀,再吃五六十年干饭试试看吧!

景涛道:好我的爷爷哩,我哪敢教训您呀!可我弄不懂您把那些东西拿去送给亲戚为的是甚?

老汉说:你这不是明知故问吗?自然是要变卖几个钱嘛!

景涛道:那是假货,谁会花钱买假货呀。让您买,您买吗?

老汉脖子一梗说:我是咱自家人!我知道那是假货,我为甚要买!可我看不出那和真货有甚不一样来!他们旁人外姓谁敢说那是卖假货?

景涛笑道:别人或许看不出来,可咱自家心里明镜一样,是吧?您老想想啊,咱明知那是假货,却让人当真货往出卖,那岂不是存心骗人害人吗?您说这岂不是真成"为富不仁"了!再说了,受了骗受了害的人岂能善罢甘休,还不来找咱那亲戚算账!还不连带将咱盛家祖宗八代也骂到一搭!我知道您的本意是好的,可真要这么做了,您能落到甚"好"呀!说得那老人家终于低下头不吭气了。最后,盛景涛在自己名下支了五两银子送给了老人让他转给那位远房亲戚,让那人进些真货摆个小摊挣日月去。

那老人嘿嘿笑着走了……

盛景涛又着人满街贴出《告示》,今后凡盛家卖出的货物发现有假货者,买一赔三。

盛景浩对这个"买一赔三"颇多顾虑,对景涛说:

"弟,这话是不是说过头了?眼下造假之风盛行,正经商家谁不头疼?你敢说你能防得住?这岂不是自己给自己戴紧箍咒,寻不自在?"

景涛说:

"哥,你想想啊!商家头疼,百姓难道不头疼?我们这个告示一出,人心自然是向咱的了。你就等着做好生意吧。至于戴紧箍咒,咱不怕!孙悟空不戴紧箍咒还成不了正果呢。"

景浩说:

"要这样,咱可得加倍小心着!咱得在各字号的规矩中加一条,库房保管收下假货怎么处分,伙计卖出假货怎么处分,从上到下多设几道关卡。"

景涛说:

"哥,你这主意好。"

于是盛家各字号便立了新规矩。

谁知这规矩刚刚立了几天,盛景浩自己就撞到了枪口上。

原来,那一天盛景浩正在码头上溜达,有一条长船靠岸了。拉的是西北来的盐。船主是从未见过面的,听码头上的人说盛景浩是德泰昕二掌柜,便赶上来求他收下这船货。盛家经运饷换盐引后,本来有专船运盐的,景浩便对收这船零盐不太热心,谁知那人缠着他不放,说自己原来是准备下河南的,可一看二碛那山一样的浪,头晕得怎也不敢走了。盛景浩想起当年他爹曾收马轱辘五船药材,从此便同马轱辘义结同心,一运一销,做了无数大生意的事,便答应了。盛景浩跳上船去,一条条麻袋亲自用手摸了一遍,确信那是上好的西北盐了,就叫来德泰昕盐库保管收入库房。没想到过了几天,零售这批盐时,发现盐包中间几乎无一例外全是芒硝和脏土。

盛景浩傻眼了。这事既不能处分库房保管,也不好处分卖盐的伙计,只能处分他。

盛景涛过意不去,说:

"哥,这事算我的,扣我身股。"

盛景浩这时醒过神来了,道:

"扣你算怎回事?在你眼里,你哥就这么不经事?"

二把刀盛景浩的身股被扣一厘。

同样的事商会会长李运兴也碰上了。

李氏天成元油麻店收下了一船内蒙古来的胡麻油,几天后发现,其中十四五篓下半截装的是些发了臭的油渣。李运兴勃然大怒,让儿子弼龙带了两个民团的人沿河上行二百里,硬是把那个船家追上痛打了一顿。可那船家其实也是叫人骗了。内蒙古油贩子到处是,那些收油的货栈多数情况下也弄不清哪一篓油是从哪里进的。不过,那船主说的几句话却令李弼龙大吃一惊。船主说:

"要骗也是你们碛口人骗碛口人哩。我这油是在五原拉起的。那里开货栈的是你们贾家峪贾二成的人,叫苍狗子……"

这话传回碛口后,李运兴让弼龙联络了盛家,带了十几二十个人去贾家峪找贾二成"算账"。他们是夜晚去的,去了,却不敢动手了。因为他们到那里时,正遇上三府衙门孙大人和那位刚从永宁州调来的典史都在贾家峪。李弼龙两年前来过一回贾家峪。两年工夫,这村子竟发展成了比碛口西头还大的一个地方。那贾二成的府宅竟远胜三槐堂和李府的气派了。

大门外居然竖了旗杆,安了上马石。大石狮子把门,镏金的"贾府"牌匾赫然高悬。灯笼上还写着"肃静"两个大字——这是三槐堂和李府全都没有的。李弼龙他们躲在大门对过的墙角里看够多时,也不知这账该怎么算,心里憋着满肚子的气没处出,便每人拣了一块破砖头准备照那大门砸狗日的一家伙了事。谁知正在此时,那贾府大门轰隆隆一声开了,贾二成送孙大人和那典史出来了。贾二成竟也出息得油光满面、气宇轩昂。孙大人一条胳膊搭在贾二成肩上,很亲热的样子。典史大人手提一个布袋子,里头装着方方正正几个什么东西。大的如盖碗,小的如茶盅。李弼龙心想,那莫不是府衙的关防吧?那玩意儿他也敢伪造?

过了几日,碛口街头到处贴出了皇上的《诏告》,是表扬碛口绅商士民的。为的是中英开战伊始,碛口各界的"为国筹募"。人们一边围了看一边说:这大印挺像的。不过,说归说,到底没人敢公开说那是假的。于是,三府衙门召开碛口绅商士民会议,热烈庆贺皇上嘉奖,还请来喜连成戏班子唱了三天大戏。大戏开演前,孙大人登台讲话,说眼下中英之战仍在如火如荼进行,朝廷的军队苦于没有好枪好炮,所以连连失利,情况十分危急,还望碛口各界继续秉承忠君爱国之心,继续"为国筹募"。孙大人还让贾家峪出人教习街坊小儿学唱《为国筹募歌》。歌曰:

多捐一条枪,
红毛把命丧。
多捐一门炮,
红毛吱哇叫。
多捐一匹马,
红毛掉脑瓜。
多捐一把大砍刀,
红毛的日子长不了。

碛口人却不理这个茬了。倒是黑龙庙扩建改建扫尾工程缺短下银钱时,碛口三百多家字号几乎都慷慨解囊了。

在此期间,中英战事果然频传凶讯。从道光二十一年八九月间到二十二年七八月间不到一年的时间内,先后有厦门、定海、宁波、乍浦、上海、镇江等重地失陷,最后英军逼着朝廷与他们签订了《南京条约》。除开商埠、设领事、割香港、定税则、偿商欠外,还要朝廷"赔偿"他们两千一百万银元。这一回,三府衙门不说,碛口人也明白,这银子不想出也得出了。到道光二十三年六七月间,传来那该死的《南京条约》正式生效的消息时,碛口人倒像麻木了。

就在那一年的六月底,黑龙庙扩建改建工程最后竣工了。新庙分上下两院。下院重施丹青,焕然一新;上院与下院建在同一条中轴线上。略大于下院。亦有正殿、偏殿、廊庑、边窑及乐楼等设施。正殿供奉金龙爷,偏殿是山神和白虎神,左右两侧是喜神、贵神和仓官。边窑为斋房,同时也是为娱众的伶人、云游的道士预备的客室。整个庙制结瑶构琼,图云画仙,台雕榭楼,横对阁连,极尽壮丽。唯山门两侧留有两副对联的空档,尚未请人书写镌刻。

那一日,永宁知州王继贤来了碛口,三府衙门通判孙大人、武大人等陪同莅临视察。王继贤刚到永宁州那年曾对李运旺许诺,有机会要去李家山看看村上的草台戏班,但一直未能如愿,道光十七年夏终于有机会去了,正遇戏班在自家村演出,看罢戏回碛口时突然雷雨大作,王继贤刚渡过湫水河到了岸这边,湫水河上游便有铺天盖地一河大洪水下来了。王继贤看着那满世界的掀天巨浪,心想好险呀,就差一步我王继贤今日就得去东海龙王那里讨生活了,莫不是黑龙爷在暗中护佑?黑龙爷今日佑我一人,明日必佑我百姓万民。当即朝着黑龙庙跪了,叩首道:我王继贤在任之日,定要为您做点好事。那时黑龙庙的扩建改建工程启动不久,正有许多事体需地方官吏协调统制,王继贤便热心予以多方关照。现在工程竣工了,他是专程来参观的。

王继贤来碛口后,先去西湾三槐堂看望了原碛口商会会长盛书玺的家人。盛书玺在世时,曾兼任黑龙庙扩建改建工程总监理,在这事上真没有少花心血。看罢盛家大门的老小,王继贤顺便去待月庐盛家二门看了看。因为盛书璞是朝廷判斩的,故王继贤不好明着去慰问他的家人,便以看望崔炳文的名义去与盛书璞的家人坐了坐,特地叫回盛景涛,问了些商务买卖方面的话。临走时,硬将崔炳文拉了同游黑龙庙。

新任碛口商会会长李运兴顺理成章做了黑龙庙工程新监理。孙大人便将他拉了一道陪客,当然还有一层意思:从庙上下来,得由商会做东请客。那李运兴一见王继贤和崔炳文,灵机一动,便说:

"正要去请二位大驾哩,二位倒来了。这是黑龙爷的旨意了……"

便将山门上尚留着两副对联空档的事说了。

孙大人也说:

"整日念叨'请名士''请名士',名士就在眼皮子跟前哩,这不都来了吗?快快准备笔墨,就请二位欣然命笔吧。不过李会长,这事怕得在庙上下来之后,少不得还得备些好酒好饭伺候……"

李运兴忙说:

"那是自然。"

于是一行人便先去叩拜各位神祇,然后由下庙而上庙,一处处细细看来。李运兴又对王继贤说:

"黑龙庙能有今日,王大人功不可没。不知王大人能否拨冗为工程竣工写个碑文?"

王继贤的眼前又闪过五年前那惊心动魄的一幕,便点头道:

"好吧,容我抽空写一篇充数……"

忽有孙大人拉拉王继贤的袍袖,说王大人您快看,崔大才子可是已在吟对了。王继贤朝孙大人手指的方向看时,果见远远的下庙钟鼓楼上,崔炳文正独自一人徘徊。

王继贤快步登上钟鼓楼,站在崔炳文身后笑道:

"一副对联,崔大人还用得着这么苦吟吗?"

崔炳文苦笑道:

"虎臣才疏学浅,今日这对联还真难住我了……"

王继贤说：

"无非是些大年早起见面说的吉言吧,你崔虎臣一口气弄十副八副怕也不在话下吧。怎就……"

崔炳文道：

"当今之世,王兄肚子里还能长出多少'吉言'来呢?……"

王继贤朝身后瞧瞧,见孙大人几个还在正殿盘桓,便说：

"虎臣少安毋躁。你我急了没用……"

崔炳文叹道：

"我大清现在正应了那句'内外交困'的话了。洋人欺咱你我说了无用,可国内呢,真是一派末世败象啊! 贪盗贿赂公行,作伪弄假成风。这两样东西互为依托,朋比为奸,大有鬼火燎原之势。实在是叫人没有再说什么'吉言'的心情啊!……"

崔炳文说完久久郁积心中的话,却不见王继贤回应,一看,王继贤正远眺着二碛滩头出神呢。昨日,黄河上出现了今年第一次洪峰。眼下,大同碛的浪涛仍如小山般腾舞,震耳欲聋的响声轰鸣不已。那时,正是夕照沸沸的光景,远处的山峦如浸在无边的血泊中,看着让人心惊。

"哎……"王继贤长叹一声,转身对崔炳文说,"虎臣,你我今日这联对就全当在黑龙爷面前说说自个儿心中的想望吧……"

崔炳文说：

"王兄一定已是胸有成竹了,说来听听。"

王继贤沉吟道：

"噢,有了——山河厉带人文聚,风雨祥甘物气和。怎么样? 你我的心愿不过如此吧! 该你了。兄弟……"

崔炳文说：

"那……我就来个——物阜民熙小都会,河声岳色大文章。不知这情景可合兄台的心意否?"

王继贤颔首道：

"好,好,好,好个'河声岳色大文章'! 你我的心意都有了。哈哈哈……"

　　二人将目光不约而同移往远山。那里，夕照浸染处，活脱脱正燃着无边的冲天大火……

第四十二章

大清咸丰元年,汪韶光调任碛口三府衙门通判。

汪韶光,广东三元里人,字春野。道光二十一年五六月间,英人进攻广州,汪韶光斥三十万两家资,组织团练,参加三元里拒英之战。汪身先士卒,率众击杀英人数百,手刃英将伯麦。《南京条约》签订后,桂、粤、闽、浙诸省民心大乱,有粤人洪秀全以传教为名,鼓动反清复明,徒众日多,大有外患方息,内乱又起之势。朝廷当即宣布解散团练,赐官抚慰大小首领,同时将他们远调异地。

汪韶光就是这样做了碛口三府衙门通判的。

汪韶光上任伊始,适逢陕、甘、宁诸省回民揭竿,汉、蒙、维各族亦群起响应,陕西董福祥、高木匠等雄踞延榆一带,招兵买马,连成十八大营,积极准备东进。山西巡抚英桂,奏派徐太仆继畬总办全省团练,防堵反民。徐太仆举汪韶光兼任沿河团练总办。汪韶光当即想到了两个人。一个是原浙江处州总兵、临县人张从龙,一个是原云南曲州总兵、永宁人李能臣。此二人那时都已告老还乡。汪便请二人重新出山。状元公张从龙驻守碛口,李能臣驻守军渡。

张从龙是去年告老还乡的。说是告老还乡,实为重伤还乡。道光二十二年六七月间，张从龙调防定海。不久英酋来犯，从龙与众弟兄奋起拒敌，英人连攻三昼夜不下，又调重炮支援。而从龙屡屡请求上峰运送弹药、派兵增援却均无回应，众弟兄十死九伤，战斗力几近完全丧失。时有一颗炮弹落在张从龙身边爆炸，状元公面目手足多处负伤，尤右脚炸去三个足趾，流血如注，被军士抬下阵地。定海失守后，从龙自杀未遂，被浙江督军派人送回原籍疗养。当时状元公已年届六十，便奏请去职，在家颐养天年。

谁知张从龙身上的伤是痊愈了，心上的伤却是再也无法痊愈。胸中郁积了无法言说的许多怨气，府内的男女仆佣、夫人、儿子便都成了他的"出气筒"。过去，张从龙是那种对下人十分和气的人，现在却变得吆五喝六，动辄恶语相加起来。一盅茶送得慢了，他便大叫：你们都是死人吗？怎么张家养了这一群废物！夫人刘氏劝他：缺你香的了，缺你辣的了？值得你发这大的脾气。张从龙勃然大怒：若不是你香的辣的享用太多了，张家能衰败若此？最让他不能容忍的是儿子张放。这小子居然暗中资助几个穷人家子弟南下碛口，渡河西去，投奔十八大营去了。要不是有个邻家媳妇闹上门来和张家要人，状元公竟不知他闯了这大的祸。张家上下唯一未曾受他恶气的好像只有媳妇盛景月一人了。也不知是媳妇善解人意呢，还是公公不好意思拿她说事。可是媳妇却是明显站在儿子一边的。自从儿子的同党西去之后，景月便隔三岔五藏着掖着些吃的穿的用的往那些家户跑，张家俨然变作反民的日用保障所了。那一天晚上，状元公将儿子叫进内室询问那几个人西奔之事，儿子竟直言不讳：爹爹，您知道这些人的日子有多苦吗？他们没别的路好走了。官逼民反嘛！张从龙怒喝：你知道你在干甚事吗？你在反叛朝廷！这是要满门抄斩的。我警告你，从此不准你再跟他们来往。儿子却嘿嘿笑了。笑得满不在乎。笑得莫测高深。媳妇景月在一旁说：爹，您就只当不知道得了。张放他也不是不懂事的孩子……这一回状元公忍无可忍了：你们盛家已经有人被斩首示众了，莫非也要让张家学样啊！景月倒没有生气：爹，您放心，您儿子会听您的话的。张放也说：对，您的话儿子记住了。可是自己的儿子自己最了解，张从龙真不知道这小子还会弄出甚样可怕的事来……

张从龙到碛口后的第一件事是去拜会盛书瑜。他还不知道盛书瑜已代盛书璞去了另一个世界,当然也不知道现在住在书瑜屋里的已不是书瑜了。书瑜的葬礼他没有参加,儿子和媳妇回家后也未向他说起真相。他便把盛书璞当盛书瑜拜会。

自然是物是人非了。状元公看到的"盛书瑜"是一个病态恹恹的、意志消沉的男人,是一个不再习武练功的弱不禁风的男人,是一个唯知在"吾皇"的牌位前恭谨叩拜山呼万岁、却不知如何才算精忠报国的男人。张从龙原是想让他做自己的助手的,而今却不得不彻底放弃这一念头。但是,他也知道碛口盛家的物力、财力,以及别人无法替代的号召力——这一切,都是眼下最为需要的。状元公便在告辞"盛书瑜"之后,找到了盛景浩。

"大侄儿,大丈夫生于世间,是该干些轰轰烈烈的大事的。"状元公首先晓之以大义,"眼下反民蜂起,正是朝廷用人之时。碛口盛家乃晋西名门,百多年来体沐皇恩多矣。侄儿何不随老夫效命河防,建功立业,或能报效朝廷一二?"

盛景浩恭恭敬敬道:

"老伯,侄儿不才,只配做个小商人,于军事上实在是一窍不通。便是有千般报效朝廷之心,怕也是难帮老伯什么忙的……"

张从龙说:

"大侄儿休要推辞。老夫曾听景月说,你在担任碛口民团团总期间,是颇有些不俗表现的。怎么……"

盛景浩哂笑道:

"舍妹的话老伯也信吗?而且,盛家眼下的情况老伯也不是不知道。这么大的摊子,就靠我和景涛扑腾哩。如今的生意场上又是遍布陷阱牢笼、明枪暗箭的,我弟兄合力应对都有些力不从心呢,还望老伯多多体谅侄儿的难处为好……"

张从龙说:

"侄儿的难处我知道,可眼下还有比防堵反民更大的事情吗?若是反民东窜成功,盛家的生意怕是更难做了。再说到那时朝廷怪罪下来,像盛家这么大的家户,哪能脱得了干系!咱脑袋能不能保住都在两可,还侈谈什么生意不生意的。这样吧,白天你做你的生意,夜里你带人沿河巡逻。碰上可疑的人就给咱抓起来盘问,如有强行渡河的,不管是东来的,还是西去的,都给我用箭射……总之,碛口河防离了盛家、李家都不行。白天由他李弼龙负责,夜晚就是你的了。"

盛景浩看看推脱不得,便道:

"那……箭上也不长眼,把人射坏可怎办呀?"

张从龙说:

"先吓唬,实在不听招呼的,射杀无妨。上面让格杀勿论呢,咱尽量不杀、少杀也就是了……"

于是黄河沿岸的风声紧张起来了。寻常人东来西去的突然少了许多。河两岸不时有些抻着脖子瞭望的人,硬是不见乘船渡河。民团的人白天黑夜巡哨不停,一双双警觉的眼睛在来往者的身上搜寻,稍有疑点便盘查不已。河面上时有死尸漂下,有的缺胳膊断腿,有的光身子没头。

有天下午,街上的人传说李弼龙在西面来的人里,逮住了一个很像武云山的人。这话一传到孙铁脚的耳朵里,他便一拐一拐跑三府衙门附近临时用马圈改成的牢房去看究竟。

那房子四面透亮,只用些手臂粗的木料筑成栅栏关着些捆成粽子样的人。四周围了好多闲人,说说笑笑指指点点像看耍猴儿的一般。孙铁脚凑上前去一看,果然是那姓武的!

孙铁脚叫道:武云山,你狗日的还没死啊!

武云山也认出了孙铁脚,哭着说:我的天,总算有个熟人了。老哥哥快救我!

孙铁脚道:你别叫我哥,我嫌寒碜!说罢转身出来去找盛景浩,求他找弼龙说说,把那畜生放了吧。

盛景浩一听说是武云山,就想起景涛曾派人四处找他的事,便马上找李弼龙交涉此事。

李弼龙说:这家伙近五六天鬼鬼祟祟来回跑几趟了,总没好事。你救他干甚?

盛景浩道:景涛同他有笔账未了,你就把他交我吧。看他獐头鼠目那样,能是什么大人物!

李弼龙是知道这武云山同堂妹莺莺那事的,便想趁此机会好好修理修理他。现在听景浩说景涛同这小子有笔账未了,便想景涛必是跟自己想一搭去了,那就借景涛的手去干这事好了。因笑着对景浩说:既是你弟兄想要他,我能不给你们这面子?便传话到牢房让把人交给景浩处理。

盛景涛一见武云山,不由长叹一声,说:

"几年找你不见你,怎么偏偏是这种时候见到了你!……"

便先领他去吃饭、剃头、换衣衫,然后就在德泰新药店后院安排他歇息。武云山西行几年,变得同一个叫花子一般无二了,经景涛这一收拾,便又人模狗样、神气活现起来。那一天上午,景涛来了。一进门就笑着问:

"云山哥,身子歇过来了?"

武云山道:

"歇过来了。少掌柜的恩德我武云山会记着的。"

盛景涛说:

"我救你,并非要让你报答我!"

武云山道:

"盛家虽是有钱人,可这些年一样受官府的大害哩。我知道你们是好人。有朝一日……"

盛景涛打断武云山的话说:

"你误会我的意思了。你还记得莺莺吧……"

武云山一听景涛说出莺莺的名字,便低了头道:

"我没脸再见她了。我的两匹骡子被人害死了……"

"你的骡子算个甚?……"盛景涛不知不觉提高了嗓门儿,"你知道莺莺遭了多大的罪吗?你知道莺莺一家遭了多大的罪吗?"

武云山说:

"我这些年也是死里逃生啊!我要找徐家算账,我要找有钱人报仇雪恨……"

盛景涛道：

"云山哥，你听我说。你娶了莺莺吧，同她一道扑闹日子……"

武云山说：

"现在是什么年月？大丈夫岂能儿女情长！……"

盛景涛见自个儿同武云山说不到一起，便又找来孙铁脚相劝。最后，武云山总算不再一口一个"大丈夫岂能"了，说只要莺莺乐意跟他一道走，娶她也行。

盛景涛欣喜若狂，忙找来妻子侯玉婵，让她去探探莺莺的口气，顺便问问她有没有需要帮忙处。

玉婵却迟迟不行动。"干甚要求着嫁他！……"玉婵对景涛的主意不以为然，"武云山，那算个甚东西呀！嫁给他，莺莺会有好结果？我看嫁他，还不如嫁你……"

玉婵想说服景涛娶莺莺，这已经不是第一次了。每次说及此事，景涛都以一句半开玩笑半认真的话截住对方：

"把她娶进门，把你往哪放？你们俩谁是做小的脾气呀？"

往常听了景涛这话，玉婵便不言语。然而这一回，玉婵似乎另有想法了：

"景涛呀，你我成亲都快二十年了，可我……如果你娶的是莺莺，怕不早就儿女成群了？"

景涛知道，这是玉婵真正的心病了，忙安慰道：

"景浩哥已有三男二女了，前些时我已和他们两口子说好，等他家三小子满两岁时，咱就把他要过来顶门门，这不是挺好？从此你再别想这事了，快去莺莺那里做你的大媒……"

侯玉婵便去了。

侯玉婵说：

"莺莺，盛景涛让我来问你，有没有需要帮忙处？"

莺莺笑道：

"多谢盛掌柜想着。我现在也不想同你们盛家做对了,也就不需要他帮什么忙了……"

侯玉婵也笑着说:

"你不同我们做对了,你那货栈怕就没多少生意可做了吧?"

莺莺道:

"西北来的货堆山积浪,你们盛家的喉咙再粗,量你们也难一口吞下去吧。我就不信老天单会把我们姐弟饿死……"

侯玉婵不由点头道:

"我喜欢你这心气!莺莺,只是你孤身一人,终究不是个了结哇。你知道吗?武云山回碛口了,现在正住德泰新……"

莺莺突然恼了,说:

"你回去告诉盛景涛,休要再提那狼心狗肺的武云山!……"

侯玉婵顿顿,道:

"好,不提他就不提他。那么,莺莺姐呀,妹子真心说句话,你到我家来吧,咱姐妹……"

莺莺眼里迸着泪花花说:

"妹子,你的好意我心领了。可我不!……"

侯玉婵见莺莺说得决绝,便只好如此这般回复景涛。

盛景涛便也只好就此作罢。

当晚,武云山从德泰新出走。

半夜,徐家厦檐起了大火。

第三天,军渡传来消息:武云山在那里偷渡,被乱箭射死了……

对于武云山的死,碛口人并未投入太多的关注。他们照常日出而作,日入而息。经商的依旧拨拉算盘珠,种地的依旧吆着牲口犁田。只有孙铁脚买了一些纸钱,在二碛滩上烧了,将纸灰一点点洒进黄河,算是对亡灵的追悼。莺莺听到这消息后,似乎听得心坎里咯噔响了一声,眼前忽有那个名叫张溜的布娃娃的丑脸挤眉弄眼一闪而过,又仿佛有一双男人的大手将自家的两个奶子紧紧攥到了掌心——她本能地挣动了一下身子。如此而已。

499

那一天,孙铁脚在天成居门外遇见了莺莺。孙铁脚审视着莺莺有些憔悴的脸,关切地问:

"你……和你弟弟都好吧?"

"好。我们挺好。孙大哥您也好吧?"

莺莺看着孙铁脚断了的一只脚,不由轻叹一声。

"龟孙子武云山!"拙嘴笨舌的孙铁脚面对莺莺,忽又为他朋友的逃避行径生出许多羞愧来,"老天有眼哩……"

"孙大哥您就别怪他了……"莺莺低了头,喃喃道,"他人已经不在了。"

孙铁脚感动地说:

"孩子,你的心好良善哩,怪不得有人那么舍不下你呢。"

莺莺笑笑:

"孙大哥,您这是说谁哩?"

孙铁脚道:

"还能有谁?盛景涛呗。你是遭了'苦'难,他是遭了'心'难啦。"

莺莺淡了声说:

"孙大哥,您也别提他……"

"孩子!"孙铁脚正色道,"咱说话得凭良心哩。依我说,你跟了景涛总不会错。你要悦意,就点点头,大哥虽然只有一只脚了,跑这事还行……"

莺莺忙摆手道:

"不,不,不!"

谁也没有想到,莺莺说过这话不久,她竟和盛景涛稀里糊涂睡到一个被窝里了。

原来眨眼工夫,玉成已经出师多年。小伙子秉承父辈勤谨精细的脾性,加上莺莺的从旁打帮,竟将他爹留下的几个字号经营得轰轰烈烈,连那个当年由莺莺一手新建的货栈也是一派欣欣向荣。李玉成的名字一时在水旱码头上变得沉甸甸的,竟好像比他爹李运旺当年还多了些分量。于是,外地客商主动找上门来谈生意的越来越多,李氏二门一时风生水起,竟使李运兴也不由啧啧赞叹起来。

早在玉成出师那年,莺莺已为弟弟娶过了媳妇,现在玉成也已儿女双全了。如此,莺莺的心境也便逐渐好了起来。

那一天,莺莺听说自家天成永布店新进回了一种上海机印花布,刚一上市差不多就被女人们抢购完了,便也想去看看。莺莺一进布店,那二把刀便巴结地对她说:

"快来看吧,这种布您要一穿上身呀,保险任谁也没比了……"

莺莺看时,只见那布浅蓝底子上撒了些小小的玉兰花,果然是艳而不俗,素淡雅致,拉到身上照了照镜子,真个是光彩照人。莺莺有些日子不照镜子了,现在乍一看见镜子中的自己竟还是那么年轻好看,目光便有些怔怔呆呆,随又想及自己当年是被徐家休弃回家的,今生今世怕是难遇到个可心可意知寒知热的人了……那目光就有些湿湿的了。这时,布店门口突然响起一阵洒脱的笑声,侯玉婵走进来了。

"哟!自己相看着自己呢!啧啧,没有个男人相看着终归是不成啊!"

侯玉婵也是来看布的。于是两个已经不太年轻了的女人各自扯了一块。当玉婵要付账时,莺莺挡住店里的伙计说什么也不让收。玉婵见莺莺是诚心相送,便爽快地不再坚持,随即建议莺莺到三槐堂盛氏家养的裁缝那里去量身子做这衣裳。盛氏家养裁缝特擅做女人的偏襟大袄、旗袍什么的,不要说在碛口了,全临县怕也找不到第二人。莺莺看看天色,见时辰还早,便答应了。

谁知二人刚到西湾,那天竟说变就变,霎时大雨竟瓢泼似的落下来了。那雨从半后晌一直下到上灯时分才停,莺莺要办的事早已办完,这阵儿要回时,那湫水河的大水竟将西湾到碛口的路冲断了,当然更不要说回李家山了。说来也巧,那一天,正好景涛去了冯家会,说好夜里不回来了,玉婵便将莺莺留到待月庐和自己做伴。

两个女人躺一个被窝里说了半天话,刚要睡时,忽有大门里的家仆来唤玉婵,说景浩家三小子睡过一觉醒来却嚷着要婶婶,他娘怎哄都无济于事,便叫玉婵快快过去一下。玉婵知道那孩子打小就特恋自个儿,便二话不说,嘱咐莺莺独自家先睡,忙忙赶到大门那边去了。

谁知玉婵走不多时,景涛竟回来了。

原来这天夜里,景涛在冯家会睡下后,竟怎么也不能入睡。在此之前,他有半个来月跑平川几县没有回家了。今天上午回来后同玉婵照了一面,便又赶来冯家会看烟田长势。现在独自躺下了,却像一个青皮后生似的毛焦火辣地想起媳妇来。越想越睡不着,便自嘲地骂着"没出息",起来走出屋门打了一盆凉水从头浇到脚底,回屋擦干身子复又躺下。半睡半醒中,仿佛有人用手故意撩拨他那原本不太老实的小兄弟,弄得他比先前更加毛焦火辣。有一瞬间,景涛心想:莫不是那斑斑跑来拿他开心了?可左瞧右看硬是不见斑斑的踪影。小腹下,他那小兄弟更是不依不饶地抖起威风来。看起来真是有点不达目的誓不罢休的意思呢。景涛骂着"斑斑斑斑,我日你妈",不得不爬起来去对冯月生说,有件急事得马上赶回家去料理一下。冯月生不知底里,问要不要我去帮忙,景涛说不用不用。那冯月生便由着他去了。

景涛独自一人回了家。进屋后也没点灯,便蹑手蹑脚脱衣上炕钻进了女人的被窝。他想唬她一跳,他想给她一个突然感觉到的喜兴……那时,莺莺正在甜梦中。忽听得仿佛有人进门了,上炕了。他脱了自个儿的衣裳,又将她脱得一丝不挂。谁?这分明是一个雄壮异常的男人。啊呀!是武云山?他不是死了吗?这男人发出的气息怎这么熟悉?啊,是盛景涛!不是这个冤家能是谁?啊啊啊,我这不是做梦吧!她的身子在半睡半醒中感觉到了一种从未有过的渴盼,她便迎合着他。每一个手指、每一个足趾,每一根毛发都快活无比地呻吟起来了呢喃起来了舞蹈起来了癫狂起来了燃烧起来了飞腾起来了,浪涌般的兴奋将她完全淹没了。当盛景涛终于从欢乐的峰巅疲软地跌落时,他突然感觉到有几丝奇异而熟悉的芬芳钻进了他的鼻孔。他当即忆起:这令人迷醉的芬芳只有莺莺身上才有。他大吃一惊!我在做梦?他的大手再次轻抚在了那裸露的女体身上。这分明是一个实实在在的女人!这时,他听到了女人的呜咽声。

莺莺完全清醒了。一瞬间,她的头脑中一片空白。他们夫妻做好套子作弄我。她想着,便哭了。

景涛将灯点燃了。景涛一眼看见炕头躺着的果然是莺莺,便像火烙了一般发出一声惊叫。

门外响起了脚步声。是玉婵回来了。刚才,当她赶到大门那边时,那孩子却又睡过去了。她便坐下说了会儿话,又返家了。

景涛爬起身一边穿衣,一边对玉婵说:

"你怎能这么做?"

玉婵完全呆愣了,半响道:

"今夜你不是不回来嘛!谁知道你……"

莺莺哽哽咽咽说:

"你们夫妻这套子打得好!"

景涛忙叫"冤枉"。

玉婵为自己辩解着,忽然哈哈笑了:

"怎么事情竟这么巧?这分明是天意呀!你们俩也别得了便宜道不是了。我没说你们,你们俩倒合伙跟我过不去了……"

莺莺见玉婵不像是骗她的,就不再抽抽搭搭。那一刻,她忽然想起斑斑曾经说过的"咬着牙根骂,捏着拳头打,打来骂去睡一搭"的话,便不言语了。那时景涛已下了地,说:

"好了,好了。你们俩睡吧,我重找间屋去住了……"

玉婵道:

"你别走。你总得给莺莺姐一句话吧……"

景涛边朝外走边说:

"要砍我的头也等明天再说。"

第二天,盛家便请崔炳文出面去见李运兴。当崔炳文向李运兴转达了盛家想将莺莺娶进门的意思时,李运兴愣怔了半天不吭气。崔炳文便将来意重复一遍。

李运兴说:

"事情倒是挺好。可莺莺那脾性,她肯做小?……"

崔炳文道:

"老伯,您放心吧。玉婵良善得很。她说了,她过去叫莺莺姐,往后还这么叫。盛家也不讲什么大呀小的了……"

李运兴沉吟着说:

"那好哇。盛家是不是打算连同玉成,还有莺莺她爹留下来的字号也一并……"

崔炳文笑道:

"老伯,您说哪里话来!目下玉成早已长大成人,还有您从旁指点着,字号生意还再用莺莺操心吗?盛家也决然不会做甚对不住李家的事呀……"

李运兴说:

"可当年盛家是怎么对待莺莺和莺莺她姑的,您是不知道吧?……"

崔炳文沉吟道:

"过去的事,我看盛李两家就都不要再提了。老伯,想当年碛口水旱码头开埠之日,盛李两家可是亲如手足的……"

李运兴看着天上的云朵说:

"当年是当年,如今是如今……"

崔炳文道:

"如今历经百余年的扑闹,盛、李两家是都有了些根基。可当今之世,商家的日子好过吗?大家正该唇齿相依、互谅互让、抱团携手、相濡以沫才对!"

李运兴击掌说:

"崔先生果然是深明大义的。崔先生讲得好,讲得好……"

过了两三个月,盛家便正式将莺莺娶进门。那事宴办得竟比娶玉婵进门时还隆重。莺莺本是不主张如此这般铺张的,可架不住玉婵一张剃刀片子似的嘴说下了九九八十一条非这么办不可的理由,盛家上下也极力撺掇,莺莺便只好听众人摆布了。新婚之夜,景涛才知道莺莺已经有孕在身了。景涛喜上加喜,喜不自胜,喜得在炕上连翻三个跟斗,说莺莺莺莺莺莺,你给咱也生一对龙凤胎吧。一句话勾起了一段伤心事,莺莺不禁泣不成声了。景涛忙赔着小心百般殷勤,莺莺才转悲为喜。

也是老天有眼,就在景涛娶回莺莺不久,玉婵竟发现自己也断了月信,接着干呕也有了,酸水也吐了,私下里请郎中一瞧,竟也有了喜脉。那时正是春末夏初的季节,玉婵便三天两头让景涛弄些青杏来解馋。景涛终于悟到了一些什么,便拉了玉婵在肚子上乱摸一通。玉婵给了景涛一巴掌,说你去摸莺莺吧,莺莺的说不定能摸见了。

莺莺也为玉婵高兴,对玉婵说:你要早几个月有了,也就不必夫妻俩打好套子算计我了……玉婵道:你又来了。真是得了便宜卖乖啊!

大家说笑一回,莺莺方正色道:玉婵妹子,你还别说,要不是娶过我来,你还说不定会不会有哩。你和盛景涛还不快快摆一桌酒席好好谢谢我!

此为后话。

却说盛书璞出狱后第一次同崔玉荣在一起,一句话不说,只是哭,浑身筛糠似的颤抖。崔玉荣像抱一个孩子似的把盛书璞搂在胸口,说:想哭你就哭,放开喉咙哭,哭几声心里就会痛快的。盛书璞这才说话了:夹棍、拶子、血……停了一会儿,又说:夹棍、拶子、血。便真个放开喉咙哭了起来。盛书璞哭了一阵又一阵,没完没了地哭,崔玉荣就着恼了,说:你还真个红鞋大张口地号呀!你是倒了运,还是倒了性哩!大牢里阉人啊?把你变女人了?

早在盛书璞未获救那阵儿,崔玉荣和景虹去看他,便将崔炳文和景虹成亲,以及崔炳文如何辞官执教的事知会他了。现在,崔玉荣便让崔炳文常陪着他,和他说些天下大事,慢慢恢复他的本性,可似乎收效甚微。只有那么一次,当崔炳文告他说,英国人如何用洋枪洋炮逼着朝廷签订丧权辱国的条约,从此我大中华沦为红毛子的"果园子""菜篮子"时,盛书璞目眦欲裂,脸涨得通红,像要与甚人打架似的,可到头来,只憋出一句话:朝廷总会有办法的。

状元公张从龙将他当盛书瑜拜访过之后,他也曾兴奋过一阵子。他反反复复说着一句话:董福祥,好样的!高木匠,好样的!便拉了崔炳文一道去黄河岸边溜达,两眼滴溜溜转着在渡河东来的人里搜索着,好像董福祥和高木匠就在那些人里面似的。可是当一具没头的死尸顺流漂过他的眼前时,他便突然呼吸急促,面孔煞白,浑身颤抖起来,一边拉了崔炳文回家,一边唠叨:董福祥,砍头!高木匠,斩首!……

最可怕的是,有几回盛书璞竟对崔炳文说,他想回到大牢去。他说自从获救回到家,他是黑地白日心慌意乱,反不如在牢里过得踏实。"咱们玩的是李代桃僵的把戏。"他说,"这要让皇上知道了,岂不是要办咱欺君之罪吗?咱盛家向以诚信为本,我盛书璞这不是辱没先人吗?"

崔炳文听盛书璞如此说过几回后,一种忧惧掺半的情绪便如一只黑色的蝙蝠日夜在他的心头飞扑了。有一天,在又一次听盛书璞如此说过之后,崔炳文扑通一声跪到了盛书璞的面前,说:

"岳父大人,请您从今往后再休说起这话了。您知道,盛家为您已赔进去了两条人命,如果您果真要回到牢里去,那赔进去的就不只是你们盛家的老小了,连那些救您出狱的人都无一人可能幸免。这实在太可怕了。您知道三爷为啥自己把自己送进大牢去吗?就是为了不使那些好心救助过咱的人受牵连啊。三爷是个真英雄!岳父大人,您就是不为别人着想,也得为三爷着想呀。您不能让三爷的在天之灵后悔自己白有那一场英雄壮举哪!……"

说过这一番话后,崔炳文出来又见了崔玉荣,建议立即将盛书璞转到观涛楼去住,尽量不放他私自外出。于是盛家人放出话来,说三爷不放心二嫂独自住山上,准备和二嫂换窑房住。过了些日子,果然择日移往观涛楼去住了。

观涛楼有江志诚守门,盛书璞不会真个回大牢去了,可要封上他的嘴却难。他便依旧整日叫唤着要回大牢。且因为无人理会于他,那叫唤就变成了声嘶力竭的号哭,有一天竟破口大骂崔炳文"蓄谋反叛朝廷已久,也该进汾州府大牢"了……

那一日,正好他的老岳丈崔壮上山来看他。

崔壮因为年事已高,且患有老寒腿行动极不方便,盛家婚丧嫁娶一类的事一般都是礼到人不到。近些年来,只在盛书璧、盛书瑜两弟兄故逝及女婿盛书璞被人救回那天,盛家打发小轿去接才来过盛家。

这一回崔壮是被一个噩梦催来的。昨儿晚上,崔壮刚闭上眼,就梦见女婿又被关进了汾州府大牢,接着出现的竟是血淋淋一个杀人现场……崔壮梦醒后再也无法成眠,拄了一根拐杖便朝女婿家走。从李家山小村到石板沟统共不过七八里路,他竟走了一个通宵又一个上午,进门来就目睹了刚才的一幕。

崔壮清清楚楚听得女婿说出这等胡话疯话来,不由怒从心头起,颤巍巍走上前去,"叭!"就是一个响亮的耳光。盛书璞冷不丁挨了这一击,"哇"的一声吐出一口血糊拉杂的浓痰来,目光突然就变得清澈了。抬头看见站立面前的崔壮,便斯斯文文行礼道:"岳父大人您怎来了?"回头看见崔炳文,不由笑道:"虎臣,你如今是我女婿了,还敢不敢同过去一样和我唇枪舌剑?……"

众人见盛书璞挨了一巴掌,竟奇迹般好了,便都欢喜得又哭又笑。然而,欢喜过一阵子之后,却又不得不面对一个尴尬的问题:"三爷"既是已与嫂子换房居住,现在"嫂子"却也同住观涛楼,这算怎么一回事呢?盛书璞道:那就干脆让小叔子娶了嫂嫂得了!众人正要拍手叫好,那崔玉荣却把头摇得拨浪鼓似的。众人再一细想,这事还真有点不太那个。原来处斩三爷的刑场上如何突然冒出一个冯彩云,之后盛家如何将冯彩云的死尸一并运回与三爷合葬等等情形,盛家考虑到三夫人琪琪格身怀六甲的实际情况并未详告于她,但琪琪格娘家原是盛氏老客户,恐怕要让她全然不知也难。第二年七八月间,盛家估计琪琪格生养后已过百天,便派景涛专程赴内蒙古去见三婶。盛家的意思是,假如琪琪格愿意回来,景涛就负责将她接回;如果不愿回来呢,也要把所有情况如实禀报于她,求她谅解。可当景涛赶去内蒙古时,那琪琪格却在一月前带着孩子跟一个名叫什么"森格尔"的汉子离家出走了,家里也说不清琪琪格的下落。现在琪琪格一去不返,崔玉荣却同"三爷盛书瑜"活到了一起,这是有点不明不白呀!碛口人的想象力可是够丰富的,见此情形还不给你们叔嫂编出一段花红柳绿的好故事来。不行,不行!可不行又有什么好办法呢?难道还真让二爷两口子从此两处分居不成？

正在盛家人为此大伤脑筋之时,那马轱辘又一次来到碛口,来时还带着一个七八岁的男孩。那孩子竟是三爷盛书瑜与琪琪格所生。原来那琪琪格竟染鼠疫死了。死前挣扎着找到马轱辘,托他将孩子带给盛家。盛家人不免感叹唏嘘一番。孩子自然是应由"三爷盛书瑜"带着的。那马轱辘并不知道此三爷已不是彼三爷了,便试试探探说:"书瑜兄弟,你一个男人带个孩子多不容易,你嫂孤零零一个人也不是个事呀。其实叔嫂凑合到一搭过日子的也不是没有。为了孩子……"那马轱辘原来是颇善察言观色的,见"三爷"神情间很有些认可的意思,便热心地张罗起这事来,还把大夫人李秀珠也拉上,一道规劝起崔玉荣来。崔玉荣想想并无别的良策,也便半推半就着正式搬进观涛楼去住了。

碛口人对此倒也没有太多的议论。

一天,盛景浩正在书瑜叔叔留下的当铺德泰欣里忙碌,小伙计进来禀报,说有位老者求见。盛景浩走进客堂一看,原来是状元公张从龙。景浩忙施礼道:

"老伯如有甚事,招呼一声,景浩敢不跑去！哪能劳顿您亲自来这里呢？"

一头说,一头看座上茶。

状元公微微一笑,说:

"有几句话老夫想单独问你。"

景浩心怦怦跳起来了,说:

"老伯请讲。"

那状元公突然将脸一沉,道:

"这几天夜里河面可平静？"

景浩心里一紧,答:

"平……平静。也还平静。"

张从龙说:

"你利利索索回答我。"

景浩心一揪,大声回答:

"平静。"

张从龙说:

"你认识我是甚人?"

景浩道:

"您是我最敬重的老伯。"

张从龙说:

"还算亲戚?"

景浩道:

"当然,最亲的亲戚。"

"不对!"状元公喝道,"我首先是碛口河防团练协办!你给我说实话,昨晚是否有条船偷渡了?⋯⋯"

景浩低了头说:

"下半夜好像是有条船过去了。我们发觉得迟了点,叫了几声没叫住⋯⋯"

张从龙问:

"射箭了吗?"

景浩说:

"没射。太远了,射也没用了。"

"多远?你给我说有多远,怎么就'射也没用了'?"

景浩一时语塞。说真的,当时他是下不了手。河这边那会儿有团丁二三十人,人人手持强弓硬弩,如果真下令叫射,怕是一只鸟儿也难飞过去了。他只是下不了手。他清清楚楚看见那船上坐了七八个人。他便想如果把他们杀死,他们的妻子儿女父母怎办?当时手下一个小头目问:射不射?他就装作拿不定主意的样子嘟囔:就是啊,射不射?射不射啊?⋯⋯眨眼间,那船便过了那一边。估计这事就是那个小头目告的密。

"我给你说了吧,你是心太善,下不了手。"状元公说,"你以为你老伯想杀人?是嗜杀成性?不对。老伯我一生虽是刀枪不离手,可最怕的就是杀

509

人。前几年我曾有过想多多杀人的念头,但那是想多杀洋人,洋鬼子!因为他们杀了咱好多中国人。我不想杀中国人,更不想杀我的父老乡亲!可咱现在是受命于朝廷了。上命差遣,概不由己啊!所以在不得不杀时,你还得动手。好了,今天这事我就不追究了。这不是因为我是你老伯,不是因为咱是最亲的亲戚。是你老伯也不想杀人,我理解你。可从今往后你要再这么做,本协办可就不得不军法从事了……"

张从龙走后,盛景浩长吁一口气,心想:"从今往后?好啊,我就不信这样的倒霉事能让我天天碰到!……"

盛景浩这么想着,又忙乎起当铺里的事来。

当晚果然平安无事。

后半夜,张从龙带着几个随从沿河畔巡查了一回,见河面风平浪静,盛景浩与众团丁各守其职,倒也尽心,便放心地返回自己设在船运码头上的河防协办大帐中歇息。他实在是太疲劳了。当年被洋鬼子的炮弹炸成残疾的足趾火烧火燎般疼痛,而内心里对国家命运的忧虑更是如一匹烈马左冲右突,让他不得安宁。"咎由朝廷取,祸自贪腐生!……"他自语。旋即好像自己被自己的话吓着似的哆嗦了一下。他和衣躺在临时用门板搭设的床铺上,久久无法成眠。"这一帮祸国殃民的家伙!……"他又自语,已经开始松动的牙齿咬出了混浊的响声。天交四更时,身心的极度疲惫终于将他逼近似睡非睡的境地。突然,他感觉自己浑身一阵战栗似乎是被什么异常的响动惊醒了。睁眼一看,只见一只似牛非牛、似鹿非鹿的怪兽瞪着蓝莹莹一双眼站在床前看着自己。张从龙一辘辘爬起身,伸手从枕头下抽出宝剑,唰地朝着那怪兽刺去。那怪兽却像压根儿不识疼痛似的嘿嘿笑了。

"张大人,斑斑惊您的大驾了!……"那怪兽或做故人语,道,"斑斑知道您是好人,特来看看您,和您说几句知心话。"

张从龙看着这个自称"斑斑"的怪兽,忽然想起,李家山李运旺家有头母牛当年生过一只麒麟好像就叫这么个名字,莫不真是他现身了?张从龙提到喉咙口的心总算又放回了肚里,勉强笑笑说:

"既是斑斑,就请坐。有何赐教,请直言……"

斑斑说：

"张大人，大清国已是苟延残喘的行尸走肉了，您就别白忙乎了。"

"咄！"张从龙强自撑持着喝道，"休得胡说！"

斑斑微微一笑，又说：

"请您赶快收回那'乱箭射杀'偷渡者的成命，睁一只眼闭一只眼算了……"

张从龙道：

"那不行！我张从龙吃着朝廷的俸禄，在这国运累卵之际，怎能不一心一意为朝廷着想……"

斑斑看着张从龙久久无言，蓝莹莹的眼里忽就有两滴泪水掉下来了。

"那么，斑斑告辞了。您好自为之吧……"

天交五更，张从龙走出大帐，又到各处巡查。斑斑刚才说过的话依然在他的耳畔回响，脑子里有些晕晕乎乎，脚步趔趔趄趄地朝前走着。四周一片死寂，只有身后随从的脚步声时紧时慢时断时续地响着。他觉得身上有点冷，不知是不是伤风了。"这些祸国殃民的家伙！"他又一次自语。

一副无头僵尸顺着河面漂了下来。张从龙扫了一眼，厌恶地将头拧向一旁。他突然感到一股彻骨的寒意朝自己身后逼来，扭头一看，不由惊得毛发倒竖了。原来那无头尸竟从河里爬上岸，正一步步朝着他紧追过来，且伸出一只苍白得几近透明的手，像要从后面揪住他似的。状元公张从龙"唰"地抽出宝剑，朝着那僵尸便砍。哪里还有什么僵尸的影子，一个紧跟身后的随从腾挪着身子躲闪，大叫"将军为何要杀我？"张从龙揉揉眼，面前果然只见他的随从。可是当他转身又朝前走时，那股彻骨的寒意再次袭来，竟比先前感受到的更烈。朝后一看，那僵尸的一只手已在自家衣领上揪着了。状元公张从龙猛一个转身挣脱了，怒睁双目喝道：瞎了你的狗眼！你知道我是谁吗？我是从死人堆里爬出来的张从龙！我能怕你！……那僵尸似被状元公的气势镇住了，迟疑片刻，拐向旁道不见了。这时，迎面有人跑过来了。是盛景浩。张从龙一激灵，不知发生了什么事。因问：

"是不是又有人偷渡?"

盛景浩道:

"过去了两船人……"

张从龙问:

"没有制止?"

"制止了,可……"

"制止不听是不是?干吗不射箭?……"

张从龙有些恼怒了。

"射了。射了好多呢。可……出怪事了。"

"咋?"

"明明是射到船头了,那些箭却像生了灵性的活物,就船边拐了个急弯,飞水里去了。结果……"

"你胡说!……要是你搞了鬼,就休怪本协办手下无情。"

张从龙怒吼着,心下却不免犯起了嘀咕:莫非是那斑斑在暗中庇佑反民不成?……忽有三府衙门通判汪大人遣人传令,让他即刻到汪府议事。张从龙赶去时,见镇守军渡的李能臣协办已在汪府。一问,才知也是刚刚赶来。三人稍作寒暄,汪大人开门见山问张从龙:

"你那里是不是也出了些怪事?……"

张从龙未置然否,反问:

"怎么?……"

汪大人说:

"李大人那里出怪事了,赶回来商议对策……"

原来,昨天傍黑,军渡河上也发生了箭矢避着偷渡者飞的怪事。张从龙一时无语。他不知道该不该把自家的猜测说出来,说出来又能如何呢。这时,听得汪大人又问:

"你们二位是否也梦见了一头怪兽?……"

张从龙一惊,几乎从椅子上掉下去。李能臣哆嗦着嘴唇道:

"是……是。劝我们睁一只眼闭一只眼哩。"

汪大人道：

"这就是了,本官这里也是一样。岂有此理！诸位,我等若是听凭那妖孽作祟,这河防必成虚设。到时朝廷怪罪下来,你我的首级怕都得高悬午门外城楼了。快想想办法吧……"

李能臣说：

"能有什么好办法哩？要不,就找些师婆神汉作法……"

张从龙嘿嘿笑了,道：

"李大人,你大约对这个妖孽还不是很了解吧。问问碛口人吧,看请几个师婆神汉可是能降服的？"

汪大人说：

"我可是一到碛口,就听到了有关这孽障的好多传言哩,什么刚生下来那阵儿,他想送些好地给李家山的人们,却被人们当作怪物几乎活活打死,亏得一个叫崔壮的汉子帮他逃脱;什么盛家二门的少爷盛景涛收留了他,自己却突然被妖魔缠身胡言乱语起来,结果险些被他伯父当作疯子;什么前不久他去巴结那个叫莺莺的女子,对方却不给他好脸色看,只吆喝着让他快'滚'……"

张从龙道：

"依老夫看,对付他万万不可硬来……"

李能臣说：

"那就来软的,羞他,气他,辱他,让他滚蛋不就得了！……"

汪大人抚掌道：

"好,好,好。这办法好。将方圆百里的师婆神汉集中起来,边请神作法边编些词儿四处唱,令其自惭自愧、心志萎堕,看他还有何面目再来作祟……"

三人如此这般商定,当天就请来数十个师婆神汉,由小红鞋做统领,在碛口码头作法请神,一时观者如堵。汪大人、武大人,以及张、李二位河防协办亦莅临捧场。只见几十个男女穿红着绿,怪模怪样,手敲神鼓,边舞边唱：

麒麟斑斑,
死不要脸。
牛尻爬出,
自比神仙。
讨好四邻,
饱咥铁锹。
为保小命,
仓皇逃窜。
莽汉为友,
屎娃为伴。
假仁假义,
报德以怨。
扶持少爷,
少爷落难。
巴结小姐,
小姐翻船。
今助反民,
必遭天谴。
尔为妖孽,
快快滚蛋。
执迷不悟,
小命玩完。
……

　　这里正唱得热闹舞得好看,忽见通衢巷那边浓烟滚滚把太阳都遮没了。又见烈焰腾腾自三府衙门里头烧了起来,汪大人等忙赶回去喊人救火,哪里还能救得下!好端端一个衙门早成一片火海……

一连三天,碛口人都在烟熏火燎中度过。汪大人着实被气坏了,说:
"烧了就烧了吧。看他还能再怎样!"
回头吩咐张、李二位协办:
"你们还是各司其职!谁的地段出事谁负责,要动脑子想办法……"
张从龙回到协办帐中,叫来盛景浩道:
"咱们也备些船,晚上让团丁灵醒些,一有动静就上船,追上去用箭射,用刀砍,我不信有谁还能敌得!"

景浩点头称"是",一个愁字却是深深刻在脸上,再也无法抹去了。谁知当天夜里却是未费吹灰之力便将几个偷渡者收拾住了。

照例是后半夜,又是一条偷渡的船。不过船上只坐两三人而已。在得到团丁报告后,盛景浩马上遵照张大人吩咐让众人边上船追赶边大声叫,要他们快回来。

不听。

景浩又让少射几支箭吓唬吓唬他们。

还是不听。

景浩牙一咬终于下达了赶上去用乱箭射用大刀砍的命令。

没想到事情并未出现预想中的麻烦,前几支箭就射中了目标。不过,都是射在一人身上的。

船停了。

船在河里打开了转转儿。

景浩让团丁下水将船拖过来。

景浩让将火把弄亮些。

景浩让将火把凑近点。

景浩大叫一声"张放呀——",就昏死过去了。

原来那被乱箭射死的正是状元公张从龙的独子、盛景浩的妹夫张放。

尾声

　　大清同治八年夏,朝廷终于将陕、甘、宁、蒙一带的反民镇压下去了。碛口解严撤防,状元公张从龙回到他的出生地临县安业都湾里村。出门迎接他的只有老夫人刘氏、小丫鬟和一个年老多病的男仆。张从龙脱口问道:放儿呢?放儿呢?问过了,才想起他的放儿早不在了。媳妇景月也已在放儿死后不久回了盛家。张从龙突然感到一阵彻骨的清寒。刘氏和老仆一边一个要将他扶回自个儿屋里,张从龙却硬是进了儿子的屋。张从龙摆摆手,让夫人、丫鬟和老仆都去了。他平躺在儿子睡过的炕头,嗅着儿子留在这里的气息。紧闭了双眼,为的是不让老泪不断头地朝外流……

　　"我是咎由自取,咎由自取呀!……"张从龙悔恨地自语。

　　大清同治九年,状元公张从龙病逝于故乡湾里村,享年七十四岁。

"三晋百部长篇小说文库"书目

经典作品：

·李家庄的变迁·三里湾	赵树理
·太行风云	刘　江
·汾水长流	胡　正
·草岚风雨	冈　夫
·新星	柯云路
·游戏	成　一
·黑雪	哲　夫
·世界正年轻	高　岸
·玉龙村记事	马　烽
·草青	吕　新
·吕梁英雄传	马　烽　西　戎
·跋涉者	焦祖尧
·神主牌楼	张石山
·咸阳宫（上、下卷）	林　鹏
·生死门	晋原平
·送葬	王西兰
·白银谷（上、中、下卷）	成　一
·北腔	毛守仁
·巅峰对决	钟道新　钟小骏
·母系氏家	李骏虎

- 阮郎归 　　　　　　　　　　　　　　　　　　　吕　新
- 裸地 　　　　　　　　　　　　　　　　　　　　葛水平
- 甘家洼风景 　　　　　　　　　　　　　　　　　王保忠
- 大清河帅 　　　　　　　　　　　　　王　华　王卓彦

- 总工程师和他的女儿 　　　　　　　　　　　　　焦祖尧
- 特别提款权 　　　　　　　　　　　　　　　　　钟道新
- 毒吻 　　　　　　　　　　　　　　　　　　　　哲　夫
- 龙族 　　　　　　　　　　　　　　　　　　　　孙　涛
- 五汉街 　　　　　　　　　　　　　　　　　　　田澍中
- 大梦醒来迟 　　　　　　　　　　　　　　　　　王东满
- 种子 　　　　　　　　　　　　　　　　　　　　王祥夫
- 水旱码头 　　　　　　　　　　　　　　　　　　刘维颖
- 野狐峪 　　　　　　　　　　　　　　　　　　　彭　图
- 羊哭了 猪笑了 蚂蚁病了 　　　　　　　　　　 陈亚珍
- 此生只为你 　　　　　　　　　　　　　　　　　张雅茜

草莽 　　　　　　　　　　　　　　　　　　　　　张不代
茶道青红 　　　　　　　　　　　　　　　　　　　成　一
国家干部 　　　　　　　　　　　　　　　　　　　张　平
抉择 　　　　　　　　　　　　　　　　　　　　　张　平
旧址 　　　　　　　　　　　　　　　　　　　　　李　锐
银城故事 　　　　　　　　　　　　　　　　　　　李　锐
无风之树 　　　　　　　　　　　　　　　　　　　李　锐
抚摸 　　　　　　　　　　　　　　　　　　　　　吕　新
天猎 　　　　　　　　　　　　　　　　　　　　　哲　夫

权力场	晋原平
米谷	王祥夫
古塬苍茫	张行健
栎树的囚徒	蒋 韵
隐秘盛开	蒋 韵
奋斗期的爱情	李骏虎
婚姻之痒	李骏虎
苍黄尧天	乔忠延

原创作品：

·一嘴泥土	浦 歌
·鲛人	唐 晋
·江山无恙	信应亮
·复调婚姻	王旭东
·西望长安	冯 浩
·舜瞳	刘志兆